차라투스트라는 이렇게 말했다
Also sprach Zarathustra

프리드리히 니체 지음 | **윤순식** 옮김

미래지식

차라투스트라는 이렇게 말했다
Also sprach Zarathustra

초판 1쇄 발행 2022년 9월 23일
초판 3쇄 발행 2024년 12월 30일

지은이 프리드리히 니체
옮긴이 윤순식
펴낸이 박수길
펴낸곳 (주)도서출판 미래지식
디자인 (주)프리즘씨 · 이소희

주소 경기도 고양시 덕양구 통일로 140 삼송테크노밸리 A동 3층 333호
전화 02)389-0152
팩스 02)389-0156
홈페이지 www.miraejisig.co.kr
전자우편 miraejisig@naver.com
등록번호 제2018-000205호

ISBN 979-11-91349-55-9 04800
ISBN 979-11-91349-33-7(세트)

• 미래지식은 좋은 원고와 책에 관한 빛나는 아이디어를 기다립니다.
  이메일(miraejisig@naver.com)로 간단한 개요와 연락처 등을 보내주시면
  정성으로 고견을 참고하겠습니다. 많은 응모바랍니다.

차라투스트라는 이렇게 말했다

모든 사람을 위한, 그러면서도 그 누구를 위한 것도 아닌 책

일러두기

1. 이 책의 원문은 Friedrich Nietzsche, 『Also sprach Zarathustra. Ein Buch für Alle und Keinen』, MANESSE VERLAG ZÜRICH, 2007 입니다.
2. 원문에서 이탤릭체로 강조한 부분은 고딕체로 표기했습니다.
3. 원문에서 많이 나오는 "―"의 사용은 편의상 역자가 삽입 혹은 생략하였고, 시詩나 노래 등 일부만 원서 그대로 따랐습니다.
4. 이 책의 각주는 역자가 첨부하였습니다.

차례

제 **4** 부

차라투스트라는 이렇게 말했다

제 *1* 부

Also sprach Zarathustra

차라투스트라의
서문 序文

1

차라투스트라는 나이 서른이 되었을 때, 호숫가의 고향 마을을 떠나 산속으로 들어갔다. 이곳에서 그는 정신을 수양하고 홀가분하게 고독을 즐겼는데, 10년의 세월이 흐르는 동안에도 전혀 싫증을 느끼지 않았다. 그러던 어느 날 마침내 그의 마음은 변하고 말았다. 어느 날 아침 먼동이 트자마자 잠자리에서 일어난 그는 태양 앞으로 걸어 나가서 태양에게 이렇게 말했다.

"그대 위대한 천체여! 만일 그대가 비춰 주어야 할 대상이 존재하지 않는다면, 그대는 진실로 행복하겠는가!

지난 10년 동안이나 그대는 여기 떠올라서 나의 동굴을 밝혀 주었다. 만일 나와 나의 독수리와 나의 뱀[1]이 없었다면, 그대는 그대의 빛에 싫증을 느꼈을 테고, 또 그 빛의 여정旅程에도 싫증을 느꼈으리라.

하지만 우리는 아침마다 그대를 기다렸노라. 그리하여 그대의 넘치는 빛을 흡수하고 이에 보답하기 위해 그대를 축복하였노라.

보라! 마치 저 꿀벌들이 너무나도 많은 꿀을 모은 것처럼 이제 나는 나의 지혜에 싫증이 나 버렸다. 그러므로 이제는 그 지혜를 구하려고 나에게 내미는 손이 있어야 하리라.

나는 그것을 베풀어 주고 나누어 주고 싶다. 인간들 가운데서 현명한 자들이 또 다시 자신들의 어리석음을 기뻐하고, 가난한 자들이 다시 한번 자신들의 넉넉함을 기뻐할 때까지.

그러기 위해 나는 저 깊은 심연으로 내려가지 않으면 안 되노라. 마치 그대가 지하 세계를 밝혀 주기 위해 저녁마다 바다 저쪽으로 내려가는 것처럼.

오, 그대 너무나도 풍요로운 별이여!

나는 그대와 마찬가지로 아래로 내려가야만 한다. 내가 저 아래로 내려가 만나려는 사람들은, 이를 일컬어 '몰락'[2]이라고 말한다.

그러니 나를 축복해다오. 그대 고요한 눈동자여! 한없이 큰 행복조차도 시기함이 없이 바라볼 수 있는 눈동자여!

* * *

1 '서구 신화'에서 독수리는 '긍지' 또는 '자부심'을, 뱀은 '지혜'를 상징한다.
2 독일어 'Untergang'은 높은 데서 낮은 데로 내려간다는 뜻이다. '몰락' 대신 '하강', '내려감'으로 사용해도 무방하다. 여기에서는 차라투스트라가 인간 세계로 내려가 자신을 아낌없이 희생한다는 의미이다.

넘쳐흐르려는 이 술잔을 축복해다오. 물이 그 속에서 황금빛으로 흘러나오고 또한 가는 곳마다 그대의 기쁨을 밝혀 줄 이 잔을!

보라! 이 술잔은 또 다시 텅 비려고 하고, 차라투스트라는 다시 인간이 되기를 원하노라."

이렇게 하여 차라투스트라의 몰락은 시작되었다.

2

차라투스트라는 홀로 산을 내려갔다. 도중에 아무도 마주친 사람이 없었다. 그러나 그가 숲속에 들어섰을 때 홀연히 한 노인이 그의 앞에 나타났다. 숲속에서 풀뿌리를 캐기 위해 자신의 신성한 오두막집을 나선 노인이었다. 노인은 차라투스트라에게 이렇게 말했다.

"이 나그네는 낯선 사람이 아니군! 몇 해 전에 이 길을 지나갔던 사람이지. 그 사람 이름은 '차라투스트라'라고 했는데 지금은 아주 딴사람으로 변했군.

그때 그대는 자신의 재灰를 지고 산으로 들어갔지. 그런데 오늘은 그대의 불덩이를 지고 골짜기로 가려고 하는가? 그렇다면 그대는 방화범放火犯으로서 받을 형벌이 두렵지 않은가?

그래, 이 사람은 차라투스트라임에 틀림이 없어. 눈은 맑아지고 입가에는 역겨움이 흔적도 없어졌구나. 그러니 걸음걸이가 마치 춤추는 사람 같지 않은가? 차라투스트라는 변해서 딴사람이 되었군. 아이가 되었어. 이제 깨달음을 얻은 사람이 된 것이야. 그런데 새삼스레 무엇을 하려고 저 잠든 사람들 곁으로 가려고 하는가?

그대는 마치 바다 속에서 사는 것처럼 고독 속에서 살았고, 그 바다는 그대를 잘 품어 주었지. 그런데 어찌하여 그대는 육지에 오르려하는가? 아아, 그대는 다시 자신의 육체를 질질 끌고 다니려 하는가?"

차라투스트라는 대답했다.

"나는 인간을 사랑하오."

성자聖者가 말했다.

"어찌하여 내가 숲과 황야로 들어왔겠는가? 그것은 곧 내가 인간을 너무나도 사랑하였던 까닭이 아니었던가?

그러나 지금 내가 사랑하는 것은 신神이지, 인간이 아니라네. 나에게 있어서 인간은 너무도 불완전한 존재야. 인간에 대한 사랑은 나를 파멸시키게 되리라."

차라투스트라가 대답했다.

"어찌 내가 사랑을 운운하리오! 나는 인간에게 선물을 주려할 뿐이오."

성자가 말했다. "인간에게는 아무것도 주지 말게! 오히려 그들이 걸머진 짐의 일부를 빼앗아 그것을 그들과 함께 나누어 짊어지도록 하게. 그것이 그대가 기꺼이 할 수 있는 일이라면, 그들에게는 더할 나위 없이 좋은 일이 될 것이네.

만약 그들에게 무엇인가 주기를 원한다면 적선積善하는 것 이상은 하지 말게. 그것도 그들로 하여금 애걸하도록 만들게!"

차라투스트라가 대답했다.

"아니오, 나는 적선을 베풀고 싶지 않소. 나는 그 정도로 구차하지는 않다오."

성자는 차라투스트라를 비웃으며 말했다.

"그렇다면 그들이 그대가 주는 소중한 선물을 받아들일지 시험해보게. 그들은 외로이 사는 은자隱者를 불신하며, 우리가 선물을 주기 위해 왔다고 생각하지 않는다네. 골목을 지나치는 우리의 발걸음 소리는 그들에게는 너무도 쓸쓸하게 들리지. 마치 해가 뜨기엔 아직도 먼 한밤중에 잠자리에서 행인들의 발소리를 들으며 '도둑이 어디로 가려는 걸까'라고 중얼거리는 것처럼 말이네.

인간들에게로 가지 말고 숲속에 머무르게! 인간들에게 가기보다는 오히려 짐승들에게 가는 것이 나을 걸세! 어째서 그대는 나처럼 곰들 중 한 마리 곰, 새들 중 한 마리 새가 되려고 하지 않는가?"

차라투스트라가 물었다.

"그렇다면 그대 성자는 숲속에서 무엇을 하시나요?"

성자가 대답했다.

"나는 노래를 지어 부르지. 그리고 노래를 지으면서 웃고 울며 흥얼거린다네. 그리하여 신을 찬양하지. 노래하며 웃고 울며, 흥얼거리고, 그럼으로써 나는 나의 신을 찬양하네. 그런데 그대는 우리에게 무슨 선물을 가져왔는가?"

차라투스트라는 이 말을 듣고 성자에게 작별 인사를 하며 말했다.

"당신에게 드릴 것이 뭐가 있겠소! 내가 당신에게서 그 무엇을 빼앗는 일이나 없었으면 좋겠소. 그러니 나를 어서 보내 주시오!"

이리하여 그들 두 사람, 즉 노인과 젊은이는 웃으면서 서로 헤어졌다. 마치 사내아이들처럼 웃으면서.

그러나 차라투스트라는 홀로 있게 되자 마음속으로 이렇게 말했다.

"도대체 어떻게 이런 일이 있을 수 있단 말인가? 저 늙은 성자는 숲속에 있어서 아직 아무것도 듣지 못했구나? '신이 죽었다'는 소식을!"

3

차라투스트라가 숲에서 가장 가까운 도시에 이르렀을 때, 어느 마을 시장市場에 많은 사람이 모여 있는 것을 보았다. 광대가 줄타기를 한다는 것이었다. 여기서 차라투스트라는 군중을 향해 이렇게 말했다.

나는 그대들에게 초인超人[3]을 가르치노라. 인간은 극복되어야 할 그 무엇이다. 인간을 극복하기 위해 그대들은 무엇을 하였는가?

지금까지 모든 존재들은 스스로를 초월하여 그 무엇인가를 창조해 왔다. 그럼에도 그대들은 이 위대한 밀물의 한가운데서 썰물이 되기를 원하며, 또 인간을 극복하기보다 오히려 짐승으로 되돌아가기를 원하는가?

인간에게 있어서 원숭이는 무엇이란 말인가? 웃음거리가 아니면

***

3 초인을 뜻하는 독일어 Übermensch(위버멘쉬)는 '건너가는 자', '넘어가는 자'를 의미한다. 여기서는 '영원회귀'의 진리를 체득하고, '힘의 의지'를 실현시킬 미래의 인간을 가리킨다.

고통스러운 수치일 뿐, 이와 마찬가지로 초인에게 있어서도 인간은 역시 웃음거리가 아니면 고통스러운 수치일 뿐이로다.

그대들은 벌레로부터 인간에 이르는 길을 걸어왔노라. 그러나 그대들 내면에는 아직도 많은 벌레의 본성이 남아 있다. 그대들은 일찍이 원숭이였고, 지금도 인간은 그 어떤 원숭이보다도 더한 원숭이니라.

그대들 중 가장 현명한 자라고 할지라도 그는 식물과 유령과의 불협화음의 혼합물, 또는 잡종에 불과하다. 그런데 내 어찌 그대들에게 식물이나 유령이 되라고 명령하겠는가?

보라, 나는 그대들에게 초인을 가르치노라!

초인이란 대지大地의 의미이다. 그대들의 의지意志로 하여금 이렇게 말하게 하라. 초인이야말로 대지의 의미가 되어야 한다고!

형제들이여! 나는 그대들에게 간절히 원한다. 대지에 충실하라. 그리고 저 하늘나라의 희망을 말하는 자들의 말을 믿지 말라! 그들이야말로 알고 있든 모르고 있든 독을 섞는 자들이로다.

그들이야말로 삶을 경멸하는 자들이며, 쇠약해져 가는 자들이고, 또 스스로 독을 마시는 자들이다. 대지는 그와 같은 사람들에게 지쳐 버렸다. 그들이 떠나는 대로 내버려 두어라!

예전에는 신을 모독하는 일이 최대의 모독이었다. 그러나 신은 죽었고, 그럼으로써 신을 모독하는 자들도 함께 죽었다. 지금에 와서 가장 무서운 것은 대지를 모독하는 일이고, 또 저 이해할 수 없는 존재의 내장內臟을 대지의 의미보다 더 높이 숭상하는 일이다.

한때는 영혼이 육체를 경멸의 눈으로 바라보았다. 그 시대에 있어서는 그것이 최고의 모독이었다. 영혼은 육체가 야위고, 처참해지고, 굶주리기를 희망했다. 그렇게 함으로써 영혼은 육체와 대지로부터 벗어나는 것이라 믿었다.

오, 그러나 이 영혼은 스스로 여위고 처참해지고 또한 굶주렸던 것이다. 이와 같은 영혼의 쾌락은 잔혹함, 바로 그것이었다.

말해다오, 형제들이여! 그대들의 육체는 그대들의 영혼에 대해서 무엇을 말하는가? 그대들의 영혼도 빈곤함, 불결함 그리고 가련한 안락함이 아니던가?

진실로, 인간은 더러운 강물이로다. 그러므로 우리는 스스로 더러워지지 않으면서 더러운 강물을 받아들이기 위해서는 모름지기 바다가 되어야 한다.

보라, 나는 그대들에게 초인을 가르치노라. 초인이란 이러한 바다이며, 그 속에서 그대들의 커다란 경멸은 가라앉게 될 것이다.

그대들이 체험할 수 있는 최대의 경험이란 무엇인가? 그것은 위대한 경멸의 순간이다. 그대들의 행복 그리고 이성과 덕이 구역질을 느끼는 순간이 바로 그것이다. 그런 순간이 오면 그대들은 말하리라.

"내게 행복이 무슨 소용인가! 그것은 빈곤함과 불결함이며 또한 가련한 안락함이 아니던가. 나의 행복은 존재 그 자체를 정당화시킬 수 있어야 한다."

그 순간이 오면 그대들은 이렇게 말하리라.

"내게 이성이 무슨 소용인가? 그것은 사자가 먹이를 탐하듯 지식을 탐하는 것이 아닌가? 그것은 빈곤함, 불결함 아니면 가련한 안락함일 뿐이다."

그런 순간이 오면 그대들이 이렇게 말하리라.

"내게 덕德性이 무슨 소용인가? 그것은 아직 한 번도 나를 열광케한 일이 없다. 나는 얼마나 나의 선과 악에 대해서 피로를 느껴 왔던가! 그 모든 것은 빈곤함, 불결함 아니면 가련한 안락함일 뿐이다."

그 순간이 오면 그대들은 이렇게 말하리라.

"내게 정의란 무슨 소용인가? 나는 타오르는 불꽃도 아니며 불을지피는 숯도 아님을 알고 있다. 그러나 정의로운 자는 불꽃이며 또숯이거늘."

그 순간이 오면 그대들은 이렇게 말하리라.

"내게 동정同情이 무슨 소용인가? 동정이란 인간을 사랑한 자가 못박히는 십자가가 아니던가? 그러나 나의 동정은 결코 십자가에 못박혀 죽는 것이 아니다."

그대들은 이렇게 말해본 적이 있는가? 아아, 만약에 이렇게 외치는소리가 내 귀에 들렸더라면!

하늘을 향해 외치는 것은 그대들의 죄가 아니라 그대들의 안분지족安分知足에 대한 마음이다. 그대들 죄악 속까지도 깃든 그대들의 조악함이 하늘을 향해 외치는 것이다. 자신의 혀로 그대들을 핥아 줄 번갯불은 어디에 있는가? 그대들에게 심어 줘야 할 그 광기는 어디 있는가?

보라, 나는 그대들에게 초인을 가르치노라. 초인이야말로 그 번갯불이며, 초인이야말로 그 광기인 것이다!

차라투스트라가 이렇게 말했을 때, 군중 속에서 한 사람이 외쳤다.
"줄타기 광대에 대한 이야기는 그만하면 충분하오. 이제는 실제로 그자를 보여 주지 그래."
그러자 모든 사람이 차라투스트라를 비웃었다. 그리고 줄타기 광대는 이 말이 자신을 두고 한 것이라 생각하고 줄을 타기 시작했다.

4

차라투스트라는 군중을 바라보면서 의아한 생각이 들었다. 그러고는 다음과 같이 말했다.

인간은 짐승과 초인 사이에 걸쳐 놓은 하나의 밧줄이다. 심연 위에 걸쳐진 밧줄인 것이다. 저쪽으로 건너가는 것도 위험하고, 도중에 있는 것도 위험하며, 뒤를 돌아보는 것도 위험하다. 또한, 벌벌 떨면서 멈춰 있는 것도 위험하다.

인간의 위대한 점은, 인간은 다리橋일 뿐 목적이 아니라는 데 있다. 인간이 사랑스러운 점은 그가 **건너가는 존재**이며 **몰락하는 존재**라는 데 있다.

나는 사랑하노라. 몰락하는 자로서 살아가는 것 외의 삶을 모르는 자들을. 그들이야말로 건너가는 자들이기 때문이다.

나는 사랑하노라. 마음껏 경멸하는 자들을. 왜냐하면 그들이야말로 마음껏 숭배하는 사람들이며, 저편의 해안을 동경하는 화살이기 때문이다.

나는 사랑하노라. 몰락과 희생의 근거를 짐짓 별들의 배후에서 찾지 않고, 오히려 언젠가 대지가 초인의 것이 되도록 대지에 자신을 희생하는 자들을.

나는 사랑하노라. 인식하기 위해 사는 자를. 그리고 언젠가는 초인으로 살아가기 위해 인식하려는 자를. 그런 자는 스스로 몰락하려고 한다.

나는 사랑하노라. 초인을 위해 집을 지어 주고, 그에게 대지와 짐승과 식물을 마련해 주기 위해 일하고 발명하는 자를. 그는 이와 같이 스스로의 몰락을 원하기 때문이다.

나는 사랑하노라. 스스로의 덕을 사랑하는 자를. 덕이란 몰락하려는 의지이며, 또한 동경의 화살이기 때문이다.

나는 사랑하노라. 자신을 위해서는 한 방울의 정신조차 남겨두지 않고, 정신이 온전히 자신의 덕으로 가득한 자를. 그런 자는 정신으로 다리를 건너가는 것이다.

나는 사랑하노라. 자신의 덕으로부터 자신의 애착과 운명을 만들어내는 자를. 그런 자는 자신의 덕을 위해 살고 또 죽으려고 한다.

나는 사랑하노라. 너무 많은 덕을 갖지 않으려고 하는 자를. 하나의 덕은 둘의 덕보다 우월한 법이다. 왜냐하면 덕이란 운명을 묶어 주는 많은 매듭이기 때문이다.

나는 사랑하노라. 아낌없이 주는 영혼을 소유한 자를. 감사함을 받으려고도, 답례를 하려고도 않는 자를. 그런 자는 항상 남에게 주기만 할뿐, 자신이 가지려고 하지 않기 때문이다.

나는 사랑하노라. 주사위가 자신에게 행운을 가져다주었을 때 이를 부끄러워하면서 '나는 사기도박꾼이 아닌가?' 하고 스스로 묻는 자를. 왜냐하면 그런 자는 파멸하려고 하기 때문이다.

나는 사랑하노라. 행동에 앞서 황금과 같은 말을 던지고, 언제나 약속한 것보다도 더욱 많은 것을 이행하는 자를. 그런 자는 자신의 몰락을 원하고 있기 때문이다.

나는 사랑하노라. 다가올 미래 세대의 사람들을 옹호하고 인정하며, 과거 세대의 사람들을 구원하는 자를. 그런 자는 현재의 사람들 때문에 파멸하고자 하기 때문이다.

나는 사랑하노라. 자신의 신을 사랑하기 때문에 자신의 신을 징벌하는 자를. 그런 자는 신의 노여움으로 파멸하지 않을 수 없기 때문이다.

나는 사랑하노라. 상처를 입고도 그 영혼의 깊이를 상실하지 않으며 또한 사소한 체험만으로도 멸망할 수 있는 자를. 그런 자는 그렇게 기꺼이 다리를 건너간다.

나는 사랑하노라. 자기 자신을 잊고 모든 만물을 자기 내부에 간직할 만큼 그 영혼이 넘쳐흐르는 자를. 그리하여 모든 만물은 그의 몰락이 될 수 있는 것이다.

나는 사랑하노라. 자유로운 정신과 자유로운 심장의 소유자를. 그런 자에게 머리는 그의 심장에 있는 내장일 뿐이다. 그러나 그 심장은 그를 몰락으로 몰아넣는다.

나는 사랑하노라. 인간들 위에 드리워진 먹구름에서 똑똑 떨어지는 묵직한 빗방울 같은 자들을. 그들은 번개가 칠 것을 예고하며, 예고하는 자로서 파멸한다.

보라, 나는 번개가 칠 것을 예고하는 자이며 먹구름에서 떨어지는 무거운 빗방울이로다. 이 번개를 일컬어 우리는 초인이라 부른다.

5

차라투스트라는 이렇게 말을 마치고 다시 군중을 바라보았다. 그러고는 침묵에 잠겼다. 그는 마음속으로 이렇게 말했다.

'저들은 그저 선 채로 웃고 있다. 저들은 내 말을 알아듣지 못하며, 내 입은 그들의 귀에 맞지 않는 것이다. 그들이 눈으로 듣는 법을 배우도록 우선 그들의 귀를 두드려 부수어야 할 것인가. 큰북을 치는 것처럼, 참회를 권하는 설교자처럼 호통을 쳐야 한단 말인가? 혹은 그들은 더듬더듬 말하는 사람만을 믿고 있는 것인가?

그들은 나름대로 자기들이 자랑할 만한 것을 갖고 있다. 그 자랑할 만한 것을 그들은 무엇이라고 부르고 있는가? 그들은 그것을 교양이라고 부른다. 이 교양이란 것이 그들을 염소치기보다 뛰어나게 보이게 한다. 그러므로 그들은 자기들에 대해서 '경멸'이란 말을 듣기 싫어한다. 그래서 나는 이제 그들의 자부심을 향해 호소하려고 한다. 나는 그들에게 가장 경멸스러운 자에 대해 이야기하고자 한다. 그것은 바로 최후의 인간 즉, **말종**末種 **인간**이다.'

그리고 차라투스트라는 군중을 향해 말했다.

이제야말로 인간은 자신의 목표를 세워야 할 때이다. 이제는 자신의 최고 희망의 씨앗을 심어야 할 때이다. 인간의 대지는 씨앗을 심기에 충분할 만큼 아직도 비옥하다. 그러나 언젠가는 이 대지도 메마르고 황폐해질 것이다. 그땐 어떠한 큰 나무도 그곳에서 더는 자라지 못할 것이다.

슬프구나! 머지않아 그 시기가 올 것이다. 인간이 더 이상 자신의 너머로 동경의 화살을 쏘지 못하고, 자기의 활시위가 윙윙거리며 날아가게 할 줄도 모르게 되는 그런 시기 말이다!

내가 그대들에게 이르노니, 춤추는 별을 낳으려면 인간은 자신의 내면에 혼돈을 간직하고 있어야 한다. 다시 한번 그대들에게 이르노니, 그대들 내면에는 아직도 혼돈이 있음이라.

슬프구나! 머지않아 인간이 어떤 별도 낳지 못하는 때가 올 것이다. 슬프구나! 이제는 자기 자신을 더 이상 경멸할 줄 모르는 더없이 경멸스러운 인간들의 시대가 올 것이다.

보라! 나는 그대들에게 이 같은 **말종 인간**을 보여 주리라.

"사랑이란 무엇인가? 창조란 무엇인가? 동경이란 무엇이며 별이란 무엇인가?"

말종 인간은 이렇게 질문하고는 눈을 껌벅인다.

그러자 대지는 작아져 버리고 대지 위에는 만물을 작아지게 하는 말종 인간이 뛰어다닌다. 그 종족은 벼룩처럼 없애기 힘들다. 말종 인간은 가장 오래 사는 종족이다.

"우리는 행복이란 걸 고안했다."

말종 인간들은 그렇게 말하고 눈을 껌벅인다.

그들은 살기가 힘든 땅을 떠났다. 따뜻한 기운이 필요했기 때문이다. 그들은 여전히 이웃을 사랑하며 이웃과 몸을 비비고 있다. 따뜻한 기운이 필요하기 때문이다. 그들은 병드는 것과 의심하는 것을 죄로 여긴다. 그러므로 그들은 걷는 데도 조심스럽다. 돌부리나 사람에 걸려 비틀거리는 자는 바보일 뿐이다!

가끔 마시는 얼마간의 독, 그것은 안락한 꿈을 꾸게 해준다. 하지만 마지막에 가서는 다량의 독을 마시게 되는데, 그것은 안락한 죽음으로 이끈다. 그들은 여전히 일을 한다. 왜냐하면 일은 그들에게 놀이이기 때문이다. 그러나 이 놀이로 몸을 망치지 않도록 조심한다.

그들은 더 이상 가난해지거나 부유해지지 않는다. 두 가지가 다 귀찮기 때문이다. 누구도 지배하려고도 하지 않고 복종하려고도 하지 않는다. 두 가지가 다 귀찮기만 한 것이다. 목자牧者가 없는 가축 떼와 같을 뿐! 모든 인간이 평등한 것을 원하며, 모두가 평등하다. 자기가 다르다고 느끼는 자는 제 발로 정신병원으로 들어간다.

"옛날에는 온 세상이 미쳤었다."

그들 중 가장 세련된 자들은 이렇게 말하고 눈을 껌벅인다.

그들은 모두 영리하며 세상에 일어나는 모든 일을 알고 있다. 그래서 그들의 조소嘲笑는 끝없이 계속된다. 그들은 여전히 서로 다투지만 곧 화해한다. 그렇지 않으면 위가 망가지기 때문이다. 그들은 낮에는 낮대로 밤에는 밤대로 얼마간의 즐거움을 누린다. 그러나 그들은 무엇보다 건강을 중히 여긴다.

"우리는 행복이란 걸 고안했다."

말종 인간들은 이렇게 말하고 눈을 껌벅인다.

여기서 '서문序文'이라고 부르는 차라투스트라의 첫 번째 연설이 끝났다. 왜냐하면 이 대목에서 군중의 고함과 환호가 그의 말을 막았기 때문이다. 군중은 외쳤다. "오, 차라투스트라여. 우리에게 그 말종 인간을 달라! 우리를 그 말종 인간으로 만들어 달라. 그러면 우리는 초인을 그대에게 선사해 주겠다!"

그러면서 모든 군중은 환호성을 지르며 혀를 찼다. 그러나 차라투스트라는 슬퍼하며 마음속으로 이렇게 말했다.

"저들은 나를 이해하지 못 하는구나. 내 입은 저들의 귀에 맞지 않아. 내가 산속에서 너무 오래 살았나보다. 너무도 많이 물소리와 나무 소리에 귀를 기울였나 보구나. 나는 그들에게 양을 치는 목자에게 말하듯이 말하고 말았구나. 내 영혼은 흔들림이 없고 아침나절의 산처럼 밝구나. 그러나 그들은 내가 냉혹하고 지독한 농담이나 즐기는 냉소자라고 생각한다. 그들은 나를 바라보며 비웃고 있다. 또한 그들은 웃으면서 여전히 나를 증오하고 있다. 그들의 웃음은 얼음장처럼 차갑구나."

6

바로 그때 모든 사람의 입을 다물게 하고 모든 사람의 눈을 한곳으로 쏠리게 하는 사건이 발생했다. 그 사이에 줄타기 광대가 자기의 일을 시작하고 있었던 것이다. 밧줄은 두 개의 탑 사이에 걸쳐 매어 놓았고 광대는 한쪽 탑의 작은 문을 열고 나와 두 탑 사이에 묶여 있는 줄 위를 걸었다. 그러니까 시장市場과 군중의 머리 위를 지나가는 밧줄을 타기 시작했다. 그가 밧줄의 중간쯤 이르렀을 때, 아까의 그 작은 문이 다시 한번 열렸다. 그리고 어릿광대처럼 오색 무늬 옷을 걸친 한 사내가 뛰어나와 재빠른 걸음으로 앞서 가는 사내를 뒤쫓았다. 그러면서 "어서 가! 이 절름발이야!" 하고 무서운 목소리로 외쳤다.

"어서 앞으로 가! 이 게으름뱅이, 밀매업자, 희멀건 녀석아, 내 발길에 걸어채이기 전에! 여기 두 탑 사이에서 무엇을 하고 있는 거야? 넌 여기 탑 속에 갇혀 있는 게 낫겠어. 넌 그 속에 갇혀 있어야 될 녀석이야. 넌 너보다 뛰어난 사람의 자유로운 앞길을 가로막고 있단 말이야!"

이렇게 한 마디 한 마디 소리를 지르면서 그는 점점 더 가까이 다가섰다. 드디어 그가 한 발짝 뒤까지 쫓아갔을 때 모든 사람의 입을 다물게 하고 모든 사람의 눈을 한곳으로 쏠리게 하는 무서운 사건이 벌어졌다. 그는 악마처럼 고래고래 소리를 지르며 자기 앞을 가로막고 있는 사내의 머리 위를 훌쩍 뛰어넘었던 것이다. 광대는 자신의 경쟁자가 승리하는 것을 보고는 제정신을 잃고 밧줄도 헛디뎠다. 광대는 손에 들었던 장대를 내던지고는 그 장대보다 더 빠른 속도로 손

27

발을 허우적거리며 아래로 떨어졌다. 시장市場과 군중은 폭풍이 휘몰아치는 바다와도 같았다. 사람들은 우왕좌왕 뿔뿔이 흩어지며 서로를 짓밟았다. 특히 줄타기 광대의 몸이 떨어진 자리는 완전히 아수라장이었다.

그러나 차라투스트라만은 꼼짝도 하지 않았다. 더욱이 그 광대는 차라투스트라의 바로 옆에 떨어졌는데, 심한 부상을 입었으나 아직 숨은 끊어지지 않았다. 잠시 후 온몸이 부서진 이 광대도 제정신이 돌아왔다. 그는 차라투스트라가 자기 옆에서 무릎을 꿇고 있는 것을 보았다. 마침내 그가 말했다.

"당신 거기서 무엇을 하고 있는 거요? 나는 벌써 오래전부터 악마가 와서 내 한쪽 발을 걸어 넘어지게 하리라는 것을 알고 있었소. 악마가 이제 나를 지옥으로 끌고 가려고 하오. 당신이 그것을 막아 줄 수 있겠소?"

차라투스트라는 대답했다.

"내 명예를 걸겠네. 친구여! 그대가 말하는 그런 것 따위는 존재하지 않네. 악마는 없어! 지옥도 없단 말이네! 그대의 영혼은 그대의 육체보다 먼저 죽을 걸세. 그러니 이제 아무것도 두려워하지 말게나."

광대는 이 말을 믿지 못하겠다는 듯이 쳐다보았다. 그러고는 이렇게 말했다. "만약 그대의 말이 진실이라면 이제 내가 생명을 잃더라도 그로 말미암아 잃을 것은 하나도 없다는 말이 되오. 나는 채찍질과 보잘것없는 먹이로 춤추기를 훈련받은 한 마리 짐승에 지나지 않는다오."

차라투스트라가 말했다.

"그렇지 않네. 그대는 위험한 일을 그대의 직업으로 삼았소. 그것은 조금도 경멸할 수 있는 일이 아니라오. 이제 그대는 그 직업 때문에 파멸을 맞이한 것이오. 그러기에 내가 이 손으로 그대를 묻어 주겠네."

차라투스트라가 이렇게 말했을 때 죽어가는 광대는 더 이상 아무런 대답도 하지 않았다. 하지만 그는 감사를 표하기 위해 차라투스트라의 손을 잡으려는 듯이 손을 움찔거렸다.

7

그러는 동안에 저녁이 되었다. 시장은 어둠에 싸이고, 군중들은 뿔뿔이 흩어졌다. 호기심과 공포심마저도 시간이 지나면 싫증을 느끼기 마련이다. 하지만 차라투스트라는 죽은 광대 옆에 앉아 생각에 잠겼다. 그리고 시간을 잊고 있었다. 이윽고 밤이 되었고, 차가운 바람이 이 고독한 사람의 머리 위를 스치고 지나갔다. 그때 차라투스트라는 몸을 일으켜 마음속으로 이렇게 말했다.

'참으로 차라투스트라는 오늘 멋진 고기잡이를 하였구나! 사람 하나 낚지 못했지만, 그래도 시체 하나는 낚았구나. 인간이라는 존재는 기괴하면서도 여전히 아무런 의미가 없다. 한 사람의 광대조차도 인간에게 재앙이 될 수 있으니 말이다. 나는 인간들에게 그들의 존재 의미를 가르치련다. 그것은 초인이며, 인간이라는 검은 구름을 뚫고 나오는 번개이다. 그러나 아직도 나와 인간과의 거리는 멀기만 하다. 나의 생각은 아직도 그들의 생각과 통하지 않는다. 인간들에게 나는 아직도 광대와 시체의 중간에 지나지 않는구나.

밤은 어둡고, 차라투스트라의 갈 길 또한 어둡구나. 가자, 그대 차디차게 굳어 버린 길동무여! 내 이 손으로 그대를 묻어 줄 그곳으로 그대를 메고 가리라.'

8

차라투스트라는 마음속으로 이렇게 말한 뒤 시체를 등에 메고 길을 떠났다. 그러자 불과 백 걸음도 걷기 전에 어떤 사람이 다가와서 그의 귀에다 대고 속삭였다. 그런데 보라! 그에게 말을 건 자는 아까 탑 속에서 나왔던 그 광대이지 않은가!

"이 도시를 떠나시오. 오! 차라투스트라여! 여기서는 너무나도 많은 사람이 그대를 미워하오. 선한 자도 의로운 자도 그대를 미워하오. 그대를 적이라고 부르고 경멸하는 자라고 부르고 있소. 올바른 신앙을 가진 신자들도 그대를 미워하면서 그대를 군중의 위험인물이라고 부르고 있소. 사람들이 그 정도로 그대를 비웃는 것이 그대에게는 다행스러운 일이오. 사실 그대는 마치 광대처럼 이야기했소. 그대가 저 죽은 개와 한패가 되었던 것도 그대에게는 다행스러운 일이었소. 그와 같이 자신을 낮추었기 때문에 그대는 오늘 목숨을 구했던 것이오. 하지만 이 도시에서 떠나시오. 떠나지 않으면 내일은 내가 그대를, 말하자면 살아 있는 자가 죽은 자를 뛰어 넘어 갈 것이오."

광대는 이렇게 말하고 사라졌다. 그러나 차라투스트라는 여전히 어두운 골목을 계속해서 걸어갔다.

도시의 성문 근처에서 차라투스트라는 무덤 파는 자들과 마주쳤다. 그들은 횃불로 그의 얼굴을 비추어보고는, 그가 차라투스트라임을 알자 큰소리로 비웃었다.

"차라투스트라가 죽은 개를 등에 메고 가는구나. 차라투스트라가 무덤 파는 사람이 되었다니 참 잘 되었구나! 우리들의 손은 이런 구운 고깃덩어리를 만지기에는 너무도 깨끗하지. 차라투스트라가 악마에게서 먹이를 훔치려는 건가! 그것도 좋겠지! 맛있게 잘 먹게나! 다만 저 악마가 차라투스트라보다 더 교활한 도둑놈이 아니면 좋겠군! 악마는 그대도 훔치고 개까지도 훔쳐가서 둘 다 먹어치울 거야!"

이렇게 말하고 그들은 서로 웃으며 머리를 맞댄 채 수군거렸다.

차라투스트라는 그 말에 아무런 대답도 하지 않고 제 갈 길을 재촉했다. 숲을 지나고 늪을 지나 두 시간쯤 걸었을 때 그는 굶주린 늑대의 우짖는 소리를 여러 번 듣자 배고픔을 느꼈다. 그래서 그는 어떤 외딴 집에서 불빛이 새어 나오는 것을 보고 그 앞에서 걸음을 멈추었다. 차라투스트라가 말했다.

"배고픔이 마치 도적과도 같이 내게 엄습하는구나. 숲과 늪지대에서 배고픔이 나를 엄습하다니. 그것도 깊은 한밤중에. 나의 허기는 이상하게 심술궂다. 흔히 나의 허기는 식사 후에 찾아오는데, 오늘은 종일토록 찾아오지 않았으니 허기란 그 녀석은 도대체 어디에 가 있었단 말인가?"

이렇게 말하면서 차라투스트라는 그 집 문을 두드렸다. 한 노인이 손에 등불을 들고 나타나서 그에게 물었다.

"누가 이렇게 찾아와 겨우 잠든 나를 방해하는 거요?"

차라투스트라가 말했다.

"산 사람 하나와 죽은 사람 하나올시다. 먹을 것과 마실 것을 좀 주시오. 온종일 먹고 마시는 것을 잊고 있었소. 굶주린 사람을 먹이는 자는 자신의 영혼에 생기를 불어넣는 자라고 현자들은 말하지요."

노인은 안으로 들어갔다가 곧 되돌아 나와서 차라투스트라에게 빵과 포도주를 주었다. 노인이 말했다.

"이곳은 굶주린 자에게는 좋지 않은 곳이네. 그러기에 나는 여기서 살고 있다오. 은자隱者인 나에게는 짐승도 오고 사람도 찾아온다네. 그대의 길동무에게도 먹고 마실 것을 주게나. 그대보다 더 지쳐 보이네그려."

이에 대하여 차라투스트라가 대답했다.

"내 길동무는 죽었소. 그러니 먹고 마시라고 그자를 설득하기는 어려울 것이오."

그러자 노인이 퉁명스럽게 말했다.

"그것이 나와는 무슨 상관이오. 내 집 문을 두드린 자는 내가 주는 것을 받아야 하오. 그럼 잘 먹고 가도록 하게나."

그 후 차라투스트라는 자기의 갈 길과 별빛만을 의지한 채 또다시 두 시간을 걸었다. 그는 밤길에 익숙했고, 또 잠든 사람의 얼굴을 보기 좋아했기 때문이었다. 그런데 먼동이 틀 무렵, 차라투스트라는 깊은 숲속에 와 있었고 이제 더 이상 길은 보이지도 않았다. 그리하여 그는 죽은 사람을 속이 텅 빈 나무 안에 눕히고 자기 머리를 그쪽으로 두었다. 늑대들로부터 그를 보호하기 위해서였다. 그는 이끼 낀 대지 위에 드러누웠다. 그리고 곧바로 잠들었다. 비록 몸은 지쳤으나 영혼은 평온했다.

9

차라투스트라는 오랫동안 잠을 잤다. 아침놀과 오전의 햇살이 그의 얼굴을 스치고 지나갔다. 마침내 그는 눈을 떴다. 차라투스트라는 깜짝 놀라 숲과 숲의 정적을 감상하였고, 놀란 눈길로 자기 내면을 들여다보았다. 그러고 나서 갑자기 육지를 발견한 뱃사람처럼 벌떡 일어나 소리를 질렀다. 하나의 새로운 진리를 깨달았기 때문이었다. 그래서 그는 자신의 마음에 대고 이렇게 속삭였다.

"한 줄기 빛이 내게 비쳐오는구나. 나에게는 길동무가 필요하다. 내가 가고자 하는 곳으로 함께 갈 살아 있는 길동무 말이다. 지금 내가 어깨에 메고 가는 죽은 길동무나 시체가 아니라. 나를 따라올 살아 있는 길동무가 필요하다. 그들 스스로 나를 따라오길 원하기 때문에 내가 가려는 곳이 어디든지 나를 따르는 길동무 말이다.

한 줄기 빛이 내게 비쳐 온다. 이제 차라투스트라는 군중에게 말하는 것이 아닌 길동무들에게 말하려 한다! 차라투스트라는 가축의 무리를 돌보는 목자牧者나 개가 되어서는 안 된다! 가축의 무리 속에서 많은 가축을 꾀어내기 위해 나는 왔다. 군중과 가축의 무리는 내게 화를 내겠지. 하지만 차라투스트라는 목자들로부터 도적이라고 불리기를 원하고 있다.

나는 그들을 목자라고 부른다. 그러나 그들은 스스로 선하고 의로운 자라고 칭하고 있다. 나는 그들을 목자라고 부른다. 하지만 그들은 올바른 신앙을 가진 신자라고 자처한다.

그런 선하고 의로운 자를 보라! 그들이 가장 미워하는 자는 누구인가? 그들이 존중하는 가치를 적어 놓은 서판을 부수는 자, 파괴자, 범죄자를 가장 미워한다. 하지만 그가 바로 창조하는 자인 것이다.

보라, 저 모든 신앙의 신자들을! 그들이 가장 미워하는 자는 누구인가? 그들이 존중하는 가치를 적어놓은 서판을 부수는 자, 파괴자, 범죄자를 가장 미워한다. 하지만 그가 바로 창조하는 자인 것이다.

창조하는 자는 길동무를 찾을 뿐 시체를 찾지 않는다. 그리고 가축의 무리나 신자도 찾지 않는다. 창조하는 자가 찾는 것은 함께 창조할 자들, 즉 새로운 서판에 새로운 가치를 적을 자들이다.

창조하는 자는 길동무를, 그리고 함께 수확할 자를 찾는다. 그에게는 모든 것이 익어서 수확을 기다리고 있기 때문이다. 하지만 그에게는 백 개의 낫이 없다. 그래서 그는 손으로 이삭을 쥐어뜯으며 화를 내고 있는 것이다.

창조하는 자는 길동무를, 그리고 자신의 낫을 갈 줄 아는 자들을 찾는다. 그들은 파괴자로 불릴 것이며 선과 악을 경멸하는 자들이라

불릴 것이다. 하지만 그들이야말로 수확하는 자이며 축제를 벌이는 자들이다. 차라투스트라는 함께 창조하고, 함께 수확하며, 함께 축제를 벌일 자들을 찾는다. 가축 무리, 목자들 그리고 시체 따위와 무엇을 창조할 수 있단 말인가!

그리고 그대, 나의 최초의 길동무여! 편히 쉬어라! 내 그대를 텅 빈 나무 속에 정중히 묻어 두었고, 그대를 늑대의 무리로부터 잘 숨겨 놓았노라. 하지만 이제 나는 그대와 작별한다. 때가 되었구나. 아침놀과 또 다른 아침놀 사이에 내게는 새로운 진리가 찾아왔구나. 나는 목자가 되어서도 안 되며 또 무덤 파는 사람이 되어서도 안 된다. 나는 군중과 다시는 이야기하지 않으련다. 죽은 자와 이야기하는 것도 이번이 마지막이로다.

나는 창조하는 자, 수확하는 자, 축제를 벌이는 자와 함께하리라. 나는 그들에게 무지개를 보여 주고, 또 초인에 이르는 모든 계단을 보여 주련다. 혼자 있는 은둔자들을 위하여, 또 둘이서 지내는 은둔자들을 위하여 나의 노래를 들려주리라. 그리고 일찍이 들어본 적도 없는 것에 대하여 귀를 기울이는 자에게 나의 행복으로 그의 가슴을 가득 채워 주리라.

나는 나의 목표를 향해 가련다. 나는 내 갈 길을 가리라. 머뭇거리고 게으른 자들은 뛰어넘어 가리라. 그리하여 내가 가는 길이 그들에게는 몰락의 길이 되리라!"

10

차라투스트라가 마음속으로 이렇게 말했을 때 마침 정오의 태양
은 그의 머리 위에 걸려 있었다. 그때 그는 의아한 표정으로 하늘을
올려다보았다. 머리 위쪽에서 날카로운 새 울음소리가 들렸기 때문
이다. 그런데 보라! 한 마리의 독수리가 커다란 원을 그리며 공중을
날고 있고, 한 마리의 뱀이 그 독수리의 목을 감고 매달려 있었다. 그
뱀은 독수리의 먹이가 아니라 여자친구처럼 매달려 있었다.

"이것이야말로 내 짐승들이구나!"

차라투스트라는 이렇게 말하며 진심으로 반색했다.

"태양 아래서 가장 자부심 강한 짐승과 태양 아래서 가장 영리한
짐승. 이 둘이 무언가 살펴보려고 나타났구나. 그들은 차라투스트라
가 아직 살아 있는지 알고 싶어 하는 것이다. 정말이지, 나는 아직도
살아 있는 것일까? 나는 인간들 속에 있는 것이 짐승들 속에 있는 것
보다 더 위험하다는 것을 깨달았다. 차라투스트라는 위험한 길을 걷
고 있다. 그러니 내 짐승들이여! 나를 인도해다오!"

이렇게 말했을 때 차라투스트라는 숲속에 있는 성자가 했던 말이
생각나 한숨을 내쉬며 마음속으로 이렇게 말했다.

"나는 더 영리해지고 싶다! 나의 뱀처럼 머리부터 발끝까지 철저
하게 영리해지고 싶다! 자, 그러나 나는 불가능한 것을 바라고 있는
것이다. 그러므로 나는 나의 긍지가 언제나 나의 영리함과 함께하기
를 바랄 뿐이다!

그리고 언젠가 나의 영리함이 나를 저버린다면 ─ 아아, 나의 영리

함은 달아나기를 좋아하는구나! ― 그때야말로 바라건대 나의 긍지도 나의 어리석음과 함께 날아가 버리기를!"

이렇게 차라투스트라의 몰락은 시작되었다.

차라투스트라의 말

세 가지 변화에 대하여

나는 그대들에게 정신의 세 가지 변화에 대하여 말하고자 한다. 즉, 정신이 낙타가 되고, 낙타가 사자가 되고, 마지막으로 사자가 아이가 된다는 이 변화를 말하려고 한다.

내면에 외경심을 지니고 있는, 강하고 참을성 있는 정신은 무거운 짐을 지고 있다. 정신의 강인함은 무거운 짐, 가장 무거운 짐을 요구한다.

무거운 것이란 무엇인가? 인내심 많은 정신은 이렇게 묻고, 낙타처럼 무릎을 꿇고 앉아 무거운 짐을 싣기를 원한다.

가장 무거운 것이란 무엇인가? 그대 영웅들이여, 인내심 많은 정신은 이렇게 묻는다. 내가 그것을 짊어짐으로써 나의 억센 힘에 대해 기뻐할 수 있을 정도로 가장 무거운 것 말일세.

가장 무거운 것이란, 자신의 오만에 고통을 주기 위하여 자신을 낮추는 것이 아닐까? 자신의 지혜를 조롱하기 위해 스스로의 어리석음을 훤히 드러내는 것이 아닐까? 혹은 우리의 뜻이 이루어져 승리를 자축할 때 그 일로부터 결별하는 것이 아닐까? 유혹하는 자를 시험하기 위해 높은 산으로 올라가는 것이 아닐까?

혹은 인식의 도토리와 풀로 연명하면서 진리를 위해 영혼의 굶주림을 참고 견디는 것이 아닐까?

혹은 병든 그대를 위로하는 자들을 돌려보내 버리고, 그대가 들려주고자 하는 것을 결코 듣지 못하는 귀머거리와 우정을 맺는 것이 아닐까?

혹은 진리의 물이라면 더러운 물속이라도 뛰어들어 차가운 개구리도 뜨거운 두꺼비도 쫓아내지 않는 것이 아닐까?

혹은 우리를 경멸하는 자들을 사랑하고, 우리를 위협하는 유령에게 손을 내미는 것이 아닐까?

참을성이 강한 정신은 이러한 모든 무거운 짐을 스스로 등에 짊어진다. 짐을 싣고 사막을 달리는 낙타처럼. 그렇게 그는 자신의 사막을 달려가는 것이다.

그러나 너무도 고독한 사막에서 두 번째 변화가 일어난다. 여기서 정신은 사자가 된다. 정신은 자유를 쫓아 이를 쟁취하기를 원하며, 자기 자신의 사막에서 주인이기를 원한다.

여기서 정신은 자신의 마지막 주인을 찾는다. 정신은 자신의 마지막 주인, 최후의 신神에게 대적하려 하며, 승리를 위해 그 거대한 용龍과 싸우고자 한다.

이처럼 정신이 더 이상 주인이나 신으로 여기지 않으려는 거대한 용이란 무엇인가? '너는 해야 한다'가 그 거대한 용의 이름이다. 그러나 사자의 정신은 '나는 하려 한다'라고 말한다.

'너는 해야 한다'는 황금빛 비늘을 번쩍이며 정신의 앞길을 가로막는다. 그것은 비늘 짐승이며 그 비늘 하나하나마다 '너는 해야 한다!'라는 명령이 금빛으로 빛난다.

이 비늘들에는 천 년을 지속한 가치가 번쩍이고 있다. 여러 용 중 가장 힘이 센 용은 이렇게 말한다.

"사물들의 모든 가치, 그것이 내 몸에서 빛나고 있다."

다시 용은 이렇게 말한다.

"이미 모든 가치는 창조되었고 창조된 모든 가치, 그것이 바로 나다. 진실로 '나는 하려 한다'라는 말은 이제 존재해서는 안 된다."

형제들이여! 왜 그대들의 정신에 사자가 필요한가? 체념한 채 경외하는 마음으로 무거운 짐을 지는 낙타로는 왜 만족하지 못하는가?

새로운 가치의 창조. 이것은 사자도 아직 이루지 못하는 일이다. 그러나 새로운 창조를 위해 스스로 자유를 획득하는 것. 그것은 바로 사자만이 할 수 있는 일이다.

자유를 자기의 것으로 만들고 의무조차도 신성하게 부정否定하는 것. 이것을 위해서는 사자가 필요하다.

새로운 가치를 위한 권리를 획득하는 것. 이것은 참을성이 있고 경건한 정신에게는 너무나도 끔찍한 일이다. 진실로 그것은 정신에게 있어 약탈이며, 먹이를 약탈하는 맹수가 하는 일이다.

일찍이 정신도 '너는 해야 한다'를 가장 성스러운 것으로 사랑했다. 그러나 이제 정신은 가장 성스러운 것 속에서조차 미망迷妄과 자의恣意를 찾아내야 한다. 자기가 사랑하고 있는 것으로부터 자유를 강탈하기 위해서라면 말이다. 이렇게 빼앗기 위해 정신은 사자가 필요하다.

그러나 나의 형제들이여, 말하라. 사자도 할 수 없는 일을 어떻게 아이가 할 수 있단 말인가?

강탈하는 사자가 무엇 때문에 아이가 되어야만 하는가? 아이는 순진함이고 망각이다. 새로운 시작이자 유희인 것이다. 스스로 굴러가는 바퀴이고, 최초의 움직임이며 성스러운 긍정이 아닌가.

그렇다. 나의 형제들이여! 창조의 유희를 위해서는 성스러운 긍정이 필요하다. 바야흐로 정신은 **자신의** 의지를 원하고, 그리하여 속세를 등진 정신은 **자신의** 세계를 획득한다.

나는 그대들에게 정신의 세 단계 변화를 설명했다. 어떻게 해서 정신이 낙타가 되었고, 낙타는 사자가 되었고, 마지막으로 사자가 어떻게 아이가 되었는지를.

차라투스트라는 이렇게 말했다. 그때 그는 '얼룩소'라고 불리는 도시에 머무르고 있었다.

덕에 관한 강좌에 대하여

차라투스트라는 사람들로부터 수면睡眠과 덕에 대한 설교를 매우 잘 한다는 어떤 현자에 대해 전해 들었다. 그 현자는 대단한 존경과 높은 보수를 받고 있었으며, 천하의 젊은이들이 그의 강단 앞에 모여들었다는 것이다. 차라투스트라도 그에게로 가서 여러 젊은이들과 함께 그의 가르침을 받았다. 그때 현자는 이렇게 말했다.

잠에 대해서 경의와 수치심을 가져라! 이것이 가장 중요하다! 그러므로 잠을 잘 이루지 못하고 뜬눈으로 밤을 새는 모든 자들을 멀리하라!

도둑도 잠 앞에서는 부끄러워하고, 밤에는 언제나 발소리를 죽이고 살금살금 걷는다. 그러나 뻔뻔한 야경꾼은 부끄러움을 모르고 그의 호루라기를 불며 돌아다닌다.

잠을 잔다는 것. 그것은 결코 보잘것없는 기술이 아니다. 잠을 자기 위해서는 종일토록 깨어 있어야만 한다. 하루에 열 번, 그대는 그대 자신을 극복해야 한다. 그것은 심한 피로를 안겨다 줄 것이며 영혼의 마약이 되는 것이다.

하루에 열 번, 그대는 그대 자신과 화해를 해야 한다. 자기를 극복한다는 것은 고통스러운 일이다. 그래서 자기 자신과 화해를 하지 않은 자는 단잠을 이루지 못한다.

낮 동안에 그대는 열 가지 진리를 발견해야 한다. 그렇지 않으면 밤에도 그대는 진리를 찾게 될 것이다. 그로 인해 그대의 영혼은 여전히 공복을 채우지 못할 것이다. 낮 동안에 그대는 열 번 웃어야 하고 쾌활하게 지내야 한다. 그렇지 않으면 밤에 '고뇌의 아버지'인 위장胃腸이 그대를 괴롭힐 것이다.

잠을 잘 자기 위해서는 모든 덕을 지녀야 한다. 하지만 이것을 아는 자는 별로 없다. 만일 내가 위증을 한다면? 내가 간음姦淫이라도 한다면? 또 내가 이웃집 하녀에게 욕정을 품기라도 한다면? 이러한 모든 것은 단잠을 방해할 것이다.

나아가서 설사 모든 덕을 지니고 있다고 할지라도 우리는 또 한 가지 사실을 알고 있어야 한다. 즉, 이러한 덕 자체도 제때 잠들게 해 주는 것이다. 이러한 덕들, 즉 이 얌전한 여자들이 서로 아옹다옹 다투지 않도록! 더욱이 그대 때문에, 그대 불행한 자 때문에 말이다!

신神과도 이웃과도 화목하게 지내라! 단잠이 원하는 바는 이것이다. 그리고 이웃이 악마일지라도 화목하게 지내라! 그렇지 않으면 밤마다 그대의 곁에 악마가 나타날 것이다.

치안판사에 경의를 표하고 그들에 복종하라! 비록 그들이 옳지 않다고 할지라도! 그래야 잠을 잘 이룰 수 있다. 권력은 곧잘 뒤틀린 걸음걸이로 돌아다니기를 좋아하니 난들 어찌할 수가 있겠는가!

나는 자신의 양 떼를 푸르디푸른 초원으로 이끌고 가는 자를 언제나 최고의 목자라고 부른다. 그래야 단잠에 이롭다. 나는 커다란 명성名聲도 막대한 재물도 바라지 않는다. 그것은 비장脾臟에 염증을 일으킨다. 그러나 좋은 평판과 약간의 재산이 없다면 단잠을 이루기 힘들다.

나는 나쁜 친구와의 교제보다 하찮은 친구와의 교제를 환영한다. 그러나 그 교제도 때에 맞게 이루어지고 때에 맞게 마쳐야 한다. 그래야 편히 잠을 이룰 수 있다.

나는 마음이 가난한 자들도 무척 마음에 든다. 그들은 잠을 잘 이루게 해주기 때문이다. 그들은 복 받은 자들이다. 특히 그들이 세상 사람들에게 옳다고 인정을 받을 때면 그렇다.

덕을 갖춘 자에게는 이렇게 하루가 지나간다. 그러다가 밤이 오면 나는 잠을 부르지 않도록 조심한다! 모든 덕의 군주君主인 그 잠은 자기를 불러내는 것을 좋아하지 않는다!

그 대신 나는 낮 동안 내가 무엇을 했고, 무엇을 생각했는지 돌이켜본다. 나는 암소처럼 참을성 있게 되새김질하면서 스스로 묻는다. 내가 극복한 열 가지는 무엇이었던가에 대해서. 그리고 내 마음을 흐뭇하게 만든 열 가지의 화해, 열 가지의 진리, 열 가지의 웃음은 무엇이었던가 하고. 이러한 일들을 생각하면서, 또 이런저런 마흔 가지의 상념에 흔들리다 보면 덕의 군주인 잠은 부르지 않았는데도 어느새 나를 찾아온다. 잠이 다가와 내 눈을 두드린다. 그러자 눈꺼풀은 무거워진다. 잠은 내 입을 어루만진다. 그러면 나는 입이 스르르 벌어진다.

진실로 도둑 중에서도 가장 사랑스러운 도둑인 잠이 살며시 발끝으로 다가와 내 상념을 도둑질해 간다. 그러면 나는 어리석게도 이 교탁처럼 가만히 서 있다. 그러나 나는 오래 서 있지 않고, 이내 드러눕는다.

현자賢者가 이렇게 말하는 것을 듣고 차라투스트라는 마음속으로 웃었다. 그의 가슴 속에 한 줄기 광명이 비쳤기 때문이다. 그래서 그는 속으로 이렇게 말했다.

"마흔 가지 생각을 가진 이 현자는 내가 보기에는 바보다. 그러나 잠에 대해서는 그가 잘 이해하고 있는 것 같다. 이 현자 곁에서 산다면 그것만으로도 이미 행복할 것이다. 그러한 잠은 전염된다. 아주 두꺼운 벽일지라도 꿰뚫고 전염된다.

그의 가르침에는 어떤 마력이 깃들어 있다. 젊은이들이 이 덕의 설교자 앞에 앉아 있는 것도 헛된 일은 아니다. 그의 지혜는 잠을 잘 자기 위해서는 깨어 있으라는 것이다. 참으로, 삶이 아무런 의미도 없고 내가 이 무의미를 선택하지 않을 수 없다면, 나에게도 역시 이것이 가장 선택할 가치가 있는 무의미일 것이다. 이제야 나는 일찍이 사람들이 덕의 교사를 찾아가 무엇을 가장 갈망했던가를 분명히 알게 되었다. 잠을 잘 자는 것과 양귀비꽃 같은 덕, 이것을 사람들은 원했던 것이다!

명성이 자자했던 이 강단의 모든 현자에게 있어서 지혜란 꿈이 없는 잠이었던 것이다. 그들은 삶의 보다 나은 의미를 깨닫지 못했다.

오늘날에 와서도 이 덕의 설교자와 비슷한 자들이 더러 있기는 하다. 하지만 항상 그렇게 정직한 것은 아니다. 그러나 그들의 시대는 이미 지나갔다. 그리고 그들은 더 이상 오래 서 있지 못하고, 이미 누워 있다.

졸음이 오는 자들은 행복하다. 그들은 곧 꾸벅꾸벅 졸게 될 테니까."

차라투스트라는 이렇게 말했다.

내세를 믿는 자들에 대하여

일찍이 차라투스트라도 내세來世를 믿는 모든 사람처럼 인간의 피안彼岸에 대한 망상에 사로잡힌 적이 있었다. 그때 이 세계는 고뇌하고 번민하는 신의 작품으로 생각되었다. 그때 이 세계는 내게 꿈이자 신이 꾸며낸 창작품으로 보였다. 즉, 불만족스러운 신의 눈앞에 피어오르는 다채로운 빛깔의 연기처럼 보였던 것이다.

선과 악, 쾌락과 고통, 나와 너. 이런 것들이 나에게는 창조자의 눈앞에 피어오르는 다채로운 빛깔의 연기처럼 생각되었다. 창조자는 자신에게서 눈길을 돌리려고 했다. 이리하여 그는 이 세계를 창조하였다.

자신의 고통에서 눈길을 돌리고 자신을 잃어버리는 것. 이것이야말로 고통에 시달리는 자에게는 도취적인 쾌락이다. 도취적인 쾌락과 자기 상실이야말로 일찍이 내가 생각한 세계였다.

이 세계, 영원히 불완전한 세계, 영원한 모순의 이미지 그마저도 불완전한 이미지. 이러한 세계를 만든 불완전한 창조자에게 주어진 도

46

취적인 쾌락. 이것이 한때 내가 생각한 세계였다.

그리하여 나도 한때는 내세를 믿는 사람들처럼 피안彼岸에 대한 망상에 사로잡혀 있었다. 그것은 정말로 인간의 피안이었을까?

아, 형제들이여. 내가 창조해낸 이 신神은 모든 신들과 똑같이 인간의 작품이자 인간의 망상이었다!

이 신은 인간이었고, 그나마 인간과 자아自我와의 어설픈 일부분이었던 것이다. 이 유령은 나 자신의 타고 남은 재灰와 불꽃에서 내게 다가온 것이며, 진실로 그것은 피안에서 온 것은 아니었다!

형제들이여! 대체 무슨 일이 일어났단 말인가? 나는 자신을 이겨내었다. 고통받는 나 자신을 극복한 것이다. 나 자신의 재를 산으로 가져가서 더욱 밝은 불꽃을 만들어내었다. 그런데 보라! 그 유령은 나를 피해 **도망치지** 않았는가!

이러한 유령을 믿는다는 것은 이제 건강을 회복하고 있는 나에게는 고뇌이자 고통이 될지도 모른다. 그러므로 나는 내세를 믿는 사람들에게 이렇게 말한다.

고뇌와 무능. 그것이 모든 피안의 세계를 꾸며냈다. 그리고 가장 고뇌하는 자만이 경험하는, 그 순간적인 행복의 망상. 그것이 피안의 세계, 즉 내세였다.

죽음을 무릅쓰고 도약하여 단숨에 궁극적인 것에 도달하려는 데서 오는 피로감, 이제는 더 이상 아무것도 원하지 않는 가련하고 무지한 피로감, 이것이 모든 신을 만들고 내세를 만들어냈다.

형제들이여, 내 말을 믿어라! 육체에 절망했던 것은 바로 우리의 육체였다. 그 육체가 혼미한 정신의 손가락을 빌려 최후의 벽을 더듬었던 것이다.

형제들이여, 내 말을 믿어라! 대지에 절망했던 것은 바로 우리의 육체였다. 존재의 배腹, 근원가 자신에게 말하는 것을 들었던 것은 바로 육체였다.

그때 육체는 머리를 가지고 ─ 아니 머리만으로는 아니었지만 ─ 저 최후의 벽을 뚫고 '저 세계'로 넘어가고자 했다.

그러나 '저 세계'는 인간에게 교묘히 감춰져 있다. 인간성을 잃은 저 짐승 같은 비인간적인 세계는 천상의 무無인 것이다. 그리고 존재의 배는 인간적인 모습이 아니라면 결코 인간에게 말을 걸지 않는다.

참으로 모든 존재는 실증하기 어렵고 말을 시키기도 어렵다. 그대 형제들이여! 모든 사물 중에서도 가장 불가사의한 것이 가장 잘 증명되지 않았는가?

그렇다. 이 자아 그리고 자아의 모순과 혼란은 자신의 존재에 대하여 가장 솔직하게 고백하고 있다. 그리고 창조적이고, 자발적이고, 평가하는 이러한 자아야말로 모든 사물의 척도이자 가치인 것이다.

이 가장 솔직한 존재인 자아. 그것은 육체에 대해 말한다. 이 자아는 시를 짓거나, 몽상을 하거나, 부러진 날개로 퍼덕거릴 때조차도 육체를 원한다.

자아는 점점 더 솔직하게 고백하기를 배운다. 그리고 많이 배우면 배울수록 육체와 대지를 찬양하는 말을 점점 더 많이 발견하고 또 더 많은 경의를 표한다.

나의 자아는 나에게 새로운 긍지를 가르쳤고, 나는 이것을 인간에게 가르친다. 더 이상 천상의 모래밭에 머리를 처넣지 말라! 대지에 의미를 부여하는 지상의 머리를 자유롭게 쳐들어라!

나는 인간에게 새로운 의지를 가르친다. 인간이 맹목적으로 걸어온 이 길을 원하고, 이 길을 긍정하며 받아들이는 것이다. 그리하여 저 병든 자와 죽어가는 자들처럼 그 길에서 벗어나 슬그머니 달아나지 말라고!

병든 자와 죽어가는 자들이야말로 육체와 대지를 경멸하고, 천상의 세계와 구원의 핏방울도 생각해낸 자들이었다. 그러나 그 달콤하고도 쓰디쓴 독마저도 육체와 대지에서 만들어낸 것이다!

그들은 자신의 비참함으로부터 헤어나려고 했으나 하늘의 별은 그들과는 너무나 멀리 떨어져 있었다. 그래서 그들은 이렇게 탄식했다. "아, 다른 존재와 다른 행복에 몰래 기어들어 갈 수 있는 천상의 길은 없는 것인가!" 하고. 그리하여 그들은 샛길과 핏빛 음료를 고안해냈던 것이다!

그렇게 해서 이 배은망덕한 자들은 이제 그들의 육체와 이 대지로부터 벗어났다는 망상에 빠졌다. 그러나 그들이 벗어났다는 발작과 기쁨을 얻게 된 데 대해 누구에게 감사하려고 하는 것인가? 그들의 육체와 이 대지가 아니라면!

차라투스트라는 병든 자들에게는 온화한 마음을 지니고 있다. 진실로 그는 병든 자들의 위안을 찾는 태도와 배은망덕의 태도에 대해서도 화를 내지 않는다. 다만 그들이 병에서 회복되고 극복하는 자가 되어 보다 더 고귀한 육체를 가지기를 바랄 뿐이다!

차라투스트라는 또한 회복 도중에 있는 자에게도 화를 내지 않는다. 설사 이 자가 자신의 망상에 연연하고 한밤중에 자신이 섬기는 신의 무덤 주위를 배회할지라도. 그러나 그런 자의 눈물이 내게는 여전히 질병이며 병든 육체로 보인다.

이야기를 꾸며대며 신을 갈망하는 자들 중에는 언제나 병약한 자들이 많았다. 그들은 인식하는 자를 격렬하게 미워하고, 덕 중에서 가장 새로운 덕인 정직을 더없이 미워한다.

그들은 항상 몽매한 암흑시대를 돌이켜 본다. 물론 그때 망상과 신앙은 오늘날의 것과는 다른 모습이었다. 광기 어린 이성은 신과 유사한 것이었으며, 의심하는 것은 죄악이었다.

나는 신과 유사하다는 이 사람들을 너무나도 잘 알고 있다. 이들은 사람들이 자기를 믿어 주기를 원하며, 의심은 죄악이기를 바란다. 또한 나는 이 사람들 자신이 무엇을 가장 굳게 믿고 있는가를 너무나도 잘 알고 있다.

참으로 그들이 가장 잘 믿는 것은 피안의 세계와 구원의 핏방울이 아니라 바로 그들의 육체이다. 그들 자신의 육체야말로 그들에게는 물物 자체인 것이다.

그러나 그들에게 있어서 육체란 병든 것이다. 그래서 그들은 기꺼이 그것으로부터 탈피하고자 한다. 그리하여 죽음의 설교자에게 귀를 기울이고, 스스로 내세가 있음을 설교하는 것이다.

형제들이여! 차라리 나의 건강한 육체의 소리에 귀를 기울여라! 이것이야말로 보다 솔직하고 보다 순수한 소리이다.

건강한 육체, 완전하고 각 잡힌 육체는 보다 솔직하고 순수하게 말한다. 그리고 바로 이러한 육체가 대지의 의미를 말해 주는 것이다.

차라투스트라는 이렇게 말했다.

신체를 경멸하는 자들에 대하여

육체를 경멸하는 자들에게 내 말을 전하고자 한다. 나는 그들에게 새로 배우고 새로 가르침을 받으라고 말하는 것이 아니다. 그 대신 자신의 육체에 작별을 고하라고 말할 뿐이다. 그래서 그들이 침묵을 지키기를.

"나는 육체이며 영혼이다" 이렇게 아이는 말한다. 그렇다면 왜 우리는 아이처럼 말해서는 안 된단 말인가?

그러나 '각성한 자', '알고 있는 자'는 말한다. 나는 전적으로 육체이며 그 외의 아무것도 아니다. 그리고 영혼이란 육체에 속한 그 무언가를 표현하는 말에 불과한 것이라고.

육체는 하나의 위대한 이성理性이다. 하나의 의미를 가진 다양성이고, 전쟁이자 평화이며, 가축의 무리인 동시에 양치기인 것이다.

형제들이여! 그대는 그대의 자그마한 이성을 '정신'이라고 부르고 있지만 그것은 실로 그대 육체의 도구이며, 그대의 커다란 이성의 사소한 도구이며 장난감이다.

그대는 '자아自我'라고 말하며, 이 말에 자부심을 느낀다. 그러나 보다 위대한 것은 ─그대는 믿지 않으려고 하겠지만─ 그대의 육체이고, 그대의 육체라는 위대한 이성이다. 이 위대한 이성은 자아를 말하지 않고 자아를 실행하는 것이다.

감각이 느끼고 정신이 인식하는 것은 결코 그 자체가 목적이 되지는 않는다. 그러나 감각과 정신은 자기들이 모든 사물의 목적이라고 그대를 설득하려고 한다. 그처럼 감각과 정신은 허영심이 가득하다.

감각과 정신은 도구이며 장난감이다. 그것들의 배후에는 아직 '자기自己'가 있다. 그 자기는 감각의 눈으로 찾고 정신의 귀로 듣는다.

자기는 항상 듣고 있으며 또한 찾고 있다. 그것은 비교하고 강요하고 정복하고 파괴한다. 그것은 지배하며 또한 자아의 지배자이기도 하다.

그대의 사상과 감정의 배후에는, 형제여, 하나의 강력한 지배자, 알려지지 않은 현자가 있는데 이것이 바로 자기이다. 그것은 그대의 육체 속에 살고 있다. 그러므로 그대의 육체야말로 자기인 것이다.

그대의 육체 속에는 그대의 가장 뛰어난 지혜 속에 있는 것보다 더 많은 이성이 들어 있다. 그런데 그대의 육체가 무엇 때문에 그대의 가장 뛰어난 지혜를 필요로 하는지 대체 누가 알겠는가?!

그대의 '자기'는 그대의 자아와 그 자아의 의기양양한 도약을 비웃는다. 자기는 스스로에게 이렇게 말한다. "사상의 도약이나 비상飛翔이 나에게 무엇이란 말인가? 그것은 나의 목적지에 이르는 우회로이다. 나는 자아를 이끄는 끈이며, 자아가 가진 개념들을 귓속말로 알려주는 자다."

'자기'가 자아에게 말한다. "여기서 고통을 느껴라." 하고. 그러면 자아는 괴로워하면서, 어떻게 하면 더 이상의 고통을 피할 수 있는지 궁리를 한다. 바로 그 때문에 자아는 사유**해야만 한**다.

'자기'가 자아에게 말하다. "여기서 쾌락을 느껴라." 하고. 그러면 자아는 기뻐하면서, 어떻게 하면 좀 더 자주 기뻐할 수 있을지 궁리한다. 바로 그 때문에 자아는 사유**해야만 한**다.

육체를 경멸하는 자들에게 한마디 하려 한다. 그대들이 경멸하는 것은 사실 그대들이 존경하기 때문이라고. 도대체 무엇이 존경과 경멸, 가치와 의지를 창조했단 말인가?

창조하는 '자기'가 자신을 위해 존경과 경멸, 쾌락과 고통을 창조했다. 창조하는 육체가 자기 의지의 도구로써 정신을 창조했다.

그대들 육체를 경멸하는 자들이여, 그대들이 우매함과 경멸에 빠져 있을 때에도 여전히 그대들은 그대들의 '자기'에게 봉사하고 있다. 내 그대들에게 말하노니, 그대들의 '자기'는 스스로 죽기를 원하고, 삶을 등지기를 원하고 있다.

그대들의 '자기'는 그 스스로가 가장 소원하는 일, 즉 자기 자신을 초월하여 창조하는 일을 더 이상 수행할 수 없다. 자신을 초월하여 창조하는 것이야말로 그대들의 '자기'가 가장 원하는 일이며, 자기의 최고 열정인데도 말이다.

그러나 이제 자기가 그 일을 성취하기에는 너무 늦었다. 그래서 그대들의 '자기'는 도리어 몰락하기를 원한다. 그대들 육체를 경멸하는 자들이여.

그대들의 '자기'는 몰락을 원한다. 그래서 그대들은 육체를 경멸하는 자가 되었다! 그대들은 이제 더 이상 자기를 초월하여 창조할 수 없기 때문이다.

그래서 그대들은 이제 삶과 대지에 분노하고 있으며, 그대들의 경멸의 곁눈질 속에는 무의식적인 질투가 잠재해 있다.

나는 그대들의 길을 가지 않는다. 그대들 육체를 경멸하는 자들이여! 내게는 그대들이 결코 초인에 이르는 다리橋가 아니다!

차라투스트라는 이렇게 말했다.

기쁨과 열정에 대하여

형제여, 만일 그대가 덕을 가지고 있고 그것이 그대의 것이라고 한다면, 그대는 이 덕을 남과 공유하지 않는다.

물론 그대는 이 덕에 이름을 붙여 주고 어루만져 주고 싶으리라. 그대는 이 덕의 귀를 잡아당기며 희롱하고 그와 장난치기를 원할 것이다.

그러나 보라! 이제 그대는 이 덕의 이름을 군중과 공유하게 되었고, 그대는 그대의 덕과 더불어 군중이 되고 가축의 무리가 되었다!

오히려 그대는 이렇게 말하는 것이 더 나을지도 모른다. "내 영혼을 고통스럽게도 하고 달콤하게도 하며, 나의 내장을 굶주리게도 하는 것, 그것은 표현할 수도 없고 이름도 없다."

그대의 덕은 친숙하게 이름을 부르기에는 너무나도 높은 곳에 있어야 하리라. 그리고 만일 그대가 덕에 대해서 말해야 할 때 더듬거리며 말한다고 하더라도 부끄러워하지 말라.

더듬거리며 이렇게 말하라. "그것이 **나의** 선善이다. 나는 그것을 사랑한다. 그것은 전적으로 내 마음에 들고, **나는** 오로지 그 선을 원한다.

나는 그 덕을 신의 율법으로서, 인간의 규범이나 인간의 필수품으로서 원하는 것이 아니다. 그 덕은 나에게 이 지상의 저편이나 저 천국으로 가는 이정표가 되어서도 안 된다.

내가 사랑하는 것은 바로 이 지상에서의 덕이다. 그 속에는 영리함이 별로 없고, 모든 사람이 가지고 있는 이성도 아주 조금만 들어 있다.

그러나 이 새는 나의 집에 둥지를 틀었다. 그러니 나는 이 새를 사랑하고 품에 안는다. 이제 이 새는 우리 집에서 황금 알을 품고 있는 것이다."

이와 같이 그대는 더듬거리면서 그대의 덕을 칭송해야 한다.

일찍이 그대는 열정을 지녔었고, 그대는 그것을 악이라 불렀다. 그러나 이제는 오로지 덕만을 가지고 있을 뿐이다. 그대의 이 덕이야말로 그대의 열정에서 성장한 것이다.

그대는 그대의 최고 목표를 그러한 열정의 가슴에다 아로새겼다. 그렇게 해서 이 열정은 그대의 덕이 되고 기쁨이 되었다.

비록 그대가 성급한 자, 음탕한 자, 혹은 광신자나 복수심에 불타는 자의 혈통을 받았다 하더라도.

결국 그대의 모든 열정은 덕이 되었고 모든 그대의 악마는 천사가 되었다.

일찍이 그대는 그대의 지하실에 들개들을 키우고 있었다. 그러나 결국 그 들개들은 변하여 새가 되고 사랑스러운 여가수가 되었다.

그대는 그대의 독으로부터 향유를 빚어내었다. 그대는 슬픔이라는 암소에게서 젖을 짜낸 셈이다. 이제 그대는 그 젖가슴에서 흘러나오는 달콤한 젖을 마시고 있다.

그리하여 이후로는 그대에게서는 어떠한 악도 자라나지 않으리라. 다만 그대가 갖고 있는 여러 가지 덕 사이의 갈등에서 생겨나는 악을 제외하고는.

형제여, 만일 그대에게 행운이 있다면 그대는 다만 하나의 덕을 가졌을 뿐 그 이상의 덕은 가지고 있지 않을 것이다. 그래야만 그대는 발걸음도 가벼이 다리를 건너갈 수 있기 때문이다.

덕이 많다는 것은 뛰어난 일이다. 그러나 그것은 견디기 힘든 운명이기도 하다. 많은 사람이 사막으로 가서 스스로 목숨을 끊었으니, 이는 덕 간의 전투를 참아내고 전쟁터가 되는 것을 감당하느라 지쳤기 때문이리라.

형제여! 전쟁과 전투가 악한 것인가? 그러나 그런 악은 필연적인 것이다. 그대가 지닌 모든 덕 사이의 질투와 시기와 비방은 필연적인 것이다.

보라! 그대의 덕들은 각기 최고의 자리를 지향하고 있지 않는가. 그것들은 제각각 그대의 정신 전체를 요구한다. 그대의 정신을 **자신들의** 전령으로 삼으려고 말이다. 그대의 덕은 분노와 증오와 사랑에 있어서 그대의 온 힘을 요구한다.

모든 덕은 다른 덕을 질투한다. 이 질투는 끔찍한 것이다. 덕이라 할지라도 질투 때문에 파멸에 이를 수 있다.

질투의 불꽃으로 휩싸인 자는 최후에는 방향을 돌려 전갈처럼 자기 자신을 독침으로 쏜다.

아, 형제여. 그대는 그 어떤 덕이 자기 자신을 비방하고 자신을 찔러 죽이는 것을 본 적이 없는가?

인간이란 극복되어야 할 그 무엇이다. 그러기에 그대는 그대의 덕들을 사랑해야 한다. 그대는 그 덕들에 의해 파멸에 이르게 될 것이기 때문이다.

차라투스트라는 이렇게 말했다.

창백한 범죄자에 대하여

재판관들이여. 제사장들이여! 그대들은 제물로 바쳐진 짐승이 고개를 끄덕이기 전에는 그 목을 자르지 않는가? 보라. 창백한 범죄자는 고개를 끄덕였고, 그의 눈은 커다란 경멸을 보이고 있다.

그의 눈은 이렇게 말하고 있다. "나의 자아는 극복되어야 할 그 무엇이다. 나의 자아는 인간에 대한 커다란 경멸이다."

이 범죄자가 이렇게 자신을 재판하는 것은 그의 최고의 순간이다. 그러므로 이같이 숭고한 자를 다시 그의 비열한 상태로 돌아가게 하지 말라!

이와 같이 자기 자신으로 말미암아 고통스러워하는 자에게는 어떤 다른 구원이 없다. 빨리 죽는 것을 제외하고는.

그대 재판관들이여, 그대들이 범죄자를 사형에 처하는 것은 복수심이 아니라 동정심이어야 한다. 그리고 그대들은 사형 판결을 내리면서 그대들 자신의 삶을 정당화하고 있음을 보도록 하라!

그대들이 죽이는 자와 화해하는 것만으로는 아직도 부족하다. 그대들의 비애悲哀가 초인에 대한 사랑이 되게 하라. 그리하여 그대들이 아직 살아 있음을 정당화하라!

'적'이라고 부를지언정 '악인'이라고 부르지는 말라! '병자'라고 부를지언정 '악당'이라고 부르지는 말라! '바보'라고 부를지언정 '죄인'이라고 부르지는 말라!

그리고 그대 붉은 법복을 입은 재판관이여. 만일 그대가 상상 속에서 저지른 모든 일을 요란하게 큰소리로 얘기한다면, 이 말을 들은 모든 사람이 이렇게 외칠 것이다. "이 더러운 놈, 이 독충을 제거해 버려라!" 하고 말이다.

그러나 생각과 행위와는 별개이다. 더욱이 그 행위의 표상은 별개의 것이다. 그것들 사이에는 인과의 수레바퀴가 돌지 않는다.

어떤 표상이 이 창백한 인간을 창백하게 만들었다. 그가 어떤 행위를 했을 때 그는 자신의 행위를 감당할 만했지만, 그 행위가 끝난 후에는 그 행위의 표상을 감당하지 못했다.

이제 그는 항상 자신을 어떤 행위의 실행자로 생각하는데, 나는 이것을 망상이라고 부른다. 그에게 있어서는 예외가 본질로 전도된 셈이다.

암탉 앞에 백묵으로 선線을 그으면, 암탉은 속박되어 움직이지 못한다. 이와 마찬가지로 그가 저지른 어떤 행위가 자신의 가련한 이성을 속박하는 것이다. 나는 이것을 행위 **이후의** 망상이라고 부른다.

들어라, 그대 재판관들이여! 또 다른 망상이 있으니, 그것은 행위 **이전의** 망상이다. 아! 내 생각에 그대들은 이런 영혼 속으로 충분히 깊게 들어가지는 못했다!

붉은 법복을 입은 재판관은 이렇게 말한다. "이 범죄자는 왜 사람을 죽였는가? 그는 강탈하려 했을 뿐인데"라고. 그러나 나는 그대들에게 말한다. 그의 영혼은 피를 원했다. 물건을 강탈하려고 한 것이 아니다. 그는 칼을 휘두르는 행복에 굶주려 있었다.[4]

그러나 범죄자의 가련한 이성은 이러한 망상을 이해하지 못하고 그를 설득시켰다. 가련한 이성을 이렇게 말했다. "피가 무슨 상관이란 말인가! 이것을 기회로 너는 적어도 강탈이라도 하지 않겠느냐? 복수라도 하지 않겠는가?"

* * *

4 生의 의지의 발현으로서 파괴욕이나 살인욕 등은 생의 원천과 연결되어 있다는 니체의 견해가 내포되어 있다.

이리하여 범죄자는 자신의 가련한 이성의 속삭임에 말려들었다. 이성의 말은 범죄자를 납덩이처럼 짓눌렀다. 그리하여 범죄자는 살인을 하면서 강탈까지 했던 것이다. 그는 자신의 망상을 부끄러워하지 않았다.

이제 또다시 죄책감이란 납덩이가 그를 짓눌렀다. 그리하여 그의 가련한 이성은 다시 굳어지고 마비되어 몹시 무거워졌다.

만일 그가 머리를 흔들 수만 있어도, 그의 무거운 짐은 굴러 떨어질 것이다. 하지만 누가 그 머리를 흔들 것인가?

이 사람은 도대체 정체가 무엇일까? 그는 정신을 통해 세계로 손을 뻗치는 질병들의 무더기이다. 질병들은 이 세계에서 먹잇감을 찾는다.

이 사람은 도대체 정체가 무엇일까? 그는 서로 엉켜 화목하게 지내는 경우가 드문 사나운 뱀의 무리이다. 사나운 뱀은 제각각 떨어져 나가 이 세계에서 먹잇감을 찾는다.

이 가련한 육체를 보라! 이 육체가 괴로워하고 탐내었던 것을 이 가련한 영혼은 자기 식으로 해석했던 것이다. 이 영혼은 그것을 살인하는 쾌락과 칼을 휘두르는 행복의 갈망으로 해석했던 것이다.

지금 병들어 있는 자는 지금 악이라고 불리는 악의 습격을 받는다. 그는 자신이 받은 고통으로 다른 사람에게 고통을 주려고 한다. 그러나 이와 다른 시대가 있었고, 다른 악과 다른 선이 있었다.

이전에는 의심이 악이었으며, 자기에 대한 의지도 악이었다. 그 당시에 병든 자는 이단자였으며 마녀였다. 이단자로서 마녀로서 그는 고통받았고 또한 남에게 고통을 주려고 했다.

내가 이런 말을 할지라도 그대들 귀에는 들리지 않을 것이다. 그대들은 나에게 이렇게 말한다. 이런 말은 선한 자들에게 해롭다고. 하지만 그대들의 선한 자가 나와 무슨 상관이 있단 말인가!

그대들의 선한 자들이 지니고 있는 많은 점은 나에게 구역질을 일으키게 한다. 그런데 정말이지 그들이 지닌 악은 그렇지 않다. 오히려 내가 바라는 것은 저 창백한 범죄자처럼 그들도 자신을 파멸로 이끌 그런 망상을 지녔으면 하는 것이다!

진실로 나는 바란다. 그들의 망상이 진리라고, 또는 성실이라고, 또는 정의라고 불리기를. 하지만 그들은 오래 살기 위해서, 또 가련하지만 안락하게 살기 위해서 자신의 덕을 지니고 있는 것이다.

나는 흐르는 강가에 선 난간이다. 붙잡을 수 있는 자는 나를 붙잡아라! 그러나 나는 그대들의 지팡이는 아니다.

차라투스트라는 이렇게 말했다.

읽기와 쓰기에 대하여

나는 글로 쓰인 모든 것들 중에서 피로 쓴 것만을 사랑한다. 피로 써라. 그러면 그대는 깨달을 것이다. 피가 곧 정신임을.

남의 피를 이해하기란 그리 쉬운 일이 아니다. 나는 한가롭게 책을 뒤적거리기나 하는 독서 게으름뱅이를 증오한다.

독자를 잘 아는 자라면 독자를 위해서 더 이상 아무것도 하지 않는다. 독자로서 백 년이라면, 그 정신 자체까지도 악취를 풍기리라.

모든 사람이 읽는 것을 배우면, 결국에는 쓰는 것뿐만 아니라 생각마저 썩고 말리라.

일찍이 정신은 신이었다가 다음에는 인간이 되었다. 그러나 지금은 아예 천민으로 전락하고 있다.

피로써 또 잠언으로써 글을 쓰는 자는 그저 읽혀지기를 바라는 것이 아니라 하나하나 씹어 자기 것으로 하기를 바란다.

산에서 산으로 갈 때 최단 거리는 봉우리에서 봉우리로 가는 길이다. 이를 위해서는 그대의 두 발이 길어야 한다. 잠언은 산봉우리여야 한다. 잠언을 알아들을 수 있는 자들은 몸집이 크고 높이 자란 사람들이다.

공기는 희박하고 순수하며, 위험은 항상 가까이에 존재하고, 정신은 쾌활한 악의로 가득 차 있는 것. 이런 것들은 서로 잘 어울린다.

나는 용감하기 때문에 내 주위에 항상 요마妖魔가 있기를 바란다. 유령을 쫓아 버릴 용기는 자신을 위해 요마를 만들어낸다. 용기는 큰 소리로 웃고 싶어 한다.

나는 더 이상 그대들처럼 느끼지 않는다. 발아래로 보이는 이 구름들, 내가 비웃는 저 검고 무거운 구름. 바로 이것이 그대들의 폭풍우의 구름이다.

그대들은 높은 곳에 오르려고 할 때 위를 올려다본다. 그러나 나는 이미 높은 곳에 있기 때문에 아래를 내려다본다.

그대들 중에 누가 웃으면서 동시에 높은 곳에 올라와 있을 수 있는가?

가장 높은 봉우리에 오르는 자는 모든 비극적 유희와 비극적 진지함을 비웃는다.

지혜는 **우리에게** 용감하고, 의연하고, 조소적이고, 난폭하게 행동하기를 바란다. 지혜는 여자라서 언제나 전사戰士만을 사랑한다.

그대들은 나에게 이렇게 말한다. '삶은 감당하기 어렵다.' 라고. 그러나 대체 무슨 이유로 그대들은 아침에는 긍지를 가졌다가 저녁에는 체념하게 되는 것인가?

실로 삶을 감당하기란 어렵다. 그러나 내 앞에서 그렇게 나약하게 굴지 마라! 우리는 모두 무거운 짐을 짊어지고 가는 사랑스러운 수나귀, 암나귀들이 아닌가!

한 방울의 이슬이 떨어졌다고 무서워 떠는 저 장미의 꽃봉오리와 우리는 그 어떤 공통점이 있는 걸까?

이 말은 진실이다. 우리가 삶을 사랑함은 삶에 익숙해져서가 아니라 오히려 사랑에 익숙해졌기 때문이다.

사랑 속에는 항상 약간의 망상이 들어 있다. 그러나 그 망상 속에도 항상 약간의 이성이 들어 있다.

삶을 사랑하는 내 눈에도 이렇게 비친다. 나비와 비눗방울, 그리고 인간 중에서 나비와 비눗방울 같은 자들이 행복에 대하여 가장 많이 아는 것 같다고.

경쾌하고, 순진하고, 우아하고, 활동적인 이 작은 영혼들이 파닥거리며 날아다니는 것을 보노라면, 차라투스트라는 이에 마음이 끌려 눈물을 흘리고 노래를 부르지 않을 수 없다.

내가 신을 믿게 된다면, 나는 다만 춤출 줄 아는 신만을 믿으리라.

그러나 내가 나의 악마를 보았을 때, 악마는 진지하고 철저하며 심오하고 엄숙하다는 것을 알았다. 그것은 말하자면 중력의 영靈이 었다.[5] 이 중력의 영으로 인해 모든 사물은 아래로 떨어지는 것이다.

인간들은 분노함으로써 죽이는 것이 아니라 웃음으로써 죽인다. 자, 중력의 영을 죽이지 않으려는가!

나는 걷는 법을 배웠다. 그런 이후로 달린다. 나는 날아가는 법을 배웠다. 그런 이후로 나는 누군가에게 떠밀리지 않아도 스스로 움직일 수 있게 되었다.

이제 나는 몸이 가볍다. 이제 나는 날아다닌다. 이제야말로 자신을 내려다보며, 이제 나를 통해 신은 춤춘다.

차라투스트라는 이렇게 말했다.

산비탈의 나무에 대하여

차라투스트라는 한 젊은이가 자신을 피해 가는 것을 목격한 적이 있었다. 어느 날 저녁 그가 '얼룩소'라고 불리는 도시를 둘러싸고 있는

***
5 중력은 물론, 생의 자유로운 활동을 방해하는 모든 것은 무게의 영靈이다.

산 속을 혼자 걸어가던 중이었다. 보라, 바로 그때 이 젊은이가 어떤 나무에 몸을 기대고 앉아, 지친 눈으로 골짜기를 내려다보고 있었다. 차라투스트라는 그 젊은이가 앉아 있는 나무를 감싸 안으며 이렇게 말했다.

"이 나무를 두 손으로 흔들려 해도 그럴 수 없을 거야.

그러나 우리가 눈으로 볼 수 없는 바람은 이 나무를 괴롭히며 마음대로 그것을 구부릴 수 있지. 이처럼 우리는 눈에 보이지 않는 손에 의하여 가장 심하게 구부러지고 괴롭힘을 당하고 있는 것일세."

이 말을 들은 젊은이는 깜짝 놀라 몸을 일으키며 말했다.

"이것은 차라투스트라의 목소리가 아닌가. 그렇지 않아도 방금 전까지 그를 생각하고 있었는데." 그러자 차라투스트라는 이렇게 대답했다.

"무슨 일로 그대는 이처럼 놀라는가? 인간은 나무와 같은 존재가 아닌가.

나무는 더욱 높이 더욱 밝은 곳으로 올라가려고 하면 할수록 그 뿌리는 더욱더 힘차게 땅속으로, 아래쪽으로, 어둠 속으로, 심연 속으로, 악惡의 내부로 뻗어나가려 하는 법일세."

그러자 젊은이는 이렇게 소리쳤다. "그렇지요, 악의 내부로! 당신은 어떻게 나의 영혼을 들여다볼 수 있나요?"

차라투스트라는 미소를 지으면서 말했다. "우리는 많은 영혼을 들여다보지는 못하네. 오히려 영혼을 꾸며내는 걸세."

"그렇지요! 악의 내부로!" 하고 젊은이는 다시 외쳤다.

"당신은 진리를 말씀하셨습니다. 차라투스트라여! 나는 한번 높이 오르려고 마음먹은 후로 자신을 믿지 못하게 되었으며, 다른 사람들도 더 이상 나를 믿지 않습니다. 왜 이렇게 되었을까요?

나는 너무도 빨리 변합니다. 나의 오늘은 나의 어제를 부정합니다. 나는 올라갈 때 가끔 계단을 건너뛰기도 하지만, 어떤 계단도 나의 이런 행동을 용서하지 않습니다.

높이 오르면 나는 항상 혼자인 자신을 발견합니다. 나에게 말을 거는 사람도 없습니다. 나는 고독의 싸늘함에 전율합니다. 도대체 나는 이 높은 곳에서 무엇을 바라는 걸까요?

나의 경멸과 나의 동경은 함께 성장합니다. 내가 높이 오르면 오를수록 나는 오르고 있는 그자를 더욱더 경멸합니다. 그는 도대체 이 높은 곳에서 무엇을 바라는 걸까요?

올라가며 비틀거리는 내 모습이 얼마나 부끄러운지요! 나는 거칠게 헐떡이는 내 숨소리를 얼마나 비웃는지 모릅니다! 나는 또 날아가는 자를 얼마나 미워하는지 몰라요! 나는 또 높은 곳에 있으면 얼마나 피곤한지 모릅니다!"

여기까지 말하고 젊은이는 입을 다물었다. 차라투스트라는 옆에 서 있는 나무를 바라보며 이렇게 말했다.

"이 나무는 여기 이 산에 외롭게 서 있네. 이 나무는 인간과 짐승들을 아래로 굽어보며 높이 자랐다네.

이 나무는 말을 하고 싶지만 자기 말을 이해하는 자는 아무도 없을걸세. 그만큼 이 나무는 높이 자란 것이라네.

이제, 이 나무는 기다리고 또 기다린다네. 대체 무엇을 기다리는 것일까? 이 나무는 구름이 감도는 근처에 살면서 최초의 번개를 기다리는 게 아닐까?"

차라투스트라가 이렇게 말했을 때 젊은이는 심하게 몸을 흔들며 외쳤다. "그렇습니다, 차라투스트라여! 당신은 진리를 말하고 있습니다. 나는 높은 곳에 오르려 할 때 사실 나의 몰락을 바랐지요. 내가 기다리던 번개는 바로 당신입니다! 보십시오, 당신이 내 앞에 나타난 후 내가 어떻게 되었나요? 내가 당신을 **질투**했기 때문에 나는 이렇게 파멸한 것입니다." 젊은이는 이렇게 말하고 슬프게 통곡했다. 차라투스트라는 젊은이를 팔로 감싸 안고 함께 길을 떠났다.

그들은 잠시 나란히 걸었다. 그러다가 차라투스트라가 이렇게 말을 꺼냈다.

내 가슴이 찢어질 듯하구나. 그대가 얼마나 많은 위험에 처해 있는지는 그대가 하는 말보다 그대의 눈이 더 잘 말해 주고 있다.

그대는 아직도 자유롭지 못하며, 아직도 자유를 **갈망**하고 있다. 그래서 밤새 잠들지 못하고 극도로 긴장해 있다.

그대는 툭 트인 산정에 오르기를 원하고, 그대의 영혼은 별들을 갈망한다. 그러나 그대의 저열한 충동도 자유를 갈망하고 있다.

그대의 들개들은 자유를 바라고 있다. 그대의 정신이 모든 감옥에서 벗어나려고 애쓰고 있을 때, 들개들은 지하실에서 기쁜 나머지 짖어내고 있다.

내가 생각하기에 그대는 아직도 자유를 꿈꾸는 포로에 불과하다.

아, 이 같은 포로의 영혼은 영리해지기도 하지만 교활해지고 사악해지기도 한다.

정신이 해방된 자라 할지라도 더욱 자신을 정화해야 한다. 그의 심중에는 아직도 많은 감옥과 부패물의 잔재가 있기 때문이다. 그의 눈동자는 더욱 더 맑아져야 한다.

그렇다, 나는 그대가 처한 위험을 알고 있다. 그러나 나의 사랑과 희망을 걸고 그대에게 간절히 말하리라. 그대의 사랑과 희망을 버리지 말라고!

그대는 아직도 자신이 고귀하다고 느끼고 있다. 그대를 원망하고, 그대에게 악의에 찬 눈길을 보내는 사람들조차도 오히려 그대를 고귀하다고 느끼고 있다. 그러나 잊지 말라, 고귀한 인간은 모든 사람에게 방해가 된다는 것을.

고귀한 인간은 선한 사람들에게도 방해가 된다. 그래서 사람들이 그를 고귀한 인간이라고 부를지라도, 사실은 그들의 장애를 제거하기 위함인 것이다.

고귀한 인간은 새로운 것을 만들어내려고 하며 새로운 덕을 창조하려고 한다. 반면 선한 인간은 옛것을 원하고 옛것이 계속 보존되기를 원한다.

하지만 고귀한 인간이 선한 인간이 된다는 것은 위험이 아니다. 오히려 고귀한 인간이 후안무치厚顔無恥한 자, 조소하는 자 또는 파괴자가 되고 만다는 것이야말로 참으로 위험한 것이다.

아, 나는 최고의 희망을 상실한 고귀한 인간들을 알고 있었다. 희망을 잃은 그들은 이제 모든 드높은 희망을 매도하였다.

그들은 뻔뻔하게도 순간적인 쾌락에 빠져 살았다. 그리하여 오늘 하루를 겨우 넘기며 사는 것 이외에는 거의 삶의 목표가 없었다.

"정신도 쾌락이다." 그들은 이렇게 말한다. 그들의 정신의 날개는 부러졌다. 그들의 정신은 여기저기 기어서 돌아다니고 이것저것 갉 아먹으며 몸을 더럽힌다.

한때 그들은 영웅이 되기를 원했다. 그러나 지금은 탕아가 되고 말 았다. 이제 그들에게 있어 영웅이란 원망과 공포의 대상에 불과하다.

그러나 나의 사랑과 희망을 걸고 나는 그대에게 간절히 애원하노 니, 그대의 영혼 속에 있는 영웅을 버리지 말라! 그대의 최고 희망을 성스럽게 간직하라!

차라투스트라는 이렇게 말했다.

죽음을 설교하는 자들에 대하여

죽음을 설교하는 자들이 있다. 그리고 이 대지에는 삶을 등지고 떠나 라는 설교를 들어야 할 사람들로 가득 차 있다.

이 대지는 쓸모없는 무리로 가득 차 있으며, 삶은 많고 많은 무리 로 인하여 부패되어 있다. 이런 무리들을 '영원한 삶'이라는 말로 유

***
6 누런 것이나 검은 것은 염세사상과 연결된 빛깔이다.

69

혹하여 이 삶으로부터 추방시키면 좋으련만!

사람들은 죽음의 설교자를 '노란 인간'이나 혹은 '검은 인간'[6]이라고 부른다. 그러나 나는 그들을 또 다른 색깔로 보여 주고자 한다.

여기 끔찍한 인간들이 있다. 그들은 뱃속에 맹수를 숨겨 두고 쾌락에 빠져 있거나 또는 자기를 갈기갈기 찢는 것 외에는 다른 선택을 할 줄 모른다. 그리고 그들의 쾌락이라는 것도 자기 몸을 갈기갈기 찢는 것이다.

이들, 이 끔찍한 사람들은 아직 인간이 되지 못했다. 이런 사람들이 삶을 등질 것을 설교하고 스스로도 떠나 버린다면 얼마나 좋을까!

여기 영혼의 결핵 환자가 있다. 그들은 태어나자마자 벌써 죽어가기 시작한다. 그리고 피로와 체념의 가르침을 동경한다.

그들은 기꺼이 죽고 싶어 한다. 그들의 이 의지를 존중하지 않으려는가! 이러한 죽어 있는 자들을 깨우지 않도록, 그리고 이 살아있는 관棺들을 훼손하지 않도록 조심하자!

그들은 병든 자, 노인 또는 시체와 마주치면 즉시 이렇게 말한다. "삶은 부정되었다!"라고.

그러나 사실 부정된 것은 그들일 뿐이다. 존재의 한쪽 얼굴밖에 보지 못하는 그들의 눈이 부정되고 있는 것이다.

그들은 짙은 우수에 휩싸여 죽음을 불러올 사소한 우연을 갈망한다. 그렇게 그들은 기다리고 있다. 이를 악물고 기다리고 있다.

그들은 또한 달콤한 과자 같은 것에 손을 뻗어 보기도 하며, 그러한 자신의 유치함을 비웃기도 한다. 그들은 지푸라기 같은 삶에 매달리면서도 그들이 아직도 그 지푸라기에 매달려 있는 것을 비웃기도 한다.

그들의 지혜는 이렇게 말한다. "살아 있는 자는 바보이다. 그러므로 우리도 바보이다! 그리고 삶에서 가장 어리석은 것이 바로 이것이다!"

"삶은 다만 고통일 뿐이다." 어떤 사람들은 이렇게 말하는데 그건 거짓말이 아니다. 그렇다면 **그대들은** 그만 살도록 하라! 고통에 불과한 삶을 그만두도록 하라!

그러므로 그대들의 덕의 가르침은 다음과 같다. "그대는 그대 자신을 죽이도록 하라! 그대는 이 세상으로부터 몰래 사라지도록 하라!"

"육욕은 죄악이다." 죽음을 설교하는 어떤 사람들은 이렇게 말한다. "그러니 우리는 육욕을 버리고 아이를 낳지 말자!"

또 다른 사람들은 이렇게 말한다. "아이를 낳는 것은 괴로움이다. 무엇 때문에 아직도 아이를 낳는가! 태어나는 자는 불행할 뿐인데!" 이렇게 말하는 자 또한 죽음의 설교자들이다.

그리고 또 다른 사람들은 이렇게 말한다. "동정심은 필요하다. 내가 가지고 있는 것을 받아들여라! 지금 있는 그대로의 나 자신을 받아들여라! 그러면 삶의 속박이 더욱 적어지리니!"

만약 그들이 진정으로 동정심을 느끼는 자들이라면, 그들의 이웃에게 그 삶을 혐오하도록 만들 것이다. 사악해진다는 것, 이것이 그들의 올바른 선의일 것이다.

하지만 그들은 삶에서 벗어나기를 원하고 있다. 그러니 자신들의 쇠사슬과 선물로 다른 사람들을 더욱 단단하게 묶어 놓을 필요가 뭐가 있겠는가!

또한 그대들, 삶을 고달픈 노동과 불안이라고 하는 자들이여! 그대들도 삶에 몹시 지쳐 있는 것이 아닌가? 그대들도 죽음의 설교를 받아들일 정도로 아주 성숙되지 않았는가?

고달픈 노동을 좋아하고, 또한 빠른 것, 새로운 것, 낯선 것을 쫓는 그대들이여! 그대들은 모두 자신을 견뎌내지 못한다. 그대들의 근면은 도피이며, 자기 자신을 망각하려는 의지이다.

그대들이 삶을 좀 더 신봉한다면, 그대들은 순간에 자신의 몸을 내맡길 생각은 하지 않을 것이다. 그러나 그대들의 마음속에는 기다릴 만한 충분한 내용조차도 없다. 아니, 게으름을 피울 만한 내용도 없다!

죽음을 설교하는 자들의 목소리는 가는 곳마다 들려온다. 그리고 대지는 죽음의 설교를 들어 마땅한 사람들로 가득 차 있다.

혹은 '영원한 삶'에 대한 설교라 하더라도 내게는 마찬가지다. 다만 그들이 빨리 사라져 주기만 한다면!

차라투스트라는 이렇게 말했다.

전쟁과 전사들에 대하여

우리의 최고의 적으로부터도, 또 우리가 진심으로 사랑하는 자들로부터도, 우리는 보호받기를 원하지 않는다. 그러니 나로 하여금 그대들에게 진리를 말하게 하라!

전쟁 중인 나의 형제들이여! 나는 진정으로 그대들을 사랑한다. 나는 그대들과 같은 인간이고, 과거에도 그랬다. 또한 나는 그대들의 최고의 적이기도 하다. 그러니 나로 하여금 그대들에게 진리를 말하게 하라!

나는 그대들 마음속의 증오와 질투를 알고 있다. 그대들은 아직 증오와 질투를 모를 정도로 위대하지는 않다. 그렇다면 증오와 질투를 부끄러워하지 않을 만큼 위대해지도록 하라!

만약 그대들이 인식의 성자聖者가 될 수 없다면, 적어도 인식의 전사戰士가 되도록 하라! 인식의 전사야말로 이처럼 성스러움의 길동무며 선구자인 것이다.

나는 많은 병사를 본다. 그러나 나는 많은 전사를 보고 싶다! 그들은 '일률적인 제복'을 입고 있다. 하지만 그들이 제복으로 감추고 있는 것이 '일률적'이지 않기를 간절히 바란다!

그대들은 언제나 자신의 눈으로 적을, **그대들의 적을** 찾는 그런 사람들이어야 한다. 그대들 중 몇몇 사람에게서는 첫눈에 증오를 느낀다.

그대들은 자신들의 적을 찾아내어, 그대들의 사상을 위하여 그대들의 전쟁을 수행하여야 한다! 설사 그대들의 사상이 패배할지라도 사상을 위한 그대들의 정직함만은 패배를 넘어 승리를 외쳐야 한다!

그대들은 새로운 전쟁의 수단으로써 평화를 사랑해야 한다. 그리고 오랜 평화보다는 오히려 잠깐의 평화를 사랑하라.

나는 그대들에게 노동이 아니라 투쟁을, 평화가 아니라 승리를 권한다. 그대들의 노동이 투쟁적이고, 그대들의 평화가 승리이기를!

사람들은 활과 화살을 가지고 있을 때만 침묵을 지키며 가만히 앉아 있을 수 있다. 그렇지 않으면 마구 지껄이고 말다툼을 하게 된다. 그대들의 평화가 승리이기를!

그대들은 말할 것이다. 좋은 명분은 전쟁을 신성하게 만든다고. 그러나 나는 그대들에게 이렇게 말하리라. 좋은 전쟁이 모든 명분을 신성하게 만드는 것이라고.

전쟁과 용기는 이웃에 대한 사랑보다도 위대한 일을 더 많이 성취했다. 지금까지 불행에 빠진 자를 구해 낸 것은 그대들의 동정이 아니라 그대들의 용감함이었다.

그대들은 묻는다. "선善이란 무엇인가?"라고. 선이란 용감한 것이다. 그러니 '선이란 예쁘고 감동적인 것'이라는 말은 어린 소녀들이나 하도록 내버려 두라.

사람들은 그대들을 냉혹하다고 말한다. 그러나 그대들의 심장은 순수하다. 나는 그대들의 부끄럼타는 순정을 사랑한다. 그대들은 자신의 마음이 넘쳐흐름을 부끄러워하지만 다른 사람들은 자신의 마음이 메마름을 부끄러워한다.

그대들은 추악하다는 말을 들었는가? 그래도 좋다. 형제들이여! 그렇다면 숭고함을 그대들의 몸에 걸쳐라. 그것은 추악함을 덮는 외투가 아닌가!

그대들의 영혼이 위대해지면, 그 영혼은 오만해지고, 그대들의 숭고함 속에는 악의惡意가 잠재해 있다. 나는 그대들을 잘 알고 있다.

악의라는 점에서 오만한 자와 나약한 자는 서로 일치한다. 하지만 그들은 서로를 이해하지 못한다. 나는 그대들을 잘 알고 있다.

그대들이 적敵을 가지려거든, 증오할 적을 가지되 경멸할 적을 갖지 말라. 그대들은 자신의 적을 자랑스럽게 생각해야 한다. 그럴 때에만 적의 성공이 곧 그대들의 성공이 되는 것이다.

저항. 이것은 노예들이 지닌 고귀함이다. 그대들의 고귀함은 복종이기를! 그대들의 명령 자체가 복종이기를!

훌륭한 전사에게는 '나는 하려고 한다.'라는 말보다 '너는 마땅히 하여야 한다.'라는 말이 더 기분 좋게 들린다. 그러므로 그대들이 좋아하는 모든 것으로부터 그대들은 명령받도록 하라.

삶에 대한 그대들의 사랑이 최고의 희망에 대한 사랑이기를! 그리하여 그대들의 최고의 희망이 삶에 대한 최고의 사상이기를!

그러나 그대들은 최고의 사상을 나로부터 명령받아야 한다. 그것은 바로 이렇다. '인간은 극복되어야 할 그 무엇이다!'

그러므로 그대들은 복종하고 투쟁하는 삶을 살도록 하라! 오래 산다는 게 무슨 소용인가! 전사가 무슨 보살핌이 필요하단 말인가!

나는 그대들을 보살피지 않는다. 나는 그대들을 진실로 사랑할 뿐이다. 전쟁 중인 나의 형제들이여!

차라투스트라는 이렇게 말했다.

새로운 우상에 대하여

지금도 어딘가에는 (국가를 이루지 못한) 민족과 군중이 있을 것이다. 그러나 우리가 사는 곳은 그렇지 않다. 형제들이여, 여기에는 국가가 존재한다.

국가? 국가란 무엇인가? 이제 내 말에 귀 기울여 보라. 이제 나는 그대들에게 민족의 죽음에 대하여 말을 하려 한다.

국가란 모든 괴물들 중에서 가장 냉혹한 것이다. 국가는 차갑게 거짓말을 한다. 그 괴물의 입에서는 다음과 같은 거짓말이 새어 나온다. "나, 즉 국가는 민족이다."라고.

그것은 거짓말이다. 일찍이 민족을 창조하고, 그 민족으로 하여금 하나의 신앙과 하나의 사랑에 매달리게 한 것은 소위 창조하는 자들이었다. 이와 같이 창조하는 자들은 삶에 봉사했다.

많은 인간에게 덫을 놓고, 그것을 국가라고 부르는 자들은 파괴하는 자들이다. 그들은 그 덫 위에 한 자루의 칼과 백 가지 욕망을 걸어 놓는다.

아직도 민족이 존재하는 곳에서는 민족이 국가를 이해하지 못한다. 그리하여 그 민족은 국가를 사악한 눈길이자, 관습과 법에 반하는 죄악이라 여기며 증오한다.

나는 그대들에게 민족의 징표를 알려 주고자 한다. 각 민족은 모두 선과 악에 대하여 말하는 자신의 혀를 가지고 있으나, 이웃 민족은 그

혀를 이해하지 못한다. 각각의 민족은 자신을 위한 언어를 관습과 법 안에서 만들어냈던 것이다.

그러나 국가는 선과 악을 모든 말로 꾸며대며 거짓말을 한다. 국가가 하는 말은 모두 거짓말이고, 국가가 갖고 있는 것은 모두 훔친 것이다.

국가에 관한 모든 것은 가짜이다. 물어뜯기를 좋아하는 국가는 훔친 이빨로 물어뜯는다. 심지어 국가의 내장조차 가짜이다.

선과 악에 대한 언어적 혼란, 이것이야말로 국가임을 알려주는 징표이다. 진실로 이 징표는 죽음에의 의지를 나타내고 있다! 진실로 이 징표는 죽음의 설교자들에게 오라고 눈짓한다.

너무나 많은 사람이 태어나고 있다. 국가는 그런 쓸모없는 인간들을 위해 고안되었다.

보라. 국가가 수많은 어중이떠중이를 어떻게 유혹하는지를! 국가가 이러한 인간을 어떻게 집어삼키고, 씹고, 되새기는지를!

"이 지상 위에서 나보다 더 위대한 것은 없다. 나는 질서를 부여하는 신의 손가락이다." 괴물은 이렇게 짖어댄다. 그런데 무릎 꿇는 자는 어리석은 나귀처럼 귀가 긴 자나 근시안적인 우둔하고 몽매한 자들만이 아니다.

아, 그대 위대한 영혼들이여! 국가는 그대들 심중에도 그 음산한 거짓말을 속삭인다! 아, 국가는 기꺼이 자신을 바치는 넉넉한 마음의 소유자들을 꿰뚫어본다!

그렇다. 국가는 낡은 신을 극복한 그대들의 심중을 간파하고 있다.

그대들은 전투에 지쳐 버렸다. 이제 지친 나머지 새로운 우상에 봉사하는 것이다.

국가, 즉 이 새로운 우상은 영웅과 명예로운 자들을 전면에 내세우고자 한다! 국가, 즉 이 냉혹한 괴물은 떳떳한 양심의 햇볕을 쬐고자 한다!

만일 **그대들이** 국가를 숭배하기만 한다면, 이 새로운 우상은 그대들에게 모든 것을 제공하리라. 이렇게 국가는 그대들의 빛나는 덕과 그대들의 자랑스러운 눈빛을 매수한다.

그대들을 미끼로, 국가는 너무도 많은 군중을 유혹하려고 한다! 그렇다. 그러기 위해 지옥이라는 예술품, 즉 신의 영광으로 장식되어 쩔렁거리는 소리를 내는 한 마리의 '죽음의 말馬'이 고안되었다!

그렇다! 스스로 삶이라고 자찬하는 그런 죽음이 많은 인간을 위해 고안되었다. 그리고 스스로 삶이라고 자찬하는 것이다. 진실로 이것이야말로 모든 죽음의 설교자에 대한 진심에서 우러나온 봉사가 아닌가!

선한 사람, 악한 사람 모두가 독배를 마시는 곳, 그곳을 나는 국가라고 부른다. 선한 사람, 악한 사람 모두가 자기 자신을 상실하는 곳, 그곳을 나는 국가라고 부른다. 모든 인간이 서서히 자살하는 것이 '삶'이라고 불리는 곳, 그곳을 나는 국가라고 부른다.

보라, 이 쓸모없는 인간들을! 그들은 창조하는 자들의 작품과 현자들의 보물을 훔치면서 그것을 교육이라고 부른다. 이리하여 그들에게 있어서는 모든 것은 병이 되고 불행이 된다.

보라, 이 쓸모없는 인간들을! 그들은 항상 병들어 있다. 그들은 담즙膽汁을 토해내면서 이것을 신문新聞이라 부른다. 그들은 서로를 집어삼키지만 결코 소화시키지는 못한다.

보라, 이 쓸모없는 인간들을! 그들은 재물을 끌어 모으는데도 점점 더 가난해진다. 그들은 권력을 원하며, 무엇보다도 권력의 지렛대인 많은 돈을 원한다. 이 무능한 자들은!

보라! 이 민첩한 원숭이가 기어 올라가는 꼴을! 그들은 서로 짓밟고 앞을 다투며 기어오른다. 그리하여 결국은 진창과 나락의 구렁텅이로 떨어지고 만다.

이 원숭이들은 모두 왕좌에 오르려고 한다. 그들은 왕좌 위에 행복이 있다고 생각하는데, 이것이 그들의 망상인 것이다! 하지만 때로는 왕좌 위에 진창이 있고, 때로는 그 왕좌가 진창 위에 있기도 하다.

내가 보기에 그들은 모두 망상에 사로잡힌 환자이고, 기어 올라가는 원숭이며, 열에 들뜬 자들이다. 냉혹한 괴물인 그들의 우상도 또 이들 우상을 숭배하는 자들도 모두 악취를 풍기고 있다.

형제들이여, 그대들은 그들의 주둥이와 탐욕의 악취 속에서 질식하려 하는가? 차라리 창문을 부수고 바깥으로 뛰어나가지 않으려는가?

악취를 피하라! 이 쓸모없는 인간 무리들의 우상 숭배로부터 벗어나라!

악취를 피하라! 이들 인간 제물들이 내뿜는 증기蒸氣 내지는 독기에서 벗어나라!

위대한 영혼의 소유자들에게는 아직도 대지가 활짝 열려 있다. 홀로 또는 둘이서 은둔하고 있는 자들을 위해서는 아직도 많은 자리가 비어 있다. 이 자리를 둘러싸고 은은한 바다 냄새는 감돌고 있다.

위대한 영혼의 소유자에게는 아직도 자유로운 삶이 활짝 열려 있다. 진실로, 소유한 것이 적은 자는 그만큼 소유되는 일도 적다. 이 소박한 가난은 찬양받아야 하리니!

국가가 **종말을 고하는** 곳, 그곳에서 비로소 쓸모없는 인간이 아닌 꼭 필요한 인간의 삶이 시작된다. 그곳에서는 없어서는 안 될 필연적인 인간의 노래가 시작된다. 단 한 번뿐이며 다른 것으로 대체할 수 없는 그런 노래가 시작된다.

국가가 종말을 고하는 곳, 그곳을 보라. 형제들이여! 그대들에게는 보이지 않는가? 초인이라는 저 무지개와 다리가!

차라투스트라는 이렇게 말했다.

시장의 파리 떼에 대하여

나의 벗이여! 그대의 고독 속으로 달아나라! 나는 그대가 위인들이 떠드는 소음에 귀가 먹는가 하면 소인배들의 가시에도 찔리는 것을 본다.

숲과 바위는 그대와 더불어 엄숙하게 침묵할 줄 안다. 그대가 사랑하는 저 나무처럼 되어라. 조용히 귀를 기울이며 바다 위로 넓게 가지를 뻗고 있는 나무처럼 되어라.

고독이 끝나는 곳에서 시장은 열리며, 시장이 열리는 곳에서는 위대한 배우가 소란을 피우고 독 있는 쇠파리들의 윙윙거리는 소리가 시작된다.

세상에 제아무리 훌륭한 것들도 그것을 연출해 주는 사람이 없으면 아무런 의미가 없다. 이러한 연출자들을 군중은 위인이라고 부른다.

위대한 것, 다시 말해 창조하는 것을 군중은 거의 이해하지 못한다. 다만 위대한 일을 연출하는 자들과 그 배우들에 대한 감각을 가질 뿐이다.

세계는 새로운 가치의 창조자를 중심으로 돌아간다. 그것도 눈에 보이지 않게. 그러나 군중과 명성은 배우를 중심으로 돌아간다. '세상 돌아가는 이치'라고 불리는 것은 바로 이것이다.

배우는 정신을 갖고 있지만 그 정신에 대한 양심을 갖고 있지는 않다. 배우가 항상 믿는 것은, 그것으로써 가장 강력하게 남을 믿을 수 있게 하는 것, 즉 바로 **자기 자신을** 남에게 믿게 만드는 것이다!

내일이면 그는 새로운 믿음을 가지고, 모레면 보다 새로운 믿음을 가지리라. 그의 마음은 군중과 마찬가지로 쉽게 흔들리며, 또한 변덕스러운 날씨와 같다.

전복顚覆시키는 것은 그에게 있어 증명을 의미한다. 열광시키는 것은 그에게 있어 설득을 의미한다. 그리하여 그에게 있어 모든 논거 중 최상은 '피'라는 것이다.

섬세한 귀에만 살짝 들리는 진리를 그는 거짓말이자 무無라고 부른다. 진실로, 그가 믿는 신들이란 이 세상에서 요란한 소음을 내며 떠드는 신들이다.

시장은 알록달록하게 차려 입은 어릿광대들로 가득 차 있다. 더욱이 군중은 자신의 위인들을 자랑스럽게 생각한다. 즉 군중에게는 그들이 시대의 주인인 것이다.

그러나 어릿광대들은 시간에 쫓긴다. 그러면 그들은 이제 그대를 다그친다. 그들은 그대에게서도 긍정이냐 부정이냐를 요구할 것이다. 슬프구나, 그대는 찬성과 반대의 중간에 그대의 의자를 놓으려는 것인가?

그대, 진리를 사랑하는 자여! 이처럼 마구잡이로 몰아대는 자들을 질투하지 말라! 아직까지 진리가 마구잡이로 몰아대는 자의 팔에 매달린 적은 한 번도 없었으니 말이다.

이같이 갑작스럽게 덤벼대는 자들 때문에 그대는 안전한 곳으로 돌아가도록 하라. 사람들은 시장에서만 그대에게 긍정이냐 부정이냐를 강요할 것이다.

모든 깊은 샘물에서는 체험이 서서히 이루어진다. 샘물의 밑바닥에 무엇이 떨어졌는지 알기까지는 오래 기다려야 한다.

모든 위대한 일은 시장이나 명성에서 떨어진 곳에서 일어난다. 옛날부터 새로운 가치의 창조자는 시장과 명성으로부터 떨어져 살아왔다.

달아나라, 나의 벗이여. 그대의 고독 속으로! 나는 그대가 독파리 떼에게 쏘이는 것을 본다. 달아나라, 거친 강풍이 불어오는 곳으로!

달아나라, 그대의 고독 속으로! 그대는 보잘것없고 가련한 자들과 너무 가까이에서 살아왔다. 눈에 보이지 않는 그들의 복수로부터 달아나라! 그들은 그대에게 오로지 복수만을 노리고 있다.

그들에게 맞서 다시는 손을 들어올리지 말라! 그들은 무수히 많고, 파리채가 되는 것이 그대의 운명은 아니기 때문이다.

이들 보잘것없고 가련한 자들은 헤아릴 수 없이 많다. 그리고 웅장한 건물들이 빗방울과 잡초 때문에 무너지는 경우는 부지기수로 많다.

그대는 돌이 아니다. 그러나 이미 많은 빗방울로 인해 움푹 파여 버렸다. 그대는 앞으로도 수많은 빗방울로 인해 부수어지고 쪼개지리라.

나는 그대가 독파리 떼로 인하여 지치고, 백 군데나 쏘여 피투성이가 되어 있는 것을 본다. 그런데도 그대는 자존심 때문에 이에 대해 화조차 내지 않는구나.

그 독파리 떼는 아무 생각 없이 그대의 피를 빨려 한다. 그들의 핏기 없는 영혼은 피를 갈망한다. 그 때문에 그것들은 아무 생각도 없이 그대를 쏘아대는 것이다.

그대, 마음 깊은 자여! 그대는 작은 상처에도 깊이 고통받는다. 그대의 상처가 채 아물지도 않았는데 똑같은 독충이 그대의 손등을 기어오른다.

이 살금살금 갉아먹는 자들을 죽이기에는 그대의 자존심이 너무도 세다. 하지만 조심하라! 그들의 독기 있는 모든 부당한 짓거리를 참고 견디는 것이 그대의 운명이 되지 않도록!

그들은 또한 찬양의 노래를 부르며 그대 주위에 윙윙거리며 모인다. 하지만 그들의 찬양은 뻔뻔스러울 정도로 집요하다. 그들은 그대의 살갗과 그대의 피 가까이에 있고자 하는 것이다.

그들은 신을 대하듯 또 악마를 대하듯 그대에게 아첨한다. 그들은 신이나 악마 앞에서 징징거리며 울부짖듯이 그대 앞에서도 징징거린다. 어쩌겠는가! 그들이 알랑거리고 징징거리는 자들에 불과한 것을 말이다.

그들은 때때로 애교를 부리며 그대 앞에 나타난다. 하지만 그것은 항상 비겁한 자의 약은 꾀였다. 그렇다, 비겁한 자들은 영악하다!

그들은 그들의 좁은 소견으로나마 그대에 대해 많은 생각을 한다. 그들에게 있어서 그대는 항상 미심쩍은 존재이다! 생각을 많이 하게 하는 것은 그 모두가 미심쩍은 것이다.

그들은 그대의 모든 덕 때문에 그대를 벌한다. 그들이 진심으로 그대를 용서하는 것은 오직 그대의 실책뿐이다.

그대는 온화하고 올바른 마음의 소유자이므로 이렇게 말한다. "그들이 하찮은 삶을 살아간다고 해서 그것이 그들의 잘못은 아니다."라고. 그러나 그들은 좁은 소견으로 이렇게 생각한다. "모든 위대한 존재는 죄악이다."라고.

그대가 그들에게 부드럽게 대한다고 해도 그들은 그대에게 경멸당하고 있다고 느낀다. 그리하여 그들은 그대가 베푼 선행을 은밀한 악행으로 되갚는다.

그대의 말 없는 긍지는 항상 그들의 취향에 거슬린다. 그러므로 그대가 아무것도 아닐 정도로 자신을 낮추어 겸손하게 굴면 그들은 기뻐 날뛸 것이다.

우리는 어느 한 인간에게서 인식하는 것, 그것 때문에 우리는 그를 격분하게 할 수도 있다. 그러므로 소인배들을 조심하라!

소인배들은 그대 앞에서 자신이 왜소하다고 느낀다. 그래서 그들의 저열함은 눈에 보이지 않는 복수심으로 변해 그대를 향해 가물가물 타오르다가 뜨겁게 활활 타오르는 것이다.

그대는 깨닫지 못했던가? 그대가 그들 쪽으로 접근했을 때, 그들은 얼마나 자주 입을 다물었던가를! 그리고 꺼져가는 불꽃에서 피어오르는 연기처럼 그들의 기력이 쇠하는 것을!

그렇다, 나의 벗이여. 그대는 그대의 이웃들에게는 양심의 가책이 된다. 그들은 그대에게 아무런 가치가 없는 존재이기 때문이다. 그래서 그들은 그대를 미워하고, 그대의 피를 빨아먹으려고 한다.

그대의 이웃들은 언제나 독파리 떼일 것이다. 그대의 위대한 점, 바로 그것이야말로 그들을 더욱 유독하게 만들고, 점점 더 독을 품은 파리의 족속으로 만드는 것이다.

달아나라! 나의 벗이여. 그대의 고독 속으로! 거친 강풍이 불어오는 곳으로! 파리채가 되는 것, 그것은 그대의 운명이 아니다.

차라투스트라는 이렇게 말했다.

순결에 대하여

나는 숲을 사랑한다. 도시는 살기에 좋지 않다. 그곳에는 음탕한 자들이 너무도 많다.

음탕한 여자의 꿈에 나타나는 것보다는 오히려 살인자의 손에 걸려드는 것이 더 낫지 않겠는가?

저 남자들을 보라! 그들의 눈은 말한다. 이 세상에서 여자와 잠자리를 같이 하는 것보다 더 좋은 것이 어디 있느냐고.

그들의 영혼 바닥에는 진창이 깔려 있다. 그런데 그들의 진창이 아직 정신마저 가지고 있다면, 얼마나 슬픈 일인가!

그들이 적어도 짐승으로나마 완전하다면 좋으련만! 그래도 짐승에게는 순진무구함이 있으니까 말이다.

내 어찌 그대들에게 관능을 죽이라고 권할 수 있겠는가? 나는 그대들에게 관능의 순진무구함만을 권하리라.

그대들에게 내가 순결을 권한단 말인가? 순결은 어떤 사람에겐 덕이지만, 많은 사람에게는 거의 악덕이나 마찬가지다.

이러한 많은 사람은 금욕한다. 그러나 그들이 하는 모든 일에서 관능이라는 암캐가 질투의 눈을 번뜩이고 있다.

이들 덕의 높은 경지에까지, 또 심지어 냉철한 정신 속까지 이 짐승과 이 짐승의 불만족은 이들을 쫓아다닌다.

관능이라는 이 암캐는 한 덩이의 고기를 거부당했을 때, 얼마나 교묘하게 한 조각의 정신을 구걸할 줄 아는지!

그대들은 비극을 사랑하는가? 또는 애끓는 모든 슬픔을 사랑하는가? 하지만 나는 그대들의 암캐를 신뢰하지 않는다.

그대들은 너무나도 잔인한 눈길을 갖고 있고, 더욱이 고뇌하는 자를 음탕한 눈길로 바라본다. 그대들의 육욕이 가면을 쓰고는 자신을 동정이라 부르고 있지는 않은가?

그리고 또 나는 이런 비유를 그대들에게 얘기하고자 한다. 적지 않은 사람들이 자신들의 악마를 내쫓으려다 오히려 암퇘지의 무리에 섞이고 말았다고.

순결을 지키기 어려운 자는 순결에 집착하지 말기를 권해야 한다. 순결이라는 것이 지옥에 이르는 길, 즉 영혼의 진창과 욕정에 이르는 길이 되지 않기 위해서는.

내가 이렇게 말한다고, 내가 지금 더러운 것을 말하고 있는가? 이것이 나에게 있어서 최악의 것은 아니다.

인식하는 자가 진리의 물속에 들어가기를 꺼리는 것은 그 물이 더러워서가 아니라 얕기 때문이다.[7]

진실로, 그 근본으로부터 순결한 사람들이 있다. 그들은 그대들보다 더 온화한 마음씨를 가지고 있다. 그들은 그대들보다 더 다정하고 더 활짝 웃는다.

그들은 순결에 대해서도 웃어넘긴다. 그러면서 이렇게 묻는다. "순결이란 무엇인가? 순결이란 어리석음이 아닌가? 순결이 우리를

***

7 인식을 목표로 하는 사람은 성욕과 같은 이른바 불결한 문제에까지 파고들기를 주저하지 않는다. 다만 천박한 문제에만은 정신을 쓰지 않는다.

찾아온 것이지 우리가 순결을 찾아 나선 것은 아니다.

우리는 이 손님에게 잠자리를 주고 마음을 주었다. 이제 이 손님은 우리 곁에 살고 있다. 이 손님이 머물고 싶다면 얼마든지 있어도 좋으리라!"

차라투스트라는 이렇게 말했다.

벗에 대하여

"내 주위에는 항상 '하나'가 너무 많다." 은둔자는 이렇게 생각한다. "하나에 하나를 곱하면 하나이지만 그 하나는 결국에는 둘이 된다!"

'주체인 나'와 '객체인 나'는 항상 너무 열심히 대화를 나눈다. 그러므로 한 사람의 벗마저 없다면 어찌 견딜 수 있겠는가?

은둔자에게 벗은 항상 제3의 인물이다. 이 제3의 인물은 나와 또 다른 나, 즉 두 개의 '나'의 대화가 심연으로 깊이 가라앉는 것을 막아주는 코르크 마개이다.

아, 은둔자들에게는 너무 많은 심연이 있다. 그래서 그들은 한 사람의 벗과 그 벗의 높은 경지를 그리워하는 것이다.

타인에 대한 우리의 믿음은 우리가 우리 자신의 어떤 점을 기꺼이 믿고자 하는가를 드러낸다. 어느 벗에 대한 우리들의 동경은 우리의 속내를 고백하는 것이다.

사람들은 이따금 벗을 위한 사랑으로써 벗에 대한 질투를 뛰어넘으려고 한다. 또 스스로 공격당할 여지가 있음을 은폐하기 위해 공격을 시작하고 적을 만드는 일도 있다.

"최소한 나의 적이라도 되어 다오!" 감히 우정을 간청하지 못하는 진실한 공경심은 이같이 말한다.

진정한 벗을 얻고자 원하면, 그 벗을 위하여 전쟁에 임할 각오를 해야 한다. 그리고 전쟁에 임하기 위해서는 적이 될 줄도 알아야 한다.

사람은 자기 벗의 내부에 있는 적까지도 존경해야 한다. 그대는 선을 넘지 않으면서 그대의 벗에게 가까이 다가갈 수 있겠는가?

사람은 자기 벗에게서 자신의 최상의 적을 찾아야 한다. 그대가 벗에게 적대할 때, 그대는 벗에게 마음으로 가장 가까이 다가가야 한다!

그대는 벗 앞에서 아무런 옷도 입기를 원치 않는단 말인가? 그대가 적나라한 그대로를 벗에게 보여 주는 것이 그대의 벗에게 영광이란 말인가? 그러면 벗은 그대를 악마에게 넘기고 싶어 할 것이다!

스스로를 조금도 감추지 않는 자는 상대방을 격분하게 한다. 그러므로 그대들이 벌거벗는 것을 두려워함에는 까닭이 있다! 만일 그대들이 신이라면 자신의 의복을 부끄러워하리라!

그대가 그대의 벗을 위해서 아무리 멋지게 치장을 하더라도 충분치 못하다. 왜냐하면 그대는 초인을 향해 날아가는 화살이자 동경이어야 하기 때문이다.

그대는 벗의 얼굴이 어떤지 알아보기 위해 이미 잠든 벗의 모습을 본 적이 있는가? 어찌되었든 벗의 얼굴은 또 어떠하던가? 그것은 거칠고 고르지 않은 거울에 비친 그대 자신의 얼굴이 아니던가?

그대는 그대의 벗이 잠자고 있는 것을 본 적이 있는가? 그때의 그의 모습을 보고 깜짝 놀라지는 않았는가? 오, 나의 벗이여! 인간은 극복되어야 할 그 무엇이다.

벗이라면 추측과 침묵의 대가가 되어야 한다. 모든 것을 보려고 해서는 안 된다. 그대의 벗이 깨어 있을 때 무슨 행동을 하는지는 그대의 꿈이 조용히 일러 줘야 한다.

그대의 동정은 추측이어야 한다. 우선 그대의 벗이 동정을 바라는지 아닌지를 알아야 한다. 그대의 벗은 그대에게서 탁하지 않은 밝은 눈과 영원의 눈길을 사랑할지도 모른다.

벗에 대한 동정은 단단한 껍질 속에 감춰 두어야 한다. 그것을 깨물다가 그대 스스로 이 하나쯤은 부러질 각오를 해야 한다. 그래야만 그대의 동정은 섬세하고 달콤한 것이 될 것이다.

그대는 그대의 벗에게 맑은 공기이자 고독이며, 빵이고 약인가? 더욱이 세상의 많은 자는 스스로의 쇠사슬은 풀지 못하지만, 자신의 벗을 구원하는 사람은 될 수 있다.

그대는 노예인가? 그렇다면 그대는 벗이 될 수 없다. 그대는 폭군인가? 그렇다면 그대는 벗을 가질 수 없다.

여성의 마음속에는 너무나 오랫동안 노예와 폭군이 숨겨져 있었다. 그러므로 여성은 아직도 우정을 나눌 능력이 없고 오직 사랑만 알 뿐이다.

여성의 사랑에는 자신이 사랑하지 않는 모든 것에 대한 불공정함과 몽매함이 들어 있다. 그리고 여성의 교화된 사랑 속에서조차 빛 말고도 불의의 습격과 번개, 밤이 여전히 함께 존재한다.

여성은 아직 우정을 맺을 능력이 없다. 여성은 여전히 고양이이고 새이다. 혹은 기껏해야 암소이다.

여성은 아직 우정을 맺을 능력이 없다. 하지만 말하라, 그대 남성들이여, 그대들 중 누가 우정을 맺을 능력이 있단 말인가?

오, 그대 남성들이여, 그대의 영혼은 너무도 빈곤하고[8] 인색하구나! 그대들이 벗에게 주는 만큼 나는 나의 적에게 주련다. 그 때문에 내가 더 가난해지지는 않으리라.

동지애라는 것이 있다. 하지만 우정이 있다면 얼마나 좋겠는가!

차라투스트라는 이렇게 말했다.

천 개의 목표와 하나의 목표에 대하여

차라투스트라는 많은 나라와 민족을 보았다. 그리하여 그는 많은 민족의 선과 악을 발견했다. 더욱이 그는 이 지상에서 선과 악보다 더 큰 힘은 없다는 것을 알게 되었다.

먼저 가치를 평가하지 못하는 민족은 살아남지 못할 것이다. 만일 그 민족이 자신을 보존하려면, 이웃 민족이 평가하는 방식대로 가치

***

8 영혼이 가난하여 탐욕에 빠져 재물을 끌어들이기에만 급급하다.

를 평가해서는 안 된다.

어느 민족에게 선이라고 불리는 많은 것이 다른 민족에게는 조롱 거리나 치욕으로 불리는 것을 나는 보았다. 이쪽에서 악이라고 불리는 많은 것이 저쪽에서는 영광스러운 자줏빛으로 장식되는 것을 나는 보았다.[9]

일찍이 어떤 한 이웃이 다른 이웃을 이해한 적은 결코 없었다. 한 민족의 영혼은 그 이웃 민족의 망상과 악의를 항상 기이하게 생각하며 놀랐다.

모든 민족은 저마다 선의 목록이 적힌 서판을 내걸고 있다. 보라, 이것이야말로 각 민족이 극복한 것들의 서판이다. 보라, 이것이야말로 각 민족의 힘의 의지에 대한 목소리이다.

각 민족에게 어렵다고 여겨지는 것은 찬양할 만한 일이다. 꼭 필요하고 어려운 일이 선이라고 불리기 때문이다. 가장 큰 곤경으로부터 해방시켜 주는 것, 희귀한 것, 가장 어려운 것.[10] 이런 것들을 각 민족은 신성하다고 찬양한다.

어떤 민족으로 하여금 지배하고, 승리하고, 영광스럽게 해주어 그이웃 민족에게 공포심과 질투심을 불러일으키게 만드는 것, 이것이야말로 그 민족의 고귀하고 으뜸가는 일이며, 척도이자 만물의 의의

***
9 각자 독자적인 가치 기준, 도덕관 즉 영혼이 없다면, 민족이라는 유기적 공동체의 생존은 유지할 수 없다.
10 일례로 견인, 각고, 노력 따위를 말한다.

로 간주된다.

진실로, 나의 형제여. 만일 그대가 어느 민족의 곤경, 그 민족의 대지와 하늘 그리고 그 이웃 민족을 알게 된다면, 그대는 그 민족의 극복의 법칙을 짐작할 수 있을 것이다. 그리고 또 왜 이 민족이 이 사다리를 타고 희망을 향해 올라가는지를 짐작할 수 있으리라.

"그대는 항상 제1인자여야 하고 다른 자들을 능가해야 한다. 질투심에 불타는 그대의 영혼은 벗이 아니거든 아무것도 사랑하지 말라." 이것이 한 그리스인의 영혼을 전율케 했다. 그렇게 함으로써 그 그리스인은 위대한 길을 갔다.

"진리를 말하고, 활과 화살을 능숙하게 다루어라." 내 이름[11]이 거기서 유래하는 저 민족에게는 이것이야말로 소중하면서도 동시에 어려운 일로 생각되었다. 그 이름은 내게 소중하면서도 어려운 것이다.

"어버이를 공경하라! 그리고 영혼의 뿌리에 이르기까지 그들의 뜻을 따르라." 어떤 민족(유대 민족)은 이러한 극복의 서판을 내걸었고 그리하여 강력하고도 영원한 민족이 되었다.

"충성을 바쳐라! 그리고 충성을 위해서는 악하고 위험한 일에도 명예와 피를 걸어라." 또 어떤 민족(고대 게르만족)은 이런 가르침으로 자신을 제어했고, 그렇게 자신을 제어함으로써 커다란 희망을 잉태하였고 몸이 무거워졌다.

***

11 고대 페르시아의 배화교를 창시한 조로아스터의 독일어식 이름이 차라투스트라다. 1883년 니체가 친구에 보낸 편지에서 니체는 차라투스트라라는 이름이 '페르시아의 조로아스터'라고 했다.

진실로 인간들은 그들 자신에게 모든 선과 악을 부여했다. 진실로 인간들은 이 선과 악을 받아들인 것도 아니고, 찾아낸 것도 아니었다. 그렇다고 해서 하늘의 목소리로 그들에게 떨어진 것도 아니었다.

인간은 자신을 보존하기 위해 먼저 사물들에게 가치를 부여했다. 인간은 먼저 사물에다가 그 의미를, 인간적인 의미를 부여했던 것이다. 그러므로 인간은 스스로 '인간', 즉 평가하는 자라고 부른다.

평가한다는 것은 창조한다는 것이다. 이 소리를 들어라. 그대 창조하는 자들이여! 평가 그 자체야말로 모든 평가된 사물들에게는 보물이며 귀중품인 것이다.

평가에 의하여 비로소 가치가 생긴다. 그리고 그런 평가가 없으면 현존재라는 호두는 속이 텅 비어 있는 것에 불과하리라. 이 소리를 들어라. 그대 창조하는 자들이여!

모든 가치의 변화. 이것이야말로 창조하는 자들의 변화이다. 창조해야 하는 자는 언제나 파괴한다.

처음에는 여러 민족이 창조자였다. 그러다가 나중에 가서야 개인이 창조자가 되었다. 진실로 개인 자체는 최근의 창조물이다.

일찍이 여러 민족은 모든 선의 서판을 스스로의 머리 위에 내걸었다. 지배하려는 사랑과 복종하려는 사랑은 서로 함께 이러한 서판을 창조했다.

군중에 대한 욕망은 '자아自我'에 대한 욕망보다 더 오래된 것이다. 그러므로 선량한 양심이 군중(의 양심)이라고 여겨지는 한, 사악한 양심만이 이 '자아'를 얘기한다.

진실로 이 교활한 '자아', 사랑이 없는 자아는 다수의 이익을 표방하고 자신의 이익을 도모한다. 그러한 자아는 군중의 근원이 아니라 몰락일 뿐이다.

선과 악을 창조한 자는 항상 사랑하는 자이며 창조하는 자였다. 모든 덕의 이름 속에는 사랑의 불꽃과 분노의 불꽃이 이글이글 타고 있다.

차라투스트라는 많은 나라와 민족을 보았다. 더욱이 차라투스트라는 이 지상에서 사랑하는 자들이 이루어놓은 일보다 더 위대한 힘을 보지 못했다. 이 힘의 이름은 바로 '선'과 '악'이다.

진실로 이러한 칭찬과 비난의 힘은 괴물과도 같다. 말하라, 형제들이여. 누가 나를 위해 이 괴물을 제압할 것인가? 말하라. 누가 천 개나 되는 이 짐승의 목에다 쇠사슬을 채울 것인가?

이제까지는 천 개의 목표가 있었다. 왜냐하면 천 개의 민족이 있었기 때문이다. 다만 천 개의 목에 채울 쇠사슬, 즉 한 개의 목표가 결여되어 있었다. 인류는 아직껏 목표를 가지고 있지 않다.

그러나 말하라, 형제들이여! 인류가 아직도 목표를 갖지 않고 있다면, 인류 그 자체도 아직 존재하지 않는 것은 아닌가?

차라투스트라는 이렇게 말했다.

이웃 사랑에 대하여

그대들은 이웃 사람들 주위에 몰려들어 듣기 좋은 말을 늘어놓는다. 그러나 내 그대들에게 말하건대, 그대들의 이웃 사랑은 그대들 자신에 대한 그릇된 사랑이다.

그대들은 자신으로부터 도피하여 이웃 사람들에게 달려간다. 그리하여 거기서 하나의 덕을 만들길 원한다. 그러나 나는 이미 그대들이 말하는 '헌신'의 정체를 간파하고 있다.

'그대'라는 말은 '나'라는 말보다 더 오래되었다. 이미 '그대'라는 호칭은 신성하다고 여겨지지만, '나'라는 호칭은 아직 그렇지 못하다. 그래서 사람들은 이웃에게 몰려가는 것이다.

내 어찌 그대들에게 이웃을 사랑하라고 권할 것인가! 나는 오히려 그대들에게 이웃에게서 달아나 가장 멀리 있는 자를 사랑하라고 권한다.

이웃에 대한 사랑보다 고귀한 것은 '가장 멀리 있는 사람이면서 미래에 올 사람(초인)'에 대한 사랑이다. 인간에 대한 사랑보다는 사물과 유령에 대한 사랑이 더 고귀한 것으로 여겨진다.

나의 형제여, 그대 앞에 달려오는 이 유령이 그대보다 더 아름답다. 그대는 왜 이 유령에게 그대의 살과 뼈를 주지 않는가? 오히려 그대는 두려워하며 그대의 이웃에게로 달려간다.

그대들은 그대들 자신을 참아내지 못하고, 자기 자신을 충분히 사랑하지 않는다. 그대들은 이웃을 사랑으로 유혹하려 하고, 이웃의 과오를 이용하여 그대 자신을 도금하려 한다.

나는 그대들이 모든 이웃과 또 그 이웃의 이웃을 견뎌내지 못하기를 바란다. 그럼으로써 그대들은 자신으로부터 그대들의 벗과 그 벗의 넘치는 마음을 창조하지 않을 수 없으리라.

그대들은 자신을 칭찬하려고 할 때 이웃이라는 증인을 끌어들인다. 그리하여 자신을 좋게 말하도록 증인을 유혹했을 때, 자기 자신에 대해 좋은 생각을 가지게 된다.

자신이 알고 있는 것과 반대로 말하는 자만이 거짓말을 하는 것이 아니다. 자신이 모르는 것을 무시하고 말하는 자야말로 거짓말을 하는 자인 것이다. 이리하여 그대들은 이웃을 만나 자신을 그런 식으로 말함으로써 그대들과 이웃마저 기만한다.

어리석은 자는 이렇게 말한다. "사람들과의 교제는 성격을 망가뜨린다. 특히 아무런 성격을 갖추지 못할 때 그러하다."

어떤 사람은 자신을 찾기 위해 이웃에게 가고, 또 어떤 사람은 자신을 상실하지 않기 위해 이웃에게 간다. 그대들의 자신에 대한 그릇된 사랑은 고독을 일종의 감방으로 만들어 버린다.

그대들의 이웃에 대한 사랑 때문에 대가를 치르는 사람은 보다 멀리 있는 사람들이다. 그대들이 다섯 명 모이면 여섯 번째 사람은 항상 희생양이 되고 만다.

나는 또 그대들의 축제를 좋아하지 않는다. 그대들의 축제에는 너무도 많은 배우가 등장하고 관객조차도 마치 배우처럼 행동했기 때문이다.

나는 그대들에게 이웃이 아니라 벗을 가지도록 가르친다. 벗이 그대들에게 대지의 축제요, 초인에 대한 예감이 되도록 하라!

나는 그대들에게 벗을 사귀도록 가르치고, 그 벗의 넘치는 마음을 가르친다. 그러나 넘치는 마음으로부터 사랑받기를 원할 때, 인간은 그 사랑을 빨아들이는 해면海綿이 될 수 있어야 한다.

나는 그대들에게 벗을 사귀도록 가르친다. 이 같은 벗들 속에 세계는 선의 껍질로서 완성된다. 다시 말해, 나는 그대들에게 창조하는 벗을 사귀도록 가르친다. 이 같은 벗은 항상 하나의 완성된 세계를 선사한다.

그리고 일찍이 세계가 벗 앞에서 굴러 펼쳐졌던 것처럼, 이제 세계는 다시 고리 모양으로 돌돌 말려 벗에게로 되돌아온다. 악을 통해 선이 생겨나고, 우연으로부터 여러 목적이 생겨나듯이 말이다.

미래이자 가장 멀리 있는 것이 오늘 그대가 존재하는 이유가 되게 하라! 그대는 벗의 내부에 있는 초인을 그대의 존재 이유로서 사랑해야 하는 것이다.

나의 형제들이여! 나는 그대들에게 이웃을 사랑하라고는 권하지 않는다. 다만 나는 그대들에게 가장 멀리 있는 자들을 사랑하라고 권한다.

차라투스트라는 이렇게 말했다.

창조하는 자의 길에 대하여

나의 형제여, 그대는 고독 속으로 들어가려는가? 그대는 그대 자신에 이르는 길을 찾으려 하는가? 그렇다면 잠시 가던 길을 멈춰라! 그리고 내 말을 들어라!

"구하는 자는 쉽게 길을 잃는다. 모든 고독은 죄악이다." 이렇게 군중은 말한다. 그리고 그대는 오랫동안 군중에 속해 있었다.

이 군중의 목소리는 아직도 그대 마음속에서 울리고 있으리라. 그리하여 그대가 "나는 더 이상 그대들과 동일한 양심을 갖고 있지 않다."라고 말한다면, 그것은 슬프고 고통스러운 일일 것이다.

보라. 이 고통 자체도 바로 그 하나의 양심이 낳은 것이다. 이 양심의 마지막 남은 빛은 아직도 그대의 슬픔 위에 희미하게 빛나고 있다.

그러나 그대는 그대 자신에 이르는 길이기도 한 슬픔의 길을 가려 하는가? 그렇다면 내게 그대의 권리와 힘을 보여 다오!

그대는 새로운 힘이며 새로운 권리인가? 최초의 움직임인가? 스스로 굴러가는 수레바퀴란 말인가? 또는 별들이 그대의 주위를 돌게할 수 있단 말인가?

아, 세상에는 높은 곳으로 향하려는 욕망이 얼마나 많은가. 야심가들이 일으키는 경련과 발작은 너무나도 심하도다! 그대가 이 같이 욕망에 사로잡힌 자도 아니고, 야심에 불타는 자도 아니라는 것을 보여 다오!

아, 풀무 노릇밖에 하지 못하는 위대한 사상들이 얼마나 많은가! 그것들은 부풀리기만 하고 속은 더 비어 있기 마련이다.

그대는 자신을 자유롭다고 말하는가? 그러나 내가 듣고 싶은 것은 그대를 지배하는 사상이지, 그대가 굴레에서 벗어났다는 사실이 아니다.

그대는 과연 굴레에서 벗어날 **자격이 있는가?**

세상에 예속 상태를 벗어던지자마자 자신의 마지막 가치마저 내던져버린 인간의 수효는 적지 않으리라.

무엇에서 자유로워졌다는 것인가? 그것이 차라투스트라와 무슨 상관이란 말인가! 하지만 그대의 눈은 내게 분명히 말해야 한다. **무엇을 위한** 자유인가를?

그대는 그대 자신에게 선과 악을 부여할 수 있는가? 또 그대의 의지를 율법처럼 그대 머리 위에 내걸 수 있는가? 그대 자신이 그대의 율법의 재판관이자 복수자가 될 수 있는가?

자기 자신의 율법의 재판관이자 집행관이 되어 홀로 있는 것은 무시무시한 일이다. 그렇게 해서 별 하나가 황량한 공간 속으로, 또 얼음과 같은 고독의 입김 속으로 내던져지는 것이다.

그대 홀로 있는 자여! 오늘도 그대는 많은 사람으로 인해 고뇌하고 있다. 오늘도 그대는 그대의 용기를 온전히 지니고 또한 그대의 희망을 지니고 있다.

그러나 언젠가 고독은 그대를 지치게 하리라. 언젠가 그대의 긍지는 구부러지리라. 또한 그대의 용기는 삐걱거리리라. 그리하여 언젠가 그대는 외치리라. "나는 외롭다!"라고.

언젠가 그대는 이미 자신의 고귀함을 더 이상 보지 못하고 자신의 비열함만을 너무도 가까이서 보게 되리라. 그대가 가졌던 고매함마저 마치 유령과 같이 그대를 두렵게 하리라. 그리하여 언젠가 그대는 외치리라. "모든 것이 거짓이다!"라고.

고독한 인간을 죽이려는 감정이 있다. 이런 감정들이 자기 목적을 달성하지 못하면 그들 스스로가 죽어야만 한다! 하지만 그대는 살인자가 될 수 있겠는가?

나의 형제여! 그대는 '경멸'이라는 말을 이미 알고 있는가? 또한 그대를 경멸하는 자들에게도 정의롭게 대하려는 그대의 정의로운 고뇌를 알고 있는가?

그대는 많은 사람에게 강요하여 그대에 대한 생각을 바꾸게 한다. 그들은 그대의 이런 행동을 혹독하게 비난한다. 그대는 그들에게 가까이 다가갔다가 그대로 지나친다. 이러한 행동을 그들은 결코 용서하지 않는다.

그대는 그들을 넘어 높이 오른다. 그대가 높이 오르면 오를수록, 질투에 찬 그들의 눈에 그대는 더욱 왜소하게 보인다. 더구나 날아서 가는 자는 가장 많이 미움을 받는다.

그대는 이렇게 말하지 않으면 안 된다. "그대들이 나에게 정의롭게 대하기를 어떻게 바라겠는가! 그대들의 불의不義를 내게 주어진 몫으로 감수할 뿐이다."

그들은 고독한 자에게 불의를 행하고, 그를 향하여 오물을 던진다. 그러나 나의 형제여. 만약 그대가 하나의 별이 되기를 원한다면, 그들이 그렇게 한다고 해서 그들을 희미하게 비춰 주어서는 안 된다.

또한 선하고 의로운 자들을 조심하라! 그들은 자기 자신의 덕을 만들어내는 자들을 기꺼이 십자가에 매달아 처형한다. 그들은 고독한 자를 증오한다.

성스러운 단순성도 조심하라! 단순한 자들이 볼 때 단순하지 않은 모든 것은 성스럽지 못한 것이다. 이러한 자들은 또한 불장난을, 화형의 장작더미를 가지고 노는 것을 즐겨한다.[12]

그리고 또 그대의 사랑이 일으키는 발작도 조심하라! 고독한 자는 자신이 만나는 자에게 너무 성급하게 손을 내민다.

많은 사람에게 그대는 함부로 손을 내밀어서는 안 되고 그 대신 앞발만을 내밀어야 한다. 그리고 그대의 앞발에 맹수의 발톱도 있기를 바란다.

그러나 그대가 마주칠 수 있는 최악의 적은 항상 그대 자신일 것이다. 그대 자신은 동굴에서, 숲속에서 그대를 기다리며 잠복하고 있다.

고독한 자여! 그대는 그대 자신에 이르는 길을 가고 있다! 그리고 그 길은 그대 자신의 곁을 지나고, 또 그대의 일곱 악마 곁을 지나간다!

그대는 그대 자신에게 이단자이자 마녀, 예언자, 바보, 의심하는 자, 불경스러운 자, 악한이 될 것이다.

그대는 그대 자신의 불꽃으로 자신을 불사르려고 해야 한다. 먼저 재가 되지 않고서 어찌 거듭나기를 바랄 수 있겠는가!

***

12 살아남은 자에게 자극을 주고, 인간 향상을 위한, 유업遺業을 이을 결의를 갖게 하는 지상至上의 죽음을 말한다. 소크라테스를 예로 들 수 있다.

고독한 자여! 그대는 창조하는 자의 길을 간다. 그대는 그대의 일곱 악마로부터 하나의 신을 창조하기를 원한다!

고독한 자여! 그대는 사랑하는 자의 길을 간다. 그대는 그대 자신을 사랑한다. 그럼으로써 그대는 자신을 경멸한다. 사랑하는 자만이 경멸할 수 있듯이 말이다.

사랑하는 자는 경멸하기 때문에 창조하려고 한다. 자신이 사랑한 것을 경멸할 필요가 없었던 자가 사랑에 대하여 무엇을 알겠는가!

나의 형제여, 그대의 사랑과 더불어, 또 그대의 창조와 더불어 그대의 고독 속으로 들어가라. 그러면 나중에서야 정의가 절름거리며 그대의 뒤를 따라오리라.

나의 형제여, 나의 눈물과 함께 그대의 고독 속으로 들어가라. 자신을 넘어서 창조하려 하고, 그럼으로써 파멸하는 자, 나는 그런 자를 사랑한다.

차라투스트라는 이렇게 말했다.

늙은 여자와 젊은 여자에 대하여

"차라투스트라여! 그대는 어찌하여 그같이 어슴푸레한 길을 살금살금 걸어가는가? 그 외투 밑에 조심스럽게 감추고 있는 것은 무엇인가?

그것은 그대가 선물 받은 보물인가? 아니면 그대가 낳은 아기인가? 아니면, 그대 사악한 자의 벗이여, 이제 그대 스스로 도둑질하러 나섰단 말인가?"

참으로, 나의 형제여! 하고 차라투스트라는 말했다. 그것은 내가 선물 받은 보물이다. 지금 내가 가지고 다니는 것은 하나의 작은 진리이다.

그러나 이 진리는 어린아이처럼 버릇이 없다. 그래서 내가 그 입을 막고 있지 않으면 너무 큰소리로 떠들어댄다.

나는 오늘 해가 질 무렵 혼자 길을 걷다가 한 노파를 만났다. 그 노파가 내 영혼에게 이렇게 말했다.

"차라투스트라는 우리 여자들에게도 많은 이야기를 들려주었다. 그러나 그는 정작 여자에 대해서는 아무 말도 하지 않았다오."

그래서 내가 노파에게 대답했다. "여자에 대해서는 남자들에게만 말해야 하는 것이지요."

"나에게도 여자에 대해 말해 주시오. 나는 너무 늙어서 무슨 말을 듣고 나면 곧 잊어버리니까……." 하고 노파가 말했다.

그래서 나는 노파의 부탁을 들어주기로 하고 이렇게 말했다.

여자에 관한 모든 것은 수수께끼이다. 그리고 여자에 관한 모든 것은 '하나의' 해결책을 갖고 있는데, 그것은 바로 임신이다.

여자에게 있어서 남자란 하나의 수단이다. 목적은 항상 '아이'이다. 그렇다면 남자에게 있어서 여자란 어떤 존재인가?

참다운 남자는 두 가지를 원하는데, 그것은 바로 위험과 놀이이다. 그러므로 남자는 위험천만한 장난감으로서 여자를 원한다.

남자는 전쟁을 위해, 여성은 전사의 휴식을 위해 교육받아야 한다. 그 밖의 모든 것은 어리석은 일이다.

전사는 지나치게 달콤한 과일을 좋아하지 않는다. 그 때문에 전사는 여자를 좋아한다. 가장 달콤한 여자라 할지라도 그 맛이 쓴 법이니까.

여자는 남자보다 아이를 더 잘 이해한다. 그러나 여자보다 남자가 훨씬 더 어린아이 같다.

진정한 남자 속에는 아이가 숨겨져 있다. 이 아이는 놀이를 하고 싶어 한다. 자! 그대 여자들이여, 남자 안에 숨어 있는 아이를 찾아내도록 하라!

여자는 보석처럼 순수하고 섬세한 장난감이어라! 아직 존재하지 않는 세계의 여러 덕으로 빛을 발하는 보석처럼 말이다!

그대들의 사랑 속에 한 줄기 별빛이 빛나기를! 그대들의 희망이 "나는 초인을 낳고 싶다!"이기를!

그대들의 사랑에 용기가 깃들이기를! 그대들에게 두려움을 불러 일으키는 남자에게 그대들은 사랑으로써 맞서야 한다!

그대들의 사랑에 명예가 깃들이기를! 그러지 않고는 여자가 명예를 이해할 가능성은 거의 없다. 하지만 사랑을 받기보다는 항상 더 많은 사랑을 주어라! 사랑에 관한 한 결코 둘째가 되지 않는 것, 이것이 그대들의 명예이기를!

남자여, 여자가 사랑할 때는 두려워하라! 사랑하는 여성은 모든 것을 바치며 희생하고, 그녀에게 다른 모든 것은 무가치해지기 때문이다.

남자여, 여자가 미워할 때는 두려워하라! 왜냐하면 남자는 영혼의 바닥이 사악할 뿐이지만 여자는 그 영혼의 바닥이 저열하기 때문이다.

여자는 누구를 가장 미워하는가? 일찍이 쇠붙이가 자석磁石에게 이렇게 말했다. "나는 너를 가장 미워해. 너는 나를 끌어당기기는 하지만 나를 붙들어놓을 만큼 강하지는 않기 때문이야."

남자의 행복은 '나는 원한다.'라는 것이고, 여자의 행복은 '그가 원한다.'라는 것이다.

"보라, 이제 막 세계가 완성되었다!" 온전한 사랑을 바쳐 순종할 때 모든 여자는 이렇게 생각한다.

그러므로 여자는 순종을 함으로써 스스로 표면의 깊이를 발견해야 한다.[13] 표면은 여자의 마음이며, 얕은 수면에서 격렬하게 흔들리는 살갗이다.

그러나 남자의 마음은 깊고, 그것은 지하의 동굴 속으로 흘러가는

***
13 그리해야만이 여자의 본질을 살릴 수 있다고 보았다.

격류이다. 여자는 남자의 이런 힘을 어렴풋이 예감은 하지만 이해하지는 못한다.

이렇게 말했을 때 노파가 나에게 대답했다. "차라투스트라는 나에게 여러 가지 괜찮은 말을 했구려. 특히 그 말에 어울릴 만한 '젊은 여자'를 위해서 말이오.

이상하구려. 차라투스트라는 여자에 대해 많이 알지 못하는데도 여자에 대한 그의 말이 모두 옳으니 말이오! 여자에게는 어떠한 일도 불가능하지 않기 때문에 그런 일이 생긴 것인지요?

자, 이제 내가 감사의 뜻으로 하나의 작은 진리를 주겠으니 받으시오! 나는 이 진리를 알 만큼 나이를 먹었지요.

이 진리를 천으로 싸서 그 입을 막도록 하시오. 그렇지 않으면 이 작은 진리는 너무나도 크게 소리를 지를 테니."

"여인이여. 당신의 작은 진리를 나에게 주시오!" 하고 나는 말했다. 그러자 노파는 이렇게 말했다.

"여자들에게 간다고? 그렇다면 회초리를 잊지 마시게!"

차라투스트라는 이렇게 말했다.

독사에게 물린 상처에 대하여

어느 무더운 날 차라투스트라는 두 팔로 얼굴을 가린 채 무화과나무 아래서 잠이 들었다. 이때 한 마리의 독사가 다가와 그의 목을 물었다. 차라투스트라는 너무나 아파서 소리를 질렀다. 그는 얼굴에서 팔을 내리고 뱀을 빤히 쳐다보았다. 그러자 뱀은 차라투스트라의 눈빛을 알아보고 어설프게 몸을 돌려 도망치려 했다. 그때 차라투스트라는 말했다.

"잠깐, 도망치지 마라! 너는 아직 고맙다는 나의 말을 아직 듣지 못했다! 너는 마침 알맞은 때에 나를 깨워 주었다. 내가 갈 길은 아직도 멀구나."

그러자 독사가 슬픈 목소리로 말했다. "그대의 길은 얼마 남지 않았다. 내 독이 그대를 죽이고 말 테니까!" 차라투스트라는 웃으며 이렇게 말했다. "아직까지 용이 독사에게 물려 죽었다는 소리는 못 들었다. 아무튼 너의 독은 도로 돌려주마! 너는 나에게 독을 선사할 만큼 넉넉지는 못하리니." 그러자 독사는 다시 차라투스트라의 목을 감고는 그의 상처를 핥았다.

언젠가 차라투스트라가 이 이야기를 제자들에게 이야기했을 때 그들이 물었다. "차라투스트라여! 이 이야기에 담긴 교훈은 무엇인가요?" 그러자 차라투스트라는 이렇게 대답했다.

선하고 의로운 자들은 나를 가리켜 덕의 파괴자라고 한다. 즉 내 이야기가 비덕적이라는 것이다.

그대들이 만일 적을 가졌다면, 그 악을 '선'으로 갚지 말라. 그러면

적이 얼굴을 붉히며 수치심을 느끼기 때문이다. 그보다는 오히려 적이 그대들에게 선한 일을 했음을 입증하여 보여 주라.

그대들은 부끄러워하기보다는 오히려 화를 내라! 그리고 그대들이 저주받았을 때 축복으로 대답하는 것은 내 마음에 들지 않는다. 차라리 조금이나마 같이 저주하라.

만일 그대들이 하나의 커다란 불의不義를 당하면 재빨리 다섯 개의 작은 불의를 행하라! 혼자 부당한 일을 참고 견디려는 자는 보기에도 참혹하다.

그대들은 이미 이것을 알고 있는가? 불의를 나누면 정의는 반으로 줄어든다. 그리고 불의를 스스로 참을 수 있는 자만이 그것을 짊어져야 한다.

전혀 복수하지 않는 것보다는 약간이라도 보복을 하는 것이 더 인간적이다. 그리고 처벌이 위반자에게 있어서 정의와 명예가 아닌 바에는, 나는 그대들이 행하는 처벌이 마음에 들지 않는다.

자신이 옳음을 주장하는 것보다 자신의 그릇됨을 인정하는 것이 더 고귀하다. 자신이 옳을 경우에는 특히 그러하다. 다만 그대들은 그렇게 할 수 있을 만큼 충분히 풍족해야만 한다.

나는 그대들의 냉혹한 정의를 좋아하지 않는다. 그대들의 재판관 눈에는 항상 형리刑吏와 그의 차디찬 칼날만이 엿보인다.

말하라, 정의는 과연 어디에 있는가? 열린 눈을 가진 사랑인 정의는 어디에 있는가?

그렇다면 사랑을 만들어내라. 모든 처벌뿐만 아니라 모든 죄도 짊어질 수 있는 사랑을 만들어내라!

그렇다면 정의를 만들어내라. 재판관만 제외하고 다른 모든 사람에게 무죄를 선고하는 정의[14]를 만들어내라!

그대들은 또 이런 말도 들어보겠는가? 철저하게 정의롭고자 하는 자에게는 거짓말조차도 인간에 대한 호의가 된다는 것을.

그러나 내 어찌 철저하게 정의롭기를 바랄 수 있겠는가! 내 어찌 모든 사람에게 이미 그들에게 속해 있는 것을 줄 수 있으리오! 나는 모든 사람에게 내 것을 주련다. 이것으로 충분하리라.

마지막으로, 나의 형제들이여! 모든 은둔자에게 불의를 범하지 않도록 조심하라! 은둔자가 어떻게 잊을 수가 있겠는가! 은둔자가 어떻게 복수할 수 있단 말인가!

은둔자는 깊은 샘물과도 같다. 그 속에 돌을 던지기는 쉽다. 그러나 한번 던진 돌이 그 바닥에 가라앉고 나면, 말해 보라, 누가 다시 그것을 꺼내려고 할 것인가?

은둔자를 모욕하지 않도록 조심하라! 만일 그대들이 그랬다면 차라리 그를 죽여 버려라!

차라투스트라는 이렇게 말했다.

***

14 스스로 무거운 짐을 져 남에게 죄를 전가하지 않는다. 하지만 인습에 의해 남의 시시비비를 일삼는 자는 용서할 수 없다.

자식과 결혼에 대하여

나의 형제여! 그대에게만 내가 묻고자 한다. 나는 이 문제를 그대의 영혼 속에 추錘처럼 던져 넣으련다. 그대의 영혼이 얼마나 깊은지 알아보기 위해.

그대는 젊다. 그리하여 자식을 원하고 결혼을 원한다. 그렇다면 그대에게 묻는다. 그대는 자식을 원해도 **될 만한** 인간인가?

그대는 승리자인가? 자기를 극복한 자인가? 관능의 지배자인가? 또 그대가 가지고 있는 모든 덕의 주인인가? 이렇게 나는 그대에게 묻는다.

그렇지 않으면 그대의 이러한 소망에는 짐승과 절박한 욕구가 들어 있는 것이 아닌가? 아니면 고독 때문인가? 아니면 자신에 대한 불만 때문인가?

나는 그대의 승리와 그대의 자유가 자식을 갈망하기를 바란다. 그대는 그대의 승리와 해방을 기리기 위하여 살아 있는 기념비를 세워야 한다.

그대는 그대 자신을 넘어서는 기념비를 세워야 한다. 그러나 우선 그대는 스스로를 세워야하고, 그대의 몸과 영혼을 반듯하게 세워야 한다.

그대는 그대 자신을 계속 재생산할 뿐만 아니라 무엇인가를 드높이 생산해야 한다. 그렇게 하도록 결혼이라는 정원이 그대를 도와주리라!

보다 높은 육체를 창조하라! 최초의 움직임을, 스스로 굴러가는 수레바퀴를 창조해야 한다. 그대는 창조하는 자를 창조해야 한다!

결혼, 나는 이것을 창조하는 자들보다 더 나은 한 사람을 창조하려는 두 사람의 의지意志라고 부르겠다. 또한 이 같은 의지를 실천하려는 상대방에 대한 외경심을 나는 결혼이라고 부른다.

이것이 그대가 말하는 결혼의 의미이자 진리이기를! 그러나 저 쓸데없는 어중이떠중이들이 결혼이라고 부르는 것. 아, 나는 이것을 무엇이라고 불러야 하는가?

아! 두 영혼의 이 궁핍함이여! 두 영혼의 이 더러움이여! 아, 두 영혼의 이 가련한 안일安逸함이여!

이러한 모든 것을 그들은 결혼이라고 부른다. 그들은 또 말한다. 그들의 결혼은 하늘에서 맺어진 것이라고.

그런데 나는 이 쓸모없는 자들의 하늘이라는 것을 좋아하지 않는다. 아니, 이 하늘이란 그물에 뒤얽혀 있는 짐승들을 나는 좋아하지 않는다.

짝을 지어주지도 않았으면서 축복하려고 발을 절름거리며 가까이 다가오는 신 또한 내게서 멀찍이 떨어져 있어다오!

하지만 그러한 결혼을 비웃지 마라! 어떠한 자식이라도 자신의 부모 때문에 울어야 할 이유가 있지 않겠는가?

어떤 남자는 품위도 있고 대지大地의 의미를 알 만큼 성숙한 자로 생각되었다. 그러나 그의 아내를 보는 순간 나는 대지가 정신병원이 아닌가 하고 의심했다.

그렇다. 성자와 거위가 짝을 이룰 때, 나는 대지가 경련을 일으키고 부르르 떨기를 희망했다.

그 성자는 마치 영웅이나 되는 것처럼 진리를 구하러 떠났으나, 마침내 그는 하나의 꾸며진 거짓을 손에 넣었을 뿐이다. 그러고는 이것을 자신의 결혼이라고 부르고 있다.

그는 남을 쉽사리 사귀지 않았고, 까다롭게 고르고 골랐다. 그러나 그는 자신의 인간관계를 단번에 그리고 영원히 망쳐 버렸다. 그러고는 이것을 자신의 결혼이라고 부르고 있다.

그는 천사의 미덕을 갖춘 그런 계집을 구했다. 그러나 그는 단번에 그 계집의 종이 되었고, 이제는 자기 자신이 천사가 되지 않을 수 없는 형국이다.

이제 나는 모든 구매자가 신중하고 교활한 눈을 갖고 있다는 것을 알았다. 그러나 이 가장 교활한 구매자조차도 자기의 아내를 얻을 때는 자루를 열어 보지도 않고 사 버린다.

잠시 동안의 수많은 어리석은 행위, 이것을 그대들은 사랑이라고 부른다. 그리고 그대들의 결혼은 잠시 동안의 수많은 어리석음에 종지부를 찍는 하나의 기나긴 어리석음이 된다.

여자에 대한 그대들의 사랑과 남자에 대한 여자들의 사랑. 아, 이러한 사랑이 고뇌에 싸인 채 숨겨져 있는 신들에 대한 동정이었으면 좋으련만! 그러나 대개 남자와 여자라는 두 짐승은 서로의 정체를 짐작만 할 뿐이다.

하지만 그대들이 최고의 사랑이라 하는 것도 한갓 황홀한 비유이며 고통에 찬 열기일 뿐이다. 사랑이란 그대들이 나아갈 보다 고귀한 길을 비춰야 하는 하나의 횃불이다.

그대들은 언젠가 자신을 넘어서서 사랑해야 한다. 그러므로 먼저 사랑하는 법을 **배워라**! 그대들이 사랑의 쓰디쓴 잔을 마셔야만 했던 것도 그 때문이다.

제아무리 최고의 사랑이라는 술잔이라도 쓴 맛이 들어있다. 그럼으로써 이 사랑은 그대들에게 초인에 대한 동경을 불러일으키며, 그대 창조하는 자에 대한 갈망을 느끼게 한다!

창조자에 대한 갈망, 초인에 대한 화살과 동경. 말하라, 나의 형제여! 과연 이것이 그대의 결혼에 대한 의지인가?

이와 같은 의지! 이와 같은 결혼! 나는 이러한 것을 신성하다고 말한다.

차라투스트라는 이렇게 말했다.

자유로운 죽음에 대하여

많은 사람이 너무 늦게 죽는가 하면 또 몇몇 사람들은 너무 일찍 죽는다. "알맞은 때에 죽어라!" 하는 가르침은 아직도 낯설게 들린다. "알맞은 때에 죽어라!!" 차라투스트라는 이렇게 가르친다.

물론 알맞은 때에 살지 못한 사람이 어떻게 알맞은 때에 죽을 수 있겠는가? 이 같은 자는 차라리 태어나지 않았던 것이 좋았다! 나는 쓸모없는 인간들에게 이렇게 충고한다.

그러나 쓸모없는 인간조차 자신의 죽음을 중요하게 여기며, 속이 텅 빈 호두라 할지라도 깨뜨려지기를 바란다.

누구나 죽음을 중요한 사건으로 여긴다. 그러나 죽음이 아직 축제祝祭는 아니다. 아직까지 인간들은 가장 아름다운 축제를 어떻게 거행해야 하는지를 배우지 못했다.

나는 그대들에게 삶을 완성시키는 죽음을 보여주고자 한다. 이 죽음은 살아 있는 자에게 가시가 되고 또 맹세가 되는 죽음이다.

삶을 완성시키는 자는 희망을 가진 자들과 맹세하는 자들에게 둘러싸여 승리에 찬 죽음의 길을 간다.

그러니까 인간은 죽는 법을 배워야 한다. 이렇게 죽어가는 자가 살아 있는 자들의 맹세를 신성하게 여기지 못하는 곳에서 축제란 있을 수 없다.

이와 같이 죽는 것이 최선인 것이다. 차선次善은 투쟁 속에 죽으며 위대한 영혼을 낭비하는 것이다.

그러나 투쟁하는 자나 승리자에게 똑같이 혐오스러운 죽음은 주인으로서 당당하게 다가오는 것이 아니라 히죽거리며 살금살금 다가오는 죽음이다.

나는 그대들에게 나의 죽음을 찬양한다. 내가 **원하기** 때문에 내게로 오는 자유로운 죽음 말이다.

그렇다면 나는 언제쯤 이러한 죽음을 원해야 하는 것인가? 목표와 상속인이 있는 자는 그 목표와 상속인을 위해 알맞은 때에 죽기를 원한다.

그리고 그는 자기의 목표와 상속인에 대한 외경심 때문에 삶의 성전聖殿에 시든 화환을 걸어놓지는 않으리라.

진실로 나는 새끼 꼬는 자들처럼 되고 싶지는 않다. 그들은 새끼를 길게 잡아당기며 자신은 항상 한 발자국 뒤로 물러선다.

진리와 승리를 얻기에는 나이가 너무 많은 자들도 많다. 이가 빠진 입은 이제 더 이상 진리를 말할 권리가 없는 것이다.

명성을 얻고자 하는 자는 누구나 알맞은 때에 명예와 작별하라. 그리고 알맞은 때 떠나는 어려운 기술을 연마해야 한다.

자신이 가장 맛이 좋을 때라 하더라도 자신이 먹히는 것을 내버려두어서는 안 된다. 오래도록 사랑받고자 하는 자는 이 점을 알고 있다.

물론 가을의 마지막 날까지 기다려야 할 운명에 처한 신맛이 나는 사과들도 있다. 그러나 그것은 익는 것과 동시에 누렇게 되고 시들어 버린다.

어떤 자는 마음이 먼저 늙고, 어떤 자는 정신이 먼저 늙는다. 그리고 또 어떤 자는 젊은 나이에 백발이 된다. 하지만 늦게야 청년이 되는 자는 오랫동안 젊음을 유지한다.

삶에 실패하는 사람들이 적지 않다. 독충이 그들의 심장을 갉아먹고 있다. 이런 자들은 죽음이 자신에게 그만큼 더 많이 다가온다는 것에 유의해야 한다.

달콤한 맛이 들지 않는 사람들이 적지 않다. 이런 자들은 여름에 이미 썩고 만다. 이런 자들이 나뭇가지에 계속 매달려 있다면 그것은 비겁한 일이다.

너무 많은 사람이 살고 있고, 너무 오래 나뭇가지에 매달려 있다. 폭풍우가 불어 닥쳐, 이 썩은 열매를 모두 가지에서 떨어뜨려 버렸으면 좋으련만!

신속한 죽음에 대해 설교하는 자들이 나타나기를! 이 사람들이야말로 삶의 나무를 알맞은 때에 뒤흔드는 폭풍우이리라! 그러나 내 귀에 들리는 소리라고는 천천히 죽으라는 설교와 '현세'에 대한 모든 것을 참고 견디라는 설교뿐이다.

아, 그대들은 현세에 대한 모든 것을 참고 견디라는 설교를 하는가? 그러나 이 현세야말로 그대들을 잘 참아내고 있지 않은가, 그대 비방하는 자들이여!

진실로, 천천히 죽을 것을 설교하는 자들이 숭상해온 저 히브리인은 너무도 빨리 죽었다. 그리고 그 이후로 그의 때 이른 죽음은 많은 사람에게 재앙으로 받아들여졌다.

저 히브리인 예수는, 히브리 나라 사람들의 눈물과 비애, 선하고 의로운 자들의 증오밖에 알지 못했다. 그래서 그는 죽음에 대한 동경에 사로잡혔던 것이다.

만약 그가 황야에 머물고 있으면서 그 선하고 의로운 자들로부터 멀리 떨어져 있었더라면 좋았을 텐데! 그랬더라면 아마 그는 사는 법을 배우고, 대지를 사랑하는 법을 배웠으리라. 거기에다 웃음까지 배웠을 것이다!

내 말을 믿어라, 나의 형제들이여! 그는 너무도 일찍 죽었다. 만약 그가 내 나이까지 살아 있었다면 그는 자신의 가르침을 철회했으리라! 그는 철회를 할 만큼 충분히 고귀한 자였다!

그러나 그는 미처 성숙하지 못했다. 그 젊은이의 사랑은 미숙했고, 인간과 대지에 대한 증오도 미숙했다. 그의 마음과 정신의 날개는 아직도 묶여 있고 무겁다.

그러나 성인 남자의 경우에는 그 속에 젊은이보다 아이다운 점은 더 많이 깃들어 있고 슬픔은 더 적게 깃들어 있다. 즉 성인 남자가 죽음과 삶을 더 잘 이해한다.

더 이상 '그렇다'라고 말할 시간이 없을 때 '그렇지 않다'라고 성스럽게 말하는 자는 죽음에 대해서 자유로우며, 죽음에 직면해서도 자유롭다. 그는 이렇게 죽음과 삶을 이해한다.

나의 벗들이여, 그대들의 죽음이 인간과 대지에 대한 모독이 아니기를 원한다. 나는 바로 이 점을 그대들의 영혼의 꿀에 간절히 바란다.

죽음에 직면해서도 그대들의 정신과 덕은 대지를 둘러싸고 있는 저녁놀처럼 이글이글 타올라야 한다. 그렇지 않으면 그대들의 죽음은 실패이다.

나 자신도 이렇게 죽고 싶다. 그리하여 그대들이 나 때문에 대지를 더욱 사랑하게 되기를 바란다. 그리고 나를 낳아준 대지의 품으로 되돌아가 거기서 안식을 얻고 싶다.

진실로 차라투스트라는 하나의 목표를 가지고 있다. 차라투스트라는 자신의 공을 던졌다. 이제 그대, 나의 벗들은 나의 목표를 이어받는 자들이 되도록 하라. 나는 그대들을 향하여 황금빛 공을 던지겠노라.

나의 벗들이여! 나는 무엇보다도 그대들이 황금빛 공을 던지는 모습을 보고 싶다! 그래서 나는 이 대지에 잠시 더 머물러 있으려고 한다. 이러는 나를 용서하라!

차라투스트라는 이렇게 말했다.

베푸는 덕에 대하여

1

차라투스트라는 '얼룩소'라고 불리는 마을이 마음에 들었는데, 이제 여기서 이별을 고하게 되었다. 이때 그의 제자로 자처하는 많은 사람이 그의 뒤를 따랐다. 그들이 어느 사거리에 이르렀을 때 차라투스트라는 이제부터 혼자 가고 싶다고 말했다. 자기는 혼자 가기를 좋아하는 사람이기 때문이라는 것이었다. 그러자 그의 제자들은 이별의 표시로 그에게 지팡이 하나를 선사했는데, 이 지팡이의 황금 손잡이에는 한 마리의 뱀이 태양을 휘감고 있는 그림이 있었다. 차라투스트라는 이 지팡이를 보고 기뻐하며 그것을 짚고 서서 제자들에게 이렇게 말했다.

자, 그대들에게 묻노라. 황금은 어떻게 최고의 가치를 얻게 되었는가? 왜냐하면 그것은 진귀하면서도 무용한 것이며, 찬란하면서도 빛깔이 부드럽기 때문이다. 황금은 이렇게 항상 자기 자신을 베푸는 것이다.

황금은 다만 최고의 덕의 이미지로서만 최고의 가치에 도달하였다. 베푸는 자의 눈길은 황금처럼 빛이 나며, 그 황금의 광채는 태양과 달 사이에 평화를 가져다준다.

최고의 덕은 진귀하면서도 무용한 것이며, 찬란하면서도 빛깔이 부드럽다. 베푸는 덕이야말로 최고의 덕이다.

나의 제자들이여! 진실로, 나는 그대들의 마음을 잘 알고 있다. 그대들도 나와 같이 베푸는 덕을 구하려 하고 있지 않은가. 그대들이 어떻게 고양이나 늑대와 같을 수 있겠는가?

그대들의 갈망은 자신을 제물로 바치고 선물이 되려는 것이다. 그 때문에 그대들은 영혼 속에 모든 재물을 쌓아 두기를 갈망하는 것이 아닌가.

그대들의 영혼은 지칠 줄 모르고 재물과 보석을 얻으려고 한다. 덕을 베풀려는 그대들의 의지가 결코 지치지 않기 때문이다.

그대들은 만물을 강요하여 그대들에게 오도록 하고, 또 그대들 속으로 흘러들어 오도록 한다. 그리고 만물이 그대들의 사랑의 선물로서 그대들의 샘으로부터 다시 흘러 나가도록 한다.

진실로, 이와 같이 베푸는 사랑은 모든 가치의 강탈자가 되지 않고는 못 견디는 것이다. 하지만 나는 이러한 이기심을 건전하고 성스러운 것이라 일컫는다.

또 다른 하나의 이기심이 있다. 그것은 너무도 가난하고 굶주려서 항상 도둑질을 하려 한다. 이것은 병든 자들의 이기심이며 병든 이기심인 것이다.

이 이기심은 모든 빛나는 것을 도둑의 눈으로 바라본다. 굶주린 자의 탐욕으로써 먹을 것이 풍성한 자를 시기하고 부러워한다. 그러면서 항상 베푸는 자들의 식탁 주위를 살금살금 맴돈다.

이러한 욕망에서 질병과 눈에 보이지 않는 퇴화를 엿볼 수 있다. 이러한 이기심이 지닌 도둑 같은 욕망은 몸이 병들어 있음을 말해 준다.

말하라, 형제들이여. 우리는 무엇을 나쁜 것이라고 하는가, 무엇을 최고로 나쁜 것이라고 하는가? 그것은 **퇴화**가 아닌가? 베푸는 영혼이 없는 곳에서는 언제나 퇴화하기 마련이라고 추측한다.

우리의 길은 위를 향해 나아가며, 종種에서 종을 뛰어넘는 단계로 나아간다. 그러나 퇴화하는 마음은 '모든 것은 나를 위해 존재한다.'라고 말하면서 우리에게 전율을 일으킨다.

우리의 마음은 위를 향해 날아간다. 이 마음은 우리들 육체에 대한 비유이며, 상승에 대한 비유이다. 모든 덕의 명칭은 이와 같은 상승에 대한 비유인 것이다.

이리하여 육체는 성장하고 투쟁하는 존재로서 역사 속을 뚫고 나아간다. 그리고 정신은 육체에 대해 어떤 의미를 갖는가? 정신은 육체의 투쟁과 승리를 알려주는 전령이며 또 육체의 동지이자 메아리이다.

선과 악을 나타내는 모든 명칭은 비유인 것이다. 이 이름들은 암시만 할 뿐 말로 표현하지 않는다. 그런 이름들로부터 지식을 얻으려는 자는 바보다.

형제들이여. 그대들의 정신이 비유를 들어 이야기하려고 할 때,

그 순간마다 주의하라. 여기에 그대들의 덕의 근원이 있기 때문이다.

이때 그대들의 육체는 고양되고 소생한다. 그대들의 육체는 자신의 기쁨으로 정신을 황홀케 한다. 이리하여 그대들의 육체는 정신으로 하여금 창조하는 자가 되고, 평가하는 자가 되고, 사랑하는 자가 되고, 또 만물에 은혜를 베푸는 자가 된다.

그대들의 마음이 강물처럼 온 사방을 굽이굽이 흘러넘쳐 강가에 사는 사람들에게 축복이자 위험이 될 때, 바로 거기에 그대들의 덕의 근원이 있다.

그대들이 칭찬과 비난에 초연하고, 또 그대들의 의지가 사랑하는 자의 의지로서 만물에 명령하려고 할 때, 거기에 그대들이 바라는 덕의 근원이 있다.

그대들이 안락함과 부드러운 잠자리를 경멸하고, 마음이 연약한 자들로부터 아주 멀리 떨어져 잠을 잘 때, 거기에 그대들의 덕의 근원이 있다.

그대들이 '하나의 의지'를 원하는 자가 되고, 모든 곤경으로부터 이러한 전환이 그대들에게 있어 필연적일 때, 거기에 그대들의 덕의 근원이 있다.

진실로 그대들의 덕은 새로운 선이며 새로운 악이다! 진실로 하나의 새롭고도 깊은 물결 소리이며, 새로운 샘물 소리인 것이다!

이 새로운 덕, 그것이 바로 힘이다. 그대들의 덕은 지배적인 사상이며, 그 사상은 현명한 영혼에 둘러싸여 있다. 그대들의 덕은 황금빛 태양이며, 이 태양을 인식의 뱀이 휘감고 있다.

2

여기서 차라투스트라는 잠시 입을 다물고 그의 제자들을 사랑스러운 눈으로 바라보았다. 그러고 나서 그는 이야기를 계속했다. 목소리도 다시 가다듬어졌다.

나의 형제들이여! 대지에 충실하라! 그대들의 덕의 힘으로 대지에 충실하도록 하라! 그대들이 베푸는 사랑과 그대들의 인식이 대지의 뜻을 받들도록 하라! 이같이 나는 그대들에게 간절히 말하고 부탁한다.

그대들의 사랑과 인식이 지상에서 날아올라 그 날개와 더불어 영원의 벽에 부딪지 않도록 하라! 아, 헛되이 날아올라 가버린 덕이 얼마나 많았던가!

그대들은 나처럼 헛되이 날아가 버린 덕을 다시 이 대지로 데려오라. 그렇다. 육체와 삶이 있는 곳으로 되돌아오게 하라! 그리하여 이 덕으로 하여금 대지에 그 의미를, 인간적인 의미를 부여하도록 하라!

지금까지 정신도 덕과 마찬가지로 수백 번이나 헛되이 날아올랐다가 떨어지곤 하였다. 아, 우리들 육체 속에는 아직도 이러한 모든 망상과 과오가 자리 잡고 있다. 망상과 과오는 그곳에서 육체가 되고 의지意志가 되었다.

덕과 마찬가지로 정신도 지금까지 수백 번이나 시도하고 수백 번 과오를 범했다. 그렇다. 인간은 하나의 시도였다.[15] 아, 얼마나 많은

***
15 과거 인간의 진화 과정進化過程은 모든 미로迷路로 되풀이하여 다시 새로운 방향을 모색한 것이다.

123

무지와 오류가 우리들의 육체가 되었던가!

수천 년 이어져 온 이성뿐만 아니라 수천 년 된 이성의 망상도 우리에게서 갑자기 터져 나온다. 그러므로 상속자가 된다는 것은 위험천만한 일이다.

우리는 한 걸음 한 걸음씩 내디디며 '우연'이라는 저 거인과 투쟁하고 있다. 지금까지도 여전히 '불합리'와 '무의미'가 전 인류를 지배해 왔던 것이다.

나의 형제들이여! 그대들의 정신과 그대들의 덕을 대지의 뜻에 봉사케 하라! 그대들은 모든 사물의 가치를 새로이 정립하라! 그러므로 그대들은 투쟁하는 자가 되어야 한다! 그러므로 그대들은 창조하는 자가 되어야 한다!

육체는 앎을 통해서 자신을 정화시킨다. 육체는 앎과 더불어 시도하면서 스스로를 고양시킨다. 인식하는 자에게 있어서 모든 충동은 신성한 것이다. 고양된 자에게는 영혼이 즐거운 것이다.

의사여! 그대 자신부터 치료하라! 그래야만 그대의 환자에게도 도움이 된다. 최선의 도움은 자신을 치유하는 자를 눈으로 직접 보는 것이리라.

아직까지 밟아보지 못한 수천 개의 오솔길이 있고, 수천 개의 건강법과 수천 개의 숨겨진 삶의 섬들이 있다. 인간과 인간의 대지는 아직 발견되지 않은 채로 무궁무진하게 남아 있다.

깨어나 귀를 기울여라, 그대 고독한 자들이여! 은밀한 날갯짓을 하며 바람은 미래에서 불어온다. 그리하여 예민한 귀에는 좋은 소식이 찾아올 것이다.

그대 오늘을 살고 있는 고독한 자들이여! 그대 세상을 등진 자들이여! 언젠가 그대들은 하나의 민족이 되어야 한다. 스스로 자신을 선택한 그대들로부터 하나의 선택된 민족이 태어나야 한다. 그리고 이 민족으로부터 초인이 태어나야 한다.

진실로, 대지는 이제 치유의 장소가 되어야 한다. 대지에는 이미 하나의 새로운 향기가 감돌고 있다. 치유를 가져다주는 향기, 그리고 새로운 희망이!

3

이 말을 끝내고 차라투스트라는 입을 다물었다. 아직 마지막 말은 하지 않은 사람처럼 그는 한참 동안이나 주저하면서 손에 쥔 지팡이를 이리저리 흔들고 있었다. 그러다가 마침내 그는 다시 말했다. 그의 목소리는 변해 있었다.

나의 제자들이여, 나는 이제부터 혼자 가려한다! 그대들도 이제 헤어져 각자의 길을 가도록 하라! 나는 그러기를 원한다.

진실로, 나는 그대들에게 권한다. 내게서 떠나라! 차라투스트라에게서 자신을 방어하라! 그리고 차라투스트라를 부끄럽게 여긴다면 더욱 좋으리라! 어쩌면 그가 그대들을 속였을지도 모르지 않는가.

인식의 인간은 자신의 적을 사랑할 뿐만 아니라, 자신의 벗까지도 미워할 줄 아는 자라야 한다.

언제까지나 제자로 남아 있다면 스승에게 제대로 보답하는 것이 아니다. 그런데 왜 그대들은 내 월계관을 벗겨 버리려고 하지 않는가?

그대들은 나를 숭배한다. 그러나 어느 날 그대들의 숭배가 무너진다면 어떻게 되겠는가? 조심하라, 그대들이 숭배하는 입상立像에 깔려 죽지 않도록!

그대들은 차라투스트라를 믿는다고 말하는가? 그러나 도대체 차라투스트라가 무엇이란 말인가! 그대들은 나의 신도信徒들이다. 그러나 신도들이 뭐 그리 중요한가!

그대들은 아직 자기 자신을 찾지 못한 때에 나를 만났다. 신도들이란 모두 이렇다. 그래서 모든 신앙은 죄다 보잘 것 없는 것이다.

이제 나는 그대들에게 명령한다. 나를 버리고 그대 자신을 찾도록 하라. 그리하여 그대들 모두가 나를 부정하게 된다면, 그때 나는 그대들에게 되돌아오리라.

진실로, 형제들이여! 그때가 오면 나는 다른 눈으로 나의 잃어버린 자들을 찾으리라. 그때는 다른 사랑으로 그대들을 사랑하리라.

언젠가 그대들은 나의 벗이 되어야 한다. '하나의' 희망을 가진 아이들이 되어야 한다. 그러면 나는 세 번째로 그대들 곁에 있으면서 위대한 정오를 그대들과 함께 축하할 것이다.

위대한 정오란 무엇인가? 그것은 인간이 짐승과 초인 사이에 놓인 길의 한복판에 있을 때이고, 저녁을 향해 가는 그의 길을 최고의 희망으로서 축하할 때를 말한다. 왜냐하면 그 길은 새로운 아침을 향해 가는 길이기 때문이다.

이때 '몰락하는 자'는 자신이 저 너머로 건너가는 자임을 알고 스스로 축복하게 될 것이다. 그리하여 그의 인식의 태양은 정오의 태양이 되어 그를 위해 중천에 떠 있을 것이다.

"모든 신들은 죽었다. 이제 우리는 초인이 나타나기를 바란다." 이것이 언젠가 찾아올 위대한 정오에 우리의 마지막 의지가 되게 하라!

차라투스트라는 이렇게 말했다.

제 2부

Also sprach Zarathustra

"……그리하여 그대들 모두가 나를 부정하게
된다면, 그때 나는 그대들에게 되돌아오리라.
진실로, 형제들이여!
그때가 오면 나는 다른 눈으로 나의 잃어버린
자들을 찾으리라.
그때는 다른 사랑으로 그대들을 사랑하리라."

- 제1부 <베푸는 덕에 대하여> 중에서

거울을 든 아이

그 후 차라투스트라는 다시 입산하여 그의 동굴의 고독 속으로 돌아와 사람들과 떨어져 지냈다. 그리고 그는 씨를 뿌려 놓고 수확을 기다리는 농부처럼 때를 기다리고 있었다. 그러나 그의 영혼은 초조함으로 가득했고, 또한 그가 사랑했던 사람들에 대한 갈망으로 가득 찼다. 그들에게 줄 것이 아직 많았기 때문이었다. 말하자면 사랑하는 마음 때문에 활짝 폈던 손을 오므리고, 베푸는 자로서 수치심을 간직하고 있는 것이 가장 어려운 일이었다.

이같이 '고독한 자' 차라투스트라에게 달이 가고 해가 지나기가 몇 해였다. 그의 지혜는 더욱 성장해 갔고, 그것이 너무 충만하여 그는 무척 고통스러웠다.

어느 날 아침, 그는 동이 트기 전에 잠에서 깨어나 오랫동안 침상 위에 앉아 깊은 생각에 잠겼다. 마침내 그는 마음속으로 이렇게 말했다.

"도대체 나는 꿈속에서 무엇에 놀랐기에 잠에서 깨었을까? 거울을 손에 든 아이가 내게 다가오지 않았던가?

그 아이는 나에게 이렇게 말했다. '오, 차라투스트라여! 거울 속의 그대 모습을 보라!' 하고.

거울을 들여다보는 순간 나는 놀라 비명을 질렀고, 내 마음은 충격을 받아 뒤흔들렸다. 나는 그 거울 속에서 내 모습을 본 것이 아니라 악마의 찌푸린 얼굴과 조롱하는 웃음을 보았기 때문이다.

진실로 나는 이 꿈의 징조와 경고를 너무도 잘 이해한다. 나의 **가**

르침이 위기에 빠져 있으며, 잡초가 밀 행세를 하고 있음을 말해 주는 것이다!

나의 적들은 강해졌고 나의 가르침의 본뜻을 왜곡하고 말았다. 이리하여 내가 가장 사랑하는 자마저 내가 그들에게 준 선물을 부끄러워하지 않을 수 없게 된 것이다.

나는 나의 벗들을 잃었다. 때는 왔다. 이제 내가 잃어버린 벗들을 찾으러 나설 때다!"

이렇게 말하고 차라투스트라는 일어났다. 그의 모습은 속이 답답해 시원한 공기를 쐬려는 자라기보다는 오히려 영감을 얻은 예언자나 가수와 같았다. 그의 독수리와 뱀은 의아한 눈으로 그를 바라보았다. 앞으로 다가올 행복이 마치 아침놀처럼 그의 얼굴에 감돌고 있었기 때문이다.

내게 무슨 일이 생겼는가, 나의 짐승들이여? 하고 차라투스트라는 말했다. 내가 변한 것이 아닐까? 행복이 폭풍우처럼 내게 찾아오지 않았는가?

나의 행복은 어리석으므로 어리석은 것을 말할 것이다. 나의 행복은 아직 너무 어리다. 그러므로 너그럽게 나의 행복을 참아다오!

나는 나의 행복으로 말미암아 상처를 입었다. 이제 모든 고뇌하는 자가 나의 의사가 되어 주어야 하리라!

나는 다시 나의 벗들에게 내려갈 수 있게 되었다. 그리고 나의 적들에게도 내려갈 수 있게 되었다! 차라투스트라는 다시 설교하고 베풀 수 있게 되었고, 사랑하는 자들에게 더없이 커다란 사랑을 보여 줄 수 있게 되었다.

나의 조급한 사랑은 흘러넘쳐 강물이 되어 아래쪽으로, 해 뜨는 방향이나 해 지는 방향으로 흘러내린다. 침묵의 산으로부터, 고통의 뇌우로부터 나의 영혼은 우렁찬 소리와 함께 골짜기로 흘러내려 간다.

나는 너무도 오래도록 그리워하면서 먼 곳을 바라보았고, 너무도 오랫동안 고독 속에 잠겨 있었다. 그래서 나는 침묵하는 법을 잊고 말았다.

나는 철두철미 입이 되었고, 또 높은 바위에서 떨어져 쏴쏴 거리는 시냇물 소리가 되었다. 내가 하는 말이 골짜기 아래로 떨어지기를 나는 원한다.

내 사랑의 물줄기가 길이 없는 곳으로 떨어지더라도 좋을 따름이다! 이 물줄기가 끝내는 넓은 바다로 이르는 길을 찾고 말 테니!

내 마음 속에는 하나의 호수가 있으니, 그것은 은둔자처럼 고적하고 자족하는 호수이다. 내 사랑의 물줄기는 이 호수의 물을 아래로 잡아채어 흘러간다. 저 바다로!

나는 새로운 길을 걸으며, 새로운 설교를 전한다. 나는 모든 창조하는 자들과 마찬가지로 진부한 말에 싫증나 있다. 나의 정신은 더 이상 다 헤진 신발을 신고 돌아다니고 싶어 하지 않는다.

내가 보기에 모든 설교가 너무 느릿느릿하다. 폭풍우여, 나는 그대의 마차에 뛰어 오르련다! 그리하여 내 심술로 그대를 채찍질하여 달리게 하리라!

함성과도 같이, 환호성과도 같이 나는 드넓은 바다를 건너가서 나의 벗들이 머물고 있는 행복의 섬들을 발견하리라!

그들 사이에는 나의 적들도 있으리라! 내가 말을 건넬 수 있는 자라면 이제 그가 누구든 사랑하리라! 나의 적들 역시 나의 행복의 일부가 아니던가.

내가 사납고 거친 나의 말 위에 올라타려 할 때, 언제나 나를 가장 잘 돕는 것은 나의 창槍이 아니던가. 이 창이야말로 언제나 대기하고 있는 내 발의 하인인 것이다.

내가 나의 적들을 향해 던지는 창이여! 드디어 나는 이것을 던질 수 있게 되었으니, 나는 얼마나 내 적에게 감사해야 할 것인가!

나의 구름 속을 흐르는 전압은 너무도 높았다. 이제는 번갯불의 커다란 웃음 사이로 저 아래로 소나기처럼 우박을 퍼부으리라.

이때 나의 가슴은 한껏 부풀어 오르면서, 자신의 폭풍을 저 산들 너머로 힘차게 몰려가게 하리라. 그러면 나의 가슴도 가벼워지리라.

진실로, 나의 행복과 나의 자유는 흡사 폭풍우처럼 찾아온다! 그러나 나의 적들은 '사악함'이 그들의 머리 위에서 미쳐 날뛴다고 생각하리라.

그렇다. 나의 벗들이여, 그대들 역시 나의 사나운 지혜 때문에 놀라리라. 아마 그대들 역시 나의 적들처럼 도망칠지 모른다.

아, 내가 만일 양치기의 피리 소리로 그대들을 다시 부를 수 있다면 좋으련만! 아, 지혜라는 나의 암사자가 사랑스럽게 으르렁거릴 수만 있다면! 그런데 우리는 이미 많은 것을 함께 배우지 않았던가!

나의 사나운 지혜는 고독한 산 위에서 잉태되었다. 그리고 그 지혜는 험준한 바위 위에서 아이를, 마지막 아이를 낳았다.

이제 나의 지혜는 황량한 벌판을 미친 듯이 뛰어다니며, 부드러운 풀밭을 찾아다니고 있다. 나의 해묵은 사나운 지혜는!

그대들 마음의 부드러운 풀밭 위에, 나의 벗들이여! 그대들의 사랑 위에 나의 지혜는 자신의 가장 사랑하는 아이를 눕히고 싶어 한다!

차라투스트라는 이렇게 말했다.

지극한 행복의 섬에서

무화과 열매들이 나무에서 떨어진다. 그 열매는 잘 익어 맛이 달다. 떨어지면서 붉은 무화과의 껍질은 터진다. 나는 이 무르익은 무화과 열매들에게 불어닥치는 북풍이다.

나의 벗들이여! 이런 무화과 열매와도 같이 나의 가르침이 그대들에게 떨어진다. 이제 그 과즙을 마시고 달콤한 속살을 먹도록 하라! 가을이 무르익었고, 지금은 맑은 날 오후이다.

보라, 우리를 둘러싸고 있는 충만한 이 광경을! 이렇듯 넘치는 가운데 멀리 저 바다를 바라본다는 것은 얼마나 멋진 일인가!

그 옛날 사람들은 먼 바다를 바라볼 때면 '신'을 이야기했다. 그러나 나는 이제 그대들에게 '초인'을 말하도록 가르치련다.

신이란 하나의 억측이다. 그러므로 나는 그대들의 억측이 그대들의 창조적 의지를 능가하지 않기를 바란다.

그대들은 하나의 신을 **창조**할 수 있는가? 그렇지 않다면 모든 신에 대하여 왈가왈부하기를 삼가라! 하지만 그대들은 어쩌면 초인을 창조할 수 있으리라.

나의 형제들이여, 그대들 자신은 아마도 초인을 창조할 수 없을지도 모른다. 하지만 그대들은 자신을 초인의 아버지나 조상으로 바꿀 수는 있으리라. 이것이 그대들이 할 수 있는 최고의 창조이리라!

신이란 하나의 억측이다. 그러므로 나는 그대들의 억측이 사고할 수 있는 범위 내에서 그치기를 바란다.

그대들은 신을 **사유**思惟할 수 있는가? 그대들이 진리에 대한 의지라고 불러야 하는 것은 이것이다. 즉 만물을 인간이 생각할 수 있고, 볼 수 있고, 느낄 수 있는 것으로 변화시키는 것이다! 그대들은 자신의 감각을 궁극에까지 사유해야 한다!

그리고 그대들이 세계라고 부르는 것은 우선 그대들에 의하여 창조되어야 한다. 그럼으로써 그대들의 이성, 그대들의 심상心象, 그대들의 의지, 그대들의 사랑이 실현되어야 한다! 그대 인식하는 자들이여, 진실로 그대들의 더없는 행복을 위해 그렇게 되어야 하리라!

그대들 인식하는 자들이여, 그대들은 이러한 희망도 없이 어떻게 삶을 견디어낼 것인가? 그대들은 이해할 수 없는 것이나 비이성적인 것 속에서 태어나서는 절대 안 된다.

하지만 그대 벗들이여, 나는 그대들에게 진심을 피력하리라. **만약** 신들이 존재한다면, 내가 신이 아니란 것을 어찌 견딜 수 있겠는가! **그러므로** 신들은 존재하지 않는다.

이 결론을 끄집어낸 것은 나다. 하지만 이제는 이 결론이 나를 끌고 간다.

신이란 하나의 억측이다. 그러나 사람이 만일 이러한 억측의 모든 고통을 마시고도 죽지 않을 자가 어디 있겠는가? 창조하는 자로부터 그 믿음을 박탈하란 말인가? 독수리로부터 높은 하늘에서 떠도는 자유를 박탈하란 말인가?

신이란 모든 곧은 것을 구부러지게 하고, 서 있는 모든 것을 빙빙 돌게 만들어 버리는 사상이다. 어떻다고? 시간은 사라져 버려야 하고, 덧없이 지나가는 모든 것은 거짓에 불과하다고?

이런 것을 생각하면 온몸이 소용돌이치며 어지럽고, 더욱이 위胃에서는 구역질이 난다. 이런 것을 억측하는 것, 그것을 나는 뱅뱅 도는 병, 즉 현기증이라 부른다.

또한 나는 다음과 같은 것을 사악한 것, 인간에게 적대적인 것이라고 부른다. 즉 하나뿐인 것, 완전무결한 것, 움직이지 않는 것, 충만한 것, 불멸하는 것에 대한 모든 가르침을 나는 이같이 부른다.

불멸하는 모든 것, 그것은 비유에 불과하다! 그리고 시인들은 거짓말을 너무 많이 한다.

그러나 최고의 비유라면 시간과 생성에 대하여 말해야 하리라. 이러한 비유는 모든 덧없는 것을 찬양하고 정당화해야 한다!

창조하는 것, 이것이야말로 고통으로부터의 위대한 구원이며, 삶을 가볍게 만드는 것이다. 그러나 창조하는 자가 되기 위해서는 삶의 고통과 많은 변신이 있어야 한다.

그렇다, 그대들 창조하는 자들이여, 그대들의 삶 속에는 많은 쓰라린 죽음이 있어야 한다. 그럼으로써 그대들은 덧없는 모든 것을 대변하고 옹호하는 자가 되어야 한다.

창조하는 자 스스로가 새로 태어날 아이가 되려면, 그 자신이 임신부가 되어 산모의 고통을 겪어야 한다.

진실로, 나는 백 개의 영혼을 거쳐 왔고, 백 개의 요람과 산고를 겪으며 나의 길을 걸어왔다. 나는 이미 여러 번 작별을 하였고, 가슴이 찢어지는 저 최후의 순간도 잘 알고 있다.

그러나 나의 창조하려는 의지, 나의 운명이 그것을 원하고 있다. 아니 그대들에게 더 솔직히 말하면 그 같은 운명을 나의 의지가 바라고 있다.

내가 느끼는 모든 감정은 나로 인해 괴로워하면서 감옥에 갇혀 있다. 그러나 나의 의욕은 언제나 나의 해방자이자, 나에게 기쁨을 가져다주는 자로서 나를 찾아온다.

의욕은 해방을 가져온다. 이것이 의지와 자유에 대한 참다운 가르침이다. 차라투스트라는 그대들에게 이것을 가르친다.

더— 이상— 의욕하지 않는 것, 더— 이상— 평가하지 않는 것, 더— 이상— 창조하지 않는 것! 아, 나는 이런 크나큰 권태야말로 늘 내게서 멀리 떨어져 있기를 바란다!

또한 나는 인식하는 가운데서도 내 의지의 생식 욕구와 생성 욕구만을 느낀다. 그리고 만일 내 인식에 청정무구淸淨無垢함이 있다면, 그것은 내 인식 속에 생식 의지가 있기 때문이다.

이 의지는 나를 유혹하여 신과 신들로부터 떠나게 했다. 만약에 신들이 거기에 존재한다면, 이제 또 창조할 무엇이 남아 있겠는가!

그러나 나의 불타오르는 창조 의지는 언제나 새롭게 나를 인간에게 몰아간다. 그리하여 망치가 돌을 치도록 만든다.

아, 그대 인간들이여, 돌 속에는 하나의 형상, 즉 내가 구상하는 형상들 중 하나가 잠들어 있다. 아, 그 형상이 그토록 단단하고 보기 끔찍한 돌 속에서 잠들어 있어야 하다니!

이제 나의 망치가 그 형상을 가두고 있는 감옥을 잔혹하게 내리친다. 돌에서 파편이 사방으로 흩어진다. 그러나 그게 무슨 상관이란 말인가?

내게 어떤 그림자가 다가왔기 때문에 나는 이 형상을 완성하고자 한다. 모든 사물 중에서 가장 조용하고 가장 가벼운 것이 나를 찾아왔던 것이다!

초인의 아름다움이 그림자로서 나를 찾아왔던 것이다. 아, 나의 형제들이여! 새삼스럽게 이제와서 ― 신들이 ― 내게 무슨 상관이란 말인가!

차라투스트라는 이렇게 말했다.

동정하는 자들에 대하여

나의 벗들이여! 그대들의 벗은 이렇게 비웃는 말을 들었다. "보라! 차라투스트라를! 그는 마치 우리가 짐승들인 것처럼 우리 사이를 돌아다니지 않는가?"

그러나 이렇게 말했으면 더욱 좋았을 것이다. "저 인식하는 자는 짐승들 사이를 돌아다니는 것**처럼** 인간들 사이를 돌아다닌다."

인식하는 자가 볼 때 인간은 짐승이다. 붉은 뺨을 가진 짐승 말이다.

어쩌다가 인간의 뺨은 붉어졌는가? 인간이 너무 자주 부끄러워해야 했기 때문이 아닐까?

오, 나의 벗들이여! 인식하는 자는 이렇게 말한다. "수치, 수치, 수치, 이것이 바로 인류의 역사인 것이다!" 하고. 그래서 고귀한 자는 남이 수치심을 느끼지 않도록 하라고 자신에게 명령한다. 그는 고뇌하는 모든 자들 앞에서 수치심을 느끼라고 자신에게 명령한다.

진실로, 나는 동정함으로써 행복을 느끼는 자비로운 자들을 좋아하지 않는다. 그들은 너무나도 수치를 모른다.

나는 만약 동정을 해야 할 때라도, 동정심이 많은 자라고 불리기를 좋아하지 않는다. 내가 동정심을 품을 상황이 된다 하더라도 가능한 한 멀리 떨어져서 동정하고 싶다.

그리고 남이 내 얼굴을 알아보기 전에 얼굴을 가리고 달아나고 싶다. 그렇다면 나의 벗이여! 그대들에게도 그렇게 하라고 명한다!

내 운명이 항상 그대들과 같이 고뇌 없는 자들이 있는 곳으로 나를 이끌어주기를! 또한 희망과 식사, 꿀을 같이 나누어도 좋은 자들이 있는 곳으로!

진실로 나는 고뇌하는 자들을 위해 이런저런 일을 선뜻 해주기도 했다. 한편 내가 더 잘 즐길 수 있을 때, 나는 더 좋은 일을 했다고 생각한다.

인간이 존속된 이래로 인간은 너무도 즐길 줄을 몰랐다. 나의 형제들이여! 오직 이것이 우리의 원죄인 것이다.

우리가 더 잘 즐길 수 있게 된다면, 우리는 남에게 고통을 주거나 고통을 꾸며내려는 생각을 가장 잘 버릴 수 있다.

이 때문에 나는 고뇌하는 자를 도왔던 내 손을 씻는다. 또 내 영혼도 깨끗이 씻는다.

내가 어떤 고뇌하는 자의 괴로움을 보았던 것을 부끄러워하는 것은 그의 수치심 때문이며, 또한 내가 그를 도와주었을 때도 그의 자부심이 심하게 손상되었기 때문이다.

지나친 은혜는 감사하는 마음이 아니라 오히려 복수심을 품게 한다. 또 작은 선행이 잊히지 않을 때는 그곳에 좀벌레가 생긴다.

"받아들일 때는 냉담하도록 하라! 그래서 그대들이 받아들이는 것이 특별한 일이 되도록 하라!" 나는 베풀 것이 없는 사람들에게 이렇게 권한다.

그러나 나는 베푸는 자다. 나는 벗으로서 벗들에게 기꺼이 베푼다. 그러나 낯선 자들과 가난한 자들은 내 나무에서 직접 과일을 따 가도 괜찮다. 그러면 그들은 덜 부끄러워할 것이다.

하지만 거지만은 모두 쫓아 버려라! 진정 그들에게는 주어도 화가 나고, 주지 않아도 화가 난다.

죄를 지은 자들과 양심의 가책을 받는 자들도 마찬가지다! 나의 말을 믿어라, 나의 벗들이여! 양심의 가책을 받는 자들은 남에게 덤비게 되리라.

그러나 가장 나쁜 것은 하찮은 생각들이다. 하찮은 생각을 하느니 차라리 나쁜 행위가 더 낫다.

물론 그대들은 이렇게 말할 것이다. "사소한 악의를 즐김으로써 커다란 악행들을 예방할 수 있다."라고. 그러나 이럴 때 우리는 예방할 생각을 해서는 안 된다.

악행은 종기腫氣와 같다. 악행은 가려워서 긁어대다가 마침내는 터지게 된다. 악행은 이처럼 솔직하게 드러난다.

"보라! 나는 질병이다." 악행은 이렇게 말한다. 이것이 악행의 솔직함이다.

그러나 하찮은 생각은 곰팡이균을 닮았다. 기어 다니고 파고들면서 어디 한 곳에 가만히 있으려 하지 않는다. 이 작은 곰팡이균 때문에 온몸이 부패하여 썩어 문드러진다.

악마에 홀린 자의 귀에 대고 나는 이렇게 속삭인다. "차라리 그대의 악마를 크게 키워라! 그대에게는 위대함에 이르는 길이 아직 남아 있으니까!"

아, 나의 형제들이여! 우리는 모든 사람에 대하여 아는 바가 너무 많다! 우리는 많은 사람을 꿰뚫어볼 수 있다. 그러나 바로 그 때문에 우리는 그 사람들을 결코 스쳐 지나갈 수 없는 것이다.

사람들과 함께 산다는 것은 어려운 일이다. 침묵하는 것은 매우 어렵기 때문이다.

그리하여 우리는 우리에게 불쾌하고 거슬리는 자들에게 부당한 행동을 하는 게 아니라, 우리와 전혀 상관없는 사람에게 가장 부당하게 대한다.

그러나 그대에게 만일 고통받는 벗이 있다면, 그의 고통을 위한 안식처가 되도록 하라. 오로지 딱딱한 침상, 야전 침대가 되도록 하라. 그래야만 그대가 그에게 가장 유용한 존재가 될 수 있다.

만일 벗이 그대에게 악행을 저질렀을 때는 이렇게 말하라. "그대 나에게 행한 악에 대하여는 내가 그대를 용서하리라. 그러나 그대가 **그대 자신에게** 악행을 저질렀다는 것. 이것을 어떻게 내가 용서할 수 있겠는가?"

모든 위대한 사랑은 이렇게 말한다. 사랑은 용서와 동정마저 극복한다고.

우리는 스스로 마음을 다잡아야 한다. 만약 이것을 못한다면 그대의 분별력마저 당장에 달아나버리기 때문이다!

아, 이 세상에서 동정하는 자들보다 더 어리석은 짓을 하는 자들이 어디 있던가? 그리고 이 세상에서 동정하는 자들이 저지른 어리석음보다 더 큰 고통을 안겨 주는 것이 어디 있던가?

자신의 동정심을 극복하지 못하면서 사랑을 하고 있는 모든 자를 불쌍히 여겨라!

일찍이 악마가 나에게 이렇게 말했다. "신에게도 지옥이 있는데,

그것은 바로 인간에 대한 신의 사랑이다."

그리고 최근에 나는 악마가 이렇게 말하는 것도 들었다. "신은 죽었다. 인간에 대한 동정 때문에 신은 죽었다."

그러므로 그대들은 동정하지 않도록 조심하라. **그곳으로부터** 인간들에게 먹구름이 몰려온다! 진실로 나는 천기天氣의 징후를 잘 알고 있다!

이 말 또한 명심하라. 모든 위대한 사랑은 모든 동정을 넘어선다. 왜냐하면 위대한 사랑은 사랑의 대상, 사랑받는 자조차도 **창조하려고** 하기 때문이다!

"나는 나 자신을 나의 사랑에 바친다. **나와 마찬가지로 내 이웃조차** 나의 사랑에 바친다." 창조하는 자는 모두 이렇게 말한다.

하지만 창조하는 자는 모두 냉혹하다.

차라투스트라는 이렇게 말했다.

성직자들에 대하여

어느 날 차라투스트라는 제자들에게 손짓을 하며 이렇게 말했다.

"여기 성직자들이 있다. 비록 이들이 나의 적이긴 하지만, 그대들이 그들 옆에 가려면 칼을 잠재운 채 조용히 지나가라.

그들 중에도 영웅은 있다. 그들 중 대다수는 많은 괴로움을 겪었다. 이 때문에 그들은 다른 사람들에게 고통을 주려고 한다.

그들은 사악한 적이다. 그들의 겸손보다 더 복수심에 불타는 것은 없다. 그러므로 그들을 공격하는 자는 쉽게 더렵혀진다.

그러나 내 피는 그들의 피와 다를 바 없다. 나는 나의 피가 그들의 피에 의해서도 존중받기를 원한다."

그들이 지나쳐 갔을 때 차라투스트라에게는 고통이 엄습했다. 그는 잠시 그 고통과 싸우고 나서 이렇게 말했다.

저 성직자들은 내 마음을 괴롭힌다. 그들은 내 취향에 맞지 않구나. 그러나 이런 일은 내가 인간들 사이로 돌아온 이후에 겪었던 일 가운데서 가장 사소한 일에 불과하다.

나는 그들 성직자들과 함께 고통을 겪었고 또 고통을 겪고 있다. 그들은 감옥에 갇힌 죄수이며 낙인이 찍힌 자들이다. 그들이 구세주라고 부르는 자가 그들을 굴레에 얽매어 놓은 것이다.

그릇된 가치와 현혹의 말의 굴레에 얽매어 놓은 것이다! 아, 그 누가 그들의 구세주로부터 그들을 구원해 줄 것인가!

일찍이 바다가 그들을 휘몰아갔을 때, 그들은 어떤 섬에 상륙했다고 믿었다. 그러나 보라. 그 섬은 잠들어 있는 괴물이 아니었던가!

그릇된 가치와 현혹의 말. 이것이야말로 죽을 운명을 타고난 인간에게는 최악의 괴물이다. 이 괴물 속에는 불길한 운명이 오랫동안 잠자며 기다리고 있는 것이다.

드디어 이 불길한 운명은 모습을 드러내며 잠에서 깨어나고, 그 불길한 운명 위에 오두막을 지은 자들을 꿀꺽 삼켜 버린다.

아, 이들 성직자들이 지은 오두막집을 보라! 그들은 그 달콤한 냄새가 풍기는 동굴을 교회라고 부른다.

아, 이 날조된 빛이여! 이 곰팡내 나는 공기여! 영혼이 높은 곳을 향해 날아가는 것을 허락하지 않는 장소여!

오히려 그들의 신앙은 이렇게 명령한다. "그대 죄인들이여, 무릎을 꿇고 계단을 오르라!"

진실로 나는 수치심과 경건함이 뒤섞여 부자연스러운 그들의 사팔뜨기 눈을 보기보다는 오히려 파렴치한 자들을 보는 편이 나으리라!

누가 이 같은 동굴, 이 같은 참회의 계단을 만들었단 말인가? 그것은 자신을 숨기려 했던 자들, 맑은 하늘 아래서 스스로 부끄러움을 느꼈던 자들이 아닌가?

무너진 천장 사이로 다시 맑은 하늘이 보이고, 무너진 벽의 언저리에 무성한 잡초와 붉게 핀 양귀비가 내려다보일 때, 그제야 비로소 나는 내 마음을 이 신의 거처로 다시 돌리리라.

그들은 자신들을 거부하고 자신들에게 고통을 주는 자를 신이라고 불렀다. 그리고 진실로 그들의 기도 속에는 많은 영웅적인 모습이 남아있었다!

그들은 인간을 십자가에 못 박는 것 이외에 그들의 신을 사랑하는 방법을 몰랐던 것이다.

그들은 시체로서 살기를 바랐다. 그들은 자기의 시체를 검은 천으로 덮었다. 그들의 설교에는 아직 영안실의 고약한 냄새가 난다.

그들과 가까이 사는 자는 두꺼비가 감미롭고도 구슬픈 노래를 불러대는 검은 연못 근처에 사는 자와 같다.

그들의 구세주를 나에게 믿게 하려면, 그들은 좀 더 아름다운 노래를 불러야 할 것이다! 이 구세주의 제자들은 보다 더 구원을 받은 자의 모습을 보여 주어야 하지 않겠는가!

나는 그들의 벌거벗은 모습을 보고 싶다. 왜냐하면 아름다움만이 참회를 설교할 수 있기 때문이다. 그렇지만 이러한 위장된 슬픔으로 도대체 누구를 설득할 수 있단 말인가!

진실로, 그들의 구세주들은 자유로부터, 자유의 일곱 번째 천국(최고의 행복을 상징한다.)으로부터 온 것은 아니다! 진실로, 그들의 구세주들은 스스로 인식의 양탄자 위를 걸어본 적이 결코 없었다!

이 구세주들의 정신에는 빈틈이 있다. 더욱이 그들은 이 빈틈 하나하나에 그들의 망상을, 즉 그들이 신이라고 불렀던 대용품을 채워 넣었다.

그들의 정신은 그들의 동정심 속에서 익사하고 말았다. 그들 자신의 동정심이 넘치면 넘칠수록 그 표면에는 항상 크나큰 어리석음이 떠돌았다.

그들은 열광해서 함성을 지르며 그들의 가축 떼를 몰아 다리를 건너도록 했다. 마치 미래에 이르는 길은 이 '하나'의 다리밖에 없는 것처럼! 진실로, 이 목자들도 그 양 떼의 일부였다!

이들 목자들은 조그만 지성과 커다란 영혼을 가지고 있었다. 그러나 나의 형제들이여, 지금까지 가장 커다란 영혼이라고 했던 것들이 얼마나 조그만 땅이었던가!

그들은 그들이 지나가는 길에 핏자국을 남겼다. 그리하여 그들의 어리석음은 피로써 진리를 증명해야 한다고 가르친 데에 있었다.

그러나 피야말로 진리의 가장 나쁜 증인이다. 피는 가장 순결한 가르침조차도 중독을 시켜 마음을 망상과 증오로 변하게 하기 때문이다.

그리고 비록 자신의 가르침을 위해 화염 속을 통과하는 자가 있다 하더라도, 그리하여 무엇이 증명될 것인가! 오히려 자기 자신의 가르침이 자기 자신의 열정으로부터 생겨나는 것이 더 나으리라!

뜨거운 심장과 차가운 머리, 이 둘이 만나는 곳에 '구세주'라는 광풍이 일어난다.

진실로 군중이 구세주라고 부르는 이 매혹적인 광풍보다 더 위대한 자들도 있었고, 더 고귀하게 태어난 자들도 있었다!

나의 형제들이여! 그대들은 자유에 이르는 길을 찾아야만 하는가? 그렇다면 그대들은 과거 모든 구세주들보다 더 위대한 자들에 의해 구제되어야 한다!

아직까지 단 한 사람의 초인도 존재한 적은 없었다. 나는 더없이 위대한 인간과 더없이 하찮은 인간, 그 둘의 벌거벗은 모습을 보았다.

그 둘은 아직까지도 너무 닮은 데가 많다. 진실로, 나는 더없이 위대한 인간이라 하더라도 너무나도 인간적임을 알게 되었다!

차라투스트라는 이렇게 말했다.

덕 있는 자들에 대하여

우리는 게으르고 무기력한 감각을 향해 천둥소리와 하늘의 불꽃으로 말해야 한다.

그러나 아름다움의 목소리는 나직하게 말하며, 가장 정신이 뚜렷하게 깨어 있는 영혼 속으로만 스며든다.

오늘, 나의 문장紋章은 나를 향해 나지막하게 떨며 소리 내어 웃었다. 이것이야말로 아름다움의 성스러운 웃음이며 떨림이다.

그대 도덕군자들이여! 나의 아름다움은 오늘 그대들을 비웃었다. 그 웃음소리는 이렇게 들렸다. "그대들은 아직 대가를 바라는구나!" 라고.

그대 도덕군자들이여! 그대들은 아직 대가를 원하고 있다. 덕에 대한 대가로 보수를, 대지에서 사는 대가로 천국을, 그리고 그대들의 오늘에 대한 대가로 영원을 바라고 있는 것인가?

내가 대가를 지불할 자도 보수를 지급할 자도 없다고 그대들에게 가르친다고 해서, 그대들은 나에게 화를 낼 것인가? 진실로, 나는 덕이 덕 그 자체의 보수라고 결코 가르치지 않는다.

아, 이를 생각하면 슬프구나! 인간은 사물의 밑바닥에 보수와 형벌이라는 거짓을 끌어들였다. 그리고 이제 그대들 영혼의 밑바닥에도 그 거짓을 끌어들였다. 그대 도덕군자들이여!

그러나 나의 말言은 멧돼지의 주둥이처럼 그대들 영혼의 밑바닥을 파헤치리라! 나는 그대들에게 쟁기의 날이라고 불리기를 바란다.

그대들 밑바닥의 모든 비밀은 드러나야 한다. 그리하여 그대들이 파헤쳐지고 부서져서 일광욕을 하듯 태양 아래 드러날 때, 비로소 그대들의 허위도 진실로부터 떨어져 나갈 것이다.

왜냐하면 이것이야말로 그대들의 진실이기 때문이다. 즉 그대들은 **너무나 순수해서** 복수, 형벌, 보수, 보복, 이 같은 더러운 말들과는 어울리지 않는다.

그대들은 어머니가 자식을 사랑하듯 그대들의 덕을 사랑한다. 그 어떤 어머니가 그 사랑에 대한 대가를 바란다는 얘기를 들어본 적이 있는가?

그대들의 덕이야말로 그대들이 가장 사랑하는 그대들 자신이다. 그대들 속에는 순환의 고리를 원하는 갈망이 있다. 모든 순환의 고리는 자기 자신에게 도달하려고 싸우며 돌아가고 있다.

그대들 덕이 하는 모든 일은 소멸해 가는 별과 같다. 그 빛은 항상 이동 중이며 떠돌고 있다. 그 방랑이 언제쯤 그칠 것인가?

이리하여 그대들 덕의 빛은 그 일이 끝났는데도 이처럼 아직도 떠돌고 있다. 이 일이 잊히고 소멸한 이후에라도 그 빛은 여전히 살아서 떠돌아다니는 것이다.

그대들의 덕은 그대들 자신이며, 낯선 것도 아니며 껍데기도 아니며 또 외투도 아니라는 것, 이것이야말로 그대 도덕군자들이여, 그대들 영혼의 밑바닥으로부터 우러나오는 진실인 것이다!

그러나 어떤 사람들은 채찍을 맞아 몸부림치는 경련을 덕이라고 부른다. 그대들은 이런 사람들의 비명을 너무나도 많이 들어왔다!

또한 어떤 사람들은 악덕의 이완弛緩을 덕이라고 부른다. 그들의 증오와 그들의 질투심이 사지를 축 늘어뜨리면, 그들의 '정의'는 깨어나고 잠에 취한 두 눈을 비비는 것이다.

또 어떤 자는 항상 끌려 내려가고 있다. 그들의 악마가 그들을 잡아당기는 것이다. 그러나 그들이 깊이 가라앉으면 가라앉을수록 그들의 눈은 빛나고 그들의 신에 대한 갈망은 불타오른다.

아, 그대 도덕군자들이여! 그들의 외침을 그대들은 듣지 못했는가. "내가 **아닌** 것, 그것이 내게 있어서는 신이며 덕이다!"라는 울부짖음을.

또 어떤 자는 돌덩이를 실어 나르는 수레처럼 무겁게 덜컹거리며 다가오고 있다. 그들은 품위와 덕에 대해 끊임없이 말하며, 자기들의 제동 장치를 덕이라고 부른다.

또 어떤 자는 태엽을 감아놓은 저렴한 벽시계와 같다. 그들은 똑딱똑딱 소리를 내면서, 그 소리를 덕이라 불리기를 원한다.

진실로, 나는 이런 자들을 보면 즐겁다. 이런 시계를 발견하면 나는 비웃으며 그 태엽을 감아줄 것이다. 그러면 그 시계는 또다시 투덜거리는 소리를 낼 것이다!

또 어떤 자는 한줌의 '정의'를 으스대면서, 그것 때문에 매사에 악행을 저지른다. 그리하여 세계는 그들의 불의에 빠져 익사하고 만다.

아, 그들의 입에서 흘러나오는 '덕'이라는 말은 얼마나 우리를 불쾌하게 만드는가! 그들이 "나는 정의롭다."라고 할 때, 그 소리는 항상 "나는 복수했다!"로 들린다.

그들은 그들의 덕으로 적의 눈을 후벼 파려고 한다. 그들은 남을 낮추려고 할 때만 자신을 높이는 것이다.

또한 어떤 자는 늪 속에 앉아서 갈대 사이로 이렇게 말한다.

"덕, 그것은 조용히 늪 속에 앉아 있다. 우리는 아무도 물어뜯지 않으며, 또 물려고 덤비는 자는 피한다. 그리고 매사에 있어서 우리는 다른 사람들이 내놓은 의견을 따른다."

또 어떤 자는 몸짓을 사랑하여 덕이란 일종의 몸짓이라고 생각한다.

그들의 무릎은 항상 꿇어 앉아 예배하고 있다. 그들의 손은 덕을 찬양하지만, 그들의 가슴은 이에 대해 아무것도 아는 바가 없다.

또 어떤 자는 "덕은 꼭 필요하다."라고 말하는 것을 덕이라고 생각하고 있다. 그러나 근본적으로 그들은 경찰이 꼭 필요하다는 것만 믿을 뿐이다.

또 인간에게서 고귀함을 보지 못하는 많은 자들은, 인간의 저열함을 아주 가까이서 보고 이를 덕이라고 부른다. 이리하여 그들은 자신의 사악한 눈길을 덕이라 부른다.

그리고 어떤 사람들은 자신들이 교화되고 고양되기를 바라면서 이것을 덕이라고 부른다. 또 어떤 사람들은 자신들이 전복顚覆되기를 바라면서 역시 이것을 덕이라고 부른다.

이와 같이 거의 모든 사람은 자신이 덕에 관여하고 있다고 믿는다. 그리하여 어느 누구라도 최소한 자신이 '선'과 '악'의 전문가라고 주장한다.

그러나 차라투스트라는 이 모든 거짓말쟁이와 어리석은 자들에게 "덕에 대하여 **그대들이** 무엇을 안다는 말인가! 덕에 대하여 그대들이 무엇을 알 **수 있다는 말인가?**"라고 말하기 위해서 찾아온 것이 아니다.

나의 벗들이여! 오히려 나는 그대들이 거짓말쟁이나 어리석은 자에게서 배운 낡아빠진 말에 싫증을 느끼도록 일깨워 주려고 온 것이다.

'보수', '복수', '형벌', '정의의 이름으로 행해지는 보복'과 같은 말에 대해 그대들이 싫증을 느끼도록 일깨우기 위해 온 것이다.

또 "어떤 행위가 선한 것은 그것이 이기적이지 않기 때문이다."라는 말에 대해 그대들이 싫증을 느끼도록 일깨워 주기 위해 온 것이다.

아, 나의 벗들이여! 마치 어머니가 아이의 내면에 있는 것처럼, 그대들의 행위 속에 **그대들** 자신이 들어 있다는 것, 이것이 덕에 대한 **그대들의** 말이게끔 하라.

진실로, 나는 그대들에게서 백 가지 말과 그대들의 덕이 가장 사랑하는 장난감들을 빼앗았다. 그리하여 그대들은 아이들이 화내는 것처럼 내게 화내고 있다.

아이들은 바닷가에서 놀고 있었다. 그때 파도가 들이닥쳐 그들의 장난감을 깊은 바닷물 속으로 앗아가 버렸다. 그래서 아이들이 울고 있는 것이다.

그러나 이 같은 파도는 아이들에게 새로운 장난감을 가져다 주리라! 오색 빛깔 새로운 조개껍질을 그들 앞에 쏟아놓을 것이다!

그러면 아이들은 위안을 얻으리라! 그리고 그 아이들처럼, 나의 벗들이여, 그대들도 위안을 얻으리라. 그리고 새로운 오색 빛깔 조개껍질을 얻게 되리라!

차라투스트라는 이렇게 말했다.

잡것에 대하여

삶은 기쁨의 샘이다. 그러나 잡것이 함께 마시는 곳. 그곳에서는 모든 샘물에 독이 번진다.

나는 모든 순결한 것을 좋아한다. 그러나 이를 드러내고 웃는 입이나 불결한 자들의 갈증은 보고 싶지 않다.

그들은 그들의 시선을 샘 속에 던졌고, 이제 구역질나는 미소가 샘에 비쳐 나에게 반사된다.

그들은 이 신성한 샘물을 그들의 육욕으로 더럽혔다. 그들이 그들의 더러운 꿈을 기쁨이라 불렀을 때, 그들은 기쁨이라는 그 말까지도 오염시켰다.

그들이 그 축축하게 젖은 심장을 불에 쪼이면 불꽃은 언짢아한다. 잡것이 그 불 옆으로 다가가면, 정신 자체는 부글부글 끓어오르며 연기를 내뿜는다.

과일은 그들의 손에서 달짝지근해지고 물러 터진다. 그들의 눈에 띄면 과일나무는 바람에 힘없이 쓰러지고 그 가지 끝은 마르고 시들게 된다.

삶으로부터 등을 돌린 많은 사람은 단지 이 잡것으로부터 등을 돌린 것이다. 그들은 샘물과 불꽃과 과일을 잡것과 함께 나누려고 하지 않았다.

그리고 사막으로 가서 맹수들과 함께 갈증에 시달린 많은 사람은 부정不淨한 낙타 몰이꾼들과 물통 주위에 자리를 함께하려고 하지 않았다.

그리고 파괴자처럼, 그리고 열매가 익는 들판에 쏟아지는 우박처럼 다가왔던 많은 사람은 잡것의 입에 자신의 발을 쑤셔 넣고 목구멍을 틀어막으려고 했던 것이다.

삶 그 자체가 적의敵意와 죽음과 순교의 십자가를 필요불가결로 한다는 사실을 아는 것, 그것이 가장 삼키기 어려운 음식물은 아니었다.

아니 오히려 나는 일찍이 이렇게 묻고 그 질문에 거의 질식할 뻔했다. 그 질문이란 이렇다. "뭐라고? 삶에 있어서는 잡것도 꼭 **필요하다고?**"

독이 번진 샘물, 냄새나는 불, 더러운 꿈, 생명의 빵 속의 구더기, 이런 것들도 꼭 필요한 것인가?

나의 삶을 집어삼킨 것은 나의 증오가 아니라 나의 구역질이었다! 아, 잡것에게도 풍요로운 정신이 있음을 알았을 때, 나의 정신은 종종 권태를 느낀다.

또 오늘날 지배자들이 무엇을 지배라고 부르는지 알고 난 후 나는 지배자들에게도 등을 돌렸다. 이러한 지배는 잡것을 상대로 권력을 잡기 위한 흥정과 거래일뿐이었다!

언어가 다른 군중들 사이에서 나는 귀를 막은 채 살아 왔다. 그들의 흥정하는 언어나 권력을 잡기 위한 거래로부터 거리를 두기 위해서였다!

그리고 코를 잡아 쥐고 어제도 오늘도 나는 언짢은 기분으로 지냈다. 진실로 어제도 오늘도 글을 쓰는 잡것의 악취가 코를 찌른다.

귀먹고 눈 멀고 벙어리가 된 불구자처럼 나는 오랫동안 살아 왔다. 이 모두가 권력의 잡것, 글 쓰는 잡것, 또 쾌락을 좇는 잡것들과 함께 살지 않기 위함이었다!

나의 정신은 힘에 겨워 조심스럽게 한발 한발 계단을 올랐다. 기쁨이라는 적선은 내 정신의 청량제였다. 삶은 지팡이에 의지한 채 눈먼 이 사람 곁을 살그머니 지나갔다.

그런데 무엇이 내게서 일어났던가? 어떻게 나는 구역질에서 빠져나올 수가 있었던가? 누가 내 눈을 젊어지게 만들었는가? 어떻게 하여 나는 어떠한 잡것도 더 이상 샘가에 앉지 않는 높은 곳으로 날아올랐는가?

나의 구역질이 스스로 나에게 날개를 달아 샘물로 다가갈 힘을 주지 않았던가? 참으로 나는 기쁨의 샘을 다시 찾기 위해 가장 높은 곳으로 날아오르지 않으면 안 되었다!

아, 나는 그 기쁨의 샘을 발견하였다. 나의 형제들이여! 여기 가장 높은 곳에서 기쁨의 샘물은 나를 위해 솟구치고 있다! 여기에는 어떠한 잡것도 함께 마시지 않는 삶이 있다!

기쁨의 샘이여! 그대 너무도 격렬하게 나에게 쏟아져 나오는구나! 더욱이 그대는 잔을 다시 가득 채우려고 너무 자주 잔을 비우는구나!

나는 여전히 좀 더 겸손하게 그대에게 다가가는 법을 배워야만 한다. 내 마음 역시 그대를 향하여 너무도 격렬하게 흘러가고 있기 때문에 말이다.

내 마음 속에서 나의 여름은 불타고 있다. 짧고 무덥고 그리고 우울하면서도 행복에 넘치는 여름 말이다. 너무도 뜨거운 나의 이 여름의 마음은 얼마나 그대의 서늘함을 그리워하고 있는가!

머뭇거리던 내 봄날의 비애는 지나갔다! 6월에 흩날리는 내 눈송이의 심술도 지나갔다. 나는 완전히 여름이 되었고, 한여름의 정오가 되었다!

가장 높은 곳에서의 여름, 여기에는 차가운 샘물과 행복의 고요함이 있다. 아, 오라, 나의 벗이여! 이 고요함이 더욱 행복해질 수 있도록!

이곳이야말로 **우리의** 드높은 경지이며 우리의 고향이기 때문이다. 우리는 여기, 모든 불결한 자들과 그들의 갈증이 미치기에는 너무 높고 험준한 곳에 살고 있다.

그대 벗들이여! 그대들의 맑은 눈을 내 기쁨의 샘으로 던져 보라! 어찌 그 샘이 흐려지겠는가! 그 샘은 **자신의** 순수한 눈길로 그대들에게 미소 지을 것이다.

우리는 우리의 보금자리를 미래라는 나무 위에 짓는다. 독수리는 자신의 부리로 우리들 고독한 자들에게 먹이를 물어다 주리라!

진실로, 이 먹이는 불결한 자들과는 나눌 수 없는 것이다. 그들이 만약 이것을 받아먹는다면 그들은 불덩이를 삼킨 것처럼 그들의 주둥이를 태우게 되리라!

진실로, 우리가 여기서 집을 마련하는 것은 불결한 자들을 위해서

가 아니다! 그들의 육체와 정신에는 우리의 행복이 얼음의 동굴이라고도 할 수 있으리라!

세찬 바람과 같이 우리는 그들 머리 위 높은 곳에서 살고자 한다. 독수리의 이웃이 되고, 눈雪의 이웃이 되고, 또 태양의 이웃이 되는 세찬 바람으로 살고자 한다.

그리고 언젠가 나는 바람처럼 그들 사이로 불어 닥치리라. 그리하여 나의 정신으로 그들 정신의 숨결을 빼앗으리라. 나의 미래는 이것을 바라고 있다.

진실로, 차라투스트라는 모든 낮은 사람을 위한 세찬 바람이다. 그리고 경멸하며 침을 뱉는 모든 적들에게 그는 이렇게 충고를 한다. "바람을 **향해** 침을 뱉지 않도록 조심하라!"

차라투스트라는 이렇게 말했다.

타란툴라에 대하여

보라, 이것이 타란툴라[16]가 사는 구멍이다! 그대의 눈으로 직접 이 독거미를 보고 싶은가? 여기 거미줄이 걸려 있다. 이것을 건드려 흔들리게 해보라!

저기 독거미가 제 발로 순순히 기어 나오는구나. 환영한다, 타란툴라여! 그대의 등에는 검은 세모꼴 무늬가 찍혀 있다. 나는 그대의 영혼 속에 무엇이 들어있는지도 알고 있다.

그대의 영혼에는 복수심이 자리 잡고 있다. 그대가 깨무는 곳에는 어디서나 검은 부스럼이 자란다. 그대의 독은 복수심으로 사람의 영혼에 현기증이 일게 만든다!

영혼에 현기증을 일으키는 그대들에게 비유를 들어 이야기하리라! 그대, **평등의 설교자들이여!** 내가 보기에 그대들은 타란툴라이며, 숨어서 복수를 노리고 있는 자들이다!

하지만 이제 나는 그대들의 은신처를 폭로하려고 한다. 그리하여 그대들의 얼굴에 나의 고귀한 웃음을 터뜨리고자 한다.

나는 그대들의 거미줄을 찢는다. 그대들을 분노케 하여 그 거짓의 동굴에서 유인해내리라. 그리하여 그대들의 '정의'라는 말의 배후에 숨어 있는 복수심이 튀어나오도록 할 것이다.

왜냐하면, **인간을 복수심에서 구제하는 것**, 이것이야말로 나에게 있어서는 최고의 희망에 이르는 교량이며, 오랜 폭풍우 뒤의 무지개

***

16 이탈리아의 도시 타란토에 분포해 사는 독거미. 그곳에서 유래한 이름이다.

이기 때문이다.

물론 타란툴라가 바라는 것은 다른 것이다. "세상이 우리들 복수심의 폭풍으로 가득 차는 것, 이것이 우리에게는 정의라고 불린다." 이같이 그들은 서로에게 말한다.

"우리들과 평등하지 않은 모든 인간에 대하여 우리는 복수하고 모욕을 주리라." 이같이 그들은 서로에게 맹세한다.

그들은 다시 맹세한다. "그리고 '평등에의 의지'. 이것 자체가 앞으로는 덕을 일컫는 이름이 되어야 한다. 그리하여 힘을 가진 모든 것에 맞서 소리 높여 함성을 지르자!"

그대 평등의 설교자들이여, 무기력한 폭군의 광기가 그대들의 마음속으로부터 '평등'을 외친다. 그대들이 가장 은밀하게 품은 폭군의 욕망이 이같이 덕이라는 말로 스스로를 위장한다!

분개하는 자부심, 억압된 질투심, 또한 그대들이 조상으로부터 물려받았을 자부심과 질투심, 이것들이 불꽃이 되고 복수심의 광기가 되어 그대들 마음속에서부터 밖으로 터져 나온다.

아버지가 침묵을 지켰던 것, 그것이 아들에게서는 말로 새어나온다. 그리고 나는 아버지의 비밀을 폭로하는 아들을 종종 보았다.

그들은 마치 열광하는 자들과 같다. 그러나 그들을 열광시키는 것은 마음이 아니고 복수심이다. 또 그들이 우아하고 냉정해지더라도, 그들로 하여금 열광케 하는 것은 정신이 아니라 질투심이다.

그들의 질투는 그들을 사상가의 길로 이끈다. 그리고 그들의 질투심은 항상 지나치게 멀리 나아간다. 이것이야말로 그들의 질투의 특징이다. 그리하여 그들은 결국 피로한 나머지 마침내 눈 위에 쓰러져 잠이 들 수밖에 없다.

그들의 하소연 하나하나에는 복수심이 울려 퍼지고, 그들의 찬양 하나하나에는 악의가 배어 나온다. 그리고 재판관이 되는 것은 그들에게 있어서 커다란 행복인 것처럼 보인다.

나의 벗들이여! 나는 그대들에게 충고하노라. 남을 벌하려는 충동이 강한 자라면 그 누구든 믿지 말라!

이런 자야말로 비천한 종족과 혈통에 속하며, 그들의 얼굴에서는 사형 집행인의 모습과 사냥개의 모습이 엿보인다.

스스로 정의롭다고 떠벌리는 자라면 그 누구든 믿지 말라! 진실로, 그들 영혼에서 부족한 것은 다만 꿀만은 아니다.

그들이 스스로를 '선하고 의로운 자들'이라고 말할 때면, 반드시 명심하라. 그들이 바리새인이 되는 데 있어서 부족한 것은 다만 권력일 뿐이라는 것을!

나의 벗들이여! 나는 다른 자들과 뒤섞여서 혼동되고 싶지 않다.

내가 말하는 삶의 가르침, 이것을 전하는 설교자들도 있다. 그들은 동시에 평등의 설교자이며 타란튤라이기도 하다.

이들 독거미들이 스스로 동굴 속에 틀어박혀 삶으로부터 등을 돌리고 있으면서도 아직 삶의 의지에 대해 설교한다. 이는 그들이 남에게 해를 끼치려고 하기 때문이다.

그리하여 그들은 지금 권력을 가진 자들에게 해를 끼치려고 한다. 왜냐하면 지금 권력을 가진 자들에게는 죽음에 대한 설교가 가장 익숙하기 때문이다.

이와 사정이 다르다면, 타란툴라 독거미들은 다르게 가르치리라. 그들이야말로 한때는 가장 심하게 세계를 비방하고 이교도를 화형에 처하던 자들이었으니까.

나는 이들 평등의 설교자들과 뒤섞여서 혼동되고 싶지 않다. 왜냐하면 정의는 **나에게** "인간은 평등하지 않다."라고 말하기 때문이다.

또한 인간은 평등해져서도 안 된다! 만약 내가 이와 다르게 말을 한다면, 초인에 대한 나의 사랑은 대체 무엇이란 말인가?

인간은 천 개의 다리와 좁은 길을 지나 미래로 나아가야 한다. 그리하여 점점 더 많은 전쟁과 불평등이 인간 사이에 자리 잡아야 한다. 나의 위대한 사랑은 나로 하여금 이렇게 말하게 한다!

인간은 서로 적대하는 가운데 여러 가지 형상과 유령을 만들어내야 하며, 또한 이 형상과 유령으로써 서로 간에 최고의 전쟁을 치르지 않으면 안 된다!

선과 악, 부유함과 가난함, 귀한 것과 천한 것 그리고 모든 가치의 이름, 이것들은 무기가 되어야 하고, 또 삶은 끊임없이 자기 자신을 극복해야 함을 말해 주는 요란한 표시가 되어야 한다!

삶은 스스로 기둥을 세우고 계단을 만들어 자신을 높은 곳에 세우려고 한다. 삶은 먼 곳을 바라보며 행복한 아름다움을 찾아내려 한다. **이 때문에** 삶은 높이가 필요하다!

그렇기 때문에 계단과 그것을 올라가는 자들의 모순이 필요하다! 그리하여 삶은 오르려고 하며, 오르면서 자신을 극복하려 한다.

그런데 보라, 나의 벗들이여! 여기 타란툴라의 구멍이 있는 곳에 고대 신전의 폐허가 우뚝 솟아 있다. 자, 밝은 눈으로 이것을 보라!

진실로, 그 옛날 여기에 자신의 사상을 돌에 담아 높이 쌓아 올린 자는 가장 지혜로운 사람처럼 모든 삶의 비밀을 알고 있었을 것이다!

아름다움 속에도 투쟁과 불평등이 들어 있다. 그리고 권력과 그 위의 권력을 쟁취하려는 전쟁이 들어 있다. 그는 이러한 사실을 여기에서 우리에게 비유로써 아주 또렷하게 가르치고 있다.

여기서 둥근 천장과 아치가 서로 경쟁하듯 맞붙어 싸우는 모습이 얼마나 거룩한가! 마치 빛과 그림자처럼 얼마나 서로에 맞서 잘 싸우고 있는가, 이 거룩한 투사들은!

나의 벗들이여, 이들처럼 우리도 당당하고 아름답게 서로 적이 되도록 하자! 우리도 서로에 **맞서서** 거룩하게 분투하자.

아, 슬프구나, 지금 나의 오랜 적 타란툴라가 나를 깨물었다. 신처럼 거룩할 정도로 당당하고 멋지게 타란툴라가 내 손가락을 깨물었다!

"처벌이 있고 또 정의가 있어야 하리라."라고 독거미는 생각한다. "그 누구도 여기서 아무런 대가없이 적의敵意를 찬양하는 노래를 불러서는 안 되리라!"

그렇다. 타란툴라는 복수를 했노라! 그리고 아, 슬프구나! 이제 타란툴라는 복수를 함으로써 내 영혼에도 현기증을 일으키려 한다!

나의 벗들이여! 내게 현기증이 일어나지 **않도록** 나를 여기 이 기둥에 단단히 묶어다오. 나는 복수심의 회오리가 되기보다는 오히려 기둥에 묶인 성자가 되기를 원한다!

진실로, 차라투스트라는 돌풍이나 회오리바람은 아니다. 비록 그가 춤추는 자라 할지라도, 결코 타란툴라의 춤을 추는 자는 아닌 것이다!

차라투스트라는 이렇게 말했다.

유명한 현자들에 대하여

그대 유명한 현자들이여! 그대들은 군중을 섬기고 군중의 미신을 섬겼을 뿐, 진리를 섬기지는 **않았다**. 바로 그 때문에 사람들은 그대들에게 경외심을 가졌던 것이다.

또한 그 때문에 사람들은 그대들의 무신앙을 용인하였다. 왜냐하면 무신앙은 군중에게로 나아가는 웃음거리이며 우회로였기 때문이다. 이처럼 주인은 자신의 노예들이 하는 대로 내버려 두고, 그들의 방자함마저도 즐긴다.

그러나 군중에게서 미움을 받는 자는 개들에게서 미움을 받아 쫓기는 늑대와 같다. 그 이유는 그가 자유로운 정신이며, 속박을 적대하는 자이며, 신을 숭배하지 않는 자이며, 숲속에 사는 자이기 때문이다.

이러한 자를 그 은신처에서 몰아내는 것. 이것을 군중은 언제나 '정의감'이라고 불렀다. 군중은 여전히 가장 날카로운 이빨을 가진 개들을 풀어 이러한 자들 뒤쫓게 한다.

"진리가 여기에 있다. 그래서 결국 군중이 여기에 있는 것이다! 진리를 찾는 자를 조심하라!" 예전부터 사람들은 이렇게 말해 왔기 때문이다.

그대 유명한 현자들이여! 그대들은 군중의 그러한 숭배를 정당화하려고 했고, 그것을 그대들은 '진리에의 의지'라고 불렀다!

그대들의 마음은 항상 자신에게 이렇게 말했다. "나는 군중으로부터 왔노라. 또한 신의 음성도 그곳에서 내게로 왔노라."

군중의 대변자로서의 그대들은 나귀처럼 항상 완강하고 영리했다.

그리하여 군중을 자기 뜻대로 조종하려는 많은 권력자는 자기들의 말馬 앞에 한 마리 작은 나귀, 즉 한 사람의 유명한 현자를 매어 놓았다.

그대 유명한 현자들이여! 나는 이제 그대들이 그 사자의 가죽을 완전히 벗어던지기를 바란다!

맹수의 가죽을, 얼룩덜룩한 가죽을 그리고 탐구하는 자, 추구하는 자, 정복하는 자의 텁수룩한 머리를 벗어 던져라!

아, 나로 하여금 그대들의 '진실함'을 믿게 하기 위해서는, 그대들은 우선 자신들이 숭배하는 의지를 파괴해야 한다.

진실한 자. 내가 이렇게 부르는 사람은, 신이 없는 사막으로 가서 자신의 숭배하는 마음을 파괴한 사람이다.

이 같은 사람은 누런 모래밭에서 태양에 그을리면서 그늘진 나무 밑에서 생명체들이 쉬고 있는, 샘물이 넘쳐흐르는 섬을 목마르게 곁눈질하리라.

그러나 그의 갈증은 이러한 안락한 사람들처럼 되라고 그를 설득하지는 못한다. 오아시스가 있는 곳, 거기에는 또한 우상도 있기 때문이다.

굶주리면서, 난폭하고, 고독해지고, 신을 부정하는 것. 사자의 의지는 스스로 이렇게 되기를 원한다.

노예의 행복에서 해방되고, 신과 신을 예배하는 일에서 구원되고, 두려움을 모르면서 남을 두렵게 하고, 위대하면서 고독해지는 것. 이것이 진실한 자들의 의지이다.

예로부터 진실한 자들은 사막에서 살았다. 그 사람이야말로 사막의 주인이며, 자유로운 정신을 가졌다. 그러나 도시에는 잘 먹어 살찐 유명한 현자들, 즉 수레를 끄는 가축들이 산다.

말하자면 그들은 나귀로서 끊임없이 끌고 가는 것이다. **군중**이라는 짐마차를!

나는 그것 때문에 그들에게 화를 내는 것은 아니다. 그들이 비록 황금 마구馬具로 치장해 번쩍거릴지라도 내가 보기에는 하인에 불과하며, 마구에 묶인 자에 불과하다.

그리고 종종 그들은 좋은 하인이며 칭찬받을 만한 하인이다. 왜냐하면 그들의 덕은 이렇게 말하기 때문이다. "그대가 하인이 되어야 한다면, 그대의 봉사가 가장 필요한 자를 찾아라!"

또 말하기를 "그대 주인의 정신과 덕을, **그대가** 그의 하인이 됨으로써 성장시켜라! 그러면 그대 주인의 정신과 덕이 성장함에 따라 그대 자신도 성장할 것이다!"

그리고 진실로, 그대 유명한 현자들이여! 그대 군중의 하인들이여!

그대들 자신은 군중의 정신과 덕이 성장함에 따라 성장하였다! 그리고 군중은 그대들에 의하여 성장하였다! 나는 그대들의 명예를 위하여 감히 이 말을 하는 것이다!

그렇기는 하나 내가 보기에 그대들의 덕은 사실상 여전히 군중의 수준에 머물고 있다. 근시안의 군중, 즉 **정신**이 무엇인지를 모르는 군중에 지나지 않는다!

정신이란 스스로 삶 속으로 파고드는 삶이다. 삶은 스스로의 고통을 통해서 자신의 지식[17]을 증대시킨다. 그대들은 이미 이런 사실을 알고 있지 않았던가?

정신의 행복이란 향유를 바르고 눈물로써 정화되어 산 제물이 되는 것이다. 그대들은 이미 이런 사실을 알고 있지 않았던가?

맹인의 맹목성, 그의 탐구와 모색은 일찍이 그가 바라보았던 태양의 위력을 입증해야 한다. 그대들은 이미 이런 사실을 알고 있지 않았던가?!

그리고 인식하는 자는 산을 재료로 삼아 **건축**하는 법을 배워야 한다! 정신이 산을 옮겨놓는다는 것은 대수롭지 않은 일이다. 그대들은 이미 이런 사실을 알고 있지 않았던가?!

그대들은 정신의 불꽃을 알고 있음에 지나지 않는다. 그대들은 정신 그 자체인 모루를 알지 못하며, 또 정신의 망치가 얼마나 잔혹한

***
17 지知는 여기서 흔히 쓰이는 인식과 같다. 말하자면 생의 실상實相과 참다운 생활방식을 터득하는 일이다.

지 알지 못한다!

진실로, 그대들은 정신의 긍지를 알지 못한다! 더욱이 정신이 겸손하게 말을 걸기라도 한다면, 그대들은 정신의 겸손함을 견디지 못하리라!

그대들은 아직도 자신의 정신을 눈구덩이에 던져 보지 못했다. 그대들은 그렇게 할 정도로 충분히 뜨겁지 않기 때문이다! 그러므로 그대들은 눈雪의 냉기가 주는 기쁨도 알지 못한다.

그대들은 내가 보기에 모든 일에 대체로 정신을 지나치게 믿는다. 그래서 그대들은 종종 지혜를 발휘해 저급한 시인들을 위한 빈민 구호소나 병원을 세우는 것이다.[18]

그대들은 독수리가 아니다. 그러므로 그대들은 정신의 전율적 행복을 맛본 일이 없다. 새가 아닌 자는 심연 위에 그 보금자리를 마련해서는 안 되는 것이다.

그대들은 내가 보기에 미적지근한 자들이다. 그럼에도 모든 심오한 인식은 차갑게 흘러간다. 정신의 가장 깊은 샘은 얼음과 같이 차가워서, 뜨거운 손과 뜨겁게 행동하는 자들에게는 청량제가 된다.

그대 유명한 현자들이여! 내가 보기에 그대들은 이미 유연함을 잃고 꼿꼿한 자세로 근엄하게 서 있다. 그 어떤 세찬 바람이나 강한 의지도 그대들을 몰아내지 못하리라.

그대들은 바다를 건너가는 범선의 돛을 본 적이 없는가? 바람을

***
18 철학자, 사상가의 설說이 이류 시인의 사상적 근거가 되고 있는 것을 풍자하고 있다.

맞아 둥글게 한껏 부풀어지고, 거센 폭풍우 앞에 떨면서 나아가는 돛 말이다!

정신의 거센 폭풍우 앞에 떨면서 나아가는 돛과 같이, 나의 지혜는 바다를 건너간다. 나의 거친 지혜는!

그러나 그대 군중의 하인들이여, 그대 유명한 현자들이여, 어떻게 하면 내가 그대들과 함께 **갈 수** 있겠는가!

차라투스트라는 이렇게 말했다.

밤의 노래

밤이 왔다. 이제 모든 용솟음치는 샘물들이 더욱 소리 높여 말한다. 나의 영혼 또한 용솟음치는 샘물이다.

밤이 왔다. 이제 모든 사랑하는 자들의 노래가 깨어난다. 나의 영혼도 사랑하는 자의 노래이다.

억제되지 않은 것, 억제될 수 없는 것이 내 마음 속에 있다. 그것이 이제 크게 소리를 내려 한다. 사랑을 향한 열망이 내 마음속에 있고, 바로 그것이 사랑의 말을 속삭인다.

나는 빛이다. 아, 내가 밤이라면! 그러나 내가 빛으로 둘러싸여 있다는 것. 이것이 나의 고독이다.

아, 내가 어두운 밤이라면! 그렇다면 내가 얼마나 빛의 젖가슴을 빨아보려고 했을 것인가!

그대 반짝이는 작은 별들이여, 하늘의 반딧불이여, 나는 그대들에게도 축복을 내리고자 했다. 그랬으면 그대들이 주는 빛의 선물로 행복했으리라.

하지만 나는 내 스스로의 빛 속에 살고 있다. 나에게서 솟아오르는 불꽃을 다시 들이마신다.

나는 받는 자의 행복을 모른다. 더욱이 때때로, 받는 것보다는 오히려 훔치는 것이 더 행복하리라고 꿈꾸었다.

나의 손은 베푸는 일에 있어서 쉬는 일이 없다. 이것이 바로 나의 빈곤이다. 나는 기대에 차 기다리는 눈들과 환하게 밝혀진 그리움의 밤을 본다. 이것이 나의 질투이다.

아, 모든 베푸는 자들의 불행이여! 아, 나의 태양의 일식이여! 아, 갈망을 향한 몸부림이여! 아, 이 포만감 속의 극도의 배고픔이여!

사람들은 내게서 받아만 간다. 그렇다고 내가 그들의 영혼에 닿을 수가 있는가? 베풀어 주는 것과 받는 것 사이에는 커다란 틈이 있다. 그리고 틈새가 좁은 곳에 다리를 놓기가 가장 어려운 법이다.

나의 아름다움에서 굶주림이 자란다. 나는 내가 빛을 비춰 주는 자에게 고통을 주고 싶다. 내가 베풀어 주는 자들에게서 나는 빼앗고 싶다. 이같이 나는 사악한 마음에 굶주려 있다.

그들이 내게 손을 뻗을 때, 나는 내 손을 거두어들인다. 쏟아져 내리는 와중에도 멈칫거리는 폭포처럼 나는 주기를 머뭇거린다. 이같이 나는 사악한 마음에 굶주려 있다.

내 충만함 속에서 이 같은 복수가 고안되었다. 내 고독 속에서 이 같은 사악함이 솟아난 것이다.

베풀면서 얻은 나의 행복은 베풀면서 사라진다. 나의 덕은 넘쳐흐름으로 말미암아 스스로에게 싫증이 났다!

항상 베풀어 주는 자의 위험은 수치심을 잃어버린다는 것이다. 항상 베풀어 주는 자의 손과 마음에는 끊임없이 나누어주느라고 못이 배겼다.

나의 눈은 이제 더 이상 구걸하는 자들의 수치 때문에 눈물을 흘리지 않는다. 나의 손은 가득 채워진 손들의 떨림을 느끼기에는 너무도 굳어졌다.

내 눈의 눈물과 내 마음의 보드라운 털은 어디로 사라졌는가? 아, 베풀어 주는 모든 자의 고독함이여! 아, 빛을 밝히는 모든 자의 침묵이여!

많은 태양이 황량한 우주 공간을 운행한다. 그들은 그 빛으로써 모든 어두운 것에게 말을 건다. 그러나 다만 나에게만은 침묵을 지키고 있다.

아, 이것이야말로 빛을 발하는 것에 대한 빛의 적의이니라. 빛은 냉혹하게 자신의 궤도를 따라 돈다.

빛을 발하는 자에 대해서는 마음 깊은 곳에서 부당하게 대하고, 많은 태양에 대해서는 냉엄하게 대하며, 모든 태양은 제각각 운행한다.

모든 태양은 폭풍처럼 자신의 궤도를 따라 달려간다. 이것이 그들의 운행이다. 태양들은 스스로 가차 없는 의지에 따른다. 이것이야말로 그들의 냉정함인 것이다.

아, 그대 어두운 자들이여! 그대 밤과 같은 자들이여! 빛을 발하는 것들에서 자신의 온기를 만들어내는 자들은 바로 그대들이다. 아, 그대들이야말로 처음으로 빛의 젖가슴에서 젖과 청량제를 빨아 마시는 것이다!

아, 얼음이 나를 둘러싸고 있다. 내 손은 이 차가운 얼음에 화상을 입는다! 나, 내 마음 속에는 갈증이 있고, 그것은 그대들의 갈증을 애타게 그리워한다!

밤이 왔다. 아, 내가 빛이 되어야 하는가! 밤과 같은 것에 대한 갈증이여! 그리고 고독이여!

밤이 왔다. 이제 나에게서 갈망이 마치 샘과도 같이 용솟음친다. 말을 하고자 하는 갈망이.

밤이 왔다. 이제 용솟음치는 모든 샘물은 더욱 소리 높여 말한다. 나의 영혼도 또한 용솟음치는 샘이다.

밤이 왔다. 이제 비로소 사랑하는 자들의 모든 노래는 눈을 뜨기 시작했다. 나의 영혼 또한 사랑하는 자의 노래이다.

차라투스트라는 이렇게 말했다.

춤의 노래

어느 날 저녁 차라투스트라는 제자들과 함께 숲속을 지나가고 있었다. 그는 샘물을 찾고 있었는데, 보라, 그때 푸른 풀밭이 앞에 나타났던 것이다. 나무들과 덤불로 고요히 둘러싸인 그 풀밭 위에서는 소녀들이 어울려 춤을 추고 있었다. 소녀들은 차라투스트라를 보자 춤을 멈췄다. 그러나 차라투스트라는 다정한 몸짓으로 그들에게 다가가서 이렇게 말했다.

"그대 사랑스러운 소녀들이여! 춤을 멈추지 말거라. 나는 음흉한 눈길로 그대들의 놀이를 방해하려는 자도 아니며, 그대 소녀들의 적도 아니다!

나는 악마 앞에서 신을 대변하여 말하는 자이니라! 이 악마란 중력의 영혼이다. 그대 발걸음이 가벼운 소녀들이여, 내 어찌 신성한 춤에 적대감을 가지겠는가? 그것도 예쁜 복사뼈를 가진 소녀들의 발에 어찌 적대감을 가지겠는가?

정말이지 나는 숲이며 어두운 수목들의 밤이다. 그러나 내 어둠을 두려워하지 않는 자는 내 측백나무 밑에서 장미꽃 언덕이 펼쳐진 것을 발견하리라.

또한 그자는 소녀들이 가장 사랑하는 작은 신[19]도 발견할 것이다. 이 꼬마 신은 눈을 감고 샘물 옆에 누워 있다.

진실로, 이 꼬마 신은 한낮에 잠이 들어버렸다. 이런 게으름뱅이!

***
19 사랑의 신 큐피드를 가리킨다.

나비를 너무 열심히 쫓다가 지쳤기 때문일 테지.

그대 아름다운 무희들이여! 내가 이 꼬마 신을 좀 야단치더라도 노여워 말라! 꼬마 신은 아마 울고불고하리라. 그러나 그 우는 모습마저 웃음을 자아내지 않는가!

그 꼬마 신은 눈에 눈물이 그득한 채 그대들과 함께 춤추자고 할 것이다. 그러면 나 자신도 이 꼬마 신의 춤에 맞춰 노래를 부르리라.

이 노래는 사람들이 '세계의 주인'이라고 말하는 나의 가장 강력한 악마, 그 중력의 영靈에게 드리는 춤의 노래이며 조롱의 노래이다."

이리하여 큐피드와 소녀들이 함께 춤출 때 차라투스트라는 다음과 같이 노래를 불렀다.

얼마 전 그대의 눈동자를 바라보았지. 아, 삶이여! 난 끝 모를 심연 속으로 가라앉는 것 같았네.

그러나 그대는 나를 황금 낚싯바늘로 끌어올렸지. 내 그대를 깊이를 알 수 없는 사람이라고 부르자 그대는 나를 비웃었지.

"모든 물고기는 이렇게 말해요." 하고 그대는 나에게 말했지. "깊이를 잴 수 없을 때면 바닥이 없다고 말이에요. 그러나 나는 다만 변덕이 심하고, 거칠고, 매사에 있어서 여성적이며, 덕도 없을 뿐이에요.

비록 그대 남자들이 나를, '심오한 여성', '정조 있는 여성', '영원한 여성' 또는 '신비로운 여성'이라고 부를지라도.

그대 남자들은 항상 스스로의 덕을 우리에게 베풀기만 해요. 아, 그대 도덕군자들이여!"

173

이렇게 말하고 이 믿을 수 없는 여자는 깔깔대고 웃었지. 그러나 나는 그녀가 자신에 대해 나쁘게 말하더라도, 나는 그녀의 말이나 그녀의 웃음을 결코 믿지 않는다네.

그리고 내가 나의 거친 지혜와 단둘이 얘기를 나누고 있을 때, 그 지혜는 화를 내며 이렇게 말했다네. "그대는 원하고 갈망하고 사랑한다. 오직 그 때문에 그대는 삶을 **찬양한다**!"

그때 나는 하마터면 심술궂게 대답할 뻔했고 또 화가 난 지혜에게 진실을 말할 뻔했지. 사람이란 자신의 지혜에게 '진실을 말할' 때보다 더 심술궂게 대답할 수 없는 법이라네.

말하자면 우리 셋의 관계는 이런 것이라네. 내가 진심으로 사랑하는 것은 오직 삶일 뿐. 진실로, 내가 삶을 증오할 때 삶을 더욱 사랑한다네!

하지만 내가 지혜에 대해 다정하게, 때때로 지나칠 만큼 돈독히 대하는 것은 지혜가 나에게 삶을 간절하게 회상시키기 때문이지!

지혜는 나름의 눈과 웃음을 가지고 있고, 심지어 황금 낚싯대도 가지고 있다네. 삶과 지혜, 이 둘이 이처럼 서로 닮은 것을 나더러 어쩌란 말인가?

일찍이 삶이 나에게 "대체 저게 누구인가? 저게 지혜란 말인가?" 라고 물었을 때, 나는 열정적으로 대답했지. "아, 그렇다네, 지혜라네! 사람은 지혜에 목말라 하고, 지겨워하지도 않는다네. 그것을 베일 너머로 보려 하고, 그물로 낚아채려 한다네.

지혜는 아름다운가? 내가 어찌 알겠는가! 그러나 늙고 늙어 노련한 잉어도 지혜로 걸려들게 할 수 있다네.

지혜는 변덕스러우면서도 고집쟁이지. 나는 지혜가 입술을 깨물면서 머릿결을 거슬러 머리 빗는 것을 가끔 보았다네.

지혜는 심술궂고 거짓말쟁이며, 매사에 여성적이지. 그러나 지혜가 자신을 나쁘게 말할 때가 더할 나위 없이 유혹적이라네."

내가 삶에게 이렇게 말했을 때, 삶은 심술궂게 웃으며 눈을 감았다네. 그리고 이렇게 말했지. "그대는 누구 얘기를 하는 건가? 혹시 내 얘기를 하는 겐가? 그런 말이 아무리 옳다고 할지라도 내 면전에서 **그렇게** 말하다니! 그렇다면 이제 그대의 지혜에 대해서도 얘기하시게!"

아, 그때 다시 그대는 눈을 떴지! 아, 사랑스러운 삶이여! 나는 또다시 바닥 모를 심연으로 가라앉은 듯하구나.

차라투스트라는 이렇게 노래했다. 그러나 춤이 끝나고 소녀들이 가버리자, 그는 마음이 울적해졌다.

마침내 그는 이렇게 말했다. "해가 넘어간 지 벌써 오래구나. 풀잎은 이슬에 젖고 숲에서는 냉기가 몰려오는구나! 뭔가 알 수 없는 것이 나를 둘러싸고 물끄러미 쳐다보는구나. 무슨 일인가! 차라투스트라여! 그대는 아직 살아 있는가?

무슨 까닭으로? 무엇을 위해? 무엇에 의해서? 어디로? 어디서? 어떻게?

아직도 살아 있다는 것, 그것은 어리석은 일이 아닐까?

아, 나의 벗들이여! 이렇게 나의 내면에서 물음들을 던지는 것은 바로 저녁이라네. 나의 울적한 기분을 용서해다오!

저녁이 되었다. 용서해다오, 저녁이 된 것을!"

차라투스트라는 이렇게 말했다.

무덤의 노래

"그곳에 무덤의 섬, 말없는 침묵의 섬이 있다. 그곳에 내 청춘의 무덤
도 있다. 삶의 늘푸른 꽃다발을 나는 그곳으로 가져가기를 원하노라."

이렇게 마음속으로 결심하고 나는 바다를 건넜다.

아! 그대들, 내 청춘의 형상들이여! 환영幻影이여! 아, 그대들 사랑
의 모든 눈길들이여! 그대 성스러운 순간들이여! 어찌하여 그대들은
그렇게도 일찍 죽었는가? 나는 오늘 죽은 벗들을 그리워하듯 그대들
을 생각한다.

나의 가장 사랑하는 죽은 벗들이여! 그대들로부터 달콤한 향기가
풍기는구나. 가슴을 녹이고 눈물을 자아내는 향기가 풍기는구나. 진
실로, 이 향기는 외로이 항해하는 자의 마음을 뒤흔들어 녹여 주는
구나.

나는 지금도 여전히 가장 풍요로운 자이며, 가장 부러움을 받는 자
이다. 가장 고독한 내가! 왜냐하면 내가 일찍이 그대들을 **소유했었
고** 그대들도 아직 나를 소유하고 있기 때문이다. 말하라! 나 아닌 그
누구에게 이러한 장밋빛 사과들이 나무에서 떨어진 적이 있었는가?

176

나는 아직도 그대들의 사랑의 상속자이며 또한 사랑의 토양이다. 여기에는 그대들의 추억을 위한 다채로운 야생의 덕이 찬란하게 피어 있다. 아, 그대들, 가장 사랑하는 자들이여!

아, 우리는 서로 가까이 지내도록 만들어졌다. 그대들, 사랑스러우면서도 낯선 경이로움이여! 그대들이 나와 나의 소망을 찾아왔을 때는 부끄럼 많은 새들 같지는 않았다. 아니, 신뢰하는 자로서 신뢰하는 자의 곁을 찾아왔던 것이다!

그렇다, 그대들은 나와 같이 성실하도록 창조되고 부드러운 영원함을 위해 만들어졌다. 하지만 나는 지금 그대들의 불성실함을 탓하지 **않을 수 없다**. 그대 성스러운 눈길과 순간들이여! 나는 아직 그대들을 부를 다른 이름을 찾지 못했다.

진실로, 그대들은 너무 일찍 죽었다. 그대 도망자들이여! 그러나 아직 그대들은 내게서 도망친 것도 아니며, 나 또한 그대들에게서 도망치지 않았다. 우리들의 불성실함에 있어서는 우리는 서로 잘못이 없다.

그대 나의 희망을 노래하는 새들이여! **나를** 죽이기 위해 사람들은 그대들의 목을 졸랐다. 그렇다, 그대 가장 사랑하는 자들이여, 악의는 언제나 그대들을 향하여 화살을 쏘았노라. 내 심장을 명중시키기 위해!

그리고 악의는 명중시켰다! 그대들은 언제나 내가 진심으로 사랑하는 자이며, 나의 소유, 나를 사로잡은 자들이었다. **이 때문에** 그대들은 젊어서 죽어야만 했다. 그것도 너무나 일찍!

사람들은 내가 소유했던 가장 상처받기 쉬운 것을 향해 활을 쏘았다. 그것이 바로 그대들이었다. 그대들의 피부는 솜털 같았고, 한 번만 눈길을 주어도 소멸해 버리는 미소와도 같았다!

그러나 나는 이 말을 나의 적들에게 말하리라. 그대들이 내게 한 짓에 비하면, 그 어떤 살인도 아무것도 아니리라!

그대들은 살인보다 더한 악행을 내게 저질렀다. 그대들은 다시는 되찾을 수 없는 것을 내게서 빼앗았노라. 이렇게 나는 그대들에게 말하노라. 나의 적들이여!

그대들은 내 청춘의 그리운 모습과 가장 사랑스러운 경이로움을 살해했다! 그대들은 나로부터 나의 소꿉친구인 행복한 영靈들을 빼앗아 갔다! 이 영들을 추억하며 나는 이 꽃다발과 저주를 내려놓는다.

나의 적들이여, 그대들을 저주하노라! 어떤 음향이 차가운 밤에 사그라지듯이. 그대들은 나의 영원한 것들을 스러지게 하였다. 내 영원한 것들은 오직 신성한 눈眼의 섬광으로, 순간적으로 내게 찾아왔을 뿐이다!

지난날 좋았던 시절에 나의 순결함은 이렇게 말했다. "모든 존재는 내게 신성한 것이어야 한다!"라고.

그때 그대들은 추악한 유령과 함께 나를 기습했다. 아, 이제 저 좋았던 시절은 어디로 가버렸는가!

"모든 나날이 내게 신성한 것이어야 한다!" 일찍이 내 청춘의 지혜는 이렇게 말했다. 진실로 즐거운 지혜의 말이 아닌가!

그러나 그때 그대 나의 적들은 내게서 나의 밤들을 훔쳐갔고, 불면의 고통에 팔아넘기고 말았다. 아, 그 즐거운 지혜는 이제 어디로 가버렸는가?

일찍이 나는 길조吉鳥의 징후를 갈망했다. 그때 그대들은 부엉이라는 괴물, 역겨운 괴물을 내 길 위로 끌고 왔다. 아, 나의 간절한 소망은 그때 어디로 날아가 버렸는가?

일찍이 나는 역겨운 모든 것을 멀리하려고 맹세했다. 그런데 그때 그대들은 나에게서 나와 가까운 자들과 가장 가까운 자들을 종양으로 변질시켰다. 아, 나의 더할 나위 없는 고귀한 맹세는 어디로 가버렸는가?

일찍이 나는 눈이 멀었으면서도 더없는 축복의 길을 걸었다. 그때 그대들은 눈먼 자가 가는 길에 오물을 뿌렸다. 그리하여 나는 옛날에 걸었던 장님의 길에 이제는 구역질을 느꼈다.

일찍이 나는 더없이 어려운 일을 해내고 극복의 승리를 축하했다. 그때 그대들은 나를 사랑하는 자들로 하여금 이렇게 외치게 했다. 내가 그들에게 극심한 고통을 준다고.

진실로, 항상 그대들이 하는 짓이란 이런 것이었다. 즉 나의 가장 좋은 꿀을 쓰게 만들고, 또 나의 가장 좋은 꿀벌의 부지런함에 넌더리나게 하는 것이었다.

그대들은 항상 나에게 가장 뻔뻔스러운 거지를 보내 나의 자비를 구했고, 또 그대들은 항상 구제불능의 파렴치한 무리들을 몰려들게 하여 나의 동정심을 구했다. 이같이 그대들은 나의 덕의 믿음에 상처를 주었다.

그리고 내가 나에게 가장 신성한 것을 제물로 바쳤을 때, 당장에 그대들의 '경건함'은 그대들의 기름진 제물을 그 옆에 놓았다. 그리하여 그대들의 지방이 뿜는 기름 냄새로 인해 나의 가장 신성한 것은 질식되었다.

일찍이 나는 지금까지 추어보지 않은 춤을 추려고 했다. 온 하늘을 날면서 춤추고자 했다. 그때 그대들은 내가 가장 사랑하는 가수를 꾀어냈다.

그리하여 이 가수는 이제 소름끼치는 둔중한 곡조로 노래하기 시작했다. 아, 그의 노래는 내 귀에 음산한 뿔피리 소리처럼 울리는구나!

살인적인 가수여, 사악한 악기여! 더없이 순진한 자여! 나는 이미 최고의 춤을 출 만반의 준비를 하고 있었다. 그때 그대는 자신의 소리로 나의 황홀경을 살해했던 것이다!

나는 오직 춤으로써 최고 사물들에 대한 비유를 말할 수 있다. 그러나 이제 나의 최고의 비유는 말로 표현되지 않은 채 내 사지四肢에 남게 되었던 것이다!

내 최고의 희망은 말로 표현되지 않은 채, 구원받지도 못한 채 나에게 남게 되었다! 그리하여 내 젊은 시절의 그리운 모습과 위안은 죽고 말았다!

나는 대체 어떻게 이 고통을 참아 내었던가? 어떻게 이러한 상처를 이겨내고 극복했던가? 어떻게 하여 나의 영혼은 이 무덤들로부터 다시 소생했던가?

그렇다. 나에게는 상처 입힐 수 없는 것, 묻어 버릴 수 없는 것, 또 바위까지도 뚫고 나올 수 있는 것이 있으니, 그것이 바로 **나의 의지**인 것이다. 이 의지는 묵묵히 변함없이 세월을 뚫고 나아가고 있다.

나의 의지, 나의 오랜 의지는 내 발에 의지하여 그 길을 가려고 한다. 그 의지는 굳세며 상처도 입지 않는다.

나는 내 발꿈치에 있어서만 상처 입지 않는다. 가장 인내심이 강한 자여! 그대는 여전히 거기에 살아 있고, 항상 변함이 없다! 그대는 언제나 모든 무덤들을 파헤치고 나왔다!

내 젊은 시절에 구원받지 못한 것이 여전히 그대 속에 살아 있다. 그대는 삶으로서 청춘으로서 희망을 품고 여기 이 누런 무덤의 폐허 위에 앉아 있다.

그렇다, 그대는 아직도 나에게는 모든 무덤을 파헤치는 자이다. 건강을 빈다. 나의 의지여! 무덤 있는 곳에서만 부활이 있을지니.

차라투스트라는 이렇게 노래하였다.

자기 극복에 대하여

그대 최고의 현자들이여! 그대들은 자신들을 고무시키고 열정으로 불타오르게 하는 것을 '진리에 대한 의지'라고 부르는가?

모든 존재를 사유할 수 있는 것으로 만들려는 의지, **나는** 그대들의 의지를 이렇게 부른다.

그대들은 모든 존재를 우선 사유할 수 있게 **만들고자** 한다! 그대들이 모든 존재가 본래 사유할 수 있는 것인지 불신하며 의심하기 때문이다.

그러나 모든 존재는 그대들에게 순응하고 굴복해야 한다! 그대들의 의지는 이것을 원한다. 모든 존재는 정신의 거울과 반영으로서 부드러워져야 하고 정신에 종속되어야 한다.

그대 최고의 현자들이여! 이것이 힘에의 의지이며, 그대들의 전체 의지이다. 그대들이 선악에 대해 이야기하고, 또 가치 평가에 대해 말할 때조차도 마찬가지다.

그대들은 여전히 그대들이 그 앞에 무릎 꿇을 수 있는 세계를 창조하려고 한다. 이것이야 말로 그대들의 최후의 희망이며 도취다.

현명하지 못한 자들, 즉 군중은 한 척의 나룻배가 떠다니는 강물과 같다. 그리고 이 나룻배에는 가치 평가란 것이 가면을 쓴 채 엄숙하게 앉아 있다.

그대들은 그대들의 의지와 가치를 생성이라는 강물 위에 띄워 놓았다. 그리하여 군중이 선과 악이라고 믿고 있는 것이 나에게 오래된 힘에의 의지를 폭로하고 있다.

그대 최고의 현자들이여, 이러한 손님들을 나룻배에 싣고 그들에게 화려하고 자랑스러운 이름을 준 것은 그대 자신들이다. 그대들과 또 그대들의 지배적인 의지가 그렇게 했다!

이제 강물은 그대들의 나룻배를 앞으로 앞으로 떠내려 보낸다. 강물은 나룻배를 **떠내려 보내지 않으면 안 된다**. 설사 흩어지는 파도가 물보라를 일으키고, 용골에 부딪쳐 포효해도 어찌할 도리가 없다!

그대 최고의 현자들이여, 그대들의 위험은 강물이 아니며 또 그대들의 선과 악의 종말도 아니다. 오히려 그대들의 위험은 저 의지 자체, 힘에의 의지, 끊임없이 생겨나는 삶의 의지이다.

그러나 나는 그대들에게 선과 악에 대한 내 말을 이해시키기 위해서 삶과 살아 있는 모든 것의 본성에 대해 말하리라.

나는 살아 있는 것을 좇아다녔으며, 그것의 본성을 알기 위해 가장 먼 길도, 가장 가까운 길도 마다하지 않았다.

그것이 입을 다물고 있을 때면, 나는 백배로 크게 확대해 주는 거울로 그의 시선을 포착했다. 그 눈이 내게 말하도록. 그러자 그 눈은 내게 말해 주었다.

그러나 살아 있는 것을 발견한 곳 어디서나 나는 순종이라는 말을 들었다. 살아 있는 모든 것은 순종하는 것이다.

그리고 두 번째로 듣는 말은 이러하다. 자기 자신에게 순종할 수 없는 자는 타인에게 명령을 받는다. 이것이 살아 있는 것의 본성이다.

그러나 세 번째로 듣는 말은 이러하다. 명령하기가 순종하기보다 어렵다는 사실이다. 명령하는 자가 모든 순종하는 자의 짐을 지기 때문만이 아니며, 나아가서는 이 짐으로 인해서 명령하는 자가 쉽사리 짓눌러지기 때문만도 아니다.

모든 명령에는 시험과 모험이 따르는 것 같다. 살아 있는 것이 타인에게 명령할 때면 언제나 여기에 자기 자신을 거는 도박을 한다.

그렇다. 살아 있는 것이 자신에게 명령할 때라도 그것은 자신의 명령에 대가를 치러야 한다. 살아 있는 것은 자기 자신의 율법에 대한 재판관이 되어야 하고, 복수하는 자가 되어야 하고, 희생물이 되어야만 한다.

어떻게 하여 이런 일이 일어난단 말인가! 나는 스스로에게 이렇게 물었다. 살아 있는 것으로 하여금 복종하면서 명령을 내리고, 또 명령을 내리면서 복종하도록 설득하는 것은 대체 무엇인가?

그대, 최고의 현자들이여! 내 말에 귀를 기울여라! 내가 삶 그 자체의 마음속으로 기어들어 갔는지, 그리고 그 마음의 밑바닥에까지 기어들어 갔는지 진지하게 검토해 보라!

살아 있는 것을 발견한 곳, 그곳에서 나는 힘에의 의지를 발견했다. 그리고 시중드는 자의 의지 속에서도 주인이 되려는 의지를 발견했다.

약자의 의지는 자기보다 더 약한 자의 지배자가 되려고 한다. 약자는 자신의 의지를 이렇게 설득한다. '약자는 강자를 섬겨야 한다.'라고. 약자도 이러한 기쁨만은 포기하고 싶지 않은 것이다.

그리고 보다 작은 자가 보다 큰 자에게 헌신하는 것은, 그렇게 함으로써 가장 작은 자를 지배하는 기쁨과 힘을 얻기 위함이다. 이처럼 가장 큰 자라도 힘을 얻기 위해 헌신하고 목숨을 건다.

가장 큰 자가 전념하고 헌신하는 것은 다름 아닌 모험을 감행하고, 위험을 무릅쓰고, 죽음을 건 주사위 놀이를 하는 것이다.

그러나 희생과 봉사와 사랑의 눈길이 있는 곳에도 지배자가 되려는 의지가 있다. 이때 약자는 샛길로 접어들어 성벽을 타고 강자의 심장에 잠입한다. 그리하여 여기서 힘을 훔쳐 낸다.

삶은 스스로 나에게 다음과 같은 비밀을 털어놓았다. "보라! 언제나 **자신을 극복해야만 하는 것**, 그것이 바로 나다."

물론 그대들은 이것을 생식에의 의지, 혹은 목적에의 충동, 보다 높은 것, 보다 먼 것, 보다 다양한 것으로의 충동이라고 부른다. 그러나 이 모든 것은 하나이며, 다만 하나의 비밀에 불과하다.

이 하나를 단념하기보다는 차라리 나는 몰락하기를 원한다. 진실로, 몰락이 일어나고 낙엽이 떨어질 때, 보라! 그때 삶은 자신을 희생한다. 힘을 위해서!

나는 투쟁이어야 하며, 생성이어야 하고, 목적이어야 하며, 또 여러 목적의 모순이어야 한다는 것. 아, 나의 이러한 의지를 알아맞히는 자는 내 의지가 얼마나 **굽어진** 길을 **가야 하는지도** 알아맞히리라!

내가 무엇을 창조하든, 내가 그것을 얼마나 사랑하든, 나는 금방 내가 창조한 것과 내 사랑의 적이 되어야만 한다. 나의 의지가 그러기를 원한다.

그리고 인식하는 자여, 그대 역시 내 의지의 오솔길이며 발자국에 불과하다. 진실로, 나의 힘에의 의지는 그대의 진리에의 의지 뒤를 따라 걷는다.

'생존에의 의지'라는 말로 진리를 명중시키려고 했던 자는 당연히 진리를 명중시키지 못했다. 그와 같은 의지는 존재하지 않는다!

왜냐하면 존재하지 않는 것은 의욕할 수 없기 때문이다. 그렇지만 이미 존재하고 있는 것이라면 어떻게 그것이 존재함을 원할 수 있겠는가!

단지 삶이 있는 곳에만 의지가 있다. 그러나 그것은 삶에의 의지가 아니고 힘에의 의지라고 나는 그대들에게 가르친다!

살아 있는 자의 관점에서 보면, 삶 그 자체보다는 다른 많은 것이 더 높이 평가된다. 그렇지만 이런 평가를 통해 스스로 드러나는 것은 바로 '힘에의 의지'이다!"

일찍이 삶은 나에게 이같이 가르쳤다. 그대 최고의 현자들이여! 나는 이러한 가르침으로 그대들 마음속에 있는 수수께끼를 풀어주려고 한다.

진실로, 나는 그대들에게 말하노라. 영원히 변치 않는 선과 악 같은 것은 존재하지 않는다! 선과 악은 항상 자기 자신으로부터 언제나 다시 극복되어야 한다.

그대 가치를 평가하는 자들이여, 그대들은 선과 악에 대한 그대들의 평가와 말로써 폭력을 휘두른다. 이것이야말로 그대들의 숨겨진 사랑이며, 그대들 영혼의 찬란함이며, 전율이며, 흘러넘침인 것이다.

그러나 그대들의 가치로부터 더욱 강한 폭력과 새로운 극복이 자라난다. 이것에 의해서 알과 껍질은 깨어진다.

진실로, 선과 악의 창조자가 되려는 자는 먼저 파괴자가 되어야 한다. 그리하여 모든 가치를 파괴해야 한다.

그러므로 최고의 악은 최고의 선에 속한다. 하지만 최고의 선은 창조적인 선이다.

그대 최고의 현자들이여, 우리 그것에 대해서만 **말해 보자**. 비록 이렇게 떠벌리는 것이 좋지 않다고 할지라도 말이다. 침묵은 더 나쁘고,

모든 숨겨진 진리는 독성이 있기 때문이다.

그리고 우리의 진리로 말미암아 파괴될 수 있는 것은 모두 부수어 버리기로 하자! 아직 지어야 할 집이 너무도 많지 않은가!

차라투스트라는 이렇게 말했다.

숭고한 사람들에 대하여

나의 바다 밑은 조용하다. 익살맞은 괴물이 그 바다 밑에 숨어 있다고 누가 짐작이나 하겠는가!

나의 심연은 흔들리는 일이 없다. 그러나 거기에는 헤엄쳐 다니는 수수께끼들과 웃음들로 빛나고 있다.

오늘 나는 숭고한 자, 엄숙한 자, 정신의 참회자 한 사람을 보았다. 아, 나의 영혼은 그 추한 모습을 보고 얼마나 웃었던가!

그 숭고한 자는 가슴을 내밀고, 마치 숨을 가득 들이마신 사람처럼 거기 말없이 서 있었다.

그는 사냥해서 얻은 추악한 진리들을 몸에 매달고, 누더기를 껴입은 채, 몸에는 많은 가시마저 달고 있었다. 그러나 장미꽃은 하나도 보이지 않았다.

그는 웃음과 아름다움을 아직 배우지 못했다. 이 사냥꾼은 인식의 숲에서 우울한 얼굴로 돌아왔다.

그는 맹수들과 싸우다가 돌아왔던 것이다. 그러나 그의 진지한 얼굴에는 아직도 한 마리의 사나운 짐승의 모습이 엿보인다. 극복되지 않은 한 마리의 맹수가!

순간 펄쩍 뛰어 덤벼들려는 한 마리 호랑이처럼 그는 여전히 거기에 서 있다. 그러나 나는 이 같은 긴장된 영혼들을 좋아하지 않는다. 나의 취향은 이렇게 웅크려 잠복해 있는 자들을 좋아하지 않는다.

벗들이여! 그대들은 취향이나 미각 때문에 다투어서는 안 된다고 말하는가? 그러나 모든 삶이란 취향이나 미각을 둘러싸고 벌어지는 싸움일 뿐이다!

취향. 이것은 저울추이자 저울판이며 저울질하는 자다. 이것들을 둘러싼 싸움을 벌이지 않고 살아가려는 모든 살아 있는 생명에게는 화禍 있을지어다!

이 숭고한 자가 자기 자신의 숭고함에 싫증을 느끼게 되면 그때 비로소 그의 아름다움도 드러날 것이다. 그때 비로소 나도 그를 맛볼 요량이고 그를 맛있다고 여길 것이다.

이 숭고한 자가 자신으로부터 등을 돌릴 때, 비로소 그는 스스로의 그림자를 뛰어넘게 되리라. 그리고 진실로! 그는 **자신의** 태양 속으로 뛰어들게 될 것이다!

그는 그늘 속에 너무도 오래 앉아 있었다. 정신의 참회자의 뺨은 창백해졌다. 그리고 기다림에 지쳐 거의 굶어 죽게 되었다.

그의 눈에는 아직도 경멸이 서려 있고, 그의 입에는 역겨운 기색이 깃들어 있다. 비록 그는 지금 쉬고 있지만, 여태껏 태양 아래서는 쉬어본 적이 없다.

그는 황소처럼 행동해야 하며, 그의 행복은 대지를 경멸하는 악취가 아니라 대지의 냄새를 풍겨야 하리라.

　나는 그가 흰 황소가 되어 콧김도 드세게 씩씩거리고 울부짖으며 쟁기를 끌고 가는 모습을 보고 싶다. 그리고 그의 울부짖음도 대지의 모든 것을 찬양하는 것이었으면 좋으리라!

　그의 표정은 아직도 어둡다. 그의 손의 그림자가 아직 얼굴에 어른거리고, 그의 눈빛은 여전히 그늘져 있다.

　그의 행위 자체가 아직도 그의 얼굴에 그늘을 드리우고 있다. 그 손이 행동하는 자를 어둡게 하고 있는 것이다. 그는 아직 자신의 행위를 극복하지 못했다.

　나는 그의 튼튼한 황소 목덜미를 사랑지만, 이제는 천사의 눈도 보려고 한다.

　그는 스스로의 영웅적 의지 또한 망각해야 한다. 그가 숭고한 자를 넘어서 고양된 자가 되어 주기를. 하늘의 대기, 즉 에테르 자체가 그를, 그 의지 없는 자를 고양시켜 주기를!

　그는 괴수를 정복했고 수수께끼마저 풀었다. 그러나 그는 나아가서 자신의 괴수와 수수께끼도 구제해야 하며, 그것들을 천상의 아이들로 변화시켜야 한다.

　아직까지 그의 인식은 미소 짓는 것을 배우지 못했고, 질투하지 않는 것도 배우지 못했다. 그의 넘쳐흐르는 열정은 아름다움 속에서 아직 진정되지 않았다.

　진실로, 그의 열망은 포만 속에서가 아니라, 오히려 아름다움 속에서 침묵하고 침잠해야 하리라! 기품이란 위대한 사상을 지닌 자의 관대함에 속하는 것이기 때문이다.

팔을 머리 위에 얹은 자세로, 그렇게 영웅은 휴식해야 한다. 그리고 자신의 휴식조차도 그렇게 극복해야 한다.

그러나 바로 그 영웅에게 있어서는 **아름다움**이 모든 것 중에서 가장 어렵다. 아름다움이란 아무리 격렬한 의지로도 쉽게 얻을 수 없기 때문이다.

조금 넘치기도 하고 조금 부족하기도 하는 것. 바로 그것이 아름다움에 있어서는 중요하다. 그것이야말로 아름다움에 있어서 가장 중요한 것이다.

그대 숭고한 자들이여, 근육을 이완시키고 의지라는 마구馬具를 풀고 서 있는 것, 이것이야말로 그대들 모두에게는 가장 어려운 일이다.

힘이 부드러워져서 눈에 보이는 세계로 내려올 때, 이렇게 내려오는 것을 나는 '아름다움'이라고 부른다.

그대 힘 있는 자여! 나는 다른 누구에게서도 아닌 그대에게서만 아름다움을 바란다. 그대의 선의善意가 그대 최후의 자기 극복이기를!

나는 그대가 모든 악행을 저지를 수 있다고 믿는다. 그 때문에 나는 그대에게서 '선'을 바라는 것이다.

진실로, 나는 종종 허약한 자들을 비웃었다. 그들은 자신의 발톱이 무디어졌기 때문에 자신이 선하다고 믿고 있는 자들이다!

그대는 둥근 기둥의 덕을 추구해야 한다. 둥근 기둥은 높이 오를수록 더욱 아름답고 더욱 부드럽지만, 그 속은 점점 더 단단해지고 더 많은 무게를 지탱하지 않는가.

그렇다. 그대 숭고한 자여! 그대는 어느 때든 기어코 아름다워져서 그대 자신의 아름다움을 비추어 줄 거울을 마련해야 하리라.

그때 그대의 영혼은 신성한 욕망으로 인해 전율할 것이다. 그대의 허영심에도 숭배의 마음이 깃들게 되리라!

영혼의 비밀이란 이런 것이다. 즉 영웅이 영혼을 버릴 때에야 비로소 영웅을 넘어선 영웅이 꿈속에서 그 영혼에게 다가간다.

차라투스트라는 이렇게 말했다.

교양의 나라에 대하여

나는 미래 속으로 너무 멀리 날아갔다. 그리하여 나는 공포에 사로잡혔다.

내 주위를 둘러보았다. 보라! 나의 동시대인은 오직 시간뿐이었다.

그리하여 나는 뒤로 날아갔다. 고향을 향해, 그것도 점점 더 빨리 날아갔다. 그대 현대인들이여, 그래서 나는 그대들 곁으로, 교양의 나라로 되돌아왔다.

처음으로 나는 그대들을 위한 눈과 선의의 열망을 가지고 왔다. 진실로, 나는 마음속에 동경을 안고 돌아왔다.

그런데 내게 무슨 일이 일어났던가? 나는 몹시 불안했지만 웃지 않을 수 없었다. 지금까지 내 눈은 이같이 알록달록한 반점들을 본 적이 없었다!

나는 웃고 또 웃었다. 발도 떨리고 가슴도 떨렸지만 말이다. "여기야말로 모든 물감 항아리의 고향이구나!" 나는 이렇게 말했다.

그대 현대인들이여! 그대들은 얼굴과 사지에 50개나 되는 무늬를 그려 넣고 여기 이렇게 앉아 있으니, 내 어찌 놀라지 않겠는가!

더욱이 그대들 주위에는 50개의 거울이 걸려 있다. 그리하여 그대들의 색깔 놀이에 아첨하고 또 흉내 내고 있지 않은가!

진실로, 그대 현대인들이여! 그대들 자신의 얼굴보다 더 좋은 가면을 쓸 수는 결코 없으리라. 누가 그대들을 **알아볼** 수 있을 것인가!

온몸에 과거의 기호들이 가득 적혀 있고, 이 과거의 기호들 위로 다시 새로운 기호들이 덧칠해져 있다. 이리하여 그대들은 어떠한 기호 해독자라도 알아볼 수 없을 정도로 그대들 자신을 잘 숨겨 놓았다!

그러니 만약 신장腎臟을 검사하는 사람이 있다 할지라도 그대들이 신장을 가졌다는 것을 믿을 사람은 아무도 없다! 그대들은 물감과 아교 칠을 한 종잇조각을 구워서 제조한 것으로 보일 뿐이다.

그대들의 베일 속에서는 모든 시대와 모든 민족이 휘황찬란하게 내비치고 있다. 그대들 몸짓을 통해 모든 풍속과 모든 신앙이 알록달록하게 말하고 있다.

누군가가 그대들에게서 베일과 겉옷, 색채와 몸짓을 앗아간다면 그의 손에는 새들을 놀라게 할 정도의 것만 남게 되리라.

진실로, 나야말로 언젠가 그대들의 발가벗은 모습, 그것도 아무 색깔도 없는 모습을 보고 놀랐던 새가 아니던가. 그때 나는 해골이 나에게 사랑의 추파를 던지자 놀라서 도망쳐 버렸다.

나는 차라리 저승이나 또는 과거의 망령들 사이에서 한낱 날품팔이꾼이 되기를 원하노라! 저승에 사는 자들이 그대들보다 더 살이 찌고 풍성할 것이다!

그대 현대인들이여! 나는 그대들이 벌거벗었든지 옷을 입었든지 간에 그대들을 견딜 수 없다. **이것이** 내 내장의 고통이다.

미래의 모든 섬뜩한 것도, 또 일찍이 거짓말쟁이 새들을 몸서리치게 했던 것도 참으로 그대들의 '현실'보다는 오히려 더 친근하고 정답다.

왜냐하면 그대들은 "우리는 완전히 현실적이며, 신앙도 미신도 없다." 하고 말하기 때문이다. 이렇게 말하고 그대들은 가슴을 내민다. 아, 뽐낼 가슴도 없으면서 말이다!

그렇다. 그대들이 어떻게 신앙을 **가질 수 있겠는가**! 그대 알록달록한 반점을 가진 자들이여! 그대들은 일찍이 신앙의 대상이 되었던 모든 것의 그림에 불과하다!

그대들은 신앙 그 자체를 부정하며 돌아다니는 자들이고, 또 모든 사상의 사지를 부러뜨리는 자들이다. 그래서 **나는** 그대들을 **신앙이 없는 자**라고 부른다. 그대 현실주의자들이여!

그대들 정신 속에는 모든 시대가 서로 다투며 잔소리를 퍼붓고 있다. 그리고 모든 시대의 꿈과 수다가 오히려 그대들이 깨어 있는 상태보다 더 현실적이었다!

그대들은 열매를 맺을 수가 없다. **그 때문에** 그대들에게는 신앙이 결여되어 있다. 그러나 창조해야 하는 자는 항상 자신을 예언하는 꿈과 별의 징조를 가졌었다. — 그래서 신앙을 믿었던 것이다!

그대들은 반쯤 열린 문이다. 그 문 옆에서는 무덤 파는 사람이 기다린다. "모든 것은 멸망해 마땅하다." 이것이 **그대들의** 현실이다.

아, 그대 열매 맺지 못하는 자들이여! 내 앞에 선 그대들 모습이 이 무슨 꼴인가! 이 얼마나 앙상한 갈비뼈인가! 이러한 사실을 그대들 중 몇몇은 간파하고 있었다.

그가 이렇게 말했다. "어떤 신이 내가 잠자는 동안에 무엇인가를 몰래 빼내간 게 아닌가? 정녕 그것으로 아담한 여자 하나를 만들기에 충분할 만큼!

내 갈비뼈가 이렇게 초라하다니 놀랍기만 하구나!" 이미 이렇게 많은 현대인이 말했다.

그렇다. 그대 현대인들이여! 그대들은 나의 웃음거리다! 더욱이 그대들이 자기 자신에 대해 놀라워 할 때 특히 그렇다!

만일 내가 그대들의 놀라움에 대해 웃지 못하고, 그대들의 밥그릇에 담긴 모든 역겨운 것들을 마셔야 한다면 나는 얼마나 비통하겠는가!

그러나 나는 지금 그대들의 짐을 덜어 주고자 한다. 나는 **무거운 짐**을 짊어져야 하기 때문이다. 설사 나의 짐 위에 딱정벌레나 풍뎅이 같은 것이 앉는다 할지라도 그게 무슨 부담이 되겠는가!

진실로, 내 짐을 더욱 **무겁게** 해서는 안 되리라! 그대 현대인들이여! 그대들로 말미암아 나의 피로가 더욱 심해져서는 안 되리라!

아, 나는 이제 나의 동경을 품고 어디로 올라가야 할 것인가! 모든 산꼭대기에서 나는 아버지의 나라와 어머니의 나라들을 내려다본다.

그러나 나는 아무데서도 내 고향을 보지 못했다! 나는 어떤 도시에 가든 마음이 편치 않으며, 어느 성문城門이든 들어가지 못하고 성문 옆에서 새로 출발했다.

근래에 내가 정을 주었던 현대인들은 내게 낯설기만 하고 한낱 조롱거리일 뿐이다. 나는 아버지의 나라와 어머니의 나라에서 쫓겨난 것이다.

그러므로 나는 내 **아이들의 나라**만을 사랑할 뿐이다. 아직 발견되지 않은 채, 저 머나먼 대양에 있는 나라 말이다. 나는 내 범선에게 명령하여 그 나라를 찾고 또 찾으리라.

내가 내 조상들의 후손이라는 사실에 대해 내 아이들에게 보상해 주리라. 그리고 그 모든 미래에 대해서, **이** 현재가 보상해 주리라!

차라투스트라는 이렇게 말했다.

때 묻지 않은 인식에 대하여

어제 달이 떠올랐을 때 나는 달이 태양을 낳으려는가 하고 생각했다. 임신하여 배가 만삭이 된 듯한 달이 지평선 위에 걸려 있었다.

그러나 달은 임신한 척 나를 속인 거짓말쟁이였다. 그래서 나는 달을 여자라기보다 오히려 남자라고 믿고 싶다.

물론, 소심하게 밤에만 돌아다니는 자인 이 달은 결코 남자답지 못하다. 그는 떳떳치 못한 양심을 품은 채 지붕 위를 배회한다.

왜냐하면 달 속의 수도사인 그는 음탕하고 질투심에 가득 차 있어 이 대지와 모든 사랑하는 자들이 누리는 즐거움을 탐하기 때문이다.

그렇다. 나는 그를 좋아하지 않는다. 지붕 위를 돌아다니는 이 수고양이 말이다! 반쯤 닫힌 창가를 살그머니 기어 다니는 자들은 모두가 역겹다!

아주 경건하게, 또 묵묵히 수고양이는 별들이 깔린 양탄자 위를 돌아다닌다. 그러나 나는 덜거덕거리는 박차拍車 소리도 내지 않고 살그머니 걸어 다니는 남자의 발소리를 좋아하지 않는다.

정직한 자가 걸어갈 때는 발소리가 나는 법이다. 그러나 고양이는 땅 위를 살금살금 돌아다닌다. 보라, 달이 고양이처럼 다가온다. 정직하지 못하게 말이다.

나는 그대들 민감한 위선자들에게 이런 비유를 보낸다. '순수한 인식을 하는 자들이여!' 나는 그대들을 음탕한 자들이라고 부른다!

그대들도 실은 대지를 사랑하고 지상의 것을 사랑한다는 것을 나는 잘 알고 있다! 하지만 그대들의 사랑 속에는 수치심과 떳떳치 못한 양심이 있다. 그래서 그대들은 달을 닮았다!

그대들의 정신은 지상의 것을 경멸하도록 설득 당했으나, 그대들의 내장까지 설득 당하지는 않았다. 사실 이 **내장**이야말로 그대들에게서 가장 강력한 것이 아닌가!

이제 그대들의 정신은 그대들 내장의 뜻에 복종하기를 부끄러워한다. 그리하여 이 수치심 때문에 샛길로 빠져 허위의 길을 걷는다.

그대들의 기만당한 정신은 스스로에게 이렇게 말한다. "나에게 있어 최고의 것은 이런 것이다. 개처럼 혓바닥을 늘어뜨리지 않고, 아무런 욕망 없이 삶을 관조하는 것 말이다.

그리고 이기심의 지배와 탐욕에서 벗어나 의지를 죽이고 관조하며 행복해지는 것이다. 온몸은 차갑고 잿빛이지만 술 취한 달의 눈을 하고서!

유혹 당한 자는 자신을 이렇게 유혹한다. "나에게 가장 소중한 것은 달이 대지를 사랑하듯이 대지를 사랑하고, 오직 눈으로만 대지의 아름다움을 더듬는 것이다.

그리고 내가 백 개의 눈을 가진 거울처럼 사물들 앞에 누워 있는 것 외에는 내가 사물들로부터 아무것도 바라지 않는 것. 이것을 나는 모든 사물에 대한 때 묻지 않은 인식이라고 부른다."

아, 그대 민감한 위선자들이여! 그대 음탕한 자들이여! 그대들의 욕망에는 천진난만함이 부족하다. 이 때문에 그대들은 욕망을 비방하는 것이다!

진실로, 그대들은 창조하는 자, 생산하는 자, 생성을 기뻐하는 자일 뿐 그대들은 대지를 사랑하지 않는다!

천진난만함은 어디에 있는가? 생산에의 의지가 있는 곳에 있다. 자기 자신을 초월하여 창조하려는 자, 이 사람이야말로 내가 보기에 가장 순수한 의지를 가진 자다.

아름다움은 어디에 있는가? 내가 모든 의지를 가지고 **의욕하지 않을 수 없는** 곳에 있다. 하나의 형상이 단지 형상에만 머무르지 않도록 하기 위해 내가 사랑하고 몰락하려고 하는 곳에 있다.

사랑하는 것과 몰락하는 것, 이것은 영원한 태고부터 짝을 이루어 왔다. 사랑에의 의지, 이것은 죽음조차도 기꺼이 받아들이는 것이다. 나는 그대들 비겁한 자들에게 이렇게 말한다!

하지만 그대들은 이제 그대들의 거세去勢된 곁눈질이 '관조'라고 불리기 원하고 있으니! 그리고 비겁한 눈으로 자신을 더듬게 하는 것이 '아름답다'는 세례명으로 불려야 한다고들 하니! 아, 그대, 고귀한 이름을 더럽히는 자들이여!

그러나 그대 때 묻지 않은 자들이여! 그대 순수한 인식을 하는 자들이여! 그대들은 결코 아이를 낳지 못하리라는 것. 이것이 그대들에 대한 저주이다. 설사 그대들이 임신하여 배가 불러온 모습으로 지평선에 누워 있다 하더라도!

진실로, 그대들의 입은 고귀한 말로 가득하다. 그러나 이것으로써 그대들의 마음이 넘쳐흐른다고 감히 믿을 수 있겠는가? 그대 거짓말쟁이들이여!

하지만 **나의** 말은 서툴고 멸시당하며 비뚤어지기까지 한다. 나는 그대들이 식사할 때, 그 식탁 밑에 떨어진 것들을 기꺼이 줍는다.

나는 이런 말들로써 위선자들에게 진리를 말할 수 있다! 그렇다. 내가 줍는 생선의 뼈, 조개껍질, 또 가시 달린 잎들은 위선자들의 코를 간질일 수 있으리라!

그대들과 그대의 식탁 언저리에는 항상 나쁜 공기가 감돌고 있다. 그대들의 탐욕스러운 생각, 그대들의 거짓말과 비밀이 공기 중에 맴돌고 있다.

그대들은 우선 자기 자신을 믿도록 하라. 그대들과 그대들의 내장을! 자기 자신을 믿지 않는 자는 항상 거짓말을 한다.

그대 '순수한 자'들이여, 그대들은 어떤 신의 가면을 쓰고 있다. 이 신의 가면 속으로 그대들의 끔찍스러운 환형環形동물인 뱀이 기어들었다.

진실로, 그대 '관조자'들이여! 그대들은 속이고 있구나. 차라투스트라라고 할지라도 일찍이 그대들의 신과 같은 겉모습에 현혹된 바 있었다. 차라투스트라는 그 속에 뱀이 똬리를 틀고 있는 것을 미처 알아차리지 못했던 것이다.

그대 순수한 인식을 하는 자들이여! 일찍이 나는 그대들의 유희에서 어떤 신의 영혼을 볼 수 있다고 생각했다. 옛날에는 그대들의 재주보다 더 나은 재주는 없다고 생각했었다.

멀리 떨어져 있었기 때문에 나는 뱀의 더러움과 악취를 알지 못했다. 또한 간교한 도마뱀이 음탕한 마음으로 여기에서 살금살금 기어다니는 것도 몰랐다.

그러나 나는 그대들에게 **가까이** 다가갔다. 그때 나에게는 날이 밝아 왔고, 이제 낮이 그대들을 찾아간다. 그리하여 달의 정사情事는 마침내 끝났다!

저기를 보라! 현장에서 발각되어 창백해진 달이 아침놀 앞에 서 있다! 이글거리며 불타오르는 태양이 벌써 왔기 때문이다. 대지를 향한 **태양**의 사랑이 찾아왔기 때문이다! 모든 태양의 사랑은 천진난만함이며 창조자가 되려는 욕망이다.

저기를 보라, 태양이 바다를 넘어 조급하게 달려오는 모습을! 저 **태양**이 내뿜는 사랑의 갈망과 뜨거운 숨소리를 그대들은 느끼지 못하는가?

태양은 바다를 빨아들이려 한다. 바다의 밑바닥을 자신의 높이까지 끌어 올려 마시려 하는 것이다. 그때 바다의 욕망은 천 개의 젖가슴으로 부풀어 오른다.

바다는 태양의 **갈증**으로 입 맞춰지기를 원하고 젖가슴이 빨려지기를 원한다. 바다는 대기가 되기를 **원하며**, 저 높은 하늘이 되고, 빛의 길이 되고, 스스로 빛이 되기를 **원한다**!

진실로, 나는 태양처럼 삶을 사랑하고 모든 깊은 바다를 사랑한다.

그리하여 이것을 나는 깨달음이라 부른다. 모든 깊은 것은 나의 높이까지 끌어올려져야 하리라!

차라투스트라는 이렇게 말했다.

학자들에 대하여

내가 누워 잠자고 있을 때, 양 한 마리가 내 머리에 두른 담쟁이덩굴 화관花冠을 집어 삼키고 나서 말하기를 "차라투스트라는 이제 더 이상 학자가 아니다."라고 했다.

양은 이렇게 말하고 점잔을 빼며 의기양양하게 그곳을 떠나갔다. 한 아이가 이것을 보고 나에게 전해 주었던 것이다.

나는 여기에 즐겨 누워 있다. 이곳에는 아이들이 놀고 있으며, 허물어진 담장 옆에 엉겅퀴와 붉은 양귀비꽃들이 있다.

나는 아직도 아이들에게는 학자다. 또 엉겅퀴와 붉은 양귀비에게도 아직 학자이다. 그들은 악의를 품고 있을 때조차도 천진난만하다.

그러나 양들에게 있어서 나는 이제 더 이상 학자가 아니다. 이렇게 되기를 나의 운명이 바라는 바다. 이렇게 된 나의 운명에 축복 있기를!

진실을 말하자면 다음과 같다. 나는 학자들의 집을 떠났고, 떠나오면서 그 문을 쾅 닫아 버렸다.

내 영혼은 학자들의 식탁 옆에 굶주린 채 너무 오랫동안 앉아 있었다. 나는 그들처럼 호두를 깨뜨려 먹듯 인식에 이르는 훈련을 받지 못했다.

나는 자유를 사랑한다. 또 신선한 대지 위로 불어오는 바람을 사랑한다. 나는 학자들의 품위와 위엄 위에서 잠들기보다는 차라리 황소 가죽 위에서 잠들기를 원한다.

나는 너무도 뜨겁게 내 자신의 사상에 불타 있다. 그 때문에 숨이 답답할 때가 가끔 있다. 그래서 먼지 쌓인 방을 나와 야외로 나가지 않으면 안 된다.

하지만 학자들은 차가운 그늘 속에 서늘하게 앉아 있다. 그들은 모든 일에 있어서 방관자가 되려고 할 뿐, 태양이 내리쬐는 계단에 앉으려고 하지 않는다.

학자들은 마치 거리에 서서 지나가는 행인들을 입을 헤벌리고 바라보는 자들처럼 보인다. 학자들은 기다린다. 그러면서 다른 사람들이 생각해낸 사상들을 입을 헤벌리고 바라본다.

사람들이 손으로 그들을 붙잡으면 마치 밀가루가 든 포대를 건드린 것처럼 주위에 먼지가 풀풀 인다. 본의가 아님에도 말이다. 그러나 이 먼지가 본래 낟알에서 나온 것이며, 여름 들판의 누렇게 익은 기쁨에서 생겨나온 것임을 그 누가 생각이나 하겠는가!

학자들이 현명한 척 굴면, 나는 그들의 하찮은 잠언과 진리에 몸이 오싹해진다. 그들의 지혜에는 종종 악취가 풍긴다. 마치 늪에서 솟아난 것처럼 말이다. 진실로, 나는 그들의 지혜로부터 개구리의 개굴거리는 울음소리를 듣기도 했다!

학자들은 손재주가 있고 노련하다. 그들의 다채로운 재주에 비하면 **나의** 단순함은 무엇이랴! 그들의 손가락은 실을 꿰고 매듭을 묶고 베를 짜는 법을 모두 알고 있다. 이리하여 그들은 정신의 양말을 짜는 것이다!

학자들은 훌륭한 시계 장치다. 다만 조심해서 태엽만은 감아줘야 한다! 그래야만 그들은 정확하게 시간을 알려준다. 이때 소리는 매우 조심조심 들려준다.

학자들은 물레방아처럼, 절굿공이처럼 일한다. 그들에게는 다만 낟알을 던져 주기만 하면 된다! 그들은 낟알을 자디잘게 빻아 그것을 하얀 가루로 만드는 법을 이미 알고 있기 때문이다.

학자들은 서로를 감시하면서 상대방을 별로 신뢰하지 않는다. 그들은 잔꾀로 재주를 부리며, 절름발이 지식을 가진 사람들을 기다린다. 거미가 먹이를 기다리는 것과 같이 말이다.

학자들은 내가 보기에 항상 조심스레 독을 조제하고 있다. 그러면서 그들은 언제나 손에 유리 장갑을 끼고 있었다.

또한 학자들은 주사위로 농간을 부릴 줄 안다. 나는 그들이 주사위 놀이에 너무도 열중하여 비지땀을 뻘뻘 흘리는 것을 종종 보았다.

우리는 서로가 낯설다. 더욱이 학자들의 덕은 그들의 속임수나 농간 부리는 주사위 놀이보다도 더 내 취향에 거슬린다.

그래서 내가 학자들과 함께 살고 있었을 때, 나는 그들을 내려다보며 살았다. 그 때문에 그들은 나에게 항상 화가 나 있었다.

학자들은 누가 그들의 머리 위를 걸어 다니고 있는 소리에 대해서 아무것도 들으려고 하지 않는다. 그래서 그들은 나와 그들 머리 사이에 나무와 흙과 오물을 깔아 놓았다.

그리하여 그들은 내 발자국 소리가 들리지 않게 막았다. 이 때문에 최고의 학자들이 지금까지 나에 관해서 들은 것은 최악이었다.

그들은 그들과 나 사이에 모든 인간의 결함과 약점을 깔아 놓았다. 그것을 그들은 자신들의 집에 설치된 '방음벽'이라고 부른다.

그럼에도 나는 내 사상들을 가지고 그들의 머리 **위를** 걸어 다닌다. 설령 나 자신의 과오들을 밟으며 걸어 다닐지라도 나는 여전히 그들과 그들 머리 위에 있으리라.

왜냐하면 인간은 평등하지 **않기** 때문이다. 정의는 이렇게 말한다. 내가 원하는 것을 **그들이** 원해서는 안 된다!

차라투스트라는 이렇게 말했다.

시인들에 대하여

차라투스트라가 한 제자에게 이렇게 말했다. "내가 육체를 더 잘 알게 된 이래로, 나에게 정신은 그저 정신처럼 보이는 것일 뿐이다. 또한 모든 '불멸의 것', 그것 역시 비유에 불과할 뿐이다."

그러자 제자가 대답했다. "스승님께서 예전에도 그렇게 말씀하시는 것을 들은 적이 있습니다. 그때 스승님께서는 이렇게 덧붙여 말씀하셨지요. '시인들은 거짓말을 너무 많이 한다.'라고 말입니다. 그러면 어찌하여 시인들이 거짓말을 너무 많이 한다고 말씀하셨습니까?"

차라투스트라는 이렇게 말했다. "왜냐고? 자네는 '왜'냐고 묻는가? 다른 사람들에게는 '왜'냐고 물어도 되지만 나는 그런 사람들과 다른 부류라서 그런 걸세.

나의 체험이 어찌 어제부터 시작된 것이더냐? 그렇지 않네. 나는 이미 오래 전부터 내 견해의 근거들을 체험했다네.

이 때문에 내가 나의 근거들을 가지고 있으려고 한다면, 나는 기억을 저장하는 통이 되어야 하지 않겠는가?

나의 견해 자체를 유지한다는 것이 내게는 버거운 일일세. 그래서 그 많던 새들도 날아가 버렸다네.

그리고 내 비둘기 집에는 다른 곳에서 날아온 낯선 새도 간혹 보이는데, 이런 새는 내가 자기에게 손을 올려놓을 때면 부르르 떤다네.

그런데 예전에 차라투스트라가 자네에게 무슨 말을 했던가? 시인들은 거짓말을 너무 많이 한다고 했던가? 하지만 차라투스트라 또한 일개의 시인이라네.

자네는 지금 차라투스트라가 진리를 말했다고 믿는 것인가? 자네는 왜 그렇게 생각하는가?"

제자가 대답했다. "저는 차라투스트라를 믿습니다." 그러나 차라투스트라는 머리를 가로저으며 빙그레 웃었다.

차라투스트라는 혼잣말을 하듯 다음과 같이 길게 말했다. 믿음은 나를 행복하게 만들지 못한다. 더욱이 나에 대한 믿음도 나를 행복하게 하지 못한다.

만약 어떤 사람이 아주 진지하게 시인들은 거짓말을 너무 많이 한다고 말했다면, 이 사람은 옳은 말을 한 것이다. 사실 **우리는** 거짓말을 너무 많이 한다.

우리는 아는 바가 너무도 적고, 제대로 배우지도 못했다. 그러므로 우리는 거짓말을 하지 않을 수 없다.

그리고 우리 시인들 중에 어느 누가 자기가 만든 포도주에 다른 불순물을 섞지 않겠는가? 우리들의 지하 술 창고에서는 유해한 혼합주가 만들어지며, 말할 수 없는 온갖 일들이 거기서 일어났다.

우리는 아는 것이 별로 없기 때문에 정신적으로 가난한 자를 진심으로 좋아한다. 젊은 여자의 경우에는 특히 그러하다!

심지어 늙은 여자들이 밤마다 이야기해 주는 것조차 우리 시인들은 간절히 바라고 있다. 우리 자신은 이것을 우리에게 있어 '영원히 여성적인 것'이라고 부른다.

또한 우리들은 군중과 군중의 '지혜'를 믿는다. 그 이유는, 무언가를 배우는 자들에게는 **가로막혀 있는** 통로, 즉 지식에 이르는 특별한 비밀 통로가 있을 거라고 생각하기 때문이다.

그러나 모든 시인이 이렇게 생각한다. 풀밭 위나 고독한 산비탈에 누워 귀를 기울이는 자는 하늘과 땅 사이에 존재하는 사물들에 대하여 무엇인가를 감지할 수 있다고.

그리고 부드러운 흥분에 젖으면, 시인들은 언제나 자연이 그들을 연모한 것이라고 생각한다.

그리고 그들은 자연이 그들의 귀에 은밀한 말과 감미로운 사랑의 밀어를 속삭인다고 생각한다. 그리고 죽을 수밖에 없는 운명을 타고난 모든 인간 앞에서 자랑삼아 떠들며 뽐낸다.

아, 하늘과 대지 사이에는 오직 시인들만이 꿈꿀 수 있었던 것들이 많기도 하도다!

하늘 **위는** 특히 그렇다. 왜냐하면 모든 신이 시인들의 비유이자 시인들의 궤변이기 때문이다!

진실로, 그것은 언제나 우리를 저 위로, 천상으로, 즉 구름의 나라로 끌어 올린다. 그리고 우리는 이 구름 위에 우리의 알록달록한 껍질들을 벗어 놓고서 이것들을 신이라 부르고 또 초인이라고 부른다.

이것들은 구름 위에 앉아도 될 만큼 충분히 가볍다! 이 모든 신들과 초인들은!

아, 철두철미하고 사실이라고 주장하는 일이지만 입증하기 어려운 이 모든 것에 대해 나는 얼마나 싫증났는가! 아, 나는 정말로 시인들에게 신물이 났노라!

차라투스트라가 이렇게 말했을 때, 그의 제자는 화가 났으나 잠자코 있었다. 차라투스트라도 침묵했다. 그의 눈은 저 먼 곳을 바라보기라도 하듯이 내면 깊은 곳으로 향했다. 그러다가 드디어 그는 깊이 한숨을 내쉬었다.

그러고 나서 차라투스트라는 말했다. 나는 오늘에 속하고 과거에 속하는 사람이지만, 나의 내면에는 무엇인가가 들어 있다. 이것이야말로 내일과 모레, 미래에 속하는 것이다.

나는 시인들에게 지쳤다. 옛 시인이든 새로운 시인이든 말이다. 그들은 모두 내가 보기에 껍데기에 지나지 않으며 또 얕은 바다에 지나지 않는다.

그들은 충분히 깊게 사고思考하지 못했다. 이 때문에 그들의 감정은 밑바닥까지 잠겨 보지 못했다.

약간의 육체적 쾌락과 약간의 권태. 이것이 지금까지 그들의 최선의 사색이었다.

그들의 하프 소리는 내게는 모두 유령의 숨소리이며, 유령이 스치고 지나가는 옷자락 소리로 들린다. 그들은 지금까지 음향의 열정에 대하여 무엇을 알고 있었단 말인가!

그들은 내가 보기에 순수하지도 못하다. 그들은 자신들의 바다를 깊어 보이게 하려고 모든 물을 흐려 놓는다.

이러면서 그들은 즐겨 화해하는 자로 자처한다. 그러나 실은 그들은 중개하는 자이며 간섭하는 자이며 또한 불순한 어중이떠중이에 지나지 않는다!

아, 나는 그들의 바다 속에 그물을 던져 좋은 물고기를 잡으려고 했다. 그러나 내가 끌어 올린 것은 항상 낡은 신의 머리뿐이었다.

그렇게 바다는 굶주린 자에게 돌멩이 하나를 주었다. 시인들 자신도 어쩌면 바다에서 생겨났을지도 모른다!

사람들이 시인들에게서 진주를 발견하는 것은 분명하다. 그만큼 시인들 자신은 단단한 조개껍질과 점점 더 닮았다. 다만 나는 시인들에게서 영혼을 찾지는 못하고 그 대신 소금기에 찌든 점액만을 발견했을 뿐이다.

그들은 바다에서 또한 허영심도 배웠다. 실로 바다는 공작들 중의 공작이 아니던가?

바다는 물소들 중 가장 추악한 물소 앞에서도 그 꼬리를 펼쳐 보인다. 바다는 지칠 줄 모르고 은과 비단으로 수놓은 자신의 부채를 만든다.

물소는 이것을 거만하게 바라본다. 물소의 영혼은 모래사장과 닮았으며, 덤불과는 더 닮았고, 늪과는 가장 닮았다.

아름다움이나 바다나 공작의 장식 따위가 물소에게 무슨 소용이란 말인가! 이런 비유를 나는 시인들에게 말한다.

진실로, 그들의 정신 자체가 공작 중의 공작이며, 허영에 들뜬 바다인 것이다!

시인의 정신은 관객을 원한다! 비록 물소가 관객일지라도 그러하다!

그러나 나는 이런 정신에 지쳐 버렸다. 그리고 나는 이런 정신이 자기 자신에게 지치는 때가 다가오는 것을 본다.

나는 시인들이 이미 변했으며 그리하여 이제 자기 자신에게 시선을 돌리는 것을 보았다.

나는 정신의 속죄자들이 오는 것을 보았다. 속죄자들은 시인들로부터 자라났던 것이다.

차라투스트라는 이렇게 말했다.

커다란 사건들에 대하여

바다 한가운데 섬이 하나 있다. 차라투스트라의 행복의 섬들에서 멀지 않은 곳이다. 그 섬에는 화산이 끊임없이 연기를 내뿜고 있다. 이섬에 대해 군중, 특히 군중 가운데서도 노파들은 이렇게 말한다. "이섬은 마치 저승 문 앞에 놓여 있는 바위 덩어리 같으며, 화산을 가로

지르면 아래쪽으로 통하는 좁은 길이 나 있는데, 이 길을 따라가면 저승의 문에 이르게 된다."

차라투스트라가 행복의 섬들에 머물러 있을 때, 연기를 내뿜는 산이 있는 이 섬에 한 척의 배가 닻을 내렸다. 이 배의 선원들은 토끼 사냥을 하려고 육지에 상륙한 것이다. 그러나 정오쯤 되어 선장과 선원들이 다시 모였을 때, 그들은 별안간 공중에서 그들을 향해 내려오는 한 사나이를 보았다. 그리고 어떤 목소리가 또렷하게 들려왔는데, "때가 왔다! 때가 무르익었다!"라고 하는 것이었다. 이 사나이의 모습이 가까이 다가왔을 때, 그들은 그가 차라투스트라인 것을 알고는 깜짝 놀랐다. 물론 그것은 마치 그림자와도 같이 재빨리 화산이 있는 방향으로 날아갔지만 말이다. 그들이 차라투스트라를 알아본 이유는 선장을 제외한 모두가 차라투스트라를 이미 본 적이 있었기 때문이었다. 그들은 군중과 마찬가지로 사랑과 두려움이 섞인 감정으로 그를 사랑하고 있었던 것이다.

"저기를 보라! 차라투스트라가 지옥으로 떨어진다." 하고 늙은 키잡이가 말했다.

이 선원들이 화산의 섬에 상륙했을 무렵, 차라투스트라가 자취를 감추었다는 소문이 퍼졌다. 그래서 사람들이 그의 벗들에게 물었더니 그는 어디로 간다는 말도 없이 밤에 배를 탔다는 것이었다.

이렇게 불안감이 생겨났고, 더욱이 사흘 후에는 다시 그 선원들의 이야기가 이러한 불안감을 증폭시켰다. 그리하여 이제 모든 군중은 악마가 차라투스트라를 잡아갔다고 했다. 이 말을 듣고 그의 제자들은 웃어넘겼으며, 제자들 중 한 사람은 심지어 이렇게 말했다. "내 생각에는 오히려 차라투스트라가 악마를 잡아갔을 걸." 그러나 제자들 모두의 마음 깊은 곳에서는 근심과 그리움이 가득했다. 그러던 중 닷새째 되던 날 차라투스트라가 그들 앞에 나타나자 그들은 기쁘기 그지없었다.

다음은 차라투스트라가 불개와 나눈 대화 내용이다.

차라투스트라가 말했다. 대지에는 피부가 있다. 이 피부는 여러 가지 병을 가지고 있는데, 이러한 병 중 하나가 예를 들면 '인간'이라는 병이다.

다른 또 하나의 병은 '불개'라고 불린다. 이 개에 대해 인간들은 많이 속이고 또 속아 왔다.

이 비밀을 규명하기 위해 나는 바다를 건너갔다. 이리하여 나는 진리를 적나라하게 들여다보았다. 진실로, 발끝에서 목에 이르기까지 발가벗은 진리를!

나는 이제 불개의 정체를 알았다. 또 모든 것을 폭발시키고 전복하는 악마들에 대해서도 알았다. 이 악마들 앞에서 공포를 느끼는 것은 단지 노파들만은 아니다.

"나오라, 불개여! 너의 그 심연에서 나오라!" 하고 나는 소리쳤다. "실토하라! 그 심연이 얼마나 깊은가를. 또 네가 씩씩거리며 코로 내뿜는 것은 어디서 나오는 것이냐?"

너는 바닷물을 무던히도 들이마신다. 짜디짠 너의 웅변이 그 사실을 말해 준다! 진실로 너는 깊은 곳에 사는 동물치고는 너무 과다하게 표면으로부터 영양을 섭취했다.

나는 너를 기껏해야 대지의 복화술사로 생각한다. 그리고 전복과 분출의 악마들이 말하는 것을 들을 때마다 나는 항상 그들도 너와 비슷하다고 생각했다. 짜디짜고, 거짓말 잘하며, 천박하다는 것을.

너희는 능히 울부짖을 줄 알고, 또한 재로 대기를 어둡게 만들 줄도 안다! 너희는 최고의 허풍쟁이이며, 진흙을 뜨겁게 끓여내는 기술을 지겹도록 배웠다.

너희가 있는 곳. 그 언저리에는 언제나 더러운 진흙과 스펀지 같은 것, 속이 빈 것, 억지로 쑤셔 넣은 것이 많이 있어야 한다. 그것들은 자유를 갈망하고 있다.

너희 모두는 '자유'라고 울부짖는 것을 가장 좋아한다. 그러나 요란한 울부짖음과 연기가 '커다란 사건들'을 에워싸자마자, 나는 그것들에 대한 믿음을 잃어버렸다.

그러니 내 말을 믿어라, 지옥의 소음이라는 친구여! 가장 커다란 사건들, 그것은 우리들의 가장 소란스러운 시간이 아니라 우리들의 가장 조용한 시간이다.

세계는 새로운 소음을 만들어낸 자들 주위가 아니라 새로운 가치를 만들어낸 자들 주위를 돌고 있다. 세계는 '소리 없이' 조용히 돌고 있다.

자, 이제 고백하라! 너희의 소음과 연기는 사라지고 나면 언제나 아무 일도 일어나지 않은 것처럼 조용하지 않았던가! 설사 한 도시가 미라가 되고 입상立像들이 진흙 속에 쓰러질지언정 그게 무슨 소용이 있단 말인가!

나는 입상을 넘어뜨리는 자들에게 이렇게 말한다. 소금을 바다에 던지고, 입상들을 진흙 속에 던지는 것이야말로 최고로 어리석은 짓이다.

입상은 너희의 경멸의 진흙 속에 쓰러져 있었다. 그러나 경멸 속에서 다시 생명과 생생한 아름다움이 싹튼다는 것, 이것이 바로 입상의 법칙인 것이다!

입상들은 이제 이전보다 더욱 성스러운 모습을 하고 그리고 고통에 찬 매혹적인 모습으로 다시 일어선다. 그리하여 진실로, 너희 전복자들이여! 자신들을 넘어뜨린 데 대하여 입상들은 너희에게 감사해 할 것이다.

그러나 왕들과 교회, 그리고 노쇠하여 덕이 약해진 모든 것에게 나는 이같이 충고한다. 부디 쓰러지도록 하라! 그리하여 비로소 그대들의 생명은 소생하고 그대들에게 덕이 다시 생겨나도록!

내가 이같이 불개에게 이야기하자, 불개는 내 말을 가로막고 투덜거리며 말했다. "교회라고? 그것이 대체 뭐지?"

나는 대답해 주었다. "교회라는 것은! 그것은 일종의 국가이다. 더욱이 말할 수 없이 허위로 가득 찬 국가이다. 그러나 입을 다물라! 위선적인 개여! 너는 이미 너와 같은 종류를 가장 잘 알고 있지 않은가!

국가란 너처럼 위선적인 개다. 국가도 너처럼 연기를 내뿜고 울부짖으면서 말하기를 좋아한다. 너와 마찬가지로 사물의 본질에서 우러나오는 말을 하고 있다는 것을 믿게 하기 위해서다.

왜냐하면 국가는 철두철미 지상에서 가장 중요한 짐승이 되고자 하기 때문이다. 또한 사람들도 국가가 그렇다고 믿고 있다.

내가 이렇게 말했을 때 불개는 질투심이 일어 이성을 잃고 날뛰며 소리쳤다. "뭐라고? 지상에서 가장 중요한 짐승이라고? 더욱이 사람들도 그렇게 생각한다고?" 불개의 목구멍에서는 많은 입김과 소름 끼치는 소리가 터져 나왔다. 그래서 나는 분노와 질투심 때문에 숨 막혀 죽지 않을까 생각했다.

마침내 불개는 잠잠해졌다. 헐떡거리던 숨도 가라앉고 어느 정도 진정되었을 때, 나는 웃으면서 말했다.

"불개여! 그대가 이같이 화를 내고 있으니, 이것으로도 내 말이 옳다는 것을 알 수 있겠구나!

내 말이 옳다는 것을 다시 한번 증명하기 위해, 다른 불개에 대한 내 말을 들어 보라! 이 불개는 진실로 대지의 마음으로부터 말하고 있다.

그의 입김은 황금과 황금의 비를 내뿜는다. 그의 마음이 그러기를 원하고 있다. 그러므로 그에게 재와 연기 그리고 뜨거운 점액이 무슨 소용이 있겠는가?

그에게서는 웃음이 마치 알록달록한 구름처럼 펄럭인다. 이 불개는 너의 목 쉰 소리와 가래침과 복통이 나는 것을 혐오한다!

그러나 이 황금과 웃음. 그것을 이 불개는 대지의 심장에서 가져온다. 너도 알아둬야 하겠지만, **대지의 심장은 황금으로 만들어졌기 때문이다.**"

이 말을 들었을 때, 불개는 더 이상 내 말을 참고 들을 수가 없었다. 불개는 부끄러워하며 꼬리를 내리고 기죽은 소리로 '멍! 멍!' 짖으며, 자신의 동굴로 기어들어갔다.

차라투스트라는 이렇게 이야기했다. 그러나 그의 제자들은 스승님의 이야기를 거의 귀담아 듣지 않았다. 그들은 선원들과 토끼, 또 공중을 날아간 사내에 대하여 스승님에게 이야기하려고 안달이 나 있었다.

차라투스트라는 말했다. "내가 그 일을 어떻게 생각해야 되겠는가! 내가 혹시 유령이라도 된다는 말인가?

하지만 그것은 내 그림자였을 게다! 너희는 나그네와 그의 그림자에 대해 이미 어느 정도 듣지 않았느냐?

하지만 내가 그림자를 꼭 붙들어 두지 않으면 안 된다는 사실만은 확실하다. 그렇지 않으면 그 그림자가 나의 명성을 손상시키게 될 테니까."

그리고 차라투스트라는 다시 한번 머리를 가로저으며 미심쩍어했다. "내가 그 일을 어떻게 생각해야 되겠는가!" 하고 말했다. "**무슨 까닭에** 유령은 "때가 왔다! 절호의 때가 왔다!"라고 부르짖은 것일까?

도대체 **무엇을 위한 절호의** 때가 왔다는 것인가?"

차라투스트라는 이렇게 말했다.

예언자

"그리하여 나는 인간들에게 크나큰 슬픔이 찾아든 것을 보았다. 가장 훌륭한 자들도 자신들의 일에 지쳐 버렸던 것이다.

하나의 가르침이 공표되었다. 이와 나란히 하나의 신앙도 퍼져 갔다. '모든 것은 공허하다. 모든 것은 같은 것이다. 모든 것은 이미 있었던 것이다!'

그러자 모든 언덕에서 다시 메아리로 되돌아왔다. '모든 것은 공허하다. 모든 것은 같은 것이다. 모든 것은 이미 있었던 것이다!'

분명히 우리는 수확을 했다. 그런데 왜 우리의 열매는 썩고 누르스름해졌는가? 간밤에 사악한 달에서 무엇이 떨어졌는가?

모든 노동은 허사였고, 우리들의 포도주는 독이 되었으며, 사악한 눈길이 우리들의 푸른 들판과 심장을 누렇게 태워 버렸다.

우리는 모두 메말라 버렸다. 우리들 위에 불이 떨어지면, 우리는 재처럼 풀썩거려 흩날리기만 한다. 그렇다. 우리는 불조차도 지쳐 버리게 했다.

우리의 모든 샘은 말라 버렸고, 바다도 뒤로 물러났다. 대지는 모조리 갈라지려 하고 있다. 하지만 심연은 우리를 삼키려고 하지 않는다!

아, 우리가 빠져 익사할 만한 바다가 어디에 아직 남아 있단 말인가' 그렇게 우리의 탄식은 얕은 늪들을 넘어서 울려 퍼진다.

진실로, 우리는 이미 죽기에도 너무 지쳤다. 그래서 우리는 깨어 있는 상태로 계속 살아가는 것이다. 저 무덤 속에서!"

차라투스트라는 한 예언자가 이렇게 말하는 것을 들었다. 이 예언자의 말은 그의 심금을 울렸고 그를 변화시켰다. 차라투스트라는 슬픔에 잠겨 지친 몸으로 이리저리 돌아다녔다. 그리하여 그는 예언자가 이야기했던 사람들과 비슷해졌다.

차라투스트라가 그의 제자들에게 말했다. 진실로, 이제 조금만 있으면 기나긴 어스름이 찾아오리라. 아, 나는 나의 빛을 어떻게 구원한단 말인가!

이 슬픔 속에 나의 빛이 질식되지 말기를! 나의 빛은 더욱 먼 세계를 위해, 또 가장 머나먼 밤들을 위한 빛이 되어야 하리라!

이처럼 마음속으로 번민하며 차라투스트라는 돌아다녔다. 사흘 동안 먹지도 마시지도 않았고, 쉬지도 않았고 말하지도 않았다. 그러다가 드디어 그는 깊은 잠이 들었다. 제자들이 그의 주위에 앉아 긴 밤을 꼬박 샜다. 그들은 스승님이 다시 깨어나 또다시 말을 하고 그의 슬픔에서 회복되기를 걱정하며 기다렸다.

마침내 차라투스트라는 잠에서 깨어나 이렇게 말했다. 그런데 제자들 귀에는 그 소리가 아주 멀리서 들려오는 것같이 울렸다.

그대 벗들이여, 나의 꿈 이야기를 들어보라! 그리고 그 꿈의 해몽을 도와다오!

이 꿈은 나에게는 아직 하나의 수수께끼이다. 그 의미는 꿈속에 숨겨져 있고 갇혀 있다. 그래서 아직 자유로운 날개를 달고 그 꿈을 넘어 날아오르지 못했다. 나는 내가 모든 삶을 단념하는 꿈을 꾸었다. 나는 저 고독한 죽음의 산성에서 밤과 무덤의 파수꾼이 되었다.

나는 그 산성 위에서 죽음의 관을 지키고 있었다. 퀴퀴한 냄새가 나는 둥근 천장의 지하 납골당은 죽음이 획득한 승리의 징표로 가득 차 있었다. 유리로 만든 관 속에서는 극복된 삶이 나를 바라보고 있었다.

나는 먼지에 뒤덮인 영원[20]의 냄새를 맡았다. 나의 영혼은 후텁지근하면서도 먼지에 뒤덮인 채 누워 있었다. 그런데 누가 거기서 자신의 영혼에다 상쾌한 바람을 통하게 할 수 있었겠는가!

나는 한밤중의 밝음[21]에 둘러싸여 있었고, 그 옆에는 고독이 웅크리고 있었다. 그리고 세 번째로는 그 옆에 나의 여자 친구들 중 가장 고약한 친구인 저 죽음의 정적이 숨이 가빠 그르렁거리고 있었다.

나는 열쇠 중에서 가장 녹슨 열쇠를 가지고 있었다. 그리고 나는 이것을 사용하여 문들 중에서 가장 삐걱거리는 문을 여는 방법을 알고 있었다.

그 문의 양쪽 날개가 스르르 올라가자, 그 소리는 불길하게 울어대는 까마귀 소리 같이 긴 복도에 울려 퍼졌다. 이 새는 잠에서 깨어나기 싫은 듯 요란하게 울어댔다.

그러나 다시 침묵이 찾아와 주위가 조용해지고 나 혼자만이 이 음침한 침묵 속에 앉아 있었을 때, 나는 더욱 무서워지고 가슴이 죄는 조바심이 생겼다.

만약 시간이란 게 여전히 존재하고 있었다면, 내게는 이렇게 시간

***
20 죽기 전에는 '영원한 인물, 존재' 등을 구가했지만 여기서는 먼지투성이다.
21 발밑을 분간할 수 있는 희미한 빛. 별빛 정도를 말한다.

이 살금살금 소리 없이 지났을 게다. 내가 시간의 존재에 대해 무엇을 알겠는가! 그러나 마침내 나를 잠에서 깨우는 일이 일어났다.

마치 천둥 소리처럼 세 차례 문을 두드리는 소리가 났다. 그 소리는 둥근 천장의 지하 납골당에서 다시 세 차례 메아리치며 울부짖었다. 그래서 나는 문 쪽으로 갔다.

나는 이렇게 외쳤다. 알파! 누가 자신의 재를 산으로 나르는가? 알파! 알파! 누가 자신의 재를 산으로 나르는가?

나는 열쇠를 밀어 넣고 문을 열려고 애썼다. 그러나 문은 손가락도 들어가지 않을 만큼 조금도 열리지 않았다.

이때 한바탕 사나운 바람이 불어와서 문의 양쪽 날개를 열어젖혔다. 광풍은 피리 소리처럼 삑삑거리고, 귀청을 찢을 듯 울부짖고 날카롭게 찢는 소리를 내면서 나에게 시커먼 관 하나를 내던졌다.

윙윙거리고 피리 소리처럼 삑삑거리고 귀청을 찢을 듯 울부짖는 요란한 소리를 내며 그 시커먼 관은 쪼개졌고, 천 겹의 요란한 웃음 소리를 토해 냈다.

아이들, 천사들, 부엉이들, 바보들, 아이들만큼이나 커다란 나비들의 천 개의 찌푸린 얼굴들이 나를 향해 커다란 소리로 비웃고 조롱하며 사납게 돌진했다.

나는 소름이 끼치도록 놀랐고, 몸서리치며 푹 쓰러지고 말았다. 그리고 공포에 질려 그 어느 때보다도 크게 비명을 질렀다.

그러나 나는 내 비명에 눈을 떴다. 그리하여 나는 정신을 차렸다.

차라투스트라는 이같이 자신의 꿈 이야기를 하고는 입을 다물었다. 아직 그는 자신의 꿈을 해석하지 못했기 때문이었다. 이때 그가 가장 사랑하는 제자가 급히 자리에서 일어나더니 차라투스트라의 손을 잡으면서 이렇게 말했다.

"스승님, 당신의 삶 그 자체가 우리들에게 이 꿈을 해석해 주는 것이지요. 아, 차라투스트라여!

당신 자신이 삑삑거리는 날카로운 소리를 내며 죽음의 성문을 열어젖히는 바람이 아니겠습니까?

당신 자신이 삶의 다채로운 악의와 천사들의 찌푸린 얼굴로 가득 찬 관이 아니겠습니까?

진실로, 아이들의 천 겹 웃음소리처럼 차라투스트라는 모든 죽은 자들의 방으로 들어갑니다. 밤과 무덤을 지키는 자, 또 불길한 열쇠 다발을 차고 절렁거리는 소리를 내는 자들을 비웃으며 말입니다.

당신은 그들로 하여금 당신의 커다란 웃음소리로써 전율케 했으며 또 땅에다 넘어뜨릴 것입니다. 그들에게 행하는 당신의 힘은 그들이 기절하고 깨어남으로 입증될 것입니다.

그리고 기나긴 어스름과 죽음의 권태가 찾아올지라도 당신은 우리들 하늘에서 사라지지 않을 것입니다. 그대 삶의 대변자여!

당신은 우리에게 새로운 별들과 새로운 밤의 장관을 보여 주었습니다. 진실로, 당신은 웃음 그 자체를 알록달록한 천막처럼 우리들 머리 위에 펼쳐 주셨습니다.

이제야말로 아이의 웃음소리가 언제까지나 관 속에서 솟아오를 것입니다. 이제야말로 거센 바람이 언제나 승리를 거두며 모든 죽음의 권태에 불어 닥칠 것입니다. 당신은 우리들에게 이에 대한 보증인 이며 예언자입니다!

진실로, **당신이 꿈에서 보았던 것은 바로 당신의 적들이었습니다.** 그것은 당신의 가장 괴로운 꿈이었습니다!

그러나 당신이 적들로부터 깨어나 당신 자신에게 돌아왔듯이, 당신의 적들도 스스로 깨어나 당신에게 돌아올 것입니다!"

제자는 이렇게 말했다. 그러자 다른 제자들도 모두 차라투스트라 주위에 모여 스승의 두 손을 잡고, 그가 병상과 슬픔에서 벗어나 그들 곁으로 돌아오도록 설득하려고 했다. 그러나 차라투스트라는 멍한 눈빛으로 그의 침대 위에 몸을 꼿꼿이 하고 앉아 있었다. 마치 오랫동안 외지를 떠돌다가 귀향한 사람처럼 그는 제자들을 쳐다보며 그들의 얼굴을 찬찬히 들여다보았다. 하지만 아직도 그는 제자들의 얼굴을 알아보지 못했다. 그러나 제자들이 그를 부축해서 일으켰을 때, 보라! 그는 그 순간 눈빛이 변했다. 그는 그동안 일어났던 모든 일을 알아차렸으며, 수염을 쓰다듬으며 힘찬 목소리로 이렇게 말했다.

"자, 됐다! 모든 일에는 때가 있는 법, 이제 이 일은 그만 접어 두자. 그러니 나의 제자들아! 향연을 열기 위한 준비를 하라. 그것도 즉시 열도록 하라! 그리하여 나는 이 악몽들을 기억하여 속죄하련다!

그러나 그 예언자는 내 곁에 앉아 먹고 마시게 하라! 진실로, 나는 그에게 그가 빠져 죽을 만한 깊은 바다를 보여 주리라!"

차라투스트라는 이렇게 말했다. 그러고 나서 그는 꿈을 해석해준 제자의 얼굴을 오랫동안 바라보았다. 그리고 고개를 가로저었다.

구원에 대하여

어느 날 차라투스트라가 큰 다리를 건너가고 있을 때 불구자인 거지의 무리들이 그를 에워쌌다. 그중 하나인 꼽추가 말을 걸었다.

"보시오, 차라투스트라여! 군중도 그대에게서 배우고, 그대의 가르침을 믿게 되었소. 그러나 군중이 그대를 전적으로 믿게 하려면 아직 한 가지가 더 필요하오. 즉 그대는 우리 불구자들을 설득하지 않으면 안 된다오! 지금 그대 앞에 좋은 선택의 기회가 있소. 여기에 불구자들이 많이 있으니, 그대는 참으로 절호의 기회를 맞이하고 있소! 그대는 장님의 눈을 뜨게 할 수도 있으며, 절름발이를 걷게 할 수도 있소. 또 등에 너무 많은 짐을 짊어지고 있는 자에게서 짐을 약간 덜어줄 수도 있소. 이것이야말로 불구자들로 하여금 차라투스트라를 제대로 믿게 하는 적절한 방법이라고 생각하오!"

하지만 차라투스트라는 이렇게 말한 자에게 다음과 같이 대답했다. "꼽추에게서 그 혹을 떼어내 주면, 그에게서 정신을 떼어내는 것이다. 이렇게 군중은 가르치고 있다. 그리고 장님의 눈을 뜨게 해주면, 그는 이 지상에서 너무도 많은 악을 보게 될 것이니 그는 눈을 뜨게 해준 사람을 저주하게 될 것이다. 더욱이 절름발이를 달리게 해주면, 그에게 최고의 해악을 끼치는 것이다. 왜냐하면 그가 달릴 수 있게 되자마자 그의 악덕도 함께 달리기 때문이다. 이것이 불구자에 대한 군중의 가르침이다. 그리고 군중이 차라투스트라에게서 배운다면 차라투스트라도 군중에게 배우지 못할 까닭이 없지 않겠는가?

내가 인간들 사이에 있게 된 이후 다음과 같은 일은 지극히 사소한 일이다. '어떤 자는 눈 하나가 없고, 어떤 자는 귀 하나가 없고, 또 어떤 자는 다리 하나가 없고, 더욱이 혀나 코나 머리까지도 잃어버린 자들도 있다."

나는 이보다 더 나쁜 일들을 보았고 또 보고 있다. 그리고 많은 일은 너무나 끔찍해서 그것들에 대해서는 일일이 이야기하고 싶지도 않으며, 그중 몇몇 가지에 대해서는 침묵하고 싶지 않을 정도이다. 말하자면, 어떤 한 가지만을 너무 많이 가지고 있을 뿐 그 대신에 다른 모든 것은 결여된 자들, 다시 말해 하나의 커다란 눈, 혹은 하나의 커다란 입, 혹은 하나의 커다란 배, 혹은 그 밖의 어떤 커다란 것 말고는 아무것도 가지지 않은 자들. 나는 이러한 자들을 일컬어 '거꾸로 된 불구자'라고 한다.

내가 나의 고독에서 벗어나 처음으로 이 다리를 건넜을 때, 나는 내 눈을 믿지 못한 채 바라보고 바라보다가 마침내 이렇게 말했다. "저것은 귀다! 사람만큼이나 커다란 귀다!" 나는 더욱 자세히 보았다. 진실로, 그 귀 밑에서는 무엇인가가 움직이고 있지 않은가! 그것은 가련하리만큼 작고 빈약하고 홀쭉한 것이었다. 진실로, 이 커다란 귀는 작고 가느다란 줄기 위에 얹혀 있었는데, 이 줄기가 바로 인간이었다! 눈에 안경을 쓰고 보면 질투심에 차 있는 작은 얼굴도 볼 수 있었으리라. 또한 부풀어 오른 작은 영혼이 이 줄기에 매달려 대롱거리고 있는 것도 볼 수 있었으리라. 그런데 군중이 말하는 바에 의하면, 이 커다란 귀는 하나의 인간일 뿐만 아니라, 위대한 인간, 즉 천재라는 것이다. 그러나 나는 군중이 위대한 인간에 대해 왈가왈부할 때 이를 결코 믿지 않았으며, 이 커다란 귀는 모든 것을 너무 적게 가지고서 다만 한 가지만 너무 많이 가지고 있는 '거꾸로 된 불구자'라는 나의 믿음을 고수했다."

차라투스트라는 꼽추와 또 이 꼽추를 자기들의 입이자 대변자로 내세운 자들에게 이렇게 말하고 난 후에 자기 제자들을 향하여 잔뜩 언짢은 표정으로 이렇게 말했다.

"진실로, 나의 벗들이여! 내가 인간들 사이를 돌아다니면 마치 인간의 토막 난 조각이나 팔다리 사이를 돌아다니는 듯한 기분이 든다!

인간이 전쟁터나 푸줏간에서처럼 조각조각 잘려 흩어져 있는 광경을 본다는 것은 눈으로 보기에도 끔찍한 일이다.

내 눈이 현재에서 과거로 도피할지라도, 눈에 보이는 것은 항상 같은 광경이었다. 토막 난 조각들과 팔다리 그리고 섬뜩한 우연들. 그러나 거기에 인간은 없다!

아! 나의 벗들이여, 이 지상에서의 현재와 과거, 이것이 **내가** 가장 참기 어려운 것이다. 만약 내가 앞으로 반드시 닥쳐올 것을 예언하는 자가 아니었더라면, 나는 도저히 살아갈 방법을 몰랐을 것이다.

예언하는 자, 의지를 가진 자, 창조하는 자, 미래 그 자체 그리고 미래로 가는 다리 그리고 아, 이를테면, 이 다리 옆에 서 있는 한 명의 불구자. 차라투스트라는 이상과 같은 모든 것이다.

그대들은 가끔 자신에게 묻는다. 도대체 우리에게 차라투스트라란 어떤 자인가? 우리들은 그를 무엇이라고 불러야 하는가? 그리하여 그대들이 얻은 답은 내가 얻은 답과 같이 다만 묻는 말에 불과한 것이었다.

그는 약속하는 자인가? 아니면 실천하는 자인가? 정복하는 자인가? 아니면 상속받는 자인가? 가을 또는 수확물인가? 아니면 쟁기인가? 의사인가? 아니면 치유된 자인가?

그는 시인인가? 아니면 진실한 자인가? 해방자인가? 아니면 구속하는 자인가? 선한 자인가? 아니면 악한 자인가?

나는 내가 응시하는 미래, 저 미래의 파편들 사이를 돌아다니는 것처럼 인간들 사이를 돌아다닌다.

그리고 파편이며, 수수께끼이며, 무시무시한 우연인 것을 하나로 압축하여 한데 모으는 것, 이것이야말로 나의 모든 창작이며 노력이다.

그리고 만약 인간이 시인이며 수수께끼를 푸는 자이며, 그리고 우연의 구원자가 아니라면, 나는 내가 인간이란 사실을 어떻게 배겨낼 수 있겠는가!

지나가 버린 것을 구원하고, 그 모든 '그러했다'를 '내가 그렇게 되기를 원했다'로 바꾸는 것, 바로 이것을 나는 구원이라고 부른다!

의지, 해방시키는 자와 기쁨을 가져다주는 자는 이렇게 불린다. 나의 벗들이여! 나는 그대들에게 이렇게 가르쳤다. 지금은 거기에 덧붙여 이것도 배워라! 의지 그 자체는 아직도 갇힌 자, 즉 죄수라는 것을.

의욕은 무엇인가를 해방시킨다. 그러나 이 해방시키는 자조차 쇠사슬에 묶어 놓는 것이 있으니, 그것의 이름은 대체 무엇인가?

'그러했다', 이것이 이를 부드득 가는 의지와 가장 고독한 슬픔의 이름이다. 의지는 이미 이루어진 것에 대해서는 무력하며, 모든 지나간 것에 대해서는 다만 악의에 찬 방관자일 뿐이다.

의지는 과거로 소급해서 의욕할 수는 없는 것이다. 의지가 시간을 부수지 못하고 시간의 욕망을 이기지 못한다는 것, 이것이 의지의 가장 고독한 슬픔이다.

의욕은 무엇인가를 해방시킨다. 의욕 그 자체는 자신의 슬픔에서 벗어나 자신의 감옥을 비웃기 위해 어떠한 방법을 생각해 내는가?

아, 감옥에 갇힌 죄수는 모두 바보가 되고 만다! 갇힌 의지 또한 바보 같은 방법에 의하여 자신을 구원한다.

시간은 거슬러 흐르는 일이 없다는 것. 이것은 의지에게 원통한 일이다. '과거에 있었던 것.' 이것이 의지가 굴릴 수 없는 돌의 이름이다.

이리하여 의지는 원한과 불만으로 돌을 굴리고, 자신처럼 분노와 불만을 느끼지 않고 있는 것에 대해 복수를 한다.

그렇게 하여 해방시키는 자인 의지는 가해자가 되었다. 그리고 의지는 자기가 되돌아갈 수 없다는 까닭으로 인해, 고통받을 수 있는 모든 것에 대해 복수를 한다.

시간에 대한 의지의 적대감 그리고 '그러했다'에 대한 의지의 적대감. 바로 이것만이 **복수** 그 자체이다.

진실로, 우리의 의지 속에는 커다란 어리석음이 살고 있다. 그리고 이 어리석음이 정신을 배웠다는 사실, 이것이 모든 인간적인 것에 대한 저주가 되어 버렸다!

복수의 정신. 나의 벗들이여! 이것이 인류가 지금까지 생각해 낸 최상의 성찰이었다. 그리고 고뇌가 있는 곳에는 언제나 형벌이 있기 마련이다.

말하자면, 복수는 자신을 '형벌'이라고 부른다. 복수는 거짓말로 자신을 선한 양심이라고 속인다.

'의욕'하는 자는 과거로 되돌아가서 '의욕'할 수 없기 때문에 자기 내부에 고통을 지니고 있는 것이다. 그 때문에 의욕 그 자체와 모든 삶은 형벌일 수밖에 없는 것이다!

그리하여 정신 위에 구름이 쌓이고 쌓이며, 마침내 망상이 설교하기에 이르렀다. "모든 것은 사라진다. 그러므로 모든 것은 사라지는 것이 마땅하다!"

망상은 또 이렇게 설교했다. "시간은 자기가 낳은 자식을 먹어치워야 한다는 시간의 법칙. 이것이야말로 정의이다."

망상은 또 이렇게 설교했다. "모든 사물은 정의와 형벌에 따라 도덕적으로 질서가 잡히고 있다. 아, 사물의 흐름으로부터 구원받을 수 있는 길은 어디에 있는가? 또 '생존'이라는 형벌로부터 구원받을 수 있는 길은 어디에 있는가?"

망상은 또 이렇게 설교했다. "만약 영원한 정의라는 것이 있다면 구원이 있을 수 있는가? 아, '그러했다'는 돌은 굴릴 수 없다. 그러므로 모든 형벌 또한 영원할 수밖에 없다!"

망상은 또 이렇게 설교했다. "어떠한 행위도 파기될 수 없다. 어떻게 형벌에 의해서 이미 행해진 행위가 없었던 것으로 될 수 있단 말인가! 생존도 영원히 되풀이되는 행위이며 죄악일 수밖에 없다는 것. 이것이야 말로 '생존'이라는 형벌에 있어서 영원한 것이다!

의지가 마침내 자기 자신을 구원하고, 의욕이 무욕無慾이 된다면 모를까. 하지만 나의 형제들이여! 그대들은 이것이 망상이 꾸며낸 노래라는 사실을 잘 알고 있지 않은가!"

앞서 나는 그대들에게 '의지는 창조하는 자다.'라고 가르쳤다. 그때 나는 그대들을 이 어이없는 노래에서 벗어나도록 해주었다.

그 모든 '그러했다'는 하나의 파편이자, 수수께끼이며 무시무시한 우연이다. 창조적 의지가 그것에 대해 '그런데 나는 그렇게 되기를 원했다.'라고 말할 때까지는.

창조적 의지가 그것에 대해 '나는 그렇게 되기를 원하고 있다! 그렇게 되기를 나는 원할 것이다!'라고 말할 때까지는.

그러나 과연 의지가 이미 그렇게 말했던가? 언제쯤 이런 일이 일어날 것인가? 과연 의지는 자신의 어리석음이라는 굴레에서 벗어났는가?

의지는 벌써 자기 자신의 구원자이자 기쁨을 가져다주는 자가 되었는가? 의지는 복수의 정신과 절치부심의 정신을 망각하였는가?

그런데 누가 의지에게 시간과의 화해를 가르치고, 또한 모든 화해보다 더 높은 것을 가르쳤는가?

의지는 힘의 의지이다. 이러한 의지는 모든 화해보다 더 높은 것을 '의욕'해야 한다. 그러나 의지에게 어떻게 이런 일이 일어나는가? 누가 의지에게 시간을 소급해서 '의욕'하도록 가르쳤단 말인가?"

그의 설교가 여기에까지 이르자 차라투스트라는 별안간 입을 다물었다. 그는 극도로 놀란 사람처럼 보였다. 놀란 눈으로 그는 제자들을 바라보았다. 그의 눈길은 마치 화살처럼 제자들의 생각과 그 생각의 이면을 꿰뚫어 보았다. 그러나 잠시 후 그는 한바탕 웃으며 부드럽게 말했다.

"사람들과 함께 살기란 힘든 일이다. 침묵하기가 매우 어렵기 때문이다. 말이 많은 수다쟁이에게는 특히 그러하다."

차라투스트라가 이렇게 말할 때, 꼽추는 자신의 얼굴을 가린 채 그의 이야기에 귀를 기울이고 있었다. 그러나 차라투스트라의 웃음소리가 들리자 꼽추는 호기심에 가득 찬 눈을 하고 그를 올려다보며 천천히 말했다.

"그런데 무엇 때문에 차라투스트라는 우리들에게 말할 때와 자기 제자들에게 말할 때가 다른 것이오?"

차라투스트라가 대답했다. "그것이 뭐가 놀라운가! 꼽추에게는 꼽추에게 어울리는 말로 하는 것뿐이다!"

"좋소!" 꼽추가 말했다. "그러면 제자들에게는 마음을 터놓고 이야기할 수 있다는 말이겠지요.

그런데 차라투스트라는 어째서 자기 자신에게 하는 말과 제자들에게 하는 말이 다른 것이오?"

인간적인 영리함에 대하여

두려운 것은 산꼭대기가 아니라 그 산비탈이다.

산비탈에서 우리의 시선은 **아래쪽으로** 향하고, 우리의 손은 **위를 향하여** 내뻗게 된다. 이 이중의 의지 때문에 우리의 마음은 현기증을 느낀다.

아, 벗들이여! 그대들은 **내** 마음의 이 이중 의지를 헤아릴 수 있지 않은가? **나의** 눈길은 정상을 바라보며, 나의 손은 저 아래의 심연을 붙든 채 몸을 지탱하고자 한다. 이것이 **나의** 산비탈이며 나의 위험이다!

나의 의지는 인간들에게 매달려 있다. 나는 초인을 향해 위로 끌어당겨지기 때문에 쇠사슬로 나 자신을 인간들에게 묶는다. 나의 또 다른 의지가 나를 그쪽으로 올리려 하기 때문이다.

그 때문에 나는 인간들 사이에서 장님으로 살며, 인간들을 모르는 척한다. 나의 손이 확고한 것을 잡고 있다는 믿음을 완전히 잃어버리지 않게 하기 위함이다.

나는 그대 인간들을 모른다. 이런 어둠과 위안이 종종 내 주위를 에워싼다.

나는 온갖 사악한 자들이 드나드는 성문 옆에 앉아 묻는다. 누가 나를 속이려고 하는가?

나는 나를 속이는 자를 경계하지 않기 위해 나를 속이도록 그냥 내버려둔다. 이것이 인간들 사이에서 나의 첫 번째 처세술이다.

아, 만약 내가 인간을 경계한다면, 어떻게 인간이 나의 둥근 기구氣

球를 붙들어 매는 닻이 될 수 있단 말인가! 그 둥근 기구는 나를 너무도 쉽게 위로 끌고 가리라!

경계심을 가지지 말아야 한다는 이러한 섭리가 내 운명 위에 드리워져 있다.

그리고 인간들 사이에서 시달리고 싶지 않은 자는, 어떤 잔으로든 마시는 법을 배워야 한다. 인간들 사이에서 깨끗하게 남아 있고자 하는 자는 더러운 물로라도 자신을 씻을 줄 알아야 한다.

그래서 나는 가끔 이렇게 말하면서 내 마음을 달랬다. "자, 좋다! 힘을 내자! 옛날 그대로의 마음이여! 어쨌든 그대는 하나의 불행을 면했다. 그러니 이것을 그대의 행복으로 알고 즐겨라!"

그러나 자부심이 강한 자들보다는 **허영심이 강한 자들을 소중히 여기는 것. 이것이** 나의 또 다른 현명한 처세술이다.

상처받은 허영심이야말로 모든 비극의 씨앗이 아닌가? 그러나 자부심이 상처를 입은 곳에서는 자부심보다 더 좋은 것이 자라나게 될 것이다.

삶이 멋지고 보기 좋은 것이 되기 위해서는 삶의 연기를 멋지게 해내야 한다. 하지만 그러기 위해서는 좋은 배우가 필요하다.

나는 허영심이 강한 자들 모두 훌륭한 배우라는 것을 알았다. 그들이 연기하면서 원하는 것은 관객들이 자기들의 연기를 즐거운 마음으로 보는 것이다. 그들의 모든 정신은 이러한 의지 속에 담겨 있다.

그들은 스스로 연출하고 스스로의 모습을 꾸며낸다. 나는 그들 옆에서 삶을 구경하는 것을 좋아한다. 그것은 우울한 기분을 치유해 준다.

나는 허영심이 강한 자들을 소중히 여긴다. 왜냐하면 그들이 나의 우울증을 치료해주는 의사이기 때문이다. 또한 나를 연극에 몰두하게 하듯 인간에게 집중하게끔 하기 때문이다.

그리고 대체 누가 이렇게 허영심이 강한 자들이 가진 겸손의 깊이를 잴 수 있겠는가! 나는 그들의 겸손 때문에 그들에게 호감을 갖고 동정한다.

허영심이 강한 자는 자신에 대한 믿음을 그대들에게서 배우려고 한다. 그는 그대들의 눈길로 먹고살며, 또 그대들의 손에서 나오는 칭찬을 게걸스럽게 받아먹는다.

만일 그대들이 이 사람에게 거짓말로 그를 칭찬한다면, 그는 그대들의 거짓말조차도 믿는다. 왜냐하면 이 사람은 가슴속에서 "**나는** 무엇인가?" 하고 탄식하고 있기 때문이다.

그리고 자기 자신을 알지 못하는 것이 참다운 덕인 것처럼 허영심이 강한 자는 자신의 겸손을 알지 못한다!

나의 세 번째 현명한 처세술은 이렇다. 그대들이 두려워한다고 해서 내가 사악한 자들을 쳐다보는 것을 싫어하지 않는 것이 그것이다.

나는 작열하는 태양이 부화시키는 기적들, 즉 호랑이와 야자나무며 방울뱀, 이런 것들을 보면 지극한 기쁨을 느낀다.

인간들 사이에도 작열하는 태양이 낳은 아름다운 새끼들이 있고, 사악한 자들에게도 경이로운 것이 많이 있다.

그대들 중 가장 현명하다는 자도 나에게는 그다지 현명하게 생각되지 않았던 것처럼 인간들의 악도 그 평판에는 미치지 못한다는 것을 나는 알았다.

나는 종종 머리를 흔들면서 물었다. 그대 방울뱀들이여, 그대들은 무슨 까닭으로 아직도 딸랑거리는 소리를 내는가?

진실로, 악에도 아직 미래가 있다! 그리고 가장 뜨거운 남쪽 나라는 인간에게 아직 발견되지 않았다!

겨우 12피트 너비에 생후 3개월 밖에 되지 않으면서 벌써부터 가장 사악하다고 불리는 것이 얼마나 많은가! 그러나 언젠가는 그보다 훨씬 큰 용들이 이 세상에 나타날 것이다.

왜냐하면 초인이 자신에게 어울리는 거대한 용을 갖기 위해서는 작열하는 태양이 습기 찬 원시림을 더욱 뜨겁게 달구어야 하기 때문이다!

먼저 그대들의 살쾡이가 호랑이로 변하고, 그대들의 독 두꺼비가 악어로 변해야 한다. 좋은 사냥감이 없는 곳에는 좋은 사냥꾼이 오지 않기 때문이다!

진실로, 그대 선하고 의로운 자들이여! 그대들에게는 우스운 점이 많기도 하다. 특히 지금까지 '악마'라고 불렸던 것에 대한 그대들의 두려움이 바로 그러하다!

그대들의 영혼은 위대한 것과는 너무나 거리가 멀다. 그러므로 그대들은 초인이 선의를 갖고 있어도 초인을 **두려워하는 것이다**!

그리고 그대 현자들과 식자識者들이여! 그대들은 초인이 즐겨 목욕하는 지혜의 뙤약볕으로부터 달아나라!

내 눈과 마주친 그대 최고의 인간들이여! 내가 그대들을 의심하며 몰래 웃음을 짓는 이유는 그대들이 나의 초인을 악마라고 부를 것이라 짐작하기 때문이다!

아, 나는 이같이 최고의, 최선의 자들에게 싫증났다. 그들의 '높이'로부터 나는 저 위로, 저 밖으로, 저쪽으로 벗어나 초인에 이르기를 갈망했다!

나는 이들 최선의 자들의 벌거벗은 몸을 보았다. 그때 전율이 나를 엄습했고, 나에게는 저 먼 미래로 날아갈 날개가 자라났다.

이제껏 그 어떤 조각가가 꿈꾸었던 것보다 더 먼 미래를 향해. 더 남방의 남국을 향해. 신들이 어떤 옷도 걸치는 것을 부끄러워하는 저쪽을 향해 날개가 자라났다!

그러나 그대 이웃들이여! 동포들이여! 나는 오히려 **그대들**이 변장하고 있는 모습을 보고 싶다. 그대들이 멋지게 차려 입고 허영을 떨며 위풍당당하게, 그리고 저 '선하고 의로운 자'로 거들먹거리는 모습을 보고 싶다.

그리고 나 자신도 변장한 채로 그대들 사이에 앉아 있고 싶다. 내가 그대들과 나 자신을 분간하지 못하게 하려고. 말하자면 이것이 인간들 사이에서의 나의 마지막 처세술이다.

차라투스트라는 이렇게 말했다.

가장 고요한 시간

나의 벗들이여! 내게 무슨 일이 일어났는가? 그대들이 보다시피 나는 심란한 마음으로, 쫓기며, 마지못해 떠나기로 했다. 아, **그대들**로부터 떠나기로 한 것이다!

그렇다. 차라투스트라는 다시 한번 그의 고독 속으로 되돌아가야 한다. 이번에는 내키지 않더라도 곰은 자신의 동굴로 되돌아가야 한다.

무슨 일이 내게 일어났단 말인가? 누가 이것을 명령하는 것인가? 아, 화가 난 나의 여주인이 그것을 원한다. 그녀가 나에게 그렇게 말했던 것이다. 내가 지금껏 그녀의 이름을 그대들에게 말한 적이 있었던가?

어제 저녁 무렵, **나의 가장 고요한 시간**이 나에게 말했다. 이것이 나의 무서운 여주인의 이름이다. 일이 그렇게 된 것이다. 내가 이처럼 갑자기 그대들에게서 떠나는 까닭으로 그대들의 마음이 응어리지지 않도록 여기서 나는 모든 것을 말하려 한다!

그대들은 막 잠이 들려는 자에게 닥치는 공포를 알고 있는가?

땅바닥이 꺼지고 꿈이 시작되므로 그는 발가락까지 소스라치게 놀란다.

이것을 나는 그대들에게 비유로서 말한다. 어제 가장 고요한 시간에 내가 서 있던 땅이 꺼지고 꿈이 시작되었다고.

시계 바늘이 움직이고, 내 삶의 시계는 숨을 들이마셨다. 일찍이 내 주위에서 이 같은 고요함을 경험한 적은 결코 없었다. 이 때문에 내 심장은 깜짝 놀랐다.

이때 누군가가 소리 없이 내게 말하는 것이었다. "차라투스트라여! **그대는 그것을 알고 있는가?**"

이 속삭임을 듣고 나는 너무나 무서워서 외마디 소리를 질렀다. 내 얼굴에는 핏기가 사라졌다. 그러나 나는 아무런 말도 하지 못했다.

그러자 이때 누군가가 또 다시 소리 없이 나에게 말했다. "차라투스트라여! 그대는 알고 있다. 하지만 그대는 말을 하지 않고 있다!"

그래서 마침내 나는 반항하듯이 대답했다. "그렇다. 나는 그것을 알고 있다. 그러나 그것을 말하고 싶지는 않다!"

이때 누군가가 다시 소리 없이 내게 말했다. "차라투스트라여! **그대는 말하고 싶지 않다는** 것인가? 그것이 정말인가? 그대의 반항심 속에 그대 자신을 감추지 마라!"

나는 아이처럼 울었고 부들부들 떨며 말했다. "아, 나는 이미 말하려고 했다. 그러나 어찌 말할 수 있단 말인가! 이것만은 나에게 면하게 해다오! 이것은 내 힘에 벅찬 일이다!"

이때 누군가가 다시 소리 없이 내게 말했다.

"차라투스트라여! 그대에게 무엇이 문제란 말인가! 그대의 할 말을 하고는 부서져 버려라!"

이에 나는 이렇게 대답했다. "아, 그것이 **나의** 말인가? **나는** 누구인가? 나는 나보다 위엄 있는 자를 기다리고 있다. 나는 그자로 인하여 부서져 버릴 가치조차 없다."

이때 누군가가 다시 소리 없이 내게 말했다. "그대는 뭐가 문제란 말인가? 그대는 아직 충분히 겸손하지 않다. 겸손은 더없이 단단한 가죽을 두르고 있다."

이에 나는 이렇게 대답했다. "내 겸손의 가죽은 이제까지 모든 것을 견디어 오지 않았던가! 나는 나의 산기슭에 살고 있다. 나의 꼭대기가 얼마나 높은가? 그것을 나에게 가르쳐준 자는 아직 없다. 하지만 나는 나의 골짜기들은 잘 알고 있다."

이때 누군가가 다시 소리 없이 내게 말했다. "아! 차라투스트라여! 산을 옮기려는 자는 골짜기와 함께 낮은 지대들도 옮겨야 한다."

그래서 나는 이렇게 대답했다. "지금까지 나의 말은 어떠한 산도 옮긴 일이 없고, 내가 한 말은 어떠한 인간에게도 도달하지 못했다. 나는 인간들에게 다가가기는 했지만, 인간들에게 아직 도달하지 못했다."

이때 누군가가 다시 소리 없이 내게 말했다. "**그것에 대해** 그대가 무엇을 알겠는가? 밤이 가장 고요해졌을 때 이슬은 풀 위에 내리지 않던가!"

이에 나는 이렇게 대답했다. "내가 나의 길을 발견하고 그 길로 달려갔을 때, 사람들은 나를 조롱했다. 그리고 사실 그때 내 발은 떨고 있었다. 사람들은 나에게 이렇게 말했다. '그대는 길을 잃어버렸고, 이제는 걷는 법까지도 잊어버렸다.'"

이때 누군가가 다시 소리 없이 내게 말했다. "사람들의 조롱이 무슨 상관이란 말인가! 그대는 복종을 잊은 인간이 아닌가! 그대는 이제 명령을 내려야 한다!

그대는 모든 사람에게 가장 필요한 자가 **누구인지** 모르는가? 그는 위대한 일을 명령하는 자이다.

위대한 일을 하기란 어렵다. 그러나 위대한 일을 명령하는 것은 더욱 어렵다. 그대는 힘을 가지고 있으면서도 지배하기를 원하지 않으니 이것이야말로 가장 용서받지 못할 일이다."

이에 대하여 나는 이렇게 대답했다. "나는 명령을 내리기 위한 사자의 목소리를 갖지 못했다."

이때 누군가가 다시 속삭이듯 나에게 말했다. "가장 조용한 말이 폭풍우를 몰고 오며, 비둘기의 걸음으로 오는 사상이 세계를 이끌어 간다.

아, 차라투스트라여! 그대는 미래에 다가올 자의 그림자로서[22] 걸어가야 한다! 그래서 그대는 명령을 하고, 명령하면서 앞장서서 나아갈 것이다."

이 말에 대해 나는 "부끄럽구나!"라고 대답했다.

이때 누군가가 다시 소리 없이 내게 말했다. "그대는 앞으로 아이가 되어야 하며, 부끄러움을 몰라야 한다!

그대는 아직도 청춘의 자부심을 가지고 있으며, 나이 들어 젊어졌다. 그러나 아이가 되려고 하는 자는 자신의 젊음도 극복해야 한다."

나는 한동안 곰곰이 생각하며 몸을 떨었다. 드디어 내가 맨 처음에 한 말과 같은 말을 했다. "나는 원하지 않는다."

이때 내 주위에서는 웃음이 터져 나왔다. 아, 이 웃음소리가 나의

***
22 아직 진짜 초인이라고는 할 수 없으나 그 모습만을 전해 주고 있는 존재이다.

238

내장을 찢고 나의 심장을 파헤쳤노라!

그리고 누군가가 마지막으로 나에게 이렇게 말했다. "아, 차라투스트라여! 그대의 열매는 이미 익었지만, 그대만은 그대의 과일에 어울릴 만큼 익지 않았구나!

그러므로 그대는 다시 고독 속으로 돌아가야 한다. 그대는 아직 더 무르익어야 하기 때문이다."

그러면서 그자는 다시 한번 웃고는 사라졌다. 나의 주위는 마치 두 겹의 고요 속에 묻힌 듯 더욱 조용해졌다. 나는 땅바닥 위에 누워 있었고, 온몸에서는 땀이 흘러내렸다.

이제 그대들은 모든 이야기를 들었다. 그리고 내가 왜 나의 고독 속으로 되돌아가야 하는가를 들었다. 나의 벗들이여! 나는 그대들에게 아무것도 숨기지 않았다.

그대들은 나에게서 이런 말도 들었다. 모든 인간 중에서 **누가** 가장 변함없이 침묵을 지키며 또 그러기를 원하는지를!

아, 나의 벗들이여! 나는 아직도 그대들에게 말할 것이 있고, 아직도 그대들에게 줄 것이 있다! 그런데 무엇 때문에 나는 그것을 주지 않는가? 과연 내가 인색하기 때문일까?

차라투스트라가 이 말을 했을 때, 그는 몹시 고통스러웠으며 벗들과의 이별이 임박했음을 알았다. 그리하여 그는 큰소리로 울었다. 아무도 그를 달랠 수 없었다. 그러나 밤이 되자 그는 쓸쓸히 혼자 길을 떠났고, 벗들만이 남게 되었다.

제 **3** 부

Also sprach Zarathustra

"그대들은 높은 곳에 오르려고 할 때 위를 올려다본다.
그러나 나는 이미 높은 곳에 있기 때문에 아래를 내려다본다.
그대들 중에 누가 웃으면서 동시에 높은 곳에 올라와 있을 수 있는가?
가장 높은 봉우리에 오르는 자는 모든 비극적 유희와 비극적 진지함을
비웃는다."

- 제1부 <읽기와 쓰기에 대하여> 중에서

방랑자

한밤중에 차라투스트라는 섬 가운데의 산등성이를 타고 넘어갔다. 아침 일찍 건너편 해안에 도착해서 거기서 배를 타기 위해서였다. 그곳에는 훌륭한 부두가 있어서 다른 나라의 배들도 종종 닻을 내리곤 했다. 그곳에서 배들은 바다를 건너려는 사람들을 싣고 이 행복의 섬을 떠난다. 그래서 차라투스트라는 산에 올라갔고, 산을 오르는 도중에 젊은 시절의 수많은 외로운 방랑을 떠올렸다. 그는 이미 얼마나 많은 산과 산등성이 그리고 산꼭대기를 올랐던가.

그는 마음속으로 말했다. 나는 방랑자이고 산을 오르는 자이다. 나는 평지를 사랑하지 않는다! 또 오랫동안 한자리에 가만히 있지 못한다.

내가 이제부터 어떠한 운명에 처하고, 어떠한 체험을 하든, 그 속에는 항상 방랑과 등반이 있을 것이다. 인간이란 결국 자기 자신만을 체험하기 마련이다.

나에게 우연한 일들이 일어날 수 있는 그런 때는 지나갔다. 이미 나 자신의 것이 아닌 그 어떤 일이 나에게 새삼스럽게 **일어날 수** 있겠는가!

다만 되돌아올 뿐. 내 고유한 자신과 그 자신에서부터 떠나가서 오랫동안 낯선 곳을 떠돌며 모든 사물과 우연들 사이에 흩어져 있었던 것. 이것들이 마침내 되돌아왔을 뿐이다.

그리고 나는 또 한 가지 사실을 알고 있다. 나는 이제 나의 마지막 정상 앞에, 즉 내게 그토록 오랫동안 남겨져 왔던 것 앞에 서 있다. 아,

나는 더없이 험난한 길을 올라가야 한다! 아, 나는 더없이 고독한 방랑을 시작해야 한다.

그러나 나와 천성이 같은 자는 자신에게 다음과 같이 말하는 시간을 피하지 못한다. "이제야 그대는 비로소 위대함에 이르는 그대의 길을 간다! 정상과 심연. 그것은 이제 하나로 결합되었다.

그대는 위대함에 이르는 그대의 길을 간다. 지금까지는 그대의 다시없는 위험이라고 불렸던 것. 그것이 이제는 그대의 최후의 은신처가 된 것이다!

그대는 위대함에 이르는 그대의 길을 간다. 그대의 배후에는 이제 어떤 길도 없다는 것. 그것이 이제는 그대의 최상의 용기가 되어야 한다!

그대는 위대함에 이르는 그대의 길을 간다. 여기서는 아무도 몰래 그대의 뒤를 따르는 자가 있을 수 없다! 그대의 발로써 스스로가 남긴 발자국을 지워 버렸고, 그 길 위에는 '불가능'이라고 씌어 있다.

이제 그대는 딛고 올라갈 사다리가 없으므로, 그대는 스스로의 머리를 딛고 올라가야만 한다! 그렇지 않고서야 어떻게 위로 올라갈 수 있겠는가?

그대 스스로의 머리를 딛고, 그대 스스로의 심장을 넘어 가라! 그대에게서 가장 부드러운 것도 이제 가장 준엄한 것이 되어야 한다.

항상 자신을 소중히 여기는 자는 결국 그렇게 너무 소중히 여기다 병들고 만다. 그러므로 모든 것을 준엄하게 함은 칭송할 일이다. 나는 젖과 꿀이 흐르는 땅을 칭송하지 않는다.

많은 것을 보기 위해서는 자기 자신을 단념하는 법을 배울 필요가 있다. 산을 오르는 자에게는 누구에게나 이러한 혹독함이 필요하다.

인식하는 자로서 자기가 보는 눈眼에 방해가 된다면, 어떻게 모든 사물에 대해 겉으로 드러난 근거 이상을 내다볼 수 있겠는가!

그러나 아, 차라투스트라여, 그대는 모든 사물의 근거와 그 배경까지 보려고 했다. 그러므로 그대는 그대 자신을 넘어서 올라가야 한다. 저 위로, 더 위로, 마침내 그대의 별들도 그대의 발밑에 놓일 때까지!

그렇다! 나 자신이 내려다보는 것 그리고 나의 별들마저도 내려다보는 것. 그것을 비로소 나의 **정상**이라 부른다. 그것이 나에게 남겨진 나의 **마지막** 정상이다!"

차라투스트라는 산을 올라가면서 준엄한 경구로 자신에게 이렇게 말하며 스스로를 위로하였다. 일찍이 이런 일이 없었던 만큼 마음의 상처가 깊었던 것이다. 드디어 산등성이의 꼭대기에 이르렀을 때, 보라! 또 다른 바다가 그의 눈앞에 펼쳐지지 않았는가! 차라투스트라는 조용히 서서 한동안 말이 없었다. 이 산등성이에서의 밤은 차갑고 맑았으며, 별들이 환히 빛나고 있었다.

마침내 그는 비통한 어조로 이렇게 말했다. 나는 내 운명을 알고 있다. 좋다! 이제 각오가 되었다. 이제 막 나의 마지막 고독이 시작되었다.

아, 내 발밑의 검푸르고 슬픈 바다여! 아, 이 충만하고 음울한 불쾌감이여! 아, 운명과 바다여! 이제 나는 그대들에게 **내려가야만** 한다.

나는 나의 가장 높은 산 앞에, 나의 가장 긴 방랑 앞에 서 있다. 이 때문에 나는 일찍이 내려갔던 것보다 더 깊이 내려가야만 한다.

내가 일찍이 내려갔던 것보다 더 깊이 고통 속으로 들어가야만 한다. 고통의 검푸른 밀물에 다다를 때까지! 이것까지도 내 운명은 요구하고 있다. 자, 나는 각오가 되었다.

가장 높은 산들은 어디서 오는가? 일찍이 나는 이같이 물어본 적이 있다. 그리고 나는 그 산들이 바다로부터 온다는 것을 배웠다.

그 증거는 저 산의 바위와 산 정상의 암벽에 적혀 있다. 가장 높은 것은 가장 깊은 것으로부터 나와서 그 높이에 도달하는 것이다.

차디찬 산꼭대기에 서서 차라투스트라는 이렇게 말했다. 그러나 그가 바닷가에 이르러 드디어 벼랑 아래에 홀로 섰을 때, 오던 길에 지쳐 있었던 그는 일찍이 없었던 그리움에 사무쳤다.

지금은 만물이 잠들고 있구나! 하고 그가 말했다. 바다도 또한 잠들어 있다. 바다의 눈은 잠에 취하여 낯선 눈길로 나를 바라보고 있다.

그러나 바다는 따뜻한 입김으로 숨 쉬고 있다. 나는 그것을 느낀다. 또한 나는 바다가 꿈꾸고 있다는 것도 느낀다. 꿈꾸면서 바다는 딱딱한 베개를 베고 몸을 뒹굴고 있다.

들어보라! 귀 기울여보라! 괴로운 기억들 때문에 바다가 얼마나 신음하고 있는가를! 아니면 괴로운 기대 때문인가?

아, 그대 어둠의 괴물이여! 나는 그대와 함께 슬퍼하고, 그대와 더불어 내 자신을 책망한다!

아, 내 손이 충분히 강하지 못하다니! 진실로, 나는 그대를 그 악몽에서 구해 주고 싶건만!

차라투스트라가 그렇게 말하면서 우울하고 비통한 심정으로 자기 자신을 비웃었다. 그리고 또 이렇게 말했다. 이런! 차라투스트라여, 그대는 바다에게 위로의 노래라도 불러 주려는가!

아, 차라투스트라여, 그대 사랑스러운 바보여! 전적으로 신뢰하는 자여! 그대는 항상 그러했다. 그대는 항상 신뢰하는 마음으로 모든 두려운 것에 접근했다.

그대는 어떤 괴물이라도 쓰다듬어 주려고 했다. 따뜻한 숨결, 앞발에 보이는 약간의 보드라운 털, 그것만 있어도 그대는 즉시 그것을 사랑하고 유혹할 준비가 되어 있었다.

사랑은 가장 고독한 자에게는 위험한 일이다. **살아 있기만 하다면** 그 무엇이든 가리지 않는 사랑 말이다! 사랑 속에 잠재한 나의 어리석음과 나의 겸손함은 참으로 우습기만 하도다!

차라투스트라는 이렇게 말하고 다시 한번 웃었다. 그러나 이때 그는 두고 온 벗들을 떠올렸다. 그리고 마치 그런 생각을 해서 벗들에게 몹쓸 죄를 짓기라도 한 것처럼 그는 자신의 생각 때문에 화가 났다. 그러나 잠시 후 그 웃던 자는 울기 시작했다. 차라투스트라는 커다란 분노와 그리움 때문에 슬피 울었던 것이다.

환영幻影과 수수께끼에 대하여

1

차라투스트라가 배를 탔다는 소문이 선원들 사이에 파다하게 퍼졌다. 행복의 섬에서 온 한 사내가 그와 함께 배를 탔기 때문이다. 그 소문으로 인해 호기심과 기대가 커졌다. 그러나 차라투스트라는 이틀 동안 아무 말도 하지 않았고, 너무도 슬픈 나머지 귀까지 막고 있었다. 그래서 어떤 눈길이나 어떤 물음에도 답하지 않았다. 그러나 이틀째 되는 날 저녁, 여전히 침묵을 지켰지만 그의 귀만은 다시 열렸다. 멀리서 오고 또 멀리 떠나가는 이 배 위에서는 귀 기울여 들을 만한 진기한 일과 위험천만한 이야기들이 많았기 때문이다. 그렇지 않아도 차라투스트라는 멀리 여행하는 자, 위험한 일을 두루 겪으며 살아가는 모든 사람의 벗이기 때문이다. 그리고 보라! 귀를 기울이는 동안에 마침내 그의 혀가 풀렸고 얼음장 같은 마음도 녹아내렸다. 그리하여 그는 다음과 같이 말하기 시작했다.

그대들, 대담한 모험가들이여, 탐험가들이여, 그리고 일찍이 교묘한 돛을 달고 무서운 바다를 항해했던 자들이여.

그대들 수수께끼에 취한 자들이여, 여명을 즐기는 자들이여, 피리 소리의 유혹에 빠져 온갖 미궁의 골짜기로 끌려들어 가는 영혼의 소유자들이여.

왜냐하면 그대들은 겁먹은 손으로 한 가닥의 실을 더듬더듬 찾으려고 하지 않기 때문이며, 또 그대들은 **추측**할 수 있는 곳에서는 **규명**하기를 싫어하기 때문이다.

나는 그대들에게만 내가 **보았던** 수수께끼를 들려주고자 한다. 가장 고독한 자의 환영을 말이다.

나는 최근에 시체와 같은 빛깔의 잿빛 황혼 속을 입을 굳게 다문 채 울적하고 냉정한 기분으로 걸었다. 나에게 단 **하나의** 태양만 진 것은 아니었다.

자갈 사이로 거만하게 솟아오른 오솔길, 잡초도 관목도 자랄 수 없는 심술궂고 쓸쓸한 오솔길, 이러한 산속의 오솔길이 딛고 가는 내 발밑에서 달그락거리는 소리를 내었다.

비웃듯이 그런 소리를 내는 자갈들 위를 묵묵히 걷고, 미끄러운 돌을 밟으면서 나의 발은 그렇게 힘겹게 올라갔다.

위를 향해. 내 발을 저 아래쪽 심연으로 끌어내리려는 영靈, 나의 악마이며 불구대천의 원수인 저 중력의 영을 거슬러 올라갔다.

위를 향해. 반은 난쟁이고 반은 두더지인데다 스스로 절름발이면서 나를 절름거리게 만드는 이 중력의 영이 내 등에 걸터앉아 내 귓속에는 납을, 뇌 속에는 납덩이같은 사상을 똑똑 떨어뜨렸음에도 내 발은 계속 위로 올라갔다.

이 중력의 영은 경멸하듯이 한 마디 한 마디 이렇게 속삭였다. "아, 차라투스트라여! 그대 지혜의 돌이여! 그대는 스스로를 높이 던졌다. 그러나 위로 던져진 모든 돌은 떨어지기 마련이다!

아, 차라투스트라여! 그래, 지혜의 돌이여! 그대 투석기로 힘차게 내던져진 돌이여! 그대, 별의 파괴자여! 그대는 스스로를 너무도 높이 던졌다. 그러나 모든 던져진 돌은 **떨어져야만 하는** 것을!

아, 차라투스트라여! 그대는 그대 자신에게 되돌아와 그대를 쳐서 죽이도록 되어 있는 돌을 멀리 던졌다. 그러나 그 돌은 **그대** 머리 위로 다시 떨어질 것이다!"

난쟁이는 이렇게 말하고 입을 다물었다. 이 침묵은 오래 지속되었고, 그의 침묵은 나를 답답하게 했다. 이런 식으로 둘이 있는 것은 진실로 혼자 있는 것보다 더욱 외로운 일이다!

나는 오르고 또 올랐으며, 꿈을 꾸었고, 생각도 했다. 그러나 모든 것이 나를 괴롭혔다. 나는 흡사 심한 가책으로 인해 지친 데다 악몽 때문에 잠에서 깨어나는 병자와도 같았다.

그러나 내 안에는 내가 용기라고 부르는 어떤 것이 있었다. 이것이 지금까지 나의 모든 낙담을 죽여 왔던 것이다. 이 용기가 마침내 나에게 정지하라고 명령하고 이렇게 말하도록 했다. "난쟁이여! 그대인가! 아니면 나 자신인가!"

말하자면 용기는 최고의 살해자다. **공격하는** 용기 말이다. 왜냐하면 모든 공격에는 승리의 음악이 울려 퍼지기 때문이다.

인간은 가장 용감한 동물이다. 그리하여 인간은 모든 동물을 극복했다. 승리의 음악을 울리면서 인간은 모든 고통을 극복했던 것이다. 하지만 인간의 고통은 가장 깊은 고통이다.

용기는 또한 심연에서 느끼는 현기증도 살해한다. 인간은 어디에 있든 간에 심연에 있는 것이 아니던가! 본다는 것 자체가 이 심연을 보는 것이 아니겠는가?

용기는 최고의 살해자다. 용기는 동정도 살해한다. 하지만 동정이야말로 가장 깊은 심연이다. 인간이 삶을 깊이 통찰하는 만큼 고통도 깊이 통찰한다.

그러나 용기야말로 최고의 살해자다. 공격하는 용기 말이다. 이 용기는 죽음조차도 살해한다. 왜냐하면 용기는 이렇게 말하기 때문이다. "**그것이** 삶이었던가. 자! 그럼 다시 한번!"

그러나 이런 말 속에는 수많은 승리의 음악이 울려 퍼진다. 귀 있는 자는 들어라!

2

"멈춰라! 난쟁이여! 나인가? 아니면 그대인가? 그러나 우리 둘 중 보다 강한 자는 나다. 그대는 나의 심연의 사상을 모른다. 그대는 **이 사상**을 감당할 수 없으리라!"

내가 이렇게 말했을 때, 나는 내 몸이 가벼워진 것을 느꼈다. 왜냐하면 난쟁이가, 이 호기심 많은 난쟁이가 내 어깨에서 뛰어내렸기 때문이다! 난쟁이는 내 앞에 있는 돌 위에 웅크리고 앉았다. 우리가 발걸음을 멈춘 바로 그곳에 성문을 통해 나 있는 길, 즉 성문 통로가 하나 있었다.

"난쟁이여! 이 성문 통로를 보라!" 하고 나는 말을 계속했다. "이 성문 통로에는 두 개의 얼굴이 있다. 여기서 두 개의 길이 서로 합치고 있다. 아직까지 아무도 이 두 길의 끝까지 가보지 못했다.

뒤쪽으로 나 있는 이 기나긴 오솔길, 이 길은 영원으로 통한다. 그리고 바깥으로 나 있는 저 기나긴 오솔길, 그것은 또 하나의 다른 영원이다.

이 두 길은 서로 모순된다. 그것들은 서로 정면으로 부딪친다. 그리고 여기, 이 성문 통로에서 두 길이 마주친다. 성문 통로의 이름은 그 위쪽에 '순간'이라고 씌어 있다.

그러나 누군가가 이 두 길 중 한 길을 따라 앞으로 더욱 더 멀리 간다고 할 때, 그대는 이 두 길이 **영원히** 모순된다고 생각하는가?"

그러자 난쟁이가 경멸하듯 중얼거렸다. "직선을 이루는 모든 것은 거짓이다. 모든 진리는 곡선이며, 시간 자체도 하나의 원圓이다."

"그대 중력의 영이여!"라고 나는 화를 내며 말했다. "그렇게 쉽게 생각하지 마라! 그렇지 않으면 나는 절름발이 그대가 웅크리고 앉아 있는 그곳에 그대로 웅크리고 있게 내버려 둘 것이다. 내가 그대를 이 **높은 곳으로** 데려 오지 않았는가!"

"보라!" 나는 계속해서 말했다. "이 순간을! 이 순간의 성문 통로에서 하나의 긴 영원의 오솔길이 **저 뒤쪽으로** 뻗어 있다. 우리 뒤에 하나의 영원이 놓여 있는 것이다.

모든 사물 중에서 **달릴 수** 있는 것이라면, 이미 언젠가 이 오솔길을 달렸음에 틀림없지 않은가? 모든 사물 중에서 일어**날 수** 있는 것이라면, 이미 언젠가 일어났고 행해졌으며 달려 지나가 버렸음에 틀림없지 않은가?

만약 모든 것이 이미 존재했던 것이라면, 그대 난쟁이는 이 순간을 어떻게 생각할 것인가? 이 성문 통로도 역시 이미 한 번은 있었던 것이 아닌가?

모든 사물은 이같이 긴밀하게 연결되어 있는 것이 아닌가? 이 순간이 장차 닥쳐올 **모든** 일을 자신에게로 끌어당기도록 말이다. **그리하여** 이 순간은 나 자신까지도 끌어당기고 있지 않은가?

왜냐하면 모든 사물 중에서 **달릴 수** 있는 것은 **바깥으로 나 있는** 이 길고 긴 오솔길을 언젠가 한 번은 **달려야만 하기** 때문이다.

그리고 달빛을 받으며 느릿느릿 기어 다니는 이 거미와 달빛 그 자체, 또한 성문 통로에 앉아서 영원한 사물에 대하여 속삭이는 나와 그대. 우리 모두는 이미 존재했던 것이 분명하지 않은가?

그리고 다시 되돌아와 우리 앞에 있는 또 다른 길, 그 길고도 으스스한 길을 앞으로 내달려가야 하지 않는가. 그래서 우리는 영원히 되돌아올 수밖에 없지 않겠는가?"

이렇게 나는 점점 목소리를 낮추어 말했다. 나 자신의 여러 생각과 그 생각들의 이면이 두려웠기 때문이었다. 그때 갑자기 내 주위에서 개 한 마리가 **짖는 소리가** 들려왔다.

일찍이 나는 개가 저토록 짖어대는 것을 들은 적이 있었던가? 나의 생각은 옛날로 달려갔다. 그렇다! 내가 어렸을 적에, 아득히 먼 어린 시절에 말이다.

그때 나는 개 한 마리가 저렇게 짖어대는 소리를 들었다. 개들도 유령을 믿을 수밖에 없는 더없이 고요한 한밤중에, 그 개가 털을 곤두세우고 머리를 치켜든 채 떨고 있는 모습을 보았던 것이다.

그 모습에 나는 측은한 생각이 들었다. 바로 그때, 죽음처럼 고요한 보름달이 지붕 위로 떠올랐다. 그 둥근 불덩어리는 바로 그때 멈추어 섰다. 평평한 지붕 위에서, 조용히, 마치 남의 집을 넘겨다보는 것처럼.

그 때문에 당시의 그 개는 공포에 떨고 있었다. 개들도 도둑과 유령의 존재를 믿기 때문이다. 이제 나는 다시 개 짖는 소리를 듣고 또 한 번 측은한 생각을 느꼈다.

그런데 별안간 난쟁이가 보이지 않았다. 어디로 갔는가? 성문 통로는? 거미는? 그리고 그 모든 속삭임은? 이 모든 것은 어디로 사라졌을까? 도대체 나는 꿈을 꾸고 있었던 것일까? 그렇지 않으면 깨어 있었던 것일까? 나는 갑자기 험준한 벼랑 사이에 서 있었다. 홀로, 고독하게, 황량하기 그지없는 달빛을 받으며.

그런데 거기에 어떤 사람이 누워 있었다! 그리고 거기에! 개가 날뛰며 털을 곤두세우고 낑낑거리고 있었다. 이제 그 개는 내가 다가오는 것을 보고는 다시 짖었다. 아니, **울부짖었다.** 나는 이제껏 개가 이처럼 도와달라며 울부짖는 것을 들은 적이 없었다.

그리고 진실로, 이때 내가 보았던 것. 그러한 광경을 나는 결코 본 적이 없었다. 거기에 있었던 사람은 어떤 젊은 목자였다. 그는 몸을 비틀며, 구역질하고 경련을 일으키며 얼굴을 찡그리고 있었는데, 입에는 한 마리의 시커멓고 묵직한 뱀이 늘어져 있었다.

나는 아직도 인간의 얼굴에서 이토록 심한 구역질과 창백한 공포를 본 적이 없었다. 그는 혹시 자고 있었던 것일까? 뱀은 그의 목구멍 속으로 기어 들어가 그곳을 힘껏 물고 늘어져 있었다.

나는 손으로 그 뱀을 잡아당기고 또 잡아당겼다. 그러나 아무 소용이 없었다! 아무리 힘껏 잡아당겨도 뱀은 목덜미에서 떨어지지 않았다. 그때 내 안에서 이런 울부짖음이 들렸다. "물어라! 물어뜯어라! 대가리를 물어라! 물어뜯어라!" 이렇게 내 안에서 그 무엇이 외친 것이다. 나의 공포, 나의 증오, 나의 구역질, 나의 연민, 나의 모든 선과 악은 **한꺼번에** 이렇게 외쳤다.

나를 에워싸고 있는 그대 대담한 자들이여! 그대 모험가들이여! 탐험가들이여! 또 그대들 중에 교묘한 돛을 달고 미지의 바다를 항해했던 자들이여! 그대 수수께끼를 즐기는 자들이여!

그때 내가 보았던 수수께끼를 제발 풀어다오! 더없이 고독한 자가 보았던 환영幻影을 제발 설명해다오!

왜냐하면 그것이야말로 환영이며 예견이었기 때문이다. 그 당시 내가 그 비유를 통해 본 것은 **무엇**이었던가? 그리고 언젠가 오고야 말 그 사람은 **누구**인가?

뱀이 그 목구멍 속으로 기어 들어갔던 목자는 **누구**인가? 이처럼 가장 무겁고 가장 검은 것들 일체가 그 목구멍 속으로 기어 들어가게 될 그 사람은 대체 **누구**인가?

목자는 내가 고함을 쳐 일러준 대로 뱀을 물었다. 단숨에 제대로 깨물었다! 그는 뱀 대가리를 저 멀리 내뱉었다. 그러고는 벌떡 일어섰다.

그는 이제 목자도 인간도 아니다. 변화된 자, 빛에 둘러싸인 자로서 그는 **웃고 있었다!** 지금껏 이 지상에서 그가 웃은 것처럼 웃었던 자는 아무도 없었다!

아, 나의 형제들이여! 나는 어떠한 인간의 웃음도 아닌 웃음을 들었다. 이제야 갈증이, 결코 잠재울 수 없는 그리움이 나를 갉아먹는다.

이 같은 웃음에 대한 그리움이 나를 갉아먹는다. 아, 이제 어떻게 견디며 살아갈 수 있으리오! 그리고 지금 죽어야 한다는 것도 어떻게 견디어 낼 수 있으리오!

차라투스트라는 이렇게 말했다.

원치 않는 행복에 대하여

앞장에서 이야기한 삶과 죽음에 관한 수수께끼와 쓰라림을 가슴에 안고 차라투스트라는 항해를 계속했다. 그러나 행복의 섬들과 그곳의 벗들을 떠난 지 나흘이 지나서야 그는 자신의 모든 고통을 극복했다. 승리감에 도취하여 굳건한 발로 그는 다시 자신의 운명을 밟고 섰다. 그리고 그때 차라투스트라는 환호하는 자신의 양심을 향해 이렇게 말했다.

나는 다시 혼자의 몸이고, 홀로 맑은 하늘과 넓게 펼쳐진 바다와 함께 있으며, 또 그러기를 바란다. 그리고 내 주위는 다시 오후다.

일찍이 내가 처음으로 벗들을 만난 것은 오후였으며, 그 다음에 만난 것도 오후였다. 모든 빛이 점점 고요해지는 시간이었다.

왜냐하면 하늘과 대지 사이에서 행복이 아직 길을 가고 있다는 것은 이제 자신이 어딘가에 머물 밝은 영혼을 찾고 있기 때문이다. 모든 빛은 이제 **행복으로 인해** 더욱 고요해졌다.

아, 내 삶의 오후여! 일찍이 **나의** 행복도 머물 곳을 찾아 골짜기로 내려갔다. 이리하여 그곳에서 나의 행복은 마음을 활짝 열고 손님을 기꺼이 맞이하는 이 영혼들을 찾아내었다.

아, 내 삶의 오후여! 내 사상이 힘차게 뿌리를 내리고 내 최고 희망의 아침놀을 얻기만 한다면, 이 한 가지를 이룰 수만 있다면, 무엇인들 내가 버리지 못하겠는가!

창조하는 자는 일찍이 길동무와 또 **자기** 희망의 아이들을 찾아다녔다. 그런데 보라! 창조하는 자는 자기가 먼저 이이들을 창조하지 않고서는 그들을 찾을 수 없다는 사실을 알게 되었다.

그리하여 나는 나의 아이들에게로 가기도 하고, 또 그들에게서 되돌아오기도 하면서 내 자신의 과업에 몰두하고 있다. 자신의 아이들을 위해 차라투스트라는 자기 자신을 완성해야 한다.

왜냐하면 인간들은 본래 오직 자기의 아이와 일만을 사랑하기 때문이다. 그리고 자기 자신에 대한 커다란 사랑이 있으면, 이 사랑이야말로 잉태의 징조이다. 이것을 나는 깨달았다.

나의 아이들은 그들의 첫 번째 봄을 맞이하여 푸릇푸릇 싹이 트고 있으며, 내 정원이자 최고의 토양에서 자라는 나무들은 서로 나란히 서서 함께 바람에 흔들리고 있다.

진실로, 이러한 나무들이 나란히 서 있는 곳, 그곳에 행복의 섬들이 **있다!**

그러나 언젠가 나는 이 나무들을 뽑아 제각각 따로 심으려 한다. 각각의 나무들이 고독과 저항과 예지를 배우게 하리라.

이리하여 그것들은 절대로 굴하지 않는 삶의 살아 있는 등대로서, 옹이 지고 휘어진 채 유연하면서도 강인하게 바닷가에 서 있어야 한다.

폭풍이 바다로 불어 닥치는 곳, 또 산맥의 돌출부가 물을 빨아들이는 곳, 그곳에서 각각의 나무들은 언젠가는 저마다 **자신의** 시련을 견디고 깨달음을 얻기 위해 밤낮없이 뜬눈으로 지켜보아야 한다.

각각의 나무는 그것이 나의 종족이며 나의 혈통이라는 것을 증명하기 위해 식별되고 시험되어야 한다. 각각의 나무가 오랫동안 인내할 수 있는 의지의 주인공으로서 말할 때도 과묵하고, 줄 때도 받아들이면서 주는 방식을 취할 만큼 관대한지 알아보기 위해서다.

그리하여 언젠가는 그 나무가 나의 길동무가 되고 차라투스트라와 함께 창조하고 함께 축제를 벌이는 자가 되기 위해서. 또한 모든 사물의 보다 온전한 완성을 위해 나의 의지를 나의 서판에 기록하는 그러한 자가 되기 위해서다.

그리고 그러한 자를 위해, 또 그러한 자를 닮은 자들을 위해 나는 **나 자신을** 완성해야 한다. 이 때문에 나는 이제 나의 행복을 피하고 모든 불행에 나 자신을 내맡기려 한다. **나 자신의** 마지막 시험과 깨달음을 위해서 말이다.

진실로, 내가 떠나야 할 시간이었다. 방랑자의 그림자와 더없이 긴 시간과 더없이 고요한 시간, 그 모든 것이 나를 설득했다. "때가 무르익었다!"라고.

바람이 열쇠 구멍으로 불어 들어와 나에게 "오라!" 하고 말했다. 문은 눈치 빠르게 활짝 열리며 나에게 "가라!" 하고 내게 말했다.

그러나 나는 내 아이들에 대한 사랑의 쇠사슬에 묶여 누워 있었다. 욕망이 나에게 이런 올가미를 씌웠던 것이다. 내가 내 아이들의 희생물이 되고 아이들을 위해 나 자신을 버리고자 하는 사랑에 대한 욕망이.

욕망한다는 것, 그것은 나에게 이미 나 자신을 버렸음을 뜻한다. **나는 너희를 소유하고 있다. 나의 아이들아!** 이러한 소유에는 모든 것이 확신이어야 하며 그 어느 것도 욕망이어서는 안 된다.

그러나 내 사랑의 태양은 내 머리 위에서 뜨겁게 내리쬐었고, 차라투스트라는 자기 자신의 체액 속에서 들끓고 있었다. 그때 그림자와 의심이 내 머리 위로 멀리 날아갔다.

나는 이미 추위와 겨울을 갈망하고 있었다. "아, 추위와 겨울이 나를 산산이 부수고 삐걱거리게 만들었으면!" 하고 나는 탄식했다. 그러자 얼음처럼 차가운 안개가 내 안에서 피어올랐다.

나의 과거는 자신의 무덤들을 파헤치며 나타났고, 산 채로 묻혀 있던 많은 고통은 깨어났다. 그것들은 수의에 싸인 채 깊이 잠들어 있었을 뿐이었다.

이리하여 모든 것이 나에게 신호를 보내며 소리쳤다. "때가 되었다!"라고. 그러나 나는 귀담아듣지 않았다. 마침내 나의 심연이 요동치고 나의 사상이 나를 물어뜯을 때까지 말이다.

아, 심연의 사상이여! 그대야말로 나의 사상이다! 그대가 무덤을 파헤치는 소리를 들으면서도 더 이상 전율치 않을 수 있는 그 강한 힘을 나는 언제나 갖게 될 것인가?

그대가 무덤을 파헤치는 소리를 들을 때, 내 마음은 목구멍까지 두근거린다! 더욱이 그대의 침묵도 내 목을 조르는구나. 그대 심연처럼 침묵하는 자여!

나는 그대를 **올라오라**고 감히 부른 적이 결코 없었다. 내가 그대를 내 몸에 지니는 것만으로도 충분했다! 나는 아직 궁극에 달한 사자의 자부심과 방자함에 이를 만큼 강하지는 못했다.

내게는 언제나 그대의 무게만으로도 충분히 무섭다. 그러나 언젠가는 그대에게 올라오라고 소리칠 힘과 사자의 목소리를 찾고야 말리라!

내가 먼저 그것을 극복하게 되면, 나는 보다 위대한 일도 극복하리라. 그러면 이 하나의 **승리**가 나의 완성을 보증하는 봉인이 되리라!

그러는 동안에 나는 여전히 미지의 바다 위를 떠돌 것이다. 우연이, 저 언변 좋은 우연이 나에게 아첨을 떤다. 나는 앞을 바라보고 왔던 길도 되돌아보지만 아직 어떠한 끝도 보이지 않는다.

나에게는 아직 마지막 결전의 시간이 오지 않았다. 아니면 이 시간이 혹시 내게 방금 온 것일까? 진실로, 나를 에워싼 바다와 삶이 음험한 마음을 숨긴 채 아름답게 나를 바라보고 있다!

아, 내 삶의 오후여! 아, 저녁이 오기 전의 행복이여! 아, 대양의 항구여! 불확실 속의 평화여! 나는 그대들 모두를 얼마나 불신하는가!

진실로, 나는 그대들의 음험한 아름다움을 믿지 않는다! 나는 벨벳처럼 보드라운 감촉의 미소를 믿지 않는 연인과 같다.

이 질투심 많은 자가 냉혹하면서도 부드럽게 자신이 가장 사랑하는 이를 밀쳐내는 것처럼, 그렇게 나도 이 행복의 시간을 밀쳐낸다.

가거라, 그대 행복의 시간이여! 그대와 함께 내게는 원치 않은 행복의 시간이 찾아왔다! 나는 더할 나위 없이 심한 고통을 기꺼이 만나고자 여기에 서 있다. 그대는 적절하지 않은 때에 찾아왔다!

가거라! 그대 행복의 시간이여! 차라리 저기, 나의 아이들이 있는 곳에 머물도록 하라! 서둘러라! 그리고 저녁이 오기 전에 **나의** 행복으로 아이들을 축복하라!

이미 저녁이 가까워지고 있다. 해가 저문다. 가거라. 나의 행복이여!

차라투스트라는 이렇게 말했다. 그리고 그는 밤새도록 자신의 불행이 찾아오기를 기다렸지만 아무 소용이 없었다. 밤은 내내 밝고 고요했으며, 행복이 스스로 점점 더 가까이 다가왔다. 그러나 새벽이 되자 차라투스트라는 마음속으로 웃었고, 조롱하듯 말했다. "행복이 내 뒤를 쫓아오는구나. 내가 여자들 꽁무니를 쫓아다니지 않기 때문에 이렇게 된 것이다. 행복이란 여자이다."

해가 뜨기 전에

아, 내 머리 위의 하늘이여! 그대 순수한 자여! 심오한 자여! 그대 빛의 심연이여! 그대를 바라보며 나는 성스러운 욕망에 전율하노라.

그대의 높이로 나를 던지는 것, 그것이 **나의** 깊이다! 그대의 순수함 속에 나를 숨기는 것, 그것이 **나의** 순진무구함이다.

신의 아름다움은 신의 모습을 숨긴다. 그와 마찬가지로 그대는 그대의 별들을 숨긴다. 그대는 말하지 않는다. 그대는 그렇게 자신의 지혜를 나에게 알린다.

오늘 그대는 포효하는 바다 위로 말없이 내게 떠올랐고, 그대의 사랑과 수줍음은 끓어오르는 나의 영혼에 계시의 말을 전한다.

그대는 자신의 아름다움 속에 몸을 숨기고 아름다운 모습으로 나를 찾아왔고, 자신의 지혜를 드러내며 소리 없이 내게 말을 건다.

아, 내 어찌 그대 영혼의 모든 수줍음을 짐작하지 못하리오! 해 뜨기 **전에** 그대는 나를, 이 더없이 고독한 자를 찾아왔다.

우리는 처음부터 벗이 아니던가. 우리는 원한도 두려움도 대지도 나누어 갖는다. 심지어 우리는 태양마저도 나누어 갖는다.

우리는 서로에 대해 너무도 많은 것을 알기 때문에 서로에게 말하지 않는다. 우리는 서로 침묵을 지키며, 서로 잘 알고 있다는 사실에 대해 미소를 짓는다.

그대는 나의 타오르는 불에서 나오는 빛이 아닌가? 그대는 내 통찰과 자매인 영혼을 갖고 있지 않은가!

우리는 함께 모든 것을 배웠다. 우리는 함께 우리를 넘어 우리 자신에게로 올라왔으며, 구름 한 점 없이 환하게 미소 짓는 법을 배웠다.

강박과 목적, 죄악이 마치 비 오듯 우리 밑에 자욱할 때, 밝은 눈으로 멀리 떨어져 있는 곳에서 저 아래를 향해 구름 한 점 없이 환하게 미소 짓는 법을 배웠다.

그리고 나는 홀로 방황했다. 밤마다 미로에서 나의 영혼이 갈망한 것은 **누구**였던가? 또한 산을 올라 그 정상에서 누구를 찾았던가? 그대가 아닌 대체 누구를?

이러한 나의 모든 방황과 등반은 어쩔 수 없는 일이었으며 무력한 자의 궁여지책에 불과했다. 나의 모든 의지는 오직 **날아가는 것**이다. **그대 안으로** 날아가기를 바랄 뿐이다.

방황하고 등반하면서 나는 떠도는 구름과 또 그대를 더럽히는 모든 것을 몹시도 미워했다. 나는 그대를 더럽히고 있는 나 자신의 증오까지도 미워했다!

떠도는 구름, 이 살금살금 돌아다니는 도둑고양이를 나는 미워한다. 이 고양이들은 그대와 내가 공유하고 있는 것, 저 거대하고 한없는 긍정의 '예'라는 말과 승낙의 '아멘'이라는 말을 빼앗아가기 때문이다.

나는 이처럼 중간에 끼어드는 자와 거간꾼, 즉 이 떠도는 구름을 미워한다. 이 얼치기 같은 것들, 그들은 축복할 줄도 모르며 처절하게 저주할 줄도 모른다.

나는 그대 빛의 하늘이 떠도는 구름으로 말미암아 더럽혀지는 것을 보기보다는, 차라리 닫힌 하늘 아래 커다란 통 속, 하늘 없는 심연 속에 앉아 있기를 원한다!

나는 종종 톱니 모양으로 생긴 번개의 황금 줄로 떠도는 구름을 묶어 두기를 갈망했다. 내가 천둥처럼 되어서 그 구름의 부푼 배를 북을 치듯 두들기고 싶었다!

분노에 찬 고수鼓手로서 두들기고 싶었다. 왜냐하면 떠도는 구름은 내게서 그대의 긍정의 '예'라는 말과 승낙의 '아멘'이라는 말을 빼앗아가기 때문이다. 그대, 내 머리 위의 하늘이여! 그대 순수한 자여! 빛나는 자여! 그대 빛의 심연이여! 떠도는 구름이 긍정의 '예'라는 나의 말과 승낙의 '아멘'이라는 나의 말을 그대에게서 빼앗아가기 때문이다.

왜냐하면 이 신중하고 의심 많은 도둑고양이 같은 조용함보다는 오히려 소음과 천둥, 그리고 폭풍우의 저주를 나는 더 바라기 때문이다. 그리고 인간들 중에서도 살금살금 걸어 다니는 자들, 얼치기 같은 자들, 의심하고 주저하며 떠도는 구름들, 이 모두를 가장 미워하기 때문이다.

이리하여 **"축복할 줄 모르는 자는 저주하는 법을 배워야 한다!"** 하는 분명하고 밝은 가르침이 청명한 하늘에서 내게로 내려왔다. 이 별은 캄캄한 밤에도 나의 하늘에서 빛난다.

그대 순수한 자여! 빛나는 자여! 그대 빛의 심연이여! 그대가 나를 둘러싸고 있는 한, 나는 축복하는 자이며 긍정의 '예'라고 말하는 자가 된다. 그때 나는 그 모든 심연 속으로 나의 긍정의 '예'라는 축복의 말을 가지고 간다.

263

나는 축복하는 자이자 긍정을 외치는 자가 되었다. 언젠가는 축복을 내리려고 벌리는 양손의 자유를 얻으려고 오랫동안 싸워왔으며, 또한 투사였다.

내게 축복이란 이런 것이다. 즉, 모든 사물 위에 각 사물 고유의 하늘로서, 사물의 둥근 지붕으로서, 사물의 하늘색 종으로서, 그리고 영원한 보증으로서 펼쳐져 있도록 하는 것이다. 이렇게 축복하는 자에게는 행복이 있으리라!

왜냐하면 만물은 영원의 샘과 선악의 저편에서 세례를 받기 때문이다. 그러나 선악 자체는 어중간한 그림자일 뿐이고, 우중충한 슬픔이자 떠도는 구름에 지나지 않는다.

진실로, 내가 다음과 같이 가르친다면 그것이 모독이 아니며 오히려 축복인 것이다. 즉 "만물 위에는 우연이라는 하늘, 순진무구함이라는 하늘, 우발성이라는 하늘, 자유분방함이라는 하늘이 있다."

'우발성'이야 말로 이 세상의 가장 오래된 고귀함이다. 나는 이 고귀함을 만물에게 되돌려 주었으며, 만물을 목적 아래 지배되는 노예 상태에서 구출했다.

어떠한 '영원의 의지'도 만물 위에 군림하거나 만물 속으로 뚫고 들어가려 하지 않는다고 내가 가르쳤을 때, 나는 만물 위에 이 자유와 천상의 명랑함을 하늘색 종처럼 걸어 놓았다.

"모든 일에 있어서 있을 수 없는 단 한 가지가 있다. 그것은 곧 합리성이다!"라고 내가 가르쳤을 때, 나는 저 의지 대신에 이 자유분방함과 이 어리석음을 내세웠던 것이다.

약간의 이성, 별에서 별로 뿌려져 있는 지혜의 씨앗, 이러한 신맛 나는 반죽인 효모는 만물에 섞여 있다. 지혜가 만물에 섞여 있음은 어리석음에 봉사하기 위함이다!

물론 만물에게 약간의 지혜가 있는 것은 가능하다. 그러나 내가 만물에게서 발견한 행복한 확신은, 만물은 오히려 우연이라는 발로 **춤 추기를** 좋아한다는 것이다.

아! 내 머리 위의 하늘이여! 그대, 순수한 자여! 드높은 자여! 영원한 이성이라는 거미도 없으며, 이성의 거미줄도 없는 것. 그것이 내게는 바로 그대의 순수함이다.

그대는 신성한 우연들을 위한 무도장이며, 신성한 주사위와 주사위 놀이를 하는 자들을 위한 신의 탁자이다! 그것이 내게는 바로 그대의 순수함이다.

그대는 얼굴을 붉히는가? 내가 말로 표현할 수 없는 것을 말했는가? 나는 그대를 축복하려고 했는데, 오히려 그대를 모독하고 말았는가?

아니면 그대의 얼굴을 붉히게 한 것은 우리 두 사람이 함께 있다는 부끄러움 때문인가? 이제 **낮**이 오니까 그대는 내게 가라고, 침묵하라고 명령하는 건가?

세계는 깊다. 일찍이 낮이 생각했던 것보다도 더 깊다. 낮이 되었다고 모든 것을 말해도 되는 것은 아니다. 그러나 낮이 오고 있다. 그러니 자, 우리 헤어지도록 하자!

아, 내 머리 위의 하늘이여! 그대 수줍어하는 자여! 타오르는 자여!

아, 해 뜨기 전의 나의 행복이여! 그러나 낮이 오고 있다. 그러니 자, 우리 헤어지도록 하자!

차라투스트라는 이같이 말했다.

왜소하게 만드는 덕에 대하여

1

차라투스트라가 다시 육지로 올라왔을 때, 그는 곧장 그의 산과 동굴로 향하지 않고, 이곳저곳을 걸으면서 많은 것을 물어보고 여러 가지를 알아보았다. 그는 자신에 대해 농담 삼아 이렇게 말을 했다. "강을 보라! 수없이 구불구불 흘러 결국 그 근원으로 돌아가는 강 말이다." 그는 자기가 없는 동안에 **인간에게** 무슨 일이 일어났는지, 인간이 더 위대해진 것인지 더 왜소해진 것인지를 체험하고 싶었다. 그러다가 한번은 새로 지어진 집들이 열 지어 서 있는 것을 보고 이상하게 여기며 말했다.

"이 집이 의미하는 것은 무엇인가? 진실로, 이 집들은 어떤 위대한 영혼이 자신을 비유하기 위해 지은 것은 아니다!

아마도 어떤 어리석은 아이가 장난감 상자에서 이 집들을 꺼낸 것일까? 그렇다면 다른 아이가 그것들을 다시 자기 상자에 집어넣었으면 좋을 텐데!

이 거실과 작은 방들. 이곳을 **어른들이** 드나들 수 있단 말인가? 이

266

방들은 비단옷 입힌 인형들을 위해 만들어진 것 같기도 하고, 또 이것저것 맛보다가 자신도 잡아먹히는 도둑고양이들을 위해 만들어진 것 같기도 하구나."

차라투스트라는 멈춰 서서 생각에 잠겼다. 마침내 그는 슬픈 목소리로 말했다. "**모든 것이** 더욱 왜소해졌구나! 도처에 더 낮아진 문들이 보인다. **나와 같은** 인간은 아직 이 문으로 들어갈 수 있지만, 그들은 허리를 굽혀야 한다.

아, 나는 언제 내 고향으로 돌아갈 수 있을까! 그곳에서는 더 이상 허리를 굽힐 필요가 없으며, 또 **소인배들** 앞에서 허리를 굽히지 않아도 되리라!" 이렇게 말하고 차라투스트라는 탄식을 하며 먼 곳을 바라보았다.

그러나 바로 그날, 차라투스트라는 인간을 왜소하게 만드는 덕에 대해 말했다.

2

나는 군중 사이에서 눈을 크게 뜨고 지나간다. 그들은 자신들의 덕을 질투하지 않는 나를 용서하지 않는다.

그들은 나를 물어뜯으며 반발하려 한다. 내가 그들을 향해 소인배들에게는 왜소한 덕이 필요할 뿐이라고 말하기 때문이다. 또한 소인배들의 **존재도 필요하다는** 사실을 내가 수긍하지 않기 때문이다.

나는 여기 낯선 농가에서 암탉들에게까지 마구 쪼이는 수탉과도 같다. 그러나 나는 이 암탉들을 나쁘게 생각하지는 않는다.

나는 사소한 불쾌함을 너그러이 대하듯 이 암탉들에게도 정중하게 대한다. 사소한 일에 대해 신경을 곤두세우는 것은 고슴도치의 지혜라고 생각하기 때문이다.

그들은 저녁에 난롯가에 앉을 때면 모두가 나에 대한 이야기를 한다. 그들은 나에 대한 이야기를 하지만, 아무도 나에 대한 생각을 하지는 않는다.

이것이 내가 알아낸 새로운 고요함이다. 나를 둘러싸고 그들이 내는 소음은 내 사상에 외투를 둘러씌울 뿐이다.

그들은 서로 떠들어 댄다. "이 음침한 구름이 우리에게 무슨 짓을 하려는가? 이 구름이 우리에게 전염병을 퍼뜨리지는 않는지 지켜봐야 한다!"라고 말한다.

최근에는 내 곁으로 오려는 아이를 어떤 여자가 자기 쪽으로 끌어당기며 소리쳤다. "애들아, 그쪽으로 가지 마! 저런 눈길은 아이들의 영혼을 불태워 버린단다!"

내가 이야기할 때면 그들은 기침을 한다. 그들은 기침이 강풍에 맞서는 항변이라고 생각하는 모양이다. 그들은 나의 행복의 돌풍에 대해 아무것도 알아채지 못한다!

"우리에게는 차라투스트라를 위한 시간이 없다."라고 그들은 항변한다. 하지만 차라투스트라를 위해 '시간을 낼 수 없다'라는 시간이라는 게 무슨 의미가 있단 말인가?

비록 그들이 나를 칭찬한다 할지라도, 내가 어찌 **그들의** 칭찬을 듣고 편히 잠들 수 있단 말인가? 그들의 칭찬은 내게 가시 박힌 허리띠와 같은 것이다. 설사 그 허리띠를 풀어놓아도 그것은 나를 할퀸다.

나는 또한 그들에게서 다음과 같은 것도 배웠다. 남을 칭찬하는 자는 마치 보답하려는 것처럼 행동하지만, 사실은 그들이 더욱 많은 선물을 받기를 바라는 것이다!

내 발에게 물어 보라. 그들의 칭찬과 유혹의 방식이 마음에 드는지! 진실로, 내 발은 이 같은 박자와 똑딱거리는 소리에 맞춰 춤추는 것도, 가만히 멈추어 있는 것도 좋아하지 않는다.

그들은 왜소한 덕으로 나를 유혹하고 칭찬하려고 한다. 그들은 작은 행복의 똑딱거리는 소리에 맞추도록 내 발을 설득하고 싶어 한다.

나는 눈을 크게 뜨고 군중 사이를 지나간다. 그들은 더 **왜소해졌다.** 그리고 점점 더 왜소해지고 있다. **이것은 행복과 덕에 대한 그들의 가르침으로 말미암은 것이다.**

즉, 그들은 안일함을 원하기 때문에 덕에 있어서도 겸손하다. 그러나 안일함과 잘 어울리는 것은 오직 겸손한 덕뿐이다.

그들도 그들 방식으로 걷고 앞으로 나아가는 것을 배운다. 나는 이것을 그들의 **절뚝거림**이라고 부른다. 이로 말미암아 그들은 급히 걸어가는 모든 자들에게 걸림돌이 된다.

그들 중 대부분은 앞으로 걸으면서 뻣뻣한 목으로 뒤돌아본다. 나는 이런 자를 향해 달려가 몸으로 부딪치는 것을 좋아한다.

발과 눈은 서로 속여서는 안 되며, 또한 속였다고 서로를 꾸짖어서도 안 된다. 그러나 왜소한 자들 중에는 거짓말쟁이가 적지 않다.

그들 중 몇몇은 그러지 않으려는 의욕을 갖는다. 그러나 그 나머지

대부분은 의욕의 대상이 될 뿐이다. 그들 중 몇몇은 진짜이지만, 나머지 대부분은 형편없는 배우에 지나지 않는다.

그들 중에는 자신도 모르는 사이에 배우가 된 자도 있고, 마지못해 배우가 된 자도 있다. 진짜는 항상 드물다. 하물며 진짜 배우는 더 그렇다.

여기에 남자는 거의 없다. 그래서 그들의 여자들이 남성화되고 있다. 왜냐하면 남자다운 남자만이 여자 속에 있는 **여자를 구제**할 것이기 때문이다.

그리고 나는 그들 사이에서 최악의 위선을 찾아냈다. 즉 명령을 내리는 자조차도 섬기는 자의 덕을 가장한다는 것이다.

"내가 섬기고, 그대가 섬기고, 우리들이 섬기노라." 여기서는 지배하는 자들의 위선도 이렇게 기도한다. 슬프도다! 으뜸가는 주인이 **다만** 으뜸가는 하인에 불과하다니!

아, 내 눈의 호기심은 그들 위선 속으로도 날아 들어갔다. 그래서 나는 볕 잘 드는 창가에서 파리들이 누리는 행복과 윙윙거리는 날갯짓 소리를 잘 알게 되었다.

선의가 많은 곳에 그만큼의 약점이 있음을 나는 안다. 그러니 정의와 동정이 많은 곳에 그만큼의 약점도 있는 법이다.

그들은 마치 작은 모래알들이 다른 모래알들과 더불어 둥글둥글 잘 지내고 정직하고 친절한 것처럼 상호 간에 원만하고 정직하며 친절하다.

하나의 작은 행복을 겸손하게 얼싸안는 것, 그들은 이것을 '순종'

이라고 부른다! 더욱이 이렇게 하면서도 그들은 어느새 다시 새로운 작은 행복을 향해 겸손하게 곁눈질한다.

근본적으로 그들은 오직 하나만을 원하고 있다. 즉, 어떤 누구에게서도 고통을 받지 않는 것이다. 그러므로 그들은 그 누구보다도 먼저 모두에게 친절을 베푼다.

그러나 이것은 **비겁함**이다. 이미 그것이 '덕'이라고 불리고 있긴 하지만.

그리고 그들, 이 왜소한 자들이 좀 거칠게 말할지라도, 나는 거기서 다만 그들의 목쉰 소리만 들을 뿐이다. 말하자면 바람만 약간 불어도 그들의 목소리는 쉰 목소리가 된다.

그들은 영리하고, 그들의 덕은 영리한 손가락을 가지고 있다. 그러나 그들에게는 주먹이 없다. 그들의 손가락은 주먹 뒤로 기어들어 숨는 법을 알지 못한다.

그들에게 덕이란 겸손하고 온순해지는 것이다. 그리하여 그들은 늑대를 개로 만들었고, 인간 자체를 인간 최고의 가축으로 만들었다.

"우리는 우리의 의자를 **한가운데**에 놓았다. 죽어 가는 검투사나 배부른 돼지로부터도 멀리 떨어져서."라고 그들은 미소 지으며 내게 말했다.

하지만 이것은 평범함이다. 이미 그것이 중용이라고 불리고 있긴 하지만.

3

나는 군중 사이를 지나가며 많은 말을 한다. 그러나 그들은 이것을 받아들일 줄도, 간직할 줄도 모른다.

그들은 내가 쾌락과 악덕을 비방하기 위해 온 것이 아닌가 하고 의아해한다. 그런데 진실로, 나는 소매치기들을 조심하라고 일러 주기 위해 온 것은 아니다!

그들 또한 내가 그들의 영리함을 더욱 재치 있고 더욱 돋보이게 해줄 준비가 되어 있지 않음을 의아하게 여긴다. 석필石筆로 긁는 목소리를 가진, 잘난 체하는 사람들로는 아직 충분하지 않은 것처럼 말이다!

그리고 내가 "흐느껴 울며 두 손을 합장하고 숭배하기를 좋아하는 그대들 마음속의 모든 비겁한 악마를 저주하라." 하고 외치면, 그들은 이렇게 소리친다. "차라투스트라는 신을 부정한다."라고.

그리고 특히 순종을 가르치는 그들의 교사들이 그렇게 외친다. 그러나 나는 바로 그런 교사들의 귀에다 대고 이렇게 외치고 싶다. "그렇다! 나, 차라투스트라는 신을 부정하는 자다!"라고.

이 순종의 교사들! 그들은 작고 병들고 부스럼 딱지가 있는 곳이면 어디든지 벼룩들처럼 기어 다닌다. 나는 다만 구역질 때문에 그들을 눌러 죽이려고 하지 않을 뿐이다.

자! **그들의** 귀에 들려줄 설교는 다음과 같다. 나, 차라투스트라는 신을 부정하는 자다. 나는 이렇게 말한다. "내가 그의 가르침을 기뻐할 정도로, 나보다 더 신을 부정하는 자는 누구인가?"

나, 차라투스트라는 신을 부정하는 자인 것이다. 나와 같은 사람이 또 어디 있는가? 나와 같은 사람이란, 스스로 자신의 의지를 펼치고 그 어떤 순종도 거부하는 자다.

나, 차라투스트라는 신을 부정하는 자이다. 나는 모든 우연이라는 것을 **나의** 냄비 속에 요리한다. 그리하여 우연이 거기서 잘 요리되었을 때, 비로소 나는 그 우연을 나의 음식으로 즐겨 먹으리라.

진실로, 적지 않은 우연이 거만하게 나를 찾아왔다. 그러나 나의 **의지**는 더 거만하게 우연을 향해 말했다. 그러자 우연은 애원하며 무릎을 꿇었다.

내게서 머물 곳과 내 마음을 얻기를 애원하면서, "보라! 아, 차라투스트라여! 오직 벗만이 벗을 찾아온다!"라고 아부하며 설득하였다.

그러나 아무도 **나의** 말을 알아들을 귀를 갖지 않은 곳에서 내가 무슨 말을 하겠는가! 그래서 나는 사방에서 불어오는 바람을 향해 이렇게 외치리라.

그대 왜소한 자들이여! 그대들은 점점 더 작아지는구나. 그대 안일한 자들이여! 그대들은 허물어져 가고 있다! 그대들은 바야흐로 파멸하고 말리라!

그대들의 수많은 왜소한 덕 때문에, 그대들의 수많은 작은 체념 때문에, 그대들의 수많은 작은 순종 때문에 말이다!

그대들의 토양은 너무도 관대하고 너무도 유순하다! 그러나 하나의 나무가 **높이 커지려면** 단단한 바위를 뚫고 굳게 뿌리를 내려야 한다!

그대들이 무슨 일을 태만하게 하든, 그 일은 모든 인류의 미래라는 직물에 짜여 들어간다. 그대들의 무위無爲마저도 하나의 거미줄이며, 또한 미래의 피를 빨아먹고 사는 거미인 것이다.

그대 왜소한 도덕군자들이여! 그대들은 받을 때도 마치 훔치듯이 받는다. 그러나 악한들마저도 **명예심**이 있어서 이렇게 말하지 않던가. "빼앗을 수 없을 때만 훔쳐야 한다."

"결국에는 주어진다." 이것 역시 순종의 가르침이다. 그러나 나는 말하리라. 그대들 안일한 자들이여! 그대들은 결국 **빼앗길 것이며**, 이리하여 더욱 더 많은 것을 빼앗기게 될 것이다!

아, 그대들은 모든 **어중간한** 의욕을 다 버리고, 태만이든 행동이든 단호하게 결정하기를!

아, 그대들이 나의 이런 말을 이해할 수 있다면 좋으련만! "항상 그대들이 의욕하는 바를 행하라. 그러나 그에 앞서 **의욕할 수 있는** 자가 되도록 하라!"

"그대들의 이웃을 언제나 자신처럼 사랑하라. 그러나 그에 앞서 **자기 자신을 사랑하는** 자가 되도록 하라!

큰 사랑으로 사랑하고, 큰 경멸로 사랑하라!" 신을 부정하는 차라투스트라는 이렇게 말한다.

그러나 아무도 **나의** 말을 알아들을 귀를 갖지 않은 곳에서 내가 무슨 말을 하겠는가! 여기서 내가 말하기에는 한 시간쯤 너무 이르다.

나는 이 군중 사이에서 나 자신을 이끄는 선구자이고, 컴컴한 골목길로 울려 퍼지는 나 자신의 닭 울음소리다.

하지만 **그들의** 시간은 다가온다! 그리고 나의 시간도 오고 있다!

그들은 시시각각 더 작아지고, 더 가난해지고, 더욱 메말라간다. 가련한 풀포기여! 가련한 토양이여!

머지않아 그들은 마른 풀밭이나 스텝 지대가 되어 내 앞에 서게 되리라. 진실로! 자기 자신에게 지친 채로 물보다는 오히려 불을 갈망하면서 말이다!

아, 축복받은 번개[23]의 시간이여! 아, 오전의 비밀이여! 언젠가 나는 그들을 내달리는 불로 만들고 불꽃의 혀를 가진 예언자로 만들리라.

그들은 언젠가 불꽃의 혀로 알려야 한다. 그것이 다가온다. 가까이 다가오고 있다. **위대한 정오가!**

차라투스트라는 이렇게 말했다.

올리브 동산橄欖山에서

고약한 손님인 겨울이 내 집에 찾아와 나와 함께 앉아 있다. 나의 두 손은 그와의 우정 어린 악수로 인해 새파래졌다.

나는 이 고약한 손님을 공경한다. 그러나 나는 그가 혼자 있기를 바란다! 나는 이 겨울이라는 손님으로부터 도망가기를 좋아한다! **잘 뛰**는 자는 이 손님으로부터 쉽게 달아난다!

---

* * *
23 초인을 상징한다.

따뜻한 발과 따뜻한 생각을 가지고 나는 바람이 잔잔한 그곳, 나의 올리브 동산 양지바른 곳으로 달려간다.

그곳에서 나는 나의 엄격한 손님을 보고 웃으며, 또한 그에게 다정하게 대한다. 왜냐하면 그는 내 집에서 파리를 내쫓고, 또 수많은 작은 소음들도 가라앉혀 주기 때문이다.

말하자면 그는 왱왱거리는 한 마리의 모기도 견디지 못한다. 하물며 두 마리는 말할 것도 없다! 또한 그는 골목길도 쓸쓸하게 만들어서 밤이 되면 달빛마저 그곳을 무서워한다.

그는 냉혹한 손님이다. 그러나 나는 그를 공경하며, 유약한 자들처럼 배가 불룩한 불의 우상[24]에게 기도하지는 않는다.

우상에게 기도하기보다는 오히려 이를 덜덜 부딪칠 만큼 추운 것이 낫다! 그것이 내 기질에 맞다. 나는 발정하여 숨 막히는 김을 모락모락 뿜어내는 그 모든 불의 우상을 특히 증오한다.

나는 내가 사랑하는 자를 여름보다는 겨울에 더 사랑한다. 그리고 이제 겨울이 내 집에 와서 앉아 있은 이후로 나의 적들을 더욱 통쾌하게, 더욱 대담하게 비웃어 준다.

진실로 대담하게 나는 웃는다. 내가 이부자리에 **기어 들어갈** 때조차도 웃는다. 나의 은밀한 행복도 바로 그때 웃어대고 장난질을 하며, 나의 거짓 꿈도 역시 웃는다!

나는 기어 다니는 자인가? 아니다. 나는 여태껏 힘 있는 자 앞에

***
24 난로를 의미하며, 비유적으로는 기독교적 도덕을 뜻한다.

276

서 기었던 적은 단 한 번도 없다. 만일 내가 거짓말을 했다면, 그것은 사랑 때문일 것이다. 그러므로 나는 겨울의 이부자리 속에서도 마음이 즐겁다.

나를 따뜻하게 해주는 것은 호사스러운 침대보다는 보잘것없는 침대이다. 왜냐하면 나는 나의 가난을 질투하기 때문이다. 더욱이 나의 가난은 겨울 동안 나에게 가장 충실하다.

나는 매일을 악의로 시작하고, 찬물에 목욕하며 겨울을 비웃는다. 그 때문에 나의 집에 찾아온 이 엄격한 손님은 불만을 품고 투덜거린다.

또한 나는 작은 양초로 나의 손님인 겨울을 간질이기를 좋아한다. 겨울로 하여금 나를 위해 잿빛 여명에서 하늘을 끌어내게 하기 위함이다.

말하자면 아침에 나는 특히 악의로 가득 차 있었다. 동틀 무렵, 우물가에서 두레박 소리가 삐걱거리고, 말들이 우는 소리가 잿빛 골목길에 따스하게 울려 퍼지는 그때 말이다.

이때 나는 초조하게 기다린다! 밝은 하늘, 즉 눈처럼 흰 수염을 단 겨울 하늘이 마침내 내 앞에 나타나기를 기다린다.

이따금 자신의 태양마저도 숨겨 버리는 이 과묵한 겨울 하늘을!

아마도 나는 이 하늘에게서 빛나는 긴 침묵을 배운 것일까? 아니면 하늘이 나에게서 배운 것일까? 아니면 우리 둘이 서로 제각기 이것을 생각해냈던 것일까?

모든 아름다운 사물의 기원은 천 겹으로 되어 있다. 아름답고 분방한 모든 사물들은 기쁨에 넘쳐 현 존재 속으로 뛰어든다. 그러니 이 사물들이 이러한 도약을 어찌 딱 한 번만 하겠는가!

긴 침묵 또한 아름답고 분방한 사물인 것이다. 그것은 겨울 하늘과 마찬가지로 둥그런 눈을 가진 밝은 얼굴로 바라본다.

그것은 이 겨울 하늘과 같이 자신의 태양과 저 굽힐 줄 모르는 태양의 의지를 숨긴다. 진실로, 이러한 기술과 이러한 겨울의 자유분방함을 나는 **잘** 배웠던 것이다!

더욱이 나의 침묵은 침묵을 통해서 자기 자신을 드러내지 않는 법을 배웠다. 이것이 나의 가장 사랑스러운 악의이며 기술이다.

수다스러운 말을 하고 주사위로 요란한 소리를 내면서 나는 엄숙한 감시자들을 속인다. 나의 의지와 목적은 이러한 모든 엄중한 감시자들의 눈을 피해야만 한다.

어느 누구도 나의 밑바닥과 궁극적인 의지를 간파하지 못하도록, 나는 이 빛나는 긴 침묵을 고안해 내었다.

나는 수많은 현명한 사람들을 보았다. 그들은 어느 누구도 자신을 꿰뚫어 보거나 들여다보지 못하도록 자기 얼굴을 베일로 가렸고 그들의 물을 흐려 놓았다.

그러나 바로 이런 자들보다 더욱 영리한 불신자들과 호두 까는 자들[25]이 그들에게 찾아와서, 그들이 가장 깊숙이 숨기고 있던 고기를 바로 낚아 버렸던 것이다!

***
25 풀기 어려운 까다로운 문제나 수수께끼를 해결한다는 뜻으로 천착을 일삼는 학자들을 의미한다.

이에 반하여 밝은 자들, 정직한 자들, 투명한 자들, 이들이야말로 내가 보기에는 가장 영리하게 침묵하는 자들이다. 그들의 바닥은 너무 **깊어** 가장 맑은 물조차도 그 바닥을 드러내 보여 주지 못한다.

그대 눈처럼 흰 수염을 늘어뜨린 말없는 겨울 하늘이여! 그대 내 머리 위에 있는 둥근 눈의 백발노인이여! 아, 그대 내 영혼과 내 분방한 영혼에 대한 천상의 비유여!

그러므로 나는 사람들이 나의 영혼을 파헤치지 못하도록 저 황금을 집어삼킨 자처럼 나 자신을 **감춰야만** 하지 않겠는가?

내 주위에 있는 이런 모든 시기심 많고 비방하는 자들이 나의 긴 다리를 **보지 못하도록** 나는 목발을 **짚어야만** 하는가?

자욱한 연기에 답답하고, 빈둥거리며, 닳아빠지고, 시들고, 슬픔에 지친 이러한 영혼들, 그들의 질투가 어떻게 나의 행복을 견디어낼 **수 있단** 말인가!

그러므로 나는 그들에게 나의 산꼭대기에 쌓인 얼음과 겨울만을 보여 줄 뿐이고, 나의 산이 온통 태양의 열로 감싸여 있다는 것을 보여 주지는 **않는다!**

그들은 다만 나의 겨울 폭풍우가 불어닥치는 소리만 들을 뿐, 동경에 찬 무겁고도 뜨거운 남풍과도 같이 따뜻한 바다를 건너가는 내 소리는 듣지 **못한다.**

이리하여 그들은 오히려 나의 여러 가지 재난과 우연을 측은하게 여긴다. 그러나 **나는** 이렇게 말한다. "우연이여, 나에게 올 테면 오라. 우연은 아이와 같이 순진하도다!"

그들이 어떻게 나의 행복을 견딜 수 있을 것인가. 만일 내가 불의의 사고와 겨울의 곤궁함과 백곰의 털모자와 눈 내리는 하늘의 외투로 나의 행복 주위를 둘러싸지 않았다면!

만일 내가 이 시샘하고 비방하는 자들의 **동정**을 불쌍히 여기지 않았다면!

만일 내가 그들 앞에서 탄식하고 추위에 떨고, 끈덕지게 그들의 동정 속으로 **감겨들어 가지** 않았다면!

이처럼 나의 영혼은 그 겨울과 혹한의 폭풍을 **숨기지 않는다**. 이것이야말로 내 영혼의 지혜로운 분방함이며 선의인 것이다. 내 영혼은 자신의 동상凍傷까지도 숨기지 않는다.

어떤 사람의 고독은 병든 자의 도피이다. 또 어떤 사람의 고독은 병든 자들로부터의 도피이다.

나를 둘러싼 이 모든 가련한 사팔뜨기 녀석들이 내가 엄동설한 추위에 덜덜 떨며 탄식하고 있는 것을 **들었으면** 좋으련만! 이처럼 탄식하고 덜덜 떨면서도 나는 그들이 따뜻하게 데워 놓은 방에서 달아났다.

내가 동상 걸린 것에 대해 그들이 함께 동정하고 함께 탄식하게 하라. 하지만 그들은 이렇게 탄식한다. "그는 얼음처럼 차가운 인식으로 우리까지도 **얼어 죽게 한다**!"라고.

그러는 동안에 나는 따뜻한 발로 나의 올리브 동산 언저리를 이리저리 거닌다. 나의 올리브 동산의 양지바른 구석에서 나는 노래하며 모든 동정을 비웃는다.

차라투스트라는 이렇게 노래했다.

지나쳐 가기에 대하여

차라투스트라는 많은 군중과 모든 도시를 순회하고 난 다음에 우회하여 그의 산과 그의 동굴로 향하였다. 그런데 보라, 그는 뜻하지 않게 **대도시**의 성문 앞에 이르렀다. 그때 여기서 입에 거품을 뿜는 한 광대 같은 바보가 두 손을 벌이고 그를 향해 달려오며 길을 가로막았다. 그런데 이 자는 군중에게 '차라투스트라의 원숭이'라고 불렸던 바보였다. 왜냐하면 이 바보는 차라투스트라의 화법에서 문장과 억양을 조금 배웠고, 또한 즐겨 그의 지혜를 빌려 썼기 때문이었다. 그 바보가 차라투스트라에게 이렇게 말했다.

"아, 차라투스트라여, 여기는 대도시입니다. 여기서 당신이 찾을 것은 아무것도 없고 오히려 모든 것을 잃을 것입니다.

어째서 당신은 이 진흙탕을 걸어서 건너려고 하십니까? 당신의 발이 불쌍하지 않습니까? 차라리 이 성문에다 침을 뱉고 당신의 발길을 돌리십시오!

이곳은 은둔자의 사상을 전하기에는 지옥과 같습니다. 여기서는 위대한 사상이 산 채로 삶아져 작은 조각으로 쪼그라듭니다.

여기서는 모든 위대한 감정이 부패해 버리고, 오직 말라비틀어진 왜소한 감정만이 삐걱거릴 뿐입니다.

당신은 벌써 정신의 도살장과 선술집 냄새를 맡지 못하십니까? 이

도시에는 도살된 정신이 내뿜는 비린내가 자욱하지 않습니까?

마치 더러운 누더기와도 같이 힘없이 매달려 있는 영혼들을 당신은 보지 못합니까? 그런데 이곳 사람들은 이 누더기에서 신문이란 것도 만들고 있답니다!

여기서는 정신이 말장난이 되어 버렸다는 것을 당신은 듣지 못합니까? 정신은 여기서 역겨운 말의 오물을 토해 내고, 이 말의 오물로 사람들은 신문을 만든다니까요!

그들은 서로를 몰아대지만 갈 바를 알지 못합니다. 그들은 서로를 자극하지만 그 까닭을 모르고 있습니다. 그들은 자기들의 깡통을 달그락거리며, 자신들의 금화를 짤랑거립니다.

그들은 추위에 떨며 화주火酒로 자신의 몸을 녹이려 합니다. 또 그들은 몸이 달아올라 얼어붙은 정신에서 서늘함을 구하고자 합니다. 그들은 모두 아프며 여론에 중독되어 있습니다.

이곳은 온갖 쾌락과 악덕의 본고장입니다. 더욱이 여기에는 도덕군자들도 살며, 교묘하게 공직에 고용된 덕망 있는 자들도 적지 않습니다.

그들 영악한 자들은 손가락을 놀려 글을 쓰며, 앉아서 기다리느라 마침내 굳은살이 박힌 고기 덩어리 같은 엉덩이를 갖고 있습니다. 그들의 가슴에는 작은 별 장식이 달린 훈장으로 축복받았고, 빈약한 엉덩이에 속을 채워 부풀린 딸애들을 선사받기도 했습니다.

또한 여기에는 많은 경건이 있습니다. 즉 만군의 주인이신 신에 대한 신앙심이지요. 게다가 신 앞에서 독실하게 침이라도 핥을 듯한 많은 아첨도 있습니다.

'위로부터' 별과 자비로운 침이 뚝뚝 떨어집니다. 그러면 별로 치장하지 못한 가슴들은 모두가 저 위로 올라가기를 동경합니다.

달[26]은 자신의 궁전을 가지고 있고, 궁전에는 몰골사나운 것들[27]이 있습니다. 그러나 거지같은 군중들과 거지의 덕을 가진 모든 영악한 자들은 이 궁전에서 온 몰골사나운 것들을 향해 기도를 올립니다.

"내가 섬기고, 그대가 섬기고, 우리가 섬깁니다." 모든 영악한 덕은 군주를 우러러보며 이렇게 기도합니다. 그래서 공을 세워 받은 훈장 같은 별이 마침내 좁은 가슴에 달라붙도록 말입니다!

그러나 달은 여전히 모든 지상적인 것의 둘레를 돌고 있습니다. 군주도 모든 것 중에 가장 지상적인 것의 둘레를 돌고 있습니다. 이것이 바로 소상인들의 황금인 것입니다.

만군을 호령하는 신은 결코 금괴의 신이 아닙니다. 생각은 군주가하지만, 조종은 소상인이 합니다!

당신 속에 깃들어 있는 밝고 강력하고 선한 모든 것에 걸고 맹세합니다. 아, 차라투스트라여! 이 소상인들의 도시에 침을 뱉으십시오! 그리고 돌아가십시오!

이 도시에서는 모든 피가 부패하여 악취가 나고 미지근하며, 온몸의 혈관에서 거품을 일으킵니다. 이 대도시에 침을 뱉으십시오! 이곳

***

26 왕을 뜻한다.
27 왕 주위의 권력자들을 뜻한다.

은 거대한 쓰레기장이며, 여기서 모든 찌꺼기가 부글거리며 떠돌아 다닙니다.

침을 뱉으십시오! 이 짓눌린 영혼과 좁은 가슴, 튀어나온 뾰족한 눈과 끈적거리는 손가락이 우글거리는 이 도시에 말입니다!

또한 추근거리는 자, 파렴치한 자, 악착같이 글을 써대고 아우성치는 자, 흥분한 야심가들의 도시인 이곳에.

모든 부패한 것, 더러운 것, 음탕한 것, 음산한 것, 너무 익어 문드러진 것, 곪아터진 것, 선동적인 것이 한데 어울려 곪아터지는 이곳에.

침을 뱉으십시오! 이 대도시에 말입니다. 그리고 발길을 돌리십시오!"

여기서 차라투스트라는 입에 거품을 물고 열변을 토하는 광대 같은 바보를 제지하고, 그의 말을 가로막았다.

그리고 차라투스트라는 이렇게 외쳤다. "제발 그만하시게! 나는 그대의 말과 그대의 태도에 구역질을 느낀 지 이미 오래되었네!

그대는 왜 개구리와 두꺼비가 되어야 할 만큼 그처럼 오랫동안 늪근처에 살고 있었는가?

그대가 이같이 꽥꽥거리며 개구리의 목소리로 욕설을 퍼붓는 것은, 자신의 핏줄 속으로 이제 부패하고 거품 나는 늪의 피가 흐르고 있기 때문이 아닌가?

그대는 왜 숲으로 가지 않았는가? 왜 땅을 갈지 않았는가? 바다에는 푸른 섬들로 가득 차 있지 않은가?

나는 그대의 경멸을 경멸한다. 그리고 그대는 나에게 경고하면서 왜 자기 자신에게는 경고하지 않는가?

나의 경멸과 나의 경고하는 새는 오직 사랑으로부터만 날아올라야 한다. 결코 늪에서 날아올라서는 안 된다!

그대 입에 거품을 문 바보여! 사람들은 그대를 나의 원숭이라고 부른다. 그러나 나는 그대를 투덜거리는 나의 돼지라고 부르리라. 투덜거림으로써 그대는 어리석음에 대한 나의 예찬까지도 더럽힌다.

그대를 투덜거리게 만든 것이 가장 먼저 무엇이었던가? 그것은 그대에 대한 남들의 아첨이 부족했기 때문이 아닌가. 그래서 그대가 이 오물 위에 앉았던 것은, 다름 아닌 요란하게 투덜거릴 구실을 마련하기 위해서였던 것이다.

또 마음껏 **복수**하기 위한 구실을 마련하기 위해서였다! 그대 허영심 많은 바보여! 그대가 내뿜는 모든 거품은 말하자면 복수심이다. 나는 그대를 꿰뚫어 보고 있다!

그러나 그대의 바보 같은 말은, 비록 그 말이 옳을 때조차도 **나에게는 해를 끼친다**! 심지어 차라투스트라의 말이 백 번 옳은 경우라 **하더라도**, 그대는 나의 말을 이용하여 언제나 부당한 일을 **행할 것이다!**"

차라투스트라는 이렇게 말했다. 그리고 대도시를 바라보다가 탄식하고 한동안 침묵을 지켰다. 그러다가 다시 이렇게 말했다.

나는 이 광대 같은 바보뿐 아니라 이 대도시도 역겹다. 여기나 저기나 더 나아질 것도 없고, 더 나빠질 것도 없다.

이 대도시에 화가 있기를! 나는 이미 이 대도시를 태워 버릴 불기둥을 보았으면 하고 오래전부터 바랐다.

왜냐하면 이 같은 불기둥이야말로 위대한 정오보다 앞서서 와야 하기 때문이다. 그러나 이런 일에는 다 때가 있으며, 그 자신의 정해진 운명이 있는 법이다!

그대 광대 같은 바보여! 나는 그대와 작별함에 있어, 그대에게 이 교훈을 전하노라. 이미 더 이상 사랑할 수 없는 곳에서는 **스쳐 지나가야 한다!**

차라투스트라는 이렇게 말하고, 이 광대 같은 바보와 대도시를 스쳐 지나갔다.

배신자들에 대하여

1

아, 이제 이 초원의 모든 것은 벌써 시들어 잿빛이 되었구나! 얼마 전까지만 해도 이 초원은 온통 푸르고 알록달록했는데 말이다. 이곳에서 나는 얼마나 많은 희망의 꿀을 내 벌통으로 날랐던가!

이 젊은 마음은 이미 늙어 버렸다. 아니, 늙어 버린 것이 아니다! 다만 지치고 천박해지고 안일해졌을 뿐이다. 하지만 그들은 이것을 가리켜 '우리는 다시 경건해졌다.'라고 말한다.

얼마 전까지만 해도 나는 그들이 동트기 전 새벽에 씩씩한 걸음걸이로 뛰어가는 것을 보았다. 그러나 이제 그들의 인식의 발은 지쳐 버렸다. 이리하여 지금 그들은 그들의 새벽의 씩씩함마저도 헐뜯는다!

진실로, 그들 중 많은 자는 일찍이 춤꾼처럼 발을 들어 올렸고, 나의 지혜에 깃든 웃음도 그들에게 눈짓을 보냈다. 그러면 그들은 깊은 생각에 잠겼다. 그런데 나는 지금 막 그들이 그들의 몸을 구부리고 십자가 쪽으로 기어가는 모습을 보았다.

일찍이 그들은 모기와 같이, 또 젊은 시인과 같이 빛과 자유를 찾아 훨훨 날아다녔다. 그러나 이제 나이가 들고 열정이 식어 버리자, 어느새 그들은 음흉한 자, 수군거리는 자, 난로 옆에 쪼그리고 앉아 집에만 틀어박힌 자가 되었다.

고독이 나를 고래처럼 삼켜 버려 그들이 낙담한 것일까? 아니면 그들의 귀가 그리움에 사무쳐 나의 목소리, 나의 나팔 소리, 나의 전령이 외치는 소리에 귀를 기울였다가 결국 **허사가 되어 버렸기** 때문일까?

아, 그들 중에 오랫동안 용기를 잃지 않으면서도 자유분방한 마음을 가진 자들은 언제나 드물다. 그런 자들에게는 정신이 끈기가 있지만, 그 나머지 인간들은 모두 **비겁할** 뿐이다.

그 나머지 인간들. 그들은 언제나 가장 많은 인간, 진부한 인간, 잉여 인간들, 넘치도록 많은 인간으로서, 모두 비겁한 자들이다.

나와 같은 부류의 인간들은 또한 나와 같은 종류의 경험을 할 것이다. 그리하여 이 사람의 최초의 길동무들은 시체와 어릿광대가 되어야 한다는 말이다.

그러나 이 사람의 두 번째 길동무들은 살아 있는 군중이다. 그들은 스스로 그의 **신자**라고 부르며, 사랑과 어리석음과 아직 미숙한 숭배 의식으로 가득 찬 생기 있는 무리들이리라.

인간들 중에서 나와 같은 부류의 사람들은 이 같은 신자들에게 자신의 마음을 매어 두어서는 안 된다. 덧없고 비겁한 인간 본성을 아는 자는 이러한 봄기운과 울긋불긋한 초원을 믿어서는 안 된다!

만약 그들이 달리 **할 수만 있었다면**, 그들은 또 다른 것을 **원했을** 것이다. 언제나 어중간한 자들이 전체를 망쳐 버리는 법이다. 나뭇잎은 시들기 마련이니, 내가 무엇 때문에 이에 애석함을 느끼겠는가!

아, 차라투스트라여! 나뭇잎들로 하여금 흩날려 떨어지게 하라! 그리고 탄식하지 마라! 오히려 나뭇잎 사이로 살랑거리는 바람이 불어오게 하라.

이 나뭇잎 사이로 바람이 불어오게 하라. 아, 차라투스트라여! 이리하여 이런 **시든** 모든 것이 그대로부터 보다 빨리 달아나도록!

2

"우리는 다시 경건해졌다." 배신자들은 이같이 고백한다. 그러나 그들 중 다수는 너무 비겁하여 그런 고백조차도 하지 못한다.

나는 그들의 눈을 똑바로 쳐다본다. 그리고 그들의 얼굴에 대고서 그들의 양쪽 **뺨**이 붉어지도록 이렇게 말한다. 그대들은 다시 **기도하는 자들**이 되었구나! 하고 말이다.

하지만 기도하는 것은 수치이다! 모두에게 다 그렇지는 않지만 그대와 나, 그리고 머릿속에 양심을 가진 인간에게는 그렇다! **그대에게**

기도한다는 것은 수치일 뿐이다!

그대는 잘 알고 있다. 즐겨 두 손을 모아 무릎에 얹은 채 안일하게 살기를 원하는 비겁한 악마가 그대 마음속에 있다는 것을, 이 비겁한 악마가 그대에게 "신은 **존재한다!**"라고 그대를 설득하는 것이다.

하지만 **그렇게 됨으로써** 그대는 빛을 두려워하는 족속, 즉 빛 때문에 결코 휴식을 얻지 못하는 족속에 속하고 만다. 이제 그대는 날마다 그대의 머리를 밤과 안개 속에 더 깊숙이 처넣어야 하는 것이다!

그리고 정녕 그대는 때를 잘도 골랐다. 이제 막 밤의 새들이 다시 날아오르려 한다. 빛을 두려워하는 모든 족속에게 때가 온 것이다. **축제**도 없는 저녁 축제의 시간이 온 것이다.

나는 소리를 듣고 냄새를 맡는다. 사냥하고 행진할 시간이 왔다. 물론 거친 사냥이 아니라, 길들여지고 절뚝거리고 킁킁거리며 조용히 걷고 조용히 기도하는 자들을 사냥할 시간이 온 것이다.

다정다감한 위선적인 인간을 사냥할 시간이 된 것이다. 마음속의 덫이 다시 설치되었다! 내가 커튼을 걷어 올리면 거기에서 조그만 나방 한 마리가 파닥거리며 날아오른다.

이 작은 나방은 다른 작은 나방과 함께 그곳에 웅크리고 있었던 것일까? 왜냐하면 나는 도처에 숨어 있는 작은 교단들의 냄새를 맡았기 때문이다. 그리고 작은 방이 있는 곳, 그 안에는 새로 들어온 신앙의 형제들과 그들의 악취가 감돌고 있다.

그들은 기나긴 저녁 내내 나란히 앉아 이렇게 말한다. "저희로 하여금 다시 아이가 되게 하소서! 그리하여 **사랑하는 주여**라고 부르게 해주소서!"라고 말이다. 달콤한 과자를 만드는 이 경건한 자들 때문에 그들의 입과 위장은 망가져 버렸다.

혹은 기나긴 저녁 내내 그들은 교활하게 잠복하고 있는 십자거미를 관찰한다. 십자거미는 거미들에게 이렇게 설교한다. "십자가 밑이야말로 거미줄을 치기에 좋은 곳이다!"라고.

혹은 그들은 종일토록 늪가에 앉아 낚싯대를 드리우고 있고, 그리하여 그들 자신이 **심오하다**고 믿는다. 그러나 고기 한 마리 없는 곳에서 낚시질하는 자에게 나는 천박하다는 말조차도 하고 싶지 않다!

혹은 그들은 노래하는 시인 곁에서 경건하고 흥겹게 하프 켜는 법을 배운다. 이 노래하는 시인은 하프를 켜서 젊은 여인들의 마음을 사로잡기를 원한다. 왜냐하면 그는 늙은 여인들과 그들의 칭찬에 싫증이 났기 때문이다.

혹은 그들은 박식한 반미치광이에게서 등골이 오싹해지는 전율을 배운다. 이 반미치광이는 컴컴한 방에서 유령이 오기를 기다리고 있다. 그렇게 되면 정신은 혼비백산 완전히 달아나 버리기 때문이다.

혹은 그들은 불평을 해대면서 피리를 불고 돌아다니는 늙은이에게 귀를 기울인다. 이 늙은이는 음울한 바람으로부터 음울한 곡조를 배웠다. 이제 그는 바람 소리에 맞춰 피리를 불고, 구슬픈 곡조로 슬픔을 설교한다.

그리고 그들 중 몇 사람은 심지어 야경꾼이 되기도 했다. 이제 그들은 뿔피리를 불고 밤마다 거리를 다니면서 벌써 오래전에 잠들어 있던 낡은 일들을 일깨우는 법을 알게 되었다.

나는 어젯밤 정원의 담벼락에서 오래된 일들에 대한 다섯 가지 말을 들었다. 이것은 늙고 우울하고 야윈 야경꾼들의 입에서 흘러나온 말이었다.

"그는 아버지로서 자식들을 제대로 보살피지 않는다. 그 점에서는 인간의 아버지들이 더 낫다!"

"그는 너무 늙었다! 그는 이미 자식들을 더 이상 돌보지 않는다." 다른 야경꾼은 이렇게 대답했다.

"도대체 그에게 자식이 **있기나 한가**? 그 자신이 이 점을 증명하지 않으면 아무도 증명하지 못해! 나는 그가 어느 때인가는 이 점을 철저하게 증명해주기를 오랫동안 원해 왔어."

"증명한다고? 마치 그자가 여태껏 무엇인가를 증명한 적이 있었다는 듯한 말투로군! 증명한다는 것은 그에게 어려운 일이야. 그는 사람들이 그를 **믿는** 문제에만 골몰하고 있지."

"그래! 그래! 신앙이 그를 행복하게 만들지. 그에 대한 신앙이 말이야. 이게 늙은 자들의 방식이야! 우리 역시 그렇겠지!"

두 사람의 늙은 야경꾼, 빛을 두려워하는 자들이 이렇게 서로 말을 나누었다. 그러고 나서 구슬프게 뿔피리를 불었다. 이것이 어젯밤 정원의 담벼락에서 있었던 일이다.

이 얘기를 듣고 나는 너무도 우스워 내 심장이 뒤집혀 터질 것 같았다. 그리하여 어디로 가야 할지 몰라서 횡격막 속으로 가라앉고 말았다.

진실로, 내가 술 취한 나귀를 보거나 야경꾼이 신을 의심하는 얘기를 듣고, 그게 우스운 나머지 내가 질식한다면, 그것이 나의 죽음이 될 것이다.

이 같은 의심들도 모두 이미 **오래전에** 지나가 버린 일이 아닌가? 어느 누가 이 같은, 이미 오래 전에 잠들어 버린, 빛을 두려워하는 일들을 불러일으키려고 할 것인가!

낡은 신들은 이미 오래 전에 종말을 고했다. 그리고 진실로, 낡은 신들은 멋지고 유쾌하게 종말을 고하지 않았던가!

그러나 낡은 신들은 죽음을 맞아 '황혼 속으로 사라진' 것은 아니었다. 그것은 거짓말이다! 오히려 낡은 신들은 너무 **웃다가** 죽음을 맞이한 것이다!

그 일은 다음과 같이 가장 극단적으로 신을 부정하는 말이 어떤 신의 입에서 나왔을 때 일어났던 것이다. "신은 오직 **하나**이다! 그대는 나 이외의 어떤 신도 섬겨서는 안 된다!"라는 말이다.

분노의 수염을 단 늙은 신, 질투심 많은 신이 이처럼 자신을 망각하고 그렇게 말했던 것이다.

그러자 이때 모든 신이 웃었고, 그들의 의자에 앉아 몸을 흔들어대며 외쳤다. "신들은 존재한다. 그러나 유일한 신은 존재하지 않는다. 이것이야말로 바로 신성함이 아닌가?"

귀 있는 자는 들을지어다!

차라투스트라는 그가 사랑하던 '얼룩소'라고 불리는 도시에서 이렇게 말했다. 여기서 다시 그의 동굴과 짐승이 있는 곳까지 돌아가기 위해서는 다만 이틀이 걸릴 뿐이었다. 자신의 귀향이 임박하자 그의 영혼은 기쁨에 넘쳐났다.

귀향

아, 고독이여! 그대, 나의 **고향**인 고독이여! 나는 거친 타향에서 너무 나도 오래 거칠게 살아 왔도다. 그러니 나는 눈물 없이는 그대에게 로 돌아갈 수 없도다!

이제는 다만 어머니가 아들에게 하듯이 손가락으로 나를 위협해 다오. 이제는 다만 어머니가 미소 짓듯이 나를 향해 미소 지어다오! 자, 제발 말해 다오.

"지난날 폭풍우같이 미쳐 날뛰며 나에게서 달아나 버렸던 자는 누구였던가?

그는 헤어지면서 이렇게 외쳤다. '나는 고독 속에서 너무 오래 살 았기 때문에 침묵하는 것을 잊고 말았다!'라고. 지금 그대는 그것을, **침묵**을 배우지 않았는가?

아, 차라투스트라여! 나는 모든 것을 알고 있다. 그대 홀로 있는 자여. 그대는 내 곁에 있을 때보다도 많은 사람 사이에서 더 **버림받 지** 않았던가!

버림받은 것과 고독은 다른 것이다. 그대는 이제야 **그것**을 배웠 다! 그대가 인간들 속에서 언제나 황량하고 낯설게 되리라는 것을.

인간들이 그대를 사랑할 때조차 황량하고 낯설게 되리라는 것을. 왜냐하면 인간들은 무엇보다도 먼저 **보살핌받기를** 원하는 존재이기 때문이다!

지금 그대는 여기 그대의 고향, 그대의 집에 와 있다. 여기서야 그대는 무슨 말을 못하겠는가! 속에 품은 모든 이야기를 다 털어놓을 수 있다. 여기서는 감추어진 감정이든 완고해진 감정이든 부끄러워할 것이 없다.

여기서는 모든 만물이 어리광을 부리며 그대의 대화에 다가와 아양을 부린다. 만물이 그대 등을 타고 달려가고 싶어 하기 때문이다. 여기서 그대는 모든 비유를 타고 모든 진리를 향해 달려간다.

여기서는 그대가 모든 사물에 대해 성실하고 솔직하게 이야기할 수 있다. 그리고 진실로, 누군가가 만물과 터놓고 이야기를 나눈다면, 그것은 만물의 귀에 얼마나 찬사로 들릴 것인가!

하지만 버림받는다는 것은 이와는 다르다. 아, 차라투스트라여. 그대는 아직도 기억하고 있는가? 일찍이 그대가 숲속에서 어디로 가야 할지 몰라 시체 옆에 서 있었고, 그대의 새가 그대 머리 위에서 큰소리로 울었던 때를.

'내 짐승들이 나를 이끌어주었으면! 나는 인간들 가운데 있는 것이 짐승들 가운데 있는 것보다 더 위험하다는 사실을 알았다.'라고 그대가 말하던 때를. **이것이** 바로 버림받는다는 것이었다.

아, 차라투스트라여. 그대는 아직도 기억하고 있는가? 일찍이 그대는 그대의 섬에 앉아 텅 빈 나무통들 사이에서 샘물처럼 솟아나는 포도주를 나누고 베풀며, 목마른 자들에게 부어 주고 따라 주던 때를.

마침내 그대는 술 취한 자들 사이에 앉아 혼자 목말라 하면서 "주는 것보다는 받는 것이 더 행복하지 않은가? 그리고 받는 것보다는 오히려 훔치는 것이 더 행복하지 않은가?" 하고 밤마다 탄식하던 때를. **이것이** 바로 버림받는다는 것이었다.

아, 차라투스트라여. 그대는 아직도 기억하고 있는가? 그대의 가장 고요한 시간이 찾아와, 그대 자신으로부터 그대를 멀리 몰아내던 때를. 그대의 가장 고요한 시간이 '말하라, 그리고 부숴 버려라!' 하고 사악하게 속삭이던 때를.

가장 고요한 시간이 그대로 하여금 그대의 온갖 기다림과 침묵을 후회하게 만들고, 그대의 겸손한 용기를 꺾어 버렸던 때를. **이것이** 바로 버림받는다는 것이었다!"

아, 고독이여! 그대, 나의 고향인 고독이여! 그대의 목소리는 얼마나 행복하고 상냥하게 나에게 말해 주는가!

우리는 서로 묻지도 않으며, 서로 불평하지도 않는다. 우리는 종종 열린 문을 통해 함께 들락거린다.

왜냐하면 그대 곁에 있으면 모든 것이 숨김이 없고 밝기 때문이다. 시간조차도 여기서는 더욱 가벼운 발걸음으로 달려간다. 말하자면 시간은 빛 속에서보다 어둠 속에서 더 무거워지는 법이다.

여기서는 모든 존재의 말과 그 말의 상자가 나를 위해 활짝 열린다. 여기서는 모든 존재가 말이 되려고 한다. 여기서는 모든 생성이 나에게서 말하는 법을 배우려고 한다.

그러나 저 아래에서는, 모든 말이 부질없다! 거기서는 망각과 스쳐 지나가는 것이 최선의 지혜이다. **이것**을 이제 내가 배웠던 것이다!

인간들 사이에서 일어나는 모든 일을 이해하려는 자는 모든 일에 손을 대야 한다. 하지만 그러기에는 나의 손이 너무나 깨끗하다.

나는 벌써 그들의 숨을 들이마시는 것을 좋아하지 않는다. 아, 이같이 오래도록 내가 그들의 소음을 듣고 역겨운 숨결을 맡으며 살아 왔다니!

아, 나를 둘러싼 복된 고요함이여! 아, 나를 둘러싼 정결한 향기여! 아, 이 고요함은 깊은 가슴속으로부터 얼마나 정결한 숨을 내쉬는가! 아, 어떻게 귀를 기울이고 있는가, 이 복된 고요함은!

그러나 저 아래, 거기에서는 모든 것이 말을 하지만 모두가 건성으로 들을 뿐이다. 누가 자신의 지혜를 알리려고 종을 즐겨 울리지만, 시장의 장사꾼들의 동전 소리가 그 종소리를 덮어 버리고 만다!

그들 사이에서는 모든 것이 말을 하지만, 그 누구도 더 이상 이해할 줄 모른다. 모든 것은 물속으로 떨어질 뿐, 깊은 샘 속으로 떨어지는 것은 아무것도 없다.

그들 사이에서는 모든 것이 말을 하지만, 아무것도 더 이상 이루어지지 않으며, 아무것도 끝을 맺지 못한다. 모든 것이 암탉 울음소리처럼 시끄럽게 꼬꼬댁거리지만, 누가 아직도 자신의 둥지에 가만히 앉아 알을 품으려 하겠는가?

그들 사이에서는 모든 것이 말을 하지만, 모든 것이 지겨울 정도로 논의된다. 이리하여 어제까지는 시대 그 자체와 그 시대의 이빨이 감당하기에는 아직 너무도 딱딱하던 것이, 오늘은 잘게 씹히고 뜯긴 채 현대인의 주둥이에 매달려 있다.

그들 사이에서는 모든 것이 말을 하지만, 모든 것이 폭로된다. 그래서 한때는 심오한 영혼의 비밀과 내밀함으로 불리던 것이, 이제는 거리의 나팔수나 다른 경박한 수다쟁이들의 것이 되어 버렸다.

아, 인간 존재여, 그대 기이한 자여! 그대 어두운 골목길의 소음이여! 이제 그대는 다시 내 뒤에 있다. 나에게 가장 위험한 것이 내 뒤에 있는 것이다!

나에게 가장 위험한 것은 언제나 보살핌과 동정 속에 도사리고 있었다. 더욱이 모든 인간 존재는 보살핌과 동정을 받기를 원하는 것이다.

진리를 감추고, 바보의 손과 바보와 같은 마음으로, 또한 동정에서 나온 수많은 사소한 거짓말을 하면서, 항상 그렇게 나는 인간들 가운데서 살았다.

나는 가면을 쓴 채 그들 사이에 앉아 있었다. 내가 **그들을** 견뎌내고 있다고 오해받을 것을 각오하고 말이다. 그리고 나 자신에게 "너, 바보야, 너는 인간을 모른다!"라고 즐겨 타이르면서 말이다.

인간은 인간들 사이에 살면서 인간을 잊어버린다. 모든 인간에게는 너무도 많은 겉치레가 있다. **여기서는** 저 멀리 보거나 저 먼 곳을 갈망하는 눈이 무슨 소용이 있겠는가!

그래서 인간들이 나를 오해했을 때도, 바보인 나는 그런 오해에 대해 나보다는 오히려 그들을 이해해 주었다. 나에 대한 가혹함에 익숙해 있었고, 때때로 이런 관용에 대한 대가로 나 자신에게 복수하기도 했다.

독파리들에게 쏘이고 많은 악의의 물방울로 돌처럼 구멍이 움푹 파이면서, 나는 그들 사이에 앉아 나 자신에게 이렇게 타일렀다. "모든 왜소한 것은 자신의 왜소함에 아무런 죄가 없다!"

특히 스스로 '선한 자'라고 호칭하는 자들이야말로 가장 독성이 깊은 파리라는 것을 나는 알게 되었다. 그들은 천진난만하게 쏘아대며, 천진난만하게 속인다. 그들이 어떻게 나에 대해 공정**할 수 있단 말인가!**

선한 자들 사이에 사는 자는 그 동정심 때문에 거짓말을 배운다. 동정심은 모든 자유로운 영혼들에게 질식할 듯 답답한 공기를 만들어 준다. 말하자면 선한 자들의 어리석음은 깊이를 알 수 없는 것이다.

나 자신과 나의 풍요로움을 숨기는 것. **그것을** 나는 저 아래에서 배웠다. 모든 사람의 정신이 가난하다는 것을 알았기 때문이다. 모든 사람에게 있어서 다음과 같은 사실을 내가 알았다고 한 것은 나의 동정심에서 나온 거짓말이었다.

즉, 그들의 정신이 어느 정도면 **충분하고**, 그들의 정신이 어느 정도면 **너무 과다한** 것인지 내가 알아차렸고 또 냄새 맡았다고 말한 것 말이다.

그들의 완고한 현자들, 나는 그들을 완고하다고 하지 않고 지혜롭다고 했다. 이같이 나는 말을 삼켜 버리는 법을 배웠다. 그들의 무덤 파는 사람들을 나는 연구자이며 검사자라고 불렀다. 이같이 나는 말을 바꿔치기 하는 법을 배웠다.

무덤 파는 자들은 구덩이를 파다가 병에 걸린다. 오래된 폐허 밑에는 고약한 냄새가 고여 있다. 그러므로 늪이나 수렁을 휘저어서는 안 된다. 사람은 마땅히 산 위에서 살아야 한다.

나는 다시 축복받은 콧구멍으로 산의 자유를 호흡한다! 마침내 나의 코는 모든 인간들이 뿜어내는 냄새로부터 구원받았다!

마치 거품 나는 포도주에 의해 간질여지는 것처럼, 매서운 공기로 간질여진 나의 영혼은 **재채기**를 한다. 재채기를 하고 나 자신을 향해 환호성을 지른다. 건강하기를!

차라투스트라는 이렇게 말했다.

세 가지 악에 대하여

1

새벽녘 꿈에, 바다 쪽으로 돌출한 어떤 곶뿌 위에 오늘 내가 서 있었다. 세계의 저편에서 나는 손에 저울을 들고 세계의 **무게를 재고 있었다.**

아, 너무도 일찍 아침놀이 나를 찾아왔다. 이 질투심 많은 자는 벌겋게 달아오르면서 나를 깨웠다. 아침놀은 나의 새벽녘의 꿈이 달아오르는 것을 언제나 질투한다.

내가 꿈속에서 본 세계는 다음과 같았다. 시간을 가진 자는 측량할 수 있고, 저울질 잘하는 자는 달아볼 수 있고, 억센 날개를 가진 자는 접근이 가능하고, 호두를 까는 신성한 자[28]는 헤아릴 수 있는 그런 세계였다.

나의 꿈은 대담한 항해자이다. 반은 선박이고 반은 돌풍이며, 나비처럼 과묵하고 매처럼 성미가 급하다. 이런 내 꿈이 오늘은 무슨 이유로 세계를 저울질해보는 인내심과 여유를 갖게 되었는가!

아마도 나의 지혜가 남몰래 내 꿈에게 말한 것일까? 모든 '무한의 세계'를 조롱하고, 미소 지으며 깨어 있는 나의 낮의 지혜가? 왜냐하면 나의 지혜는 이렇게 말하기 때문이다. "힘이 있는 곳에서는 수數가 여주인이 되고, 그 수는 보다 큰 힘을 가진다."라고.

내 꿈은 얼마나 확신을 갖고 이 유한한 세계를 바라보는가. 새것에 대한 호기심도 옛것에 대한 호기심도 없이, 두려워하지도 않고 애원하지도 않으면서.

마치 동그란 사과가, 서늘하고 부드러운 벨벳의 껍질을 가진 무르익은 황금사과가 내 손에 쥐어져 있는 것처럼, 세계는 그렇게 나에게 주어졌다.

마치 한 그루 나무가, 여행에 지친 나그네가 기대어 발걸이로 삼을 수 있도록 휘어진 것처럼, 가지가 무성하고 의지가 강한 나무가 나에게 눈짓하는 것처럼, 그렇게 세계는 나의 곳 위에 서 있었다.

마치 우아한 손이 나에게 상자 하나를, 부끄러워하면서도 존경하는 눈을 황홀하게 만들기 위해 열어 놓은 상자 하나를 건네주는 것

***

28 호두를 까듯 사물의 핵심을 파고 들어간다는 의미이다.

처럼, 이렇게 오늘 세계는 나에게 주어졌다.

　인간애人間愛를 위협하여 내쫓을 만한 수수께끼도 아니고, 인간의 지혜를 잠재울 만큼의 해답이 주어져 있는 것도 아닌, 사람들이 이같이 비방하는 이 세계가 오늘 나에게는 인간적으로 좋게 보였다!

　오늘 새벽에 이처럼 내가 세계를 저울질해 보았으니 나의 새벽녘 꿈은 얼마나 고마운가! 이 꿈, 마음을 위로해 주는 이 꿈이 내게 나타나다니, 인간적으로 얼마나 선량한 것인가!

　그리고 나는 대낮에도 이 꿈과 똑같이 하면서, 이 꿈의 가장 좋은 점을 모방하고 배우기 위해서, 이제 나는 세 가지 가장 나쁜 것을 저울에 올려놓고 인간적인 관점에서 제대로 재어보고자 한다.

　축복하기를 가르친 자는 저주하는 것도 가르쳤다. 그렇다면 이 세상에서 가장 저주받아온 세 가지는 무엇일까? 이제 나는 이것들을 저울에 올려놓으려고 한다.

　육욕, 지배욕, 이기심, 이 세 가지는 지금까지 가장 저주받아 왔고, 또 가장 나쁘게 비방되었으며, 또한 왜곡되어 왔다. 그러나 나는 이 세 가지를 인간적으로 제대로 다루려고 한다.

　자! 여기에는 나의 곶串이 있고, 저기에는 바다가 있다. 내가 사랑하는 늙고 충실한 백 개의 머리를 가진 괴물 같은 저 **바다**는 꼬리를 흔들며 아첨하듯이 내 쪽으로 물결쳐 온다!

　자! 여기서 나는 광란하는 바다를 굽어보며 저울을 들고 있으리라. 그리고 입회할 증인으로, 그대 은둔자인 나무여! 그대를 선택하리라. 넓은 가지를 뻗고 짙은 향기를 내뿜는 내 사랑하는 그대여!

어떤 다리를 지나 현재는 미래로 가는가? 무엇에 강요당하여 높은 것이 낮은 것을 향해 가는가? 그리고 가장 높은 것에게조차 더 높이 자랄 것을 명령하는 것은 무엇인가?

이제 저울은 평평하게 수평 상태를 유지하고 있다. 나는 이 저울에 세 가지 묵직한 질문을 올려놓는다. 그러자 세 가지 묵직한 대답이 다른 쪽 저울판 위로 올라온다.

2

육욕. 그것은 속죄의 옷을 입은 모든 육체 경멸자에게 있어서는 형극荊棘이며 말뚝 울타리이고, 내세를 믿는 모든 자에게 있어서는 '속세'라고 저주받는다. 왜냐하면 육욕은 혼란과 오류를 가르치는 모든 교사를 조롱하고 바보로 만들기 때문이다.

육욕. 그것은 천민들에게 있어서는 그들을 태워 버리는 서서히 타오르는 불이다. 벌레 먹은 모든 목재와 악취를 풍기는 모든 **누더기**에게는 언제라도 욕정에 불을 붙여 끓어오르게 하는 난로다.

육욕. 그것은 자유로운 마음을 지닌 자들에게 있어서는 순진무구하고 자유로운 것이고, 지상 낙원의 행복이며, 모든 미래가 현재에게 바치는 넘쳐흐르는 고마움이다.

육욕. 그것은 시들어 버린 자들에게 있어서만은 달콤한 독이다. 그러나 사자와 같은 의지를 지닌 자들에게 있어서는 훌륭한 강장제이며, 소중하게 지켜온 포도주 중의 포도주이다.

육욕. 그것은 보다 높은 행복과 최고의 희망에 대한 커다란 상징

302

적 행복이다. 말하자면 많은 사람에게 있어서 결혼과 결혼 이상의 것이 약속되어 있는 것이다.

남녀 사이보다 자신이 자신에게 더 낯선 많은 사람에게. 그런데 남자와 여자 사이가 얼마나 낯선지를 완전히 이해한 사람은 누구란 말인가!

육욕. 하지만 나는 내 사상의 둘레에 울타리를 치고, 내가 하는 말 둘레에도 울타리를 치려 한다. 돼지와 광신자들이 내 정원에 침입하지 못하도록 말이다.

지배욕. 그것은 냉혹하기 그지없는 자들을 후려치는 벌겋게 달아오른 채찍이며, 잔혹하기 그지없는 자가 스스로 벌어들인 무시무시한 고문이며, 산 채로 불태워 죽이는 화형의 장작더미 위로 솟는 음산한 불꽃이다.

지배욕. 그것은 허영심이 넘치는 군중에게 달라붙는 성가신 쇠파리이며, 모든 막연한 덕을 조롱하는 자이며, 어떤 말馬이든 어떤 자부심이든 그 위에 올라타고 달리는 자이다.

지배욕. 그것은 썩어서 속이 텅 빈 모든 것을 부수고 무너뜨리는 지진이며, 구르고 으르렁거리고 벌을 주면서 회칠한 무덤을 파괴하는 자이며, 섣부른 대답에 번개를 내리치는 의문 부호이다.

지배욕. 그 시선 앞에서 인간은 설설 기고, 머리를 조아리고, 노예처럼 복종하고, 그리고 뱀과 돼지보다 더 비굴해진다. 그러다 마침내 그 인간에게서 커다란 경멸의 외침이 터져 나오게 된다.

지배욕. 그것은 커다란 경멸을 가르치는 무서운 여교사이다. 그것은 도시와 국가를 면전에 대놓고 "너희는 물러가라!"라고 설교한다. 그러다 마침내 도시와 국가가 스스로 "**나는** 물러가겠다!"라고 외치는 것이다.

지배욕. 하지만 그것 또한 순수한 자들과 고독한 자들, 그리고 저 위쪽에서 자족하고 있는 고귀한 자들을 향해서도 유혹하며 올라간다. 그것은 마치 지상의 하늘에 자줏빛 행복을 매혹적으로 그리는 사랑처럼 불타오른다.

지배욕. 그러나 고귀한 것이 권력을 갈망하여 아래로 내려온다면, 누가 그것을 탐욕이라고 부르겠는가! 진실로, 그러한 갈망과 하강에는 병적인 것도 병적인 욕망, 즉 탐욕도 없다!

고독한 높이는 영원히 외로움의 상태에서 자족하며 머물러서는 안 된다는 것. 산은 골짜기로 하강해야 한다는 것, 높은 곳의 바람이 낮은 곳으로 불어야 한다는 것. 아, 이 같은 동경에 대해 그 누가 올바른 세례명과 그 덕에 맞는 이름을 찾아낼 수 있겠는가! '베푸는 덕' 일찍이 차라투스트라는 이름 붙일 수 없는 것을 이렇게 불렀다.

이때 다음과 같은 일이 일어났다. 정말이지 그것은 처음으로 일어난 일이었다! 즉 차라투스트라는 **이기심**을 축복받은 것이라고 찬양했던 것이다. 힘찬 영혼에서부터 샘물과 같이 솟아오르는 이 건전하고 건강한 이기심을 말이다.

주의의 모든 사물이 거울이 될 만큼 아름답고 당당하고 활기찬 고귀한 육체에 어울리는 강력한 영혼으로부터 샘솟는 이기심을 축복받은 것이라고 찬양했던 것이다.

유연하고 설득력 있는 춤꾼의 육체, 춤꾼의 비유와 정수精髓는 스스로에게서 희열을 맛보는 영혼이다. 이러한 육체와 영혼의 자기 희열이 스스로를 '덕'이라 부르는 것이다.

이 같은 자기 희열은 마치 성스러운 숲으로 자신을 보호하듯, 좋은 것과 나쁜 것이라는 말로써 자기 자신을 보호한다. 그리고 그 행복이란 이름 아래 자기 희열은 자신으로부터 모든 경멸할 만한 것을 내쫓는다.

또한 자기 희열은 자신으로부터 모든 비겁한 것을 내쫓는다. 자기 희열은 말한다. "나쁜 것이란 비겁한 것이다!"라고. 그리하여 항상 근심하고, 탄식하고, 하소연하는 자와 가장 보잘것없는 이익까지도 주워 모으는 자를 자기 희열은 경멸스러운 것으로 여긴다.

또한 자기 희열은 슬픔에 잠긴 모든 지혜도 경멸한다. 진실로, 어둠 속에서 꽃피는 지혜, 밤 그림자 같은 지혜도 있기 때문이다. 이러한 지혜는 항상 "모든 것은 덧없다!"라고 탄식한다.

자기 희열은 소심한 불신을 하찮게 여긴다. 그리고 시선을 주고 손을 내미는 대신 맹세를 바라는 자도 하찮게 여긴다. 너무 불신하는 모든 지혜도 마찬가지로 하찮게 여긴다. 왜냐하면 이 같은 지혜는 비겁한 영혼의 속성이기 때문이다.

또한 자기 희열은 재빨리 영합하는 자, 곧잘 뒤로 벌렁 드러누워 버리는 개 같은 자, 굴복하는 자들을 더욱 하찮게 여긴다. 이처럼 비굴하고, 개 같고, 유순하고, 재빨리 영합하는 지혜도 있는 것이다.

자기 희열은 자기 자신을 지킬 의지가 없는 자, 독 있는 침이나 간

사한 눈길까지도 꿀꺽 삼키는 자, 너무도 참을성이 강한 자, 모든 것을 참고 받아들이는 자, 모든 것에 만족하는 자들을 증오하고 구역질나는 것으로 여긴다. 말하자면 이 같은 것들은 노예의 속성이기 때문이다.

신들과 신들의 발길질에 굴종하든, 또는 인간들과 인간들의 그 우둔한 견해에 굴종하든, 그 **모든** 노예의 속성에 침을 뱉는다. 이 복된 이기심은!

복된 이기심은 기가 꺾여 노예처럼 굽실거리는 모든 것, 부자연스럽게 깜빡거리는 눈, 억눌린 마음 그리고 두텁고 비겁한 입술로 입맞춤하는 저 위선적인 유순한 태도를 '나쁜 것'이라고 부른다.

복된 이기심은 노예들과 늙은이들과 지친 자들이 떠드는 온갖 익살을 '사이비 지혜'라고 부른다. 그리고 특히 불량하고, 어처구니없고, 지나치게 익살스러운 성직자들의 어리석음을 이같이 부른다!

사이비 현자들, 성직자들, 세상에 지친 자들, 영혼이 여자나 노예의 속성을 가진 자들. 아, 그 옛날부터 이들의 장난질이 이기심을 얼마나 괴롭혀 왔던가!

더욱이 이 이기심을 괴롭히는 **것**. 바로 그것이 덕이라 여겨지며 덕이라고 불렸던 것이다! 그리고 '사심이 없는 몰아沒我' 세상에 지친 그 모든 비겁한 자들과 십자거미들 자신이 그렇게 되기를 원했으며, 거기에는 상당한 이유가 있었다!

그러나 이 모든 자에게 이제 낮이, 변화가, 심판의 칼이, **위대한 정오**가 다가오고 있다. 그때가 되면 많은 일이 명백해질 것이다!

그리고 자아를 일컬어 건전하고 신성하다고 하고 또 이기심을 일컬어 복되다고 말하는 자, 진실로 이 사람은 예언자이다. 예언자는 자신이 알고 있는 것을 이렇게 말한다. "**보라, 다가온다, 가까이 오고 있다, 위대한 정오가!**"

차라투스트라는 이렇게 말했다.

중력의 정신에 대하여

1

나의 말재주는 군중의 말재주이다. 그래서 내가 하는 말은 저 앙골라 토끼들에게는 너무도 거칠고 진실하다. 그리고 내가 하는 말은 먹물을 내뿜는 물고기들과 펜을 든 여우들에게는 더욱 낯설게 들린다.

나의 손은 바보의 손이다. 슬프구나, 모든 탁자와 벽 그리고 아직도 바보가 장식하고 바보가 낙서할 공간이 있다니!

나의 발은 말馬의 발이다. 이 발로 나는 나무 그루터기와 돌멩이 위를 지나가고 들판은 종횡으로 달가닥거리며 달린다. 빨리 내달릴 때 나는 즐거워 미칠 지경이다.

나의 위장胃腸은 아마 독수리의 위장일까? 양고기를 가장 좋아하니 말이다. 어쨌든 나의 위장이 새의 위장인 것은 확실하다.

때 묻지 않은 모이를 조금 먹고, 저 멀리 날아가기 위해서 날개를 갖추고 초조하게 준비를 하는 것, 그것이 나의 천성이다. 여기에 어찌 새의 천성이 없다 하겠는가!

307

그리고 특히 내가 중력의 정신에 적의를 갖고 있다는 것, 그것이 바로 새의 천성이다. 진실로, 나에게 중력의 영은 불구대천의 원수, 최대의 원수, 조상 대대로의 원수이다! 나의 적의가 아직 날아보지 않은 곳, 헤매며 날아보지 않은 곳이 어디 있겠는가!

나는 이에 대해 노래할 수도 있다. 그래서 실제로 노래**하려고** 한다. 설사 내가 텅 빈 집에서 홀로 내 자신의 귀에다 대고 노래해야만 하더라도.

물론 집안이 청중들로 가득 차야만 비로소 그들의 목청이 부드러워지고, 그들의 손짓이 수다스러워지고, 그들의 눈동자가 또렷해지고, 그들의 마음이 깨어나는 가수들도 있다. 하지만 나는 그들과는 다르다.

2

언젠가 인간에게 나는 법을 가르치는 자는 모든 경계석을 옮겨 놓을 것이다. 이 사람 앞에서 모든 경계석이 스스로 공중으로 날게 될 것이다. 이 사람은 대지에 '가벼운 것'이라고 새로이 세례명을 내릴 것이다.

타조는 가장 빠른 말보다 더 빨리 달린다. 더욱이 타조는 아직도 그 머리를 무거운 대지에 무겁게 처박고 있다. 아직 날지 못하는 인간도 타조와 마찬가지다.

그런 인간에게 대지와 삶은 무겁게 여겨진다. 중력의 영혼이 이러기를 **바라**는 것이다! 가벼워져서 새가 되려는 자는 자신을 사랑해야 한다. **나는** 이렇게 가르친다.

물론 자신을 사랑함에 있어서, 병약한 자나 중독 환자들의 방식으로 사랑해서는 안 된다. 이런 자들의 경우에는 자기애조차도 악취를 풍기기 때문이다!

인간은 건전하고 건강한 사랑으로 자신을 사랑하는 법을 배워야 한다. 나는 이렇게 가르친다. 자기 자신을 참아내느라 이리저리 방황하지 않기 위해서다.

그런 방황은 자칭 '이웃 사랑'이라 불린다. 지금까지 이 말로 수없이 많은 사람을 속여 왔고 위선이 자행되었다. 특히 온 세상을 괴롭혀왔던 자들에 의해서.

진실로, 자기를 사랑함을 **배우는 것**은 당장 오늘내일을 위한 계율이 아니다. 이것은 오히려 모든 기술 중 가장 정밀하고 교묘하며, 가장 커다란 인내심이 요구되는 궁극적인 기술이다.

말하자면 모든 소유물은 그 소유자에게는 잘 숨겨져 있어서, 숨겨진 모든 보물 중에서 자기 자신의 것이 가장 늦게 발굴되는 법이다. 이것은 다름 아닌, 중력의 영혼이 그렇게 하는 것이다.

대개 요람 속에 있을 때부터 이미 우리에게는 무거운 말들과 가치들이 지참금으로 주어진다. 이 지참금은 '선과 악'이라고 불린다. 이 지참금 때문에 우리의 삶이 허락된다.

또한 아이들이 자기 자신을 사랑하는 것을 제때 막기 위해서 사람들은 아이들을 자기들 곁으로 오게 한다. 이것이 또한 중력의 영혼이 하는 일이다.

그리고 우리. 우리는 자신들에게 지참금으로 주어진 것을 딱딱하고 괴로운 어깨 위에 짊어지고 험준한 산을 넘어 충실하게 운반해 간다! 그리하여 우리가 땀을 흘리면 사람들은 우리에게 이렇게 말한다. "그래, 삶이란 짊어지고 다니기에 무거운 것이야!"

그러나 인간에게는 오직 인간만이 짊어지기에 무거운 짐이다! 이는 다름 아닌, 인간이 자기 어깨에 너무도 많은 낯선 것을 헐떡이며 짊어지고 가기 때문이다. 인간은 낙타처럼 무릎을 꿇고 타인이 그 등에 짐을 싣도록 내맡긴다.

특히 경외심을 지닌 강인하고 끈질긴 자, 그자는 **낯설고** 무거운 말과 가치들을 너무도 많이 짊어지고 있다. 그리하여 이제 그에게 삶은 사막으로 여겨진다.

그리고 진실로, **자기 소유의** 많은 것도 짊어지기에 벅차다! 그리고 인간의 내면에 있는 것은 대부분 굴과 같아서, 말하자면 구역질 나고 미끈미끈해서 손으로 붙잡기도 어렵다.

그러므로 고상하게 치장한 껍질이 중재 역할을 해야 한다. 사람들은 또한 이런 기술도 배워야 한다. 껍질과 아름다운 외관과 현명한 맹목성을 갖추는 기술 말이다!

또한 많은 껍질이 초라하고 형편없으며, 너무나 껍질 같아서 인간 내면에 있는 많은 부분이 오히려 왜곡되어 드러난다. 그래서 숨겨진 많은 선의와 힘은 결코 드러나지 않는다. 즉 가장 맛있는 음식이 그 맛을 알아주는 미식가를 만나지 못하는 것이다!

여자들, 특히 너무나도 섬세한 여자들은 알고 있다. 즉 약간 더 뚱

뚱해지거나 약간 더 살이 빠지는 것의 의미를. 아, 이런 얼마 안 되는 것에 얼마나 많은 운명이 들어 있는가!

인간은 밝혀내기 어려운 존재이며, 더욱이 자기 자신을 밝혀내기는 가장 어렵다. 정신이 때때로 영혼에게 거짓말을 하기 때문이다. 이것이 즉 중력의 영혼이 하는 일이다.

그러나 "이것이야말로 **나의** 선이며, 나의 악이다."라고 말하는 사람은 자기 자신을 발견한 자이다. 이렇게 말함으로써 이 사람은 '만인을 위한 선과 만인을 위한 악'에 대해 말하는 저 두더지와 난쟁이를 침묵시킨다.

진실로, 나는 만물이 선하고, 이 세계가 최선의 세계라고 일컫는 사람들을 좋아하지 않는다. 이 같은 사람들을 나는 '매사에 만족하는 자'라고 부른다.

모든 것을 맛볼 줄 아는 완전한 만족감, 이것이 최상의 취향은 아니다! 나는 '나'와 '그렇다'와 '아니다'를 말할 줄 아는 반항적이고 변덕 많은 혀와 위장을 가진 사람을 존경한다.

그러나 무엇이든 씹고 소화해 내는 것, 이것이 바로 돼지의 속성이다. 언제나 '이-아'²⁹라고 말하는 것. 그것은 다만 나귀와 나귀의 정신을 가진 자만이 배운 것이다!

짙은 황색과 강렬한 적색. **나의** 취향은 이러기를 원한다. 나의 취향은 모든 빛깔에 핏빛을 섞는다. 그러나 자기 집을 흰색으로 칠하

***

29 '그렇다'고 긍정을 할 때, 나귀가 내는 소리 'I-a(이-아)'는 독일어 'Ja(야)'처럼 들린다.

는 자는 내가 볼 때는 희게 회칠한 자신의 영혼을 드러내는 것이다.

어떤 자는 미라에게 또 어떤 자는 유령에게 반한다. 그리고 양자는 똑같이 모든 살과 피에 적대적이다. 아, 둘 다 나의 미적 감각에 얼마나 거슬리는가! 나는 피를 사랑하기 때문이다.

누구나 침을 뱉고 토하는 그런 곳에 나는 살고 싶지도 않고, 머물고 싶지도 않다. 이것이 나의 **취향**이다. - 오히려 나는 도둑들과 거짓 맹세하는 자들 사이에 살고 싶다. 그들은 아무도 입에 황금을 물고 다니지 않기 때문이다.

내가 가장 역겨워하는 것은 아첨꾼이다. 내가 발견한 가장 역겨운 인간이라는 짐승에게는 기생충이라는 세례명을 지어주었다. 이 짐승은 사랑은 하지 않으면서도 사랑을 먹고 살아가려고 한다.

나쁜 짐승이 되느냐, 혹은 짐승을 부리는 나쁜 조련사가 되느냐 하는 이외의 다른 선택을 못하는 자들을 나는 불운하다고 말한다. 나는 그들 옆에 어떠한 오두막도 짓지 않을 것이다.

또한 항상 **기다려야만 하는** 자들도 나는 불운하다고 말한다. 이러한 자들은 내 취향에 거슬린다. 모든 세금 징수원, 소상인, 왕 그리고 그 밖의 나라와 가게를 지키는 자들 말이다.

진실로, 나 역시 기다리는 법을 배웠다. 그것도 철저하게 배웠다. 그러나 내가 배운 것은 **나 자신**을 기다리는 것이다. 그리고 무엇보다도 나는 서고, 걷고, 달리고, 뛰어오르고, 기어오르고, 또 춤추는 것까지 배웠다.

그래서 나의 가르침은 이렇다. 언젠가 나는 것을 배우려는 자는,

우선 서고 걷고 달리고 뛰어오르고 기어오르고, 또 춤추는 것까지를 배워야 한다. 인간은 단번에 나는 법을 배울 수 없다!

나는 줄사다리로 여러 창문을 기어오르는 법을 배웠고, 민첩한 다리로 높은 돛대에 기어오르기도 했다. 인식의 높은 돛대 위에 앉는 것이 내게는 적지 않은 행복처럼 생각되었다.

높은 돛대 위에서 마치 작은 불꽃처럼 깜박거리는 것, 그것은 비록 작은 불꽃이지만 표류하는 선원들과 난파한 자에게 있어서는 크나큰 위안이다.

나는 수많은 길과 방법으로 진리에 이르렀다. 나의 눈길이 멀리까지 둘러볼 수 있는 그 높이에 도달하기까지 내가 단 **하나의** 사다리만을 타고 오른 것은 아니었다.

그리고 나는 길을 물을 때면 언제나 마지못해 그랬을 뿐이다. 길을 물어본다는 것은 항상 내 취향에 거슬리는 일이었다! 오히려 나는 길 자체를 물어보았고, 시도해 보았던 것이다.

나의 행로는 모두가 하나의 시도였고 물음이었다. 그리고 진실로, 사람들은 이 같은 물음에 대답하는 것을 **배워야만** 한다! 이것이 나의 취향이다.

그것은 좋지도 나쁘지도 않은 나의 취향이다. 하지만 이 취향을 나는 부끄러워하지도 또 숨기지도 않는다.

"이것이 지금 **나의** 길이다. 그대들의 길은 어디 있는가?"라고 나는 나에게 '길을 물은' 자들에게 말했다. 말하자면 **그런** 길은 존재하지 않는다!

차라투스트라는 이렇게 말했다.

낡은 서판과 새로운 서판에 대하여

1

여기 앉아서 나는 기다린다. 내 주위에는 부서진 낡은 서판書板들과 새롭게 반쯤 쓰인 서판들이 놓여 있다. 나의 시간은 언제 오는가?

나의 하강의 시간, 나의 몰락의 시간 말이다. 왜냐하면 나는 다시 **한번** 인간들에게 가고자 하기 때문이다.

나는 이제 때를 기다리고 있다. 왜냐하면 나의 시간이 왔음을 알리는 신호가 먼저 나에게 도달해야 하기 때문이다. 말하자면 비둘기 떼를 거느린 웃는 사자가 내게 다가오는 신호 말이다.

그때까지는 나는 시간 여유가 있는 자로서 나 자신에게 말한다. 나에게 새로운 것을 이야기할 어느 누구도 없기 때문에 나는 자신에게 말해야 한다.

2

내가 인간들 곁에 이르렀을 때, 나는 그들이 케케묵은 자만심 위에 앉아 있는 것을 보았다. 그들은 모두 인간에게 선과 악이 무엇인지 이미 오래 전부터 알고 있다고 자만하고 있었다.

그들은 덕에 대한 모든 말을 낡고 또한 넌더리나는 것이라고 생각했다. 그래서 기분 좋게 잠들기를 원하는 자는 잠자리에 들기 전에 '선'과 '악'에 대하여 이야기했다.

그래서 나는 이렇게 가르치며 그 잠을 방해했다. 선과 악이 무엇인지를 **아는 자는 아직** 없다. 이것을 아는 자는 오직 창조하는 자뿐이다!

이 창조하는 자는 인간의 목표를 창조하고, 대지에 그 의의와 미래를 부여하는 자인 것이다. 이 자가 비로소 무엇이 선이고 무엇이 악인지를 결정한다.

나는 그들의 낡은 강단을, 낡은 자만심만 앉아 있었을 뿐인 그곳을 뒤엎으라고 명령했다. 나는 그들에게 그들의 위대한 덕의 교사들, 성자들, 시인들 및 구세주를 비웃으라고 명령했다.

그들의 음울한 현자들을, 또 이제까지 검은 허수아비가 되어 삶의 나무 위에 앉아 경고하던 자들을 비웃으라고 그들에게 명령했다.

나는 그들의 거대한 무덤이 있는 길가에 앉아 있었고, 심지어 썩은 짐승의 시체와 탐욕스러운 독수리 옆에도 앉아 있었다. 그러면서 나는 그들의 모든 과거와 썩어 문드러진 과거의 영광을 비웃었다.

진실로, 회한을 설교하는 자나 바보처럼 나는 크고 작은 그들의 모든 일에 분노하며 외쳤다. 그들의 최선이라고 하는 것이 이렇게 왜소하다니! 그들의 최악이라는 것도 이렇게 왜소하다니! 나는 이같이 비웃었다.

참으로 거센 지혜이면서 산에서 태어난 나의 지혜로운 동경은 마음속으로 이렇게 외치며 비웃었다! 요란하게 날개를 퍼덕거리는 나의 위대한 동경은.

그리고 종종 이 동경은 웃는 도중에 나를 앞으로 위로 저 멀리로 끌어당겼다. 그러면 나는 그때 화살처럼 전율하면서 햇빛에 취한 황홀경 속으로 날아갔다.

그 어떤 꿈에서도 본 적이 없었던 먼 미래로, 지금까지 그 어떤 조각가들이 꿈꾸어왔던 것보다 더 뜨거운 남쪽 나라로. 신들이 춤추며 자신들이 입은 옷을 부끄러워하는 그곳으로.

말하자면 나는 이처럼 비유로써 말하며, 시인들처럼 주저하고 말을 더듬거린다. 그리고 진실로, 내가 아직도 시인**이어야만** 한다는 사실이 부끄럽다!

그곳은 모든 생성이 신들의 춤과 신들의 자유분방함이라고 생각되었던 곳이고, 세계가 해방되어 제멋대로 자기 자신에게로 다시 도망치고 있다고 여겨졌던 곳이다.

그곳은 많은 신이 서로 간에 영원히 도망치고 영원히 다시 찾으며, 행복하게 서로를 반박하고, 다시 서로에게 귀를 기울이고, 서로 다시 하나가 되는 곳이다.

그곳은 모든 시간이 나에게 순간에 대한 복된 비웃음이라고 생각되었던 곳이고, 자유의 가시와 더불어 행복하게 놀았던 필연이 바로 자유 자체인 곳이다.

그곳은 내가 나의 늙은 악마이자 불구대천의 원수인 중력의 영과 이 영이 창조한 모든 것 즉 강제, 규정, 필요와 결과, 목적과 의지 그리고 선과 악을 다시 발견했던 곳이다.

춤추며 **넘어가고**, 또 춤추며 저리로 건너갈 수 있는 무엇인가가 거기에 **있어야만** 하지 않겠는가? 가벼운 자, 가장 가벼운 자를 위해 두더지와 난쟁이들이 거기에 존재해야 하지 않겠는가?

3

그곳에서 나는 '초인超人'이란 말을 길을 가다 주웠으며, 또한 인간은 극복되어야 할 어떤 존재라는 것을 알게 되었다.

또한 그곳에서 인간은 목적이 아니라 다리이며, 새로운 아침놀에 이르는 도정으로서 자신의 정오와 저녁을 행복에 겨워 찬양한다는 것을 알았다.

그곳에서 위대한 정오에 대한 차라투스트라의 말을 주웠고, 그밖에 자줏빛의 두 번째 저녁놀처럼 내가 인간들의 머리 위에 내걸었던 것도 그곳에서 주웠다.

진실로, 나는 인간들에게 새로운 밤들과 함께 새로운 별들도 보여주었다. 이리하여 구름과 낮과 밤 위에 나는 마치 오색찬란한 천막과도 같은 웃음을 팽팽하게 펼쳤다.

나는 인간들에게 모든 **나의** 생각과 행동을 가르쳤다. 즉 인간에게 있어서 단편이고 수수께끼이며 무서운 우연인 것을 하나가 되게끔 창조하여 끌어 모으는 법을 가르쳤다.

나는 시인으로서, 수수께끼를 푸는 자로서, 또 우연을 구제하는 자로서 그들에게 미래를 창조하고 **과거에 있었던** 모든 것을 창조적으로 구제할 것을 가르쳤다.

또한 인간에게 있어서 과거를 구원하고 모든 '이러했다'를 개조하여 마침내 의지가 '나는 이렇게 되기를 바랐다! 나는 이렇게 되기를 바랄 것이다!'라고 말하도록 가르쳤다.

나는 이것을 그들에게 구원이라고 알려 주었고, 그것만을 구원이라고 부르도록 가르쳤다.

이제 나는 **나 자신의 구원**을 기다린다. 이것을 최후로 하여 인간들에게 갈 때를 기다리고 있는 것이다.

이제 다시 한번 나는 인간들에게 가고자 한다. 인간들 **사이에서** 몰락하기를 원한다. 나는 죽으면서 그들에게 나의 가장 풍요로운 선물을 주고 싶기 때문이다!

나는 넘쳐흐르는 자인 태양이 가라앉으려 할 때 태양에게서 이것을 배웠다. 가라앉으면서 태양은 그 무진장한 풍요로부터 나오는 황금을 바다에 쏟아 붓는다.

그리하여 가장 가난한 어부조차도 배를 황금의 노로 젓는 것이다! 나는 일찍이 이 광경을 보고 차마 눈물을 흘리지 않을 수 없었다.

가라앉는 태양처럼 차라투스트라 또한 몰락하려 한다. 그는 이제 여기 앉아서 기다리고 있다. 그의 주위에는 낡고 부서진 **서판**과 반쯤 기록된 **서판**이 놓여 있다.

4

보라! 여기에 새로운 서판이 하나 있다. 그런데 나와 함께 이 서판을 골짜기로, 그리고 육체의 마음속으로 운반할 나의 형제들은 어디 있단 말인가?

아득히 멀리 있는 자들을 위한 나의 커다란 사랑은 이렇게 요구한다. **그대의 이웃을 보살피지 말라!** 인간은 극복되어야만 하는 존재이다.

극복하는 데에는 여러 가지 길과 여러 가지 방법이 있다. **그대는** 그 점을 유의하라! 그러나 익살꾼만은 이렇게 생각한다. '인간도 **뛰어넘을 대상이 될** 수 있는 존재다.'라고.

그대 이웃들 사이에서도 그대는 그대 자신을 극복해야 한다. 그대가 자신의 힘으로 빼앗을 수 있는 권리를 남에게서 얻어서는 안 된다!

그대가 하는 일을 아무도 다시 그대에게 되풀이할 수는 없다. 보라, 보복이란 존재하지 않는다.

자기 자신에게 명령할 수 없는 자는 복종해야만 한다. 자기 자신에게 명령**할 수 있는** 자는 많지만, 자기 자신에게 복종하기에는 아직 많은 결함이 있다.

5

고귀한 영혼을 가진 자들의 속성은 이렇다. 그 영혼들은 아무것도 공짜로 얻으려 하지 않으며, 삶에 있어서는 특히 그러하다.

천민 근성을 가진 자는 공짜로 살기를 원한다. 그러나 삶으로부터 삶을 부여받은 우리 타인들은 언제나 심사숙고한다. 어떻게 하면 **그에 대해** 가장 잘 보답할 수 있는가를!

진실로, "삶이 **우리들에게** 약속한 것, 그것을 **우리는** 삶에게 지켜주고 싶다!"라고 말하는 것은 참으로 고귀한 말이다.

즐길 것이 아무것도 제공되지 않는 곳에서는 즐기려 해서는 안 된다. 무릇 인간은 즐기기를 **바라서는** 안 되는 것이다!

왜냐하면 향락과 순진무구함이야말로 가장 부끄러움을 많이 타기 때문이다. 그 둘은 사람들이 자기를 찾는 것을 바라지 않는다. 그러므로 사람들은 그 둘을 **소유해야** 한다. 그리고 오히려 죄와 고통을 **찾아야** 한다!

6

아, 나의 형제들이여! 맏이로 태어난 아이는 항상 제물로 바쳐진다. 그런데 이제 보니 우리가 바로 맏이이다.

우리들은 누구나 어떤 비밀 제단에서 피를 흘린다. 우리들은 누구나 낡은 우상들의 영광을 위해 불에 타고 구워진다.

우리의 가장 좋은 점은 아직도 젊다는 것이다. 이것이 늙은이들의 입맛을 돋운다. 우리의 살은 연하고 우리의 피부는 새끼 양의 가죽과 같다. 그러니 우리가 어찌 우상을 섬기는 늙은 성직자들의 입맛을 돋우지 않겠는가!

우리 자신의 내부에도 우상을 섬기는 저 늙은 성직자가 살고 있다. 그는 연회를 위해 우리의 가장 좋은 부위를 굽는다. 아, 형제들이여! 맏이가 어찌 제물이 되지 않을 수 있겠는가!

그러나 천성이 그런 사람들은 이것을 바란다. 그리고 나는 자신을 지키려 하지 않는 자들을 사랑하며, 또한 몰락하는 자들을 진심으로 사랑한다. 왜냐하면 그들이야말로 저쪽으로 건너가는 자들이기 때문이다.

7

진실하다는 것. 그렇게 **될 수** 있는 자는 거의 없다. 그리고 진실할 수 있는 자도 그렇게 되기를 원하지 않는다! 더욱이 선한 자들은 그렇게 되기가 가장 어렵다.

아, 이 선한 자들이여! **선한 자들은 결코 진리를 말하지 않는다.** - 정신에게 이같이 선하게 된다는 것은 일종의 병이다.

그들, 이 선한 자들은 양보하고 헌신한다. 그들의 마음은 남을 따라 말하고, 그들 마음 밑바닥에서부터 복종한다. 하지만 복종하는 자는 **자기 자신에게 귀를 기울이지 않는다.**

하나의 진리가 탄생하기 위해서는 **선한** 자들에게서 악이라고 불리는 모든 것이 한데 모여야 한다. 아, 나의 형제들이여! 그대들도 **이러한** 진리를 낳을 만큼 충분히 악한가?

과감한 모험, 오랜 불신, 잔인한 부정, 권태, 생동하는 것 속으로 파고들기. 이런 것들이 한데 모이기란 얼마나 드문 일인가! 그러나 이러한 씨앗으로부터 태어나는 것이 바로 진리다!

지금까지 모든 지식은 사악한 양심 곁에서 자라났다. 그대, 인식하는 자들이여! 깨뜨려라, 깨뜨려 버려라! 그 낡은 서판들을!

8

물속에 기둥이 세워지고, 물 위로 판자 다리와 난간이 설치되면, 진실로 그때는 "모든 것은 흐른다, 즉 만물은 유전流轉한다."라고 말하는 자를 아무도 믿지 않을 것이다.

바보라도 이를 반박한다. "어떻게? 모든 것이 흐른다고 하는가? 교량과 난간은 물 **위에** 있지 않은가!

흐르는 물 위에서는 모든 게 고정되어 있다. 사물들의 모든 가치, 다리들, 개념들, 모든 선과 악, 이 모든 것이 **고정**되어 있다!"

동물 조련사가 동물들을 얼어붙게 하듯이, 강물을 꽁꽁 얼어붙게 하는 혹독한 겨울이 오면, 아무리 재치 있는 자라도 불신을 배운다. 진실로, 이같이 말하는 것은 바보들 뿐만은 아니다. "만물은 **정지해 있는** 게 아닌가?"

"원래 모든 것은 정지해 있다." 이것이 바로 올바른 겨울의 가르침이고 불모의 시기에 어울리는 말이며, 겨울잠을 자는 자들과 난롯가에 웅크리고 앉아 있는 자들에게 좋은 위안이다.

"원래 모든 것은 정지해 있다." 하지만 눈과 얼음을 녹이는 봄바람은 **이와는 정반대로** 가르친다.

봄바람은 황소이지만 쟁기를 끄는 황소가 아니라, 분노한 뿔로 얼음을 깨는 파괴자요, 사납게 날뛰는 황소인 것이다! 이같이 부서진 **얼음은 판자 다리를 무너뜨린다!**

아, 나의 형제들이여! **이제** 만물은 **유전**하지 않는가? 모든 난간과 판자 다리가 무너져 물속으로 떨어지지 않았는가? 이러함에도 아직 그 누가 '선'과 '악'에 **집착**하려는가?

"오 슬프도다! 우리를 치유해다오! 이제 눈과 얼음을 녹일 봄바람
이 부는 구나!" 아, 나의 형제들이여! 온 거리를 누비며 이같이 설교
하라!

9

선과 악이라고 불리는 낡은 망상이 있다. 지금까지 이 망상의 수레
바퀴는 예언자와 점성가 주위를 맴돌았다.

일찍이 사람들은 예언자와 점성가를 **믿었다.** 그래서 사람들은
"모든 것은 운명이다. 그대는 마땅히 해야 하기 때문에 해야만 한
다!"라는 말을 믿었다.

그러다가 사람들은 또 다시 모든 예언자와 점성가를 믿지 않게
되었다. **그래서** 사람들은 "모든 것은 자유이다. 그대는 할 수 있다,
그대가 원한다면!"이라는 말을 믿었다.

아, 나의 형제들이여! 별들과 미래에 대해 지금까지 망상만 했을
뿐, 아무것도 알려진 게 없었다. **그러므로** 선과 악에 대해서도 지금
까지 망상만 했을 뿐, 아무것도 알려진 게 없었던 것이다!

10

"강도질하지 말라! 살인하지 말라!" - 일찍이 인간은 이 같은 말들을
신성하게 여겼다. 이러한 말들 앞에 인간은 무릎을 꿇고 머리를 숙
이며 신발을 벗었다.

그러나 나는 그대들에게 묻노니, 일찍이 이 세상에 이런 신성한 말보다 더 고약한 강도나 살인자가 존재한 적이 있었던가?

모든 삶 자체에 강탈과 살인이 있지 않은가? 그리고 이 같은 말이 신성하다고 불림으로써, **진리** 자체가 살해당한 것이 아닐까?

아니면 모든 삶을 반박하고 거역하는 것을 신성하다고 부른 것은 죽음의 설교가 아니었던가? 아, 나의 형제들이여! 부숴 버려라! 모든 낡은 서판을 부숴 버려라!

11

지나가버린 모든 것이 버림받는 것을 보니 그런 것에 나는 동정심이 생긴다.

과거에 있었던 모든 것은 앞으로 다가올 모든 세대의 자비와 정신과 망상에 의해 교량으로 재해석된다!

거대한 폭군, 약삭빠른 괴물이 나타날지도 모른다. 이 자는 때로는 자비롭게, 때로는 무자비하게 과거의 모든 것을 강요하고 억압하여 마침내 그것을 자신의 교량, 징조, 전령, 닭 울음소리로 만들지도 모른다.

그러나 또 다른 위험과 또 다른 나의 동정이 있다. 즉 천민 근성을 지닌 자들의 기억은 할아버지까지 거슬러 올라가지만, 그 할아버지와 함께 시간이 멈춰 버린다는 사실이다.

이같이 모든 지나가 버린 것은 버림을 받는다. 천민이 주인이 되고 얕은 물속에서 모든 과거의 시간이 익사할 날이 언젠가 올지도 모르기 때문이다.

아, 나의 형제들이여! 그래서 하나의 새로운 **귀족**이 필요한 것이다. 모든 천민과 모든 폭군적인 것에 대한 반항자가 되고 또 새로운 서판 위에 '고귀하다'라는 단어를 새롭게 써 넣을 귀족 말이다.

말하자면, **귀족이 존재하기 위해서는** 다수의 고귀한 자와 다양한 고귀한 자가 필요하다! 혹은 내가 일찍이 비유로써 말했듯이. "신들이 존재하지만 유일한 신은 존재하지 않는다는 것. 이것이 바로 신성한 것이다!"

12

아, 나의 형제들이여! 나는 그대들을 새로운 귀족으로 임명하고 그 길을 제시한다. 그대들은 미래를 낳는 자, 미래를 가꾸는 자, 미래의 씨를 뿌리는 자가 되어야 한다.

진실로, 내가 제시하는 것은 그대들이 잡상인들처럼 그들의 황금으로 살 수 있는 귀족이 되어서는 안 된다는 것이다. 왜냐하면 가격이 매겨져 있는 모든 것은 가치가 별로 없기 때문이다.

그대들은 어디서 왔느냐 하는 것보다도 어디로 가고 있는가를 그대들의 명예로 삼아라! 그대들 스스로 넘어서서 가려는 그대들의 의지와 발을 그대들의 새로운 명예로 삼아라!

진실로, 그대들이 한 군주를 섬겼다는 것은 명예가 아니다. 군주가 대체 무슨 소용이란 말인가! 또는 이미 서 있는 것을 보다 견고하게 세우기 위한 보루가 된다는 것도 명예가 아니다!

또한 그대들의 일족이 궁정 예법에 익숙하고, 혹은 그대들이 홍학처럼 알록달록한 옷을 차려 입고 오랜 시간 동안 얕은 못에 서 있는 법을 배운 것도 명예가 되지 못한다.

왜냐하면 **서 있을 수** 있다는 것은 궁정에서 일하는 신하들에게는 하나의 공로이기 때문이다. 그리고 모든 궁중의 신하는 그들이 앉아도 된다는 것을 사후의 복이라고 믿고 있기 때문이다.

또한 신성하다고 불리는 하나의 영靈이 그대들의 조상을 약속의 땅으로 인도했다는 것도 명예는 아니다. **나는** 이 약속의 땅을 찬양하지도 않는다. 왜냐하면 그곳에서는 모든 나무 중 최악의 나무인 십자가가 자라기 때문이다. 그 땅에는 찬양할 만한 것이 아무것도 없다!

그리고 진실로, 이 '성령'이 그의 기사들을 어디로 인도했든지 간에 이러한 행렬에서는 염소와 거위 그리고 십자가에 홀린 자들과 괴팍한 자들이 언제나 선두에 서서 걸어갔다!

아, 나의 형제들이여! 그대들 귀족은 뒤쪽이 아니라 **저 멀리 앞쪽을** 바라보아야 한다! 그대들은 모든 아버지의 땅, 선조들의 땅에서 추방된 자들이어야 한다!

그대들은 **자손들의 땅**을 사랑해야 한다. 이 사랑이야 말로 그대들의 새로운 귀족적 특성이 되게 하라! 아득히 먼 바다 속의 아직 발견되지 않을 땅을 사랑하라! 나는 이 땅을 찾고 또 찾으라고 그대들의 돛에 명령한다.

그대들이 그대들 조상의 후손인 것을 그대들의 후손에게 **보상해**

야만 한다. 이같이 함으로써 그대들은 모든 지나가 버린 것을 구원해야 한다! 이 새로운 서판을 나는 그대들 머리 위에 내건다.

13

"무엇을 위해 사는가? 모든 것은 공^空이며 덧없다! 산다는 것, 그것은 볏짚을 타작하는 것이다. 산다는 것은 자기 자신을 불태우면서도 따뜻해지지 않는 것이다."

이 같은 케케묵은 잡소리들이 지금도 여전히 '지혜'로 여겨진다. 이것은 낡고 또 곰팡내가 나기 **때문에** 더욱 존중받는다. 또한 곰팡이조차도 고상하게 취급되는 것이다.

아이라면 이렇게 말할 수도 있다. 아이들이 불을 **무서워하는 것은** 불에 덴 적이 있었기 때문이라고! 지혜를 설교하는 낡은 책들에는 이같이 유치한 지혜가 많다.

더욱이 언제나 '볏짚을 타작하는' 자가 어떻게 타작하는 것을 비방할 수 있겠는가! 이 같은 바보에게는 오히려 입을 봉해 버려야만 한다!

이러한 자들은 식탁에 앉을 때도 아무것도 갖고 오지 않는다. 심지어 왕성한 식욕조차 갖고 오지 않는다. 그러면서 그들은 비방한다. "모든 것은 덧없다!"라고.

아, 나의 형제들이여! 잘 먹고 잘 마시는 것은 결코 헛된 일이 아니로다. 부숴 버려라! 결코 기뻐할 줄 모르는 자의 서판을 부숴 버려라!

14

"순수한 자에게는 모든 것이 순수해 보인다." 군중은 이렇게 말한다. 하지만 나는 그대들에게 말하리라. "돼지에게는 모든 것이 돼지로 보이는 법이다!"라고.

그래서 심장마저도 축 늘어져 있는 의기소침한 광신자들은 이렇게 설교한다. "세계 그 자체가 오물 덩어리 괴물이다."

이러한 말을 하는 모든 인간은 불결한 정신의 소유자인 것이다. 특히 세계를 **그 배후에서** 보기 전에는 마음을 놓지 않는 사람들, 즉 내세를 믿는 자들은 불결한 정신의 소유자인 것이다!

비록 **이렇게** 말하는 내 말이 듣기 거북할지 모르지만, 나는 이 사람들에게 정면으로 이렇게 말하리라. 세계는 **엉덩이**[30]를 갖고 있다는 점에서 인간과 비슷하다. **이 정도는 진실이다!**

그러므로 세계에는 오물이 많이 있다. 이 정도는 진실이다! 그러나 이 때문에 세계 그 자체가 불결한 괴물이라고는 할 수 없다!

세상에는 많은 것이 악취를 내뿜고 있다는 말에는 지혜가 들어 있다. 구역질 자체가 날개를 만들어 내고 샘을 찾아내는 힘을 만들어낸다.

가장 훌륭한 자에게도 구역질을 일으키는 그 무엇이 있다. 그러므로 최선의 자, 가장 훌륭한 자도 극복되어야 할 그 어떤 존재가 아

***

30 엉덩이라는 뜻의 독일어 'Hinter'는 원래 '배후의, 뒤의'라는 뜻이다. 이 말은 '세계 너머의 세계, 저편의 세계, 내세'를 믿는 자들(Hinterwelter)을 조롱하기 위한 표현이다.

니던가!

아, 나의 형제들이여! 세계에는 많은 오물이 있다. 그리고 많은 지혜가 또한 그 속에 들어 있다!

15

나는 내세를 믿는 독실한 자들이 그들의 양심을 향해 참으로 보다 더한 악의도 허위도 없이 다음과 같은 잠언을 말하는 것을 들었다. 세상에 이보다 더 거짓이며 악의적인 것이 없음에도 불구하고 말이다.

"세계를 세계 그대로 두라! 이에 맞서 단 하나의 손가락도 들어 올리지 말라!"

"원하는 자로 하여금 제멋대로 사람들의 목을 조르고, 찔러 죽이고, 껍질을 벗기고, 살을 도려내게 하라. 여기에 단 하나의 손가락도 들어 올리지 말라! 이렇게 함으로써 인간은 이 세계를 단념하는 법을 배우게 되리라!"

"그리고 그대 자신이 스스로의 이성을 목 졸라 죽이도록 하라. 왜냐하면 그것은 이 세계의 이성이기 때문이다. 이렇게 함으로써 그대는 세계를 스스로 단념할 줄 알게 되리라."

부숴 버려라! 아, 나의 형제들이여! 이들 신앙심 깊은 사람들의 이 낡은 서판을 부숴 버려라! 이 같은 세계를 비방하는 자들의 잠언을 부숴 버려라!

16

"많이 배우는 자는 모든 강렬한 욕망을 잊게 된다." 오늘날 사람들은 어두운 골목 여기저기에서 이렇게 속삭인다.

"지혜는 피곤하게 만들뿐 아무런 보상도 주지 않는다! 그러므로 그대는 욕망을 드러내지 말라!" 나는 이러한 새로운 서판이 시장 바닥에까지 공공연하게 걸려 있는 것을 보았다.

부숴 버려라, 형제들이여! 이 **새로운** 서판까지도 부숴 버려라. 이 것을 내건 자는 세계에 지친 자들이나 죽음의 설교자들이나 간수들인 것이다. 보라, 이것도 복종하라는 설교인 것이다!

그들은 잘못 배웠고 최선의 것을 배우지 못했으며, 모든 것을 너무도 일찍 또 급하게 배웠다. 또 그들은 제대로 씹어 **먹지** 못했기 때문에 그들의 위장이 망가진 것이다.

말하자면 그들의 정신은 헐어빠진 위장이다. 이것이 그들에게 죽음을 권유한다. 진실로, 아, 나의 형제들이여! 정신은 위장이기 때문이다!

삶은 쾌락의 샘이다. 그러나 이 같은 슬픔의 아버지, 즉 헐어빠진 위장으로 말하는 자들의 모든 샘은 독에 중독되어 있다.

인식하는 것. 이것은 사자의 의지를 가진 자에게 있어서는 **기쁨**이다! 그러나 이미 지쳐 버린 인간은 다른 사람의 '의지에 휘둘릴' 뿐이며, 모든 파도의 노리개가 된다.

그리고 도중에 길을 잃어버리는 것. 이것이 허약한 인간들의 속성이다. 이리하여 마침내 피로에 지친 그들이 이렇게 묻는다. "무엇 때문에 우리가 이런 길들을 걸었을까? 모두 똑같은 길이 아닌가!"

그러므로 그들에게는 다음과 같이 설교해야만 귀에 달콤하게 들린다. "무슨 일을 해도 보람이 없다! 그대들은 욕망을 드러내지 말라!" 그런데 이것이야말로 노예처럼 살라는 설교가 아닌가.

아, 나의 형제들이여! 차라투스트라는 길에서 지친 모든 사람에게 신선하고 사나운 바람으로서 다가온다. 그는 많은 사람의 코를 자극해 **재채기**를 하게 만들 것이다!

또한 나의 자유로운 숨결은 벽을 뚫고 감옥 속으로, 그리고 갇혀 있는 정신들 속으로 스며든다.

의욕은 인간을 해방시킨다. 의욕은 곧 창조이기 때문이라고 나는 가르친다. 그대들은 **오직** 창조하기 위해서만 배워야 한다!

귀 있는 자는 들을 지어다! 그대들은 배우는 법, 잘 배우는 법을 먼저 나에게서 **배워야**만 한다.

17

여기 나룻배가 있다. 저 너머에 어쩌면 거대한 무無로 가는 길이 있으리라. 그러나 그 누가 이 '어쩌면'이라는 것에 올라타려고 하겠는가?

그대들 중 어느 누구도 이 죽음의 배를 타려고는 하지 않는다! 그렇다면 어찌하여 그대들은 **세계에 지친 자들**이 되려고 하는가!

세계에 지친 자들이여! 그대들은 아직 한 번도 '대지에 등을 돌린 자'가 되지는 않았다! 나는 그대들이 여전히 대지에 대해 열정을 품고 있다는 것은 알고 있다. 또한 대지에 대한 그대들의 권태를 아직도 사랑하고 있음을 나는 알고 있다!

그대들의 입술이 아래로 처져 있는 것도 까닭이 없지는 않다. 대지에서의 사소한 욕망이 아직도 그 입술 위에 앉아 있기 때문이다! 더욱이 눈 속에는 잊을 수 없는 대지에서의 쾌락의 한 조각 구름이 떠다니고 있지 않은가?

대지에는 여러 가지 뛰어난 창작품들이 있다. 그중 어떤 것은 유용하며, 그 어떤 것은 기분을 좋게 만든다. 그러므로 대지는 사랑을 받아야 하리라.

그리고 대지에는 여자의 젖가슴처럼 쓸모 있으면서도 기분을 좋게 하는 뛰어난 창작품들이 많이 있다.

그러나 그대, 세계에 지친 자들이여! 그대, 대지의 게으름뱅이들이여! 그대들은 채찍으로 맞아야 마땅하다! 채찍질을 당해 그대들의 다리를 다시 팔팔하게 만들어야 한다.

왜냐하면 그대들이 만일 대지에 지친 병자들이거나 늙어 쇠약해진 자들이 아니라면, 그대들은 교활한 게으름뱅이이거나 살금살금 돌아다니며 군것질을 하는 쾌락의 고양이이기 때문이다. 그대들이 다시 활기차게 **뛰어다니고** 싶지 않다면, 그대들은 여기를 떠나야만 한다!

불치병 환자들에게 있어서 인간은 의사가 되려고 해서는 안 된다. 차라투스트라는 이같이 가르친다. 그러므로 그대들은 이곳을 떠나야 한다!

그러나 단호히 끝내기 위해서는 새로운 시구 한 줄을 짓는 것보다 더 많은 **용기가 필요하다.** 모든 의사와 시인들은 이 점을 알고 있다.

18

아, 나의 형제들이여! 피로가 만들어 낸 서판들이 있다. 또 게으름, 썩어빠진 게으름이 만들어 낸 서판들도 있다. 이 둘은 서로 같은 말을 하더라도 서로 다르게 들리기를 바란다.

보라. 여기 이 초췌한 자를! 그는 자신의 표적에서 단 한 뼘 떨어져 있을 뿐인데도 지쳐서 여기 먼지 속에 거만하게 누워 있다. 이 용감한 자가!

지친 나머지 길과 대지와 목표와 또 자기 자신을 향해 하품을 하면서, 단 한 걸음도 더 앞으로 나아가려 하지 않는다. 이 용감한 자가!

이제 태양은 그의 머리 위에서 불타고 있으며, 개들이 그의 땀을 핥아주고 있다. 그러나 그는 아직도 이 자리에 거만하게 누워서 오히려 극심한 고통에 시달리고자 한다.

자신의 목표에서 한 뼘 정도 떨어진 곳에서 극심한 고통에 시달리는 것을 바라다니! 진실로, 그대들은 그의 머리채를 잡아끌어 그의 천국으로 데려가야만 한다! 이 영웅을!

그보다 더 좋은 것은 그가 누워 있는 곳에 그대로 누워 있게 하는 것이다. 마음을 달래며 위로해 주는 잠이 시원하고 황홀한 비와 함께 그를 찾아오도록 말이다.

그로 하여금 누워 있게 하라. 그가 스스로 잠에서 깨어날 때까지.

또 그가 스스로 모든 피로와 또 피로로 인해 그의 입에서 나온 모든 가르침을 그 스스로 취소할 때까지!

다만, 나의 형제들이여! 그대들이 그에게서 개들을, 살금살금 돌아다니는 저 게으름뱅이들을 쫓아 버려라. 또 우글거리며 몰려드는 모든 구더기도 쫓아 버려라.

모든 영웅의 땀을 핥으며 마음껏 즐기는 '교양 있는 자들'이라는 저 우글거리는 구더기들을 모조리 쫓아 버려라!

19

나는 내 주위에 원을 그려 신성한 경계선을 만든다. 올라가는 산이 더욱 높아질수록 나와 함께 오르는 자는 점점 적어진다. 그리하여 나는 점점 더 성스러운 산들로 하나의 산맥을 구성한다.

아, 나의 형제들이여! 그대들이 나와 함께 어느 곳으로 올라가든, **기생하는 자**가 그대들과 함께 올라가지 않도록 조심하라!

기생하는 자. 이것은 기어 다니는 벌레로서 그대들의 병들고 상처 난 구석에 달라붙어 살을 찌우려고 한다!

그리고 기생하는 자의 재주는 위를 향해 올라가는 영혼들이 피로를 느끼는 지점을 잘 알아맞힌다는 것이다. 기생하는 자는 그대들의 원망과 불만 속에 그리고 그대들의 예민한 수치심 속에 자기의 구역질나는 둥지를 튼다.

강한 자의 약한 곳, 고귀한 자의 너무도 부드러운 곳. 그곳에 기생하는 자가 그 구역질나는 둥지를 튼다. 또한 위대한 자의 조그만 상처가 난 구석으로 파고든다.

모든 존재자 중에서 가장 높은 부류는 무엇이고, 가장 낮은 부류는 무엇인가? 기생하는 자가 가장 낮은 부류인 것이다. 하지만 가장 높은 부류에 속하는 자는 기생하는 자들을 가장 많이 먹여 살린다.

말하자면 가장 긴 사다리를 가지고 가장 깊은 곳으로 내려갈 수 있는 영혼 옆에, 어찌 기생하는 자들이 가장 많이 모여들지 않겠는가?

자신의 내면으로 가장 멀리까지 달리다가 길을 잃고 방황할 수 있는 더없이 광활한 영혼, 또 기뻐서 우연 속으로 뛰어드는 가장 필연적인 영혼.

생성 속으로 가라앉는 존재의 영혼, 의욕과 갈망 속으로 파고 들려는 소유의 영혼.

자기 자신으로부터 달아나면서도 아주 넓게 원을 그리며 자신을 따라잡는 영혼. 어리석음이 그를 향하여 가장 감미롭게 말을 걸어오는 가장 지혜로운 영혼.

자기 자신을 가장 사랑하는 영혼. 그 속에서 모든 사물이 흘러가고 역류하며, 썰물이 되고 밀물이 되는 영혼. 아, 이러한 최고의 영혼에게 어찌 최악의 기생하는 자들이 들러붙지 않겠는가?

20

아, 나의 형제들이여! 정말 내가 잔인하단 말인가? 그러나 나는 이렇게 말한다. 떨어지는 것, 그것은 밀쳐 버려야 한다고!

오늘날 모든 것은 떨어지고 쇠락한다. 누가 이것을 지키고자 한다는 말인가? 나는 이것을 더욱 밀쳐 버리려고 **한다**!

그대들은 험준한 심연 속으로 바위를 굴리는 쾌감을 알고 있는가? 오늘날의 이런 인간들을 보라, 그들이 나의 심연 속으로 어떻게 굴러 떨어지는가를!

나는 보다 훌륭한 배우들의 등장을 알리는 서막이다. 아, 나의 형제들이여! 나는 하나의 선례이다! 나의 선례를 **본받아라**!

그리고 그대들이 가르쳐 날게 할 수 없는 자에게는 **보다 빨리 굴러 떨어지는** 법을 가르치도록 하라!

21

나는 용기 있는 자들을 사랑한다. 그러나 내리쳐 자르는 칼이 되는 것으로는 부족하다. **누구를** 내리쳐 벨 것인지도 알아야 한다!

그리고 때때로 자신을 억제하고 그냥 지나치는 것이 더 용감하기도 하다. **이렇게 함으로써** 그는 보다 필적할 만한 적을 위해 스스로의 힘을 아끼는 것이다!

그대들이 적을 갖는다면, 다만 증오할 가치가 있는 적을 가져야지 경멸할 적을 가져서는 안 된다. 그대들은 그대들의 적을 자랑스럽게 여길 수 있어야 한다. 일찍이 나는 이렇게 가르쳤다.

보다 필적할 만한 적을 맞이하기 위해 아, 나의 형제여, 그대들은 스스로의 힘을 아껴야 한다! 이 때문에 그대들은 많은 것을 그냥 스쳐 지나가야 한다.

특히 천민들 곁을 지나쳐라! 그들이 아무리 군중에 대해 또 민족에 대해 떠들어대며 그대들의 귀를 시끄럽게 할지라도.

그들의 갑론을박으로 인해 그대들의 눈을 더럽히지 말라! 여기에는 올바른 것도 많고 부당한 것도 많다. 여기서 그것을 지켜보는 자는 화가 나기 마련이다.

그 안을 들여다보는 것과 칼로 내리쳐 베어 버리는 것. 여기서는 매 한가지다. 그러므로 그대들은 숲속으로 들어가서 그대들의 칼을 잠재워라!

그대들의 길을 걸어라! 그리고 군중과 민족들로 하여금 그들의 길을 가도록 하라! 참으로 어두운 길, 더 이상 한 줄기 희망의 번갯불도 번쩍이지 않는 어두운 길을!

아직도 번쩍거리는 그 모든 것이 상인의 황금인 곳에서는 상인으로 하여금 지배하게 하라! 더 이상 왕들의 시대가 아니다. 오늘날 자신을 군중이라고 일컫는 자는 왕이 될 자격이 없다.

보라! 이들 군중이 지금 어떻게 스스로 상인처럼 행동하는가를. 그들은 모든 쓰레기 속에서 보잘 것 없는 이익이라도 놓치지 않고 주워 모은다.

그들은 서로 엿보고 서로 무언가를 노리며 염탐한다. 이것을 그들은 '선한 이웃, 즉 **선린**善隣'이라고 부른다. 아, 어떤 민족이 스스로에게 "나는 여러 민족을 다스리는 **지배자**가 되려고 한다!"라고 말했던 축복받은 먼 옛날이여!

왜냐하면, 나의 형제들이여! 최선의 것이 지배해야 하고, 또한 최선의 것이 지배**하려고** 하기 때문이다. 그리고 이와 다른 가르침이 있는 곳에서 최선의 것이란 **없다**.

22

만약 그들이 공짜로 빵을 얻는다면 그것은 슬픈 일이다! 그들은 무엇을 달라고 외칠 것인가? 그들의 생계 유지. 그것이 바로 그들의 참된 오락이다. 그러므로 그들이 힘겹게 살아가는 것은 당연한 일이다!

그들은 맹수들이다. 그들의 '노동'에는 약탈이 있고, 그들의 '돈벌이'에는 술수도 있다! 그러므로 그들이 힘겹게 살아가는 것은 당연한 일이다!

그러므로 그들은 더욱 뛰어난 맹수, 더욱 교활하고, 더욱 영리하고, 더욱 **인간을 닮은** 맹수가 되어야 한다. 말하자면 인간은 최고의 맹수이기 때문이다.

인간은 이미 모든 짐승에게서 그들의 덕을 강탈했다. 그것은 인간이 모든 짐승 가운데서 가장 힘겹게 살아왔기 때문이다.

인간의 머리 위에는 아직 새들만 있을 뿐이다. 그러므로 만일 인간이 나는 법마저 배운다면, 슬프도다! 인간의 약탈욕은 **어디까지 높이** 날아오를 것인가!

23

나는 남자와 여자에게 다음과 같이 바란다. 남자는 전쟁을 잘 하고 여자는 아이를 잘 낳기를. 그렇지만 둘 다 머리와 발로 춤을 잘 추기를.

그리고 한 번도 춤을 추지 않은 날은 우리에게서 잃어버린 날로 간주하기를! 그리고 한 번도 웃음을 선사하지 못했던 진리는 모두 거짓으로 불리기를!

24

그대들의 결혼. 그것이 나쁜 **결합**이 되지 않도록 주의하라! 그대들은 너무도 빨리 결합한다. 그 **결과**로 결혼이 깨어지는 것이다!

그리고 왜곡된 결혼, 거짓된 결혼보다는 차라리 결혼이 깨어지는 게 더 낫다! 어느 여자가 나에게 이렇게 말했다. "정말로 내가 결혼을 깨뜨리긴 했어요. 그렇지만 결혼이 먼저 나를 깨뜨렸어요!"라고.

잘못 결합된 부부는 언제나 최악의 복수심을 가진 자들임을 나는 보았다. 그들은 자신들이 더 이상 혼자 지내지 못하게 되자 모든 세상 사람들을 향해 보복한다.

그러니 나는 정직한 사람들이 서로 이렇게 말하기를 바란다. "우리는 서로 사랑한다. 우리의 사랑이 지속되도록 **주의하자**! 그렇지 않으면 우리의 약속은 하나의 실수가 되지 않겠는가?"

또 이렇게 말하기를 바란다. "우리가 위대한 결혼을 해도 좋은지 어떤지 살펴보기 위해, 얼마의 기간 동안 작은 결혼을 해보자! 언제나 둘이 함께 있다는 것은 대단한 일이기 때문이다!"

모든 정직한 사람에게 나는 이같이 권한다. 만일 내가 다르게 권하고 다르게 말한다면, 초인과 또한 앞으로 닥쳐올 모든 것에 대한 나의 사랑은 대체 무엇이겠는가!

계속 앞으로만 번식하려고 하지 말고 **위를 향해서도** 번식하라.

아, 나의 형제들이여! 그것을 위해 결혼이라는 정원이 그대들에게
도움이 되기를!

25

보라, 옛 근원에 대해 잘 알고 있었던 자가 결국은 미래의 샘과 새로
운 근원을 찾게 될 것이다.

아, 나의 형제들이여! 머지않아 **새로운 민족들**이 생겨나고, 새로
운 샘은 새로운 골짜기로 흘러내리게 될 것이다.

말하자면 지진은 파편으로 많은 샘을 메워 버리며, 많은 것에게
극심한 고통을 남길 것이다. 하지만 여러 가지 내부의 힘과 비밀스
러운 것들을 드러내기도 하리라.

지진은 새로운 샘들을 드러나게 한다. 옛 민족들의 지진 속에서
새로운 샘들이 솟아나는 것이다.

그리고 이때, "보라, 여기에 수많은 목마른 자를 위한 하나의 샘이
있다. 보라, 여기에 그리움에 찬 수많은 자를 위한 하나의 마음이 있
다. 보라, 여기에 수많은 도구들을 위한 하나의 의지가 있다!"라고 외
치는 자가 있다면, 이 사람 주위에는 하나의 **민족**이 모여든다. 이들
은 많은 시행착오를 겪는 자들이다.

명령할 수 있는 자는 누구이며, 또 복종해야만 하는 자는 누구인
가! **이 말은 여기서 시험된다!** 아, 얼마나 오랜 탐구와 모색, 실책과
학습 그리고 새로운 시도가 있었던가!

인간 사회. 그것은 하나의 시도이며, 오랜 세월에 걸친 탐구라고 나는 가르친다. 그러나 인간 사회는 명령을 내리는 자를 구하고 있다!

아, 나의 형제들이여! 그것은 하나의 시도이다. '계약'은 **결코 아니다.** 부숴 버려라! 마음 약한 자들이나 어중간한 자들의 이러한 말을 부숴 버려라!

26

아, 나의 형제들이여! 인류의 미래에 있어서 최대의 위험은 어떤 자들인가? 그것은 선한 자들과 의로운 자들이 아닌가?

"우리는 이미 알고 있다. 무엇이 선이며 무엇이 악인지. 우리는 또 그것을 지니고 있다. 아직도 그것을 추구하는 자들은 가엾구나!"라고 말하고 마음속으로 느끼는 자들에게 최대의 위험이 있는 것이다.

아무리 악한 자가 어떤 해악을 끼친다 하더라도, 선한 자들이 끼치는 해악이야말로 가장 해롭다.

아무리 세계를 비방하는 자들이 어떤 해악을 끼친다 하더라도, 선한 자들이 끼치는 해악이야말로 가장 해로운 것이다.

아, 나의 형제들이여! 일찍이 어떤 한 사람이[31] 선하고 의로운 자들의 심리를 간파하고는 "이들은 바리새인이다."라고 말했다. 하지만 아무도 이 말을 알아듣지 못했다.

선하고 의로운 자들은 이 사람의 말을 알아듣지 못했다. 그들의

***
31 그리스도를 뜻한다.

341

정신은 그들의 선한 양심 속에 갇혀 있었기 때문이다. 하지만 선한 자의 어리석음이란 실로 헤아릴 수 없을 정도로 영리하다.

그러나 진실은 이러하다. 즉 선한 자들은 바리새인이 **될 수밖에** 없다. 그들은 달리 어떤 선택도 하지 못한다!

무릇 선한 자들은 자신의 고유한 덕을 만들어낸 자를 십자가에 못 박을 **수밖에** 없다! 이것이 진실이다!

그런데 그들의 대지, 선하고 의로운 자들의 대지와 마음, 그리고 토양을 발견한 두 번째 사람[32]은 이렇게 물었다. "그들이 가장 미워하는 자는 누구인가?"라고.

그들이 가장 미워하는 자는 **창조하는 자**이다. 서판들과 낡은 가치들을 부숴 버리는 자, 파괴자인 것이다. 그들은 이 자를 범죄자라고 부른다.

말하자면 선한 자들, 그들은 창조**할 수** 없기 때문이다. 그들은 항상 종말의 시작일 뿐이다.

그들은 새로운 서판 위에 새로운 가치를 기록하는 자를 십자가에 못 박고, 그들 **자신**을 위해 미래를 희생시킨다. 그들은 모든 인류의 미래를 십자가에 못 박는다!

선한 자들, 그들은 항상 종말의 시작이었다.

* * *
32 차라투스트라 자신을 가리킨다.

27

아, 나의 형제들이여! 그대들은 나의 이 말을 알아들었는가? 또한 내가 일찍이 '최후의 인간, 즉 말종 인간'에 대해서 했던 말도 알아들었는가?

인류의 미래에서 최대의 위험은 어떤 자들인가? 그것은 선하고 의로운 자들이 아니겠는가!

부숴 버려라! 선하고 의로운 자들을 부숴 버려라! 아! 나의 형제들이여! 형제들은 나의 이 말을 알아들었는가?

28

그대들은 나에게서 달아나는가? 그대들은 놀랐는가? 그대들은 내 말에 전율하는가?

아, 형제들이여! 내가 그대들에게 선한 자들과 선한 자들의 서판을 부수라고 명령했을 때, 그때 비로소 나는 인간을 배에 싣고 자신의 먼 바다로 내보낸 것이다.

그리하여 이제야 처음으로 인간은 크나큰 공포, 거대한 전망, 심한 질병, 심한 구토 그리고 심한 뱃멀미가 닥쳐온다.

선한 자들은 그대들에게 거짓 해안과 거짓 안전을 가르쳤다. 그대들은 선한 자들의 허위 속에서 태어났고 그 허위 속에 갇혀 있었다. 모든 것은 선한 자들에 의해 철저하게 기만되고 왜곡되었다.

그러나 '인간'이라는 대지³³를 발견했던 자는 또한 '인간의 미래'라는 대지도 발견했다. 이제야말로 그대들은 항해자가 되어야 한다.

용감하고 참을성 있는 항해자가 되어야 한다!

아, 나의 형제들이여! 때를 놓치지 말고 똑바로 서서 걸어라. 올곧게 서서 걷는 법을 배워라! 바다는 거친 폭풍우가 몰아친다. 많은 사람이 그대들에게 의지하여 다시 몸을 일으키려고 한다!

바다는 거친 폭풍우가 몰아친다! 바다 속에는 모든 것이 들어 있다. 자! 힘을 내라! 그대들, 노련한 뱃사람의 용기를 지닌 자들이여!

조상의 나라가 무엇이란 말인가! 우리의 키는 **저곳으로**, 우리 **아이들의 땅**이 있는 곳으로 항해하고 싶어 한다! 그곳을 향해 바다보다 더 거칠게 날뛰면서. 우리의 커다란 동경은 폭풍처럼 나아간다!

29

"어찌 그리도 단단한가?"라고 일찍이 숯이 다이아몬드에게 물었다. "우리들은 가까운 친척이 아니던가?" 하고.

어찌 그리도 연약한가? 아, 나의 형제들이여! **나는 그대들에게** 묻는다! 그대들은 나의 형제가 아니던가?

어찌 그리도 무르고 연약하고 쉽게 굴복하는가? 어떻게 해서 그대들의 마음에는 이같이 많은 부정과 거부가 들어 있는가? 어떻게 해서 그대들의 눈길에는 이같이 보잘 것 없는 운명만 들어 있는가?

만일 그대들이 운명이기를 원하지 않는다면, 또한 그대들이 냉혹한 자가 되기를 원하지 않는다면, 어떻게 하여 그대들은 나와 함께

***
33 초월적인 신에 의뢰하지 않고 인간 자력自力을 바탕으로 살아가는 생활 태도를 말한다.

승리할 수 있겠는가?

그대들의 단단함이 번개치고 베어 내고 조각조각 잘라내려고 하지 않는다면, 어떻게 하여 그대들이 언젠가 나와 함께 창조할 수 있겠는가?

말하자면 창조하는 자는 단단하다. 그러므로 그대들은 밀랍에 찍어내듯이 수천 년의 세월 위에 그대들의 손을 찍는 것을 행복이라고 생각해야 한다.

또 마치 청동 위에 기록하듯이 청동보다 더 단단하고 청동보다도 더 고귀하게 수천 년의 의지 위에 기록하는 것을 그대들의 더없는 축복이라고 생각해야 한다. 가장 고귀한 자만이 온전히 단단한 것이다.

아, 나의 형제들이여! 나는 이 새로운 서판을 그대들 머리 위에 내건다. **단단해져라!**

30

아, 그대 나의 의지여! 그대 모든 역경의 전환이여! 그대 **나의** 필연이여! 나를 모든 하찮은 승리로부터 지켜다오!

그대 나의 영혼의 섭리여! 나는 그대를 운명이라 부르노라! 그대, 내 안에 있는 자여! 내 위에 있는 자여! 하나의 위대한 운명을 위해 나를 지키고 아껴다오!

나의 의지여! 그대의 최종적인 것을 위해 그대의 마지막 위대함을 아껴두라! 그대의 승리 속에서 그대가 냉혹해질 수 있도록 말이다! 아, 자신의 승리에 굴복하지 않은 자가 그 누가 있었던가!

아, 어느 눈동자가 이 도취의 어스름 속에서 흐려지지 않았던가! 아, 승리감에 빠져 발이 비틀거리고, 급기야 서 있는 법을 잊어 버리지 않았던가!

언젠가 내가 위대한 정오를 맞이할 만반의 준비를 하고 충분히 성숙해 있으리라! 붉게 달아오른 청동처럼. 번개를 품은 구름처럼. 부풀어 오르는 젖가슴처럼 만반의 준비를 하고 성숙해 있으리라!

나 자신에 대해, 그리고 나의 가장 은밀한 의지에 대해 만반의 준비가 되어 있기를. 활이 자기의 화살을 향한 욕망에 불타고, 화살이 자기의 별을 향한 욕망에 불타는 것처럼.

자신의 정오를 맞아 만반의 준비가 된 성숙한 별처럼, 모든 것을 초토화시키는 태양의 화살로 말미암아 달아오르고, 꿰뚫리는 복된 별처럼.

승리 속에서도 모든 것을 초토화시킬 준비가 되어 있는 태양 자체와 냉혹한 태양의 의지처럼!

아, 의지여! 모든 역경의 전환이여! 그대 **나의** 필연이여! 단 **하나**의 위대한 승리를 위해 나를 아껴다오!

차라투스트라는 이렇게 말했다.

건강을 회복하는 자

1

어느 날 아침, 동굴에 돌아온 지 얼마 되지 않아, 차라투스트라는 마치 미치광이처럼 침대에서 벌떡 일어나 무서운 목소리를 내질렀다. 그는 아직도 잠자리에 누운 채 일어나려고 하지 않는 또 한 사람이 옆에 있는 것처럼 행동했다. 그런데 차라투스트라의 목소리가 너무 크게 울리자 그의 동물들이 놀라서 달려왔고, 또한 차라투스트라 동굴 근처의 모든 동굴과 은신처에서 모든 새와 동물들이 달려왔다. 각자 자신에게 주어진 다리와 날개의 종류에 따라 날기도 하고, 파닥거리기도 하고, 기어 다니기도 하고, 뛰기도 하면서 달려왔던 것이다. 그러자 차라투스트라는 다음과 같이 말했다.

솟아올라라, 심연의 사상이여! 나의 깊은 곳으로부터! 나는 그대의 수탉이고 새벽이다. 늦잠 자는 벌레여. 일어나라! 일어나라! 나의 목소리는 닭 울음처럼 그대를 깨우리라!

그대 귀를 묶은 사슬을 풀라! 그리고 내 소리를 들어라! 나는 그대의 목소리가 듣고 싶다. 일어나라! 일어나라! 여기서는 천둥소리가 들린다. 무덤들도 귀를 기울이게 할 정도로 말이다.

그대의 눈에서 졸음과 함께 모든 어리석음과 무지를 씻어내라! 그대의 눈으로도 내 말에 귀 기울여라. 내 목소리는 태어날 때부터 귀머거리인 자까지도 듣게 하는 치료제이다.

그대가 한 번 깨어나면 그대는 영원히 깨어 있어야만 한다. 잠자는 증조모들을 깨웠다가 그들에게 다시 잠을 주무시라고 말하는 것은 **나의** 방식이 아니다!

그대는 몸을 움직이고 기지개를 켜며 목을 그르렁거리는가? 일어나라! 일어나라! 목을 그르렁거리지 말고 그대는 내게 말해야 한다! 신을 부정하는 자, 차라투스트라가 그대를 부르고 있다!

나, 차라투스트라, 삶의 대변자, 고뇌의 대변자, 둥근 고리의 대변자인 내가 그대를 부르고 있다. 나의 더없이 깊은 사상이여!

기쁘도다! 그대가 오고 있고, 그대의 목소리가 들리는구나! 나의 심연이 **말을 하고**, 나는 나의 가장 깊은 심연을 빛에 드러냈다!

기쁘도다! 가까이 오라! 악수를 하자. 앗, 손을 놓아라! 구역질, 구역질, 구역질이 나는구나. 애통하도다!

2

차라투스트라는 이 말을 끝내자마자 죽은 사람처럼 쓰러졌다. 그리고 마치 시체처럼 한동안 그 자리에서 움직이지 않았다. 다시 깨어났을 때 그의 얼굴은 창백해지고 몸까지 떨었으며, 그대로 누워 일어나지도 않고 오랫동안 먹지도 마시지도 않으려 했다. 이런 상태가 7일 동안 계속되었다. 그의 짐승들은 밤낮 없이 스승의 옆을 떠나지 않았으며, 다만 독수리가 먹이를 구하려고 날아갔을 뿐이었다. 독수리는 약탈하여 가져온 것을 차라투스트라의 침상에 놓았다. 이리하여 마침내 차라투스트라는 노랗고 빨간 딸기, 포도송이, 들장미 열매, 향기로운 푸성귀 그리고 솔방울에 파묻혀 있게 되었다. 그의 발밑에는 두 마리의 새끼 양이 사지를 뻗고 있었다. 이것은 독수리가 양치기에게서 애써 빼앗아 온 것이었다.

드디어 7일 후, 차라투스트라는 자신의 침상에서 몸을 일으켰다. 그는 들장미 열매 하나를 손에 들고 그 냄새를 즐겼다. 그때 그의 짐승들은 이제 그와 이야기할 때가 왔다고 생각했다.

짐승들은 이렇게 말했다. "아, 차라투스트라여! 이미 7일간이나 그대는 무거운 눈을 한 채로 누워 있었다. 이제 다시 그대의 발로 일어서지 않겠는가?

그대의 동굴로부터 걸어 나오라! 세계는 꽃동산과 같이 그대를 기다리고 있노라. 바람은 그대에게 오고 싶어 진한 향기로 희롱한다. 그리고 모든 시냇물은 그대의 뒤를 쫓아 흘러가고자 하노라.

7일간 그대가 혼자 있었으므로 만물이 그대를 그리워하고 있다. 그대의 동굴에서 걸어 나오라! 만물이 그대를 치유하는 의사가 되려고 한다.

아마도 쓰디쓰고 무겁게 내리누르는 새로운 인식이 그대에게 온 것이 아닐까? 그대는 마치 발효하기 시작한 반죽처럼 누워 있었고, 그대의 영혼은 부풀어 올라 모든 가장자리를 넘쳐흘렀다."

"아, 나의 짐승들이여" 하고 차라투스트라는 대답했다. "그렇게 말을 계속해다오. 더 듣고 싶구나! 그대들의 재잘거림이 나에게 생기를 불어넣는구나. 재잘거리는 소기가 들리는 세계는 꽃동산과 같으리라.

말과 소리가 있으니 이 얼마나 사랑스러운 일인가? 말과 소리는 영원히 갈라선 것들을 다시 잇는 무지개이자 가상의 교량이 아닐까?

모든 영혼에게는 각기 다른 세계가 있다. 저마다의 영혼에게 다른 영혼들은 모두 세계 너머 세계, 배후 세계, 즉 내세인 것이다.

가장 비슷한 것들 사이에서 가상은 가장 아름다운 말로 거짓말을 한다. 왜냐하면 가장 작은 틈새야말로 다리 놓기가 가장 어렵기 때문이다.

어떻게 하여 내게 있어서 '나의 바깥'이 있을 수 있단 말인가? 내게 있어서 '나의 바깥'이란 존재하지 않는다. 그러나 우리는 온갖 소리를 들으면서 이 점을 잊어버린다. 우리는 잊는 것에 얼마나 쾌감을 느끼는가.

사물에 이름과 소리가 주어진 것은 인간이 사물들로부터 기운을 얻기 위함이 아닌가? 말한다는 것은 아름다운 바보짓이다. 그렇게 함으로써 인간은 춤추며 만물을 넘어간다.

모든 말과 그리고 소리의 모든 거짓말은 얼마나 사랑스러운가! 소리와 함께 우리의 사랑은 오색 무지개 위에서 춤춘다."

"아, 차라투스트라여!" 하고 짐승들은 이렇게 말했다. "우리처럼 생각하는 자들에게는 만물이 스스로 춤춘다. 만물은 다가와서 손을 내밀고, 웃고 달아났다가 다시 되돌아온다.

모든 것은 가고, 모든 것은 되돌아온다. 존재의 수레바퀴는 영원히 굴러간다. 모든 것은 죽고, 모든 것은 다시 꽃핀다. 존재의 세월은 영원히 흘러간다.

모든 것이 꺾이고, 모든 것이 새로이 이어진다. 존재의 동일한 집이 영원히 지어진다. 모든 것이 이별하고, 모든 것이 다시 만난다. 존재의 둥근 고리, 즉 존재의 순환은 자신에게 영원히 충실하다.

모든 찰나에 존재는 시작된다. '저기'라는 공이 모든 '여기'의 주위를 굴러간다. 중심은 어디에나 있다. 영원의 오솔길은 곡선이다."

"아, 그대 광대들이여, 손풍금들이여!" 하고 차라투스트라는 대답하며 미소를 지었다. 그대들은 어떻게 그리 잘 아는가! 저 7일 동안에 성취되어야 했던 일들을.

그리고 저 괴물이 어떻게 나의 목구멍으로 기어 들어와 나를 질식시켰는지를! 그러나 나는 그 괴물의 머리를 물어뜯어 내뱉지 않았던가.

그런데 그대들은 벌써 이 일을 소재로 칠현금에 맞춰 부를 노래를 지었단 말인가? 그런데 나는 뱀의 머리를 물어뜯고 내뱉느라 지쳤으며, 나 자신을 구원하다 병들어 이제 여기 누워 있다.

그런데 그대들은 이 모든 것을 지켜보지 않았는가? 아, 나의 짐승들이여! 그대들도 역시 잔인하단 말인가? 그대들 또한 인간이 하는 것처럼, 나의 크나큰 고통을 지켜보려고 했단 말인가? 이렇게 말하는 것은, 즉 인간이야말로 가장 잔인한 동물이기 때문이다.

인간은 지금까지 비극을 보며, 투우를 보며, 그리고 십자가의 처형을 보면서 지상에 있어서 최대의 기쁨을 느꼈다. 또한 보라, 인간이 지옥을 꾸며냈을 때 그것은 인간의 지상 천국이었다.

위대한 인간이 외치면 왜소한 인간은 나는 듯이 달려간다. 그리고 그의 목구멍에서는 욕정 때문에 혀가 나온다. 더욱이 그는 이것을 자신의 '동정'이라고 부른다.

왜소한 인간, 특히 시인은 말로써 얼마나 열심히 삶을 규탄하는 가! 그의 말을 들어라! 그러나 그의 모든 규탄 속에 들어 있는 쾌락을 건성으로 듣지 마라!

삶에 대한 이러한 고발자들. 삶은 순식간에 이들을 극복한다. "당신이 나를 사랑한다고요?" 뻔뻔스러운 여자인 삶은 말한다. "잠시만 기다리시죠! 지금은 당신에게 내줄 시간이 없어요."

인간은 자기 자신에게 가장 잔인한 짐승이다. 그러므로 자신을 '죄인'이라고 부르고, '십자가를 짊어진 자'라고 부르고, '속죄자'라고 부르는 사람들을 만날 때, 이 같은 불평과 규탄 속에 들어 있는 육욕을 건성으로 듣지 마라!

그런데 나 자신은 어떠한가? 나도 이렇게 말함으로써 인간을 규탄하는 자가 되려는 것인가? 아, 나의 짐승들이여! 내가 이제까지 배운 것은 다음 한 가지 뿐이다. 즉 인간에게 최선을 위해서는 최악이 필요하다는 것이다.

즉 모든 최악은 인간에게 있어서 최선의 **힘**이고, 최고의 창조자를 위한 가장 단단한 돌이라는 것이며, 그리고 인간은 더 선해지면서 **동시에** 더 악해져야만 한다는 것을 배웠던 것이다.

나는 인간이 악하다는 것을 알고 있다. 하지만 이런 사실을 알기 **때문에** 내가 이 고문대에 매여 있는 것은 아니다. 오히려 나는 아직 아무도 외쳐본 적이 없는 것처럼 이렇게 외쳤다. "아, 인간의 최악이 이렇게 작단 말인가! 아, 인간의 최선이 이렇게 작단 말인가!"

인간에 대한 커다란 권태. 그것이 나의 목을 졸랐고, 나의 목구멍 속으로 기어들어 왔다. 그리고 예언자가 "모든 것은 동일하다. 아무 것도 보람이 없고, 지식이 나의 목을 조를 뿐이다."라고 예언한 말도 내 목을 졸랐고, 내 목구멍 속으로 기어들어 왔다.

기다란 황혼이 내 앞에서 절름거리며 걸어갔다. 그것은 죽도록 지치고 죽도록 취한 슬픔이었다. 이 슬픔이 하품을 하며 이렇게 말했다.

"그대가 싫증을 낸 인간, 그 왜소한 인간은 영원히 회귀한다." 나의 슬픔은 이같이 하품을 하며 말하고 발을 질질 끌고 걸어가며, 잠을 이루지 못했다.

인간의 대지가 내게는 동굴로 변했고, 이 대지의 가슴은 움푹 들어갔다. 그리고 모든 살아 있는 생명체는 인간의 부패물이 되고, 뼈가 되고, 썩어 버린 과거가 되었다.

나의 탄식은 모든 인간의 무덤에 걸터앉아 더 이상 일어날 수가 없었다. 나의 탄식과 물음은 밤낮 없이 두꺼비처럼 울고, 목 졸린 듯 꽥꽥거리고, 갉아먹으면서 탄식했다.

"아, 인간은 영원히 회귀하노라! 왜소한 인간도 영원히 회귀하노라!"

일찍이 나는 가장 위대한 인간과 가장 왜소한 인간 이 둘의 벌거 벗은 몸을 보았다. 이 둘은 너무도 닮았다. 가장 위대한 인간도 너무나 인간적이었다!

가장 위대한 인간도 너무나 왜소했던 것이다! 이것이 인간에 대한 나의 혐오였다! 또한 가장 작은 인간도 영원히 회귀한다는 것이다! 이것이 모든 존재에 대한 나의 혐오였다!

아, 구역질, 구역질, 구역질! 차라투스트라는 이렇게 말하고 탄식하며 몸서리쳤다. 자신의 병이 생각났기 때문이었다. 그러나 이때 그의 짐승들이 그의 말을 가로막았다.

"더 이상 말하지 마라. 그대 회복되고 있는 자여!" 하고 짐승들은 그에게 대답했다. "오히려 저 바깥으로 가라. 저곳에는 세계가 꽃동산처럼 그대를 기다리고 있다.

장미와 꿀벌과 비둘기 떼가 있는 바깥으로 가라! 특히 노래하는 새들이 있는 곳으로 가라! 그대가 그 새들로부터 **노래하는** 법을 배울 수 있도록!

말하자면 노래는 건강을 회복하고 있는 자에게 좋은 것이기 때문이다. 건강한 자라면 말을 해도 좋으리라. 건강한 자가 노래를 원한다 해도 건강을 회복하고 있는 자와는 다른 노래를 원하는 것이다!"

"아, 그대 광대들이여, 손풍금들이여, 제발 입을 다물어라!" 하고 차라투스트라는 대답하고 그의 짐승들에게 미소를 지었다. "어찌 그대들이 알겠는가. 내가 7일 동안 어떤 위안을 생각해냈는지를!

내가 다시 노래하지 않을 수 없다는 것. 바로 **이러한** 위안과 **이러한** 치유를 나는 생각해내었던 것이다. 그대들은 이 일을 소재로 다시 칠현금에 맞춰 부를 노래를 지으려고 하는가?"

"더 이상 말하지 마라." 하고 그의 짐승들이 다시 대답했다. "차라리, 그대 회복되고 있는 자여, 우선 그대의 칠현금을 장만하라! 새로운 칠현금을!

보라, 아, 차라투스트라! 그대의 새로운 노래에는 새로운 칠현금이 필요하기 때문이다.

노래하라, 마음껏 소리 질러라, 아, 차라투스트라여, 새로운 노래들로 그대의 영혼을 치유하라. 그리하여 지금껏 그 어떤 인간의 운명도 아니었던 그대의 커다란 운명을 짊어지도록!

아, 차라투스트라여! 그대의 짐승들은 그대가 누구이며, 그대가 어떤 사람이 되어야 하는지 잘 알고 있기 때문이다. 보라, **그대는 영원회귀를 가르치는 교사**이다! 이것이 이제 **그대의** 운명이다!

그대는 이것을 가르치는 첫 번째 사람이 되어야 하는 것. 이 커다란 운명이 어찌 그대에게 최대의 위험이자 병이 되지 않을 수 있겠는가!

보라, 우리는 그대의 가르침을 안다. 만물은 영원히 회귀하며 우리도 더불어 회귀한다는 사실을. 그리고 우리는 영원한 횟수에 걸쳐 이미 존재해 왔으며, 우리와 더불어 만물도 존재했다는 사실을.

그대는 가르친다. 생성의 위대한 해年가 있다는 것을, 또 위대한 해라는 괴물이 존재한다는 것을, 그리고 이 해는 새로이 흘러가고 흘러나오기 위해서 마치 모래시계처럼 언제나 새로이 뒤집히지 않으면 안 된다고 가르친다.

그러므로 이런 모든 해는 가장 큰 것이나 가장 작은 것이나 서로 동일하다. 그리고 우리 자신에게도 모든 위대한 해에 있어서 가장 큰 것이나 가장 작은 것이나 언제나 동일하다.

그대가 지금 죽기를 원한다면, 아, 차라투스트라여, 보라, 우리는 알고 있다. 그때 그대가 자신에게 들려주게 될 말들을. 그러나 그대의 짐승들은 그대가 아직 죽음의 길을 택하지 않기를 간청한다!

그러면 그대는 겁먹은 기색도 없이 오히려 행복감에 넘쳐 안도의 숨을 내쉬며 말할 것이다. 왜냐하면 감당하기 어려운 중압과 무더위가 그대로부터 덜어질 것이기 때문이다. 그대 가장 인내심이 강한 자여!

그대는 이렇게 말할 것이다. '나는 이제 죽어서 사라지리라. 한순간에 나는 무無가 된다. 영혼도 육체와 마찬가지로 죽기 마련이다.

그러나 내가 거기에 얽혀 있는 여러 원인들의 매듭은 회귀할 것이다. 그 매듭은 나를 다시 창조할 것이다! 나 자신이 영원회귀의 원인에 속해 있다.

나는 또다시 온다. 이 태양과 함께, 이 대지와 함께, 이 독수리와 함께, 그리고 이 뱀과 함께. 그러나 하나의 새로운 삶을, 혹은 보다나은 삶을, 아니면 유사한 삶으로 다시 돌아오는 것은 **아니다**.

나는 가장 큰 것에 있어서나 가장 작은 것에 있어서나 지금과 똑같은 삶으로 영원히 회귀할 것이다. 다시 모든 만물에게 영원회귀를 가르치기 위해서.

위대한 대지의 정오와 위대한 인간의 정오에 대해 다시 말하기 위해서, 그리고 다시 사람들에게 초인이 오는 것을 알리기 위해서.

나는 나의 말을 했고, 나는 그 말 때문에 부서진다. 나의 영원한 운명이 원하는 것은 이것이다. 예고자로서 내가 파멸하기를!

이제 몰락해 가는 자가 자신에게 축복할 때가 왔다. 그리하여 차라투스트라의 몰락은 **끝난다.**' ”

짐승들은 이 말을 마치고 침묵을 지키면서 차라투스트라가 자신들에게 무슨 말을 해주기를 기다렸다. 그러나 차라투스트라는 짐승들이 침묵하고 있음을 알지 못했다. 그는 조용히 누워서 아직은 잠이 들지 않았으나 흡사 잠든 사람처럼 두 눈을 감고 있었다. 자신의 영혼과 이야기를 나누고 있었기 때문이었다. 그러나 뱀과 독수리는 차라투스트라가 이처럼 침묵하는 것을 보고는, 그를 둘러싼 더없는 고요함에 경의를 품고 조심스럽게 그곳을 떠났다.

위대한 동경에 대하여

아, 나의 영혼이여, 나는 그대에게 가르친 바 있다. '오늘'이라는 말을 할 때 '일찍이'와 '예전에'를 말하듯 하라고. 또한 모든 '여기'와 '거기' 그리고 '저기'를 넘어 그대의 윤무輪舞를 추며 가도록 말이다.

아, 나의 영혼이여, 나는 그대를 모든 구석진 곳에서 구해 내었고, 그대에게서 먼지와 거미와 어스름을 몰아내었다.

아, 나의 영혼이여, 나는 그대로부터 사소한 수치심과 후미진 덕을 씻어내었고, 태양이 보는 앞에 벌거벗은 몸으로 서 있도록 그대를 설득했다.

'정신'이라고 불리는 폭풍과 더불어 나는 그대의 파도치는 바다 위로 날아갔다. 나는 그 바다로부터 모든 구름을 저편으로 날려 버렸으며, '죄악'이라고 불리는 목 조르는 여자까지도 목 졸라 죽였다.

아, 나의 영혼이여, 나는 그대에게 폭풍처럼 '아니다'라고 말할 권리를 그대에게 주었고, 맑게 갠 하늘이 말하듯이 '그렇다'라고 말할 권리를 주었다. 그대는 빛처럼 조용히 서 있다가 이제 '아니오'라고 부정하는 폭풍을 뚫고 나간다.

아, 나의 영혼이여, 나는 그대에게 이미 창조된 것과 아직 창조되지 않는 것을 누릴 자유를 되돌려 주었다. 미래에 올 것들에 대한 기쁨을 그대처럼 아는 자가 누가 있겠는가?

아, 나의 영혼이여, 나는 그대에게 벌레처럼 갉아먹는 것과는 다른 그러한 경멸을 가르쳤다. 가장 많이 경멸할 때 가장 많이 사랑하는, 커다란 경멸, 사랑에 넘치는 경멸을 가르쳤다.

아, 나의 영혼이여, 나는 그대가 자신의 근거들을 자신에게 오도록 설득하는 법을 가르쳤다. 그것은 흡사 태양이 바다를 설득시켜 그 높이에까지 오도록 하는 것과 닮았다.

아, 나의 영혼이여, 나는 그대로부터 모든 복종과 무릎 꿇는 것, '주여'라고 말하는 것을 덜어 주었다. 나는 그대에게 '곤경의 전환'과 '운명'이라는 이름을 지어 주었다.

아, 나의 영혼이여, 나는 그대에게 새로운 이름과 오색찬란한 장난감들을 주었다. 나는 그대를 '운명'이라고 불렀고, 또 '포괄자들의 포괄자', '시간의 탯줄', '하늘색 종鐘'이라고 불렀다.

아, 나의 영혼이여, 나는 그대의 대지에 모든 지혜를 쏟아 부어 마시게 했다. 모든 새로운 포도주와 기억할 수 없을 만큼 오래된 강하고 오래된 지혜의 포도주를 쏟아 부어 마시게 했던 것이다.

아, 나의 영혼이여, 나는 그대에게 모든 태양과 모든 밤과 모든 침묵과 모든 동경을 쏟아 부었다. 그리하여 그대는 흡사 포도 덩굴과도 같이 성장했다.

아, 나의 영혼이여, 그대는 지금 너무도 풍성하고 육중한 모습으로 서 있다. 이 포도 덩굴에는 부풀어 오른 젖가슴과 갈색의 탐스러운 황금 포도송이가 주렁주렁 달려 있다.

그대의 행복으로 말미암아 밀리고 눌린 채, 넘쳐흐름을 기다리면서, 더욱이 그대의 기다림 때문에 수줍어하면서 달려 있다.

아, 나의 영혼이여, 이제 그 어디에도 이보다 더 사랑에 넘치고 더 넓고 더 광대한 영혼은 없으리라! 미래와 과거가 그대에게 있어서 보다 더 밀접하게 모여 있는 곳이 어디에 있겠는가?

아, 나의 영혼이여, 나는 그대에게 모든 것을 주었다. 그래서 나의 두 손은 그대 때문에 비어 있다. 그런데 지금! 그대는 나를 향해 우수에 가득 찬 미소로 말한다. "우리 가운데 누가 고마워해야 하는가?

받는 자가 받아들였으므로 주는 자가 당연히 고마워해야 하지 않겠는가? 준다는 것은 필요해서 하는 일이 아닌가? 받는다는 것은 동정 때문이 아닌가?

아, 나의 영혼이여, 나는 그대의 우수 어린 미소를 이해한다. 이제야 그대의 넘치는 풍요로움 자체가 그리움의 손을 내미는 것이다!

그대의 충만함은 소용돌이치는 바다 쪽을 바라보고, 추구하며 기다린다. 넘쳐흐르는 그리움이 그대의 미소 짓는 눈의 하늘에서 내려다본다.

그리고 진실로, 아, 나의 영혼이여! 그대의 미소를 보고 눈물 짓지 않는 자가 누가 있겠는가? 그대의 미소 짓는 선의를 보면 천사조차도 눈물지으리라.

그대의 선의! 넘쳐흐르는 선의는 하소연하거나 눈물을 흘리려 하지 않는다. 그러나 나의 영혼이여, 그대의 미소는 눈물을 그리워하고, 그대의 떨리는 입은 흐느낌을 그리워한다.

"운다는 것은 모두 하소연하는 것이 아니겠는가? 더욱이 하소연하는 것은 모두 규탄하는 것이 아니겠는가?" 이같이 그대는 스스로 말한다. 아, 나의 영혼이여! 이 때문에 그대는 자신의 고뇌를 쏟아 붓기보다는 오히려 미소 지으려 한다.

그대의 충만함에서 오는 그대의 그 모든 고뇌를, 그리고 포도 재배자와 포도 따는 칼을 기다리는 포도 덩굴의 그 모든 중압감을 걷잡을 수 없이 눈물로 쏟아붓기보다는!

하지만 그대가 울기를 원하지 않고, 또 그대의 자줏빛 슬픔을 눈물로 달래려고 하지 않는다면, 그대는 **노래해야만** 하지 않겠는가! 아, 나의 영혼이여! 보라, 그대에게 이렇게 예언하는 나 자신이 미소를 짓고 있다.

그대는 들끓어 오르는 거센 노래를 불러야 하리라. 그대의 그리움에 귀를 기울이기 위해 모든 바다가 잠잠해질 때까지.

이리하여 그리움에 찬 고요한 바다 위로 작은 배가, 황금빛 기적인 나룻배가 떠다니고, 그 황금 주위에서 선악의 경이로운 그 모든 사물들이 깡충깡충 뛰어다닐 때까지.

또한 크고 작은 많은 짐승과 보랏빛 오솔길을 달릴 수 있을 만큼 날렵하고 경이로운 발을 가진 모든 것이 깡충깡충 뛰어다닐 때까지.

그 모든 것은 황금의 기적, 자유 의지의 나룻배 그리고 그 주인을 향해 달려간다. 그런데 바로 그 주인이야말로 다이아몬드로 된 포도 칼을 가지고 기다리는 포도 재배자인 것이다.

아, 나의 영혼이여, 그대의 위대한 구원자는 저 이름 없는 자다! 그자의 이름은 미래의 노래들이 비로소 찾아낼 것이다! 그리고 진실로, 그대의 숨결은 벌써 미래의 노래의 향기를 풍기고 있다.

그대는 이미 뜨겁게 달아올라 꿈꾸고 있다. 그대는 목말라서 그윽한 울림으로 솟아오르는 모든 위안의 샘물을 이미 들이켜고 있다. 그대의 슬픔은 이미 미래의 노래들의 행복 속에서 쉬고 있다!

아, 나의 영혼이여! 이제 나는 그대에게 모든 것을 주었다. 나의 마지막 것까지도 주었다. 나의 두 손은 그대에게 주었기 때문에 텅 빈 손이 되었다. **나는 그대에게 노래하라고 명령했다.** 보라! 이것이 나의 마지막 남은 것이었다!

나는 그대에게 노래하라고 명령했다. 자, 말해 보라. 이제 우리 중에 누가 고마워해야 하는가? 그러나 고마워하는 것보다 더 좋은 것은, 나에게 노래를 들려주는 것이다. 노래를 해다오! 아, 나의 영혼이여! 그리하여 나로 하여금 고마워하게 해다오!

차라투스트라는 이렇게 말했다.

또 다른 춤의 노래

1

"최근에 나는 그대의 눈 속을 들여다보았다. 아, 삶이여! 나는 보았다. 밤처럼 새카만 그대의 눈동자에서 황금이 반짝이는 것을. 나의 심장은 이 환희 때문에 잠시 고동을 멈추었다.

밤의 수면 위에 황금의 나룻배가 반짝거리는 것을 보았다. 가라앉아 물에 잠겼다가 다시 손짓하며 흔들거리는 황금의 나룻배를!

미친 듯이 춤추는 나의 발에 그대는 눈길을 던졌다. 웃음을 띠고 내게 묻는 듯, 녹아내리며 흔들리는 눈길을!

작은 손에서 그대가 울리는 단 두 번의 딸랑이. 그 순간 나의 발은 신들린 듯 춤추며 흔들거렸다.

나의 발꿈치는 들려졌고, 나의 발가락은 그대의 말뜻을 이해하고자 귀를 기울였다. 실로 춤추는 자의 귀는 발가락에 있지 않은가!

내가 그대에게 뛰어오르자 그대는 나를 피해 달아났다. 달아나면서 흩날리던 그대의 머리카락이 나를 향해 혀를 날름거렸다.

그대에게서, 그대의 머리카락의 뱀에게서 나는 훌쩍 달아났다. 그때 그대는 이미 몸을 반쯤 돌리고 욕구로 가득 찬 눈을 하고 서 있었다.

굽은 눈길로 그대는 나에게 굽은 길을 가르친다. 이 굽은 길에서 나의 발은 간계를 배운다!

가까이 있으면 그대가 두렵고, 멀리 있으면 그대가 보고 싶다. 그대가 도망치면 나는 이끌리고, 그대가 찾을 때는 나는 멈춰 서게 된다. 나는 괴롭다. 그러나 어떠한 괴로움일지라도 나는 그대를 위해서

362

감수하지 않았던가!

그대가 냉담하게 대하면 내 마음에 불이 붙고, 그대가 증오하면 나는 유혹을 느끼고, 그대가 달아나면 나를 속박하고, 그대가 비웃으면 나는 더욱 감동을 받는다.

위대한 속박자여, 농락자여, 유혹자여, 탐구자여, 발견자여! 그대라는 여자를 누가 미워하지 않았던가! 순진하고, 참을성 없으며, 바람처럼 빠르고, 아이 같은 눈을 가진 죄수인 그대를!

그대 장난꾸러기의 화신이여! 지금 그대는 나를 어디로 끌고 가는가? 다시 나에게서 도망을 치려고? 그러고는 이제 다시 나에게서 달아나는구나. 그대 달콤한 개구쟁이여, 배은망덕한 자여!

나는 춤추며 그대 뒤를 쫓아간다. 그대의 아주 희미한 발자국이라도 보이면 그대 뒤를 따른다. 그대는 어디에 있는가? 내게 손을 내밀어다오! 최소한 손가락 하나만이라도!

여기에는 동굴이 있고 덤불숲들이 있다. 그러므로 우리는 길을 잃고 말 것이다! 멈춰라! 그 자리에 서라! 주위에 부엉이와 박쥐들이 날아다니는 것이 그대는 보이지 않는가?

그대 부엉이여! 그대 박쥐여! 그대는 나를 조롱하려는가? 여기는 대체 어디란 말인가? 그대는 이렇게 울부짖고 컹컹거리는 것을 개들에게서 배웠구나.

그대는 작고 하얀 이빨을 나에게 사랑스럽게 드러내고, 그대의 심술궂은 눈은 더부룩한 곱슬머리 사이에서 나를 향해 달려든다!

이것은 그 어떤 장애물도 뛰어넘는 춤이다. 나는 사냥꾼이다. 그대는 나의 사냥개가 되려는가, 아니면 나의 영양이 되려는가?

이제 그대는 내 옆에 있다! 어서 서둘러라, 그대 심술궂은 도약자여! 이제 저 위로! 저 너머로! 슬프구나! 뛰어오르다가 나 자신이 넘어지고 말았다!

아, 그대 거만한 자여, 보라, 내가 쓰러진 것을! 자비를 애걸하는 것을! 나는 그대와 함께 보다 사랑스러운 오솔길을 걷고 싶다!

고요하고 알록달록한 덤불을 지나가는 사랑의 오솔길을! 혹은 황금빛 물고기들이 헤엄치고 춤추는 저쪽 호숫가를 따라 도는 오솔길을!

그대는 이제 지쳤는가? 저 너머에는 양 떼와 붉은 저녁놀이 있다. 양치기가 부는 피리 소리를 들으며 잠드는 것이야말로 멋진 일이 아니겠는가?

그대는 그토록 지독하게 지쳐 있는가? 내가 그대를 저 너머로 안고 갈 테니, 그대는 두 팔을 늘어뜨리기만 하라! 만일 그대가 갈증을 느낀다면, 내가 그대에게 줄 물이 있긴 하지만, 그대의 입은 마시려고 하지 않을 것이다!

아, 이 저주받은, 날쌔고 유연한 뱀이여! 미끄러지듯 빠져나가는 미꾸라지 같은 마녀여! 그대는 어디로 가 버렸는가? 그래도 나는 그대의 손이 내 얼굴에 닿아 만든 두 개의 얼룩과 붉은 반점을 느낀다.

나는 정말이지 언제나 양처럼 온순한 양치기로 있는 것에 지쳐 버렸다! 그대 마녀여, 지금까지 나는 그대를 위해 노래했다. 자, 이제부터는 **그대가** 나를 위해 소리쳐야 한다!

내가 휘두르는 채찍의 박자에 맞춰, 그대는 나를 위해 춤추고 소리쳐야 한다! 그런데 나는 그 채찍을 잊었단 말인가? 아니다!"

2

그러자 삶은 나에게 다음과 같이 대답하면서 사랑스러운 두 귀를 막았다.

"아, 차라투스트라여, 제발 그대의 채찍을 그렇게 무섭게 휘두르지 마라! 그대는 시끄러운 소리가 사상을 죽인다는 것을 알고 있지 않은가! 지금 막 내게는 아주 부드러운 사상이 떠올랐다.

우리는 둘 다 선한 일도 악한 일도 행하지 않는 자들이다. 우리는 선악의 저편에서 우리의 섬과 우리의 푸른 초원을 발견하였다. 우리 단 둘이서만! 그러므로 우리는 서로 사이좋게 지내야 한다!

사실 우리가 서로 진심으로 사랑하는 것은 아니다. 하지만 진심으로 사랑하지 않는다고 해서 서로 미워해야 한단 말인가?

내가 그대에게 호의를 품고 있고 또 때로는 지나칠 정도로 잘 해준다는 것을 그대는 알고 있다. 그것은 다름이 아닌, 그대의 지혜를 내가 부러워하기 때문이다. 아, 이 늙고 미친 지혜라는 **바보**여!

그대의 지혜가 언젠가 그대에게서 떠나갈 때, 아! 그때는 나의 사랑 또한 서둘러 그대에게서 달아나게 될 것이다."

이같이 말한 뒤, 삶은 깊은 생각에 잠겨 자기 뒤를 보고 또 주위를 살핀 다음, 목소리를 낮추어 말했다. "아, 차라투스트라여, 그대는 나에게 그다지 충실하지는 않구나!

그대는 오래전부터 스스로 말하고 있는 것만큼 나를 사랑하지 않는다. 나는 알고 있다. 머지않아 그대가 내 곁을 떠날 생각을 하고 있다는 것을.

뎅그렁뎅그렁 울려 퍼지는 무겁고도 무거운 낡은 종이 하나 있다. 뎅그렁 소리는 밤마다 그대의 동굴에까지 울려 퍼진다.

그대는 한밤중에 시간을 알리는 그 종소리를 들을 때, 즉 한 번에서 열두 번까지 종이 울리는 사이에 그대는 그렇게 생각한다.

아, 차라투스트라여! 나는 알고 있다. 그대가 머지않아 내 곁을 떠날 생각을 하고 있다는 것을!"

"그렇다!"라고 나는 주저하며 대답했다. "하지만 그대는 그것까지도 알고 있다." 이리하여 나는 마구 헝클어진 노란 머리카락 사이로 그녀의 귀에 대고 무언가를 속삭였다.

"아, 차라투스트라여, 그대는 그것을 **알고 있는가?** 그것을 아는 사람은 아무도 없다."

그리고 우리는 서로 쳐다보았고, 마침 서늘한 저녁이 찾아드는 푸른 초원을 바라보며 함께 울었다. 하지만 그때 나에게 삶은 이제까지 나의 모든 지혜보다도 더욱더 사랑스러웠다.

차라투스트라는 이렇게 말했다.

3

하나!

아, 인간이여! 주의하라!

둘!

깊은 한밤중은 무엇을 말하고 있는가?

셋!

나는 자고 있었다. 나는 자고 있었다ㅡ.

넷!

깊은 꿈에서 나는 깨어났다.

다섯!

세계는 깊다.

여섯!

낮은 생각했던 것보다 더 깊다.

일곱!

세계의 슬픔은 깊다ㅡ.

여덟!

기쁨은 ㅡ 마음의 고통보다 더 깊다.

아홉!

슬픔은 말한다. 사라져라!

열!

그러나 모든 기쁨은 영원을 바란다.

열하나!

— 깊고 깊은 영원을 바란다!

열둘!

일곱 개의 봉인(긍정과 아멘의 노래)

1

만약 내가 예언자이고 두 바다 사이에 치솟은 높은 암벽 위를 방랑하는 저 예언자적 정신으로 가득 차 있다면,

무거운 구름처럼 과거와 미래 사이를 방랑하며, 무더운 저지대低地帶에 적의를 품고, 지친 나머지 살 수도 없고 죽을 수도 없는 모든 것에 적의를 품는 저 예언자적 정신으로 가득 차 있다면,

그리고 어두운 가슴속에서 번개를 내리치고 구원의 빛을 비출 준비를 하면서 '그렇다!'라고 말하고, '그렇다!'라고 웃으면서 예언자적 광선을 낳는 번개를 잉태한다면,

그렇다면 이렇게 잉태한 자는 복되도다! 그리고 진실로, 언젠가는 미래의 빛을 밝혀야 하는 자는 오랫동안 무거운 뇌우雷雨가 되어 산등성이에 걸려 있어야 한다!

아, 어찌 내가 영원을 갈망하지 않겠는가. 반지들 중에서도 결혼 반지, 회귀의 둥근 고리를 어찌 내가 갈망하지 않을 수 있단 말인가?

나는 아직까지 내 아이를 낳게 하고 싶은 여자를 찾지 못했다. 내가 사랑하는 이 여자를 제외하고는. 아, 영원이여, 내 그대를 사랑하기 때문이다!

내 그대를 사랑하기 때문이다, 아, 영원이여!

2

일찍이 나의 분노가 무덤들을 파헤치고, 경계석들을 옮겨 놓고, 낡은 서판들을 가파른 골짜기로 굴려 부셔 버렸다면,

일찍이 나의 조롱이 곰팡내 풍기는 말들을 불어서 날려 버리고, 내가 십자거미들에게는 빗자루처럼, 그리고 낡고 습기 찬 무덤들에게는 쓸어버리는 바람으로서 왔다면,

일찍이 내가 세계를 비방하는 자들의 기념비 옆에서 세계를 축복하고 세계를 사랑하면서, 옛 신들이 묻혀 있는 곳에 흡족한 마음으로 앉아 있었다면,

왜냐하면 만일 하늘이 그 맑은 눈으로 파괴된 천장 사이로 들여다본다면, 나는 교회와 신들의 무덤조차도 사랑할 것이기 때문이며, 또한 마치 풀이나 붉은 양귀비꽃처럼 기꺼이 부서진 교회에 앉아 있을 것이기 때문이다.

아, 어찌 내가 영원을 갈망하지 않겠는가. 반지들 중에서도 결혼반지, 회귀의 둥근 고리를 어찌 내가 갈망하지 않을 수 있단 말인가?

나는 아직까지 내 아이를 낳게 하고 싶은 여자를 찾지 못했다. 내가 사랑하는 이 여자를 제외하고는. 아, 영원이여, 내 그대를 사랑하기 때문이다!

내 그대를 사랑하기 때문이다, 아, 영원이여!

3

일찍이 창조적인 숨결로부터, 그리고 우연들에게도 별들의 윤무를 추도록 강요하는 저 천상의 필연으로부터, 한줄기 숨결이 나를 찾아왔다면,

일찍이 내가, 행위의 긴 천둥소리가 불평하면서도 온순하게 그 뒤를 따르는, 저 창조적인 번개의 웃음으로 웃었다면,

일찍이 내가 신들의 탁자인 대지 위에서 대지가 흔들리고 무너지고 불길이 치솟을 정도로 신들과 함께 주사위 놀이를 했더라면,

왜냐하면 신들의 탁자는 대지이고, 그 대지는 창조적인 새로운 말씀과 신들의 주사위 놀이로 벌벌 떨고 있기 때문이다.

아, 어찌 내가 영원을 갈망하지 않겠는가. 반지들 중에서도 결혼 반지, 회귀의 둥근 고리를 어찌 내가 갈망하지 않을 수 있단 말인가?

나는 아직까지 내 아이를 낳게 하고 싶은 여자를 찾지 못했다. 내가 사랑하는 이 여자를 제외하고는. 아, 영원이여, 내 그대를 사랑하기 때문이다!

내 그대를 사랑하기 때문이다, 아, 영원이여!

4

일찍이 내가 모든 것이 잘 섞여 있는, 저 거품 부글거리는 향신료 혼합물 항아리에 든 것을 실컷 마셨다면,

일찍이 내 손이 가장 먼 것을 가장 가까운 것에, 불을 정신에, 쾌락을 고통에, 그리고 가장 악한 것을 가장 선한 것에 쏟아 부었다면,

나 자신이 향신료 혼합물 항아리 속의 모든 것이 잘 섞이도록 하는 저 구원의 소금 알갱이라면,

왜냐하면 선과 악을 결합시키는 소금이 있기 때문이며, 또한 최악의 것이라도 향료가 되어 넘쳐흐르는 마지막 거품이 될 자격이 있기 때문이다.

아, 어찌 내가 영원을 갈망하지 않겠는가. 반지들 중에서도 결혼반지, 회귀의 둥근 고리를 어찌 내가 갈망하지 않을 수 있단 말인가?

나는 아직까지 내 아이를 낳게 하고 싶은 여자를 찾지 못했다. 내가 사랑하는 이 여자를 제외하고는. 아, 영원이여, 내 그대를 사랑하기 때문이다!

내 그대를 사랑하기 때문이다, 아, 영원이여!

5

내가 바다와, 또한 바다와 같은 종류의 모든 것에 호의적이고, 특히 바다가 노하여 덤벼들 때 내가 가장 호의적일 수 있다면,

아직 발견되지 않은 것을 향하여 돛을 올리는 저 탐구의 기쁨이 내 안에 있다면, 항해자의 기쁨이 나에게 있다면,

일찍이 나의 환희가 "해안은 사라졌다. 이제 최후의 쇠사슬은 나에게서 끊어졌다. 무한한 것이 내 주위에서 쏴쏴 물결치고, 공간과 시간이 저 먼 곳까지 반짝인다. 자! 오라! 그리운 옛 마음이여!"라고 외쳤다면,

아, 어찌 내가 영원을 갈망하지 않겠는가. 반지들 중에서도 결혼

반지, 회귀의 둥근 고리를 어찌 내가 갈망하지 않을 수 있단 말인가?

나는 아직까지 내 아이를 낳게 하고 싶은 여자를 찾지 못했다. 내가 사랑하는 이 여자를 제외하고는. 아, 영원이여, 내 그대를 사랑하기 때문이다!

내 그대를 사랑하기 때문이다, 아, 영원이여!

6

나와 덕이 춤추는 자의 덕이고, 내가 종종 두 발로 황금과 에메랄드의 황홀경 속으로 뛰어들었다면,

나의 심술궂음이 웃음 짓는 심술궂음이고, 장미의 산비탈과 백합의 울타리 밑에 편안하게 있다면,

왜냐하면 웃음 속에는 모든 심술궂음이 나란히 있지만, 그것은 자기의 커다란 행복에 의해 신성해지고 죄를 면하기 때문이다.

그리고 모든 무거운 것이 가벼워지고. 모든 육체가 춤추는 자가 되고, 모든 정신이 새가 되는 것, 그것이 나의 알파이며 오메가라면, 그리고 진실로 이것이 나의 알파이며 오메가라면!

아, 어찌 내가 영원을 갈망하지 않겠는가. 반지들 중에서도 결혼 반지, 회귀의 둥근 고리를 어찌 내가 갈망하지 않을 수 있단 말인가?

나는 아직까지 내 아이를 낳게 하고 싶은 여자를 찾지 못했다. 내가 사랑하는 이 여자를 제외하고는. 아, 영원이여, 내 그대를 사랑하기 때문이다!

내 그대를 사랑하기 때문이다, 아, 영원이여!

7

일찍이 내가 내 머리 위에 고요한 하늘을 펼치고 나 자신의 날개로 나 자신의 하늘을 날았더라면,

내가 유희하면서 깊은 빛의 아득함 속으로 헤엄쳐 가고, 나의 자유에 새의 자유가 찾아왔더라면,

새의 지혜는 이같이 말하리라. "보라! 위도 없고 아래도 없도다! 그대를 주위로 던져라! 저 멀리로, 뒤로, 그대 가벼운 자여, 노래하라! 더 이상 말하지 마라!

모든 말은 무거운 자들을 위해서 만들어진 것이 아닌가? 가벼운 자들에게 있어서는 모든 말이 거짓말이 아닌가! 노래하라! 더 이상 말하지 마라!"

아, 어찌 내가 영원을 갈망하지 않겠는가. 반지들 중에서도 결혼 반지, 회귀의 둥근 고리를 어찌 내가 갈망하지 않을 수 있단 말인가?

나는 아직까지 내 아이를 낳게 하고 싶은 여자를 찾지 못했다. 내가 사랑하는 이 여자를 제외하고는. 아, 영원이여, 내 그대를 사랑하기 때문이다!

내 그대를 사랑하기 때문이다, 아, 영원이여!

제 4 부

Also sprach Zarathustra

아, 이 세상에서 동정하는 자들보다 더 어리석은 짓을 하는 자들이 어디 있던가?
그리고 이 세상에서 동정하는 자들이 저지른 어리석음보다 더 큰 고통을 안겨
주는 것이 어디 있던가?
자신의 동정심을 극복하지 못하면서 사랑을 하고 있는 모든 자를 불쌍히 여겨라!
일찍이 악마가 나에게 이렇게 말했다.
"신에게도 지옥이 있는데, 그것은 바로 인간에 대한 신의 사랑이다."
그리고 최근에 나는 악마가 이렇게 말하는 것도 들었다.
"신은 죽었다. 인간에 대한 동정 때문에 신은 죽었다."

- 제2부 <동정하는 자들에 대하여> 중에서

제물로 바친 꿀

차라투스트라의 영혼 위로 다시 해와 달이 바뀌었지만, 그는 세월의 흐름을 개의치 않았다. 하지만 그의 머리에는 서서히 백발이 늘어만 갔다. 어느 날 그는 자신의 동굴 앞 바위에 앉아 조용히 먼 곳을 바라보고 있었다. 여기서는 구불구불한 계곡들 너머로 멀리 바다가 보였다. 그때 그의 짐승들[34]은 생각에 잠겨 그의 주위를 서성거리다가 마침내 그의 앞에 멈추어 섰다.

"아, 차라투스트라여, 그대는 혹시 그대 자신의 행복을 얻으려고 하는가?" 하고 그들은 물었다. "행복이 무슨 소용인가? 나는 행복을 원하지 않은 지 이미 오래되었다. 내 과업을 생각할 뿐이다." 하고 그가 대답하자, 짐승들은 다시 말을 이었다. "아, 차라투스트라여, 그대는 마치 세상에 좋은 것들을 너무 많이 가진 사람처럼 말하고 있구나. 그대는 하늘빛처럼 푸른 행복의 호수에 누워 있지 않은가?" 그러자 차라투스트라가 미소 지으며 대답했다. "그대 어릿광대들이여, 참으로 멋진 비유를 들고 있구나! 그러나 그대들은 나의 행복이 무겁고, 흘러가는 저 물결과 같지 않다는 것도 알고 있을 것이다. 나의 행복은 나를 몰아붙이고, 나에게서 떠나려고 하지 않으며, 마치 끈적끈적하게 녹아내린 역청[35]과 같다는 것을."

그러자 그의 짐승들은 다시 생각에 잠겨 그의 주위를 서성거리다

***
34 서문에 나오는 뱀과 독수리를 뜻한다.
35 '역청'은 독일어로 'Pech'라고 하는데, 여기에는 '불운, 곤경, 불행한 사건'이란 뜻도 있다.

가 다시 한번 그의 앞에 멈추어 섰다. 그들은 말했다. "아, 차라투스트라여! 그 때문에 그대의 머리는 백발이 되어 마치 아마亞麻처럼 보이는데도 그대 자신은 날로 누렇게 되고 더욱 어두워지지 않았는가? 보라, 그대는 그대의 역청 속에 앉아 있다!" 그러자 차라투스트라가 이렇게 말하면서 웃었다. "나의 짐승들이여, 무슨 말을 하고 있는가. 진실로, 내가 역청에 대한 말을 한 것은 험담하려고 한 이야기였다. 나에게 일어난 일과 같은 것은 모든 무르익은 과일에서도 일어나는 일이다. 나의 피를 더욱 진하게 하고, 나의 영혼을 더욱 고요하게 만드는 것은 나의 혈관 속을 흐르는 꿀인 것이다." 이에 짐승들이 대답하면서 그에게로 몰려들었다. "그럴 수도 있을 테지. 아, 차라투스트라여! 그러나 오늘 그대는 높은 산에 오를 생각은 없는가? 공기가 맑아서 세상을 바라보기에 오늘과 같은 날은 다시없을 테니 말이다." 다시 차라투스트라가 대답했다. "그렇다. 나의 짐승들이여! 그대들의 조언은 적절했고 내 마음에 든다. 오늘 나는 높은 산에 오르려 한다! 그런데 그곳에서도 꿀이 내 손에 있도록 배려하라. 더욱 누렇고, 더욱 희고, 더욱 좋고, 얼음처럼 차갑고 신선한 벌집에 든 황금 꿀을. 왜냐하면 그대들은 내가 이 산 위에서 꿀을 제물로 바치려 한다는 것을 알아두어야 하기 때문이다."

그러나 차라투스트라는 산꼭대기에 이르렀을 때 자신을 따라왔던 짐승들을 돌려보내고, 홀로 남았다. 여기서 그는 마음껏 웃으며 사방을 둘러보고 이렇게 말했다.

내가 제물에 관해, 꿀이란 제물에 관해 이야기한 것은 다만 내 말의 술책이었을 뿐이다. 그것은 참으로 유용한 어리석음이었다! 여기 산 위에서 나는 은둔자의 동굴 앞이나 은둔자의 짐승들 앞에 있을 때보다도 더욱 자유롭게 말할 수 있다.

제물을 바친다고! 천 개의 손을 가진 낭비자인 나는 나에게 주어지는 것을 낭비한다. 그런 내가 어찌 이것을 두고 제물을 바친다고 말할 수 있단 말인가!

그리고 내가 꿀을 구하고자 했을 때, 정말로 내가 원했던 것은 투덜거리는 곰과 이상하고 까다롭고 심술궂은 새들도 입맛을 다시는 좋은 미끼와 달콤한 즙과 점액이었을 뿐이다.

사냥꾼이나 어부들에게 필요한 최상의 미끼를 바랐을 뿐이다. 왜냐하면 이 세계가 짐승들이 사는 어두운 숲과 같고 또한 모든 험상궂은 사냥꾼들의 놀이터 같은 곳이라면, 그것은 나에게 오히려 바닥을 알 수 없는 풍요로운 바다로 여겨지기 때문이다.

다채로운 물고기들과 갑각류로 가득 찬 바다. 신들도 욕심을 억누를 수 없어 거기서 고기를 낚고 또 그물을 던지려고 하는 그런 바다 말이다. 이와 같이 세계는 크고 작은 진귀한 것으로 가득 차 있다!

특히 인간 세계, 인간의 바다가 그러하다. **그 바다**를 향해 나는 지금 황금 낚싯대를 던지면서 이렇게 말한다. 열려라, 그대 인간의 심연이여!

열려라, 그리고 나에게 그대의 물고기들과 반짝이는 갑각류를 던져라! 나는 오늘 나의 최상의 미끼로 인간이라는 가장 진귀한 물고기를 낚아 올리려 한다!

나는 나의 행복 그 자체를 저 멀리 사방팔방으로, 일출에서 정오를 지나 일몰日沒 때까지 던진다. 인간이라는 많은 물고기가 나의 행복을 끌어당기고, 거기에 매달려 버둥거리는 법을 배우지 않을까 싶어서다.

그리하여 그 물고기들이 나의 감춰진 뾰족한 낚싯바늘을 물고 **나의** 높이로 올라올 때까지. 또 심연의 바닥에 사는 다채로운 물고기들이 인간을 낚는 모든 어부 중에서 가장 심술궂은 어부의 손에 끌어올려질 때까지 말이다.

말하자면 나야말로 원래부터 철저하게 그런 어부이기 때문이다. 끌고, 잡아당기고, 잡아 올리고, 끌어올리는 어부 말이다. 그리고 나는 잡아당기는 자이며, 키우는 자이며, 그리고 일찍이 그럴 만한 이유가 있어서 자기 자신에게 "본래 모습 그대로의 그대가 되어라!"라고 말했던 엄격한 교사다.

그러므로 이제부터는 인간들이 내가 있는 곳으로 **올라오는** 것이 좋겠다. 왜냐하면 나는 아직도 나의 하강의 때가 왔음을 알리는 조짐을 기다리고 있기 때문이다. 언젠가는 내려가야 하겠지만 아직은 인간들 사이에 내려갈 생각이 없다.

그 때문에 나는 여기 높은 산 위에서 교활하게 비웃으면서 기다리고 있다. 인내심 없는 자도 아니고 인내심 있는 자도 아닌, 오히려 인내라는 것마저 잊어버린 자로서 기다리고 있다. 왜냐하면 더 이상 '인내하지' 않기 때문이다.

말하자면 나의 운명이 나에게 시간을 준 것이다. 운명이 나를 잊은 것일까? 아니면 운명이 커다란 바위 뒤의 그늘에 앉아서 파리라도 잡고 있는 것일까?

그리고 진실로, 나는 나의 영원한 운명에 감사한다. 그것이 나를 재촉하지도 않고, 몰아붙이지도 않고, 나에게 장난질과 심술궂은 짓을 할 시간을 주었기 때문이다. 그리하여 나는 오늘 물고기를 낚기 위해 높은 산에 올라왔다.

일찍이 누가 산에서 물고기를 낚는단 말인가? 그러나 설사 내가 이같이 높은 곳에 올라와서 하려는 일이 어리석을지라도 나는 오히려 이것이 더 좋다. 내가 저 아래에서 기다림에 지쳐 엄숙해지고 안색이 창백하고 노래지는 것보다는 오히려 더 좋다는 말이다.

기다림으로 인해 화를 참지 못하고 거들먹거리며 헐떡거리는 자가 되고, 산에서 불어닥치는 포효咆哮하는 거룩한 폭풍이 되고, 아래쪽으로 골짜기를 향해 "들어라, 그렇지 않으면 나는 그대들을 신의 채찍으로 치리라!" 하고 외치는 인내심 없는 자가 되기보다는 오히려 더 좋다는 말이다.

그렇다고 해서 화를 내는 그러한 자들을 내가 원망하는 것은 아니다. 그들은 내게 한낱 웃음거리에 불과한 자들이다! 위험을 알리는 커다란 북과도 같은 자들은 오늘이 아니면 앞으로 발언할 기회를 결코 얻지 못할 것이므로 초조하지 않을 수 없다!

그러나 나와 나의 운명은, 즉 우리는 오늘을 향해 발언하지 않으며, 결코 오지 않을 날을 향해 발언하는 것도 아니다. 이미 우리는 발언하기 위해 인내와 시간과 그 시간을 뛰어넘는 시간을 가지고 있다. 왜냐하면 언젠가 그것은 반드시 올 것이며, 그냥 지나쳐 가버려서는 안 되기 때문이다.

이같이 언젠가 반드시 올 것이며, 그냥 지나쳐 가버려서는 안 되는 것은 대체 무엇인가? 그것은 우리의 위대한 하자르[36], 즉 우리의 위대하고도 머나먼 곳에 있는 인간의 왕국, 차라투스트라의 천년 왕국인 것이다.

그런데 이같이 '머나먼'이라는 것은 얼마만큼 멀다는 말인가? 이것이야말로 대체 나에게 무슨 상관이란 말인가! 아무리 멀다고 해도 나는 조금도 흔들리지 않는다. 나는 두 발로 이 대지에 굳건히 서 있을 뿐이다.

영원한 대지 위에, 견고한 원시암原始岩 위에, 더없이 높고 더없이 견고한 이 태고의 산맥 위에 서 있을 뿐이다. 여기는 날씨가 급변하는 경계선을 이루는 곳이다. 모든 바람은 이곳으로 불어와 묻는다. 어디에서? 어디로부터? 어디로? 라고.

나의 밝고 건전한 악의여! 자, 웃어라, 웃어라! 높은 산들로부터 아래로 향하여 번쩍이며 조롱하는 그대의 웃음을 던져라! 그대의 번쩍이는 웃음으로 더없이 아름다운 인간이라는 물고기를 내게로 꾀어 내라!

모든 바다 속에 있는 것 중에 **나에게** 속하는 것, 모든 사물에 있어

***

36 '하자르 Hazar'는 고대 페르시아어로 '천千'을 뜻하며, 여기서는 천 년간 지배하는 왕국을 의미한다.

서 나의 본래 자기, **그것을** 나에게 낚아 올려라. **그것을** 나에게 끌어 올려다오. 나는 그것을 기다리고 있다. 모든 어부 중에서 가장 심술 궂은 어부로서!

밖으로, 저 밖으로, 나의 낚싯바늘이여! 저 안으로, 저 아래로, 나의 행복의 미끼여! 그대의 더없이 달콤한 이슬을 방울방울 떨어지게 하라. 내 마음속의 꿀이여, 물어라, 나의 낚싯바늘이여! 모든 검은 슬픔의 복부를!

밖으로, 저 밖으로, 나의 눈이여! 아, 내 주위에는 얼마나 많은 바다가 있는가! 밝아오는 인류의 미래가 나를 둘러싸고 있지 않은가! 그리고 나의 머리 위에는 얼마나 많은 붉은 장밋빛 고요가 있는가! 얼마나 많은 구름 한 점 없는 침묵이 있는가!

절박한 외침

다음 날 차라투스트라는 다시 동굴 앞에 있는 그의 바위 위에 앉아 있었고, 한편 짐승들은 새로운 식량을 얻으려고 또한 신선한 꿀도 구하려고 바깥세상을 돌아다니고 있었다. 왜냐하면 차라투스트라가 묵은 꿀을 이미 최후의 한 방울까지 다 써 버리고 낭비해 버렸기 때문이었다. 이렇게 앉은 그는 생각에 잠겨 지팡이를 손에 들고 땅 위에 비친 자신의 그림자를 따라 그리고 있었다. 그때 진실로, 그가 자기 자신과 자신의 그림자에 대해 생각하고 있었던 것은 아니었다. 그러다 차라투스트라는 별안간 놀라 몸을 움츠렸다. 그는 자신의 그림자 옆에 또

382

하나의 다른 그림자를 보았기 때문이었다. 급히 사방을 둘러보고 일어섰을 때, 보라, 그의 옆에는 바로 그 예언자가 서 있지 않은가! 이 사람은 일찍이 차라투스트라가 식탁에 초대해서 먹을 것과 마실 것을 대접한 적이 있었던 자로, "모든 것은 동일하다. 보람 있는 것은 아무 것도 없다. 세계는 의미가 없고, 지식은 우리의 목을 죈다"라고 가르친 위대한 권태의 예언자였다. 그런데 그동안 이 예언자의 얼굴은 변해 있었다. 그래서 그의 눈을 들여다본 순간 차라투스트라의 마음은 다시 한번 깜짝 놀랐다. 수많은 불길한 예고와 잿빛 섬광이 이 사람의 얼굴 위로 스쳐 지나갔던 것이다.

예언자는 차라투스트라의 영혼 속에 무슨 일이 일어났는지를 알아차렸다. 그리하여 그는 마치 자기의 얼굴을 씻어서 없애 버리기라도 하려는 듯이 손으로 자기 얼굴을 문질렀다. 차라투스트라도 같은 동작을 했다. 그리고 나서 두 사람은 말없이 정신을 가다듬고 기운을 차린 다음, 서로를 다시 알아보았다는 표시로 악수를 했다.

"잘 왔네. 그대 위대한 권태의 예언자여!" 하고 차라투스트라는 말했다. "일찍이 그대가 나의 식탁의 친구이자 내 집의 손님이었던 사실이 공연한 일이 아니었네. 오늘도 나와 함께 먹고 마시도록 하세. 유쾌한 늙은이가 그대와 함께 식탁에 앉는 걸 용서하시게!" 그러자 예언자는 머리를 흔들며 대답했다. "유쾌한 늙은이라고? 그대가 누구인들, 또 어떤 자가 되려고 하든, 아, 차라투스트라여! 그대는 너무 오랫동안 이곳 산 위에 있었다. 그대의 나룻배는 더 이상 이 마른 땅 위에 앉아 있어서는 안 된다!" 차라투스트라가 웃으면서 물었다. "내가 지금 마른 땅 위에 앉아 있단 말인가?" 그러자 예언자가 대답했다. "그대의 산을 둘러싼 물결이 점점 높이 차오르고 있다. 거대한 곤경과 슬픔의 물결이. 이 물결은 머지않아 그대의 나룻배를 밀어 올려 그대를 싣고 떠날 것이다." 여기서 차라투스트라는 침묵한 채 이 말을 의아하게 생각했다. 예언자는 계속해서 말을 했다. "그대에게 아직 아무 소리도 들리지 않는가? 깊은 심연으로부터 이쪽을 향해 쏴쏴 우르릉 포효하며 다가오는 소리가 그대에게는 들리지 않는가?" 차라투스트라는 다시 입을 다물고 귀를 기울였다. 이때 그는 길고 긴 외침을 들었다. 심연들이 서로에게 소리쳐 알리면서 떠넘기는 외침이었다. 이 외침을 자기 속에 간직하려는 심연은 하나도 없었다. 그토록 그 외침은 불길하게 들려왔다.

마침내 차라투스트라가 말했다. "그대 불길한 예언자여! 저것은 도움을 요청하는 절규이며, 인간의 외침이다. 아마도 그것은 검은 바다 어딘가에서 들려오는 것이다. 그러나 인간의 곤경이 나와 무슨 상관이란 말인가! 그대는 나에게 남겨진 나의 마지막 죄가 무엇인지 혹시 알고 있는가?"

"**동정심이지!**"라고 예언자는 감정이 넘쳐흐르는 듯 두 손을 높이 쳐들고 대답했다. "아, 차라투스트라여, 나는 그대를 그대의 마지막 죄로 유혹하려고 온 것이다!"

이 말이 끝나자마자 다시 그 외침이 울려 퍼졌다. 전보다 더 길고, 더 불안하게, 그리고 훨씬 더 가까운 곳에서 들려왔다. 예언자가 외쳤다. "들리는가? 그대의 귀에는 들리지 않는가? 아, 차라투스트라여,

저 외침은 그대를 향하고 있다. 그대를 부르고 있는 것이다. 자, 오라, 오라! 때가 왔다. 때가 무르익었다!"

그러자 차라투스트라는 입을 다물었다. 그리고 마음이 혼란스럽고 크게 동요되었다. 마침내 그는 어찌할 바를 모르는 사람처럼 물었다. "그렇다면 저기서 나를 부르고 있는 자는 누구인가?"

그러자 예언자가 격한 어조로 대답했다. "그대는 잘 알고 있을 것이 아닌가? 무엇 때문에 그대는 자신을 감추고 있는가? 그대를 향해 외치는 자는 **좀 더 높은 인간**이다!"

"좀 더 높은 인간이라고?" 하며 차라투스트라는 두려움에 휩싸여 외쳤다. "그 사람은 무엇을 원하는가? 좀 더 높은 인간이란 자가! 그 사람은 여기서 무엇을 바라는 것인가?" 이렇게 말하며 그의 전신에는 땀이 흘렀다.

그러나 예언자는 차라투스트라의 불안에는 개의치 않고 심연을 향해 귀를 기울이고 또 기울였다. 그러나 그곳에서 오랫동안 아무 소리도 들리지 않자, 그는 눈길을 돌려 차라투스트라가 벌벌 떨고 서 있는 모습을 바라보았다.

"아, 차라투스트라여!" 하고 그는 슬픈 목소리로 말하기 시작했다. "그대가 서 있는 모습을 보니 행복해서 현기증을 느끼는 사람 같지는 않구나. 그대는 쓰러지지 않기 위해 춤을 추어야 한다!

그러나 설사 그대가 내 앞에서 춤을 추고 옆으로 뜀뛰기를 하며 재주를 부린다 해도, 아무도 나에게 '보라, 여기에 최후의 유쾌한 인간이 춤추고 있다!'라고 감히 말하지는 않을 것이다.

그렇게 말할 사람을 찾아서 누군가가 이 산 위로 올라와봤자 아무 소용이 없을 것이다. 그자는 동굴들을 찾고, 동굴 속 동굴을 찾고, 은 둔자들의 은신처는 찾아낼지 몰라도, 행복의 갱도坑道, 보물 창고, 새로운 행복의 황금 광맥은 찾지 못할 것이다.

이렇게 묻혀 버린 자들, 은둔자들에게서 어떻게 행복을 찾아낸단 말인가! 나는 최후의 행복을 아직도 행복의 섬에서, 그리고 멀리 떨어져 잊힌 여러 바다들 사이에서 찾아야만 하는가?

그러나 모든 것은 동일하고, 무엇을 하든 보람이 없으며, 찾아 헤매어도 아무 소용없다. 행복의 섬들이란 이미 존재하지 않는다!"

예언자는 이같이 탄식하였다. 그러나 그의 마지막 탄식을 듣자, 차라투스트라는 다시 마음이 놓이고 밝아졌다. 마치 깊은 구덩이 속에 있다가 밝은 곳으로 나온 사람 같았다. "아니다! 아니다! 세 번이나 말하지만 아니다!" 하고 그는 힘찬 목소리로 외치고 수염을 쓰다듬었다. "나는 그것을 더 잘 알고 있다! 행복의 섬들은 아직도 존재한다. **그것에 대해서는** 입을 다물어라, 그대 탄식하는 슬픔의 자루여!

그 일에 대해서는 더 이상 떠들지 말라! 그대 오전의 비구름이여! 나는 이미 그대의 슬픔에 젖어 물벼락 맞은 개처럼 여기 서 있지 않는가?

나는 다시 내 몸을 말리기 위해 이제 몸을 털고 그대에게서 **떠날** 것이다. 그대는 이것을 이상하게 여겨서는 안 된다! 내가 그대에게 무례하다고 여겨지는가? 하지만 이곳은 **나의** 뜰이다.

그러나 그대가 말하는 좀 더 높은 인간에 대해서는, 좋다! 나는 그를 저기 숲속에서 찾아보겠다. **그곳에서 그의** 외침이 들려왔다. 아마도 그곳에서 사나운 맹수들이 그를 쫓고 있을지도 모른다.

그는 **나의** 영역 안에 있다. 여기서 그는 해를 입어서는 안 된다! 그리고 진실로, 내 곁에는 사악한 짐승들이 많이 있다."

이렇게 말하고 차라투스트라는 길을 가려고 몸을 돌렸다. 그때 예언자가 말했다.

"아, 차라투스트라여! 실로 그대는 불한당이다!

나는 그대가 내게서 떠나고 싶어 한다는 것을 이미 알고 있었다! 그대는 차라리 숲속에 들어가 사악한 짐승들을 뒤쫓으려 한다.

그러나 그것이 그대에게 무슨 도움이 되겠는가? 저녁이 되면 그대는 나를 다시 만나게 될 텐데. 나는 그대의 동굴에 앉아 그루터기처럼 묵묵히, 그리고 참을성 있게 그대를 기다리고 있겠다!"

"좋을 대로 하라!" 하고 차라투스트라는 길을 떠나면서 뒤를 향해 소리쳤다. "내 동굴 속에 있는 나의 것은 나의 손님인 그대의 것이기도 하다!

그런데 만약 그대가 동굴 속에서 꿀을 발견하거든, 좋다! 그것을 모두 핥아 먹어도 된다! 그대 으르렁대는 곰이여! 그리하여 그대의 영혼을 달콤하게 만들어라! 저녁이면 우리 둘 다 기분이 좋아지고 싶으니까 말이다!

오늘 하루가 끝이 났으니 기분이 좋고 즐겁지 않겠는가! 그리고 그대는 나의 춤추는 곰으로서 내가 부르는 노래에 맞춰 춤을 추게 될 것이다!

그대는 내 말을 믿지 않는가? 그대는 아니라고 고개를 흔드는가? 자! 좋다! 늙은 곰이여! 하지만 나 또한 예언자이다."

차라투스트라는 이렇게 말했다.

왕들과의 대화

1

차라투스트라는 자기의 산과 숲속을 채 한 시간도 가지 않아 갑자기 기이한 행렬을 보았다. 그가 내려가려는 바로 그 길을 두 사람의 왕이 맞은편에서 걸어왔던 것이다. 그들은 왕관을 쓰고 자줏빛 띠로 장식하여 마치 홍학紅鶴처럼 알록달록하게 치장을 하고 있었다. 그들은 짐을 진 한 마리의 나귀를 앞세우고 있었다. "이 왕들은 내 영토에서 무엇을 구하려는 것일까?" 하고 깜짝 놀란 차라투스트라는 중얼거리며 급히 덤불 속으로 몸을 숨겼다. 그러나 왕들이 그가 있는 곳에 이르렀을 때, 그는 혼자 중얼거리듯이 나지막하게 이렇게 말했다. "이상하군! 이상해! 어찌 이런 일이 다 있는가? 왕은 둘인데 나귀는 한 마리뿐이라니!"

그러자 두 왕은 멈추어 서서 미소를 지으며 소리 나는 쪽을 바라보았다. 그런 다음 서로의 얼굴을 쳐다보았다. "우리 중에도 그렇게 생각하는 자가 있으리라. 그러나 그것을 입 밖에 내는 자는 없지." 하고 오른쪽 왕이 말했다.

그러자 왼쪽의 왕은 어깨를 으쓱하고 대답했다. "그런 말을 한 자는 아마 양치기일 거야. 아니면 너무 오랫동안 바위와 나무 사이에서 살아온 은둔자일지도 몰라. 사람들과의 교제가 없으면 좋은 예절도 나빠지기 마련이지."

"좋은 예절이라니?" 하고 다른 왕은 마땅치 않은 듯이 얼굴을 찡그리며 대답했다. "우리가 대체 누구를 피해 달아나고 있는가? '좋은 예절'로부터가 아닌가? 우리의 '상류 사회'로부터 달아나고 있지 않는가?

진실로, 금박을 입히고 과하게 치장을 한 우리의 천민과 함께 살기보다는 오히려 은둔자나 양치기들 사이에서 사는 게 낫다. 천민이 스스로를 '상류 사회'라고 말하더라도.

또한 천민이 스스로를 '귀족'이라고 칭하더라도. 그러나 거기서는 모든 것이 허위이며 또한 썩었다. 특히 그 피血가 그러한데, 그것은 오래된 나쁜 질병과 나쁜 돌팔이 의사들 때문이다.

오늘날 나에게 가장 사랑스러운 자는 건강한 농부이다. 투박하고 교활하며, 고집스럽고 참을성 있는 농부인 것이다. 이들이야말로 오늘날에 있어 가장 고귀한 종족이다.

오늘날 농부는 가장 훌륭한 자다. 농부 종족이야말로 주인이나 지배자가 되어야 한다! 그렇지만 우리가 사는 곳은 천민의 나라다. 나는 더 이상 속아 넘어가지 않겠다! 천민이란 잡동사니에 지나지 않는다.

천민과 잡동사니. 이 가운데에는 성인聖人과 사기꾼, 귀족과 유태인 그리고 노아의 방주에서 나온 모든 짐승이 뒤섞여 있다.

좋은 예절이라! 우리에게 있어 모든 것은 허위이며 또한 썩었다. 아무도 더 이상 공경할 줄 모른다. 우리는 바로 **이런 자들에게서** 달아난다. 그들은 달콤한 말로 알랑거리며 성가시게 구는 개들이며, 종려나무의 잎에 금박을 입히는 자들이다.

구역질이 내 목을 조른다. 우리들 왕 자신도 가짜가 되었기 때문이다. 낡아서 누렇게 변한 조상들의 화려한 옷을 걸치고, 가장 어리석은 자들, 가장 교활한 자들, 오늘날 권력과 결탁하여 온갖 폭리를 취하는 자들을 위해 만들어진 기념 메달들을 걸치고 위장한 채 말이다.

우리는 제1인자가 아니다. 그런데 우리는 그런 **척해야** 한다. 이러한 사기극에 진저리가 나서 마침내 우리는 구역질을 하게 되었다.

우리는 이러한 천민들을 피해 달아났다. 호언장담하는 자들, 쇠파리 같은 글쟁이들, 악취를 풍기는 상인들, 명예욕에 몸부림치는 자들, 사악한 숨결로부터 도망쳐 나왔다. 제기랄, 천민들 사이에서 살다니!

제기랄, 천민들 사이에서 제1인자인 척 하다니! 아, 역겹다! 역겹다! 역겹다! 이제 우리 왕들이 무슨 소용이 있단 말인가!"

"그대의 고질병이 그대를 덮쳤구나."라고 왼쪽의 왕이 말했다. "나의 불쌍한 형제여! 그러나 누군가가 우리의 말을 듣고 있다는 것을 그대도 알 테지."

지금까지 이들의 말에 눈과 귀를 집중시키고 있던 차라투스트라는 그가 숨어 있던 곳에서 즉시 일어났다. 그리고 왕들이 있는 쪽으로 가까이 가며 말하기 시작했다.

"그대들의 말에 귀 기울이는 자, 그대들의 말을 즐겁게 듣고 있는 자는, 그대 왕들이여, 그자의 이름은 바로 차라투스트라다.

내가 일찍이 "도대체 왕들이 무슨 소용이 있단 말인가!"라고 말한 바로 그 차라투스트라다. 나를 용서하라. 그대들이 서로 "왕들이 우리에게 무슨 소용이 있단 말인가!"라고 말했을 때 내가 기뻐한 것을 말이다.

그러나 여기는 **나의** 영토이며 내가 다스리는 곳이다. 그대들은 여기서 무엇을 찾고 있는가? 아마도 그대들은 이곳으로 오는 도중에 **내가** 찾고 있는 자를 만났을지도 모른다. 말하자면 좀 더 높은 인간을 말이다!"

이 말을 듣고 왕들은 가슴을 치며 입을 모아 말했다. "우리 정체가 드러나고 말았구나!" 하고.

그대는 비수 같은 말로 우리의 가슴속 어둠을 도려낸다. 그대는 우리의 곤경을 알아차렸다. 왜냐하면 보라! 참으로 우리는 좀 더 높은 인간을 찾으려고 길을 나섰기 때문이다.

비록 우리는 왕이면서도 우리보다 더 높은 인간을 찾으려고 길을 나섰다. 우리는 그를 찾으려고 이 나귀를 끌고 가는 것이다. 말하자면 최고의 인간은 지상에서도 최고의 지배자이어야 하기 때문이다.

인간의 모든 운명 중에서 가장 가혹한 불행은 지상의 권력자들이 동시에 제1인자가 아닐 때이다. 이럴 경우 모든 것은 거짓되고 뒤틀리며 기괴해진다.

더욱이 이 권력자가 최하의 인간이고, 인간이라기보다도 오히려 가축인 경우에는 천민의 몸값은 오르고 또 오른다. 그리하여 마침내는 천민의 덕이 "**보라, 나만이 덕이다!**"라고 말하게 된다."

"내가 지금 무슨 말을 들었는가!" 하고 차라투스트라는 대답했다. "왕들에게 이런 지혜가 있다니! 정말 감격스럽구나! 진실로, 이들의 말에 맞추어 시를 한 수 짓고 싶은 마음이 드는구나.

설사 그 시가 모든 사람의 귀에 거슬린다 하더라도 말이다. 나는 이미 오래 전부터 기다란 귀들[37]을 배려하는 것을 잊고 있었다. 자! 어서!"

(이때 별안간 나귀도 한마디 끼어들었다. 나귀는 악의를 품고 더욱 또렷하게 '이-아' 하고 소리쳤다.)

그 옛날, 기원후 일 년의 일이다.

술도 마시지 않고 취해 버린 무당[38]이 말했다.

'슬프도다. 세상이 이리 잘못되어 가다니!

타락했구나! 타락했어! 세상이 이토록 깊이 가라앉은 적은 없었다.

로마는 가라앉아 창녀가 되었고 사창가가 되었고,

로마의 황제는 가라앉아 가축이 되었고, 신 자신은 유태인이 되었다!'

***

37 나귀, 즉 군주를 가리킨다.
38 시빌라(아폴론의 신탁을 전했던 여자 예언자)

2

차라투스트라가 이런 시를 읊자 왕들은 즐거워했다. 오른쪽 왕은 말했다. "아, 차라투스트라여! 그대를 보기 위하여 우리가 길을 떠나온 것은 얼마나 잘한 일인가!

말하자면 그대의 적들이 자기들의 거울에 비친 그대의 모습을 우리에게 보여 주었던 것인데, 거기서 그대는 찌푸린 악마의 얼굴로 조소하며 이쪽을 바라보고 있었다. 그래서 우리는 그대가 무서웠다.

그러나 그것이 무슨 소용이었겠는가? 그대는 그대의 잠언으로 우리의 귀와 심장을 찔러댔다. 그래서 우리는 마침내 말했다! 그가 어떤 모습을 하고 있든 그게 무슨 상관이란 말인가! 라고.

우리들은 이렇게 가르치는 그의 말을 **들어야 한다**. "그대들은 새로운 전쟁을 일으키는 수단으로서 평화를 사랑해야 한다. 그것도 오랜 평화보다는 짧은 평화를!"

또한 "선한 것이란 무엇인가? 용감한 것이 선한 것이다. 좋은 전쟁은 모든 일을 신성하게 만든다."라고 이렇게 전투적으로 말한 자는 일찍이 아무도 없었다.

아, 차라투스트라여! 이 같은 말을 듣고 우리 몸속에서는 조상의 피가 끓어올랐다. 그것은 마치 봄이 오래 묵은 포도주 통에게 하는 말과 같았다.

붉은 반점이 있는 뱀들처럼 칼들이 어지럽게 뒤엉켰을 때, 우리의 조상들은 인생이란 괜찮은 것이라고 여겼다. 조상들은 모든 평화의 햇빛을 나른하고 미지근한 것으로 여겼고 오랜 평화를 수치스럽게 생각했다.

그들, 우리 조상들은 번쩍이는 메마른 칼들이 벽에 걸려 있는 것을 보고 얼마나 탄식했던가! 이 칼들처럼 그들은 전쟁을 그리워했다. 칼이라는 것은 피를 마시기 원하며, 그 욕망 때문에 번쩍이는 것이 아닌가."

왕들이 이같이 열성적으로 그들 조상들의 행복에 대해 수다스럽게 말하자, 차라투스트라는 은근히 그들의 열정을 비웃어주고 싶은 욕구가 생겼다. 왜냐하면 그가 지금 눈앞에서 보는 자들은 늙었지만 점잖은 외모였으며, 평화를 몹시도 사랑하는 왕들임이 분명했기 때문이다. 그러나 그는 자기 자신을 자제하면서 말했다. "자! 저쪽 길을 오르면 차라투스트라의 동굴로 통한다. 오늘은 즐거운 저녁, 기나긴 저녁이 될 것이다! 그러나 지금은 도움을 요청하는 절규가 즉시 그대들 곁을 떠나라고 재촉하고 있다.

만일 왕들이 나의 동굴에 앉아 기다린다면, 그것은 나의 동굴로서도 영광이다. 그러나 물론, 그대들은 오래 기다려야 할 것이다!

자! 그것도 좋으리라! 오늘날 기다림을 배우는 데 궁정보다 더 좋은 곳이 어디 있겠는가? 더욱이 오늘날 왕들에게 아직 남아 있는 덕의 전부는 기다릴 수 있다는 것이 아니겠는가?"

차라투스트라는 이렇게 말했다.

거머리

차라투스트라는 깊은 생각에 잠긴 채 숲을 헤치고 늪지대를 지나 더 멀리 더 깊이 들어갔다. 어려운 일에 부딪쳐 골몰하는 자라면 누구에게나 흔히 일어나듯이, 걷다가 그는 뜻하지 않게 어떤 사람을 발로 밟게 되었다. 그때 보라, 갑자기 외마디 비명과 두 마디 저주와 스무 가지 잡소리가 그의 얼굴에 퍼부어졌다. 깜짝 놀란 차라투스트라는 지팡이를 치켜들고 밟힌 자를 내리쳤다. 그러나 그는 곧 냉정을 되찾았다. 그리고 그의 마음은 자신이 방금 저지른 어리석은 짓에 대해 웃음이 나왔다.

"용서하라." 하고 그는 밟힌 자에게 말했다. 밟힌 자는 크게 화를 내며 몸을 일으켜 앉았다. "용서하라. 그리고 무엇보다도 먼저 이 한 가지 비유를 들어 보라!

머나먼 것들을 꿈꾸는 방랑자가 한적한 길에서 햇볕을 쬐며 누워 잠자고 있는 개를 무심결에 밟은 일이 있었다.

그리하여 소스라치게 놀란 이 둘이 격분한 나머지 불구대천의 원수처럼 서로 으르렁대며 달려드는 것 같은, 그런 일이 우리에게 일어났다.

그렇지만! 그렇지만 사정이 조금만 달랐더라면 그들은 서로를 보듬어 주었을 것이다. 이 개와 이 외로운 자는! 사실 이 둘은 외로운 자들이 아니던가!"

"그대가 누구라 할지라도" 하고 밟힌 자는 아직도 분개하면서 말했다. "그대는 그대의 발로 나를 밟은 것에 지나지 않고 그대의 비유도 나를 너무나 심하게 짓밟고 있다!

자, 보라, 내가 개란 말인가?" 이렇게 말하면서 앉아 있던 자는 일어나서 자신의 맨 팔을 늪에서 빼냈다. 말하자면 그는 늪지대의 짐승들을 노리며 잠복하고 있는 자처럼 몸을 숨기고 잘 알아볼 수 없게 애당초 사지를 뻗은 채 땅바닥에 누워 있었던 것이다.

"도대체 그대는 무슨 짓을 하고 있는가?" 하고 차라투스트라는 놀라 외쳤다. 이 사람의 맨팔에서 피가 줄줄 흘러내리는 것을 보았기 때문이다. "그대에게 무슨 일이 일어났는가? 그대 불행한 자여! 웬 몹쓸 짐승이 그대를 물기라도 했단 말인가?"

피를 흘리고 있는 자는 여전히 분노하면서 웃었다. "그것이 그대에게 무슨 상관이 있는가!" 이렇게 말하고 그는 자리를 뜨려고 했다. "여기는 나의 집이자 나의 영역이다. 묻고 싶은 것이 있다면 내게 물어보라. 하지만 나는 얼간이에게는 쉽게 대답하지 않을 것이다."

그러자 차라투스트라는 그를 꽉 붙잡으며 동정 어린 목소리로 말했다. "그대는 잘못 생각하고 있다. 여기 그대가 있는 이곳은 그대의 집이 아니라 나의 영토다. 그리고 나로서는 이곳에서 아무도 해를 입지 않도록 해야 한다.

뭐 어쨌든 그대 마음 내키는 대로 나를 불러라. 나는 나 자신일 뿐이다. 나 자신은 나를 차라투스트라라고 부른다.

자! 저 길을 오르면 차라투스트라의 동굴로 통한다. 여기서 멀지 않은 곳이다. 그대는 내 동굴에서 그대의 상처를 돌보지 않으려는가?

그대 불쌍한 자여! 그대는 이 생애에서 고약한 일을 겪었다. 처음에는 짐승에게 물리고, 그리고 다음에는 인간에게 밟혔던 것이다!"

밟힌 자는 차라투스트라의 이름을 듣는 순간 태도가 싹 달라졌다. "나에게 이런 일이 일어나다니!" 하고 그가 외쳤다. "이 생애에서 내게 관심을 갖는 자는 누구란 말인가? 이 사람, 즉 차라투스트라와 저동물, 즉 피를 빨아먹고 사는 거머리를 제외한다면 말이다.

거머리 때문에 나는 여기 이 늪 언저리에서 어부처럼 누워 있었다. 축 늘어진 나의 팔은 이미 열 번이나 물렸다. 이제 그보다 더 근사한 거머리인 차라투스트라 자신이 나타나서 내 피를 빨려고 나를 물기까지 했다!

아, 행복하구나! 아, 기적 같은 일이여! 나를 이 늪으로 유혹한 이 날을 찬양하라! 오늘날 살아 있는 모든 것 중에서 가장 생기 있는 이 흡혈동물이여, 찬양받을지어다! 위대한 양심의 거머리인 차라투스트라여, 찬양받을지어다!" 밟힌 자는 이같이 말했다. 그리고 차라투스트라도 그의 말과 그의 세련되고 경건한 태도를 보고 기뻐했다. "그대는 도대체 누구인가?" 하고 차라투스트라는 물으며 손을 내밀었다. "우리 사이에는 해명하고 분명히 밝혀야 할 일이 많이 남아 있다. 하지만 벌써부터 그것은 명백하게 밝혀질 것이라는 생각이 든다."

"나는 **정신적 양심을 지닌 자**이다." 하고 질문을 받은 자가 대답했다. "정신에 관한 일에 있어서 나보다 더 엄격하고 더 엄밀하고 더 냉철한 자를 찾아보기란 쉽지 않을 것이다. 나에게 그것을 가르쳤던 사람, 즉 차라투스트라 자신을 제외한다면 말이다.

많은 것을 어중간하게 아는 것보다는 차라리 아무것도 모르는 것이 낫다! 다른 사람의 판단에 따라 움직이는 현자賢者가 되기보다는 오히려 자기 자신의 힘에 의지하는 바보가 더 낫다! 나는 사물의 바닥, 즉 근본을 파고든다.

그 바닥이 크든 작든 무슨 상관이겠는가? 그것이 늪이라고 불리든 또는 하늘이라고 불리든 무슨 상관이겠는가? 나에게 다만 한 뼘 너비의 바닥만 있으면 족하다. 만약 그것이 참다운 바닥이고 토대이기만 하다면!

한 뼘 너비의 바닥. 사람들은 이 위에 설 수도 있다. 올바른 지식의 양심 속에서 크고 작음은 결코 존재하지 않는다."

그렇게 말하자 차라투스트라가 물었다. "그렇다면 그대는 거머리의 본질을 잘 안다는 말인가? 그리고 거머리의 마지막 바닥까지 속속들이 파고들려 하는가? 그대 양심을 지닌 자여!"

"아, 차라투스트라여!" 하고 밟힌 자가 대답했다. "이것이야말로 엄청난 일이다. 내가 어떻게 이 같은 일을 감히 시도할 수 있겠는가!

내가 대가이며 전문가인 것은 거머리의 **두뇌**에 관한 것이다. 그것은 바로 **나의** 세계이다!

그리고 그것 역시 하나의 세계인 것이다! 하지만 여기서 나의 자부심이 나서서 말하는 것을 용서하라. 이 분야에서는 나와 겨룰 자가 없기 때문이다. 그래서 나는 '여기가 나의 집이다.'라고 말했던 것이다.

나는 얼마나 오랫동안 이 한 가지 분야, 즉 거머리의 두뇌를 탐구해 왔던가. 미끄러워 빠져나가기 잘하는 진리가 더 이상 내게서 빠져나가지 못하도록 말이다! 여기야말로 **나의** 왕국이다!

그것 때문에 나는 다른 모든 것을 내던져 버렸고, 그것 때문에 나는 다른 모든 것에 무심했다. 그리하여 나의 지식 바로 옆에는 나의 캄캄한 무지가 웅크리고 있는 것이다!

내 정신의 양심은 내가 한 가지만을 알고 그밖에 다른 모든 것은 알지 못하기를 바란다. 그 모든 어중간한 정신, 모든 애매모호한 것, 떠도는 것, 몽상적인 것들은 나로 하여금 구역질을 일으킨다.

나의 정직함이 없어지는 곳에서 나는 장님이고 또한 장님이 되기를 원한다. 그러나 내가 알기를 원하는 곳에서는 정직해지기를 원한다. 즉 냉철하고, 엄격하고, 엄밀하고, 잔인하고, 냉혹해지기를 원한다.

아, 차라투스트라여! 일찍이 **그대는** 말하지 않았는가! '정신이란 스스로 삶 속으로 파고들어가는 삶인 것이다.'라고. 이 말이 나를 그대의 가르침으로 이끌고 유혹했다. 그리고 진실로, 나는 나 자신의 피로써 나 자신의 지식을 늘렸다!"

"보이는 모습이 그대로 가르쳐 주는군." 하고 차라투스트라는 말을 가로막았다. 왜냐하면 그 양심을 지닌 자의 맨 팔에서 아직도 피가 흘러내리고 있었기 때문이었다. 더 자세히 말하자면 열 마리의 거머리가 그의 팔에 달라붙어 피를 빨고 있었다.

"아, 그대 기괴한 벗이여! 내가 눈앞에서 보는 이 겉모습, 즉 그대 자신이 나에게 얼마나 많은 것을 가르쳐 주는가! 그런데 나는 그대의 엄격한 귀에 모든 것을 쏟아 부어서는 안 될 것이다!

자! 그러면 우리 여기서 헤어지기로 하자! 그러나 나는 그대를 기꺼이 다시 만나고 싶다. 저 길을 올라가면 나의 동굴로 통한다. 오늘

밤 그대는 그곳으로 나를 찾아와주지 않겠는가!

차라투스트라가 그대를 밟은 것에 대해 그대의 몸에 보상해 주고 싶다. 나는 그런 생각을 하고 있다. 그러나 지금은 도움을 청하는 절규가 나를 급히 불러 그대 곁을 떠날 수밖에 없도다."

차라투스트라는 이렇게 말했다.

마술사

1

차라투스트라가 어느 바위 하나를 돌아서 가고 있을 때, 아래쪽 멀지 않은 곳에서 같은 길을 가고 있는 한 사람을 보았다. 그는 미친 사람처럼 사지를 뒤흔들다가 마침내 배를 깔고 땅바닥에 쓰러졌다. 그 순간 차라투스트라는 마음속으로 이렇게 말했다. "잠깐! 저기 쓰러져있는 자는 좀 더 높은 인간임에 틀림없다. 저 불길한 비명도 분명 저 사람에게 나왔을 것이다. 어디 도울 방법이 있는지 알아봐야겠다." 그래서 그 사람이 땅바닥에 엎드려 있는 곳으로 달려갔을 때, 차라투스트라는 한 노인이 멍한 눈으로 몸을 떨고 있는 것을 보았다. 그래서 차라투스트라는 그 노인을 일으켜 세워 다시 자기 발로 서게 하려고 엄청 애를 썼지만, 헛일이었다. 그 불행한 자는 자기 주위에 누가 있다는 것도 알아차리지 못하는 것 같았다. 오히려 애처로운 몸짓을 하며 끊임없이 사방을 둘러보았다. 마치 온 세상으로부터 버림받아 고독해진 사람처럼 보였다. 그러나 마침내 그는 심하게 몸을 떨고 경련으로 몸을 비틀더니 다음과 같이 한탄하기 시작했다.

누가 나를 따뜻하게 해주는가, 누가 나를 아직도 사랑하는가?
뜨거운 두 손을 다오!
불타는 화로 같은 심장을 다오!
쭉 뻗은 채, 두려워 벌벌 떨고,
발을 따뜻하게 녹여 줘야 하는 반쯤 죽은 사람처럼 ―
아, 알지 못할 열병으로 몸을 떨고,
날카롭고 얼음처럼 차가운 냉기의 화살에 맞아 덜덜 떨면서,
그대에게 쫓기고 있노라, 사상이여!
이름 붙일 수 없는 자여! 베일에 싸여 있는 자여! 무시무시한 자여!
그대, 구름 뒤의 사냥꾼이여!
그대의 번개에 맞아,
어둠 속에서 나를 노려보는, 그대 경멸의 눈동자여,
이렇게 나는 쓰러져 있노라,
몸을 구부리고, 몸을 비틀며,
모든 영원한 고문에 괴로워하면서,
그대, 가장 잔인한 사냥꾼이여,
그대의 화살에 맞았노라.
그대, 미지未知의 ― 신이여!
더 깊숙이 명중시켜라!

다시 한번 명중시켜라!

이 내 심장을 꿰뚫어 산산이 부수어라!

무딘 촉의 화살에 시달리는

이 고문은 무엇을 의미하는가?

그대는 어찌하여 다시 바라보는가?

인간의 고통에 지칠 줄 모르고,

남의 불행을 고소해하는 신들의 번개 눈으로 바라보는 것인가?

그대는 죽이려고 하지 않고

오로지 고문만 하려는가, 고문만?

무엇 때문에 — **나를** 고문하려는가?

그대, 남의 고통을 고소해하는 미지의 신이여! —

하하! 그대는 살금살금 다가오는가?

이런 한밤중에

무엇을 하려는가? 말하라!

그대는 나를 몰아붙이고 억누른다 —

아, 이미 너무 가깝게 와 버렸구나!

저리 꺼져라! 저리 꺼져라!

그대는 듣는다, 내 숨소리를,

그대는 귀를 기울인다, 내 심장의 고동 소리에,

그대, 질투심에 차 있는 자여 —

도대체 무엇을 질투하는가?

저리 꺼져라! 저리 꺼져라! 그 사다리는 무엇에 쓰려는가?

그대는 **들어오려** 하는가,

나의 심장 속으로

올라타려 하는가, 나의 가장 은밀한

생각 속으로 올라타려 하는가?

부끄러움을 모르는 자여! 미지의 — 도둑이여!

그대는 무엇을 훔치려는가?

그대는 무엇을 엿들으려는가?

그대는 고문으로 무엇을 얻으려 하는가?

그대 고문하는 자여!

그대 — 처형자 — 신이여!

아니면 내가 개처럼

그대 앞에서 뒹굴어야만 하는가?

몸을 바쳐, 정신을 - 잃을 만큼 - 도취되어

그대에게 — 꼬리를 흔들며 사랑을 보여야 하는가?

헛되도다! 계속 찔러라!

가장 잔인한 가시여! 아니,

나는 개가 아니라 — 단지 그대가 잡은 사냥감일 뿐이다.

잔인하기 짝이 없는 사냥꾼이여!

나는 그대의 더없이 당당한 포로다.

그대, 구름 뒤의 강도여!

자, 이제는 말하라!

그대는 **내게서** 무엇을 바라는가? 노상강도여!

그대, 번개 속에 몸을 숨긴 자여! 미지의 자여! 말하라,

그대는 무엇을 **바라는**가, 미지의 신이여?

뭐라고? 몸값이라고?

몸값을 얼마나 바라는가?

많이 요구하라 — 나의 긍지는 이같이 조언하노라!

짤막하게 말하라 — 나의 또 다른 긍지는 이같이 조언하노라.

하하,

나를 — 그대는 원하는가? 나를?

나를 — 전부를? …

하하,

그래서 나를 고문하려는가, 바보인 그대가,

나의 긍지를 고문으로 무너뜨리려는가?

나에게 **사랑**을 다오! — 누가 나를 따뜻하게 해 주는가,

누가 나를 아직도 사랑하는가? — 뜨거운 두 손을 다오!

불타는 화로 같은 심장을 다오!

가장 고독한 자인 나에게 다오,

얼음을 다오, 아! 일곱 겹의 얼음은

적들 자신을 애타게,
적들을 애타게 그리워하라고 가르친다.
어서 다오, 넘겨 다오,
이 잔인무도한 적이여!
나에게― **그대를!** ―

사라졌구나!
그 자신이 달아나 버렸구나,
마지막 남은 나의 유일한 친구,
나의 위대한 적,
나의 미지의 존재,
나의 처형자 ― 신이! ―

아니다! 돌아오라,
그대의 모든 고문과 함께!
모든 고독한 자들 중 최후의 사람에게!
아, 돌아오라!
내 눈물의 모든 시냇물은 흘러간다.
그대를 향해 흘러간다!
그리고 내 심장의 마지막 불꽃은 ―
그 불꽃은 **그대를** 향해 불타오른다!
아, 돌아오라,

나의 미지의 신이여! 나의 고통이여!

나의 마지막 — 행복이여!

2

그러나 여기서 차라투스트라는 더 이상 참지 못하고 자신의 지팡이를 들어 한탄하고 있는 자를 온 힘을 다해 내리쳤다. "그만하라!" 하고 차라투스트라는 분노의 웃음을 터뜨리며 한탄하는 자에게 말했다. "그만하라! 그대 배우여! 그대 화폐 위조자여! 그대 철두철미한 거짓말쟁이여! 나는 그대를 잘 알고 있다!

나는 그대의 발을 따뜻하게 녹여 주고자 한다. 그대 고약한 마술사여, 나는 그대와 같은 자를 혼내주는 법을 잘 알고 있다!"

"그만 둬라!" 하고 그 늙은이는 땅바닥에서 벌떡 일어났다. "그만 때려라! 아, 차라투스트라여! 나는 다만 장난삼아 연기했을 뿐이다!

이런 것은 내 재주의 일부이다. 내가 그대에게 이런 연기를 보여 주었을 때는 그대를 시험해 보고 싶었던 것이다! 그리고 진실로, 그대는 나를 잘 꿰뚫어 보았다!

그러나 그대도 나에게 상당한 연기로 그대의 모습을 잘 보여 주었다. 그대, 현명한 차라투스트라여! 그대는 **가혹**하다. 그대는 그대의 모든 '진리들'로써 가혹하게 매질을 한다. 그대의 지팡이는 나로 하여금 이러한 진리를 강요한다!"

"아첨하지 말라" 하며 차라투스트라는 여전히 흥분하여 험악한 눈길로 대답했다. "그대 철두철미한 배우여! 그대는 위선적이다. 그대가 진리에 대해 무슨 할 말이 있단 말인가!

그대 공작孔雀 중의 공작이여! 그대 허영의 바다여! 그대는 내 앞에서 어떤 연기를 하려는 것인가? 그대 고약한 마술사여! 그런 모습으로 그대가 한탄했을 때, 나는 **누구를** 믿어야 했겠는가?"

그 늙은이가 말했다. "**정신의 참회자이다.** 나는 **이 참회자들을** 연기로 보여 주었던 것이다. 이 말은 일찍이 그대 자신이 만들어낸 것이다.

다시 말해 자신의 정신을 결국에는 자기 자신과 맞서게 하는 시인이자 마술사를 연기로 보여 주었으며, 또한 자신의 사악한 지식과 양심 때문에 얼어붙은 변화된 자를 연기로 보여 주었던 것이다.

그러니 이제 고백하라! 아, 차라투스트라여, 그대가 나의 연기와 속임수를 알아낼 때까지는 한참이 걸렸다는 것을! 그대가 나의 머리를 두 손으로 떠받쳐 주었을 때, **그대는** 내가 곤경에 처했다고 **믿고 있었다.**

나는 그대가 "이 자는 사람들에게 사랑을 별로 받지 못했구나, 너무도 받지 못했어!"라고 한탄하는 소리를 들었다. 그러므로 이렇게까지 그대를 속인 것에 대해 나의 악의는 마음속으로 기뻐했던 것이다."

그러자 차라투스트라는 냉철하게 말했다. "그대는 나보다 총명한 자도 속일 수 있었을 것이다. 하지만 나는 속이는 자들을 경계하지 않는다. 나는 조심하면서 살아야 하는 **그런 인물이 아니다.** 나의 운명은 그러기를 원한다.

그러나 그대는 다른 사람을 **속여야만** 한다. 이처럼 나는 그대를 알고 있다! 그대는 언제나 두 겹, 세 겹, 네 겹, 다섯 겹으로 위장해야 한다. 지금 그대가 고백한 것도 내가 보기에는 결코 충분한 진실도 아니고, 충분한 거짓도 아니다!

그대 고약한 화폐 위조자여! 그대가 어찌 달리 될 수 있겠는가! 그대는 의사에게 그대의 벗은 몸을 보일 때조차도 자기의 병을 꾸미리라.

마찬가지로 방금 그대가 '나는 다만 연기를 했을 뿐이다.'라고 말했을 때도, 그대는 내 앞에서 거짓말을 꾸며대었다. 물론 이 말 속에는 **진지함**도 있었다. 그대는 어느 정도 참회하는 정신의 소유자이기 때문이다!

나는 그대가 어떤 사람인지 잘 알고 있다. 그대는 모든 사람을 속이는 마술사가 되었다. 하지만 그대 자신에게는 그대의 어떠한 거짓말도 술수도 더 이상 통하지 않는다. 그대 자신에 대한 마술에서 그대는 풀려났기 때문이다.

그대가 유일한 진리로서 수확한 것은 구역질이다. 그대가 말하는 어떠한 말도 더 이상 진짜가 아니다. 하지만 그대의 입은, 다시 말해 그대의 입에 달라붙어 있는 구역질만은 진짜다."

그러자 이 대목에서 늙은 마술사가 반항적인 목소리로 외쳤다. "도대체 그는 누구인가! 오늘날 살아 있는 가장 위대한 자인 **나에게** 감히 이같이 말하는 자는 누구인가?" 이렇게 말하면서 그는 번갯불 같은 눈길로 차라투스트라를 쏘아보았다. 하지만 그는 이내 태도를 바꾸고 슬픈 목소리로 말했다.

"아, 차라투스트라여! 나는 지쳤다. 나의 연기는 나에게 구역질을 일으킨다. 나는 **위대하지** 않다. 내가 무엇 때문에 내 자신을 가장하리오! 하지만 그대는 잘 알고 있다. 내가 위대함을 추구하고 있었다는 것을!

나는 위대한 인간의 모습을 연기로 보여 주려 했고, 많은 사람에게 이것을 믿게 했다. 그러나 이러한 허위는 내 능력에 비해 너무 버거웠다. 이러한 거짓말 때문에 나는 망가져 가고 있는 것이다.

아, 차라투스트라여, 내게 있어서는 모든 것이 허위인 것이다. 하지만 내가 망가지고 있다는 것. 이것만은 **진실**이다."

그러자 차라투스트라는 음울한 표정으로 눈을 떨구면서 말했다. "그것은 그대의 영광이다. 그대가 위대함을 추구한다는 것은 그대의 영광인 것이다. 하지만 그러는 중에 그대의 실체도 드러나게 된다. 그대는 위대하지 않다.

그대 고약하고 늙은 마술사여, 그대는 그대 스스로에게 지쳐서 '나는 위대하지 않다.'라고 실토한다. **그것이야말로** 내가 그대에게서 존중하는 그대의 최선이며 그대의 가장 솔직한 점이다.

이러한 점에 있어서 나는 정신의 참회자로서의 그대를 존중한다. 비록 그것이 한순간이고 찰나에 지나지 않는다 할지라도 이 한순간만큼 그대는 진짜였던 것이다.

그러나 말하라. 그대는 여기 **나의** 숲과 바위들 사이에서 무엇을 찾고 있는가? 그리고 **내가** 가는 길목에 그대가 가로 누워 있었을 때, 그대는 **나에게** 어떤 시험을 하려고 했던가?

나에게 무엇을 시험했는가?"

차라투스트라는 이렇게 말했다. 그의 두 눈에서 불꽃이 튀었다. 늙은 마술사는 잠시 동안 말이 없다가 드디어 입을 열었다. "내가 그대를 시험했다고? 천만에, 나는 다만 찾고 있을 뿐이다.

아, 차라투스트라여! 나는 한 사람의 참된 자, 올바른 자, 단순한 자, 분명한 자, 정직 그 자체인 자, 지혜의 그릇, 인식의 성자, 위대한 인간을 찾고 있다!

도대체 그대는 모르겠는가? 아, 차라투스트라여! **나는 차라투스트라를 찾고 있다.**"

그러고 나서 두 사람 사이에 오랜 침묵이 흘렀다. 차라투스트라는 자신 속으로 깊이 침잠한 채 두 눈을 감고 있었다. 이윽고 그는 자신의 이야기 상대에게로 되돌아왔다. 그리고 그는 마술사의 손을 잡고 더없이 겸손하면서도 교활하게 이렇게 말했다.

"자! 저 길을 오르면 차라투스트라의 동굴이 나온다. 그 동굴 안에서 그대는 그대가 찾고 싶은 것을 찾아봐도 좋다.

그리고 나의 짐승들, 나의 독수리와 뱀에게 조언을 구하라. 그 짐승들은 그대가 찾는 것을 도와줄 것이다. 그러나 나의 동굴은 크다.

물론 나 자신은 아직까지 위대한 인간을 보지 못했다. 위대한 것, 오늘날 가장 예민한 자의 눈이라 할지라도 이것을 보기에는 조잡하다. 오늘날 이 세상은 천민들의 왕국이기 때문이다.

팔다리를 뻗고 기지개를 켜며 으스대는 자들을 나는 이미 많이 보았다. 그러면 군중은 "자, 보라, 여기 위대한 인간을!"이라고 소리쳤다. 그러나 그 모든 허풍 떠는 **풀무**가 무슨 소용이 있단 말인가! 결국 에는 바람이 빠져 버릴 텐데.

바람을 너무 오래 불어넣은 개구리의 배는 마침내 터져 버리고 만다. 이때 바람은 새어 나온다. 부풀어 오른 자의 배를 찌르는 것, 그 것을 나는 점잖은 오락이라고 부른다. 이 말을 잘 들어라, 그대 소년 들이여!

오늘날은 천민들의 세상이다. 그러므로 무엇이 크고 무엇이 작은 지를 누가 **알겠는가**! 여기서 누가 위대한 것을 찾는 데 성공하겠는가! 오직 바보만 그럴 것이다. 바보들만 성공할 것이다.

그대는 위대한 인간을 찾고 있는가, 그대 기이한 바보여. 이것을 그 대에게 **가르친** 자가 누구인가. 지금이 그런 일을 할 때인가? 아, 그대 고약한 탐구자여, 그대는 무엇 때문에 나를 시험하는가?"

차라투스트라는 이렇게 말했다. 마음의 위안을 얻은 채, 웃으면서 자기의 길을 계속 걸어갔던 것이다.

실직失職

차라투스트라는 마술사에게서 벗어난 지 얼마 되지 않아 또다시 누 군가가 자신이 가는 길가에 앉아 있는 것을 보았다. 그 사람은 검은 옷을 입고 있었으며 키가 크고 얼굴이 비쩍 마르고 창백했다. 이 모 습을 보고 차라투스트라는 심히 불쾌감을 느꼈다. "슬프구나." 하고 그는 마음속으로 말했다. "저기에 슬픔이 가면을 쓰고 앉아 있구나. 성직자의 족속들로 보이는데, 대체 **저런 자들**이 나의 영토에서 무엇을 하려는가?

이게 웬일인가? 마술사에게서 겨우 벗어났다 싶었더니, 또 다른 마술사가 내 앞길을 가로막는구나.

손을 얹어 마술을 부리는 마술사, 신의 은총을 빙자하여 미심쩍은 기적을 보여 주는 자, 향유를 바른 세계 비방자, 이런 자들은 악마가 잡아가기를!

그러나 악마는 결코 있어야 할 곳에 있지 않는 법이다. 악마는 언제나 늦게 나타난다, 이 망할 놈의 난장이, 안짱다리 같으니!"

차라투스트라는 조급하게 마음속으로 이렇게 저주하고, 어떻게 하면 보지 않고 이 검은 옷을 입은 남자 곁을 몰래 지나갈 수 있을까 하고 생각했다. 그러나 보라, 일이 그렇게는 되지 않았다. 즉 바로 그 순간, 앉아 있던 그 남자는 벌써 그를 보았던 것이다. 그 남자는 마치 뜻밖의 행운을 만난 사람처럼 자리에서 벌떡 일어나 차라투스트라를 향해 달려왔다.

"그대가 누구인지는 모르겠으나, 그대 방랑자여." 하고 그가 말문을 열었다. "길을 잃고 헤매는 자, 찾고 있는 자, 여기서 자칫하면 화를 입을지도 모르는 이 늙은이를 도와주게나!

여기 이 세계는 나에게 낯설고 머나먼 곳이다. 더구나 나는 맹수들이 울부짖는 소리도 들었다. 그리고 나를 보호해줄 사람은 더 이상 살아 있지 않다.

나는 최후의 경건한 사람, 성자이자 은둔자를 찾고 있다. 말하자면 홀로 숲속에서 살면서 오늘날 모든 세상 사람이 다 알고 있는 것에 대해 아무것도 듣지 못한 자 말이다."

"오늘날 모든 세상 사람이 다 알고 있는 것이란 **무엇**인가?" 차라투스트라는 물었다. "일찍이 온 세상 사람들이 믿었던 낡은 신은 이제 더 이상 살고 있지 않다는 것 말인가?"

그러자 그 늙은이가 서글픈 표정으로 대답했다. "그대의 말 그대로다. 더욱이 나는 그 늙은 신에게 그 마지막 임종하는 순간까지 봉사했다.

하지만 이제 나는 실직을 했고, 봉사할 주인도 없다. 그렇다고 자유롭지도 못하고, 추억에 잠길 때 외에는 한시도 즐겁지 않다.

내가 이 산으로 올라온 것은 결국에 나를 위해, 즉 늙은 교황이자 교부教父인 나에게 어울리는 축제를 다시 열기 위해서다. 알아두어라, 왜냐하면 내가 마지막 교황이기 때문이다! 그래서 경건한 추억과 예배를 위한 축제를 올리려는 것이다.

그러나 그 사람, 그토록 경건했던 그 사람은 이제 죽고 없다. 노래하고 웅얼거리며 기도함으로써 자신의 신을 끊임없이 찬양했던 숲속의 저 성자는 이미 죽었다.

내가 그의 오두막을 찾았을 때, 그의 모습은 더 이상 보이지 않았다. 다만 두 마리의 늑대가 오두막 안에서 그의 죽음을 애도하여 울부짖고 있었다. 모든 짐승이 그를 사랑했기 때문이다. 그래서 나는 그곳에서 도망쳐 나왔다.

그렇다면 나는 헛되이 이 숲과 산을 찾아든 것일까? 그래서 나는 다른 사람을 찾기로 결심했다. 신을 믿지 않는 인간 중에서 가장 경건한 자, 즉 차라투스트라를 찾으려고 결심했던 것이다!"

늙은이는 이렇게 말하고 날카로운 눈길로 자기 앞에 서 있는 자를 바라보았다. 그러자 차라투스트라는 늙은 교황의 손을 잡고 경탄하는 눈으로 한참이나 그를 바라보았다.

"보라, 그대 존귀한 자여!" 하고 차라투스트라는 말했다. "이 얼마나 길고 아름다운 손인가! 이것이야말로 언제나 축복을 나누어 주었던 자의 손이다. 그러나 이제 이 손은 그대가 찾고 있는 자인 나를, 차라투스트라를 꽉 붙잡고 있다.

내가 바로 그다. 신을 부정하는 차라투스트라 말이다. 나는 말한다. '내가 그 가르침을 반길 만큼 나보다 더 신을 부정하는 자는 누구인가?'"

차라투스트라는 이렇게 말하고 그 날카로운 눈길로 늙은 교황의 사상과 그 사상의 배후를 꿰뚫어 보았다. 그리하여 마침내 교황은 이렇게 말했다.

"신을 가장 많이 사랑하고 소유했던 자, 그자가 이제는 신을 가장 많이 잃어 버렸다.

보라! 우리 두 사람 중에 나 자신이 보다 더 신을 부정하는 자가 아닐까? 그러나 누가 그것을 기뻐할 수 있겠는가!"

차라투스트라는 깊은 침묵 후에 골똘히 생각하며 물었다. "그대는 최후까지 신을 섬겼다. 그러니 그대는 신이 **어떻게 하여** 죽었는지를 알고 있겠지? 동정심이 신을 목 졸라 죽였다고 하던데 그 말이 사실인가?

또한 **인간**이 십자가에 못 박히는 것을 보고 신은 견딜 수 없었고, 인간에 대한 사랑이 그의 지옥이 되고, 마침내는 그의 죽음이 되었다는 게 사실인가?"

그러나 늙은 교황은 이에는 대답하지 않고 수줍고 비통하며 침울한 표정을 지으면서 옆으로 시선을 돌렸다.

"신을 가도록 내버려 두어라." 차라투스트라는 그 늙은이의 눈을 똑바로 쳐다보면서, 한동안 생각한 후에 말했다.

"그를 가도록 내버려 두어라! 그는 이미 가 버렸다. 그대가 이 죽은 자에 대해서 좋은 말만 하는 것은 그대의 영예가 될지 모른다. 그러나 그대도 나처럼 그가 **어떤** 자였던가를 알고 있다. 또한 그가 유별난 길을 걸어온 자라는 것도 알고 있지 않은가."

그러자 "우리 세 눈끼리(그는 한쪽 눈이 멀었기 때문이다.) 하는 말이지만." 하고 늙은 교황은 얼굴에 희색을 띠며 말했다. "신의 일에 대해서는 차라투스트라보다 내가 더 잘 알고 있다. 그건 당연하지 않겠는가.

나는 오랫동안 사랑으로 그에게 봉사해 왔다. 나의 의지는 항상 그의 의지를 따랐다. 그러나 좋은 하인은 주인의 모든 것을 알고 있으니, 나는 주인이 자기 자신에게 감추고 있는 일들조차도 알고 있다.

그는 비밀에 둘러싸인 감춰진 신이었다. 진실로, 심지어 독생자를 얻을 때조차 그는 샛길로 은밀하게 왔던 것이다. 그리하여 그의 신앙의 문턱에 간음이란 것이 있게 된 것이다.

그를 사랑의 신이라고 찬양하는 자는 사랑 자체를 충분히 높이 평가하지 않는 사람이다. 이 신은 또한 재판관이기를 원하지 않았던가? 그러나 사랑하는 자는 보답과 보복을 초월하여 사랑하는 법이다.

동방에서 온 이 신은 젊었을 때는 냉혹하고 복수심이 강했으며, 자신이 좋아하는 사람들을 즐겁게 해주려고 지옥을 만들었다.

그러나 마침내 그는 늙고, 쇠약해지고, 유약해지고, 동정심이 넘쳐나서 아버지보다는 할아버지를 닮게 되었다. 하지만 무엇보다도 비틀거리는 늙은 할머니와 가장 많이 닮게 되었다.

그리하여 그는 쭈그러든 채 자신의 난롯가에 앉아, 자신의 힘없는 두 다리를 한탄하며 세상만사에 지치고 의욕도 사라졌다. 그러던 중 어느 날 자신의 너무도 커다란 동정심으로 인해 마침내 질식하고 말았던 것이다.”

여기서 차라투스트라는 끼어들며 말했다. “그대 늙은 교황이여! 그것을 **그대는** 자신의 눈으로 직접 보았는가? 그랬을지도 모르며, **또** 그렇지 않았을지도 모른다. 신들이 죽을 때는 항상 여러 가지 유형의 죽음을 맞이한다.

그러나 좋다! 이렇게 됐든 저렇게 됐든, 어쨌든 신은 사라졌다! 신은 본래 내 귀와 눈의 취향에 거슬렸다. 그리고 나는 뒤에서 그에 대한 고약한 말은 하고 싶지 않다!

나는 밝게 쳐다보고 정직하게 말하는 모든 것을 좋아한다. 그러나 그대도 잘 알다시피, 그대 늙은 성직자여, 신에게는 뭔가 그대, 즉 성직자와 비슷한 점이 있었다. 말하자면 그는 여러 가지로 애매모호한 자였다.

또한 그는 분명하지 못했다. 씩씩거리며 분노하는 이 자는 우리가 자기의 말을 잘못 이해한다고 얼마나 화를 냈던가! 하지만 왜 그는 보다 분명하게 말하지 않았던가?

만일 그것이 우리들 귀에 책임이 있다면, 왜 그는 우리에게 그의 말을 잘 이해하지 못하는 귀를 주었는가? 만약 우리들 귀에 진흙이 들어있었다면, 그렇다면 이것을 집어넣은 자는 대체 누구란 말인가?

그는 수양이 부족한 도공陶工처럼 너무도 많은 실패를 저질렀다! 그런데도 그는 자신의 항아리들과 피조물들이 잘못 만들어졌다면서 복수를 행하였다. 이것은 좋은 취향에 거스르는 하나의 죄악이었다.

경건함 속에도 좋은 취향이 들어 있다. 그래서 마침내 이 취향이 말했다. '**그런 신이라면** 사라져라! 차라리 신이 없는 게 낫다. 차라리 혼자 힘으로 운명을 만드는 것이 낫고, 차라리 바보가 되는 것이 낫고, 차라리 스스로 신이 되는 것이 더 낫다!'"

그때 귀를 곤두세우고 듣고 있던 늙은 교황이 말했다. "이 무슨 소리인가! 아, 차라투스트라여, 그대는 이처럼 신앙심이 없으면서도, 그대 스스로 믿는 것보다 더 경건하구나! 그대 내면의 그 어떤 신이 그대를 무신론자로 개종시켰구나.

그대로 하여금 더 이상 유일신을 믿지 못하게 하는 것, 그것이 바로 그대의 경건함이 아닌가? 그리고 그대의 지나친 정직함은 그대를 또한 선악의 저편으로 데려갈 것이다!

그러나 보라! 그대를 위해 무엇이 남겨져 있는가? 그대는 영원한 옛날부터 축복을 하도록 정해져 있는 눈과 손 그리고 입을 갖고 있다. 사람은 손으로만 축복하는 것이 아니다.

설사 그대가 무신론자이기를 원할지라도, 나는 그대 곁에 있으면 오랜 축복의 비밀스럽고 신성한 향기를 맡는다. 그럴 때 나는 기쁘면서도 또 슬퍼진다.

아, 차라투스트라여! 단 하룻밤만 나를 그대의 손님으로 받아주오! 나는 이 지상에서 그대 옆에 있는 것보다 더 아늑한 곳은 알지 못한다!"

"아멘! 그렇게 될 지어다!" 차라투스트라는 크게 놀라 이같이 말했다. "저 길을 오르면 차라투스트라의 동굴이 있다. 진정으로, 나는 그대를 직접 그곳으로 안내하고 싶다. 그대 존귀한 자여, 나는 모든 경건한 인간을 사랑하기 때문이다. 그러나 지금은 도움을 청하는 절규가 급히 그대 곁을 떠나라고 나를 부르고 있다.

나의 영토 안에서는 어느 누구도 해를 입지 않게 하리라. 나의 동굴은 좋은 항구, 즉 좋은 피난처다. 그리고 내가 가장 바라는 것은, 모든 슬퍼하는 자를 다시 단단한 대지에 굳건한 두 발로 서게 하는 것이다.

그러나 그 누가 그대 어깨에서 **그대의** 우울함을 덜어줄 것인가? 이것을 해주기에 나는 너무도 약하다. 진실로, 우리는 오랫동안 기다려야 할지도 모른다. 그대를 위해서 누군가 그대의 신을 다시 깨울 때까지 말이다.

말하자면 저 늙은 신은 더 이상 살아 있지 않기 때문이다. 그 신은 완전히 죽었다."

차라투스트라는 이렇게 말했다.

가장 추악한 자

다시 차라투스트라의 발은 산을 넘어 숲속을 지났으며, 그의 눈은 찾고 또 찾았다. 그러나 그의 눈이 보고자 했던 사람, 즉 커다란 곤경에 처해 도와 달라 외치는 사람은 어디에도 보이지 않았다. 그러나 길을 가는 내내 그는 마음속으로 기뻐하고 감사했다. 그가 말했다. "얼마나 좋은 일들을 오늘이라는 날이 나에게 선사해 주었는가! 시작이 좋지 않았던 것에 대한 대가로 말이다! 얼마나 유별난 이야기 상대들을 만났던가!

나는 이제 그들의 말을 좋은 곡식을 씹듯이 오래도록 씹으련다. 나의 이는 그것들을 자디잘게 부수고 갈아야 한다. 그들의 말이 마치 젖과 마찬가지로 나의 영혼 속으로 흘러들어올 때까지!"

그러나 다시 어떤 바위 모퉁이를 돌았을 때, 별안간 풍경이 돌변하면서 차라투스트라는 죽음의 나라로 들어섰다. 여기에는 검고 붉은 절벽이 깎아 세운 듯했고, 풀도 나무도 없었으며, 새소리조차도 들리지 않았다. 이곳이야말로 모든 짐승, 심지어 맹수들조차도 피해가는 골짜기였다. 다만 어떤 추악하고 굵고 시퍼런 뱀들만이 이미 늙어서 죽을 자리를 찾기 위해 오고 있었다. 이 때문에 목자들은 이 골짜기를 '뱀의 죽음'이라고 불렀다.

그러나 차라투스트라는 어두컴컴한 회상 속으로 잠겨 들어갔다. 그는 언젠가 이 골짜기에 와 본 느낌이 들어서였다. 그의 마음 위에는 많은 무거운 것이 가로 놓여 있었다. 그리고 이런저런 생각으로 마음이 무거워 그의 발걸음은 점차 느려졌고, 마침내는 멈추어 서게 되었다. 이때 그가 눈을 뜨자, 길 위에 무엇인가가 앉아 있는 것이 보였다. 그것은 인간 비슷한 형상이면서도 거의 인간처럼 보이지 않았으며, 그 무엇이라고 표현할 수 없는 것이었다. 별안간 이런 것을 목격했다는 것에 대한 커다란 수치심이 차라투스트라를 엄습했다. 그는 백발까지도 붉어질 정도로 얼굴이 달아오른 채 시선을 돌려, 이 불길한 장소를 떠나려고 발을 옮겼다. 그러나 이때 죽어 있던 황무지가 소리쳤다. 마치 한밤중에 막힌 수도관을 물이 지나갈 때 꼬르륵 콸콸 소리를 내는 것처럼, 땅으로부터 꼬르륵 콸콸거리는 소리가 솟아올랐다. 그리고 마침내 그것은 인간의 목소리로 변하여 인간이 말을 건네는 소리가 되었다. 그 소리는 이렇게 울렸다.

"차라투스트라여! 차라투스트라여! 내 수수께끼를 풀어라. 말해 보라! 말해 보라! **목격자에 대한 복수란** 무엇인가?

나는 그대를 유혹해서 되돌아오게 하겠다. 여기 미끄러운 얼음이 있다! 조심하라, 조심하라. 그대의 긍지가 여기서 다리를 부러뜨리지 않도록!

그대 긍지 높은 차라투스트라여! 그대는 스스로를 현명하다고 생

420

각하는구나. 그렇다면 이 수수께끼를 풀어 보라! 그대 냉혹한 호두 까기여! 수수께끼는 바로 나다! 그러니 **내가** 누구인지를 말**해** 보라!"

차라투스트라가 이 말을 들었을 때, 그의 영혼에 어떤 일이 일어났다고 그대들은 생각하는가? **그는 동정심에 사로잡혔다.** 그는 별안간 떡갈나무처럼 쓰러졌다. 마치 오랫동안 많은 벌목꾼에게 저항하던 떡갈나무가 드디어 나무를 벌목하려는 사람들을 놀라게 하려고 갑작스럽게 뿌지직하면서 스스로 쓰러지는 것과도 같았다. 그러나 곧 그는 땅바닥에서 다시 일어났으며, 그의 표정은 냉혹해졌다.

"나는 그대를 잘 아노라." 하고 차라투스트라는 강철 같은 목소리로 말했다. "**그대는 신을 살해한 자가 아닌가!** 길을 비켜라!

그대는 그대를 보았던 자, 즉 그대를 끊임없이 보고 그리고 속속들이 꿰뚫어 보았던 자를 참아내지 못했다. 그대 가장 추악한 자여! 그대는 이런 목격자에게 복수를 했던 것이다!"

차라투스트라는 이같이 말하고 자리를 떠나려고 했다. 그러나 말로 이루 형용할 수 없는 자는 그의 옷자락을 붙들고 다시 꼬르륵 소리를 내며 할 말을 찾았다. "멈추어라!" 하고 그는 드디어 말을 꺼냈다.

"멈추어라! 지나쳐 가지 말라! 어떤 도끼가 그대를 땅으로 쓰러뜨렸는지 나는 알고 있다. 아, 차라투스트라여! 만세, 그대가 다시 일어서게 되다니!

나는 잘 알고 있다. 신을 죽인 자, 즉 신을 살해한 자의 기분이 어떠한지를 그대가 알고 있다는 것을. 멈추어라! 이리 와 내 곁에 앉아라! 부질없는 짓은 아니다.

내가 그대에게 가지 않으면 누구에게 가려고 했겠는가? 멈추어라, 앉아라! 그러나 나를 쳐다보지는 말아라! 그리하여 나의 추악함에 경의를 표하라!

사람들은 나를 박해한다. 이제 **그대는** 나의 마지막 피난처다. 그들의 박해는 증오 때문도 **아니며**, 추종자에 의해서도 **아니다.** 아, 이 같은 박해라면 나는 이것을 비웃고 자랑하며 또 기뻐해도 되리라!

이제까지 모든 성공은 박해받은 자에게 있지 않았던가? 그리고 박해를 잘하는 자는 추종하는 법도 쉽게 배운다. 그는 뒤에서 좇아가기 때문이다. 하지만 이것은 그들의 **동정심**이다.

내가 도망쳐 그대에게 숨으려는 것은 그들의 동정심 때문이다. 아, 차라투스트라여! 나를 지켜다오. 그대 나의 마지막 피난처여. 그대 나를 알고 있는 유일한 자여.

그대는 **신을** 죽였던 자의 기분이 어떠한지 잘 알고 있다. 멈추어라! 그리고 가려거든, 그대 성급한 자여, 내가 걸어왔던 길로 가지는 말라! 그 길은 너무도 험난하다.

그대는 내가 더듬거리면서 너무 오랫동안 말을 했다고 화가 났는가? 내가 그대에게 충고까지 한다고 화가 났는가? 그러나 알아두라! 내가 가장 추악한 자라는 것을.

또한 나는 가장 크고 가장 무거운 발도 갖고 있다는 사실을. **내가** 걸어갔던 그 길은 험난하다. 나는 모든 길을 죽도록 밟고 엉망으로 망가뜨린다.

그런데도 그대는 내 옆을 말없이 지나갔고, 또한 얼굴을 붉히는 것

을 나는 분명히 보았다. 그래서 나는 그대가 차라투스트라임을 알아
보았던 것이다.

누구든 다른 사람이었다면 눈짓과 말로써 나에게 자신의 적선과
동정심을 던졌을 것이다. 하지만 그대도 알다시피 나는 그런 것을 받
을 만큼 그 정도 거지는 아니다.

그런 것을 받기에는 나는 너무도 **풍족하다**. 위대한 것, 무시무시
한 것, 더없이 추한 것, 차마 말로 표현하기 어려운 것을 넘치도록 가
지고 있다! 그대의 수치는, 아, 차라투스트라여! 나에게는 **영예**를 주
었다!

나는 동정하며 몰려드는 자들로부터 간신히 빠져나왔다. 오늘날 '
동정이란 성가시게 집요한 것이다.'라고 가르치는 유일한 자, 바로 그
대를 발견하기 위해서이다. 아, 차라투스트라여!

신의 동정이든 인간의 동정이든, 동정은 부끄러움을 모르는 짓이
다. 도우려 하지 않는 것이 도움을 베풀기 위해 달려드는 덕보다 더
고귀할 수 있다.

그러나 오늘날 **동정**은 모든 왜소한 인간들에 의하여 덕 자체라고
불린다. 왜소한 인간들은 커다란 불행, 커다란 추악함, 커다란 실패에
대해 아무런 외경심도 품지 않는다.

마치 개 한 마리가 우글우글 무리 지어 있는 양 떼 너머 먼 쪽을 바
라보는 것처럼, 나는 이러한 모든 자들 너머 먼 쪽을 바라본다. 그들은
왜소하고 털이 부드럽고 마음씨도 상냥한 잿빛 인간들이다.

마치 왜가리 한 마리가 머리를 뒤로 젖힌 채 경멸의 눈빛으로 얕은

연못 너머 먼 쪽을 바라보듯, 나는 잿빛의 작은 파도와 의지와 영혼들이 우글거리는 무리 너머 저 먼 쪽을 바라본다.

너무나 오랫동안 사람들은 이들 왜소한 인간들에게 권리를 인정해 주었다. 그리고 마침내 그들에게 힘까지도 주었다. 그래서 그들은 '왜소한 인간들이 선이라고 칭하는 것만이 선하다.'라고 가르친다.

오늘날 '진리'라고 일컬어지는 것은 왜소한 인간 출신인 저 설교자가 말했던 것이다. 즉 자기 자신을 가리켜 '나는 곧 진리다.'라고 증언했던 저 기이한 성자요 왜소한 인간들의 대변자가 말했던 것 말이다.

이 불손한 자는 이미 오랫동안 왜소한 자들의 벗을 세워 그들을 교만하게 만들고 있다. 그는 '나는 곧 진리다.'라고 가르치면서 적지 않은 오류도 함께 가르쳤던 것이다.

일찍이 불손한 자에게 이보다 더 정중한 응답이 주어진 일이 있었던가? 그러나 아, 차라투스트라여! 그대는 그의 곁을 지나며 '아니다! 아니다! 세 번이나 말하지만 아니다!'라고 외쳤다.

그대는 그가 범한 오류를 경고했다. 그리고 그대는 동정을 조심하라고 경고한 최초의 사람이었다. 모든 사람에게 경고한 것도 아니고 아무에게 경고하지 않은 것도 아니라, 바로 그대와 그대의 부류들에게 경고했던 것이다.

그대는 커다란 고통을 겪는 자들의 수치심을 부끄러워하고 있다. 그리고 진실로, 그대가 '동정에서 커다란 구름이 생긴다. 조심하라, 그대들 인간들이여! 명심하라!'라고 말할 때 그러하다.

그대가 '모든 창조하는 자는 냉혹하다. 모든 위대한 사랑은 동정을 초월한다.'라고 가르칠 때 아, 차라투스트라여, 그대는 얼마나 이 날씨의 징조를 잘 읽고 있는가!

그러나 그대 자신도 마찬가지다. 그대 스스로도 **그대의** 동정심에 빠지지 않도록 자기 자신에게 경고하라! 많은 사람이 그대를 찾아오기 때문이다. 고통을 겪는 자들, 의심하는 자들, 절망하는 자들, 물에 빠진 자들, 추위에 떠는 자들이.

나는 그대에게 나도 역시 조심하라고 경고한다. 그대는 나의 최선의 또는 최악의 수수께끼, 즉 나 자신이 누구며 내가 무엇을 했는지를 알아 맞혔다. 하지만 나는 그대를 넘어뜨리는 도끼를 알고 있으니까.

그러나 신은 **죽지 않을 수 없었다.** 그는 **모든 것**을 보았던 눈으로 보았다. 그는 인간의 심연과 바닥을, 인간의 숨겨진 모든 오욕과 추악함을 보았다.

그의 동정은 수치를 몰랐다. 그는 나의 더할 나위 없이 더러운 구석까지 기어들어 왔다. 더없이 호기심 많고, 후안무치하며, 지나치게 동정하는 이 자는 죽지 않을 수 없었다.

그는 항상 **나를** 지켜보았다. 이런 목격자에 대하여 나는 복수를 하고 싶었다. 그렇지 않으면 내가 죽어야 했던 것이다.

모든 것을 지켜보았던 신, **인간마저도** 지켜보았던 신, 이 신은 죽어야만 했다! 인간은 그런 목격자가 살아 있다는 데 대해 **참을 수 없었던** 것이다."

가장 추악한 인간은 이렇게 말했다. 그러나 차라투스트라는 자리에서 일어나 그곳을 떠나려고 했다. 그는 창자 속까지 얼어붙는 느낌이 들었기 때문이었다.

차라투스트라가 말했다. "그대, 말로 이루 형용할 수 없는 자여!! 그대는 내게 그대가 걸어온 길로 가지 말라고 경고했다. 이를 감사히 여겨 나는 그대에게 나의 길을 권하려고 한다. 보라, 저 위로 올라가면 차라투스트라의 동굴이 있다.

나의 동굴에는 크고 깊으며, 구석진 곳이 많이 있다. 그곳에는 자신을 가장 잘 숨기는 자도 좋아할 만한 은신처가 있다.

또 동굴 바로 옆에는 백 개의 구석진 비밀 통로와 빠져 나갈 샛길이 있어 기거나 날거나 뛰어다니는 짐승들이 여기에 숨어 있다.

그대 추방된 자여, 그대는 그대 자신을 추방시킨 자다. 그대는 인간과 인간의 동정 사이에서 살고 싶지 않단 말인가? 그렇다면 자, 나와 같이 행동하라! 나에게서 배우라! 오직 행동하는 자만이 배우는 법이니까.

우선 나의 짐승들과 이야기를 나누어라! 가장 긍지 높은 짐승과 가장 영리한 짐승. 이 짐승들이야말로 우리 두 사람에게 있어서는 올바른 충고자가 되고 싶어 한다!"

차라투스트라는 이렇게 말했다. 그러고 나서 전보다도 더욱 생각에 잠겨 더욱 천천히 그 길을 올라갔다. 왜냐하면 그는 자신에게 많은 것을 물어보았지만 대답이 쉽게 나오지 않았기 때문이었다.

"인간이란 얼마나 가련한 존재인가!" 하고 그는 마음속으로 생각했다. "인간은 얼마나 추악하고, 얼마나 골골거리며 불평하고, 얼마나 남모르는 수치로 가득 찬 존재인가!

사람들은 내게 말한다. 인간은 자기 자신을 사랑한다고. 아, 이 자기애는 얼마나 위대해야만 하는가! 이 자기애는 자기 자신에 대해 얼마나 많은 경멸을 간직하고 있는가!

저기 있는 저 사람도 자기 자신을 사랑했다. 자기 자신을 경멸했던 만큼이나. 내가 보기에 그는 크게 사랑하는 자이며 크게 경멸하는 자다.

나는 아직까지 저 사람 이상으로 자기를 더 깊이 경멸하는 사람을 보지 못했다. **그것** 또한 높은 경지이다. 슬프구나, 어쩌면 저 자가 내가 그 외침을 들었던 '좀 더 높은 인간'이 아닐까?

나는 크게 경멸하는 자들을 사랑한다. 그러나 인간은 극복되어야 할 그 무엇이다."

스스로 거지가 된 자

차라투스트라가 그 추악한 인간을 떠난 뒤에, 그는 몸이 얼어붙는 듯 춥고 외로운 것을 느꼈다. 엄청난 추위와 고독이 마음속에 스며들었으므로 그의 사지까지도 더 차가워졌다. 그는 가고 또 가며, 올라갔다 내려갔다 했고, 때로는 푸른 목장을 스쳐 지나가고, 때로는 예전에 급하게 흘러내리던 개천이 바닥을 드러낸 듯이 보이는 돌투성이 황무지를 지나기도 하였다. 그러는 동안 별안간 그의 마음은 다시 좀 더 따뜻해지고 좀 더 훈훈해졌다.

"도대체 나에게 무슨 일이 생겼단 말인가?" 그는 자신에게 물었다. "그 어떤 따뜻한 것과 생생한 것이 내 원기를 북돋우고 있다. 그것은 내 가까이에 있는 것이 틀림없다.

나는 이제 덜 외로운 상태에 있다. 내가 알지 못하는 길동무와 형제들이 내 주위를 돌아다니고 있고, 그들의 따뜻한 입김이 내 영혼에 와 닿는다."

차라투스트라가 사방을 둘러보며 자신의 고독을 달래줄 자들을 찾고 있었다. 그런데 보라, 거기 언덕 위에 암소들이 나란히 줄지어 서 있었다. 그 암소들이 가까이 있어서 그 냄새가 그의 마음을 따뜻하게 해주었던 것이다. 하지만 그 암소들은 어떤 자의 말에 열심히 귀를 기울이고 있었다. 그래서 자기들 쪽으로 다가오는 사람에게 아무런 주의도 기울이지 않았다. 차라투스트라가 그 옆으로 아주 가까이 다가갔을 때, 그는 암소 무리 중에서 말하고 있는 어떤 사람의 목소리를 분명하게 들었다. 모든 암소가 말하고 있는 그 사람 쪽으로 머리를 돌리고 있다는 것을 분명히 알 수 있었다.

그러자 차라투스트라는 성급하게 뛰어올라가 짐승들을 서로서로 갈라놓았다. 여기서 누군가 암소들의 동정으로는 도움이 될 수 없는 고통을 겪고 있지 않나 염려되었기 때문이었다. 그러나 암소들 사이로 들어가 보니 자신의 생각이 착오였음을 알았다. 왜냐하면, 보라, 거기에 한 사람의 인간이 땅바닥에 앉아 있었기 때문이다. 그자는 평화 애호가였으며, 자신의 눈으로 선善 자체를 설교하는 산상 수훈자였는데, 암소들에게 자기를 무서워할 필요가 없다고 설득하고 있는 것 같았다.

"그대는 여기서 무엇을 찾고 있는가?" 하고 차라투스트라는 의아하게 생각하면서 외쳤다.

"내가 여기서 무엇을 찾느냐고?" 하고 이 사람, 평화 애호가이자 산상 수훈자가 대답했다. "그대가 찾는 것과 같은 것을 찾고 있다. 그대 평화 교란자여! 말하자면 이 지상에서의 행복을 찾고 있는 것이다.

그래서 나는 이들 암소에게서 배우고자 한다. 왜냐하면, 그대 알고 있잖아! 나는 이미 아침 반나절 동안 그들을 설득했고, 그래서 이제 막 암소들이 그 가르침을 내게 알려 주려고 했기 때문이다. 그런데 왜 그대가 끼어들어 방해하려는가?

만약 우리가 마음을 돌려 암소처럼 되지 않는다면, 우리는 하늘나라에 들어가지 못한다. 말하자면 우리가 암소들로부터 배울 것이 한 가지가 있는데, 그것은 되새김질이라는 것이다.

진실로, 만약 인간이 전 세계를 얻는다 할지라도 이 되새김질을 배우지 않으면, 무슨 소용이 있겠는가? 그런 자는 자신의 슬픔에서 벗어나지 못하리라.

자신의 커다란 슬픔, 이것은 오늘날 구역질이라고 불린다. 오늘날 그 마음과 입과 눈이 구역질로 가득 차 있지 않은 자가 누구란 말인가? 그대도 마찬가지다! 그대도! 그러나 이 암소들을 보라!"

산상 수훈자는 이렇게 말하고 나서 그 시선을 차라투스트라에게 돌렸다. 왜냐하면 지금까지 그의 애정 어린 시선은 암소들을 향하고 있었기 때문이었다. 그러나 차라투스트라를 보는 순간 그의 태도가 바뀌었다. "나와 이야기하고 있는 자는 대체 누구지?" 하고 그는 깜짝 놀라 외치고는 자리에서 벌떡 일어났다.

"그대는 구역질하지 않는 인간, 바로 차라투스트라, 커다란 구역질을 극복한 자로구나. 이것은 차라투스트라 자신의 눈이고 입이며 마음이로다."

그는 이같이 말하면서 눈에 눈물을 흘리며 자기와 이야기하고 있는 사람의 손에 입맞춤을 했다. 그 태도는 마치 예기치 않게 하늘에서 떨어진 고귀한 선물과 보석을 받은 사람과도 같았다. 하지만 암소들은 이 모든 광경을 지켜보며 의아하게 생각했다.

"나에 대해서는 말하지 말라, 그대 유별난 자여! 사랑스러운 자여!" 하고 차라투스트라는 말하고, 이 사람의 애정 어린 몸짓을 제지했다. "먼저 그대 이야기를 들려 달라! 그대는 일찍이 스스로 막대한 재산을 내던지고 자발적으로 거지가 된 자가 아닌가!

자신의 막대한 재산과 부자임을 부끄럽게 여기면서, 자신의 충만함과 자신의 마음을 나누어 주기 위해 가장 가난한 자들에게로 도망쳤던 자가 아닌가? 하지만 이 가장 가난한 자들은 그를 받아들이지 않았다."

자발적으로 거지가 된 자가 말했다. "그렇다. 그들은 나를 받아들이지 않았다. 그대가 아시다시피. 그런 이유로 마침내 나는 짐승들에게로, 이 암소들에게로 온 것이다."

그러자 차라투스트라는 그의 말을 가로막으며 말했다. "그렇다면 그대는 제대로 배웠구나. 올바르게 주는 것이 올바르게 받는 것보다 더 어렵다는 것을. 또한 제대로 잘 베푸는 것이 하나의 **기술**이며, 선의를 베푸는 장인匠人의 교묘하기 짝이 없는 최후의 기술임을."

"요즈음에 있어서는 특히 그러하다." 하고 자발적으로 거지가 된 자가 대답했다. "오늘날 모든 비열한 것이 폭동을 일으키고, 소심하면서도 나름의 방식, 즉 천민의 방식으로 교만을 부리고 있는 요즈음에 말이다.

왜냐하면 그대도 잘 알다시피, 천민과 노예들이 거대하고 불길하며 장기적으로 서서히 진행되는 폭동을 일으키는 때가 왔기 때문이나. 이 폭동은 점점 커지고 있다!

이제 모든 자선과 시시한 자비는 저 저열한 자들을 격분시킬 뿐이다. 그러므로 넘치도록 재물이 많은 자는 조심할지어다!

오늘날 배는 불룩한데 목이 지나치게 가느다란 병에서 물방울을 떨어뜨리는 자들. 요즘 사람들은 기꺼이 그러한 병들의 목을 부러뜨린다.

이글거리는 탐욕, 노기를 띤 질투, 원한의 복수심, 천민의 자부심, 이 모든 것이 나의 면전에 던져졌다. 가난한 자에게 복이 있다는 것은 더 이상 진실이 아니다. 하늘나라는 차라리 암소들 곁에 있다."

"왜 부자들에게는 천국이 없는 것일까?" 하고 차라투스트라는 시험하듯 물었다. 이렇게 물으면서 그는 평화 애호가에게 다정하게 입김을 내뿜는 암소들을 제지했다.

평화 애호가가 대답했다. "그대는 왜 나를 시험하는가? 그대는 나보다도 그 까닭을 더 잘 알고 있지 않은가! 무엇이 나를 가난한 자들에게로 몰아갔던가, 아 차라투스트라여? 그것은 우리 가장 부유한 자들에 대한 구역질이 아니었던가?

온갖 쓰레기로부터 자신들의 이익을 끌어 모으는 부富의 죄수들에 대한 구역질이 아니었던가? 냉담한 눈과 음란한 생각을 가지고 하늘을 향해 악취를 풍기는 이들 천민에 대한 구역질이 아니었던가?

도금과 위조, 즉 겉만 화려하게 꾸민 거짓된 천민들에 대한 구역질이 아니었던가? 그 천민들의 조상은 좀도둑이거나 시체를 먹는 새였거나 쓰레기를 줍는 자들이었으며, 고분고분한 척 음행을 저지르고 쉽게 잊어버리면서 모두 창녀나 다름없는 아내들을 거느렸던 자들이었다.

위에도 천민, 아래도 천민이라니! 오늘날 '빈곤'과 '부유'라는 게 무슨 의미인가! 나는 이러한 구분을 잊어버렸다. 그래서 나는 도망쳤다. 멀리, 더욱 멀리 도망쳐 마침내 이 암소들이 있는 곳까지 온 것이다."

평화 애호가는 이렇게 말하면서 숨을 헐떡이고 땀을 뻘뻘 흘렸다. 이것을 보고 암소들은 다시 이상하게 여겼다. 그러나 차라투스트라는 이 평화 애호가가 이같이 신랄하게 말하고 있는 동안 내내 미소를 띠고서 그를 바라보며 말없이 머리를 가로저었다.

"그대 산상 수훈자여! 그대가 이같이 신랄한 말을 쓴다면, 그대는 자신에게 폭력을 가하는 것이다. 그대의 입이며 그대의 눈은 그러한 신랄함을 감당할 만큼 성숙하지 못했다.

내 생각에는 그대의 위장胃腸 또한 마찬가지다. 그런 모든 분노와 증오와 끓어오르는 흥분은 **그대의 위장**에 부담이 된다. 그대의 위장은 더 부드러운 음식을 원한다. 그대는 육식주의자가 아니다.

오히려 내 생각에 그대는 채식주의자이며, 풀과 뿌리를 먹는 자인 것이다. 아마도 그대는 곡식 낱알들도 잘게 깨물어 부수리라. 분명 그대는 육식의 즐거움을 싫어하고 꿀을 좋아한다."

"그대는 나를 잘 간파하였다."라고 자발적으로 거지가 된 자가 홀가분해진 기분으로 대답했다. "나는 꿀을 사랑한다. 또한 곡식 낱알도 잘 씹는다. 왜냐하면 나는 좋은 맛을 내고, 숨을 맑게 해주는 것을 찾고 있었기 때문이다.

또한 나는 긴 시간이 걸리는 것, 유순한 게으름뱅이와 빈둥거리는 자에게 알맞은 소일거리와 음식을 찾고 있었기 때문이다.

물론 이런 일에는 암소들이 제격이다. 암소들은 되새김질과 햇빛 아래에 눕는 것을 고안해 내었다. 또한 암소들은 그 마음을 부풀게 하는 모든 무겁고 힘든 사상을 멀리 한다."

"자!" 하고 차라투스트라가 말했다. "그대는 **나의** 짐승들을, 나의 독수리와 나의 뱀을 보아야만 한다. 오늘날 이 지구상에서 그들에 비할 만한 것은 없다.

보라, 저 길을 오르면 나의 동굴이 나온다. 오늘 밤은 나의 동굴에서 묵도록 하라. 그리고 짐승들의 행복에 관해 나의 짐승들과 이야기를 나누라.

내가 집에 돌아올 때까지. 지금은 도움을 청하는 절규가 빨리 그대 곁을 떠나라고 나를 급히 저 편으로 부르고 있다. 그대는 나의 동굴에서 새로운 꿀, 얼음처럼 차갑고 신선한 황금빛의 꿀을 보게 될 것이다. 그것을 먹도록 하라!

그러나 지금은, 그대 유별난 자여! 사랑스러운 자여! 빨리 그대의 암소들과 작별을 고하라! 비록 그 이별이 힘든 것이 될지라도 말이다. 암소들은 그대의 가장 따뜻한 벗이었고 스승이었으니까!"

"내가 좀 더 사랑하는 한 사람을 제외한다면 그렇다."라고 자발적으로 거지가 된 자가 대답했다. "그대는 선한 사람이고, 암소보다도 훨씬 더 좋다. 아, 차라투스트라여!"

"가라! 내게서 멀리 떠나라! 그대 고약한 아첨꾼이여!" 하고 차라투스트라는 버럭 화를 내며 외쳤다. "그대는 무엇 때문에 이와 같은 칭찬과 아첨의 꿀로 나의 기분을 망쳐 놓는가?

가라! 내게서 멀리 떠나라!" 하고 그는 다시 한번 소리치고 이 상냥한 거지를 향해 자기 지팡이를 휘둘렀다. 그러자 그 거지는 후다닥 그곳을 떠났다.

그림자

자발적으로 거지가 된 자가 달아나고 차라투스트라가 다시 혼자가 되었을 때, 그는 등 뒤에서 어떤 새로운 목소리가 외치는 것을 들었다. 이 목소리는 "멈춰라! 차라투스트라여! 잠시 멈춰라! 바로 나다. 아, 차라투스트라여! 나다, 나는 그대의 그림자다!" 하고 외쳤다. 그러나 차라투스트라는 기다리지 않았다. 많은 사람이 그의 산 속으로 몰려들자 돌연 불쾌감이 그를 엄습했기 때문이다. "나의 고독은 어디로

가 버린 걸까?" 하고 그가 말했다.

"정말이지 너무 심하구나. 이 산이 이렇게 사람들로 우글거리다니. **이런** 세계는 더 이상 나의 영토가 아니다. 나에게 새로운 산이 있어야겠다.

나의 그림자가 나를 부르는가? 나의 그림자가 무슨 소용이란 말인가! 나의 뒤를 뒤쫓으려면 그리 하라! 나는 그림자로부터 달아날 테니."

차라투스트라는 마음속으로 이렇게 말하고는 그곳을 떠났다. 그러나 그의 등 뒤에 있던 지가 그의 뒤를 쫓아왔다. 이리하여 곧 세 사람은 나란히 달리게 되었다. 말하자면 맨 앞에는 자발적으로 거지가 된 자, 다음에는 차라투스트라, 그리고 세 번째로 맨 뒤를 달리는 자는 그의 그림자였다. 그들이 이렇게 달린 지 얼마 되지 않아 차라투스트라는 자신의 어리석음을 깨닫고 모든 불쾌함과 권태를 한꺼번에 툴툴 털어 버렸다.

"뭐 어때!" 하고 그가 말했다. "우리들 늙은 은둔자와 성자들에게도 옛날부터 이처럼 우습기 짝이 없는 일들이 종종 일어나지 않았던가?

진실로, 산에서 지내다 보니 나의 어리석음이 높게도 자랐구나! 이제 나는 늙은 바보들이 만들어내는 여섯 개의 다리가 앞뒤로 달리면서 시끄러운 소리를 내는 것이 들리는구나!

그러나 차라투스트라가 그림자 따위를 두려워해도 된단 말인가? 어쨌든 내 생각에 그림자의 다리가 내 다리보다 더 길기는 긴 모양이구나."

차라투스트라는 눈과 마음으로 웃으면서 이같이 말하고는 발길을 멈추고 재빨리 뒤를 돌아보았다. 그런데 보라, 여기서 그를 뒤쫓아 오던 그림자가 하마터면 땅에 고꾸라질 뻔했다. 그처럼 그림자는 차라투스트라의 발꿈치 뒤로 그만큼 바짝 뒤쫓아 왔고 그만큼 허약했던 것이다. 그래서 그 그림자를 자세히 살펴보던 차라투스트라는 갑자기 나타난 유령을 본 것처럼 깜짝 놀랐다. 그의 뒤를 쫓아온 자는 이처럼 너무 가냘프고, 거무스름하며, 공허하고, 지쳐 있는 것처럼 보였다.

"그대는 누구인가?" 하고 차라투스트라가 다급하게 물었다. "그대는 여기서 무엇을 하고 있는가? 왜 그대는 나의 그림자라고 불리는가? 그대는 내 마음에 들지 않는다."

"용서하라!" 그림자가 대답했다. "내가 그런 자에 지나지 않으며, 그대의 마음에 들지 않는다 해도. 아, 차라투스트라여, 실로 그 때문에 그대와 그대의 좋은 취향을 칭송하는 것이 아닌가.

나는 방랑자다. 이미 오래 전부터 나는 그대의 발꿈치를 쫓아다녔다. 나는 언제나 길 위에 있으며, 목적지도 고향도 없다. 진실로, 내게는 영원한 유태인이 되기에 모자라는 점이 별로 없다. 내가 영원하지도 않고 또한 유태인도 아니라는 점을 제외한다면 말이다.

뭐라고? 내가 언제나 길 위에 있을 수밖에 없다고? 모든 바람의 소용돌이에 휘말리며 정처 없이 떠돌아야 한다고? 아, 대지여! 그대는 나에게는 너무 둥글었다!

나는 이미 모든 물건의 표면에도 앉아 보았고, 지쳐 버린 먼지처럼 거울이나 유리창 위에서도 잠을 잤다. 모든 것이 나에게서 빼앗아 가기만 하고, 아무것도 나에게 주지 않아 나는 이렇게 얇아졌다. 그리하여 나는 거의 그림자처럼 되었다.

그러나 아, 차라투스트라여! 나는 장구한 세월 동안 그대 뒤를 따라 날아가고 걸어갔다. 나는 그대의 눈에 띄지 않게 몸을 숨기기도 했지만, 언제나 그대의 가장 훌륭한 그림자였다. 그대가 앉아 있는 곳이라면 어디든 나도 앉아 있었다.

그대와 함께 나는, 저 겨울 지붕과 눈 위를 자진해서 달리는 유령처럼, 가장 멀고 가장 추운 세계를 돌아다녔다.

그대와 함께 나는, 그 모든 금지된 것, 가장 사악한 것, 아득히 머나먼 곳으로 애써 들어갔다. 만약 나에게 덕이 있다고 한다면, 그것은 내가 그 어떤 금지된 것도 두려워하지 않았다는 것이다.

그대와 함께 나는, 일찍이 내가 공경했던 모든 것을 부수어 버렸고, 모든 경계석들과 우상들을 뒤엎어 버렸으며, 위험하기 짝이 없는 소망들을 추구했다. 진실로, 나는 어떤 범죄든지 한 번은 그 위로 지나갔다.

그대와 함께 나는, 말과 가치와 위대한 이름들에 대한 믿음을 망각해 버렸다. 악마가 허물을 벗으면 그의 이름까지도 함께 벗겨지지 않는가? 말하자면 이름도 껍질에 불과한 것이다. 악마 자신도 아마 껍질에 불과할지도 모른다.

'참된 것은 아무것도 없으며, 모든 것은 허용된다.'라고 나는 자신에게 이렇게 말했다. 나는 차디찬 물속으로 머리와 심장과 더불어 뛰어들었다. 아, 그 때문에 나는 몇 번이고 붉은 가재처럼 벌거벗은 채로 거기 서 있었던가!

아, 모든 선함, 모든 수치, 선한 자들에 대한 그 모든 믿음은 어디로 가 버렸는가! 아, 한때 내가 가졌던 저 거짓 순진함은 어디로 가 버렸는가, 선한 자들의 순진함과 그들의 고결한 거짓말의 순진함은 어디로 가 버렸는가!

진실로, 나는 너무도 빈번하게 나의 진리의 뒤꿈치를 바짝 뒤쫓았고, 그럴 때 진리는 내 머리를 걷어찼다. 그리고 이따금 나는 거짓말을 하려고 했는데, 보라! 그때 비로소 내가 진리를 명중시켰던 것이다.

나는 정말 너무나 많은 것을 알게 되었다. 이제는 아무것도 더 이상 나의 관심을 끌지 못한다. 내가 사랑하는 것은 더 이상 아무것도 살아있지 않다. 그런데도 내가 어떻게 여전히 나 자신을 사랑할 수 있겠는가?

'내 욕망대로 살아가자, 그렇지 않으면 아예 삶을 그만두자.' 나는 이렇게 원하며, 최고의 성자라도 이것을 원하리라. 하지만 슬프도다! **내가** 어찌 아직도 욕망을 갖고 있단 말인가?

나는 아직도 목표를 갖고 있단 말인가? **나의** 돛이 그곳으로 나아가는 항구가 있단 말인가?

순풍은 불어오는가? 아, 자신이 **어디로** 항해하는지를 아는 자만이 어떤 바람이 좋고 어떤 바람이 자신의 순풍인지 아는 법이다.

나에게 아직 남은 것은 무엇인가? 지치고 뻔뻔스러운 마음, 불안정한 의지, 퍼덕거리는 날개, 부서진 척추가 그것이다.

나의 고향에 대한 이러한 추구, 아, 차라투스트라여! 그대도 잘 알다시피 이러한 추구는 **나의** 시련이었으며, 그것이 나를 집어삼킨다.

어디 있는가, 나의 고향은? 나는 이렇게 물으며 찾고 있다. 나는 또 찾아보았지만 찾지 못했다. 아, 영원히 어디에도 있고, 아, 영원히 어디에도 없는, 아, 영원한 '헛됨'이여!'

그림자는 이렇게 말했다. 그리고 그림자의 이 말을 듣자 차라투스트라의 얼굴에는 슬픔이 감돌았다. 마침내 그가 서글프게 말했다. "그대는 나의 그림자다!

그대가 처한 위험은 결코 작지 않다. 그대 자유로운 정신이여, 방랑자여! 그대는 고약한 하루를 보냈다. 그러니 그대에게 더 고약한 저녁이 찾아오지 않도록 조심하라!

그대처럼 정처 없는 자들에게는 결국에는 감옥까지도 행복한 곳이라 여겨진다. 그대는 감옥에 갇힌 죄수들이 잠자는 모습을 본 적이 있는가? 그들은 편안하게 자고, 그들이 처한 새로운 안전을 즐긴다.

조심하라! 그대가 마침내 어떤 편협한 믿음과 경직되고 가혹한 망상에 사로잡히는 일이 없도록 말이다. 이제부터는 편협하고 경직된 모든 것이 그대를 유혹하고 시험에 들게 하리라.

그대는 목적지를 잃었다. 슬프도다! 그대는 어떻게 하여 이러한 상실을 웃어넘기고 견뎌내겠는가? 이런 상실과 함께, 그대는 갈 길도 잃어버린 것이다!

그대 가련한 방랑자여, 떠돌이여, 그대 지친 나비여! 그대는 오늘 저녁 휴식을 취할 거처를 갖고 싶은가? 그렇다면 나의 동굴로 가라!

저 길을 오르면 나의 동굴이 나온다! 그러나 지금 나는 급히 그대로부터 달아나려 한다. 이미 그림자 같은 것이 내 몸 위에 누워 있다.

나는 혼자서 가고자 한다. 나의 주위가 다시 환히 밝아지도록. 이를 위해서는 아직도 오랫동안 즐겁게 두 다리에 의존해서 걸어야 한다. 그러나 저녁에는 내 집에서 춤을 추게 될 것이다!"

차라투스트라는 이렇게 말했다.

정오에

차라투스트라는 걷고 또 걸었다. 이제는 아무도 만나는 일 없이 혼자 가면서 끊임없이 자기 자신을 다시 발견했다. 그리고 몇 시간 동안이나 자신의 고독을 즐기고 맛보면서 좋았던 일들을 생각했다. 그러나 정오가 되어 태양이 바로 차라투스트라의 머리 위로 떠올랐을 때, 그는 늙어 휘어진 울퉁불퉁 마디가 많은 나무 하나를 지나치게 되었다. 이 나무는 한 그루 포도 덩굴의 풍요로운 사랑에 휘감긴 채 자기 자신의 모습을 숨기고 있었다. 다시 말해 이 나무에는 무성하게 포도송이들이 노랗게 매달려 방랑자를 맞아들였다. 차라투스트라는 목이 말라 그 중 한 송이를 따려고 팔을 내밀었을 때, 그는 또 다른 욕망이 더욱 강렬하게 고개를 내밀었다. 그때가 바로 정오였으므로 이 나무 옆에 드러누워 자고 싶었다.

440

차라투스트라는 그렇게 했다. 알록달록한 풀들의 고요함과 은밀함이 깃든 땅 위에 눕자마자 목마른 것도 잊고 깊은 잠에 빠져 버렸다. 왜냐하면 차라투스트라의 잠언이 말하는 그대로, '한 가지 일이 다른 일보다 더 절실'했기 때문이다. 그의 눈만은 여전히 뜬 채로였다. 말하자면 그의 눈은 늙은 나무를 보고 또 포도 덩굴의 사랑을 보고 이것을 칭송하는 데 싫증이 나지 않았기 때문이다. 하지만 잠이 들면서 차라투스트라는 마음속으로 이렇게 말했다.

"조용! 조용! 세계는 이제 막 완전해지지 않았던가. 나에게 대체 무슨 일이 일어나고 있는가?

마치 부드러운 바람이 평평한 바다 위에서 남몰래 가볍게, 깃털처럼 가볍게 춤을 추듯이, 그렇게 잠은 내 위에서 춤추고 있다.

잠은 내 눈을 감겨 주지 않고, 내 영혼으로 하여금 눈뜨게 한다. 이 잠은 가볍다, 진실로! 깃털처럼 가볍다.

잠은 나를 설득한다. 나는 어떻게 할지 모른다. 잠은 내 안에서 어루만지는 듯한 손으로 나를 가볍게 건드린다. 잠들라고 강요하는 것이다. 그렇다. 잠은 나의 영혼이 사지를 쭉 뻗기를 강요하는 것이다.

내 영혼은 어째서 지쳐 길게 늘어져 있는가, 나의 유별난 영혼은! 일곱 번째 날 저녁이 내 영혼을 찾아오기라도 했단 말인가, 바로 이 정오에? 내 영혼은 너무 오랫동안 선하고 성숙한 것들 사이를 행복에 넘쳐 방황했던 것일까?

내 영혼은 길게 늘어진다. 길게, 점점 더 길게! 조용히 누워 있다.

나의 유별난 영혼은. 내 영혼은 이미 좋은 것들을 너무도 많이 맛보았으며, 이 황금빛 슬픔에 짓눌리며, 입을 삐죽거린다.

내 영혼은 조용한 포구에 미끄러져 들어오는 배와 같다. 기나긴 항해와 미지의 거친 바다에 지쳐 이제 육지에 기대어 있다. 육지야말로 더 믿음직하지 않은가?

이렇게 지친 배가 육지에 정박하여 기댈 때에는, 한 마리의 거미가 육지로부터 배에 이르기까지 거미줄을 치는 것만으로도 충분하다. 그보다 더 튼튼한 밧줄은 필요하지 않다.

이런 지친 배가 더없이 고요한 포구에서 쉬는 것처럼 나도 이제 육지 가까이에서 쉬고 있다. 가장 가느다란 실로 육지에 묶여 성실하고 믿음직하게 기다리면서 말이다.

아, 행복이여! 아, 행복이여! 그대는 노래를 부르려는가, 아, 나의 영혼이여! 그대는 풀밭에 누워 있다. 그러나 지금은 한없이 조용하고 엄숙한 시간이다. 어떤 양치기도 피리를 불지 않는 그런 시간인 것이다.

조심하라! 무더운 정오가 풀밭에서 자고 있다. 노래하지 말라! 조용! 세계는 완전하다.

노래하지 말라! 그대 풀밭의 새들이여, 속삭이지도 말라! 아, 나의 영혼이여! 자, 보라, 조용! 늙은 정오가 잠들어 있다. 입맛을 다시고 있다. 늙은 정오가 지금 한 방울의 행복을 마시고 있는 것이 아닌가?

황금빛 행복, 황금빛 포도주의 해묵은 갈색의 한 방울을 마신 것인가? 그의 얼굴 위로 무언가 스쳐 지나가자 정오의 행복이 웃고 있다. 이렇게, 신神이 웃는다. 조용!

'행복해지려면 아주 적은 것으로도 충분하다, 행복해지려면!' 나는 일찍이 이렇게 말하면서 자신을 현명하다고 생각했다. 그러나 그것은 모독이었다. 그것을 나는 이제 배웠다. 영리한 바보들이 말은 더 잘하는 법이다.

더할 나위 없이 적은 것, 가장 조용한 것, 가장 가벼운 것, 도마뱀의 바스락거리는 소리. 한 번의 숨결, 한 번의 스침, 순간의 눈길. 이같이 **작은 것**이야말로 **최고의** 행복을 만들어낸다. 조용!

내게 무슨 일이 일어나고 있는가, 들어보라! 시간이 달아나 버린 것인가? 내가 추락하는 건 아닌가? 내가 이미 추락한 것은 아닌가, 들어보라! 영원의 샘 속으로 떨어진 것이 아닌가?

내게 무슨 일이 일어나고 있는가? 조용! 무언가가 나를 찌른다. 슬프구나, 나의 심장을 찌르는 것인가? 나의 심장을! 아, 부숴 버려라, 부숴 버려라, 나의 심장이여, 이렇게 행복해진 다음에는, 이렇게 찔린 다음에는!

뭐라고? 세계는 이제 막 완전해지지 않았던가? 둥글게 무르익지 않았던가? 아, 황금의 둥근 고리여, 이제 어디로 날아가려는가? 나는 그 뒤를 쫓으리라! 재빨리!

조용!" — (그런데 이때 차라투스트라는 기지개를 켰고, 자기 자신이 잠들어 있다고 느꼈다.)

"일어나라!" 그는 자신에게 말했다. "그대 잠자는 자여! 그대 낮잠 자는 자여! 자, 일어나라, 그대들 늙은 두 다리여! 때가 왔고, 때가 지났다. 그대들에게는 갈 길은 아직도 한참이나 남았다!

이제 그대들은 충분히 잠자지 않았는가! 얼마나 오랫동안? 영원의 절반을 잤구나! 자, 이제 일어나라, 나의 늙은 심장이여! 이만큼 잤으니 이제 그대는 얼마나 오랫동안 깨어 있을 수 있는가?"

(그러나 이때 그는 다시 잠이 들었다. 그의 영혼이 그에게 맞서고 저항하면서 다시 누워 버렸다.) "나를 내버려 다오! 조용! 세계는 이제 막 완전해지지 않았는가? 아, 이 황금의 둥근 공이여!"

"일어나라" 하고 차라투스트라가 말했다. "그대 좀도둑이여! 그대 게으름뱅이여! 뭐라고? 아직도 축 늘어져서 하품을 하고 탄식하며 깊은 샘 속으로 떨어지고 있는가?

도대체 그대는 누구인가! 아, 나의 영혼이여!" (이렇게 말했을 때, 그는 깜짝 놀랐다. 한 줄기 햇살이 하늘에서 그의 얼굴로 내리비치고 있었기 때문이었다.)

"아, 내 위의 하늘이여." 하고 그는 한숨 지으며 말하고는 몸을 일으켰다. "그대는 나를 내려다보고 있는가? 그대는 나의 유별난 영혼에 귀를 기울이고 있는가?

지상의 만물 위에 내려앉은 이 이슬방울을 그대는 언제쯤 마시려 하는가? 그대는 언제쯤 이 유별난 영혼을 마시려 하는가?

언제쯤인가, 영원의 샘이여! 그대 고요하고 무서운 정오의 심연이여! 언제쯤 그대는 내 영혼을 그대 속으로 다시 마시려 하는가?"

차라투스트라는 이렇게 말했다. 마치 이상한 취기에서 깨어난 것 같이 나무 옆 그의 잠자리에서 일어났다. 그런데 보라, 태양은 아직도 바로 그의 머리 위에 걸려 있었다. 그러므로 차라투스트라가 그렇게 오래 자지는 않았다고 추측하더라도 틀린 말은 아닐 것이다.

환영 인사

한참을 찾아 헤매고 다녔지만 헛수고만 한 후, 차라투스트라는 늦은 오후가 되어서야 다시 자신의 동굴로 돌아왔다. 그러나 그가 채 스무 걸음도 안 되는 곳에 이르러 자기 동굴 앞에 섰을 때, 생각지도 않은 사건이 일어났다. 다시 도움을 요청하는 절규가 들렸던 것이다. 그런데 놀랍게도! 이번에 그 목소리는 그의 동굴 속에서 들려왔는데, 여러 가지 소리가 섞인 이상하고도 긴 외침이었다. 멀리서 들으면 마치 한 사람의 입에서 나온 외침처럼 들렸을지도 모른다.

차라투스트라는 그의 동굴로 뛰어 들어갔다. 그런데, 보라! 귀에 들리던 그 전주곡 뒤에 어떤 광경이 그의 눈앞에 기다리고 있었던가! 거기에는 그가 낮에 만났던 자들이 모두 모여 한자리에 앉아 있었다. 오른쪽 왕과 왼쪽의 왕, 늙은 마술사, 교황, 자발적으로 거지가 된 자, 그림자, 정신의 양심을 지닌 자, 슬픔에 잠긴 예언자, 그리고 나귀가 있었다. 그런데 가장 추악한 자는 머리에 왕관을 하나 쓰고 두 개의 자줏빛 허리띠를 두르고 있었다. 왜냐하면 가장 추악한 자도 다른 모든 추악한 자들과 마찬가지로 변장하고 멋지게 꾸미는 것을 좋아하기 때문이었다. 이같이 우울한 무리들 중에서 차라투스트라의 독수리는 깃털을 세운 채 안절부절못하고 있었다. 독수리는 자신의 긍지로는 대답할 수 없는 너무 많은 질문에 대답해야 했기 때문이다. 그러나 영리한 뱀은 독수리의 목을 감고 있었다.

차라투스트라는 이 모든 것을 둘러보면서 몹시 놀랐다. 그리고 거기에 모인 손님들 한 사람 한 사람을 친절하면서도 호기심 어린 눈길로 살펴보며 그들의 영혼을 읽고 나서 다시 새삼스럽게 놀랐다. 그러는 동안에 거기에 모여 있던 자들은 그들의 자리에서 일어나, 공경하는 마음으로 차라투스트라가 무슨 말을 해주기를 기다리고 있었다. 그러자 차라투스트라는 이렇게 말했다.

"그대들 절망한 자들이여! 그대들 유별난 자들이여! 그러면 내 귀에 들린 부르짖음은 도움을 요청하는 **그대들의** 절규였단 말인가? 이제야 나는 알겠다. 내가 오늘 찾아다녔지만 찾지 못했던 자, 즉 **좀 더 높은 인간**을 어디서 찾을 수 있는지를.

좀 더 높은 인간. 그가 바로 나의 동굴 속에 앉아 있다. 그러나 무엇이 그렇게 놀랄 일인가! 내가 제물로 바친 꿀과 행복에 대한 교활한 감언이설로 그를 나에게 오도록 유혹한 것은 바로 나 자신이 아니었던가?

그러나 내 생각에 그대들은 서로 어울려 지내는 일에 서투른 것 같다. 그대들 도움을 요청하는 절규하는 자들이여, 그대들은 여기 함께 앉아 있으면서도 서로의 마음을 언짢게 하고 있지 않은가? 무엇보다 우선 '한 사람'이 와야만 하겠다.

그대들을 다시 웃게 만드는 자, 선하고 쾌활한 광대, 춤추는 자이며 바람이자 개구쟁이인 자, 어떤 늙은 바보가 와야만 되겠다. 그대들

446

의 생각은 어떠한가?

나를 용서해다오, 그대들 절망한 자들이여! 그대들 앞에서 내가 진실로, 손님들에게 어울리지 않는 이런 보잘것없는 말로 이야기하는 것을! 그러나 그대들은 내 마음이 **무엇** 때문에 이같이 불손한지 모를 것이다.

그것은 바로 그대들 자신과 그대들의 모습 때문이다. 이렇게 말하는 나를 용서하라! 절망한 자를 보면 누구든 용감해지는 법이다. 절망한 자에게 격려의 말을 건네는 것, 누구나 그런 일을 할 만큼 자신이 충분히 강하다고 느끼기 때문이다.

그대들은 나 자신에게도 이런 힘을 주었다. 실로 좋은 선물이었다. 나의 귀한 손님들이여! 정말 괜찮은 선물이었다. 자, 이제 내가 그대들에게 나의 것을 내놓더라도 화내지 말라.

여기는 나의 영토이고 내가 지배하는 곳이다. 하지만 오늘 저녁과 오늘밤에는 나의 것이 곧 그대들의 것이다. 나의 짐승들은 그대들을 받들 것이다. 나의 동굴은 그대들의 안식처가 되리라!

나의 집, 나의 거처에서는 아무도 절망하지 않으리라. 나의 영토에서 나는 어느 누구든 그의 맹수로부터 지켜줄 것이다. 안전, 이것이 내가 그대들에게 내놓는 첫 번째 것이다.

두 번째는 나의 새끼손가락이다. 그대들은 먼저 손가락을 잡은 다음, 손 전체를 잡아라. 자! 거기에 덧붙여 나의 마음도 가져라! 여기에 온 것을 환영한다, 환영한다. 나의 손님들이여!"

차라투스트라는 이렇게 말하면서, 사랑과 악의 넘치는 웃음을 지었다. 이 환영 인사 후에 그의 손님들은 다시 한번 머리를 숙여 공경하는 마음으로 다소곳이 침묵했다. 그런데 오른쪽 왕이 손님들을 대표하여 차라투스트라에게 대답했다.

"아, 차라투스트라여, 그대가 우리에게 내민 손과 환영인사로 우리는 그대가 차라투스트라임을 알았다. 그대는 우리 앞에서 자신을 낮추었다. 그대는 하마터면 우리의 공경심에 상처를 입힐 뻔했다.

그러나 그대처럼 긍지에 넘치면서도 자신을 낮춘 자가 누구였던가! **그런 점이** 우리 자신의 기운을 북돋아주고, 우리의 눈과 마음을 상쾌하게 해준다.

오직 이것 하나만을 보기 위해서라도, 우리는 이 산보다 더 높은 산이라도 기꺼이 오르리라. 말하자면 우리는 호기심이 강한 자들로 여기에 왔으며, 흐린 눈을 밝게 해주는 것이 무엇인지를 보기 원하는 것이다.

그런데 보라! 도움을 청하는 우리의 절규는 모두 이미 사라져 버렸다. 우리의 마음과 가슴은 활짝 열렸고 기쁨에 넘쳐 있다. 이러다가는 자칫 우리의 정신이 불손해질 지경이다.

아, 차라투스트라여! 지상에서 자라는 것 중에서 가장 기쁨을 주는 것은 높고 강한 의지였다. 이 의지야말로 대지의 가장 멋진 식물이다. 이런 나무 **하나로** 말미암아 풍경 전체에 생기가 도는 것이다.

그대처럼 자라는 자를, 아, 차라투스트라여! 나는 소나무에 비유한다. 오래도록 말이 없고, 가혹한 조건에서 홀로 서 있는, 더할 나위 없이 멋지고 유연하고 당당한 소나무 말이다.

이리하여 결국에는 **자신의** 지배권을 장악하려고 억세고 푸른 가지들을 내뻗고, 바람과 뇌우 그리고 언제나 높은 곳에 사는 것에 대하여 강력하게 질문하는 소나무 말이다.

명령하는 자, 승승장구하는 자로서 더욱 강력하게 대답하는 소나무. 아, 이 같은 식물을 보기 위해 높은 산으로 오르지 않을 자가 누구란 말인가?

아, 차라투스트라여! 여기 있는 그대의 나무로 말미암아 음울한 자도 실패한 자도 기운을 되찾고, 정처 없이 떠도는 자도 그대 모습을 보고 안심하며 자신의 마음을 치유한다.

진실로, 오늘날 많은 사람의 눈길은 그대의 산과 그대의 나무에 쏠려 있다. 그대를 크게 동경하는 마음이 일었으며, 많은 사람이 '차라투스트라는 누구인가?'라고 묻기에 이르렀다.

그리고 그대가 일찍이 그대의 노래와 꿀을 그 귓속에 떨어뜨려 주었던 자들, 즉 숨어 지내는 자들, 홀로 사는 은둔자들, 둘이서 사는 은둔자들 모두가 갑자기 자신들의 마음을 향해 이렇게 말했다.

'차라투스트라가 아직도 살아 있단 말인가? 산다는 것은 더 이상 보람이 없으며, 모든 것은 동일하며, 모든 것은 부질없다. 그렇지 않으면 이제 우리는 차라투스트라와 함께 살아야 하지 않겠는가!'

'그렇게도 오래전에 예고해 놓고서 왜 그는 오지 않는지 많은 사람이 묻는다. 고독이 그를 삼켜 버렸단 말인가? 아니면 우리가 그의 곁으로 가야 한다는 말인가?'

그러나 이제는 고독 자체가 흐물흐물해지고 부서져 버린다. 마치

449

허물어져서 죽은 자들의 시신을 보존하지 못하는 무덤과도 같다. 어디에서나 부활한 자들이 보인다.

아, 차라투스트라여! 이제 그대의 산을 에워싼 물결이 점점 더 높이 차오르고 있다. 그리고 그대가 아무리 높은 곳에 있다 하더라도, 많은 물결이 그대가 있는 곳으로 올라올 것이다. 그렇게 되면 그대의 나룻배도 그다지 오랫동안 마른 땅에 놓여 있지 못할 것이다.

그런데 우리 절망한 자들은 지금 그대의 동굴에 와서 더 이상 절망하지 않고 있다. 그러나 이것은 보다 나은 자들이 그대에게 오고 있다는 것을 보여 주는 조짐이자 징조이다.

왜냐하면 사람들 중에서 신의 마지막 잔재인 자, 즉 커다란 동경과 커다란 구역질과 커다란 권태를 가진 모든 자들이 그대에게 오고 있는 중이기 때문이다.

아, 차라투스트라여! 그들이 다시 **희망하기**를 배우지 못한다면, 그대에게서 **커다란** 희망을 배우지 못한다면 더 이상 살기를 원하지 않는 모든 자들이 오고 있는 중이기 때문이다!”

오른쪽 왕은 이렇게 말하고서, 차라투스트라의 손을 잡고 입 맞추려 하였다. 그러나 차라투스트라는 놀라 그의 경의를 표하는 몸짓을 물리치고는, 마치 먼 곳으로 달아나는 것처럼 말없이 황급히 뒤로 물러섰다. 그러나 잠시 후에 그는 다시 손님들 곁으로 와서 맑고 세심한 눈길로 그들을 바라보며 이렇게 말했다.

“나의 손님들이여! 그대들 좀 더 높은 인간들이여! 나는 그대들에게 독일식으로 분명하게[39]말하고자 한다. 이 산 속에서 내가 기다리던 것은 **그대들이** 아니었다."

("독일식으로 분명하게라고? 이런, 맙소사!" 하고 왼쪽 왕은 중얼거렸다. "보아하니, 그는 친애하는 독일인들을 잘 모르는 모양이군! 동방에서 온 이 현자는! 그는 아마 '독일식으로 투박하게'라고 말하려 했을 것이다. 좋다! 오늘날 그것이 최악의 취향은 아니니까 말이다!")

차라투스트라는 말을 계속했다. "진실로 그대들은 모두 좀 더 높은 인간들일지 모른다. 그러나 나에게 그대들은 그다지 높지도 않고 강하지도 않다.

내가 보기에는, 다시 말해 내 안에서 침묵하고 있지만 언제까지나 침묵하고 있지는 않을 '가차 없는 자'가 보기에는 그렇다는 얘기다. 설사 그대들이 나에게 속한다 하더라도 그것은 나의 오른팔로서가 아니다.

말하자면 그대들처럼 병들고 연약한 다리로 서 있는 자는, 스스로 알고 있든 또는 감추고 있든 무엇보다도 **보살핌**받기를 바란다.

그러나 나는 나의 팔다리를 아끼지 않는다. **나는 나의 전사**戰士를 **아끼지 않는다.** 그러니 그대들이 **나의** 전쟁에 무슨 도움이 되겠는가?

그대들과 함께 싸우면 내 모든 승리도 망치고 말 것이다. 그리고 그대들 중 대부분은 요란하게 울리는 나의 북소리를 듣기만 해도 혼비백산 나자빠지고 말리라.

* * *

39 '독일식으로(deutsch)'와 '분명하게(deutlich)'는 두운頭韻을 이루는데, 니체 특유의 반어적 언어유희를 하고 있다. 또한 '독일식으로 투박하게'는 독일인의 일상어처럼 쓰인다.

또한 내가 보기에 그대들은 그다지 멋지지도 않고 좋은 혈통을 타고난 것도 아니다. 나는 나의 가르침을 비춰줄 맑고 매끄러운 거울이 필요하다. 그대들의 표면 위에서는 나 자신의 모습마저 일그러진다.

많은 짐과 많은 기억이 그대들의 어깨를 짓누르고 있다. 많은 고약한 난쟁이들이 그대들의 몸 구석구석에 쪼그리고 앉아 있다. 그대들의 안에도 천민이 숨어 있는 것이다.

설사 그대들이 높고 또 더 높은 종족이라 할지라도 그대들의 많은 것이 구부러져 있으며 기형적이다. 그대들을 두드려 바르게 펴줄 대장장이는 이 세상에 존재하지 않는다.

그대들은 다만 교량에 불과하다. 원컨대 좀 더 높은 인간들이 그대들을 딛고 저쪽으로 건너가기를 바란다. 말하자면 그대들은 계단이다. 그러므로 그대들을 딛고 저 너머 **자신의** 높이로 오르는 자들에게 화를 내지 말라!

언젠가는 그대들의 씨앗에서 나의 진정한 아들과 완전한 상속자가 자라날지도 모른다. 그러나 그 날은 아직도 요원하다. 그대들 자신은 나의 유산과 나의 이름을 물려받은 자들이 아니다.

내가 여기 이 산 속에서 기다려온 것은 그대들이 아니다. 나는 그대들과 함께 마지막으로 산을 내려가서는 안 된다. 그대들은 좀 더 높은 인간들이 이미 나를 향해 오고 있다는 징후로서 나에게 왔을 뿐이다.

내가 기다린 것은 커다란 동경, 커다란 구역질, 커다란 권태를 가진 인간들이 **아니며** 그대들이 신의 잔재라고 부른 자들도 **아닌** 것이다.

아니다! 아니다! 세 번이나 말하지만 아니다! 여기 이 산 속에서 나는 **다른 사람들을** 기다리고 있다. 그들이 오지 않으면 나는 여기서 한 발짝도 떼어 놓지 않을 것이다.

좀 더 높은 인간, 보다 강한 인간, 승승장구하는 인간, 보다 쾌활한 인간, 육체와 영혼이 반듯한 인간들을 기다리는 것이다. **웃는 사자**獅 子들은 오고야 말 것이다!

아, 나의 손님들이여, 그대 유별난 자들이여. 그대들은 아직 내 아이들에 대해서 아직 아무것도 듣지 못했는가? 그리고 내 아이들이 내게로 오는 중이라는 이야기도 들은 적이 없는가?

말해 다오! 나의 정원, 나의 행복의 섬, 또 나의 새롭고 밋진 종족에 대해서 말이다. 어찌하여 그대들은 그것에 대해 나에게 말하지 않는가?

그대들의 사랑에 내가 호소하여 선물을 청하니, 그것은 곧 그대들이 나의 아이들 이야기를 해 달라는 것이다. 그 아이들 때문에 나는 부유하기도 했고, 그 아이들 때문에 나는 가난하기도 했다. 내가 그 아이들에게 주지 않을 것이 무엇이 있던가.

이 하나를 얻기 위하여 무엇인들 주지 못하겠는가. **이** 아이들, **이** 생기 넘치는 정원, 내 의지와 내 최고의 희망인 **이** 생명나무를 얻기 위해서라면!"

차라투스트라는 이렇게 말하고서, 별안간 입을 다물었다. 갑자기 동경에 사로잡혔기 때문이었다. 그는 마음의 동요를 이기지 못해 눈과 입을 막았다. 그의 손님들도 모두 당황한 채 말없이 가만히 서 있었다. 다만 늙은 예언자만이 손과 몸짓으로 신호를 보냈을 뿐이었다.

만찬

예언자는 차라투스트라와 손님들이 나누는 인사를 중단시켰다. 그는 한시가 급한 듯이 앞으로 밀치고 나와 차라투스트라의 손을 잡고는 외쳤다. "그러나 차라투스트라여! 앞서 그대는, '한 가지 일이 다른 일보다 더 필요하다'고 말한 바 있다. 자, 지금 나에게는 다른 모든 일보다 한 가지 일이 더 필요하다.

이 기회에 한마디 하자면, 그대는 나를 이 **만찬**에 초대하지 않았던가? 또 여기 있는 많은 자들이 먼 길을 걸어왔다. 설마 그대는 말만으로 잔치를 베풀려는 것은 아니겠지?

또한 그대들은 얼어 죽는 것, 물에 빠져 죽는 것, 숨이 막혀 죽는 것 그리고 그 밖의 신체적 곤경에 대해 아주 많은 이야기를 나누었다. 그러나 나의 **곤경**, 즉 굶주려 죽는 것에 대하여는 아무도 생각하지 않았다."

(예언자는 이렇게 말했다. 차라투스트라의 짐승들은 이 말을 듣자 깜짝 놀라 달아났다. 그들이 낮에 동굴에 갖다 놓은 것으로는 이 예언자 한 사람의 배를 채우기에도 부족하다 것을 알았기 때문이다.)

"또한 목말라 죽는 것도 포함된다."라고 하면서 예언자는 말을 이어갔다. "여기서는 이미 지혜의 말씀처럼 끊임없이 졸졸거리는 물소리, 말하자면 지칠 줄도 모르고 넘쳐흐르는 물소리가 들려오지만, 내가 마시고 싶은 것은 **포도주다**!

　누구나 다 차라투스트라처럼 태어나면서부터 물만으로 목을 축이지는 않는다. 또한 물은 지치고 축 늘어진 자에게는 어울리지 않는다. **우리에게는** 포도주가 제격이다. **포도주**야말로 단번에 회복시켜 주며 당장에 건강을 되찾아 준다!"

　이렇게 예언자가 포도주를 요구하고 있는 틈을 타서, 말수가 적은 과묵한 왼쪽 왕도 입을 열었다. "포도주라면 **우리가**, 나와 나의 형제인 오른쪽 왕이 준비해 둔 게 있다. 우리는 충분한 포도주를 준비해 두었다. 그것은 저 나귀에 가득 실려 있다. 빵이 없을 뿐이다."

　"빵이라고?" 하고 차라투스트라는 대답하며 크게 웃었다. "빵이야말로 은둔자에게는 없는 것이다. 하지만 인간은 빵만으로 사는 것이 아니라 맛좋은 새끼양의 고기도 먹고 산다. 나에게 두 마리의 좋은 새끼 양이 있다.

　이것들을 서둘러 잡고 박하薄荷 향의 식물인 샐비어로 양념하여 요리하자. 나는 그렇게 양념한 것을 좋아한다. 풀뿌리와 나무의 열매도 부족하지 않다. 미식가나 식도락가도 만족할 만큼 충분히 있다. 또한 깨뜨려 먹는 호두도 있고, 그 밖의 수수께끼 놀이도 준비되어 있다.

　그러니 어서 훌륭한 만찬을 즐기도록 하자. 그러나 우리와 함께 먹고자 하는 자는 일을 거들어 줘야 한다. 왕이라고 할지라도 마찬가지다. 말하자면 차라투스트라의 집에서는 왕이라도 요리사가 되어야 한다는 것이다."

　모두 이 제안을 진심으로 반겼다. 다만 '자발적으로 거지가 된 자'

만이 고기며 포도주며 양념에 반대했을 뿐이었다.

"자, 이제 미식가 차라투스트라의 말을 들어보자!"라고 '자발적으로 거지가 된 자'가 익살스럽게 말했다. "우리가 이런 잔치나 벌이자고 동굴을 찾아오고 높은 산에 올랐단 말인가?

이제야 나는 그가 일찍이 '소박한 가난을 찬양하라!'라고 우리에게 가르치고 또 거지들을 내쫓으려고 한 까닭을 이해하겠다."

그러자 차라투스트라가 그에게 대답했다. "기분을 좀 내라, 나처럼 말이야. 그대 습관대로 하라. 그대 뛰어난 자여, 그대의 곡물을 잘게 씹고 그대의 물을 마시고 그대의 요리를 칭송하라! 그렇게 해서 그대의 기분이 좋아지기만 한다면 말이다.

다만 나는 나에게 속하는 자들을 위한 율법이지, 만인을 위한 율법은 아닌 것이다. 그런데 나에게 속하는 자라면 튼튼한 골격과 가벼운 발을 갖고 있어야만 한다.

전쟁과 축제를 즐기는 자여야 하며, 음울한 자나 몽상가여서는 안 된다. 아무리 어려운 일일지라도 마치 축제처럼 받아들이는 건강하고 온전한 자여야 한다.

최상의 것은 나에게 속하는 것과 나의 것이다. 그것이 주어지지 않을 때 우리들은 그것을 빼앗는다. 최고의 음식, 더없이 맑은 하늘, 가장 강력한 사상, 가장 아름다운 여자를!"

차라투스트라는 이렇게 말했다. 그러나 오른쪽 왕은 그 말에 이렇게 대꾸했다. "희한한 일이다! 일찍이 현자의 입에서 이렇게 영리한 말이 흘러나오는 것을 들은 적이 있었는가?

456

그리고 진실로, 이처럼 현자가 너무나 지혜로우면서도 나귀가 아니라는 사실은 현자에게서 가장 희한한 일이다."

오른쪽 왕은 이렇게 말하고는 의아하게 생각했다. 그러나 이 말을 들은 나귀는 악의를 가지고 '이-아'라고 소리치며 그의 말에 응답했다. 하지만 이것은 여러 역사책들에서 소위 '최후의 만찬'이라고 부르는, 저 길고 긴 만찬의 시작이었을 뿐이다. 그런데 그 만찬에서는 오로지 **좀 더 높은 인간**에 대해서만 이야기를 나누었을 뿐이다.

좀 더 높은 인간에 대하여

1

내가 처음으로 인간들에게 갔을 때 나는 은둔자의 어리석음을, 크나큰 어리석음을 저질렀다. 즉 나는 시장을 찾아갔던 것이다.

그리고 나는 모든 사람에게 말을 했지만, 아무에게도 말하지 않은 꼴이 되고 말았다. 이리하여 황혼에 이르러서는 줄 타는 광대들과 시체들이 나의 길동무가 되었는데, 나 자신도 거의 시체나 다름없었다.

그러나 밝아 오는 새로운 아침과 더불어 새로운 진리가 나에게 찾아왔다. 그때 나는 '시장과 천민과 천민의 소란, 천민의 기다란 귀가 대체 나와 무슨 상관이란 말인가!'라고 말할 수 있게 되었다.

그대들 좀 더 높은 인간들이여! 이것을 나에게서 배워라. 시장에서는 아무도 좀 더 높은 인간의 존재를 믿지 않는다는 사실을. 그러나 만약 그대들이 거기서 말하고 싶다면 좋다, 그렇게 하라! 하지만 천민은 눈을 껌벅거리며 말할 것이다. '우리는 모두 평등하다.'라고.

천민은 눈을 껌벅거리며 또 이렇게 말한다. "그대들 좀 더 높은 인간들이여! 좀 더 높은 인간이란 없다. 우리는 모두 평등하다. 인간은 인간일 뿐이다. 신 앞에서 우리는 모두 평등하다!'라고.

신 앞에서라니! 그러나 이제 이 신은 죽었다. 천민 앞에서 우리는 평등하기를 원치 않는다. 그대들 좀 더 높은 인간들이여! 시장을 떠나라!

2

신 앞에서라니! 그러나 이제 이 신은 죽었다. 그대들 좀 더 높은 인간들이여! 이 신이 그대들의 가장 커다란 위험이었다.

신이 무덤 속에 누운 다음에야 그대들은 비로소 다시 부활한 것이다. 이제야 비로소 위대한 정오가 오고 있으며, 이제야 비로소 좀 더 높은 인간이 주인이 된다.

아, 나의 형제들이여! 그대들은 이 말을 알아들었는가? 그대들은 깜짝 놀라는구나. 그대들의 마음은 현기증을 일으키고 있는가? 심연이 여기서 그대들에게 입을 벌리는가? 지옥의 개가 여기서 그대들에게 짖고 있는가?

자! 좋다! 그대들 좀 더 높은 인간들이여! 이제야 비로소 인류의 미래라는 산이 진통을 시작한다. 신은 죽었다. 이제 **우리는** 초인이 살게 되기를 바라고 있다.

458

3

오늘날 걱정이 많은 사람은 이렇게 묻는다. "인간은 어떻게 계속 보존될 수 있는가?"라고. 그러나 차라투스트라는 '유일한 인간이면서 최초의 인간'으로서 이렇게 묻는다. "인간은 어떻게 **극복될** 것인가?"라고.

나의 관심사는 초인이다. 나의 최초이자 유일한 관심사는 초인이다. 인간이 **아니라**는 말이다. 가장 가까운 이웃도 아니고, 가장 가난한 자도 아니고, 가장 고통받는 자도 아니고, 가장 선한 자도 아닌 것이다.

아, 나의 형제들이여! 내가 인간을 사랑할 수 있는 까닭은 인간이 건너가는 자이며 몰락하는 자이기 때문이다. 또한 그대들에게도 나로 하여금 사랑하고 희망을 갖게 하는 많은 것이 있기 때문이다.

그대들이 경멸했다는 것, 그대들 좀 더 높은 인간들이여! 이것은 나에게 희망을 갖게 한다. 크게 경멸하는 자들은 크게 존경하는 자들이기 때문이다.

그대들이 절망했다는 것, 거기에는 존경할만한 점이 많이 있다. 왜냐하면 그대들은 복종하는 법을 배우지 않았고, 시시하게 재치를 부리는 법도 배우지 않았기 때문이다.

말하자면 오늘날에는 왜소한 자들이 주인이 되었다는 것이다. 그들 모두는 순종과 겸손과 영리함과 근면함과 타인에의 배려와 그 밖의 자잘한 덕을 설교한다.

여자 속성을 가진 자, 노예 근성을 가진 자, 특히 천민이라는 잡종 인간. **이런 자들이** 이제 모든 인간 운명의 주인이 되려고 한다. 아, 역겹다! 역겹다! 역겹다!

이런 자들은 지칠 줄 모르고 묻고 또 묻는다. "인간은 어떻게 하여 가장 최선의 상태로, 가장 오래 그리고 가장 안락하게 보존될 수 있는가?"라고. 그들은 이렇게 물음으로써 오늘날의 주인이 된 것이다.

이 같은 오늘날의 주인들을 극복하라, 아, 나의 형제들이여! 이 같은 작은 자를 극복하라. 이런 자들이야말로 초인에게는 가장 커다란 위험이다!

극복하라, 그대들 좀 더 높은 인간들이여! 모든 자잘한 덕을, 시시한 재치를, 모래알과 같은 배려를, 개미떼 같은 성급함을, 가련한 만족감을, '최대 다수의 행복'을!

그리고 순종하기보다는 차라리 절망하라. 진실로, 그대들이 오늘을 제대로 사는 법을 모르기 때문에 나는 그대들을 사랑한다. 그대들 좀 더 높은 인간들이여! 말하자면 그래서 **그대들은** 가장 잘 살고 있는 것이다!

4

아, 나의 형제들이여! 그대들은 용기를 가지고 있는가? 그대들은 대담한가? 목격자 앞에서의 용기가 아니라 그 어떤 신도 더 이상 돌보아주지 않는 은둔자의 용기와 독수리의 용기를 가지고 있는가?

용기가 있다고 내가 말하는 것은 차가운 영혼, 노새들, 장님들, 술취한 자들이 아니다. 용기가 있다는 것은 두려움을 알면서도 두려움을 **제어**하고, 심연을 보지만 긍지가 있는 자를 말한다.

심연을 보되 독수리의 눈으로 보는 자, 독수리의 발톱으로 심연을 **움켜잡는** 자, 이런 자가 용기가 있다.

5

"인간은 악하다." 최고의 현자들이 모두 나를 위로하기 위해 이렇게 말했다. 아, 이 말이 오늘날에도 진실이라면 좋으련만! 왜냐하면 악이야말로 인간에게 있어 최상의 힘이기 때문이다.

"인간은 더욱 착하고 또한 더욱 악하게 되어야 한다." **나는** 이같이 가르친다. 초인이 최고선을 이루기 위해서는 최고의 악이 필요하기 때문이다.

인간의 죄 때문에 괴로워하고 그 죄를 짊어지는 것은, 저 왜소한 자들의 설교자에게나 어울리는 일이었을 것이다. 그러나 나는 커다란 죄를 나의 커다란 **위안으로** 삼고 기뻐한다.

그러나 이 같은 말은 귀가 긴 자들이 들으라고 하는 말이 아니다. 모든 말이 모든 입에 맞는 것은 아니다. 이런 말들은 심원하고도 미묘한 것이다. 양의 발톱으로는 그것들을 붙잡을 수 없다!

6

그대들 좀 더 높은 인간들이여! 그대들은 내가 여기 있는 이유가 그대들이 망쳐 놓은 일을 바로잡기 위한 것이라고 생각하는가?

아니면 이제부터 내가 그대들 고뇌하는 자들에게 보다 쾌적하게 드러누울 자리를 주기 위해서라고 생각하는가? 아니면 그대들 방황하는 자들, 길 잃은 자들, 잘못 올라온 자들에게 새로운 길, 더 편한 길을 알려 주려 한다고 생각하는가?

아니다! 아니다! 세 번이나 말하지만 아니다! 그대들 종족 중에서 더 많은 자, 더 나은 자들이 파멸해야만 한다. 그대들은 더욱 힘들고 더욱 가혹한 상황에 놓여야 하기 때문이다. 오직 그럼으로써만.

오직 그럼으로써만 인간은 성장한다. 번개에 맞아 부서질 만큼의 높이로 자라게 되는 것이다. 번개를 맞기에 충분한 높이로까지!

나의 마음과 나의 동경은 적은 것, 장구한 것, 머나먼 것을 향한다. 그대들의 시시하고 잡다하고 짤막한 불행이 나와 무슨 상관이 있단 말인가!

그대들은 아직도 제대로 된 고통을 받고 있지 않다! 그대들은 자신들 때문에 고통받을 뿐, 아직 **인간** 때문에 고통받고 있지는 않기 때문이다. 그대들이 이것에 대해 그렇지 않다고 말한다면, 그대들은 거짓말을 하는 것이리라! 그대들 모두는 **내가** 시달린 것 때문에 시달리지는 않고 있다.

7

더 이상 내가 번갯불에 다치지 않는 것으로는 아직 부족하다. 나는 번개를 다른 방향으로 돌리고자 하지 않는다. 오히려 번개가 **나를 위해** 일하는 법을 배우도록 하겠다.

이미 오랫동안 나의 지혜는 구름처럼 모이고 있고, 그 지혜는 더욱 조용해지고 어두워진다. 언젠가 **번개**를 낳게 될 모든 지혜는 이렇게 되는 것이다.

나는 오늘날의 이런 인간들에게 **빛**이 되고 싶지도 않고, 빛으로 불리고 싶지도 않다. 나는 그들을 눈 멀게 만들려고 한다. 나의 지혜의 번개여! 그들의 눈을 뽑아 버려라!

8

어떤 것이든 그대들의 능력을 넘어서는 것을 바라지 말라. 자신의 능력 이상의 것을 바라는 자들에게는 사악한 속임수가 있다.

특히 그들이 위대한 것을 원할 때 그렇다! 왜냐하면 이들 교묘한 화폐 위조자들과 배우들은 위대한 것에 대한 불신을 야기하기 때문이다.

이리하여 마침내 그들은 격한 말과 가장된 덕과 번쩍거리는 거짓 작품으로 꾸며대면서 자신들까지 속이고 사팔뜨기 눈으로 쳐다보며 그럴싸한 벌레의 먹이가 되는 것이다.

그렇게 되지 않도록 조심하라. 그대들 좀 더 높은 인간들이여! 말하자면 오늘날 나에게는 정직함보다 더 귀중하고 진기한 것은 없기 때문이다!

오늘날 세상은 천민들의 것이 아닌가? 하지만 천민은 무엇이 크고 무엇이 작은지, 무엇이 바르고 정직한지 모른다. 천민은 자기도 모르는 사이에 굽어지고 언제나 거짓말을 한다.

9

오늘날에는 건강한 불신감을 가지도록 하라. 그대들 좀 더 높은 인간들이여! 그대들 용감한 자들이여! 그대들 솔직한 자들이여! 또한 그대들의 근거를 비밀로 해 두어라! 말하자면 오늘날 세상은 천민의 것이기 때문이다.

일찍이 천민이 아무 근거도 없이 믿게 된 것을, 그 누가 근거를 제시하여 그것을 뒤집어엎을 수 있겠는가?

시장에서 사람들은 상대방을 설득할 때 몸짓으로 한다. 하지만 천민은 근거에 불신감을 갖고 있다.

그리고 시장에서 어쩌다 한 번 진리가 승리한다 하더라도, 그대들은 건강한 불신감으로 이렇게 자문하라. "얼마나 강력한 오류가 이 진리를 위해 싸웠던가?"라고 말이다.

또한 학자들도 조심하라! 그들은 그대들을 미워한다. 왜냐하면 그들은 비생산적이고 결실을 맺지 못하기 때문이다. 그들은 냉정하고 메마른 눈을 가졌으며, 그들 앞에서는 모든 새들이 깃털이 뜯긴 채 누워 있다.

그들은 스스로 속이지 않음을 뽐낸다. 그러나 거짓말을 모르는 무력한 자가 진리에 대한 사랑에 도달하려면 아직 한참 멀었다. 그들을 조심하라!

열정으로부터 자유롭다는 것도 인식과는 거리가 멀다! 나는 차가워진 정신을 신뢰하지 않는다. 거짓말할 줄 모르는 자는 진리가 무엇인지도 모른다.

10

그대들이 높은 곳에 오르고자 한다면 그대들 자신의 다리를 사용하라! 그대들은 위쪽으로 **실려 가지** 않도록 하라! 또한 다른 사람의 등이나 머리에 올라타지도 말라!

그런데 그대는 말을 타고 왔는가? 그대는 이제 말을 타고 목적지로 급히 가려는가? 그것도 좋으리라. 나의 벗이여! 그런데 그대의 절룩거리는 발도 말 위에 함께 타고 있지 않은가!

그대가 목적지에 도달해서 그대의 말에서 뛰어내릴 때, 그대 좀 더 높은 인간이여! 그대는 바로 그대의 **높이**에서 비틀거리게 될 것이다!

11

그대들 창조하는 자들이여, 그대들 좀 더 높은 인간들이여! 인간이란 오직 자신의 아이만을 잉태할 뿐이다.

무엇이든 곧이 듣지 말고 설득되지도 말라! 도대체 **그대들의** 이웃이란 누구인가? 설사 그대들이 '이웃을 위해' 행동하는 일은 있다고 하더라도, 이웃을 위해 창조하는 일은 결코 하지 말라!

그대들 창조하는 자들이여! 이 '무엇을 위해서'라는 말을 부디 잊도록 하라. 그대들의 덕은 그대들이 '무엇을 위해서', '무엇을 목표로', '무엇 때문에' 어떤 일을 하지 않기를 바라고 있다. 이처럼 거짓된 하찮은 말들에 대해서 그대들은 귀를 막도록 하라.

이 '이웃을 위해서'라는 말은 오직 왜소한 자들의 덕일 뿐이다. 이들 사이에는 '유유상종'이라든가 '가는 정 오는 정'이라는 말이 통한다. 왜소한 자들은 **그대들이 갖는** 사리사욕을 누릴 권리도 힘도 없다!

그대들 창조하는 자들이여! 그대들의 사리사욕에는 임산부의 신중함과 준비성이 있다! 아직 아무도 눈으로 보지 못한 것, 즉 그 열매를 그대들의 온전한 사랑이 보호하고 아끼고 양육한다.

그대들의 온전한 사랑이 있는 곳, 즉 그대들의 아이 곁에 또한 그대들의 온전한 덕도 있다! 그대들의 일, 그대들의 의지가 **그대들의** '이웃'인 것이다. 어떠한 거짓 가치에 설득당하지 않도록 하라!

12

그대들 창조하는 자들이여! 그대들 좀 더 높은 인간들이여! 아이를 낳아야 할 자는 병들어 있고, 이미 아이를 낳은 자는 더럽혀져 있다.

여자들에게 물어보라. 그들은 즐거워서 아이를 낳는 것이 아니다. 산통 때문에 수탉과 시인들은 꼬꼬댁거리며 울어대는 것이다.

그대들 창조하는 자들이여! 그대들에게는 많은 불결함이 있다. 이것은 그대들이 어머니가 되어야 하기 때문이다.

새로 태어난 아이, 아, 그 아이와 함께 새로운 오물이 얼마나 많이 이 세상에 나왔던가! 저리 물러서라! 그리고 아이를 낳은 자는 자신의 영혼을 깨끗이 씻어야 한다!

13

그대들의 능력 이상으로 덕을 베풀지 말라! 그대들에게 가능하지 않은 일은 아무것도 바라지 마라!

그대들 조상의 덕이 이미 걸어간 발자취를 따르라! 그대들 조상의 의지가 그대들과 함께 올라가지 않는다면, 그대들이 어떻게 높이 올라가겠는가?

맏이가 되려는 자는 막내가 되지 않도록 주의하라! 그리고 그대들 조상의 악덕이 있는 곳에서 성자인 척하지 말라!

그대들 조상이 여러 여자와 독한 포도주와 멧돼지 고기를 즐겼는데, 그 자손이 자신의 순결을 고집한다면 어찌 말이 되겠는가?

그것은 바보 같은 짓이리라! 내 생각에 이러한 자가 한 명, 또는 두 명, 또는 세 명의 여자를 거느린 남편이라면 참으로 큰 문제가 아닐 수 없다.

만약 이러한 자가 수도원을 세우고 그 문에다가 '성자聖者로의 길'이라고 써 놓는다면, 나는 '무엇 때문에 그런 짓을! 이것은 새로운 바보짓에 불과하다!'라고 말할 것이다!

그는 자신을 위한 교도소와 피난처를 세운 것이다. 부디 도움이 되기를! 하지만 나는 그렇게 되리라고 믿지 않는다.

고독 속에서는 사람이 이 고독 속으로 끌고 온 그 무엇이 성장한다. 우리 마음속의 짐승 또한 같다. 이렇게 해서 많은 사람은 고독에서 벗어난다.

지금까지 황야의 성자들보다 더 불결한 것이 이 지상에 있었던가? **이 성자들** 주위에는 악마뿐만 아니라 돼지도 돌아다녔다.

14

뛰어오르기에 실패한 호랑이가 수줍어하고 부끄러워하는 것처럼 그대들 좀 더 높은 인간들이여! 그대들이 슬금슬금 옆길로 새어 달아나는 것을 나는 자주 보았다. 그대들의 **주사위**가 잘못 던져졌던 것이다!

그러나 그대들, 주사위 놀이를 하는 자들이여! 그게 무슨 상관이란 말인가! 그대들은 어떻게 놀이를 하고 조롱해야 하는지 그 방법을 배우지 못했던 것이다! 우리는 항상 놀이와 조롱을 위한 커다란 탁자 위에 앉아 있지 않는가?

그리고 비록 그대들이 커다란 일에 실패했다 하더라도, 그 때문에 그대들 자신도 실패작이란 말인가? 그리고 그대들 자신이 실패작이라 해서 인류 자체도 실패작이란 말인가? 만약 인류 자체가 실패작이라면, 그것도 좋다. 상관없는 일이다!

15

어떤 사물이 고귀한 종에 속하면 속할수록, 그것이 성공할 가능성은 더 희박해진다. 그대들 좀 더 높은 인간들이여! 그대들은 모두 실패한 자들이 아닌가?

용기를 내라! 그것이 무슨 상관인가! 아직도 가능한 것들이 얼마나 많은가! 웃지 않으면 안 되는 방식으로 그대들 자신에 대해 웃는 법을 배워라!

그대들 반쯤 파멸한 자들이여! 그대들이 실패했거나 반쯤밖에 성공하지 못했다 하더라도 무엇이 이상하단 말인가. 그대들 속에서 서로 밀치며 다가오지 않는가, 인간의 **미래**가?

인간의 가장 멀고 가장 깊고 별처럼 가장 높은 것, 인간의 어마어마한 힘, 이러한 모든 것이 그대들의 항아리 속에서 서로 부딪치며 부글부글 거품을 내고 있지 않는가?

많은 항아리가 부서진들 그게 뭐가 이상한가! 웃지 않으면 안 되는 방식으로 그대들 자신에 대해 웃는 법을 배워라! 그대들 좀 더 높은 인간들이여! 아, 아직도 얼마나 많은 일이 가능한가!

그리고 진실로, 얼마나 많은 일가 이미 성공했는가! 이 대지에는 조그맣고 좋고 완전한 것들, 제대로 완성된 것이 얼마나 풍부한가!

그대들의 주위에 조그맣고 좋고 완전한 것들을 두도록 하라. 그대들 좀 더 높은 인간들이여! 이러한 것들의 황금빛 성숙함이 마음을 치유해 준다. 완전한 것은 희망을 품도록 가르친다.

16

이 지상에서 지금까지 있었던 가장 큰 죄악은 무엇이었던가? 그것은 "여기 웃는 자들에게 화가 있을지어다!"라고 이야기한 자[40]의 말이 아니었던가!

그 자신은 이 지상에서 웃어야 할 어떠한 근거도 찾아내지 못했던 것인가? 그렇다면 그는 제대로 찾아내지 못했을 뿐이다. 아이라 할지라도 여기 이 대지에서 그 근거를 찾아내고 있다.

***
40 신약성서 <누가복음> 6장 25절에 나오는 구절이다.

그는 충분히 사랑하지 않았던 것이다. 그렇지 않았다면 그는 우리들 웃는 자들까지도 사랑했으리라! 그러나 그는 우리를 미워하고 비웃었다. 그는 우리에게 울부짖고 분해서 이빨 가는 법을 가르쳐 주겠노라고 약속했다.

사랑하지 않는다고 해서 곧바로 저주해야만 하는가? 나는 이것을 악취미라고 생각한다. 그럼에도 그는, 이 무조건적인 자는 그렇게 했다. 그는 천민 출신이었던 것이다.

그는 스스로 충분히 사랑하지 않았던 것이다. 그렇지 않았다면, 그는 사람들이 그를 사랑하지 않은 것에 그토록 분노하지는 않았으리라. 모든 위대한 사랑은 사랑을 **원하지** 않고, 그 이상의 것을 원하기 때문이다.

이런 모든 무조건적인 자들을 피하라! 그들은 가난하고도 병든 족속, 천민의 족속인 것이다. 그들은 이 삶을 좋지 않게 바라보며, 이 대지를 사악한 눈길로 바라본다.

이러한 모든 무조건적인 자들을 피하라! 그들의 발걸음은 무겁고 그들의 마음은 우울하다. 그들은 춤출 줄을 모른다. 이러한 자들에게 대지가 어떻게 가벼울 수 있단 말인가!

17

모든 좋은 것은 둥글게 곡선을 그리며 자신의 목표에 다가간다. 그것들은 고양이처럼 등을 둥글게 하고, 가까이 다가오는 자신의 행복에 대해 속으로 기분 좋게 그르렁거린다. 모든 선한 것은 웃고 있다.

사람의 걸음걸이를 보라. 그것으로 그 사람이 이미 **자신의** 길을 걷고 있는지 아닌지 알 수 있다. 나의 걸음걸이를 보라! 그런데 자신의 목표에 가까이 다가가는 자는 춤을 추기 마련이다.

진실로, 나는 지금까지 입상立像처럼 서 있었던 적은 없다. 나는 아직까지도 뻣뻣하고 무디고 냉담한 돌기둥처럼 여기에 서 있지는 않는다. 나는 날쌔게 달리는 것을 좋아한다.

비록 이 대지 위에 늪과 깊은 슬픔이 있다 하더라도, 가벼운 발을 가진 자는 진창 위를 건너 뛰어 달리며, 깨끗이 쓸어 반질반질한 얼음판 위인 것처럼 춤을 춘다.

그대들의 마음을 드높여라. 나의 형제들이여! 높이! 더 높이! 또한 다리도 잊지 말라! 그대들의 다리도 들어올려라, 그대들 멋지게 춤을 추는 자들이여! 그보다 더 좋은 것은 그대들이 물구나무를 서는 것이다!

18

웃는 자의 이 면류관, 이 장미꽃 다발의 화관. 나는 스스로 이 화관을 내 머리 위에 씌웠다. 나는 스스로 나의 커다란 웃음을 신성하다고 말했다. 오늘날 나는 이렇게 할 수 있을 만큼 충분히 강력한 어느 누구도 찾지 못했다.

춤추는 자 차라투스트라. 날개로 신호를 보내는 경쾌한 자 차라투스트라. 모든 새에게 신호를 보내며 날아갈 준비가 되어 있는 자. 만반의 준비가 되어 있는 더없이 행복하고 마음이 경쾌한 자.

예언자 차라투스트라. 참되게 웃는 자 차라투스트라. 성급하지 않은 자, 무조건적이지 않은 자, 도약과 비약을 사랑하는 자. 나는 스스로 이 화관을 내 머리 위에 씌웠다!

19

그대들의 마음을 드높여라. 나의 형제들이여! 높이! 더 높이! 또한 다리도 잊지 말라! 그대들의 다리도 들어 올려라, 그대들 멋지게 춤을 추는 자들이여! 그보다 더 좋은 것은 그대들이 물구나무를 서는 것이다!

행복하면서도 몸이 무거운 짐승도 있다. 태어나면서부터 발이 굼뜬 자도 있다. 그들은 코끼리가 물구나무를 서려고 애쓰는 것처럼 기이하게 안간힘을 쓴다.

그러나 불행 때문에 바보가 되기보다는 행복 때문에 바보가 되는 것이 낫다. 발을 절름거리며 걷는 것보다는 서툴더라도 춤을 추는 것이 낫다. 그러니 나에게서 지혜를 배워라. 최악의 것조차도 두 가지의 좋은 이면裏面을 가지고 있다는 것을.

아무리 최악의 것이라 해도 춤추기 좋은 다리를 갖고 있다. 그러니 내게서 그대 스스로 배워라, 그대들 좀 더 높은 인간들이여! 그대들의 곧은 다리로 바로 서는 법을 배워라!

그러므로 슬픔에 빠지는 것을 부디 잊어라! 천민의 모든 슬픔을 잊어라! 아, 오늘날에는 천민의 익살꾼마저도 내게는 얼마나 슬퍼 보이는가! 그러나 오늘날은 천민의 세상이다.

20

바람처럼 행동하라, 산 위의 동굴에서 불어닥치는 바람처럼! 바람은 자신이 부는 피리 소리에 맞춰 춤추려 하고, 이 바람의 발자국 아래에서 바다는 떨면서 뛰어 논다.

나귀들에게 날개를 달아주고, 암사자들의 젖을 짜는, 이같이 멋지고 자유분방한 정신을 칭송하라. 모든 현재와 모든 천민에게 마치 폭풍처럼 불어닥치는 이 정신을 칭송하라.

엉겅퀴 같은 머리, 사소한 것에 시달리는 머리, 또한 모든 시든 잎과 잡초에 적의를 품는 이 정신을 칭송하라. 마치 풀밭 위에서처럼 늪과 슬픔 위에서 춤을 추는 이 거칠고 멋지고 자유로운 폭풍의 정신을 칭송하라!

천민이라는 말라빠진 개들과 엉망진창의 모든 음침한 패거리를 미워하는 이 정신을 칭송하라. 모든 비관론자들과 종양 환자들의 눈에 먼지를 불어 넣는 이 웃음 짓는 폭풍, 즉 모든 자유로운 정신 중에서도 가장 자유로운 이 정신을 칭송하라!

그대들 좀 더 높은 인간들이여! 그대들의 가장 나쁜 점은, 사람들이 춤춰야만 하는 방식으로 춤추는 것, 즉 그대 자신을 초월하여 춤추는 것을 그대들은 모두 배우지 않았다는 것이다! 그대들이 실패했다 하더라도 그게 무슨 상관이란 말인가!

얼마나 많은 일이 아직도 가능한가! 그러므로 그대들 자신을 초월하여 웃는 것을 **배워라**! 그대들의 마음을 드높여라! 그대들 멋지게 춤을 추는 자들이여! 높이! 더 높이! 그리고 멋지게 웃는 것도 부디 잊지 말라!

웃는 자의 이 면류관, 이 장미꽃 다발의 화관. 그대들에게, 나의 형제들이여, 나는 이 화관을 던진다! 나는 웃음을 신성하다고 말했다. 그대들 좀 더 높은 인간들이여, 나에게서 **배워라**, 웃는 것을!

우울의 노래

1

차라투스트라가 이같이 말했을 때, 그는 동굴 입구 가까이에 서 있었다. 그러나 마지막 말을 하고 나서는 잠시 그의 손님들에게서 빠져 나와 바깥 공기 속으로 도망쳤다.

"아, 나를 둘러싼 맑은 향기여!" 하고 그는 크게 외쳤다. "아, 나를 둘러싼 복된 고요함이여! 그런데 나의 짐승들은 어디 있는가? 오라, 오라! 나의 독수리여, 나의 뱀이여!

내게 말해 다오, 나의 짐승들이여! 이들 좀 더 높은 인간들은 모두 **좋지 않은 냄새를 풍기고** 있지 않은가? 아, 나를 둘러싼 맑은 향기여! 지금에야 비로소 나는 알고 느끼노라, 나의 짐승들이여! 내가 그대들을 얼마나 사랑하는지를."

그리고 나서 차라투스트라는 다시 한번 더 말했다. "나는 그대들을 사랑하노라. 나의 짐승들이여!" 그가 이 말을 하자 독수리와 뱀은 그의 곁에 바짝 다가와 그를 쳐다보았다. 이리하여 그들 셋은 말없이 함께 모여서 제 각기 좋은 공기를 냄새 맡으며 길게 들이마셨다. 좀 더 높은 인간들과 함께 있을 때보다 이곳 바깥 공기가 더 좋았기 때문이었다.

2

차라투스트라가 동굴을 빠져 나가자마자 늙은 마술사는 자리에서 일어나 교활한 눈길로 사방을 둘러보며 이렇게 말했다. "그는 밖으로 나갔다!

그러나, 그대들 좀 더 높은 인간들이여! 나는 차라투스트라와 마찬가지로 이 칭송과 아부의 이름으로 그대들을 간질거리며 자극시키려고 한다. 어느새 나의 사악한 기만과 마술의 정령精靈이, 나의 우울한 악마가 나를 엄습하고 있다.

이 우울한 악마는 차라투스트라의 철저한 적대자이다. 그러나 이 악마를 용서하라! 지금 이 악마는 그대들 앞에서 마술을 **부리려고** 한다. 그는 바로 **자신의** 때를 만난 것이다. 내가 이 사악한 정령과 싸우는 것은 부질없는 일이다.

설사 그대들이 어떠한 말로써 자신에게 어떠한 명예를 수여할지라도, 다시 말해 '자유 정신'이니 '성실한 사람'이니 또는 '정신의 참회자', '사슬에서 풀려난 자', 또는 '커다란 동경을 품은 자'라고 부를지라도.

나의 사악한 정령과 마술의 악마는 그대들 모두를 좋아한다. 또한 나처럼 **심한** 구역질에 시달리는 그대들을 좋아하고, 늙은 신의 죽음을 받아들이면서, 요람에 누워 포대기에 싸여 있는 그 어떤 새로운 신은 없을 거라고 여기는 그대들을 좋아한다.

그대들 좀 더 높은 인간들이여! 나는 그대들을 잘 알고 있다. 또한 나는 그에 대해서도 잘 알고 있다. 내가 본의 아니게 사랑하고 있는 이 괴물, 차라투스트라도 잘 알고 있다. 나는 종종 그 자신이 성자聖者의 아름다운 가면을 쓴 것 같은 생각이 든다.

또 나의 사악한 정령, 우울한 악마가 마음에 들어 하는 하나의 새롭고 기이한 가장 무도회가 아닌가 하는 생각이 든다. 또 나는 나의 사악한 정령, 즉 악령 때문에 차라투스트라를 사랑하는 게 아닌가 하는 생각이 든다.

그런데 어느새 **이 정령**이 나를 덮쳐 나를 몰아세운다. 이 우울의 정령, 이 저녁 어스름의 악마가 말이다. 그리고 진실로, 그대들 좀 더 높은 인간들이여, 이 정령은 갈망하고 있다.

자, 눈을 뜨고 보라! 이 정령은 **벌거벗은 채** 오기를 갈망한다. 이 정령이 남자인지 여자인지는 나는 아직 모른다. 그러나 이 정령은 나에게 와서 나를 몰아세운다. 아, 슬프게도! 그대들의 감각 기관을 열어라!

날은 저물고 있다. 이제 모든 사물에, 가장 좋은 사물에도 저녁이 찾아든다. 이제, 듣고 눈여겨보아라! 그대들 좀 더 높은 인간들이여, 남자든 여자든 이 저녁의 우울한 정령이 어떤 악마인지를!"

늙은 마술사는 이렇게 말하고 나서 교활한 눈길로 사방을 둘러보고는 그의 하프를 손에 집어 들었다.

3

대기는 맑게 개고,

이슬이 건네는 위로가 어느새

보이지도 들리지도 않게 —

대지에 내려앉을 때,

위로하는 이슬은 모든 온화한 위안자처럼

부드러운 신발을 신고 있다.

기억하는가, 그때를, 기억하는가, 그대, 뜨거운 가슴이여,

일찍이 그대가 그렇게도 목말라 했던 것을

천상의 눈물을, 이슬의 물방울을

햇볕에 그을리고 지쳐서 얼마나 목말라 했던가를

그러는 사이 노란 풀밭의 오솔길에서

저녁 햇살의 심술궂은 눈길이

눈부시게 이글거리는 태양의 눈길이

남의 불행을 고소해하는 눈길이

검은 나무들 사이를 헤치며 그대의 주위로 달려오지 않았던가?

"**진리**의 구혼자라고? 그대가?" —태양의 눈길은 이렇게 조롱했다.—

"아니다! 그대는 다만 시인일 뿐!

교활하고, 약탈하고, 살금살금 기어 다니는 한 마리 짐승일 뿐,

거짓말을 하지 않을 수 없고

알면서도 일부러 거짓말을 해야 하는 한 마리 짐승이다.

먹이를 탐내고,

빛깔도 찬란한 가면을 쓰고,

스스로 가면이 되고,

스스로 먹이가 되는 —

이런 자가 - 진리의 구혼자라고?

아니다! 다만 바보 같은 광대일 뿐! 다만 시인일 뿐이다!

오색찬란한 말로만 이야기하고,

바보의 가면을 쓰고 다채롭게 소리 지르며,

거짓된 말言의 다리橋 위에서 이리저리 돌아다니고,

알록달록한 무지개 위에서,

거짓 하늘과

거짓 대지 사이를

이리저리 돌아다니며 헤매는

다만 바보 같은 광대일 뿐! 다만 시인일 뿐이다!

이런 자가 - 진리의 구혼자라고?

말이 없고, 뻣뻣하고, 매끄럽고, 차가운

조각상이 되지도 않았고

신의 기둥이 되지도 않았으며

신전 앞에 세워진

신의 문지기가 되지도 않았다.

그렇다! 이러한 진리의 입상들에 적대적이었고

황야인들 어떠랴, 신전 앞에서보다는 더 아늑했으니
고양이처럼 변덕이 죽 끓듯 하고
모든 창문을 뚫고서
훌쩍! 모든 우연 속으로 뛰어들고
모든 원시림의 냄새를 맡으면서
애타게 그리움에 사무쳐 냄새를 맡으며 돌아다닌다.
그대가 원시림 속에 들어가
알록달록한 반점을 가진 맹수들 틈에서
죄스럽게 건강하고, 알록달록하고 그리고 멋지게 달리기 위해서다.
탐욕스러운 입술을 내밀고
복에 겨워 조롱하고, 복에 겨워 지옥이 되고,
복에 겨워 피에 굶주리며
약탈하고, 살금살금 돌아다니고, 속이며 달리기 위해서다.

혹은 오랫동안 먹이를 응시하는 독수리처럼
오랫동안 뚫어지게 심연을 들여다본다.
자신의 심연을 –
아, 여기서 심연은 아래로
저 아래로, 저 속으로
점점 더 깊은 심연으로 맴돌며 떨어진다!
그러다가
느닷없이, 일직선으로

날개를 쫙 펴고
어린양들을 덮친다.
쏜살같이 아래를 향해, 극심한 굶주림으로
어린 양들을 탐한다.
모든 어린양의 영혼에 앙심을 품고
양처럼, 어린양의 눈으로, 곱슬곱슬한 털을 갖고
잿빛으로, 어린양과 어미 양의 온정으로써
바라보는 모든 것에 증오의 적개심을 드러낸다!

이처럼
독수리 같고 표범 같은 것이
시인의 동경이로다.
천 개의 가면을 쓴 **그대의** 동경이로다.
그대, 바보 같은 광대여! 그대, 시인이여!

이러한 그대는 인간을
신으로도 양으로도 보았다.
인간 내면의 신을 **찢어 버린다.**
인간 내면의 양처럼
그리고 찢어 버리면서 **웃는다.**

이것이, 바로 이것이 그대의 지극한 행복이로다!

표범이자 독수리인 자의 지극한 행복이로다!
시인이자 광대인 자의 지극한 행복이로다!

대기는 맑게 개고
초승달은 어느새
보랏빛 저녁놀 사이에서 초록빛으로
질투하듯 살금살금 걸어가고
— 낮에 대한 적의를 품고
한 걸음 한 걸음 몰래
매달려 있는 장미들을
낫질해, 마침내 그것들은 가라앉는다.
밤의 어둠 아래로 창백하게 가라앉는다.

이처럼 일찍이 나 자신도 가라앉았다.
나의 진리에 대한 광기에서 벗어나
나의 낮에 대한 동경에서 벗어나
낮에 지치고, 빛으로 병들어
— 아래로, 저녁을 향해, 그림자를 향해 가라앉았다.
하나의 진리 때문에
불태워지고 목말라 하면서
— 그대는 아직도 기억하는가, 기억하는가, 그대 뜨거운 가슴이여.
그때 그대가 얼마나 목말라했던가를?

내가 얻은 진리는 단 하나,
'모든 진리로부터
추방되었다'라는 것뿐이다.
어릿광대일 뿐이다!
시인일 뿐이다!

학문에 대하여

마술사는 이렇게 노래했다. 모여 있던 모든 사람은 마치 새들처럼 그
의 교활하고도 우울한 쾌락의 그물 속에 자기도 모르게 빠져들었다.
오직 정신의 양심을 지닌 자만이 걸려들지 않았다. 그는 마술사에게
서 하프를 급히 빼앗아 버리고는 외쳤다. "공기를! 신선한 공기가 들
어오게 하라! 차라투스트라를 들여보내라! 그대, 사악한 늙은 마술사
여! 그대 때문에 이 동굴은 후텁지근하고 독으로 충만하게 되었다!

그대 사기꾼이여, 간교한 자여, 그대는 우리를 미지의 욕망과 황폐
함으로 유인하고 있다. 아, 슬프구나! 그대와 같은 자가 **진리**에 대하
여 운운하고 소란을 피우다니!

화禍 있으라, **이러한** 마술사를 경계하지 않은 모든 자유로운 정신
들이여! 그들의 자유는 이렇게 끝난다. 그대는 감옥으로 되돌아가라
고 가르치고 유혹하고 있다.

그대 늙고 우울한 악마여! 그대의 비탄으로부터 유혹의 피리 소리
가 울려 나온다. 그대는 순결을 찬양하면서 은밀히 육욕을 부추기는

자와 같다!"

양심을 지닌 자는 이렇게 말했다. 그럼에도 늙은 마술사는 사방을 둘러보고, 자기 승리를 만끽했으며, 이것으로써 이 양심을 지닌 자가 그에게 야기한 불쾌감을 집어 삼켰다. "조용히 하라!" 하고 그는 겸손한 목소리로 말했다. "좋은 노래는 좋은 반응을 원한다. 좋은 노래를 들은 다음에는 오래도록 침묵해야 한다.

여기 있는 자들, 좀 더 높은 인간들은 모두 이같이 하고 있다. 그럼에도 그대는 나의 노래를 거의 이해하지 못했단 말인가? 그대들 속에는 마술의 정령이 거의 없는 모양이다."

그러자 양심을 지닌 자가 대답했다. "그대는 나를 칭송하고 있다. 나를 그대에게서 떼어 놓으면서 말이다. 좋다! 그러나 그대들, 다른 사람들이여, 어찌된 일인가? 내가 무엇을 보고 있단 말인가? 그대들은 모두 탐욕에 가득 찬 눈으로 앉아 있으니 말이다.

그대들 자유로운 영혼들이여! 그대들의 자유는 어디로 가 버렸는가! 내가 보는 바로는, 그대들은 나체 춤을 추는 몹쓸 소녀들을 오랫동안 바라보고 있던 자들처럼 보인다. 그대들의 영혼 자체가 춤추고 있는 것이다!

그대들 좀 더 높은 인간들이여! 그대들 속에는 저 마술사가 사악한 마술의 정령이자 기만의 정령이라고 부른 것이 보다 많이 들어 있음이 분명하다. 우리가 이토록 다르단 말인가.

그리고 진실로, 차라투스트라가 자신의 동굴로 돌아오기 전에 우리들은 서로 충분히 이야기를 나누었고 충분히 생각했다. 그래서 나는 우리가 서로 **다르다**는 것을 잘 알고 있다.

우리들, 그대들과 나는 여기 산 위에서도 서로 다른 것을 **구하고 있다.** 말하자면 나는 보다 더 많은 **안전함**을 구하려고 차라투스트라에게 왔다. 즉 이 사람은 아직도 가장 굳건한 탑이자 의지이기 때문이다.

모든 것이 흔들거리고 대지가 진동하는 오늘날에 말이다. 그러나 그대들의 눈빛만 보아도 알 수 있다. 그대들은 **더 많은 불안전**을 구하는 것 같다.

내가 보기에 더 많은 전율을, 더 많은 위험을, 더 많은 지진을 갈구하고 있다. 나는 이같이 생각하지만, 그대들 좀 더 높은 인간들이여, 나의 이런 주제넘은 생각을 용서해다오.

그대들은 **내가** 가장 두려워하는 삶, 즉 더없이 사악하고 더없이 위험한 삶을 갈구하고 있다. 야수의 삶을 갈구하는 것이고, 숲과 동굴과 험준한 산과 미로와도 같은 골짜기를 갈구하는 것이다.

그리고 그대들이 가장 마음에 들어 하는 자는 위험에서 **벗어나게 하는** 지도자가 아니라, 그대들을 모든 길에서 빗나가게 유혹하는 자인 것이다. 그러나 설사 그대들에게 이 같은 욕망이 **실제로** 있을지라도 내가 보기에 이것은 **불가능하리라** 생각한다.

다시 말해 두려움이라는 것은 인간의 타고난 감정이며 근본적인 감정이다. 두려움으로부터 모든 것이 설명되며, 두려움으로부터 원죄와 타고난 덕도 설명된다. 또한 **나의** 덕도 두려움으로부터 자라났으니, 이것은 즉 학문이라 불린다.

말하자면 야수에 대한 두려움, 이것은 인간의 마음속에서 가장 오랜 세월동안 자라났던 것이다. 이 말에는 인간이 자신 속에 숨겨두고 두려워하는 짐승도 포함된다. 이것을 차라투스트라는 '내면의 짐승'이라고 부른다.

이같이 길고도 오래된 두려움. 이것이 마침내 정교하게 다듬어지고, 종교적이고 또 정신적인 것으로 변화되어 오늘날 **학문**이라고 불리게 된 것으로 생각된다."

양심을 지닌 자는 이렇게 말했다. 그러나 이때 마침 동굴에 되돌아와 이 마지막 말을 듣고 그 뜻을 미루어 짐작한 차라투스트라는 양심을 지닌 자의 손에 한 다발의 장미꽃을 던져 주고는 이 사람의 '진리'라는 말에 대해 비웃었다.

"뭐라고!" 하고 차라투스트라는 소리쳤다. "내가 방금 여기서 무슨 말을 들었는가? 진실로, 나는 그대가 바보가 아니면 내 자신이 바보라는 생각이 든다. 그래서 나는 그대의 '진리'를 당장에 뒤엎어 버리겠다.

말하자면 **두려움**은 우리에게 예외적인 것이다. 이에 반해 용기와 모험, 미지의 것, 감히 시도되지 않은 것에 도전하는 즐거움, 한마디로 **용기**야말로 지나온 인간 역사의 전부라는 생각이 든다.

인간은 가장 사납고 가장 용기 있는 짐승들의 모든 덕을 시기하여 그것을 **빼앗아** 버렸다. 이렇게 하여 인간은 비로소 인간이 되었다.

이러한 용기, 독수리의 날개와 뱀의 지혜를 가진 인간의 이러한 용기가 마침내 정교하게 다듬어지고, 종교적이고 또 정신적인 것으로 변화된 것이다. 내 생각에는 **이것이** 오늘날 불리기를……."

"차라투스트라!" 하고 그 순간 함께 모여 앉은 모든 자들이 이구동성으로 외치고 커다란 웃음을 터뜨렸다. 그러자 그들에게서 무거운 먹구름 같은 것이 뭉게뭉게 피어올랐다. 마술사도 웃으면서 재치 있게 말했다. "자! 그놈이 사라졌다. 나의 사악한 정령 말이다!

그리고 그는 사기꾼이며 거짓과 기만의 정령이라고 내가 말했을 때, 그대들에게 이 정령을 조심하라고 경고하지 않았던가?

특히 그가 벌거벗은 모습을 보였을 때 말이다. 하지만 이 정령이 간계를 부리는 것에 **내가** 무엇을 할 수 있단 말인가! **내가** 이 정령을 창조하고 세계를 창조하기라도 했단 말인가?

그렇다면, 자! 우리 다시 기분을 풀고 즐거운 시간을 보내자! 차라투스트라가 성난 눈길로 나를 바라보고 있지만 말이다. 그를 보라! 그가 나에게 화내고 있지 않은가!

그러나 밤이 오기 전에 그는 다시 나를 사랑하고 칭송하리라. 그런 바보짓을 하지 않고는, 그는 오래 살 수가 없다.

그는 자기의 적들을 사랑한다. 내가 보았던 사람들 중에서 그가 이 기술을 가장 잘 터득하고 있다. 그러나 그 대신 그는 이것을 자기 친구들에게 복수한다!"

늙은 마술사는 이렇게 말하자, 좀 더 높은 인간들은 그에게 박수갈채를 보냈다. 그러자 차라투스트라는 주위를 빙 돌아가면서 악의와 사랑으로써 그의 친구들과 악수를 했다. -그 모습은 마치 모든 사람에게 무언가를 보상하고 사죄해야 하는 자처럼 보였다. 그러다가 그가 동굴의 입구 쪽으로 왔을 때, 보라, 그는 다시 바깥의 신선한 공기와 자신의 짐승들이 그리워졌다. 그래서 그는 슬며시 바깥으로 빠져나가려 했다.

사막의 딸들 틈에서

1

"가지 말라!" 하고 자신을 차라투스트라의 그림자라고 자칭하는 방랑자가 말했다. "우리가 있는 곳에 머물라. 그렇지 않으면 저 오래된 숨막히는 슬픔이 다시 우리를 덮칠지도 모른다.

저 늙은 마술사는 자신이 지닌 최악의 것으로 이미 우리를 극진히 환대했다. 그런데 보라, 저 선량하고 경건한 교황은 눈에 눈물이 고인 채 다시 마음을 가다듬고 우울의 바다에 배를 띄웠다.

왕들은 우리 앞에서는 태연자약하려고 애썼다. 말하자면 오늘날 우리 중에서 **그들이야말로** 태연한 표정을 가장 잘 배운 사람들이 아닌가! 그러나 내가 장담하건대, 보는 사람이 없다면 그들의 마음속에서 또 다시 사악한 놀이가 시작될 것이다.

떠도는 구름, 축축한 우울, 가려진 하늘, 도둑맞은 태양, 울부짖는 가을바람의 사악한 놀이가!

우리의 울부짖음과 도움을 청하는 절규라는 사악한 놀이가 시작될 것이다. 아, 차라투스트라여! 우리 곁에 머물라! 여기에는 말하려고 하는 수많은 숨겨진 비참함이 있다. 많은 저녁이 있고, 많은 구름이 있고, 많은 후텁지근한 공기가 있다.

그대는 근사한 남성적인 음식과 힘찬 잠언으로 우리를 대접했다. 그러므로 후식으로 저 유약하고 여성 같은 정령이 다시 우리를 덮치지 않게 해주기를 바란다!

그대만이 그대를 에워싼 공기를 힘차고 맑게 만든다! 일찍이 지상에서 내가 그대의 동굴에서 그대 곁에서보다 더 좋은 공기를 마신 적이 있었던가?

나는 수많은 나라를 보았으며, 나의 코는 여러 종류의 공기를 음미하고 평가할 줄 알게 되었다. 그러나 그대 곁에 있을 때 나의 콧구멍은 가장 커다란 기쁨을 맛본다.

다만 하나의 예외가 있다. 예외로서, 아, 오래된 추억을 말하는 것을 용서하라. 내가 그 옛날 사막의 딸들[41] 사이에서 지었던 후식을 위한 옛 노래를 부르는 것을 용서하라.

말하자면 사막의 딸들이 있는 곳에도 여기와 마찬가지로 아름답고 맑은 동방의 공기가 있었던 것이다. 거기서 나는 구름 끼고 축축하며 우울한 늙은 유럽으로부터 가장 멀리 떨어져 있었던 것이다!

그때 나는 이들 동방의 처녀들과 또한 이국의 푸른 하늘을 사랑했다. 그곳에는 한 점의 구름, 한 점의 사상도 드리워져 있지 않았다.

그대들은 믿지 못할 것이다. 사막의 처녀들이 춤추지 않을 때면 얼마나 귀엽고 얌전하게 앉아 있었던가를. 심오하게, 그렇지만 아무런 생각도 없이, 마치 작은 비밀이라도 있는 것처럼, 리본을 단 수수께

***

41 니체에게서는 '사창가의 여자들'을 의미한다.

끼처럼. 후식용 호두처럼 말이다. 참으로 알록달록하고 이국적이었다. 구름도 한 점 없었다. 맞춰 보라고 내준 수수께끼처럼, 나는 이 소녀들을 기쁘게 해주기 위해 그때 후식용 시 한 편을 지었던 것이다."

방랑자이자 그림자는 이렇게 말했다. 이리하여 아무도 채 대답하기 전에, 그는 벌써 늙은 마술사의 하프를 손에 들고, 한 발을 다른 발에 얹고 차분하고 지혜롭게 사방을 둘러보았다. 그러고는 코를 벌름거리며 천천히 음미하듯 공기를 들이마셨다. 그 모습은 마치 새로운 나라에 와서 새롭고 이국적인 공기를 맛보는 것 같았다. 그리고 그는 우렁찬 목소리로 노래하기 시작했다.

2
사막은 자라난다. 사막을 품고 있는 자에게 화禍 있으리라!

— 아! 장엄하구나!
참으로 장엄하구나!
품위 있는 시초여!
아프리카처럼 장엄하구나!
사자에게 어울리는
혹은 도덕을 부르짖는 원숭이에게 어울리는
— 그러나 그대들과는 아무 상관없는
그대들 더없이 사랑스러운 여자 친구들이여,
그대들의 발밑에 내가

처음으로

한 사람의 유럽인으로서, 야자나무 아래에

앉도록 허락을 받았다. 셀라.

진실로 놀라운 일이로다!

지금 내가 여기 앉아 있다니,

사막 가까이에, 그리고 이미

사막으로부터 다시 이렇게 멀리 떨어져 있다니,

또한 아직도 전혀 황폐해지지 않은 채.

말하자면 나는 삼켜져 버린 것이다.

이 작디작은 오아시스에

— 오아시스는 방금 하품하면서

그 사랑스러운 입을 벌렸다.

모든 입들 중에서 가장 향기로운 냄새가 나는 입을.

그 입 속으로 나는 떨어졌다.

아래로, 가로질러 – 그대들 사이로,

그대들 더없이 사랑스러운 여자 친구들이여! 셀라.

만세, 저 고래 만세,

저 고래가 자기 손님을 이토록

잘 대접해 주다니! - 그대는 이해하는가.

나의 박식한 암시를?

저 고래의 배腹에 축복 있기를,

그것이 이토록

사랑스러운 오아시스의 배였더라면!

이런 오아시스의 배와 같다면. 그러나 나는 그것을 의심하노라.

— 나는 유럽에서 왔기 때문이다.

늙수그레한 온갖 여인네들보다

더 의심 많은 유럽에서.

신이여, 제발 개선해 주소서!

아멘!

이제 나는 여기에 앉아 있다.

이 작디작은 오아시스에

대추야자의 열매처럼

갈색으로 달콤하게 금빛으로 영글어

소녀의 앵두 같이 둥근 입술을 갈망하면서

그러나 그보다는 소녀답고

얼음처럼 차갑고, 눈처럼 희고, 칼날 같은 앞니를 갈망하면서.

말하자면 모든 뜨거운 대추야자 열매의 마음은

이러한 앞니를 갈망하고 있는 것이다. 셀라.

내가 얘기했던 남쪽 나라 열매와

닮았구나, 너무도 닮았구나.

여기 내가 누워 있으면, 날아다니는

작은 풍뎅이들이

주위를 날아다니며 나를 희롱하기도 한다.

마찬가지로 더욱 작고

더욱 어리석고, 더욱 죄 많은

여러 소망과 착상들이 돌아다니는 가운데,

그대들에게 둘러싸여서

그대들 말 없고, 그대들 예감에 찬

고양이 같은 소녀들이여!

두두와 줄라이카여**42**

— 많은 감정을 담아 **한 마디**로 표현하자면

스핑크스에 둘러싸여

(신이여, 이렇게 말로 죄 짓는 것을 용서하소서!)

— 나 여기 앉아 있도다. 더없이 신선한 공기를 들이마시며

정녕 낙원의 공기,

밝고 가벼우며, 금빛 줄무늬의 공기를 마시며

이같이 좋은 공기는, 일찍이

달에서 내려왔으리라 -

이것이 대체 우연이던가,

* * *

42 '두두'는 로마 시인 버질(베르길리우스)의 〈아이네이드〉에 나오는 카르타고의 여왕이고, 줄라이
카는 괴테의 〈서동시집西東詩集〉의 중심적 여성이지만, 여기서는 니체가 쾰른의 사창가에서 만
난 소녀들이다.

아니면 옛 시인이 얘기하듯이

자유분방함 때문에 일어난 것인가.

하지만 나, 의심하는 자는 이 이야기에

의심을 품는다. 이것은 내가

유럽에서 왔기 때문이다.

늙수그레한 온갖 여인네들보다

더 의심 많은 유럽에서

신이여, 제발 개선시켜 주소서!

아멘!

더없이 아름다운 이러한 공기를 마시면서

콧구멍을 술잔처럼 부풀려

미래도 없이, 회상도 없이

나는 여기 앉아 있노라, 그대들

너무도 사랑스러운 여자 친구들이여.

나는 저 야자수를 쳐다보노라.

야자수가 어떻게, 무희처럼

몸을 구부리고 비틀고 엉덩이를 흔드는지

— 오래 구경하다 보면 따라하게 되는 법!

내게 그렇게 보이듯이, 야자나무는 무희처럼

너무 오랫동안, 위험할 정도로 너무 오랫동안

언제나, 언제까지나 오직 **한쪽 다리**로만 서 있었던가?

― 이 때문에 내게 그렇게 보이듯이, 야자나무는

다른 한쪽 다리를 잊어버린 것인가?

헛된 일일지라도 최소한

나는 그 잃어버린 한 쌍의 보석을

찾고 있었다.

― 말하자면 다른 한쪽 다리를 ―

야자나무의 더없이 사랑스럽고 더없이 우아한

부채 모양의, 펄럭이고 반짝거리는 작은 스커트의

그 성스러운 언저리에서.

그렇도다. 그대들 아름다운 여자 친구들이여, 그대들이 나의 말을

전적으로 믿는 것 같아 말하겠노라.

야자나무가 그것을 잃어버렸던 것이다!

그것은 사라져 버렸다!

영원이 사라져 버렸다!

다른 한쪽 다리는!

아, 애석하구나, 이 사랑스러운 다른 한쪽 다리여!

어디서 머무르며 버림받은 것을 슬퍼하고 있을까?

저 외로운 다리는?

아마도 화가 나 으르렁거리고 있는

금발 갈기가 곱실거리는 맹수인

사자 앞에서 두려움에 떨고 있는 것일까? 아니면 이미

물어뜯기고 갈기갈기 찢어졌을까.

가엾구나, 슬프도다! 슬프도다! 갈기갈기 찢어졌구나! 셀라.

아, 울음을 그쳐라,

연약한 마음이여!

울음을 그쳐라, 그대들

대추야자 열매의 마음이여! 젖가슴이여!

그대들 감초 같은 마음을 가진

작은 주머니여!

더 이상 울지 마라,

창백한 두두여!

사나이가 되어라, 줄라이카여! 용기를 내라! 용기를!

아니 어쩌면

뭔가 강하게 만드는 것, 마음을 강하게 만드는 것이

여기 이 자리에 있어야 하지 않는가?

향유를 바른 잠언이?

장엄한 격려의 말이?

자! 나타나라, 위엄이여!

덕의 위엄이여! 유럽인의 위엄이여!

바람을 일으켜라, 다시 바람을 일으켜라,

덕의 풀무여!

자!

다시 한번 울부짖으라,

도덕적으로 울부짖으라!

도덕적인 사자로서

사막의 딸들 앞에서 울부짖으라!

왜냐하면 덕의 울부짖음은

그대들 너무도 사랑스러운 소녀들이여,

유럽인의 모든 열정, 유럽인의 뜨거운 갈망 이상이기 때문이다!

그리고 나는 이미 그곳에 서 있다.

유럽인으로서,

달리 어쩔 수 없다, 신이여! 나를 도와주소서!

아멘!

사막은 자라난다. 사막을 품고 있는 자에게 화祸 있으리라!

각성

1

방랑자이며 그림자인 자의 노래가 끝나자 동굴 안은 별안간 시끄러워지고 웃음으로 가득 찼다. 모여 있던 손님들은 모두가 한꺼번에 떠들어대고, 더구나 나귀조차도 이런 들뜬 분위기에 휩싸여 더 이상 가만히 있지 않았기 때문에 차라투스트라는 자신을 찾아온 손님들에게 약간의 혐오감과 조롱의 감정을 느꼈다. 비록 손님들이 즐거워하는 것이 기쁘긴 했지만 말이다. 왜냐하면 손님들이 즐거워하는 게 그에게는 회복의 조짐으로 생각되었기 때문이었다. 그래서 그는 밖으로 빠져나와 그의 짐승들에게 말했다.

"그들의 곤경은 이제 어디로 사라졌는가?"라고 그는 말하고, 어느 새 자신의 사소한 불쾌감을 털어내며 크게 심호흡을 했다. "그들은 내 게 오더니 도움을 청하는 외침을 잊어버린 모양이다!

유감스럽게도 소리를 외치는 것은 아직 잊지 않았지만." 그리고서 차라투스트라는 자신의 귀를 막았다. 바로 이때 나귀의 "이-아." 하는 소리가 좀 더 높은 인간들의 떠들썩한 환호 소리에 기묘하게 뒤섞여 들려왔기 때문이었다.

차라투스트라는 다시 말하기 시작했다. "그들은 아주 신이 났구나. 어찌 알겠는가? 향연의 주인에게 폐가 될지도 모른다는 사실을 말이 야. 더욱이 그들은 내게서 웃음을 배웠다고는 하지만 그들이 배운 것 은 **나의** 웃음이 아니다.

그렇다고 해서 이것이 내게 무슨 상관이란 말인가? 그들은 늙은 이일 뿐이다. 그들은 그들의 방식으로 회복하고 있고, 그들 방식으로 웃는 것이다. 나의 귀는 이미 더 고약한 일도 견디면서 화를 참지 않 았던가.

오늘은 승리의 날이다. 나의 불구대천의 옛 원수! 저 **중력의 영**은 이미 피해서 달아나고 있다! 그토록 불길하고 무겁게 시작되었던 오 늘 하루가 얼마나 멋지게 끝나려고 하는가!

오늘이 끝나**가려고** 한다. 이미 저녁때가 찾아든다. 저녁이 바다를 넘어서 말을 타고 오고 있다, 멋진 기사여! 복된 자, 집으로 돌아오는 자인 저녁이 자신의 자줏빛 말안장에 앉아 흔들거리는 모습이란!

하늘은 맑은 눈길로 그 모습을 바라본다. 세계는 깊이 누워 있다. 아, 그대들, 나를 찾아온 모든 유별난 자들이여, 내가 있는 곳에서 산다는 것, 그것만으로도 이미 보람 있는 일이 아니겠는가!"

차라투스트라는 이렇게 말했다. 이때 동굴 속에서 또 다시 좀 더 높은 인간들의 고함소리와 웃음소리가 울려 나왔다. 그래서 그는 다시 말을 하기 시작했다.

"그들은 미끼를 물고 있다. 나의 낚싯밥에 걸려든 것이다. 그들에게서도 그들의 적인 중력의 영이 물러나고 있는 것이다. 그들은 이미 그들 자신을 비웃을 줄 안다. 내가 제대로 듣고 있는 걸까?

나의 남성적인 음식이, 즙이 있고 힘을 북돋아 주는 나의 잠언이 효과를 내고 있다. 그리고 진실로, 그들에게 배나 부풀리는 채소를 내놓지는 않았다! 전사의 음식이자 정복자의 음식을 대접했던 것이다. 나는 그들에게 새로운 욕망을 일깨워 놓았다.

새로운 희망은 그들의 팔과 다리에서 움트고 있고, 그들의 가슴은 기지개를 켠다. 그들은 새로운 말을 찾아내며, 머지않아 그들의 정신은 자유분방함을 호흡할 것이다.

물론 이 같은 음식은 아이들을 위한 것이 아니며 그리움에 사무친 늙은 여자, 젊은 여자들을 위한 것도 아니리라. 이들의 내장은 다른 방식으로 설득해야 한다. 그러나 나는 이들의 의사도 교사도 아니지 않은가.

좀 더 높은 인간들에게서 **구역질**이 물러나고 있다. 자! 이것이 나의 승리인 것이다. 그들은 나의 영토에서는 안전해지고, 모든 어리석은 부끄러움은 떠나가고, 그들은 속마음을 털어놓는다.

그들은 자신의 속마음을 털어놓는다. 좋은 시간이 그들에게 되돌아온 것이다. 그들은 축제를 벌이고 다시 그 맛을 되씹는다. 그들은 **고마움을 알게** 된다.

그들이 고마움을 알게 된 것, **이것을** 나는 최상의 징조로 여긴다. 머지않아 그들은 축제를 생각해 낼 것이고, 옛날의 기쁨을 기리는 기념비를 세우게 될 것이다.

그들은 **치유되고 있는 자들**이다!" 하고 차라투스트라는 기쁨에 겨워 마음속으로 이렇게 말하고는 먼 곳을 바라보았다. 그의 짐승들은 그에게 다가와 그의 행복과 그의 침묵에 존경을 표했다.

2

그러나 차라투스트라의 귀는 갑자기 깜짝 놀랐다. 지금까지 떠드는 소리와 웃음소리로 가득 찼던 동굴이 순식간에 쥐죽은 듯 조용해졌기 때문이었다. 더욱이 그의 코는 마치 솔방울 태울 때 나는 것 같은 향기로운 짙은 연기와 향의 냄새를 맡았다.

"무슨 일인가? 그들이 무슨 짓을 하고 있단 말인가?" 하고 그는 자신에게 물으며 손님들이 눈치 채지 못하게 살금살금 동굴 입구 쪽으로 다가가 들여다보았다. 그런데 놀랍고도 놀라운 일이 벌어지고 있었다. 그때 그의 눈에 비친 것은 무엇이었던가!

"그들은 모두 다시 **경건**해지고, **기도를 하고 있다**. 다들 미쳤구나!" 하고 차라투스트라는 말했으며, 놀라도 너무 놀랐다. 정말로! 좀 더 높은 인간들, 즉 두 명의 왕들, 실직한 교황, 사악한 마술사, 자발적으로 거지가 된 자, 방랑자이자 그림자인 자, 늙은 예언자, 정신의 양심을 지닌 자 그리고 가장 추악한 자, 그들 모두가 아이들과 독실한 노파처럼 무릎을 꿇고 앉아 나귀에게 예배를 드리고 있는 것이 아닌가. 그리고 바로 이때 가장 추악한 자는 마치 말로 얘기할 수 없는 어떤 것이 속에서 치밀어 오르기라도 하는 것처럼 고롱고롱 거리고 헐떡이기 시작했다. 그러다가 마침내 그가 이것을 말로 드러냈을 때, 보라, 그것은 그들이 경배하고 분향하는 나귀를 찬양하는 경건하고도 기이한 연도煉禱[43]였다. 그 연도는 다음과 같이 울렸다.

아멘! 우리의 신에게 찬양과 영예와 지혜와 감사와 영광과 관능이 무궁하기를!

그러자 나귀는 이에 응답하여 "이-아!" 하고 소리쳤다.

우리의 신은 우리의 짐을 짊어지고, 종의 모습으로 나타나며, 진심으로 인내하며, 결코 '아니다'라고 말하지 않는다. 그리고 자기의 신을 사랑하는 자는 자기의 신을 징계한다.

그러자 나귀는 이에 응답하여 "이-아!" 하고 소리쳤다.

우리의 신은 아무 말도 하지 않는다. 다만 자신이 창조한 세상에 대

***
43 가톨릭에서 신부와 신자들이 서로 번갈아 올리는 기도

해 '그렇다'라고 말할 뿐이다. 이렇게 우리의 신은 자신의 세상을 찬양한다. 말하지 않는 것은 우리 신의 교활함이다. 그러므로 우리 신이 잘못을 범하는 경우는 거의 없다.

그러자 나귀는 이에 응답하여 "이-아!" 하고 소리쳤다.

우리의 신은 눈에 띄지 않게 세상을 돌아다닌다. 우리 신의 몸은 잿빛이며, 우리 신은 이 잿빛으로 당신의 덕을 감싸고 있다. 우리 신은 정신을 갖는다 할지라도 이를 숨기고 있다. 그러나 누구든 우리 신의 기다란 귀를 믿는다.

그러자 나귀는 이에 응답하여 "이-아!" 하고 소리쳤다.

기다란 귀를 가진 우리의 신이 오직 '그렇다'라고만 말씀할 뿐, 결코 '아니다'라고 말씀하지 않는 것은 그 얼마나 숨겨진 지혜인가! 우리의 신은 세상을 자기 모습을 본떠 창조한 것이 아닌가? 말하자면 가능한 한 어리석게 이 세상을 창조하지 않았는가?

그러자 나귀는 이에 응답하여 "이-아!" 하고 소리쳤다.

그대는 똑바른 길도, 굽은 길도 간다. 우리 인간들이 무엇을 똑바르다고 생각하고 무엇을 굽어졌다고 생각하든, 그것은 그대가 상관할 바 아니다. 선과 악의 저 너머에 그대의 나라가 있기 때문이다. 순진함이 무엇인지 모르는 것, 그것이 바로 순진함이다.

그러자 나귀는 이에 응답하여 "이-아!" 하고 소리쳤다.

보라, 그대는 아무도 그대에게서 밀어내지 않는다. 거지든, 왕이든 밀어내지 않는다. 그대는 갓난아이도 마다하지 않고, 악동들이 그대를 유혹할 때도 그대는 그저 "이-아!" 하고 말할 뿐이다.

그러자 나귀는 이에 응답하여 "이-아!" 하고 소리쳤다.

그대는 암나귀와 신선한 무화과나무 열매를 좋아한다. 그대는 식성이 까다로운 자가 아니다. 그대가 한창 배고플 때는 엉겅퀴조차 그대의 마음을 동하게 한다. 그 점에 신의 지혜가 있다.

그러자 나귀는 이에 응답하여 "이-아!" 하고 소리쳤다.

나귀의 축제

1

번갈아 올리는 기도가 여기까지 이르렀을 때 차라투스트라는 이제 자기 자신을 억제할 수가 없었다. 그래서 그는 나귀보다도 소리 높여 "이-아!" 하고 외치며, 그 미쳐 날뛰는 손님들 속으로 뛰어들었다. "이무슨 짓들인가, 그대들 인간의 자식들이여?" 하고 외치며, 기도하는 자들을 바닥에서 일으켜 세웠다. "슬프구나, 만약 그대들을 차라투스트라 이외의 다른 자가 보았더라면 어찌할 뻔했는가.

누구든지 그것을 보았다면 이렇게 판단하리라. 그대들은 그대들의 새로운 신앙으로 가장 사악한 신성 모독자가 되었든지, 아니면 노파들 중에서 가장 어리석은 노파가 되었다고!

그리고 그대, 늙은 교황이여! 그대가 여기서 이 같은 나귀를 신이라고 경배하는 것이 그대에게 어울릴 법한 일인가?"

늙은 교황이 대답했다. "아, 차라투스트라여! 나를 용서하라! 다만 신에 대해서만은 내가 그대보다도 잘 알고 있다. 그야 당연한 일이 아닌가.

아무런 형상도 없는 신을 경배하기보다는 차라리 이런 나귀 형상을 한 신을 경배하겠네! 나의 귀한 벗이여! 이 잠언을 재삼 숙고해 보게. 그러면 이 잠언 속에 지혜가 숨겨져 있음을 그대는 금방 알아차릴 것이다.

일찍이 '신은 하나의 정신이다.'라고 말한 자, 그는 지금껏 이 지상에서 무신앙을 향해 가장 큰 걸음과 도약으로 다가간 자이다. 그런 말은 이 지상에서 다시 쉽게 주워 담을 수 있는 게 아니다!

아직도 이 지상에 경배해야 할 그 무엇이 있다는 사실 때문에 나의 늙은 심장은 마구 뛰고 쿵쾅거린다. 용서하라, 아, 차라투스트라여, 늙고 경건한 교황의 마음을!"

그러자 차라투스트라는 방랑자이자 그림자인 자에게 말했다. "그런데 그대는, 스스로 자유정신이라 부르고, 또 이같이 착각하고 있는 것이 아닌가? 그러면서도 여기서 이 같은 우상을 섬기고 사제인 양 행동하는가?

진실로, 그대는 그대의 고약한 갈색의 소녀들과 있을 때보다도 여기서 더 나쁜 짓을 저지르고 있다. 그대 고약한 풋내기 신자여!"

방랑자이자 그림자인 자가 대답했다. "실로 나쁜 일이지. 그대의 말이 옳다. 그러나 나로서도 어찌할 도리가 없지 않은가! 옛 신이 다시 살아났으니, 아, 차라투스트라여, 그대가 무슨 말을 하든 상관없다.

이 모든 일에 책임이 있는 것은 가장 추악한 자다. 그는 신을 다시 소생시켰다. 그는 자기가 일찍이 신을 죽였다고 말하지만, 죽음이란 신들에게 있어서는 언제나 하나의 편견에 지나지 않는다."

그러자 차라투스트라가 말했다. "그리고 그대, 그대 늙고 고약한 마술사여, 그대는 무슨 짓을 했단 말인가! 만약 **그대**가 이 같은 나귀를 신으로 모신다면, 이 자유로운 시대에 대체 누가 그대를 믿겠는가?

그대의 소행은 어리석도다. 그대, 그대 같은 영리한 자가 어찌 이 같은 어리석은 짓을 할 수 있었단 말인가!"

"아, 차라투스트라여!" 하고 영리한 마술사는 대답했다. "그대의 말이 맞다. 그것은 어리석은 짓이었다. 그것은 내게도 퍽이나 어려운 일이었다."

그러자 차라투스트라는 정신의 양심을 지닌 자에게 말했다. "그리고 그대도 잘 생각해 보라. 그리고 그대의 손가락을 코에 대어 보라. 그대 양심에 거리끼는 게 아무것도 없단 말인가? 그대의 정신은 이 같은 기도와 이같이 기도하는 광신자들이 내뿜는 뿌연 안개에 휩싸이기에는 너무 깨끗하지 않은가?"

"여기에는 그 무엇이 있다." 하고 정신의 양심을 지닌 자는 대답하면서 손가락을 코에다 댔다. "이런 연극 속에는 내 양심까지 기분 좋게 만드는 그 무엇이 있다.

아마도 나는 신을 믿어서는 안 된다는 것일 수도 있다. 그러나 확실한 것은 신이 이 모습으로 나타날 때 나에게는 가장 믿을 만한 것이라고 생각된다.

더없이 경건한 자들의 증언에 의하면, 신은 영원한 존재라고 한다. 그토록 시간을 많이 가진 자라면 시간적인 여유를 가질 테지. 가능한

504

한 천천히, 가능한 한 미련하게. 더욱이 이렇게 하더라도 그런 자는 아주 많은 것을 성취할 수 있지 않은가.

그리고 정신을 지나치게 많이 지닌 자는 어리석음과 바보짓 자체에 빠져 버리고 싶어 한다. 아, 차라투스트라여! 그대 자신을 생각해 보라!

진실로, 그대 자신을! 그대도 역시 그 충만함과 지혜 때문에 나귀가 될 수도 있지 않을까!

완전한 현자는 아무리 구불구불한 길도 기꺼이 가지 않는가? 겉모습이 이를 가르쳐준다. 아, 차라투스트라여, **그대의** 겉모습이!"

"그리고 마지막으로 그대 자신은" 하고 말하면서 차라투스트라는 아직도 땅바닥에 누워서 나귀를 향해 팔을 치켜들고 있는 가장 추악한 자에게로 몸을 돌렸다.(말하자면 그는 나귀에게 포도주를 바치고 있었던 것이다.) "말하라! 그대 말로 표현할 수 없는 자여! 그대는 거기서 무슨 짓을 하고 있었는가!

그대는 변한 것같이 보인다. 그대의 눈동자는 불타오르고 있고, 숭고함이라는 외투가 그대의 추악함을 덮어 주고 있다. 그대는 **무슨 짓을** 저질렀는가?

그대가 신을 다시 소생시켰다고 하는데 그게 사실인가? 대체 무엇 때문인가? 신이 살해되고 제거된 것은 정당한 근거가 있기 때문이 아니었던가?

내 생각에, 깨어난 것은 그대 자신인 것 같다. 그대는 무슨 짓을 했는가? 왜 **그대는** 마음을 바꾸었는가? 왜 **그대는** 개종했는가? 말하라!

그대 말로 표현할 수 없는 자여!"

"아, 차라투스트라여!" 하고 가장 추악한 자는 대답했다. "그대는 무뢰한이다!

그자, 즉 신이 아직 살아 있는지, 다시 되살아났는지 아니면 완전히 죽어 버렸는지, 우리 둘 중에서 누가 더 잘 알겠는가?

그러나 나는 이 한 가지는 알고 있다. 아, 차라투스트라여! 나는 이 한 가지를 일찍이 그대 자신에게서 배웠다. 즉, 가장 철저히 죽이려고 하는 자는 **웃는다는** 사실을. 언젠가 그대가 이렇게 말했다. '사람들은 분노로 죽이는 것이 아니라 웃음으로 죽인다.'라고. 아, 차라투스트라여, 그대 숨어 있는 자여! 그대 분노 없이 파괴하는 자여! 그대 위험한 성자여! 그대는 불한당이다!"

2

그런데 그때 다음과 같은 일이 일어났다. 이같이 불한당 같은 무례한 대답에 놀란 차라투스트라는 동굴 입구의 문까지 뛰어서 되돌아갔다. 그리고 자신의 모든 손님을 향해 힘찬 목소리로 외쳤다.

"아, 그대들 짓궂은 바보들이여, 그대들 어릿광대들이여! 무슨 까닭으로 그대들은 내 앞에서 위장하고 자기 자신을 숨기는가!

그대들 각자의 마음은 모두 쾌락과 악의로 얼마나 버둥거리고 있는지. 그것은 그대들이 마침내 아이처럼 되었기 때문이다. 즉 경건해졌기 때문이다.

그대들이 마침내 다시 아이 같은 짓을 했기 때문인데, 말하자면 아이들처럼 기도하고, 합장하고, '사랑하는 신이여.' 하고 불렀기 때문이다!

그러나 이제 **이런** 아이들의 방을 떠나라. 즉 그곳은 오늘날 온갖 유치한 일들이 벌어지고 있는 나의 동굴이다. 나의 동굴을 떠나라. 그리고 여기 바깥으로 나와 그대들의 뜨겁게 달아오른 아이 같은 자유분방함과 마음의 소란을 차갑게 식혀라!

물론, 그대들이 아이들처럼 되지 않는다면, 저 천국으로 들어갈 수 없다.(그러면서 차라투스트라는 두 손으로 저 위쪽을 가리켰다.)

그러나 우리는 하늘나라에 들어가기를 전혀 원치 않는다. 우리는 어른이 되었다. **그러므로 우리는 지상의 나라를 원한다.**"

3

그리고 차라투스트라는 다시 한번 말하기 시작했다. "아, 나의 새로운 벗들이여! 그대들 놀라운 인간들이여! 그대들 좀 더 높은 인간들이여, 이제 그대들은 참으로 내 마음에 드는구나!"

그대들이 다시 유쾌하게 된 뒤부터! 참으로 그대들은 모두가 활짝 피어났구나. 그대들과 같은 꽃들을 위해서는 **새로운** 축제가 필요하리라 생각되는구나.

작으면서도 대담한 허튼짓, 어떤 예배와 나귀 축제, 어떤 늙고 즐거운 차라투스트라 같은 광대, 또 그대들에게 불어와 영혼을 맑게 하는 그런 사나운 바람이 필요하리라.

그대들 좀 더 높은 인간들이여! 이 밤과 이 나귀의 축제를 잊지 말지어다! **이것조차도** 그대들은 내 곁에서, 내 동굴에서 생각해낸 것이다. 이것을 나는 좋은 징조로 받아들이고 있다. 이 같은 것은 오직 회복되고 있는 자만이 생각해낼 수 있으니까!

그대들이 만약 다시 한번 이 나귀 축제를 벌인다면, 그대들을 위해서 그리고 나를 위해 벌이도록 하라! 그리고 **나를** 기억하기 위해!"

차라투스트라는 이렇게 말했다.

밤에 방랑하는 자의 노래

1

그러는 사이 손님들은 한 사람 한 사람씩 바깥으로 나가 서늘하고 명상적인 밤 속을 거닐었다. 차라투스트라도 자신의 밤의 세계와 커다란 둥근 달과 동굴 언저리 은빛 폭포를 구경시키려고 가장 추악한 자의 손을 잡고 끌고 갔다. 그리하여 그들은 마침내 나란히 말없이 서 있게 되었다. 그들은 모두 노인이었지만 그들의 마음은 위로를 받아 용기백배했으며, 이 지상에서 이같이도 평안할 수 있다는 것이 믿어지지 않았다. 밤의 은밀함이 그들의 마음속으로 가까이, 보다 가까이 다가왔다. 이리하여 차라투스트라는 다시금 마음속으로 이런 생각에 잠겼다. '아, 이들은 이제 정말 내 마음에 드는구나, 좀 더 높은 인간들은!' 그러나 그는 이 말을 입 밖으로 내지는 않았다. 왜냐하면 그들의 행복과 침묵을 존중했기 때문이었다.

그런데 그때 저 불가사의하고도 길었던 날의 가장 놀라운 일이 벌어졌다. 가장 추악한 자는 다시 한번 이것을 마지막으로 고롱고롱 거리며 헐떡이기 시작했던 것이다. 드디어 그가 겨우 말문을 열었을 때, 보라! 그의 입에서 단호하고도 명쾌한 하나의 질문이 튀어나오지 않는가! 그의 말에 귀 기울이고 있던 모든 사람의 심금을 울리는 훌륭하고 심오하고 명확한 질문이었다.

"나의 모든 벗들이여!" 하고 가장 추악한 자가 말했다. "그대들은 어찌 생각하는가! 오늘 하루 때문에 **나는** 처음으로 지금까지 평생 살아온 것에 만족하게 되었다.

그런데 이런 정도의 증언만으로는 아직 충분치 못하리라. 이 지상에서 산다는 것은 보람 있는 일이다. 차라투스트라와 함께 보낸 하루와 축제는 나로 하여금 대지를 사랑하는 법을 가르쳐 주었다.

"**이 같은 것이** 삶이 아니었던가?"라고 나는 죽음에게 말하고자 한다. '자! 다시 한번!'

나의 벗들이여, 그대들은 어떻게 생각하는가? 그대들도 나처럼 죽음에게 말하지 않으려는가. **이 같은 것이** 삶이 아니었던가? 차라투스트라를 위해 '자! 다시 한번!'이라고."

가장 추악한 자는 이같이 말했다. 때는 벌써 자정이 가까워왔다. 이때 무슨 일이 일어났던가? 좀 더 높은 인간들은 그의 질문을 듣는 순간, 갑자기 그들이 변화되고 회복되고 있으며 그리고 누가 그렇게 만들어 주었는지 깨닫게 되었다. 그래서 그들은 차라투스트라에게 달려가 제각기 감사해하고, 존경하고, 어루만지면서 그의 손에 입을 맞추었다. 그 방식은 제각각이어서 웃는 자들도 있었고, 우는 자들도 있었다. 늙은 예언자는 기쁨에 겨워 춤을 추었다. 많은 이야기꾼의 말대로라면, 그때 그가 달콤한 포도주에 흠뻑 취해 있었다고 할지라도, 틀림없이 그는 달콤한 삶에 더욱 취해 있었으며 모든 권태를 이미 물리쳤다. 심지어 이때는 나귀까지도 춤을 추었으며, 가장 추악한 자가 앞서 나귀에게 포도주를 마시도록 한 것이 헛된 일이 아니었다고 말하는 자들도 있다. 그것은 사실일 수도 있고, 그렇지 않을 수도 있다. 설사 그날 저녁 나귀가 춤추지 않았다 할지라도, 그때 나귀의 춤보다도 더 엄청나고 더 기이한 놀라운 일들이 일어났던 것은 사실이다. 요컨대, 차라투스트라의 말을 빌려 간단히 표현하자면 "그게 무슨 상관이란 말인가!"

2

그러나 이런 일이 가장 추악한 자로 말미암아 일어났을 때, 차라투스트라는 취한 사람처럼 거기에 서 있었다. 그의 눈빛은 초점을 잃고, 그의 혀는 꼬부라지고, 그의 발은 비틀거렸다. 이때 차라투스트라의 영혼 위에 어떤 사상이 스치고 갔는지 누가 알겠는가? 다만 분명히 그의 정신은 뒤로 물러서고 앞으로 달리고 하여, 저 먼 곳에 가 있었다. 책에 기록되어 있는 대로 말하자면, "두 바다 사이의 높은 산등성이 위쪽, 과거와 미래 사이에 무거운 구름이 되어 떠돌았다." 그러나 좀 더 높은 인간들이 그를 팔에 안고 있는 동안, 그는 점차 조금씩 제정신을 찾았다. 그러면서 그를 숭배하고 걱정해 주는 자들이 몰려드는 것을 두 손으로 제지했다. 그렇지만 말은 하지 않았다. 그러다가 별안간 무슨 소리를 들은 것 같아서 그는 급히 머리를 돌렸다. 그러고는 손가락을 입에 갖다 대고서 말했다. **"오라!"**

그러자 사방은 금방 조용해지고 은밀해졌으며, 깊은 곳으로부터 종소리가 은은히 울려 퍼졌다. 좀 더 높은 인간들과 마찬가지로 차라투스트라는 이 소리에 귀를 기울였다. 그러고서 그는 다시 한번 손가락을 입에 갖다 대고는 이렇게 말했다. **"오라! 어서 오라! 한밤중이 다가온다!"** 하고. 그의 목소리는 변해 있었다. 그러나 그는 아직 그 자리에서 선 채로 꿈쩍도 하지 않았다. 사방은 더욱 조용해지고 더욱 은밀해졌다. 나귀도, 차라투스트라의 명예로운 짐승들인 독수리와 뱀도, 또한 차라투스트라의 동굴도, 그리고 크고 서늘한 달과 밤 자신도 귀를 기울였다. 차라투스트라는 세 번째로 손가락을 입에 갖다 대고는 말했다.

"오라! 오라! 오라! 이제 우리 거닐어 보자! 때가 왔다. 이제 우리 밤 속으로 거닐어 보자!"

3

그대들 좀 더 높은 인간들이여! 한밤중이 다가온다. 그래서 나는 저 오래된 종鐘이 내 귀에 대고 말하듯이 그대들 귀에 어떤 일을 들려주려 한다.

그 어떤 인간보다도 더 많은 체험을 한 저 한밤중의 종이 나에게 말하듯이 그토록 은밀하고, 그토록 무시무시하고, 그토록 진심으로

511

그대들 귀에 들려주려 한다.

저 종은 이미 그대들 조상들의 고통스러운 심장 박동을 헤아렸다. 아! 아! 얼마나 탄식하고 있는가! 얼마나 꿈속에서 웃고 있는가! 저 늙고 깊디깊은 한밤중이!

조용! 조용! 낮에는 들리지 않는 많은 것이 이제 들려오지 않는가. 서늘한 바람으로 그대들 마음속의 소란이 잠잠해진 지금.

이제야 그것을 말하고, 이제야 그 말이 들리고, 이제야 그것이 밤마다 잠 못 이루는 영혼 속으로 살그머니 기어든다. 아! 아! 얼마나 탄식하고 있는가! 얼마나 꿈속에서 웃고 있는가!

그대들은 듣지 못하는가? 저 늙고 깊디깊은 한밤중이 **그대에게** 은밀하고, 무시무시하고, 진심으로 이야기하는 것을!

아, 인간이여! 조심하라!

4

슬프구나! 시간은 어디로 가 버렸는가? 나는 깊은 샘 속으로 가라앉았는가? 세계는 잠들어 있다.

아! 아! 개는 짖어대고 달은 빛난다. 나의 한밤중 마음이 지금 막 생각한 것을 그대들에게 말하기보다는 차라리 나는 죽고 싶다, 죽고 싶어.

이제 나는 이미 죽었다. 다 끝났다. 거미여, 그대는 왜 나를 둘러싸고 거미줄을 치는가? 피를 원하는가? 아, 아, 이슬이 내리고, 때가 왔다.

내가 추위에 떨고 얼어붙는 시간이 왔다. 시간은 묻고 또 묻고 또 묻는다. "이것을 감당할 만한 마음을 지닌 자 누구인가?

누가 대지의 주인이어야 하는가? 그대들 크고 작은 강물들이여! **그 대들은 그렇게 흘러가야만 한다!**"라고 말하는 자는 대체 누구인가?"

때가 가까이 다가왔다. 아, 인간이여! 그대 좀 더 높은 인간이여, 조심하라! 이 말은 섬세한 귀, 바로 그대의 귀를 위한 것이다. **깊은 한밤중은 무슨 말을 하는가?**

5

나는 저 멀리 실려 가고 내 영혼은 춤춘다. 일상의 일이여! 일상의 일이여! 누가 대지의 주인이어야 하는가?

달은 서늘하고 바람은 침묵하고 있다. 아! 아! 그대들은 이미 충분히 높이 날았는가? 그대들은 춤춘다. 그러나 다리는 결코 날개가 아니다. 발로 춤추는 것은 날개로 나는 것만 못하다.

그대들 멋지게 춤을 추는 자들이여! 이제 모든 즐거움은 끝났다. 포도주는 찌꺼기가 되고, 술잔은 모두 비어져 깨지기 십상이다. 무덤은 어물어물 중얼거린다.

그대들은 충분히 높이 날아오르지 못했다. 이제 무덤은 어물어물 중얼거린다. "죽은 자들을 구원하라! 밤은 왜 이다지도 길단 말인가? 달이 우리를 취하게 하는 건 아닌가?"

그대들 좀 더 높은 인간들이여! 무덤들을 구원하고 시체들을 깨워라! 아, 벌레는 아직 무엇을 파헤치고 있는가? 그러나 때는 이미 다가

513

왔도다. 때는 이미 다가왔도다.

종은 은은히 울리고, 마음은 아직 응얼대고, 나무를 파먹는 벌레, 마음을 파먹는 벌레는 아직도 파헤치고 있다. 아! 아! **세계는 깊다!**

6

감미로운 칠현금이여! 감미로운 칠현금이여! 그대의 음조를 나는 사랑한다, 그대의 취한 두꺼비의 음조, 즉 불길한 음조를 나는 사랑한다! 얼마나 오래전부터, 얼마나 멀리서부터 그대의 음조는 내게로 들려오는가, 머나먼 사랑의 연못으로부터!

그대, 낡은 종이여! 그대 감미로운 칠현금이여! 온갖 고통이 그대의 마음을 찢어 놓았다. 아버지의 고통, 조상의 고통, 태곳적 조상의 고통이 그대의 마음을 찢어 놓았다. 이제 그대의 말은 무르익었다.

황금빛 가을과 오후처럼, 그리고 은둔자인 나의 마음처럼 무르익었다. 이제 그대는 말한다. 세계 그 자체가 무르익었고, 포도송이는 갈색으로 익었다고.

이제 그것은 죽으려고 한다. 행복에 겨워 죽으려고 한다. 그대들 좀더 높은 인간들이여! 그대들은 그것의 냄새를 맡지 못하는가? 은밀하게 어떤 냄새가 피어오르고 있다.

그것은 영원의 향기와 냄새인 것이다. 지난날 행복의 장밋빛 축복을 담은 누르스름한 황금빛 포도주 냄새가 피어오르고 있다.

한밤중에 맞이하는 죽음에 취한 행복의 냄새가 피어오르고 있다. 그것은 이렇게 노래한다. 세계는 깊고, **낮이 생각했던 것보다 더 깊**

514

다! 라고.

7

나를 내버려 두라! 나를 내버려 두라! 그대가 손대기에 나는 너무 순수하다. 나를 건드리지 마라! 이제 막 나의 세계가 완성되지 않았는가?

나의 피부는 그대가 손대기에는 너무도 깨끗하다. 나를 내버려 두라. 그대 어리석고 미련하며 둔감한 낮이여! 한밤중이 더 밝지 않은가?

가장 순수한 자들이 대지의 주인이 되어야 한다. 가장 알려지지 않은 자들, 가장 강한 자들, 모든 낮보다 더 환하고 더 깊은 한밤중의 영혼들이 말이다.

아, 낮이여! 그대는 나를 잡으려고 손을 더듬고 있는가? 그대는 나의 행복을 더듬거리며 찾고 있는가? 그대가 보기에 나는 풍요롭고 외로운가? 나는 보물 구덩이이고 황금 창고인가?

아, 세계여, 그대는 **나를** 원하는가? 그대가 보기에 나는 세속적인가? 종교적인가? 신성하게 보이는가? 그러나 낮이여, 세계여! 그대들은 너무 어설프다.

보다 영리한 손을 가져라. 보다 깊은 행복, 보다 깊은 불행에 손을 뻗쳐라! 어떤 신이든 신에게 손을 뻗쳐라. 하지만 내게는 뻗치지 말라!

나의 불행, 나의 행복은 깊다. 그대 기이한 낮이여! 나는 신도 아니고, 신의 지옥도 아니다. **신의 지옥의 고통은 깊다.**

8

신의 고통은 보다 깊다. 그대 기이한 세계여! 신의 고통에 손을 뻗쳐라. 나에게 뻗치지 말고! 나는 어떤 존재인가! 술에 취한 감미로운 칠현금인가.

아무도 알아듣지 못하지만 귀머거리 앞에서 말해**야만 하는** 한밤중의 칠현금이며, 종소리 울리는 두꺼비인가, 그대들 좀 더 높은 인간들이여! 내가 이렇게 말하는 이유는 그대들은 나를 이해하지 못하기 때문이다.

가 버렸구나! 가 버렸구나! 아, 청춘이여! 아, 정오여! 아, 오후여! 이제는 벌써 저녁이, 밤이, 한밤중이 찾아왔다. 개가 짖어대고 바람이 울부짖고 있다.

바람은 개가 아닌가? 바람은 낑낑거리고, 멍멍거리고, 울부짖는다. 아! 아! 얼마나 탄식하고 있는가! 얼마나 웃고, 얼마나 고롱고롱 거리고 헐떡이는가, 한밤중은!

이 술 취한 여류 시인은 얼마나 맑고 맑은 정신으로 말하는가! 아마 자신의 취기에 너무 취해 버린 것일까? 완전히 깨어 있었던가? 되새김질하고 있었던가?

늙고 깊은 한밤중은 꿈속에서 자신의 고통을 되새김질하고 있는 것이다. 더 나아가 자신의 쾌락도 되새김질하는 것이다. 쾌락은, 말하자면 이미 고통이 깊어졌다 할지라도, **쾌락은 마음의 고통보다도 더욱 깊다.**

9

그대 포도나무여! 왜 그대는 나를 칭송하는가? 내가 그대를 베어내지 않았던가! 나는 잔인하며, 그대는 피를 흘린다. 그대가 나의 술 취한 잔인성을 칭송하는 것은 무엇 때문인가?

"완전해진 것, 무르익은 모든 것은 죽기를 원한다!"라고 그대는 말한다. 축복 있으라, 가지치는 가위여, 축복 있으라! 그러나 무르익지 않은 모든 것은 살기를 바라는구나, 슬프도다!

고통은 말한다. "사라져라! 멀리 가거라, 그대 고통이여!"라고. 그러나 모든 고통받는 자들은 살기를 원한다. 성숙되고, 즐거워하고, 그리워하기 위해서.

보다 먼 것, 보다 높은 것, 보다 밝은 것을 그리워하기 위해서. 고통받는 자들은 모두 이렇게 말한다. "나는 상속자를 원한다. 나는 아이들을 원한다. 나는 **나를** 원하지 않는다."

그러나 쾌락은 상속자를 원치 않으며, 아이들도 원치 않는다. 쾌락은 자기 자신을 원한다. 영원을 원하고, 회귀를 원하고, 만유의 영원한 자기 동일성을 원한다.

고통은 말한다. "깨어져라, 피 흘려라, 마음이여! 방황하라, 다리여! 날아라, 날개여! 저쪽으로, 위쪽으로! 고통이여!" 하고. 자! 어서! 아, 나의 늙은 마음이여, **고통은 말한다.** "사라져 버려라!" 하고.

10

그대들 좀 더 높은 인간들이여! 그대들은 어떻게 생각하는가? 나는 예언자인가? 꿈꾸는 자인가? 취한 자인가? 꿈을 해석하는 자인가? 한밤중의 종소리인가?

한 방울의 이슬인가? 영원의 안개이고 향기인가? 그대들에게는 들리지 않는가? 그대들에게는 냄새가 나지 않는가? 이제 막 나의 세계는 완전해졌고, 한밤중은 또한 정오이기도 하다.

고통은 또한 쾌락이며, 저주는 또한 축복이다. 밤은 또한 태양이다. 멀리 떠나라, 아니면 배우도록 하라. 현자 또한 바보라는 사실을.

그대들은 일찍이 하나의 쾌락에 대해 '그렇다'라고 긍정한 일이 있는가? 아, 나의 벗들이여! 그렇다면 그대들 또한 **모든** 고통에 대해서 '그렇다'라고 긍정한 셈이 된다. 모든 사물은 사슬로 묶여져 있고, 실로 꿰어져 있고, 사랑으로 이어져 있다.

그대들이 일찍이 어떤 '한 번의 순간'을 향해 두 번 소원한 일이 있다면, 또 그대들이 일찍이 "너는 내 마음에 든다, 행복이여! 찰나여! 순간이여!"라고 말한 적이 있다면, 그대들은 그 **모든 것이** 회귀하기를 바랐던 것이다!

아, 그대들은 모든 것이 새롭고, 모든 것이 영원하며, 모든 것이 사슬에 묶여져 있고, 실로 꿰어져 있고, 사랑으로 이어져 있는 그런 세계를 **사랑한 것이다.**

그대들 영원한 자들이여, 이러한 세계를 영원히 언제까지나 사랑하라. 그리고 고통을 향해서도 이렇게 말하라. "사라져라, 그러나 되돌아오라!"라고. 실로 **모든 쾌락은 영원을 희구하기 때문이다!**

11

모든 쾌락은 모든 만물의 영원함을 원한다. 꿀처럼 단맛을 원하고, 효모처럼 쓴 맛을 원한다. 술 취한 한밤중을 원하고, 무덤들을 원하고, 무덤의 눈물 어린 위안을 원하고, 황금빛 저녁놀을 원한다.

　쾌락이 원하지 않는 것이 **무엇이** 있으랴! 쾌락은 모든 고통보다도 더 메마르고, 더 진심이며, 더 굶주리고, 더 끔찍하고, 더 은밀하다. 쾌락은 **자기 자신**을 원하고, **자기 자신**을 물어뜯는다. 쾌락 속에는 둥근 고리의 의지가 고군분투한다.

　쾌락은 사랑을 원하고, 쾌락은 증오를 원하며, 쾌락은 넘치도록 풍요롭고, 베풀고, 내던져 버리며, 어느 누군가가 자기를 받아들이기를 애걸하며, 그 받아들이는 자에게 고마워한다. 쾌락은 기꺼이 미움 받기를 원한다.

　쾌락은 너무나 풍요로워서 고통을, 지옥을, 증오를, 오욕을, 불구자를 그리고 **세계**를 갈망한다. 왜냐하면 이 세계는, 아, 그대들은 당연히 잘 알고 있지 않은가!

　그대들 좀 더 높은 인간들이여, 쾌락은, 제어하기 어려운 복된 쾌락은 그대들을 그리워한다. 그대들 실패한 자들이여! 모든 영원한 쾌락은 실패한 자들을 그리워한다.

　왜냐하면 모든 쾌락은 자기 자신을 원하며, 그래서 마음의 고통까지도 원하기 때문이다! 아 행복이여, 아 고통이여! 아 부셔져라, 마음이여! 그대들 좀 더 높은 인간들이여! 부디 배워 두어라, 쾌락은 영원을 원한다는 것을.

쾌락은 **모든** 사물의 영원을 원하고, **깊고 깊은 영원을 원한다!**

12

이제 그대들은 나의 노래를 다 배웠는가? 그대들은 이 노래가 무엇을 뜻하는지 알아냈는가? 자! 어서! 그대들 좀 더 높은 인간들이여, 그러면 이제 나의 돌림노래를 불러보라!

이제 그대들이 직접 이 노래를 불러보라! 노래의 제목은 '다시 한 번'이며, 노래의 의미는 '모든 영원 속으로!'이다. 노래하라, 그대들 좀 더 높은 인간들이여! 차라투스트라의 이 돌림노래를!

아, 인간이여! 주의를 기울여라!
깊은 한밤중은 무슨 말을 하고 있는 것이지?
"나는 자고 있었다, 나는 잠들어 있었다 —
나는 깊은 꿈에서 깨어났다.
세계는 깊다,
낮이 생각하는 것보다 더 깊다.
세계의 고통은 깊다.
쾌락은 — 마음의 고통보다도 더욱 더 깊다.
고통은 말한다. '사라져 버려라!'
그러나 모든 쾌락은 영원을 원한다.

— 깊고도 깊은 영원을!"

징조

그 밤이 지나고 아침이 되자, 차라투스트라는 침상에서 벌떡 일어나 허리에 띠를 두르고서, 어두운 산에서 솟아오르는 아침 태양처럼 불타는 모습으로 힘차게 동굴 밖으로 나왔다.

"그대 위대한 천체여!" 하고 그는 일찍이 했던 말을 되풀이했다. "그대 깊은 행복의 눈이여, 만일 그대가 비춰 주어야 할 대상이 존재하지 않는다면, 그대는 진실로 행복하겠는가!

그리고 그대가 이미 잠에서 깨어나 이렇게 찾아와 베풀어 주고 나누어 주고 있는데도, 그것들이 아직도 자기들 방에 머물러 있다면, 그대의 자부심에 찬 수치심은 얼마나 분노하겠는가!

자! 그대들 좀 더 높은 인간들은 이처럼 **내가** 잠에서 깨어났는데도 아직도 잠자고 있다. 그들은 나의 참다운 길동무가 아니다! 내가 여기 나의 산에서 기다리고 있는 것은 그들이 아니다.

나는 나의 일을 향해, 나의 낮을 향해 가고자 한다. 그럼에도 그들은 나의 아침의 징조가 무슨 뜻인지를 알지 못한다. 나의 발소리는 그들의 잠을 깨우는 신호가 되지 못한다.

그들은 아직도 나의 동굴에서 잠들어 있고, 그들의 꿈은 아직도 취한 노래를 마시고 있다. 그들의 사지에는 **나의** 말을 귀담아 듣는 귀, **순종하는** 귀가 없다."

태양이 솟아올랐을 때, 차라투스트라는 마음속으로 이같이 말했다. 문득 그는 무엇을 물어보는 듯이 공중 높은 곳을 바라보았다. 왜냐하면 머리 위에서 독수리가 날카롭게 외치는 소리를 들었기 때문이었다. "좋아!" 하고 그는 위쪽을 향해 소리쳤다. "이래야 마음에 들고, 내게 제격이지. 내가 잠에서 깨었기 때문에 나의 짐승들도 일어나지 않는가.

나의 독수리는 깨어나 나처럼 태양을 경배한다. 독수리는 자신의 발톱으로써 새로운 빛을 붙잡는다. 그들이야말로 나의 참된 짐승들이다. 나는 그대들을 사랑한다.

그러나 아직도 나에게는 참된 인간들이 없구나!"

차라투스트라는 이렇게 말했다. 그런데 그때 이런 일이 일어났다. 갑자기 무수히 많은 새들이 떼 지어 몰려와 날개를 퍼덕거리며 날아다니는 것 같은 소리가 들려왔던 것이다. 이 수많은 날개들이 퍼덕거리는 소리와 그의 머리 주위로 몰려드는 소리가 너무도 커서 그는 두 눈을 감았다. 그리고 진실로, 그 소리는 구름처럼 그의 머리 위로 덮쳐 왔다. 마치 새로운 적의 머리 위로 쏟아지는 화살의 구름과도 같았다. 그러나 보라, 이번에는 새로운 벗의 머리 위로 몰려드는 사랑의 구름이었다.

"이게 무슨 일이지?" 차라투스트라는 마음속으로 깜짝 놀라면서 동굴 입구 옆에 놓여 있는 커다란 바위 위에 천천히 앉았다. 그러나 그가 두 손을 자기 주위로, 자기 위로, 자기 아래로 뻗으며 귀여운 새들을 물리치고 있을 때, 보라, 그때 더 기묘한 일이 그에게 일어났다. 말하자면 그는 자기도 모르는 사이에 무성하고 따뜻한 털 뭉치 속으로 손을 집어넣었던 것이다. 그런데 이와 동시에 그의 앞에서 으르렁 포효하는 소리가 울려 퍼졌다. 부드럽고 기다란 사자의 울부짖는 소리였다.

"징조가 왔도다."라고 말하는 차라투스트라의 마음에 변화가 일어났다. 그리고 진실로, 그의 눈앞이 환하게 되었을 때, 그의 발밑에는 노랗고 힘센 짐승 한 마리가 엎드려 있었다. 그 짐승은 머리를 차라투스트라의 무릎에 기대고는 사랑에 넘쳐 도무지 그에게서 떨어지지 않으려고 했다. 그 모습은 마치 옛 주인을 다시 찾은 개와도 같았다. 하지만 비둘기들도 사랑에 있어서는 사자 못지않게 열렬했다. 한 마리의 비둘기가 사자의 콧등을 휙 스쳐 지나갈 때마다 사자는 머리를 흔들어대며 의아한 표정을 지으며 웃었다.

이런 모든 일에 대해 차라투스트라는 단 한 마디 말을 했을 뿐이다. **"나의 아이들이 가까이에 있다, 나의 아이들이."**라고. 그러고 나서 그는 아주 입을 다물었다. 그러나 그의 마음은 풀어지고, 그의 두 눈에서는 눈물이 흘러내려 그의 손등을 적셨다.

그는 어떤 것에도 더 이상 주의를 기울이지 많고 꼼짝도 하지 않은 채, 짐승들을 물리치지도 않으며 거기에 앉아 있었다. 비둘기들은 이곳저곳을 날면서, 차라투스트라의 어깨에 앉기도 하고, 그의 흰 머리를 어루만지기도 하면서, 지치지도 않고 애정과 기쁨을 표시하였다. 힘센 사자는 차라투스트라의 손등에 떨어지는 눈물을 끊임없이 핥으면서 수줍게 포효하고 으르렁 대고 있었다. 이 짐승들은 이렇게 행동했다.

이 모든 일은 오랫동안 계속되었다. 아니 잠시 동안이었을지도 모른다. 왜냐하면 엄밀히 말해서 지상에는 이런 일들을 잴 수 있는 시간이 **없기** 때문이다.

그러는 사이에 차라투스트라의 동굴에는 '좀 더 높은 인간'들이 깨어나 나란히 줄지어 정렬해 있었다. 차라투스트라에게 가서 아침 인사를 하기 위해서였다. 왜냐하면 그들이 눈을 떴을 때, 그들은 차라투스트라가 이미 그들 사이에 없는 것을 알았기 때문이다. 그러나 그들이 동굴 입구에 도달하고 그들의 요란한 발소리가 그들보다 앞서 달려 나갔을 때 사자는 깜짝 놀라서 갑자기 차라투스트라에게 등을 돌리고는 사납게 울부짖으면서 동굴로 뛰어들었다. 좀 더 높은 인간들은 사자가 으르렁거리는 소리를 듣는 순간, 이구동성으로 비명을 지르며 뒤로 달아나 순식간에 사라지고 말았다.

차라투스트라 자신은 멍하고 낯선 기분에 빠진 채, 자리에서 일어나 주위를 둘러보았다. 그는 놀란 표정으로 그 자리에 서서 마음속으로 물으며 정신을 가다듬었다. 그는 혼자였다. "대체 무슨 소리를 들었던가?" 마침내 그는 천천히 말했다. "지금 막 내게 무슨 일이 일어났던가?"

그러자 곧 그의 기억이 되살아났고, 그는 어제와 오늘 사이에 일어났던 모든 일을 단번에 파악했다.

"여기에 바로 그 바위가 있구나!" 하고 말하며 그는 수염을 쓰다듬었다. "어제 아침 나는 **이 바위 위에** 앉아 있었다. 그리고 여기서 그 예언자는 내게로 걸어왔고, 여기서 처음으로 내가 방금 들었던 그 외침을 들었다. 도움을 청하는 커다란 외침을.

아, 그대들 좀 더 높은 인간들이여! 어제 아침 저 늙은 예언자가 나에게 말한 예언은 바로 **그대들의** 곤경에 대해서였다.

그는 그대들의 곤경으로 나를 유혹하여 시험하려고 했던 것이다. 그가 나에게 말했다. '아 차라투스트라여, 내가 온 것은 그대가 그대의 마지막 죄를 짓도록 유혹하기 위해서다.'라고.

나의 마지막 죄라고?" 차라투스트라는 이렇게 외치고, 분노하면서 자신의 말을 비웃었다. "나의 마지막 죄로서 나에게 남은 것이 대체 무엇이란 말인가?"

그러고 나서 차라투스트라는 다시 한번 자신 속으로 침잠했고, 또다시 그 커다란 바위에 걸터앉아 깊은 생각에 잠겼다. 그러다 갑자기 그는 자리에서 벌떡 일어났다.

"동정심이다! 좀 더 높은 인간에 대한 동정심이다!"라고 그는 부르짖었으며, 그의 얼굴은 구릿빛으로 변했다. "자! **그것은** 이제 끝났다!

나의 고통과 나의 동정심, 이제 나에게 무슨 상관이 있단 말인가! 내가 행복을 찾으려고 애쓰고 있는가? 나는 나의 **할 일**을 찾을 뿐이다!

자! 사자가 왔다. 나의 아이들이 가까이 있다. 차라투스트라는 성숙해졌다. 나의 때가 온 것이다.

이것이 **나의** 아침이다. 나의 낮이 시작된다. **이제 솟아올라라, 솟아올라라, 그대 위대한 정오여!**"

차라투스트라는 이렇게 말하고, 자신의 동굴을 떠났다. 마치 어둑어둑한 산 위에서 솟아오르는 아침 태양처럼 이글이글 타오르며 힘차게 떠났다.

역자 해설

인류의 미래에 대한 고민을 담은 책

오늘날 전 세계적으로 우주 탐사의 기술과 과학문명은 하늘을 찌를 듯하다. 하지만 아이러니하게도 가상현실, 증강현실이 마치 실제인 것처럼 자원을 둘러싼 국가 간 전쟁 또한 벌어지고 있다. 상상할 수 없는 일이다.

이런 시국에 니체의 고민을 함께할 수 있어서 다행이다. 니체의 철학이 다다르고자 한 마지막 지점은 아모르 파티amor fati, 즉 피할 수 없는 운명을 사랑하는 것운명애, 運命愛이다. 말하자면, 자신의 고통스러운 삶을 피할 것이 아니라 고통스러운 삶 속에서도 자신의 운명을 긍정하고 자신의 삶에 의미를 부여하는 가치의 창조자가 되어야 한다는 것이다.

우리가 인생을 살면서 방황하는 때가 어디 한두 번이던가? 막막

하고 어디로 가야 할지 방향조차 잡지 못할 때, 예수나 부처에게 의지해도 되겠지만 니체에게 기대어도 괜찮다. 우리가 의지할 데는 결국 '우리 자신'이며 나아가 '우리 자신의 결정'이라는 사실을 명확하게 보여 주기 때문이다.

이 책은 차라투스트라의 여행을 담은 기록으로, 여정 중에 동물이나 사람을 만나 나눈 대화와 강연을 담고 있다. 그렇지만 실제 대화와 강연으로 이루어지는 것이 아니라 대부분 독백에 그친다. 그 독백 속에 니체가 세계를 들여다보는 관점의 깊이와 넓이, 그리고 사유의 생생함이 고스란히 녹아 있다.

특이한 점은 고대 종교 조로아스터교에 등장하는 인물 차라투스트라의 이름을 빌려 '신의 죽음', '힘의 의지', '영원회귀', '위버멘쉬초인' 등의 개념을 설파하는 문학적인 형식의 작품이며, 종교와는 별 관련이 없다. 또한 부제인 '모든 사람을 위한, 그러면서도 그 누구를 위한 것도 아닌 책'을 풀이하자면, 모든 사람이 읽을 수 있지만, 아무도 이해하지 못할 수도 있다는 말이다. 현재의 우리의 상황에 너무도 절묘하게 맞아떨어지는 책이다.

니체의 어릴 때 이름은 프리츠였다. 작센 지방의 뢰켄Röcken이라는 마을에서 태어나 잘레강이 흐르는 나움부르크Naumburg에서 성장한 어린 프리츠는 재능이 아주 뛰어나고 이해력이 높은 학생이었다. 주의의 모든 기대를 한 몸에 받았을 정도로 그는 매우 전도유망했다. 니체의 아버지는 루터 교회 목사였고, 어머니 역시 매우 종교적인 삶을 영위했다. 니체의 나이 네 살이었을 때 아버지가 돌아가셨고 얼마 되지 않아 남동생도 사망하였다. 그 후 니체의 가족은 나움부르크로 이사했으며, 거기서 니체는 어머니와 여동생, 두 명의 이모, 할머니 등 순전히 여자들만 사는 가정에서 성장했다.

니체는 재능이 뛰어나서 초등학교 시절에도 그랬고, 중고등학교 시절에도 이미 주목을 받았다. 그는 당시 명문 기숙학교 슐포르타에 입학하여 우수한 성적으로 졸업하고, 1864년 20세가 되던 해 본Bonn 대학교의 고전어문학과에 입학했다. 하지만 고전어문학과 함께 시작했던 신학공부는 첫 번째 학기를 마치자마자 포기하고 말았다. 어머니의 바람대로 본격적인 목사의 길을 가려고도 했지만, 정작 그에게는 믿음이 부족했다.

대학에 입학하고 1년 후에 니체는 자신의 지도교수를 따라서 라이프치히 대학교로 옮겼다. 지도교수는 니체를 아주 높이 평가하여 그를 바젤 대학교의 교수로 추천하였고, 그는 1869년 25세의 나이에 원외 교수가 되었다. 같은 해에 그는 라이프치히 대학에서 시험과 논문심사를 거치지 않고 그동안 출판된 저술들만으로 박사 학위를 받았고, 동시에 교수 자격 취득 시험도 손쉽게 통과하였다. 그래서 이듬해 1870년 바젤 대학교의 정교수로 취임한다.

니체는 스위스에서 당대의 뛰어난 학자들과 예술가들과 교류하게 되는데, 그 가운데는 얼마 전에 라이프치히에서 만났던 리하르트 바그너와 그의 부인 코지마도 있었다. 니체는 바그너에 너무도 열광하였다. 그는 바그너의 격정적인 음악에 영감을 받아 1872년《음악의 정신에서 비롯한 비극의 탄생》을 출간하였지만, 바그너의 음악 못지않게 너무도 격정적이어서 이 저술은 실패작이 되고 말았다.

《음악의 정신에서 비롯한 비극의 탄생》은 주목을 받지 못했고, 오히려 많은 어문학자들에게 비난을 받았다. 니체는 음악이 '디오니소스적인 것'을 대변하고, 조형예술은 '아폴론적인 것'을 대변하는 것이라고 생각하였다. 하지만 이 두 가지를 서로 대립시키는 일은 이미 초기 낭만주의 시대부터 있었고, 그것은 역사적 진실에 반하는 억지 추측에 불과하였다.

니체는 어린 시절부터 많은 병치레를 하였는데, 그로 인해 그는 허약해 보였으며 또한 실제로도 허약했다. 니체는 근시가 심했고, 위장장애와 심한 발작성 편두통 때문에 많은 고통을 겪었다. 니체의 나이 35세 때 이미 그는 육체적으로 폐인이 되었음을 느꼈으며 그래서 바젤 대학교에서의 교수직을 그만두었다. 그 이유가 매독 때문이라는 추측도 있지만, 당시까지는 매독에 걸린 것 같지는 않았다. 물론 매독이 훗날 그를 죽음에 이르게 했던 것은 사실이다.

1881년 여름, 그러니까 바젤 대학교를 떠난 지 2년이 지났을 때 니체는 개인적으로 완전히 마음에 드는 낙원을 우연히 발견하게 된다. 그곳은 스위스 고산 지대 오버엥가딘에 위치한 '질스 마리아Sils Maria'라는 작은 마을이다. 그곳의 환상적인 풍경은 니체를 감동시켰고 영감을 받기에 충분했다. 니체는 매년 계속해서 그곳을 찾았고, 혼자서 오랫동안 긴 산책을 하며 격정적인 새로운 생각들을 연마하듯 고안해 내었다.

1887년, 니체는 마지막에서 두 번째로 질스 마리아의 만년설이 덮인 알프스의 정상을 바라보았다. 그리고 그의 과거 논문에서 다루었던 영리한 동물들에 관한 테마를 재발견하였다. 그 테마는 인간이라는 동물들 모두가 갖는 제한된 인식의 문제였다.

그는 2년 후에 이탈리아의 토니노에서 쓰러졌다. 어머니는 이탈리아에 있는 44세의 아들을 예나로 데려가 예나 대학 부속병원에 입원시켰다. 그런 후 그는 어머니 곁에서 살게 되었으며, 더 이상 글을 쓸 수는 없었다. 8년 후에 어머니가 사망하자, 정신병을 심하게 앓고 있던 니체는 그다지 애정이 없던 누이동생 엘리자베트의 집으로 옮겨 지내게 되고, 그로부터 3년 후인 1900년 8월 25일 니체는 바이마르에서 55세의 나이로 세상을 떠났다.

글을 쓰면서 주문呪文을 외듯 불러일으키는 니체의 자의식은 굉장한 것이었다.

"나는 내 운명을 안다. 사람들이 훗날 무언가 엄청난 것을 기억하게 되면 반드시 내 이름을 거기에 결부시킬 것이라는 사실을."

이러한 니체의 터무니없는 언동은 실제로 그가 죽은 후 20세기의 가장 영향력 있는 철학자가 됨으로써 허무맹랑한 것이 아님을 입증하였다. 도대체 니체의 자의식의 근원은 어디에 있는 것일까?

니체의 위대한 업적은 비판 정신에 있었다. 그것도 역동적이면서도 인정사정없는 비판이었다. 인간 스스로가 만든 방식의 논리와 진리에 따라 인간 자신이 살고 있는 세계를 판단하는 것이 얼마나 주제

넘고 무지한 짓인지를 니체는 그 이전의 어떤 철학자들보다 더 열정적으로 보여 주었다. '영리한 동물들'은 자신들이 독점적인 지위를 점하고 있다고 믿었다. 이에 반해 니체는 인간이란 사실상 동물에 불과하며, 인간의 사고를 규정짓는 것은 이성이 아니라 충동과 본능, 원초적 의지 그리고 제한된 인식 능력이라고 강하게 주장하였다. 그런 이유에서 당시 서양의 대부분 철학자들이 잘못 생각하고 있었던 것은, 그들은 인간을 아주 특별한 존재, 즉 자기 인식을 할 수 있는 고성능 컴퓨터로 간주했다는 것이다.

과연 인간이 자기 자신과 객관적 실재를 정말로 인식할 수 있단 말인가? 정말로 인간에게 이러한 능력이 있단 말인가? 그런데 대부분의 철학자들은 이를 의심하지 않았다. 이런 질문에 한 번이라도 의문을 품은 철학자들도 별로 없었다. 그들은 오히려 인간의 사고는 동시에 보편적 사고와 비견된다는 가설을 내세울 정도였다. 그들이 보기에 인간은 영리한 동물이라기보다 완전히 다른 차원에 있는 존재였다. 그들의 철학은 인간이 동물계로부터 받은 유산을 체계적으로 부정하였다. 그들은 한 사람씩 번갈아가며 인간과 동물 사이의 건너뛸 수 없는 커다란 구덩이를 파낸 것이다. 생명력 넘치는 자연을 평가하기 위해 유일하게 인정받은 기준은 인간의 오성과 이성, 인간의 사고력과 판단력이었다. 그래서 그들은 '단순히' 육체적인 것은 별로 중요하지 않은 2순위로 평가하였다.[44]

***

44 프레히트, 《내가 아는 나는 누구인가》 일부 발췌

니체는 오로지 추상적이기만 한 생각을 좋아하지 않았다. 그런 생각으로는 절대 영감을 주어 행동을 이끌어낼 수 없다고 주장했다. 그래서 니체는 "우리는 다르게 생각하는 법, 다르게 느끼는 법을 배워야 한다."라고 말했던 것이다.

또한 니체가 "신이 죽었다."라고 한 것은 허황되고 형이상학적인 관념에서 과감히 벗어나 현실을 직시하고, 인간(삶)이라는 것을 중시하며, 허무주의의 도래에 대하여 운명을 수용하고 사랑할 것을 주장한 것이다. 그렇듯 삶에 대한 절대적인 진리는 어디에도 없다. 자신의 삶에 의미를 부여할 수 있는 건 바로 자기 자신뿐이다.

이 세상에서 자신의 고통으로부터 자신을 구원할 사람도 오직 자신뿐이다. 용기를 내어 자신을 극복하고 적극적인 삶의 태도를 가져야 한다. 기존의 가치 따위에 얽매이지 말고 스스로 가치를 창조하며 현실을 살아가라는 것이 니체가 현재의 우리들에게 던지는 메시지다. 한치 앞을 보지 못하는 위정자들도 이런 가르침을 배운다면, 한류로 세계적 위상을 확보한 한국은 지금보다는 훨씬 나은 상황에 돌입할 것이다.

4부로 구성된 이 책은 1883년 제1부를 출간하고, 이듬 해 제2부와 제3부를 묶어서 출간하고, 그 1년 뒤 제4부를 출간하였다. 처음으로 한 권으로 출간된 것은 1892년 제자 페터 가스트에 의해서였다.

옮긴이 윤순식

니체 연보

1844년 출생 | 10월 15일, 라이프치히 근처 뢰켄Röcken에서 루터 교회 목사
인 아버지 카를 루트비히 니체와 목사의 딸인 어머니 프란치
스카 욀러의 장남으로 태어남.

1849년_5세 | 아버지가 뇌 질환으로 사망.

1850년_6세 | 잘레Saale 강변의 나움부르크Naumburg로 이사. 어머니와 여동생,
두 명의 이모, 할머니와 함께 살며 어린 시절을 보냄. 초등학교
에 입학하지만 적응하지 못하고 곧 그만둠. 이후 김나지움에 입
학할 때까지 사설 교육기관에서 종교, 라틴어, 그리스어를 배움.

1854년_10세 | 돔 김나지움Dom-Gymnasium에 입학.
음악과 언어에서 재능을 보임.

1856년_12세 │ 할머니의 사망. 이때부터 두통이 자주 일어남.

1858년_14세 │ 나움부르크 근교 명문 기숙학교 슐포르타Schulpforta에 입학. 고
대 그리스와 로마의 문학에 심취함.

1860년_16세 │ 문학과 음악을 위한 서클 <게르마니아>를 만들며 음악에 대
한 열정을 키움.

1861년_17세 │ 리하르트 바그너Richard Wagner의 음악을 접함.

1862년_18세 │ 논문 <운명과 역사Fatum und Geschichte>를 서클에서 발표.

1864년_20세 │ 슐포르타 학교를 우수한 성적으로 졸업하고 본Bonn 대학교
의 고전어문학과에 입학. 고전어문학과 함께 시작했던 신학
공부는 첫 번째 학기를 마치자마자 포기함.

1865년_21세 │ 자신의 지도교수 프리드리히 리츨Friedrich Ritschl을 따라 라이프
치히 대학으로 옮김. 아르투르 쇼펜하우어Arthur Schopenhauer의
《욕망과 환상으로서의 세계Die Welt als Wille und Vorstellung》(일명
'의지와 표상으로서의 세계')를 읽고 깊은 감명을 받음.

1866년_22세 │ 6월, 프로이센과 오스트리아 사이에 전쟁이 발발하여 징집되
었으나 고도근시로 연기됨.

1867년_23세 │ 디오게네스에 관한 연구로 라이프치히 대학 논문상을 수상.
이때부터 니체의 명성이 알려지기 시작함. 10월, 군에 자원입
대함.

1868년_24세 | 3월, 군복무 중 말을 타다가 떨어져 심한 부상을 입음. 10월에 제대하여 라이프치히 대학에 복학함. 11월 리츨 부인의 소개로 작곡가 리하르트 바그너를 처음으로 만남.

1869년_25세 | 3월, 라이프치히 대학에서 시험과 논문 심사를 거치지 않고 그동안 출판된 저술만으로 박사 학위를 취득. 리츨 교수의 추천으로 스위스 바젤대학교 원외 교수(우리나라의 강사에 해당.)에 취임. 5월 루체른 근교에 머물던 바그너를 자주 방문함.

1870년_26세 | 바젤 대학교 정교수로 취임. 프랑스와 프로이센 간의 전쟁이 발발하자 의무병으로 지원해서 활동하다가 이질과 디프테리아에 걸려 바젤로 귀환함.

1871년_27세 | 《비극의 탄생Die Geburt der Tragödie》을 집필.

1872년_28세 | 바그너의 격정적인 음악에 영감을 받아 《음악의 정신에서 비롯한 비극의 탄생》을 출간했지만, 이 저술은 바그너의 음악 못지않게 너무 격정적이어서 많은 비난을 받음. 바이로이트에서 바그너와 재회함.

1873년_29세 | <반反시대적 고찰>의 제1부 《신앙 고백자이자 작가 다비트 슈트라우스Unzeitgemäßige Betrachtungen; David Strauss, der Bekenner und der Schriftsteller》를 출간. 편두통이 극심해짐.

1874년_30세 | <반反시대적 고찰>의 제2부 《삶을 위한 역사의 장단점에 대하여Unzeitgemäßige Betrachtungen; Vom Nutzen und Nachteil der Historie für das Leben》와 제3부 《교육자로서의 쇼펜하우어Unzeitgemäßige Betrachtungen; Schopenhauer als Erzieher》를 출간.

1875년_31세 | 건강이 악화됨. 눈과 위胃 병이 생김. 1년 간 이탈리아로 요양을 떠남.

1876년_32세 | <반反시대적 고찰>의 제4부 《바이로이트의 리하르트 바그너Unzeitgemäßige Betrachtungen; Richard Wagner in Bayreuth》를 출간.

1878년_34세 | 《인간적인, 너무나 인간적인Menschliches, Allzumenschliches》제1부를 출간. 반유대주의와 가톨릭 성향을 드러낸 바그너와 결별함.

1879년_35세 | 건강이 더욱 악화되어 육체적으로 거의 폐인이 됨. 바젤 대학교의 교수직을 사임함. 그 이유가 매독 때문이라는 추측도 있지만, 당시에는 매독에 걸렸는지는 확인되지 않음. 물론 훗날 매독이 그를 죽음에 이르게 했음.

1880년_36세 | 《인간적인, 너무나 인간적인》제2부를 출간. 유럽 각지를 돌아다니며 집필 생활에 몰두함.

1881년_37세 | 여름, 개인적으로 완전히 마음에 드는 낙원을 발견함. 스위스의 질스 마리아Sils Maria라는 작은 마을에서 영원회귀 사상을 구상함. 《아침놀Morgenröthe》을 출간.

1882년_38세 | 친구 레의 초청으로 로마에 감. 거기에서 러시아 여성 루 살로메Lous Andreas-Salomé를 알게 됨. 두 차례 청혼하지만 거절 당함. 《즐거운 학문Die fröhliche Wissenschaft》을 출간.

1883년_39세 ┊ 이탈리아 제노바 가까이에 있는 작은 마을 라팔로에 머무르며 《차라투스트라는 이렇게 말했다Also sprach Zarathustra》제1부를 출간. 제2부는 스위스 질스 마리아에서 완성함.

1884년_40세 ┊ 니스에서 《차라투스트라는 이렇게 말했다》제3부를 완성. 4월에 《차라투스트라는 이렇게 말했다》제2부와 제3부를 묶어서 출간.

1885년_41세 ┊ 《차라투스트라는 이렇게 말했다》제4부를 자비로 비공개 출간.

1886년_42세 ┊ 니스에서 《선악의 저편Jenseits von Gut und Böse》을 완성하여 자비로 출간.

1887년_43세 ┊ 6월, 루 살로메의 결혼 소식에 건강이 더욱 악화됨. 《차라투스트라는 이렇게 말했다》제1부, 제2부, 제3부를 묶어서 출간. 스위스 질스 마리아에서 인간의 제한된 인식의 문제를 재발견하여 《도덕의 계보학Zur Genealogie der Moral》을 자비로 출간.

1888년_44세 ┊ 《힘에의 의지Der Wille zur Macht》를 집필함. '음악가의 한 가지 과제'라는 부제가 붙은 《바그너의 경우Der Fall Wagner》를 출간. 《안티크리스트Der Antichrist》를 출간.

1889년_45세 ┊ 이탈리아의 토리노에서 쓰러짐. 친구 프란츠가 바젤의 정신병원에 입원시킴. 진행성 마비증으로 진단. 어머니가 예나로 데려가 예나 대학 부속병원에 입원시킴. 이때부터 니체는 어머니 곁에서 살게 되었으며, 더 이상 글을 쓸 수 없게 됨. 《우상의 황혼Götzendämmerung》, 《이 사람을 보라Ecce Homo》, 《니체 대

바그너Nietzsche contra Wagner》를 출간.

1890년_46세 ¦ 5월에 어머니가 니체를 나움부르크로 데리고 가서 돌봄.

1892년_48세 ¦ 제자 페터 가스트에 의해 《차라투스트라는 이렇게 말했다》가 처음으로 한 권으로 출간됨.

1894년_50세 ¦ 여동생 엘리자베트가 니체 전집을 편찬하기 위해 나움부르크에 '니체 문서보관소Nietzsche-Archiv'를 설립함.

1897년_53세 ¦ 어머니가 사망. 이 당시 정신병을 심하게 앓던 니체는 그다지 애정이 없던 여동생의 집으로 옮겨가 가정부의 간호를 받음.

1900년_56세 ¦ 8월 25일 정오경, 바이마르에서 사망. 고향 뢰켄에 있는 아버지 묘 옆에 안장됨.

니체가 사망했던 바이마르 집은 현재 '니체 문서보관소'에 있고,
위층에는 학자나 연구자를 위한 게스트하우스로 이용되고 있다.